101

किताबें ग़ज़लों की

पुस्तक चर्चा

सम्पादक

नीरज गोस्वामी

सह-सम्पादन

शिवानु सिंह

Anybook

Published By
Anybook
Cell : 9971698930
E-mail : contactanybook@gmail.com
Website : www.anybook.org

Price in India :400/- INR

First published by Anybook in 2022

Printed and bound in India
Cover Design & Typesetting by Anybook

ISBN : 978-93-91571-06-1

समर्पण

"वो ग़ज़ल की सच्ची किताब है उसे चुपके-चुपके पढ़ा करो"

अपनी उसी सच्ची किताब के नाम...

अनुक्रम

सुबह की उम्मीद
बी. आर. विप्लवी

दोस्तों पढ़ना और वो भी किताबें ख़रीद कर पढ़ना, मेरा बरसों पुराना शौक़ रहा है। मैंने सोचा आप से उन ढेरों किताबों में से, जो मेरी नज़रों से गुज़री हैं, चंद शायरी की किताबों की चर्चा करूँ। आज कल देख रहा हूँ की ग़ज़ल लिखने और सीखने का शौक़ अपने परवान पर है, इसी के चलते चलिए अच्छी शायरी की बात करें।

हाल ही में जयपुर में "राष्ट्रीय पुस्तक मेला" आयोजित हुआ था वहीं घूमते हुए ग़ज़लों की जिस किताब पर निगाह पड़ी उसका नाम था "सुबह की उम्मीद" जिसे लिखा था जनाब बी. आर. 'विप्लवी' जी ने इसे मेरा अल्प ज्ञान कहें कि मैंने इस से पहले न तो इस किताब का नाम सुना था और न ही शायर का। एक अनजान किताब को ख़रीदने में, जो जोखिम रहता है उसे उठाने की सोच दिल में आयी।

घर आ कर किताब को पढ़ा, तो हैरान रह गया। मेरी उम्मीद से कई गुना ख़ूबसूरत एक से बढ़ कर एक ग़ज़लें पढ़ने को मिलीं।

किताब में 'विप्लवी' जी के बारे में अधिक कुछ लिखा नहीं मिलता लेकिन उनका लिखा ख़ूब मिलता है वे भूमिका में कहते हैं कि "काव्य या शायरी की दुनिया को जज़्बाती समझा जाता है इसलिए इसे अक्सर आनंद लेने या रस लेने का साधन समझा गया है। मैं इस बात को यूँ मानता हूँ यह दिल की ख़ुशी आदमी की भावनाओं में झंकार पैदा करके भी मिलती है और उसे झकझोर करके भी। इसलिए इसमें वो ताक़त है कि सोये लोगों को जगाये और आगे की लड़ाई के लिए तैयार करे। आज की कविता या शायरी के यह ज़रूरत भी है।"

विप्लवी साहेब ने शायरी की प्रेरणा और मार्ग दर्शन मशहूर शायर जनाब वसीम बरेलवी से प्राप्त किया।

वसीम साहेब फ़रमाते हैं कि "विप्लवी जी जिस प्रकार हिन्दी संस्कार के फूलों को उर्दू तहज़ीब की ख़ुशबू में बसाने का प्रयत्न कर रहे हैं, उसने उनकी ग़ज़लिया शायरी को लायक़े-तवज्जो बना दिया है।"

श्री गोपाल दास 'नीरज' जी कहते हैं कि "भाई विप्लवी जी की ग़ज़लें पढ़कर मन मुग्ध हो गया। आजकल ग़ज़लें तो हर कोई लिख रहा है लेकिन बहुत कम लोग हैं जो ग़ज़ल को आत्मा तक पहुँचा पाए हैं।"

श्री बेकल उत्साही जी कहते हैं कि "विप्लवी जी ने अपनी ग़ज़लो में रवानी के साथ मायनी को उजागर किया है, यह एक पुख़्ताकार का काम है"

आइए पढ़ते हैं विप्लवी जी का चुनिन्दा कलाम...

पहले पन्ने से ही अपनी शायरी का जादू दिखाते उन्होंने लिखा-

पैर फिसले, ख़ताएँ याद आयीं
कैसे ठहरें, ढलान लम्बी है
ज़िन्दगी की ज़रूरतें समझो
वक़्त कम है दुकान लम्बी है
झूट, सच, जीत, हार की बातें
छोड़िए, दास्तान लम्बी है

आज के हालात पर छोटी बहर में करिश्मा कुछ यूँ बिखेरा है

कलम करना था जिनका सर ज़रूरी
उन्हीं को सर झुकाए जा रहे हैं
सुयोधन मुन्सफ़ी के भेष में
हैं युधिष्ठिर आज़माए जा रहे हैं
लड़े थे 'विप्लवी' जिनके लिए हम
उन्हीं से मात खाए जा रहे हैं

उनके क़लम की सादगी देखिए, किस सहजता से अपनी बात कहते हैं-

मुमुझे वो इस तरह से तोलता है
मिरी क़ीमत घटाकर बोलता है
वो जब भी बोलता है झूठ मुझसे
तो पूरा दम लगा कर बोलता है
ज़ुबाँ काटी, तआरुफ़ यूँ कराया
यही है, जो बड़ा मुँह बोलता है

एक दूसरी ग़ज़ल के दो शेर और पेश करता हूँ-

कुँआ खोदा गया था जिनकी ख़ातिर
वही प्यासे के प्यासे जा रहे हैं
कहाँ सीखेंगे बच्चे ज़िद पकड़ना
सभी मेले तमाशे जा रहे हैं

एक ग़ज़ल जिसके सभी शेर मुझे बहुत पसंद आए-

ये कौन हवाओं में ज़हर घोल रहा है
सब जानते हैं, कोई नहीं बोल रहा है

मर्दों की नज़र में तो वो कलयुग हो कि सतयुग
औरत के हँसी जिस्म का भूगोल रहा है
जो ख़ुद को बचा ले गया दुनिया की हवस से
इस दौर में वह शख़्स ही अनमोल रहा है

जीवन की कड़वी सच्चाइयों को बहुत ख़ूबसूरती से बयाँ करते उनके ये दो शेर पढ़ें-

अदाकारी जिन्हें आती नहीं वे मात खाते हैं
फ़क़त सच होने से ही बात सच मानी नहीं जाती
ये मुन्सिफ़ अपनी आँखों पर अजब चश्मा लगाता है
बिना दौलत कोई सूरत भी पहचानी नहीं जाती
मुहब्बत 'विप्लवी' अब एक घर बैठे का जज़्बा है
किसी से भी कहीं की ख़ाक तक छानी नहीं जाती

पूरी किताब ऐसे एक से बढ़ कर एक उम्दा शेरों से भरी हुई है कि किसे सुनाये और किसे छोड़ें का चुनाव बहुत मुश्किल है अब इसे पढ़ें-

जूठनों पर कुक्करों सा आदमी का जूझना
आज भी सच है, सितारों पर भले चढ़ जाइये
अब सुना है जंगलों में शेर का है ख़ौफ़ कम
गाँव में लेकिन बिना बन्दूक़ के मत जाइये

एक सौ छत्तीस पृष्ठों की इस किताब में कोई एक सौ ग़ज़लें है और सभी शानदार। ऐसे में उनमें से कुछ को छाँटना बहुत दुष्कर काम है। मेरी गुज़ारिश है कि हर शायरी के प्रेमी को इसे पढ़ना चाहिए। ये किताब वाणी प्रकाशन २१-ऐ दरिया गंज, नई-दिल्ली से छपी है आप इसके बारे में ई-मेल से जानकारी भी प्राप्त कर सकते हैं...पता है:vaniprakashan@yahoo.com, फ़ोन: 01123273167,51562621

अब चलिए आख़िर में उनकी दो और ग़ज़लों के चुनिन्दा शेर पढ़ते चलते पहली ग़ज़ल के शेर कुछ यूँ हैं

वास्ता सीता का देके कहने लगे
इम्तिहानों से रिश्ते निखर जायेंगे
भूले भटके हुओं से कोई ये कहे
रहबरों से मिलेंगे तो मर जायेंगे

घर में रहने को कहता है क्यूँ मगर
जो हैं फ़ुटपाथ पर किसके घर जायेंगे

और दूसरी ग़ज़ल के ये तीन बेहतरीन शेर-

उन्हीं से उजालों की उम्मीद है
दिए आँधियों में जो जलते रहे
उन्हीं को मिलीं सारी ऊँचाइयाँ
जो गिरते रहे और सँभलते रहे

हासिले-ग़ज़ल शेर है-

छुपाता रहा बाप मजबूरियाँ
खिलौनों पर बच्चे मचलते रहे

***

कुछ और तरह से भी
हस्ती मल हस्ती

प्यार का पहला ख़त लिखने में वक़्त तो लगता है
नये परिंदों को उड़ने में वक़्त तो लगता है
जिस्म की बात नहीं थी उनके दिल तक जाना था
लम्बी दूरी तय करने में वक़्त तो लगता है

जगजीत सिंह जी की रेशमी आवाज़ में बरसों पहले जब ये ग़ज़ल सुनी तो आनंद आ गया इतने ख़ूबसूरत अशआर लगे इस ग़ज़ल के कि कैसेट को बार-बार रिवाईंड कर सुनता रहा। अब भी जब कभी मौक़ा लगता है ये ग़ज़ल सुनता हूँ। तब कहाँ मालूम था कि इस ग़ज़ल के शायर जनाब हस्ती मल जी 'हस्ती' से एक दिन मुलाक़ात हो जायेगी। नवी मुंबई में अनिता जी के घर 'बतरस' संस्था की और से गोष्ठी थी जिसमें मैं भी था और हस्ती जी भी। उनसे आग्रह कर ये ग़ज़ल सुनी। इसके बाद एक बार उनके घर पर भी एक गोष्ठी में जाने का सुअवसर मिला। हस्ती जी से मिलना एक अनुभव है, एक ऐसा अनुभव जो आप कभी नहीं भुला सकते। सौम्य प्रकृति के हस्ती जी राजस्थान से हैं और मुंबई में उनका स्वर्ण आभूषनों का अपना व्यवसाय है। तभी उनके शेर शब्दों के मोतियों से जड़े होते हैं। हर ग़ज़ल एक हीरों का तराशा हुआ हार लगती है।

जयपुर में आयोजित पुस्तक मेले में उनकी पुस्तक 'कुछ और तरह से भी' पर नज़र पढ़ी और तुरंत ख़रीद लाया। पुस्तक क्या है भावनाओं का ख़ज़ाना है। एक एक शेर और ग़ज़ल अनमोल है। आज हम उसी पुस्तक की चर्चा करेंगे।

ग़ज़ल प्रेमियों को समर्पित इस किताब में अस्सी ग़ज़लें हैं और उनमें से आप के लिए कुछ शेरों का चुनाव करना एक बहुत बड़ी चुनौती है।

अपनी पहली ही ग़ज़ल से वो पाठक को अपनी शैली से चमत्कृत कर देते हैं-

ज़माने के लिए जो हैं बड़ी नायाब और महँगी
हमारे दिल से सब की सब है वो उतरी हुई चीज़ें
दिखाती हैं हमें मजबूरियाँ ऐसे भी दिन अक्सर
उठानी पड़ती हैं फिर से हमें फेंकी हुई चीज़ें
किसी महफ़िल में जब इंसानियत का नाम आया है
हमें याद आ गयीं बाज़ार में बिकती हुई चीज़ें

शब्दों के नगीने से सजी उनकी एक और ग़ज़ल के कुछ शेर देखें-

छू हो जाती है धज सारी या कुछ बाक़ी रहता है
डिगरी, पदवी,ओहदों से तू अपना नाम हटा कर देख
जंतर-मंतर, जादू-टोने, झाड़-फूँक, डोरे-ताबीज़
छोड़ अधूरे आधे नुस्ख़े-ग़म को गीत बना कर देख
उलझन और गिरह तो 'हस्ती' हर धागे की क़िस्मत है
आज नहीं तो कल उलझेगी जीवन डोर बचा कर देख

ख़ुद्दारी उनके जीवन की शैली है जो उनके हर शेर में झलकती है अब ज़रा उनके ये तेवर देखें

दिन काट लिया करते हैं सहरा की तपिश में
लेकिन कभी हम भीख में सावन नहीं लेते
सजने की ग़रज़ जिनको है ख़ुद आ के मिलें वो
ज़हमत कहीं जाने की ये दरपन नहीं लेते
मेहनत की कमाई पे जो करते हैं गुज़ारा
मोती भी लगे हों तो भी उतरन नहीं लेते

हुनर का यही जोहर आप उनकी छोटी बहर की ग़ज़लों में भी देख सकते हैं मसलन-

एक सच्ची पुकार काफ़ी है
हर घड़ी क्या ख़ुदा-ख़ुदा करना
जब भी चाहत जगे समंदर की
एक नदी की तरह बहा करना
आप ही अपने काम आयेंगे
सीखिए ख़ुद से मशविरा करना

उनकी ये ही अदा एक और ग़ज़ल में भी देखें-

थान अँगूठी से निकले
इतनी कात मुहब्बत को

दुःख घेरे तो खेला कर
अक्कड़-बक्कड़-बम्बे बो

पहन पहन कर 'हस्ती' जी
रिश्तों को मैला न करो

मैंने जो कुछ पढ़ाया आपको वो तो उस आनंद का शतांश है जो इस किताब को पूरी पढ़ने के बाद प्राप्त होता है, मज़े की बात है कि आप इस पुस्तक को जितनी बार पढ़ेंगे आप को हर बार नये आनंद की अनुभूति होगी। मेरा दावा है कि ये पुस्तक ग़ज़ल प्रेमियों को कभी निराश नहीं करेगी। अब आप ही बताइये आज के हालात पर ऐसे शेर आपको कहाँ और पढ़ने को मिलेंगे?

ऐसा नहीं की साथ नहीं देते लोग-बाग़
आवाज़ दे के देखो फ़सादात के लिए
पड़ता है असहले का ज़ख़ीरा भी कम कभी
इक फूल ही बहुत है कभी मात के लिए
बाहर हो कोई चाहे शिवाले में हो कोई
हर शख़्स है क़तार में ख़ैरात के लिए

और आख़िर में हस्ती जी का इक शेर जिससे पता चलता है कि वो इतने मक़बूल शायर क्यूँ है,आप फ़रमाते हैं

शायरी है सरमाया ख़ुशनसीब लोगों का
बाँस की हर इक टहनी बाँसुरी नहीं होती

इस अद्भुत शेर के साथ हमारा 'कुछ और तरह से भी' किताब का ये सफ़र यहीं समाप्त होता है। ये किताब वाणी प्रकाशन 21-ए दरिया गंज, नई दिल्ली से छपी है। आप हस्ती जी से उनके मोबाइल नम्बर 982059210040 पर सम्पर्क कर उनसे किताब प्राप्ति का रास्ता पूछ सकते हैं।

***

ग़ज़ल
विजय वाते

कहने वाले दो मिसरों में सारा क़िस्सा कहते हैं
नाच नहीं जिनको आता वो आँगन टेढ़ा कहते हैं

जिस किताब की शुरुआत ऐसे शेर से हो उसे बिना ख़रीदे रह पाना मुश्किल था, इसीलिए मैंने जनाब विजय वाते साहेब की लिखी ग़ज़लों की किताब 'ग़ज़ल' ख़रीद ली और यूँ समझिए इसके साथ ही अपनी अक़्लमंदी का सबूत दे दिया।

किताब के बारे में मेरे कुछ लिखने से पहले जनाब बशीर बद्र साहेब ने जो उसके बारे में लिखा है वो पढ़ें। बशीर साहेब लिखते हैं कि "विजय वाते ग़ज़ल के नये लेकिन अच्छे शायर हैं। उनकी नज़र आज की ज़िन्दगी के बहुत से पहलुओं पर है। वो अपनी ग़ज़ल में सच्ची ज़िन्दगी जीते हैं, इसलिए उनकी ग़ज़ल में मुहब्बत की यादों के चिराग़ रौशन हैं, प्यार के ख़्वाब हैं, ज़िन्दगी की धूप है, शहरों और सड़कों की दौड़-भाग है, गाँव की कच्ची-पक्की पगडंडियाँ हैं। इनके अधिकतर पात्र ज़िन्दगी को जीने वाले पात्र हैं। मैं उनकी ग़ज़लों को लेकर, उनके शेरों के झरोखे से ऐसे कितने ही मंज़र देख सकता हूँ जहाँ क़स्बों का अपनापन है, बड़े-बड़े शहरों की प्यारी प्यारी बेरहम बेगानगी है, और ये सब कुछ अपना है। सिर्फ़ ख़ूबसूरत ख़्वाब ही अपने नहीं हैं, ज़ुल्म करती सच्चइयाँ भी अपनी हैं।"

किताब की पहली ग़ज़ल से ही पढ़ने वाला वाते साहेब की क़लम का दीवाना हो जाता है। पहली ग़ज़ल के तीन शेर मुलाहिज़ा फ़रमाएँ और फिर बताएँ कि कैसा लगा पढ़कर-

एक पल में जी लिए पूरे बरस पच्चीस हम
आज बिटिया जब दिखी साड़ी तेरी पहनी हुई
अब छुअन में वो तपन वो आग बेचैनी नहीं
तू न घर हो, तो लगे, घर वापसी यूँ ही हुई
घर के मानी और क्या बस ये ही दो आँखें तो हैं
द्वार पर अटकी हुई बस राह को तकती हुई

वाते साहेब ग़ज़ल की सारी ख़ूबियों के साथ आज की ज़िन्दगी को पेश करने में देखिए कैसे कामयाब हुए हैं-

जो मिला, जब जब मिला, दुनिया के ग़म लेकर मिला
आज मन है, आपसे घर-बार की बातें करें

अब बड़े घर में बुज़ुर्गों के, नहीं तीमारदार
आओ, मिलके उनसे कुछ उपचार की बातें करें
छत के गुण गाते हैं हम, जो दे रही हैं आसरा
छत टिकी काँधे पे जिस दीवार की बातें करें

छोटी बहर में वाते साहेब का कमाल देखें, उन्होंने उस विषय पर क़लम चलाई है जिस पर अमूमन शायर नहीं लिख पाए हैं, याद कीजिए क्या कभी आपने दादी अम्मा पर कोई ग़ज़ल पढ़ी है? कम से कम मैंने तो इस से पहले कभी नहीं पढ़ी थी और वो भी इस क़दर दिलकश अंदाज़ में-

भोले भाले सवाल करती है
दादी अम्मा कमाल करती है
भूरे कुत्ते का, श्यामा गैया का
हम सभी का ख़याल करती है
हम जो मुन्ने को डांट देते हैं
आँख रो रो के लाल करती है
देह अपनी नहीं सँभलती है
सारे जग का सँभाल करती है

इसी अंदाज़ को उन्होंने अपनी अगली ग़ज़ल में भी बरक़रार रखा है लेकिन इस बार बिल्कुल अलग हट के बात कही है-

फिर से मिलने की बात मत करना
पीर झिलती नहीं जुदाई की
एक तक़रीर सिर्फ़ काफ़ी है
क्या ज़रूरत दियासलाई की
तितलियाँ चढ़ गयी हैं रिक्शों पर
पहली तारीख़ है जुलाई की

अब देखते हैं कि उनका शायरी और ग़ज़ल के बारे में क्या नज़रिया है, पहले के दो शेर शायरी के बारे में और फ़िर दो अलग-अलग ग़ज़लों से उनके शेर ग़ज़ल के बारे में मुलाहिज़ा फ़रमाएँ-

पीर जब बेहिसाब होती है
शायरी लाजवाब होती है

शायरी तो करम है मालिक का
शायरी ख़ुद ख़िताब होती है

ग़ज़ल क्या होती है इस पर आप के बहुत से शायरों के हज़ारों शेर मिल जायेंगे यहाँ तक की हास्य कवि काका हाथरसी जी भी ग़ज़ल क्या होती है पर लिख चुके हैं, अब वाते साहेब क्या फ़रमाते हैं ये पढ़िए-

हिन्दी-उर्दू में कहो या किसी भाषा में कहो
बात का दिल पे असर हो तो ग़ज़ल होती है
ग़ज़ल अख़बार की ख़बरों की तरह लगती हैं
हाँ तेरा ज़िक्र अगर हो तो ग़ज़ल होती है

इसी बात को एक दूसरी ग़ज़ल में आप यूँ कहते हैं-

उड़ती रहती हैं घटाएँ तो बहुत सी छत पर
मेघ जो आँख में ठहरे तो ग़ज़ल होती है
आती-जाती तो है ये रेल सभी जगहों से
जब तेरे गाँव से गुज़रे तो ग़ज़ल होती है

छोटी सी ग़ज़ल की ये किताब ऐसी ही बेमिसाल शायरी से भरी पढ़ी है। इसे वाणी प्रकाशन वालों ने प्रकाशित किया है, आप इसे ऑनलाइन मँगवा सकते हैं।

जैसे-जैसे हम बड़े होते गए
झूठ कहने में खरे होते गए
जंगलों में बाग़बाँ कोई नहीं
इसलिए पौधे हरे होते गए

***

आमीन
आलोक श्रीवास्तव

आजकल जयपुर जाने पर जो एक ज़रूरी काम होता है वो है वहाँ के क्रास वर्ल्ड की सैर। अमूनन यहाँ अंग्रेज़ी किताबों का बाहुल्य होता है लेकिन जयपुर में कुछ हिन्दी की किताबें रखने का प्रचलन भी शुरू हो गया है। इसी के चलते यहाँ जाना शुरू किया। अब ये मत समझिएगा कि मैं अंग्रेज़ी में कुछ नहीं पढ़ता लेकिन अगर हिन्दी से तुलना करें तो बहुत कम। जो भाषा मैं बोलता सुनता हूँ उसे पढ़ने में भला शर्म कैसी। अब सौभाग्य से अंग्रेज़ी में ग़ज़लों की किताबें भी तो नहीं मिलती।

वहाँ मुझे अपने प्रिय युवा शायर 'आलोक श्रीवास्तव' की पुस्तक 'आमीन' दिखाई दी। आलोक को मैंने अंतरजाल में यहाँ वहाँ पढ़ा था और ये पाया था कि वे अत्यन्त प्रतिभाशाली हैं। वो अपनी बात बहुत अलग ढंग से कहते हैं और ख़ूब कहते हैं।

'आमीन' में वरिष्ठ लेखक कमलेश्वर जी और हर दिल अज़ीज़ शायर गुलज़ार साहेब के आलोक और उनकी शायरी के बारे में विचार दिए हुए हैं। अब आप ही बताइये जो मात्र पैंतीस छतीस साल की उम्र में ऐसे दोहे लिखे-

आँखों में लग जायें तो, नाहक़ निकले ख़ून
बेहतर है छोटे रखें, रिश्तों के नाख़ून

गुलमोहर-सी ज़िन्दगी, धड़कन जैसे फाँस
दो तोले का जिस्म है, सो-सो तन की साँस

तो उसकी कौन तारीफ़ नहीं करेगा। 'आमीन' एक बहुत आकर्षक आवरण में लिपटी आलोक की विभिन्न रचनाओं की ऐसी किताब है जिसके लफ़्ज़ पढ़ने वालों की आँखों से सीधे दिल में उतर जाते हैं।

कमलेश्वर लिखते हैं, "आलोक की भाषा में हिन्दी के कुछ लिखित शब्द पिघल कर अपने आप आम-फ़हम बन गए हैं और बेहद घरेलू शब्द 'तुरपाई' हमारी मसक गयी संवेदना की सिलाई कर देता है।"

घर में झीने रिश्ते मैंने लाखों बार उधड़ते देखे
चुपके-चुपके कर देती है, जाने कब तुरपाई अम्मा
सारे रिश्ते-जेठ-दपहरी, गर्म-हवा, आतिश, अंगारे
झरना, दरिया, झील, समंदर, भीनी सी पुरवाई अम्मा

बाबूजी गुज़रे, आपस में सब चीज़ें तक़सीम हुईं, तब
मैं घर में सबसे छोटा था, मेरे हिस्से आयी अम्मा

ग़ज़ल का ये नया ही नहीं, अनोखा अनुभव है। वैसे भी शेरो-शायरी में घरेलू छवियाँ बहुत कम मिलती हैं, हिन्दी कविता में से 'माँ' 'बाबूजी' वग़ैरह के अक्स बिल्कुल ग़ायब ही हो गए हैं।

लीजिए, आलोक की ग़ज़लों में 'बाबूजी' से भी मिल लीजिए-

अब तो उस सूने माथे पर कोरे पन की चादर है
अम्माजी की सारी सजधज, सब ज़ेवर थे बाबूजी
भीतर से ख़ालिस जज़्बाती और ऊपर से ठेठ पिता
अलग, अनूठा, अनबूझा सा एक तेवर थे बाबूजी
कभी बड़ा-सा हाथ ख़र्च थे, कभी हथेली की सूजन
मेरे मन का आधा साहस, आधा डर थे बाबूजी

आलोक ने अमीर ख़ुसरो के अंदाज़ में भी एक ग़ज़ल कही है, पढ़िए उस ग़ज़ल के चंद अशआर-

दिलों की बातें दिलों के अन्दर, ज़रा-सी ज़िद से दबी हुई हैं
वो सुनना चाहें ज़ुबाँ से सब कुछ, मैं करना चाहूँ नज़र से बतियाँ
मैं कैसे मानूँ बरसते नैनों कि तुमने देखा है पी को आते
न काग बोले, न मोर नाचे, न कूकी कोयल, न चटखी कलियाँ

'आमीन' के हर पन्ने पर ग़ज़ल का ये सौन्दर्य बिखरा पढ़ा है... आप कहीं से भी इसे पढ़ें, बिना वाह-वाह किए नहीं रह सकते। आलोक अपने हर अशआर से हमें चमकृत करते हैं। भाषा का ऐसा प्रयोग बहुत कम देखने को मिलता है जैसा आलोक जी ने किया है, अब बानगी के तौर पर देहरी शब्द आपने ग़ज़लों में नहीं पढ़ा होगा लेकिन उसे किस ख़ूबसूरती से इस्तेमाल किया है पढ़िए-

हम उसे आँखों की देहरी नहीं चढ़ने देते
नींद आती न अगर ख़्वाब तुम्हारे लेकर
एक दिन उसने मुझे पाक नज़र से चूमा
उम्र भर चलना पढ़ा मुझको सहारे लेकर

आप उनकी शायरी में जीवन दर्शन भी बख़ूबी पाएँगे...कहीँ -कहाँ तो उन्होंने दार्शनिकता

का बेमिसाल नमूना पेश किया है-

नवाज़ना है तो फिर इस तरह नवाज़ मुझे
कि मेरे बाद मेरा ज़िक्र बार-बार चले
ये जिस्म क्या है कोई पैरहन उधार का है
यहीं सँभाल के पहना, यहीं उतार चले

आज के दौर की त्रासदी भी उनकी ग़ज़लों में दिखाई देती है... उनके लाजवाब रंग में रंगी एक ग़ज़ल के दो शेर पढ़िए-

नींद की मासूम परियाँ चौंकती हैं
एक बूढ़ा ख़्वाब ऐसे खाँसता है
चाँद से नज़दीकियाँ बढ़ने लगी हैं
आदमी में फ़ासला था, फ़ासला है

ख़यालात और लफ़्ज़ों की जादूगरी का नायाब नमूना पेश करते हुए उनके ये दो शेर पढ़कर आप क्या कहेंगे...वाह वा..ही ना?

ग़नीमत है नगर वालों, लुटेरों से लुटे हो तुम
हमें तो गाँव में अक्सर दरोगा लूट जाता है
गिले-शिकवे, गिले-शिकवे, गिले-शिकवे, गिले-शिकवे
कभी मैं रूठ जाता हूँ, कभी वो रूठ जाता है

इस छोटी सी किताब में कुल 91 पृष्ठ हैं लेकिन लगता है जैसे जज़्बात का कोई ख़ज़ाना छुपा हुआ है इनमें. राजकमल प्रकाशन द्वारा प्रकाशित इस पुस्तक की जानकारी आप राजकमल कि वेब साइट www.rajkamalprakashan.com, info@rajkamalprakashan.com पर पत्र व्यवहार द्वारा भी प्राप्त कर सकते हैं.. इस पुस्तक की उपस्थिति किसी भी काव्य प्रेमी द्वारा किए गए पुस्तक संकलन में चार चाँद ही लगायेगी।

चलते-चलते एक शेर उनकी ग़ज़ल का जो मुझे बहुत पसंद है... आप भी पढ़िए और इसे ख़रीदने का निश्चय पक्का कीजिए।

जाने क्यूँ मेरी नींदों के हाथ नहीं पीले होते
पलकों से ही लौट गई हैं सपनों की बारातें सच

आलोक से आप उनके मोबाइल नम्बर 9350027775 पर संपर्क कर सकते हैं।

***

आवाज़
अशोक मिज़ाज

दोस्तों कभी-कभी कोई ऐसी किताब अचानक हाथ लग जाती है जिसे जितनी बार पढ़ो एक अलग सा ही मज़ा देती है...ख़ास तौर एक ऐसे शायर की किताब जिसे पहली कभी पढ़ा न हो। वाणी प्रकाशन ने सचमुच बहुत अद्भुत काम किया है ऐसी किताबें छाप कर। इस बार मैं जिस किताब का ज़िक्र कर रहा हूँ उसका नाम है 'आवाज़' और इसके शायर हैं जनाब 'अशोक मिज़ाज' साहेब। 'अशोक मिज़ाज' साहेब 'सागर', मध्यप्रदेश के निवासी हैं। इस किताब के बारे में मशहूर शायर बशीर बद्र साहेब ने फ़रमाया है कि-

चमकती है कहीं सदियों में आँसुओं से ज़मीं
ग़ज़ल के शेर कहाँ रोज़-रोज़ होते हैं

"हिंदुस्तान और पाकिस्तान के अदबी रिसालों में हज़ारों शायर छप रहे हैं लेकिन ग़ज़ल इतनी आसान नहीं है जितनी नज़र आती है यही वजह है कि हिंदुस्तान और पाकिस्तान में चंद नौजवान शायर ही ऐसे हैं जो ग़ज़ल के बदलते हुए मिज़ाज का साथ देने में कामयाब हैं। पिछले दस सालों में जो शायर उभरे हैं उनमें 'अशोक मिज़ाज' सरे-फ़ेहरिस्त हैं।"

बद्र साहेब की ये बात एक दम सच साबित हो जाती हैं जब हम 'आवाज़' के पन्ने पलटते हैं। सलीक़े से छपी ये किताब अपने पहले चंद पन्नो पर बिखरे शेर से ही पढ़ने वाले का मन मोह लेती है-

ज़ुल्म के सामने तलवार हूँ, ख़ंजर हूँ मैं
आज के दौर का बेबाक सुख़नवर* हूँ मैं
सुख़नवर-लेखक
तुम जिसे पूजने आए हो ख़बर है तुमको
जिसको ठुकराया था तुमने वो ही पत्थर हूँ मैं
कोई कुछ पल के लिए मेरे क़रीब आया था
आज तक उसकी ही ख़ुशबू से मुअत्तर* हूँ मैं
मुअत्तर-महकता हुआ

मिज़ाज साहेब अपने लफ़्ज़ों से वो जादू बिखरते हैं जिसे पहले कभी पढ़ा, आपको यक़ीन न आए तो उनकी एक ग़ज़ल के ये शेर बतौर नमूना देखें-

मुहब्बतों में भी दुश्वारियाँ निकलती है
वफ़ा के नाम पे लाचारियाँ निकलती हैं

दुश्वारिया-मुश्किलें

हमारे दिल का हर इक ज़ख़्म भर गया लेकिन
कुरेदा जाए तो पिचकारियाँ निकलती हैं
मेरा मिज़ाज भी पत्थर सा हो गया है 'मिज़ाज'
जो चोट खाऊँ तो चिंगारियाँ निकलती हैं

अगर इन शेरों को पढ़कर भी आप के मन में शंका रह गई है तो कोई बात नहीं एक सो पैतीस सफ़ों की इस किताब में बेजोड़ शेरों की कमी थोड़ी ही है-

नींदें तो टूटती हैं कई बार रात में
इक ख़्वाब है जो फिर भी कभी टूटता नहीं
चाहत पहन के बारिशों में घूमता हूँ मैं
ये वो लिबास है जो कभी भीगता नहीं
दोनों के दरमियाँ अना हो गयी 'मिज़ाज'
मुझको यक़ीं है कोई किसी से ख़फ़ा नहीं

आज के बदलते माहौल पर मिज़ाज साहेब ने बख़ूबी अपनी क़लम चलाई है और क्या ख़ूब चलाई है...हालात चाहे देश के हों या इंसानी रिश्तों के उनकी नज़र सब पर है...अपने शेरों में वो बहुत शिद्दत से उसे बयाँ भी करते हैं-

इक्कीसवीं सदी की अदा कह सकें जिसे
ऐसा भी कुछ लिखो कि नया कह सकें जिसे
आधी सदी के बाद भी औरत को क्या मिला
आजदिये-वतन का सिला कह सकें जिसे
घुलने लगा है ज़हरे-सियासत फ़ज़ाओं में
अब वो हवा नहीं है, हवा कह सकें जिसे

अपनी ऊपर कही बात को और अधिक ज़ोरदार तरीक़े से मैं उनके इन शेरों के माध्यम से आप तक पहुँचना चाहता हूँ-

ख़ुशियाँ हमें तो सिर्फ़ ख़याली-पुलाव हैं
मुफ़लिस के घर में ईद के त्यौहार की तरह

यूँ सरसरी निगाह से देखा न कीजिए
पढ़िए न मुझको माँग के अख़बार की तरह
चट्टान बन के सामने आए थे जो कभी
गिरने लगे वो रेत की दीवार की तरह

ये किताब शेरो-सुख़न के दीवानों के लिए किसी ख़ज़ाने से कम नहीं। आप वाणी प्रकाशन से संपर्क करें या फ़िर पास के किसी किताब वाले की दुकान में इसे ढूँढ़ लें (हालाँकि ये इतना आसान नहीं है)अच्छा तो ये रहेगा कि अशोक जी को उनके मोबाइल 8462013631 पर संपर्क करें और किताब प्राप्ति का रास्ता पूछे। लेकिन जो भी करें इस किताब को ज़रूर मँगवा कर पढ़ें। चलते-चलते आप की नज़र मुहब्बत के जज़्बात से लबरेज़ ये दो बहुत ख़ूबसूरत शेर पेश हैं जिन्हें आप अक्सर गुनगुना कर ख़ुश होते रहें...तब तक ख़ुदा हाफ़िज़....

कभी चाँद तारों के रूप में, कभी जुगनुओं की क़तार में
वो तमाम भेष बदल-बदल के तमाम रात मिला मुझे
सरे-आम तुझ पे बरस पढ़ें ये महकते फलों की बारिशें
मैं मुहब्बतों का दरख़्त हूँ तू बढ़ा के हाथ हिला मुझे

***

सारे वरक़ तुम्हारे
तुफ़ैल चतुर्वेदी

कुछ एक दिन में ग़ज़ल से लड़ा ही लीं आँखें
तमाम उम्र तेरा इन्तज़ार क्या करते

मझे यवा रचनाकारों की रचनाएँ पढ़ने में विशेष आनंद आता है। युवा लेखक, ज़िन्दगी की, हमारी परम्परागत सोच को, नये आयाम देते हैं। ये ही कारण था जिसने मुझे जयपुर के पुस्तक मेले में प्रदर्शित 'तुफ़ैल चतुर्वेदी' जी की पुस्तक 'सारे वरक तुम्हारे' को ख़रीदने के लिए प्रेरित किया।

'तुफ़ैल चतुर्वेदी' मेरे पसंदीदा शायर जनाब 'कृष्ण बिहारी नूर' साहेब के चहेते शागिर्द रहे हैं। 'नूर' साहेब उनके बारे में फ़रमाते हैं कि "शायरी की डगर पर जिस क़दर तेज़ रफ़्तारी से 'तुफ़ैल' चलें हैं दूसरा चलता तो या तो लड़खड़ा कर गिर जाता या सँभालना मुहाल होता। 'तुफ़ैल' को मैंने अपने तमाम शागिर्दो से ज़ियादा वक़्त दिया, सबसे ज़ियादा कलाम दुरुस्त किया और सबसे ज़ियादा चाहा भी," नूर साहेब की इस बात से आप भी 'तुफ़ैल' साहेब का कलाम पढ़कर सहमत हो जायेंगे। अब आप ही बताइये कि किसी का कोई चहेता अगर इस तरह के लाजवाब शेर कहे तो क्या उसका सर फ़ख़्र से ऊँचा नहीं हो जाएगा?

आइने में अपनी सूरत भी न पहचानी गयी
आँसुओं ने आँख का हर अक्स धुँधला कर दिया
उसके वादे के एवज़* दे डाली अपनी ज़िन्दगी
एक सस्ती शय का ऊँचे भाव सौदा कर दिया
एवज़=बदले में*
था तो नामुमकिन तेरे बिन मेरी साँसों का सफ़र
फिर भी ज़िन्दा हूँ मैंने तेरा कहना कर दिया

विनय कृष्ण चतुर्वेदी उर्फ़ 'तुफ़ैल चतुर्वेदी' अपने बारे में कहते हैं कि उनका वतन पहले काशीपुर था अब सारी दुनिया है और निवास क़िला-काशीपुर जिला नैनीताल में है। आप सिर्फ़ और सिर्फ़ शायरी करते हैं। नैनीताल की हवा सी ताज़गी आप उनकी हर ग़ज़ल में महसूस कर सकते हैं, जैसे मिसाल के तौर पर उनकी एक छोटी बहर की ग़ज़ल के ये शेर देखें-

कोई वादा न देंगे दान में क्या
झूठ तक अब नहीं ज़बान में क्या

क्यों झिझकता है बात कहने में
झूठ है कुछ तेरे बयान में क्या
रात दिन सुनता हूँ तेरी आहट
नुक़्स* पैदा हुआ है कान में क्या
नुक़्स= दोष*

शायर कि ख़ूबी ये होती है कि वो रोज़मर्रा के हालात को अपनी नज़र से आँक कर उसे अपने शेरों में ढालता है। अब बरसों से हम सब की ज़िदगी में, दुनिया में, वो ही सब कुछ होता आया है जो अब हो रहा है, लेकिन उसी होने को एक नये अंदाज़ से पेश करने का ढंग ही हर शायर को दूसरे से अलग करता है। मैं अपनी बात की सच्चाई 'तुफ़ैल' साहेब की ग़ज़ल के इन शेरों से सिद्ध करना चाहूँगा-

इसीलिए तो कुचलती है रात दिन दुनिया
हम अपना हक़ भी बड़ी आजिज़ी* से माँगते हैं
आजिज़ी= विनम्र भाव*
बहुत सँभल के फ़क़ीरों से तब्सिरा* करना
ये लोग पानी भी सूखी नदी से माँगते हैं
तब्सिरा= चर्चा*
कभी ज़माना था उसकी तलब में रहते थे
और अब ये हाल है ख़ुद को उसी से माँगते हैं

युवाओं वाले तेवर आपको उनकी इस किताब में एक जगह नहीं हर पन्ने पर बिखरे नज़र आ जायेंगे। मुझे लगता है जब वो मुशायरों में अपने ये शेर सुनाते होंगे तो सुनने वाले ख़ुद-बा-ख़ुद ताली बजाने को मजबूर हो जाते होंगे

बाज़ारे-फ़न में फ़न की न थी क़द्र कुछ मगर
लफ़्ज़ों की धूप छाँव का धंधा नहीं किया
शोहरत के बावजूद रहे हम ज़मीन पर
हम हैं, हमें उजालों ने अँधा नहीं किया
अब भी उसी की याद थपकती है मेरे ख़्वाब
उसने बिछुड़ के भी मुझे तन्हा नहीं किया

यूँ तो इस किताब में प्रकाशित सब ग़ज़लें एक से बढ़ कर एक हैं लेकिन मुझे एक ग़ज़ल के ये दो शेर बहुत पसंद आए, सोचता हूँ आपको भी सुनाता चलूँ-

हम बुज़ुर्गों की रिवायत से जुड़े हैं भाई
नेकियाँ करके कभी फल नहीं माँगा करते
आज के दौर से उम्मीदे-वफ़ा, होश में हो
यार अंधों से तो काजल नहीं माँगा करते

'तुफ़ैल' साहेब ने इस किताब को 'उन आँसुओं के नाम जो इस किताब में आने से रह गए' किया है, आप इस किताब को 'नेशनल पब्लिशिंग हाउस, २३ दरियागंज, नई दिल्ली -110002 से 'प्राप्त कर सकते हैं। इस से पहले कि आप से अगली पुस्तक की जानकारी देने तक नमस्कार किया जाए, छोटी बहर की एक ग़ज़ल के ये बेहतरीन शेर पढ़िए और तुफ़ैल साहेब को दिल ही दिल में दाद दीजिये.... या फिर तुफ़ैल साहब से 9711296239 पर फ़ोन कर दाद दें।

फ़क़ीरी में भी ख़ुद्दारी बचा ली
हमारा नाम सुल्तानों में रखना
मिरे ज़ख़्मों की आराइश* से सीखो
सजा कर फूल गुलदानों में रखना
आराइश= सज्जा, सजाना*
सहेली पढ़ ही लेगी नाम मेरा
तुम अपने हाथ दस्तानों में रखना

***

सिर पर खड़ा शनि है
सादिक़

खोला करो आँखों के दरीचों को सँभल कर
इनसे भी कभी लोग उतर जाते हैं दिल में

मित्रों जब भी आप किसी प्रतिष्ठित लेखक या शायर की किताब ख़रीदते हैं तो उसमें प्रस्तुत सामग्री की गुणवत्ता से आपकी अपेक्षाएँ शत प्रतिशत होती हैं, चलिए शत प्रतिशत ना भी सही अस्सी प्रतिशत तो होती ही हैं, ये बात किसी ऐसे लेखक या शायर पर लागू नहीं होती जो अधिक प्रसिद्ध न हो या आपने जिसे कभी न पढ़ा हो। इसके फ़ायदे और नुकसान दोनों ही होते हैं। मेरे ख़याल से फ़ायदे अधिक होते हैं और नुकसान कम, क्यूँकि प्रसिद्ध लेखक की पुस्तक अगर गुणवत्ता पर खरी न उतरे तो आपको निराशा होती है, लेकिन अनजान लेखक की किताब ख़राब गुणवत्ता वाली भी हो तो आप अधिक परेशान नहीं होते और अगर वो किताब आपकी अपेक्षाओं से भी अधिक गुणवत्ता की हो तो जो ख़ुशी मिलती है उसे वो ही समझ सकता है जिसने ये अनुभव किया हो।

मुझे जनाब 'सादिक़' साहेब की किताब 'सिर पर खड़ा शनि है' पढ़कर जो ख़ुशी हुई उसे ही मैं आपके साथ आज बाँटना चाहता हूँ। उज्जैन मध्य प्रदेश में जन्में 'सादिक़' साहेब दिल्ली विश्वविद्यालय के उर्दू विभाग में प्रोफ़ेसर हैं। आप की शायरी की बहुत सी किताबें हिंदी और उर्दू में छप चुकी हैं।

'सादिक़' साहेब की शायरी आम इंसान के समझ में आने वाली है। निहायत सादा ज़बान में वो कमाल के शेर कह देते हैं। जैसे-जैसे आप इस किताब के वरक़ पलटते हैं वैसे-वैसे आपको उनकी शायरी के अलग-अलग रंग दिखाई देने लगते हैं।

मेरे वजूद के कोई मानी नहीं रहे
पैना-सा एक तीर हूँ टूटी कमान का
आकाश कोसने से कोई फ़ायदा नहीं
बेहतर है नुक़्स देख लूँ अपनी उड़ान का
जब से हुआ है राज पिशाचों का शहर पे
जंगल में हमको ख़ौफ़ नहीं अपनी जान का

एक और ख़ूबी जो मुझे नज़र आयी 'सादिक़' साहेब की शायरी में वो हिंदी के शब्दों का बड़ी ख़ूबसूरती से अपने शेरों में इस्तेमाल करते हैं, मज़े की बात ये है कि हिंदी के ये शब्द कभी भी, कहीं भी भरती के नहीं लगते बल्कि बड़े सहज ढंग से आते हैं-

उसके तकिये पर कढ़ा सुन्दर सुमन
आँसुओं से हो गया गीला, तो फिर
हम तो सच-सच मुँह पे कह देंगे मगर
रंग उसका पड़ गया पीला, तो फिर
देख सुन्दरता अभी तो मुग्ध हो
साँप वो निकला जो ज़हरीला, तो फिर
हम तो अपने पर रखें संयम मगर
आके दिखलाये मदन लीला, तो फिर

ग़ज़लों में नये प्रयोग आज कल सभी करने लगे हैं, रिवायती ग़ज़लें अब कल की बातें हो गयी हैं। ज़िन्दगी को बारीकी से देखने का हुनर ग़ज़लों में आ गया है। 'सादिक़' साहेब की एक ग़ज़ल के ज़रा ये शेर पढ़ें-

तेरा वजूद तो निर्भर हवा पे है नादाँ
जो फूला फिरता है इक बार फट के देख ज़रा
यूँ बैठे-बैठे तो खुलते नहीं किसी के गुण
ये तेग खींच के, मैदाँ में डट के देख ज़रा
लगाना चाहे जो अंदाज़ा अपनी क़ीमत का
तो अपने पद से तू इक बार हट के देख ज़रा

"डालफिन बुक्स', 4855-56/24,हरबंस स्ट्रीट, अंसारी रोड, दरिया गंज, दिल्ली से प्रकाशित एक सौ बारह पृष्ठ की, ये किताब चार भागों में विभक्त है :1- मेरे हाथ में क़लम था, 2- डूबते जज़ीरों में, 3- सच्चाईयों के क़हर में, और 4- शिकस्त मुझको गवारा नहीं। चारों भागों को पढ़ने का अपना अलग आनंद है, इस आनंद को उठाने के लिए ज़रूरी है कि आप ख़ुद इस किताब को पूरा पढ़ें जो यहाँ मेरे ब्लॉग पर संभव नहीं है।

किताब की जानकारी मैंने आपको देकर अपना फ़र्ज़ पूरा किया है, अब आप इसे ख़रीद कर अपना फ़र्ज़ निभाएँ। (वैसे आज के दौर में फ़र्ज़ अदायगी नहीं होती सिर्फ़ फ़र्ज़ की रस्म अदायगी ही होती है)। चलते-चलते उनकी एक ग़ज़ल के कुछ शेर पढ़ते जाइये-

शरण हर एक को मिलती थी जिसके होने में
कराहता है पड़ा घर के एक कोने में
वो जिसको पाने में जीवन तमाम ख़र्च किया
लगा बस एक ही क्षण उसको हमसे खोने में
हमारे दुःख को वो महसूस किस तरह करता
मज़े जो लेता रहा सूईयाँ चुभोने में

ज़मीन सख़्त है, मौसम भी साज़गार नहीं
यहीं तो लुत्फ़ है ख़्वाबों के बीज बोने में

आप ख़्वाबों के बीज बोकर फसल उगने का इंतज़ार कीजिए,हम निकलते हैं एक और नायाब किताब ढूँढ़ने।

चलते-चलते अपने आप को उनका ये शेर पढ़वाने से ख़ुद को रोक नहीं पा रहा हूँ। उस मुख पे देखने के लिए जीत की ख़ुशी-

उस मुख पे देखने के लिए जीत की ख़ुशी
हम ख़ुद तमाम बाज़ियाँ हारे चले गए

***

दूसरा मैं
जाफ़र रज़ा

जितनी-जितनी ख़्वाहिशें ऊँचाइयाँ छूने लगीं
उतना-उतना आदमी छोटा नज़र आने लगा

दोस्तों कई बार अचानक ऐसे शख़्स से आपकी मुलाक़ात हो जाती है जिससे मिल कर आपको अपनी ही क़िस्मत पे रश्क होने लगता है। जनाब 'जाफ़र रज़ा' साहेब को मैंने सबसे पहले कवि कुलवंत जी द्वारा समीर लाल और देवी नागरानी जी की शान में रखी गोष्ठी में देखा और सुना। उसके बाद ये मौक़ा दुबारा अनीता जी के घर पर हुई गोष्ठी में मिला। हर बार उनसे मिल कर जो ज़ेहनी सुकून मिलता है वो लफ़्ज़ों में बयाँ नहीं किया जा सकता।

सीधे सादी ज़बान में जाफ़र साहेब जब शेर पढ़ते हैं तो लगता है जैसे आप हार सिंगार तले बैठे हैं और फूल झड़ रहे हैं। सादगी उनके लिबास में ही नहीं उनकी पूरी शायरी में नज़र आती है। ऐसे ही किसी गोष्ठी में वो अपनी किताब से शेर सुना रहे थे और लोग वाह वा कर कर रहे थे। जब वो शेर सुना कर वापस अपनी जगह लौटने लगे तो रास्ते में ही मैंने उन्हें पकड़ लिया और कहा, "रज़ा साहेब आपसे एक गुज़ारिश है।" मुस्कुराते हुए बोले, "कहिए.." मैंने कहा, "मुझे आप अपनी ये किताब अपने दस्तख़त कर के दे दीजिये..." और उन्होंने बिना एक पल ज़ाया किये मेरी बात मान ली। आज मैं आप को उनकी उसी किताब 'दूसरा मैं' से रू-ब-रू करवाता हूँ।

कोशिश कर लो लाख 'रज़ा' आसान नहीं
शेरों में जज़्बात पिरोना समझे ना

रजा साहेब अपने ही इस लाजवाब शेर को बड़ी ख़ूबसूरती से पूरी किताब में नकारते नज़र आते हैं। जज़्बात को जिस तरह से उन्होंने अपने कलाम में पिरोया है वो बेमिसाल है, उनका ये शेर शायद औरों पर सटीक बैठता हो लेकिन ख़ुद उन पर लागू नहीं होता।

छोटी बहर की इस ग़ज़ल में देखिए किस अंदाज़ से वो अपनी बात कहते हैं

हसरतें, आरज़ू, लगन, चाहत
ग़म का सामान मुझमें रहता है
ढूँढ़ता है ख़ुलूस लोगों में
ये जो नादान मुझमें रहता है

ग़म किसी का हो ग़म समझता हूँ
अब भी इंसान मुझमें रहता है

उनकी शायरी आम इंसान की शायरी है जो उसे हर हाल में जीने का संदेशा देती है, उसे जीने के आसान गुर सिखाती है

बढ़ानी थी अगर अश्कों की क़ीमत
तबस्सुम में समोना चाहिए था
सलीक़ा सीख लेते खेलने का
अगर दिल का खिलौना चाहिए था
हक़ीक़त में जो थी फूलों से उल्फ़त
तो फिर काँटों पे सोना चाहिए था

छोटी बहर में ग़ज़ल कहना मुश्किल होता है क्यूँकि आप को कम लफ़्ज़ों में सारी बात करनी होती है...ये फ़न बहुत कोशिशों से हासिल होता है, लीजिए पढ़िए रज़ा साहेब की एक छोटी बहर की ग़ज़ल के चंद शेर-

दर दर ठोकर खाना क्या
समझेगा दीवाना क्या
वो जो आँखें कहती हैं
लफ़्ज़ों में समझाना क्या
ज़ख़्म खिले तो बात बने
फूलों का खिल जाना क्या
तुम हमको पहचानोगे
अपने को पहचाना क्या
दिल भर जाये तो जाने
दामन का भर जाना क्या
खोटे सिक्के का यारों
खोना क्या और पाना क्या
ग़म की दौलत है तो है
दुनिया को दिखलाना क्या

फारान बुक डिपो, कुर्ला, मुंबई (09223903515) से प्रकाशित ये किताब हिंदी और उर्दू लिपि में छपी हुई है। किताब के बाएँ पृष्ट पर हिंदी में और उसी ग़ज़ल को दायें पृष्ठ पर उर्दू लिपि में पढ़ सकते हैं। उर्दू सीखने में दिलचस्पी रखने वालों के लिए तो ये एक वरदान

ही समझिए।

आइए चलते-चलते एक ग़ज़ल के चंद शेर और पढ़ते चलें-

लगेगी एक दिन उनके गुरूर को ठोकर
ज़मीन पर जो क़दम देखकर नहीं रखते
हिरास-ओ-यास* के बिस्तर पे नींद क्या आती
सुहाने ख़्वाबों का तकिया अगर नहीं रखते
हिरास-ओ-यास= परेशानी और ना उम्मीदी
वो लुत्फ़े-गर्मिये-रुख़्सारे-ज़ीस्त* क्या जाने
जो उँगलियों को कभी आग पर नहीं रखते
वो लुत्फ़े-गर्मिये- रुख़्सारे-ज़ीस्त= ज़िन्दगी के गालों की गर्मी का मज़ा
न जाने कब कोई झोंका फ़साद ले आये
इसी से लोग हवादार घर नहीं रखते
'रज़ा' वो सर किसी काँधे पे कैसे रखेंगे
जो अपना हाथ किसी हाथ पर नहीं रखते

किताब से मुलाक़ात आपको पसंद आयी होगी। रज़ा साहब आज इस दुनिया में नहीं हैं लेकिन वो अपने अशआर में हमेशा ज़िन्दा रहेंगे।

किसकी तरफ़ ये दस्ते-मुहब्बत* बढ़ाइए
हाथों से अपने ज़ख़्म दबाये हुए हैं लोग
दस्ते-मुहब्बत*= मुहब्बत का हाथ
बाँहों में बाहें डाले हुए हैं मगर 'रज़ा'
एक दूसरे से ख़ुद को छुपाये हुए हैं लोग

* * *

उड़ान
राजेश रेड्डी

ज़िन्दगी का रास्ता क्या पूछते हैं आप भी
बस उधर मत जाइये भागे जिधर जाते हैं लोग

ये बात कोई चालीस साल पुरानी है जब एक पतले-दुबले साँवले से उन्नीस बीस साल के लड़के ने मुझे ये शेर सुनाया था। तब शायरी की कोई ख़ास समझ नहीं थी, लेकिन इतनी समझ ज़रूर थी की जो शख़्स इस उम्र में ऐसे शेर कह सकता है वो बड़ा हो कर ज़रूर गुल खिलाने वाला है। हम दोनों उन दिनों जयपुर के रविन्द्र मंच पर नाटक खेलने के शौक़ीन हुआ करते थे। जयपुर में वो नाटकों के स्वर्णिम युग की शुरुआत थी। उस लड़के ने भी एक नाटक लिखा भूमिका और जिसे निर्देशित भी किया। मैंने और मेरे एक अभिन्न मित्र ने उस नाटक की प्रकाश व्यवस्था सँभाली। उस दौरान हम अच्छे मित्र बन गए। जी हाँ मैं आज हिन्दुस्तान के उस अज़ीम शायर की बात कर रहा हूँ जिसे लोग राजेश रेड्डी के नाम से जानते और पसंद करते हैं। उनकी बहुत सी ग़ज़लों को जगजीत सिंह जी ने अपनी रेशमी आवाज़ से नवाज़ा है।

ज़िन्दगी, जो आप करना चाहते वो करने नहीं देती। आपको अपने हिसाब से हाँकती है। राजेश रेडियो से जुड़ गया और मैं स्टील कम्पनियों से। रोज़ी-रोटी ने शहर भी छुड़वाया और नाटकों का शौक़ भी। राजेश ने अपनी आग को ज़िन्दा रक्खा और लगातार लिखता रहा। एक दिन अचानक मुंबई आने पर जब मैंने उसे फ़ोन किया तो वो मुझे पहचान तो गया लेकिन चालीस सालों के अन्तराल ने रिश्तों की गर्मी को ठण्डा ज़रूर कर दिया था। ऐसा ही होता है इसमें कुछ भी हैरान करने वाली बात नहीं है। प्रगाढ़ रिश्ते भी सम्वाद हीनता की स्तिथि में दम तोड़ देते हैं। उसने मुझे पहचाना ये ही बहुत था मेरे लिए।

जयपुर में आयोजित पुस्तक मेले में मुझे उसकी किताब उड़ान दिखाई दी। ख़रीदने के बारे में सोचना ही नहीं पड़ा। पुराने संबंधों की भीनी याद ही उसे ख़रीदने के लिए काफ़ी थी।

राजेश रेड्डी के बारे में अधिक कुछ न कह कर आइए उसकी इस पुस्तक की चर्चा की जाये। उड़ान उसके प्रशंसकों को निराश नहीं करती वरन उनकी कसौटी पर सौ फ़ीसदी खरी उतरती है। वो जिस पाये के शायर हैं उनसे बेहतर शायरी की उम्मीद रखना ग़लत नहीं है और उन्होंने कहीं भी ना उम्मीद नहीं किया है।

कहा जाता है कि छोटी बहर में शेर कहना बहुत मुश्किल होता है, लेकिन उड़ान को पढ़ते वक़्त ऐसा लगता ही नहीं। राजेश इस सहजता से छोटी बहर में शेर कहते हैं की बेसाख़्ता मुँह से वाह वा निकल जाता है-

गीता हूँ क़ुरआन हूँ मैं
मुझको पढ़ इंसान हूँ मैं

ज़िन्दा हूँ सच बोल के भी
देख के ख़ुद हैरान हूँ मैं
इतनी मुश्किल दुनिया में
क्यूँ इतना आसान हूँ मैं
मैं क्या और क्या मेरा वजूद
मुफ़लिस का अरमान हूँ मैं

उड़ान में राजेश की लगभग वो सभी ग़ज़लें हैं जो जगजीत सिंह साहेब, पंकज उदास, राज कुमार रिज़वी जैसे नामवर ग़ज़ल गायकों ने गायी हैं और जो ख़ूब मक़बूल हुई हैं, लेकिन हम उन ग़ज़लों की चर्चा यहाँ नहीं करेंगे... बल्कि उन ग़ज़लों के शेर पढ़वायेंगे जो शायद अभी तक गायी नहीं गयीं... हो सकता है कि इस चयन में मुझसे ग़लती हो जाए क्यूँकि उनकी उन ग़ज़लों की फ़ेहरिस्त मेरे पास नहीं है जो गायी गयी हैं

ज़ुबाँ ख़ामोश है डर बोलते हैं
अब इस बस्ती में ख़ंजर बोलते हैं
सराये है जिसे नादाँ मुसाफ़िर
कभी दुनिया कभी घर बोलते हैं
मेरे ये दोस्त मुझसे झूठ भी अब
मेरे ही सर को छूकर बोलते हैं

राजेश एक संजीदा इंसान हैं और उनकी संजीदगी उनकी ग़ज़लों में साफ़ दिखाई देती है। लफ़्फ़ाज़ी उनकी फ़ितरत में नहीं इसीलिए आप उनके शेर में ना एक लफ़्ज़ जोड़ सकते हैं या घटा सकते हैं। ये हुनर बहुत कोशिशों से आता है। एक ग़ज़ल के चंद शेर देखें-

ये सारे शहर में दहशत सी क्यूँ है
यक़ीनन कल कोई त्यौहार होगा
बदल जायेगी इस बच्चे की दुनिया
जब इसके सामने अख़बार होगा

एक ग़ज़ल के चंद शेर और देखें जिसमें राजेश आसान ज़बान में सब कुछ कितनी सहजता से कह जाते हैं। ये सादगी ही उनकी ग़ज़लों का सबसे अहम पहलू है।

अपनी आखों से ज़िन्दगी को पढ़
अपने अनुभव से ज्ञान पैदा कर

सब्र के पेड़ पर लगेंगे फल
सोच में इतमिनान पैदा कर
छोड़ दुनिया से छाँव की उम्मीद
ख़ुद में इक सायबान पैदा कर
दिल से निकले दिलों में बस जाए
ऐसी आसाँ ज़ुबान पैदा कर

वाणी प्रकाशन, 21-ए,दरियागंज, नई दिल्ली से अब तक इस किताब के दो संस्करण प्रकाशित हो चुके हैं, जो इसकी लोकप्रियता को दर्शाते हैं। इस किताब में राजेश की 74 ग़ज़लें दर्ज हैं जो पढ़ने वालों को एक नये एहसास से रू-ब-रू करवाती हैं।

राजेश खुद बहुत अच्छा गाते हैं। संगीत का उन्हें ज्ञान है। उन्ही की ज़बानी उनकी ग़ज़लों को सुनना एक ऐसा अनुभव है जिसे आप कभी भूल नहीं सकते। उन्होंने एक कैसेट ग़ालिब में संगीत दिया है जिसे वीनस कंपनी वालों ने निकला था। जो उन्हें सुनना चाहते हैं उनसे गुज़ारिश है कि वो <http:// www.radiosabrang.com पर उन्हें सुनें। राजेश को बधाई देने के लिए आप 9821547423 पर संपर्क कर सकते हैं।

आख़िर में पेश है उनका एक शेर जो मुझे बहुत ही अधिक पसंद है... शायद आपको भी पसंद आये, पसंद आये तो उनकी तारीफ़ में ताली ज़रूर बजाइयेगा चाहे आसपास कोई सुनने वाला हो ना हो।

अजब कमाल है अक्सर सही ठहरते हैं
वो फ़ैसले जो कभी सोच कर नहीं करते

आप इस किताब को तलाशिए तब तक हम निकलते हैं आपके लिए एक और किताब तलाशने। इसमें हमारा भी तो भला हो जाता है... आपकी बदौलत हम भी अच्छी शायरी पढ़ लेते हैं। शुक्रिया।

***

पूछना है तुमसे इतना
सैयद रियाज़ रहीम

दोस्तों देश में न जाने कितने शायर हैं और न जाने शायरी की कितनी किताबें छपती हैं... हमें सिर्फ़ उन्हीं किताबों का पता चल पाता है जिसे नामचीन प्रकाशक छापते हैं या फिर जिनकी चर्चा किसी अख़बार या मैग्ज़ीन में होती है। बहुत कम ऐसा होता है कि आपको कभी एक अपरिचित प्रकाशक की कोई ऐसी किताब मिले जिसमें चौंका देने वाले शेरों की भरमार हो और जिसे लिखा भी किसी बहुत नामवर शायर ने न हो। मेरा नाम उन ख़ुशक़िस्मत पाठकों में आप दर्ज कर सकते हैं जिसके पास ऐसी ही शायरी की एक अनूठी किताब है। आप नहीं पहचान पाएँगे मुझे ही बताना पड़ेगा कि ये किताब है आज़मी पब्लिकेशन, कर्ला, मुंबई से प्रकाशित 'पूछना है तुमसे इतना' जिसे लिखा है जनाब सैयद रियाज़ रहीम साहेब ने।

मैं इतना टूटकर उससे मिला हूँ
मेरा दुश्मन भी मेरा हो गया है

लिखने वाले रियाज़ साहेब धारवाड़ (कर्नाटक) में जन्में और तालीम मुम्बई में पायी, जहाँ अब वो अपने भरे पूरे परिवार के साथ रहते हैं। एम. ए. (उर्दू, अंग्रेज़ी) करने के बाद अध्यापन के पेशे में हैं और सन 1980 से शेर कह रहे हैं-

ये कैसा शोर है दुनिया में आख़िर
के सच्चा चुप है झूठा बोलता है
नहीं रोका हमारी ही ख़ता है
वो ज़ालिम अब दोबारा बोलता है
कभी तो चीख़ना बेकार सबका
कभी तो इक इशारा बोलता है
मुहब्बत उठ गयी हिंदुस्ताँ से
कि अब त्रिशूल-भाला बोलता है

रियाज़ साहेब का कहना है कि वो ऐसी शायरी पसंद करते हैं जिस शायरी में सादगी, मासूमियत हो और जो शायरी आदमी को आदमी बनाने की कोशिश करती हो। उन्हें कबीर, वली दकनी, मीर और नजीर की शायरी बहुत पसंद है गोली चली जब सीनों पर पीछे वाले बैठ गये ख़ुशियाँ आयीं लौट गयीं ग़म अपने थे बैठ गये सच सुनना आसान न था सबके चेहरे बैठ गये सुनने गीत मुहब्बत का गूँगे बहरे बैठ गये कहते थे जो डटे रहो वो सब साले बैठ गये रियाज़ साहेब से मुलाक़ात भी इक हसीं इत्तेफ़ाक़ था। हस्ती मल हस्ती साहेब के घर पर

निशस्त थी जहाँ पहली बार उनसे मुलाक़ात हुई। बातों-बातों में कब उन्होंने दिल जीत लिया पता भी न चला। उनकी इस किताब का विमोचन कुछ दिनों बाद होने वाला था जिसमें मैं जयपुर जाने की वजह से जा न सका। लौटने पर देखा उनकी किताब डाक से घर आयी हुई है। मैं उनकी मुहब्बत का क़ाएल हो गया। वो अपना कलाम भी बहुत ख़ूबसूरत अंदाज़ में पढ़ते हैं और छोटी बहर में कमाल करते हैं, प्यार से भरा इंसान ही ऐसी शायरी कर सकता है

चेहरा-चेहरा अपना पन
सारी दुनिया घर आँगन
तुम तो मेरे सामने हो
ढूँढ़ रहा है किसको मन
कैसे उसको समझाऊँ
अपना मन ही अपना धन
झूट नहीं कहता हूँ मैं
देखो जाकर तुम दरपन

मात्र सौ रुपये की किताब ऐसी अनमोल ग़ज़लों को अपने में समोए है कि लगता है मोतिओं का ख़ज़ाना सस्ते में हाथ लग गया है। यूँ तो ये किताब आप आज़मी पब्लिकेशन को लिख कर ख़रीद सकते हैं लेकिन आसान तरीक़ा तो ये होगा की आप रियाज़ साहेब से सीधे उनके मोबाइल 09930632838 पर फ़ोन करें, मुबारकबाद दें और किताब माँग लें, मुझे उम्मीद है कि वो अपने चाहने वालों को ना-उम्मीद नहीं करेंगे।

अँधेरों की साज़िश पे ग़मगीन हो
दिये से दिये क्यूँ जलाते नहीं
शहीदों में लिखवा रहे हैं वो नाम
जो उँगली तक अपनी कटाते नहीं

हम दुआ करते हैं कि वो इसी तरह लिखते रहें, उन्हे हम किताब दर किताब और पढ़ते रहें, उनके ख़ूबसूरत शेरों पर यूँ ही तालियाँ पीटते रहें....

धीरज रक्खो आज नहीं तो कल अच्छा हो जायेगा
पगडण्डी पर चलते रहना ही रस्ता हो जायेगा

किताब के आख़िर में उर्दू हिंदी के बड़े शायरों और कवियों ने उनकी शायरी के बारे में जो कहा है उसका संकलन है, जिसे पढ़कर हमें उनकी कई दूसरी विशेषताओं का पता चलता है। कुछ भी कहें साहेब ये किताब शायरी के दीवानों की अलमारी में होनी चाहिए। चलते-

चलते एक आध शेर और....

आज है शातिर बूढ़ों जैसी
कल थी बच्चों जैसी दुनिया
राज सिंहासन छूट गया जब
कासा लेकर भटकी दुनिया
जितने ख़ुदा हैं सब ने मिल कर
बाँट ली अपनी-अपनी दुनिया

शुक्रिया दोस्तों रियाज़ साहेब की शायरी का लुत्फ़ उठाने के लिए, आपका ख़ुलूस ही हमें आपके लिए और अच्छी किताबें ढूँढ़ने में मदद करता है..... इसे बनाये रखें।

***

ख़ुशबू उधार ले आये
उपेन्द्र कुमार

इंतज़ार में कम्पित हो कर थकी आँख के खुले कपाट
पलकें झुकी नज़र शरमाई बड़े दिनों के बाद यहाँ
कैसी पूनो ये आई है महारास के रचने को
फिर चरणों ने ली अँगड़ाई बड़े दिनों के बाद यहाँ
मन के सूनेपन में कूकी आज कहीं से कोयलिया
मोरों से महकी अमराई बड़े दिनों के बाद यहाँ
है वैसी की वैसी इसमें परिवर्तन तो नहीं हुआ
आज ये दुनिया क्यूँ मन भाई बड़े दिनों के बाद यहाँ
दुःख में तो रोतीं थी अक्सर रह रह कर आतुर आँखें
सुख में भी कैसे भर आयीं बड़े दिनों के बाद यहाँ

दोस्तों मैंने शायद पहले भी कभी कहा था कि कोई किताब ख़रीदने से पहले आप उसके चंद पन्ने पलटिए और एक शेर भी अगर कहीं पसंद आ जाये तो ख़रीदने में देर मत कीजिए। ये ख़ुशबू उधार ले आये किताब इस मायने में मेरे कथन से एक क़दम आगे रही क्यूँकि किताब के पन्ने पलटते ही जहाँ निगाह ठहरी वहाँ एक शेर नहीं बल्कि ऊपर दी हुई पूरी ग़ज़ल मिली, जिसका हर शेर लाजवाब लगा। शायर का नाम उपेन्द्र कुमार है, जिसे मैंने किताब ख़रीदने का मानस बनाने के बाद में पढ़ा। मेरी ये आदत है कि मैं किताब पहले हाथ में लेता हूँ और पन्ने पलटता हूँ और लेखक का नाम बाद में पढ़ता हूँ, इसका लाभ ये रहता है कि कई बार अनजान लेखकों का लिखा ख़ज़ाना हाथ लग जाता है।

अब कुछ नहीं तो वार निहत्थों पे कीजिए
ये हक़ तो वर्दियों को मिला है विधान से
सब भागने लगे थे फिर अपने घरों की और
कितने बिदक गए थे वो जलते मकान से

उपेन्द्र कुमार साहेब की शायरी पर प्रसिद्ध लेखक कमलेश्वर इस किताब की भूमिका में लिखते हैं कि मैं प्रगतिवादी हूँ-ग़लत हूँ या सही हूँ-यह तो वक़्त ही बताएगा, पर समय की शिला पर जब लेखन और संवेदना का इतिहास परखा जायेगा, तो हिंदी में लिखी जा रही ग़ज़ल अपनी पहचान और उपस्तिथि दर्ज करेगी और इस उपस्तिथि में उपेन्द्र कुमार की ग़ज़लें भी शामिल रहेंगी.....उपेन्द्र कुमार की ग़ज़लों में वह सब मौजूद है जो हमारे दिलो-दिमाग़ को कचोटता है और वे सारे सवाल मौजूद हैं जो संवेदी दिल से अपने उत्तर माँगते हैं।

भटकन त्याग, छुई है देहरी किस जोगी के पाँवों ने
फिर से चाँद उतर आया है घर के रौशनदानों में
तुमसे बिछुड़े तो सच मानो गुमसुम मन का फूल रहा
और निरंतर रहे भटकते हरे भरे बाग़ानों में
ग़ैरों की राहों से चुनना शूल समर्पित हाथों से
फूल खिला जाता है अक्सर जीवन के सुनसानों में

छोटी बहर में शेर कहने और पढ़ने का अपना मज़ा है, देखिए एक ग़ज़ल के चंद शेर जिन्हें पढ़कर ग़ालिब साहेब की मशहूर ग़ज़ल याद आ जाती है क्यूँकि इसका रदीफ़, क़ाफ़िया वही है जो उस ग़ज़ल का था...

बेअसर हो तो फिर दुआ क्या है
चल के रुक जाये तो हवा क्या है
लोग हँसते हुए झिझकते हैं
ये इन्हें रोग सा लगा क्या है
ग़म हैं, मजबूरियाँ हैं, क़िस्मत में
फिर ये कोशिश, ये हौसला क्या है

किताब घर प्रकाशन, 24 अंसारी रोड, दरियागंज, नई दिल्ली -110032 से प्रकाशित ये किताब अपने शुरू के तीन चार पन्नो में ही अपनी क़ीमत वसूल करवा देती है बाक़ी के सत्तर पन्ने तो बोनस के समझिए। सीधे सादे शब्दों में कमाल के शेर भरे पड़े हैं इस किताब में और हिंदी ग़ज़ल के प्रेमियों के लिए तो ये किसी वरदान से कम नहीं।

मन मंदिर में एक ही बुत की भिन्न भिन्न तस्वीरें हैं
यादों की भरमार ने उफ़ ये क्या कुहराम मचाया है
जो पाया था वैसा ही बस इस दुनिया में छोड़ चले
अपनी तरफ़ से हमने कुछ कब जोड़ा और घटाया है

सितम्बर 1947 को बिहार के बक्सर में जन्में उपेन्द्र ने इंजीनियरिंग की डिग्री के अलावा विधि में स्नातक की उपाधि प्राप्त की है जो अपने आप में विशेष बात है,181-दीनदयाल मार्ग दिल्ली-110002 में रहने वाले उपेन्द्र जी ने हिंदी शब्दों का अद्भुत प्रयोग अपनी शायरी में किया है जो विस्मित कर देने वाला है। आख़िरी में चलते-चलते उनके हुनर का ये करिश्मा भी आप देख लीजिए....

कहें वे कुछ, मगर मतलब कुछ उनका और होता है
नए अक्षर, नयी भाषा, नया ही व्याकरण देखा
मशीनी ज़िन्दगी इस शहर की इक कारखाना है
जहाँ हमने स्वयं इंसान ही को उपकरण देखा

इस किताब के बारे में अभी इतना ही...इस से आगे की जानकारी के लिए आप किताब ख़रीदें और पता करें...सभी कुछ यहाँ बता देंगे तो क्या फिर भी आप इस किताब को ख़रीदेंगे? दिल पर हाथ रख कर जवाब दीजियेगा.... चलिए छोड़िए परेशाँन हों, हम है ना आपके लिए एक और किताब ढूँढ़ने को।

***

आवाज़ का रिश्ता
कुलदीप सलिल

ओम सपरा जी से मैं व्यक्तिगत तौर पर तो कभी नहीं मिला लेकिन एक आध बार फ़ोन और ई-मेल के माध्यम से परिचय है। वो मेरी रचनाओं को पढ़कर हमेशा मेरा उत्साह वर्धन करते रहे हैं। सपरा जी के, जो दिल्ली में रहते हैं और बहुत बड़े साहित्य प्रेमी हैं, अनुभव का लाभ तो मझे मिलना ही था सो मिल गया। उन्हीं की मेहरबानी से मुझे आवाज़ का रिश्ता किताब की जानकारी मिली जिसे जनाब कुलदीप सलिल साहेब ने लिखा है। पुस्तक के अशआर पसंद आने पर पाठक ओम जी का शुक्रिया करना ना भूलें।

ख़ाक हो जाये न तन, मिट्टी न हो मन जब तक
चीज़ ऐसी है ये हसरत कि निकलती ही नहीं
ज़िन्दगी धूप भी है, छाँव भी है तो फिर क्यूँ
बदनसीबी ये सरों से कभी टलती ही नहीं
मकाँ कोई यहाँ तामीर करे तो कैसे
ऐसी मिट्टी है कि बुनियाद ठहरता ही नहीं

इस किताब की ग़ज़लें इतनी सरल हैं कि पढ़ने वाला कब इन्हें गुनगुनाने लगता है पता ही नहीं चलता। बेहद सादा ज़बान इसकी सबसे बड़ी ख़ासियत है। ये कमाल कोई अनुभवी ही कर सकता है और सलिल साहेब के पास लगता है अनुभव का ख़ज़ाना है। इसीलिए उनकी कही बात पढ़ने वालों को अपनी ही लगती है।

हो मुहैया हमें सबकुछ,हो ये कैसे? और फिर
ऐसी चीज़ें भी तो हैं जिनकी कमी अच्छी है
काम लो मेरे तजरिबे से, न मचलो इतना
यहाँ कुछ कहने से ख़ामोशी कहीं अच्छी है

सलिल साहेब ने एम. ए. अंग्रेज़ी और अर्थ शास्त्र दिल्ली विश्वविद्यालय से किया था उसके बाद हंस राज कॉलेज दिल्ली के अंग्रेज़ी विभाग में वरिष्ठ रीडर के पद पर बरसों काम किया। सत्तर वर्षीय सलिल साहेब अब अपना सारा समय साहित्य साधना में लगाते हैं। उन की शायरी साग़रो-मीना, गुलो-बुलबुल, आशिक़-माशूक़ से आगे की शायरी है... उनके तेवरों की ज़रा बानगी तो देखिए...आप कह उठेंगे...वल्लाह क्या शायरी है।

रौशनी छीन के घर-घर से चराग़ों की अगर,
चाँद बस्ती में उगा हो, मुझे मंज़ूर नहीं
हूँ मैं कुछ आज अगर तो हूँ बदौलत उसकी
मेरे दुश्मन का बुरा हो, मुझे मंज़ूर नहीं
हो चराग़ाँ तेरे घर में, मुझे मंज़ूर सलिल
गुल कहीं और दिया हो, मुझे मंज़ूर नहीं

वाणी प्रकाशन, 21-ए, दरियागंज, नई दिल्ली, द्वारा प्रकाशित इस किताब में 115 ग़ज़लें हैं... इन्द्र धनुष के सारे रंग समेटे हर ग़ज़ल हीरे की कणी जैसी है...अगर आप दिल्ली में रहते हो तो फिर काम आसान है लेकिन दिल्ली से बाहर रहते हैं तो दिल्ली में रहने वाले किसी इष्ट मित्र की सेवाएँ इसे ख़रीदने में प्राप्त की जा सकती हैं, जैसे कि मैंने की हैं।

आज के जीवन की त्रासदी को सलिल साहेब ने किस ख़ूबसूरती से आसान लफ़्ज़ों में बयाँ किया है देखिए-

यहाँ इक-दूसरे के घर अभी तक लोग जाते हैं
तुम्हारे शहर की ये सादगी अच्छी लगी हमको
छुअन तक हम भुला बैठे थे जब ठण्डी फुहारों की
किसी बच्चे की किश्ती कागजी अच्छी लगी हमको
सफ़र से दुनिया के लौटे, ख़ला में घूम आये जब
तो अपने गाँव की इक-इक गली अच्छी लगी हमको

प्रसिद्ध साहित्यकार विष्णु प्रभाकर साहेब ने लिखा है सलिल साहब ग़ज़ल लिखना जानते हैं और लिखते रहेंगे। हमें आशा है कि एक दिन ग़ज़ल की दुनिया में उनका नाम स्वर्णाक्षरों में लिखा जायेगा क्यूँकि उनके कहने में सादगी और सलीक़े के साथ ग़ज़ल की गहराई भी है। प्रभाकर साहेब की बात को सिद्ध करने के लिए नहीं सिर्फ़ आपको उनकी शायरी का विस्तार दिखाने के लिए उनके ये शेर पढ़ने की दावत देता हूँ-

सर के बल आऊँ तेरे घर मैं तो लेकिन इस से क्या
तू मिला न राह में तो फ़ासला रह जायेगा
चुप्पियाँ रह जाएँगी, रह जाएँगी तन्हाइयाँ
तेरे जाने पर भी यों तो घर बसा रह जायेगा
हम चले जायेंगे तूफ़ाँ, में भी अपने काम पर
और कोई घर के अन्दर काँपता रह जायेगा

उम्मीद है आपको भी मेरी तरह सलिल साहेब की शायरी के सागर से उठाये ये मोती

ज़रूर पसंद आये होंगे...जैसा मैंने कहा कि आप 'ओम' जी का शुक्रिया ज़रूर अदा कीजिए वर्ना इस किताब तक पहुँचना मेरे लिए शायद संभव न होता। आयी ये चलते-चलते एक-आध शेर का आनंद और उठा लिया जाये...

ग़ज़ल में मीर हैं जैसे भजन मीरा का भजनों में
किसी का है मक़ाम ऐसा हमारे ख़ास अपनों में

और

ज़िन्दगी लेके कहाँ आयी सलिल साहब आज
देखने को नहीं कुछ और नज़र बाक़ी है

आपसे निवेदन है कि इस किताब की प्राप्ति के लिए ओम सपरा जी से 9818180932 पर संपर्क करें।

***

नक़ाब का मौसम
योगेन्द्र दत्त शर्मा

मुसलसल* हादसे, टूटन, घुटन, ख़ामोश पछतावे
मैं अपनी पुरख़ुलूसी** की बड़ी क़ीमत चुकाता हूँ

मुसलसल=लगातार*

*पुरख़ुलूसी**=सच्चाई से भरा व्यवहार*

निहायत सादगी, बेहद शराफ़त, गहरी हमदर्दी
ये डसते हैं मुझे अक्सर, मैं अक्सर तिलमिलाता हूँ

मैं बहुत उलझन में था, इस किताब को ना जाने कितनी बार हाथ में लिया पढ़ा और रख दिया। समझ ही नहीं आ रहा था कि क्या करूँ। आप ही बताइये जिस किताब की हर ग़ज़ल बेहतरीन हो उसमें से कौन-सी छोड़ूँ कौन-सी रक्खूँ ये तय करना कितना मुश्किल काम है। एक ग़ज़ल चुनता तो दूसरी कहती हम से का भूल हुई जो ये सज़ा हम का मिली.... आख़िर ये तय किया कि आँख बंद कर के इस किताब के सफ़्हे पलटूँगा और जो सफ़्हा खुलेगा उस पर छपी ग़ज़ल में से ही एक आध शेर चुन लूँगा। नतीजा आपके सामने है।

मैं जिस किताब का ज़िक्र कर रहा हूँ उसका नाम है नक़ाब का मौसम और शायर हैं जनाब योगेन्द्र दत्त शर्मा जी

योगेन्द्र जी की शायरी ख़ूबसूरत लफ़्ज़ों में हम सब की दास्तान ही कहती है, कभी प्यार से दुलार से तो कभी फटकार से। अपने शेरों से वो हमें चौंकाते भी हैं और हर्षित भी कर जाते हैं, शब्द प्रयोग की एक बानगी देखिए...

हम जुड़े, पर अवान्छितों की तरह
पाए वरदान शापितों की तरह
हम उपेक्षित हैं गो की सम्मानित
फ़्रेम में हैं सुभाषितों की तरह
दिग्विजय की महानता ढोते
जी रहे हैं पराजितों की तरह
डस गए साँप की तरह सहसा
जो थे कल तक समर्पितों की तरह

कवि कथाकार के रूप में चर्चित और बहुत से सम्मानों से सम्मानित, श्री योगेन्द्र जी पिछले पैंतीस सालों से साहित्य साधना कर रहे हैं। आपके चार कविता संग्रह, एक कहानी संग्रह और एक ग़ज़ल संग्रह छप कर प्रशंसा प्राप्त कर चुका है, हम उसी ग़ज़ल संग्रह की बात कर रहे हैं।

ग़ज़ल में हिंदी शब्दों का प्रयोग अब कोई नयी बात नहीं रह गयी है योगेन्द्र जी ने ग़ज़ल में शब्द यूँ पिरोये हैं कि वे भरती के नहीं लगते बल्कि ये एहसास करवाते हैं कि जो बात उस शेर में कही जा रही है उसे कहने के लिए वो ही शब्द बिल्कुल सही हैं।

चाँदनी, जंगल, मरुस्थल, भीड़, चौराहे, नदी
हर कहीं हिरनी बनी भटकी हुई है ज़िन्दगी
टूटने का दर्द तुमको ही नहीं है आइनों
जिस्म के इस फ्रेम में चटकी हुई है ज़िन्दगी
चुप्पियों के इस शहर में ऊँघती निस्तब्धता
छटपटाहट एक आहट की हुई है ज़िन्दगी

आप उनकी शायरी में ज़िन्दगी जीने के हुनर ढूँढ़ सकते हैं। वो आपको सलाह भी देते हैं और आज के हालत पर सोचने को मजबूर भी करते हैं... बिना भारी बोझिल शब्दों का सहारा लिए उनके बात कहने का अंदाज़ मोह लेता है

आ, कि अब मृतप्राय-से-इतिहास को ज़िन्दा करें
आदमियत के दबे एहसास को ज़िन्दा करें
साँस है तो आस है कहते चले आए बुज़ुर्ग
चल, कि जीने, के लिए अब आस को ज़िन्दा करें
रेत में प्यासे हिरन को ज़िन्दा रखता है सराब
वास्तविक चाहे न हो, आभास को ज़िन्दा करें
ऐसे मौसम में, जहाँ सच बोलना दुश्वार हो
मौन रहने के कठिन अभ्यास को ज़िन्दा करें

सब से ख़ास बात इस किताब की ये है कि इसमें कोई भूमिका नहीं है, किसी गणमान्य शायर या साहित्यकार की टिपण्णी नहीं है और न ही किसी की शुभकामनाएँ हैं। सीधी सादी इस किताब में आज का धड़कता वजूद है और वो भी अपने पूरे रंग में। आप ही बताइये जिस किताब की ग़ज़ल में ऐसे शेर हों उसे किसी सहारे या फिर आर्शीवाद की ज़रूरत पड़ेगी? धारदार सवाल हैं जो हर संवेदन शील इंसान को व्यथित कर देते हैं।

हर तरफ़ अंधी सियासत है, बताओ क्या करें?
रेहन में पूरी रियासत है, बताओ क्या करें?
अँड पागल हाथियों का, रौंदता है शहर को
और अंकुश में महावत है, बताओ क्या करें?

ज़ुल्म की दिलकश अदाएँ, रेशमी रंगीनियाँ
गिड़गिड़ाती-सी बग़ावत है, बताओ क्या करें?
आँख में अंगार, मन में क्षोभ, साँसों में घुटन
ये बुज़ुर्गों की विरासत है, बताओ क्या करें?

बात कहने की उनकी इसी अनूठी विधा को अब ज़रा छोटी बहर में भी पढ़े... और देखें कि कम लफ़्ज़ों में कैसे असर पैदा किया जा सकता हैं।

सोच कर बोलता हूँ मैं सबसे
बात करने का अब मज़ा न रहा
हाय वो जुस्तजू, वो बेचैनी
बीच का अब वो फ़ासला न रहा
अब चला है वो तोड़ने चुप्पी
जब कोई उसपे मुद्दआ न रहा

'किताब घर' प्रकाशन वालों ने शायरी की इस किताब को छाप कर हम पाठकों पर बहुत बड़ा उपकार किया है। 'आर्य स्मृति साहित्य सम्मान' से सम्मानित इस ग़ज़ल संग्रह को प्रत्येक ग़ज़ल प्रेमी को पढ़ना चाहिए। किताब के कवर पर छपी इस बात को नकारना इसे पढ़ने के बाद असंभव है कि इस संग्रह की ग़ज़लों में एक पूरम पूर जीवन की दमक और दिव्यता का काव्यांकन है तथा साथ ही गहन नियति के परिणाम स्वरूप धुँधलाते-बुझते असंख्य दीपों का ख़ामोश क्रंदन भी, जो कि जीवन की निजी और सार्वजनिक बोली है।

साथियों इस से पहले कि मैं शायरी की अगली किताब खोजने चलूँ आपको योगेन्द्र जी की एक ग़ज़ल के चंद शेर पढ़वाता हूँ इस उम्मीद से कि इन्हें पढ़कर शायद आप इस किताब को ख़रीदने से अपने आप को ना रोक पायें-

हर क़दम पर एक क़ौमी गीत गाते जाइये
मुफ़लिसों की खाल का जूता बनाते जाइये
ज़िन्दगी की तल्ख़ क़ीमत हम चुकायेंगे मगर
आप इस तकलीफ़ का जज़्बा भुनाते जाइये
पीजिये रंगीन मौसम की महक वाला अरक
वक़्त का कड़वा ज़हर हमको पिलाते जाइये
कामयाबी का है ये नुस्ख़ा इसे मत भूलिए
आप जिस सीढ़ी चढ़े, उसको गिराते जाइये

जैसा मैंने शुरू में ही कहा था कि इस किताब में से आपके लिए शेर छाँटना मेरे लिए

बहुत मुश्किल काम था फिर भी मैंने किया और ये मैं ही जानता हूँ कि इस ईमानदार कोशिश के बावजूद, मैं आपको कितने ही और दूसरे ख़ूबसूरत शेर नहीं पढ़वा पाया हूँ, उम्मीद है आप मेरी मजबूरी समझते हुए मुझे माफ़ करेंगे और योगेन्द्र जी के इन शेरों को हमेशा अपने साथ रख कर मेरा मन ही मन शुक्रिया भी अदा करेंगे।

जिन्हें सुने तो कोई बेनक़ाब हो जाये
किसी से भूलकर ऐसे सवाल मत करना
उसूल*, दोस्ती, ईमान, प्यार, सच्चाई
तुम अपनी ज़िन्दगी इनसे मुहाल* मत करना
उसूल= सिद्धांत, मुहाल=कठिन*

* * *

आँखों में कल का सपना है
अमर ज्योति नदीम

दोस्तों मैं एक कॉलोनी में रहता हूँ जहाँ बहुत सारे फ़्लैट्स हैं। जब भी शाम या सुबह मैं अपनी खिड़कियाँ खोलता हूँ तो उसमें से मुझे बाहर बाग़ में खिलते फूल, टूटे पत्ते, सड़क पर सर झुकाए चलते मज़दूर, खिलखिलाते बच्चे, परेशानियों को बाँटती गृहणियाँ, भाग कर बस पकड़ते लोग, फेरीवाले, अल्हड़ चाल में चलती लड़कियाँ, अपने आपको घसीट कर चलते वृद्ध और भी बहुत से अलग-अलग दृश्य नज़र आते हैं। इन खिड़कियों से दिखने वाले दृश्यों की विविधता से ही ये महसूस होता है कि मैं एक बस्ती में हूँ। किसी बियाबान जंगल में नहीं।

आज जिस किताब का ज़िक्र मैं कर रहा हूँ वो मेरे फ़्लैट की खिड़की की तरह ही है जिसमें ज़िन्दगी के अलग-अलग मंज़र नज़र आते हैं। आम ज़िन्दगी के सुख दुःख को ख़ूबसूरती से समेटती किताब 'आँखों में कल का सपना है' जिस के शायर हैं जनाब 'अमर ज्योति नदीम' इस किताब की सबसे बड़ी ख़ासियत ना कलिष्ट शब्दों का आडम्बर ओढ़े ज़िन्दगी के सारे रंगों को बेबाकी से प्रस्तुत करती है।

दीवारों का ये जंगल जिसमें सन्नाटा पसरा है
जिस दिन तुम आ जाते हो, सचमुच घर जैसा लगता है
उसका चर्चा हो तो मन में लहरें उठने लगती हैं
उसका नाम झील में गिरते कंकर जैसा लगता है

छोटी बहर में हर शायर की कोशिश होती है बेहतर शेर कहने की क्यूँकि छोटी बहर में ही शायर का असली कौशल नज़र आता है। कम शब्दों में गहरी बात करना इतना आसान नहीं होता जितना कि लगता है।

पानी, धूप, अनाज जुटा लूँ
फिर तेरा सिंगार निहारूँ
दाल खदकती, सिकती रोटी
इनमें ही करतार निहारूँ
तेज़ धार ओ भँवर न देखू
मैं नदिया के पार निहारूँ

आज हम बहुत बुरे दौर से गुज़र रहे हैं, इंसान इंसान के ख़ून का प्यासा हो रहा है, इंसानियत सिसकती हुई दम तोड़ रही है ऐसे में शायर का दुखी होना जायज़ है। वो ना चाहते हुए भी इनके बारे में लिखने को मजबूर है। शायर आँखें बंद करके आशिक़ और माशूक़ के

क़िस्से नहीं लिख सकता शराब और शबाब की शान में क़सीदे नहीं पढ़ सकता, अपनी इसी मजबूरी को नदीम साहेब के इन शेरों में देखें-

खेत में बचपन से खुरपी फावड़े से खेलती
उँगलियों से ख़ून छलके, मेंहदियाँ कैसे लिखें
हर गली से आ रही हो जब धमाकों की सदा
बाँसुरी कैसे लिखें, शहनाइयाँ कैसे लिखें
दूर तक काँटे ही काँटे, फल नहीं, साया नहीं
इन बबूलों को भला अमराइयाँ कैसे लिखें

पाठकों को याद होगा कि मैंने जनाब आलोक श्रीवास्तव साहेब की किताब 'आमीन' के बारे में लिखते हुए उनकी मशहूर ग़ज़ल 'अम्मा' का ज़िक्र किया था। इस ग़ज़ल ने आलोक साहेब को बुलंदी पर पहुँचा दिया था। उनकी ग़ज़ल ने 'नदीम' साहेब को भी अम्मा पर लिखने को प्रोत्साहित किया, आइए उनके अम्मा पर लिखे चंद शेरों पर नज़र दौड़ाएँ और दाद दें....

कभी शाम को ट्यूशन पढ़कर घर आने में देर हुई तो
चौके से देहरी तक कैसी फिरती थी बोराई अम्मा
भूला नहीं मोमजामे का रेनकोट हाथों से सिलना
और सर्दियों में स्वेटर पर बिल्ली की बुनवाई अम्मा
बासी रोटी सेंक चुपड़ कर उसे पराँठा कर देती थी
कैसे थे अभाव, और क्या-क्या करती थी चतुराई अम्मा

जीवन की त्रासदियों पर हर शायर ने अपने अशआर में ख़ूब कहा है और अलग-अलग अंदाज़ में कहा है। नदीम साहेब के ये शेर पढ़ने के बाद जिस्म में सिहरन पैदा कर देते हैं, आँखें गीली हो जाती हैं। ये एक शायर की सच्ची आवाज़ का असर ही तो है-

बच्चा एक तुम्हारे घर भी कचरा लेने आता है
कभी किसी दिन, उसके सर पर, तुमने हाथ फिराया क्या?
बिटिया है बीमार गाँव में, लिक्खा है घर आ जाओ
कैसे जाएँ! घर जाने में लगता नहीं किराया क्या?

इस किताब में आपको कचरा बीनने वाले बच्चे. तेज़ धूप में रिक्शा हाँकते इंसान, परेशानियों से झूझते बेरोज़गार, धर्म और देश के ठेकेदार, लफ़्फ़ाज़ी और चापलूसी करने वाले लेखक, किसान, फ़ुटपाथ पर ज़िन्दगी बसर करते लोग सभी अपनी दास्ताँ सुनाते मिल जायेंगे। ये किताब हमारे आज के हिन्दुस्तान की सच्ची तस्वीर प्रस्तुत करती है।

महकते गेसुओं के पेच-ओ-ख़म गिनने से क्या होगा
सड़क पर घूमते बेरोज़गारों को गिना जाये
वो मज़हब हो, की सूबा हो, बहाना नफ़रतों का है
वतन में दिन-ब-दिन उठती दिवारों को गिना जाये
कोई कहता है गाँधी का वतन तो जी में आता है
कि गाँधी की अहिंसा के शिकारों को गिना जाये

'आँखों में कल का सपना है' किताब को 'अयन प्रकाशन, 1/20, महरौली, नई दिल्ली ने प्रकाशित किया है। इस किताब का विमोचन इक्कीस जून को पदम् भूषण श्री गोपाल दास 'नीरज' जी ने किया था। आप में से बहुत से लोग शायद न जानते हों कि जनाब 'अमर ज्योति 'नदीम' ' साहेब का अपना ब्लॉग 'random rumblings' है जिसमें समय-समय पर वो अपनी रचनाओं से हमें नवाज़ते हैं। अमर साहेब ने अंग्रेज़ी और हिंदी में एम. ए. करने के बाद अंग्रेज़ी भाषा में पीएच.डी. भी की है आप अलीगढ़ में रहते हैं। उनसे आप 09756720422 नंबर पर संपर्क कर इस किताब के लिए बधाई दे सकते हैं।

शुरू से आख़िर तक एक से बढ़ कर एक कमाल के अशआर से भरी इस किताब को पढ़ना एक सुखद अनुभूति है। सिर्फ़ 86 ग़ज़लों में नदीम साहेब ने सारी दुनिया समेट दी है। इस से पहले कि मैं अगली किताब की खोज पर निकलूँ नदीम साहेब का शुक्रिया अदा करना चाहूँगा जिन्होंने मुझे इस नायाब किताब को तोहफ़े के रूप में भेजा।

दे दीजिएगा बाद में औरों को मशविरा
फ़िलहाल अपना गिरता हुआ घर समेटिये
फूलों की बात समझें, कहाँ हैं वो देवता
ये दानवों का दौर है, पत्थर समेटिये

***

सीप में समंदर
राम स्नेही लाल शर्मा 'यायावर'

फ़ौलादी इच्छा लेकर तू हो जा खड़ा भूमि पर सीधा
पत्थर वाले समझ रहे हैं तुझको कच्चा काँच रामधन
ख़ालिस नहीं चला करता है थोड़ा झूठ सीख ले पगले
झेल नहीं पायेगी दुनिया तेरा इतना साँच रामधन

आज ज़िक्र है श्री राम स्नेही लाल शर्मा 'यायावर' जी की हिंदी ग़ज़लों की किताब 'सीप में समंदर' का जिसे 'कलरव प्रकाशन' 1247/86 शांति नगर, त्रिनगर, दिल्ली ने प्रकाशित किया है और सुमन बुक सप्लायर्स 86, तिलक नगर बाई पास रोड फ़िरोज़ाबाद ने, वितरण की ज़िम्मेदारी सँभाली है।

किताब अपने क्लेवर से इतना आकर्षित नहीं करती जितना की अपने कथ्य की विविधता से। स्नेही जी ने इस किताब में हिंदी की लगभग साठ ग़ज़लों में अनूठे रदीफ़ प्रयोग किये हैं।

भूख बिठाकर घर में उसका यार हुआ है घूरे लाल
जैसे कोई पढ़ा हुआ अख़बार हुआ है घूरे लाल
बिना काम के गुज़र रही ज़िन्दगी बिना उद्देश्य यहाँ
जैसे कोई दफ़्तर का इतवार हुआ है पूरे लाल
इसे उठा कर लड़ना है तो धार धरो, तैयार करो
बिना धार की ज़ंग लगी तलवार हुआ है घूरे लाल

श्री राम निवास शर्मा अधीर जी पुस्तक की भूमिका में लिखते हैं कि "डॉ. यायावर जी की ग़ज़लों में प्रेम है, किन्तु वह अकर्मण्य वासना के घेरे से मुक्त है, वेदना भी है, किन्तु वह यंत्रणा कक्ष में घुटने वाली नहीं है। इसमें कोई संदेह नहीं कि उनकी ग़ज़लों में जहाँ सुरमई साँझ की उदासी है, वहीं रेशमी भोर का उजास भी है।"

जो संबोधन आस पास हैं
आम नहीं हैं, बहुत ख़ास हैं
तुम तो पूरा महाकाव्य हो
हमीं अधूरा उपन्यास हैं
अधर आपके गंगा जल, हम
युग-युग की अनबुझी प्यास हैं

हम तो कोरा भोजपत्र हैं
कुछ भी लिखिए आप व्यास हैं

जीवन में हम सब की समस्याएँ लगभग एक सी हैं, इन्हीं समस्याओं पर सभी शायरों और कवियों ने अपनी क़लम चलायी है, एक से ही विषय होते हुए भी किसी बात को कहने का और उसे महसूस करने का अंदाज़ ही उन्हें एक-दूसरे से अलग करता है। इस किताब में एक ग़ज़ल है जिसमें रामस्नेही जी ने अपने नाम को ही रदीफ़ की तरह इस्तेमाल किया है और क्या ख़ूब किया है-

कबीरा की चादर को बैठे क्यूँ सीते हो रामस्नेही
बाहर भरे-भरे हो पर भीतर रीते हो रामस्नेही
भोर उदासी, दुपहर कुंठा, साँझ ढले सूनापन मन का
रोज़-रोज़ इतने विष पी कर भी जीते हो रामस्नेही
बौने पाँव, अँधेरे पथ हैं, इच्छाएँ आकाश चूमती
तन से मृग हो किन्तु कर्म से तुम चीते हो रामस्नेही

डॉ. यायावर की ग़ज़लों का केनवास काफ़ी विस्तृत है। व्यक्ति से लेकर साहित्य, संस्कृति, समाज, परिवार, देश, अर्थ तंत्र, धर्म, शिक्षा, राजनीती, आतंक आदि विषयों पर उनके शेर कमाल का प्रभाव पैदा करते हैं। उन्होंने अपनी दार्शनिक सोच को भारतीय संस्कारों के तहत अपने शेरों में रूपायित किया है।

आँसू, पीड़ा, क़लम, प्रतिष्ठा ओ ईमान दुकानों पर
मत पूछो, क्या क्या देखा हमने सामान दुकानों पर
शो केसों में धरे धरे क्यूँ तलवारों में बदल गए
आदि ग्रंथ, रामायण, गीता और क़ुरआन दुकानों पर
धूप, चाँदनी क़ैद करेंगे अपनी अपनी मुट्ठी में
लेकर बैठे हैं कछ पागल ये अभियान दुकानों पर

सन 1949 में जन्में डॉ. राम स्नेही लाल शर्मा 'यायावर' जी एम. ए., पीएच. डी., डी.लिट हैं और एस. आर. के. स्नातकोत्तर महाविद्यालय फ़िरोज़ाबाद के हिंदी विभाग में रीडर के पद पर काम कर रहे हैं। आपकी गीत, ग़ज़ल, मुक्तक, व्यंग रचनाओं, हायकू, लघु कथाओं एवं दोहों की बहुत सी पुस्तकें प्रकाशित हो चुकी हैं। पाठक उनसे मोबाइल न. 09412316779 या उनके ई-मेल dryayavar@yahoo.co.in पर संपर्क कर इस पुस्तक की प्रति मँगवाने का आसान तरीक़ा पूछ सकते हैं।

संत्रास, वेदना, कुंठाएँ, सपने, भ्रम और निराशाएँ
जर्जर पुतले की साँसों में है कितनी ठेलमठेल यहाँ
हर ऋषि के लिए सलीब नयी हर पाखण्डी को शिव मंदिर
हर नयी व्यवस्था गढ़ जाती है यायावर को जेल यहाँ

इस से पहले कि हम आपके लिए कोई नयी किताब ढूँढ़ने निकलें चलिए 'यायावर' जी कि इस किताब की एक ग़ज़ल के शेर और सुनाते चलते हैं-

पीर तुम्हारी पतिव्रता है
इसे न झटको यायावर जी
साँसों की कड़वी कुनैन है
चुपके गटको यायावर जी

***

नये मौसम के फूल
मुनव्वर राना

दहलीज़ पे रख दी हैं किसी शख़्स ने आँखें
रौशन कभी इतना तो दिया हो नहीं सकता

भटकना मेरी आदत नहीं है। ये जानते हुए भी कि इंसान को अभी तक जो भी ख़ज़ाने मिले हैं वो उसके भटकने के कारण ही मिले हैं। दुनिया की सारी विलक्षण खोजें इंसान के भटकने का ही परिणाम हैं। इंसान भटकता नहीं तो क्या उसे हीरे सोना चाँदी या अन्य धातुओं की खाने मिलतीं? समंदर में मोती मिलते? सच्चाई की खोज होती? नहीं। एक जगह बैठे रहने से कभी कुछ हासिल नहीं होता। ज़रूरी नहीं कि आप हमेशा किसी उद्देश्य को लेकर ही भटकें... निरुद्देश भटकने पर भी ख़ज़ाने हाथ आ जाते हैं। मैं उसका जीता जागता प्रमाण हूँ। पूछिए कैसे? पूछिए-पूछिए क्यूँकि शंका का निवारण जितनी जल्दी हो मानसिक शांति के लिए उतना ही अच्छा है।

आप पूछ रहे हैं सो बताता हूँ। हुआ यूँ कि मैंने अपनी एक मात्र उपलब्ध पत्नी के साथ फ़िल्म 'लव आजकल' देखने का कार्यक्रम बनाया। घर से क़रीब तीस की.मी. दूर खारघर नामक ख़ूबसूरत उपनगर में मल्टीप्लेक्स है वहाँ गए। जा कर पता चला कि जिस शो की टिकट उपलब्ध है वो दो घंटे बाद शुरू होगा। टिकट लिया और दो घंटे बिताने के उद्देश्य से खारघर भ्रमण का कार्यक्रम बनाया। भ्रमण की जगह भटकने का कार्यक्रम कहना अधिक उपयुक्त होगा। हमने अपने दिमाग़ को पैरों के हवाले किया और वो जिधर उठ गए उधर ही चल पड़े।

बाज़ार में पत्नी श्री एक वस्त्र भण्डार में घुस गयीं और हम उसके बाहर बैठे एक किताब वाले से चौंच लड़ाने लगे। बहुत सी हिंदी अंग्रेज़ी की नयी पुरानी पत्रिकाओं और उपन्यासों के ढेर के बीच हमें वो दिखाई दी जिसका सपने में भी गुमान नहीं था। हम जिस किताब का ज़िक्र कर रहे हैं वो अंग्रेज़ी के उपन्यासों के बीच साफ़ छुपते भी नहीं सामने आते भी नहीं की मानिंद झाँक रही थी।

भूमिका की लम्बाई को कम करते हुए सीधी बात करते हैं वो किताब थी हर दिल अज़ीज़ शायर जनाब मुनव्वर राना साहेब का एक दम ताज़ा ग़ज़ल संग्रह 'नए मौसम के फूल'। पेपर बैक संस्करण में ये किताब मात्र एक सौ पच्चीस रुपये की है जिसे दूकानदार ने हमें सौ रुपये में दे दिया। किताब ग़ज़लों का अनमोल ख़ज़ाना है। अब मुनव्वर राना साहब जैसे शायर की क़लम से जो शेर निकलेंगे वो हीरे मोतियों से कम थोड़े न होंगे। मैं मानता हूँ कि उर्दू या हिंदी ग़ज़ल का प्रेमी उनके बारे में ज़रूर जानता होगा इसलिए उनकी बात न कर मैं सिर्फ़ उनकी इस किताब का ज़िक्र ही करूँगा।

मुनव्वर साहब ने 'माँ' पर शेर लिख कर ग़ज़लों की दुनिया को एक नयी रौशनी दी है।

जैसे शेर उन्होंने माँ पर कहें हैं वैसे शायरी के इतिहास में कहीं नहीं मिलते। वरिष्ठ साहित्यकार श्री कन्हैया लाल नंदन कहते हैं कि "मुनव्वर ने माँ को बुलंदियों पर पहुँचाकर साक्षात् पयम्बर का दर्जा दिया है।"

इस किताब में भी उनके माँ पर कहे दर्जनों लाजवाब शेर हैं लेकिन हम इस चर्चा में उनका ज़िक्र नहीं करेंगे क्यूँकि उन्होंने 'माँ' पर जो शेर कहें हैं वो उनके प्रशंसकों ने ज़रूर पढ़ें होंगे, अगर नहीं भी पढ़े तो उन्हें हर कहीं पढ़ सकते हैं। तो आइए किताब के वरक़ पलटते हैं और पढ़ते हैं ज़िन्दगी के मुख़्तलिफ़ रंगों पर कहे उनके लाजवाब शेर-

ये सल्तनत मिली है फ़क़ीरों से इसलिए
लहजे में गुफ़्तगू में चमक बरक़रार है
मुद्दत से उसने पाँव ज़मीं पर नहीं धरे
पाज़ेब में अभी भी छनक बरक़रार है
वो आइने के सामने जाता नहीं कभी
अच्छा है उसमें थोड़ी सी झिझक बरक़रार है

मुनव्वर साहब जिस कारीगरी, नफ़ासत और बेबाकी से सियासत पर शेर कहते हैं वो कमाल शायरी में बहुत कम देखने को मिलता है।

उनके शेर सियासत के कारनामों से दिल में उपजे दर्द को क्या ख़ूब बयाँ करते हैं-

सियासत बाँधती है पाँव में जब मज़हबी घुंघरू
मेरे जैसे तो फिर घर से निकलना छोड़ देते हैं
अगर मंदिर तुम्हारा है अगर मस्जिद हमारी है
तो फिर हम आज से ये अपना दावा छोड़ देते हैं
ये नफ़रत में बुझे तीरों से हमको डर नहीं लगता
अगर तू प्यार से कह दे तो दुनिया छोड़ देते हैं

शायरी को असरदार बनाने में भाषा का बहुत अहम् रोल होता है। जब शायर रोज़मर्रा की छोटी-छोटी बातों को एक अलग ही अंदाज़ में पेश करता है तो सुन/पढ़कर मुँह से बरबस वाह निकल पड़ती है।

सियासत किस हुनर मंदी से सच्चाई छुपाती है
कि जैसे सिसकियों के ज़ख़्म शहनाई छुपाती है
ये बच्ची चाहती है और कुछ दिन माँ को ख़ुश रखना
ये कपड़ों की मदद से अपनी लम्बाई छुपाती है

दिव्यांश पब्लिकेशन्स एम.आई.जी. 222 फ़ेस 1 एल.डी.ए., टिकैत राय कालोनी, लखनऊ -226017, मोबाइल 9415185960 द्वारा प्रकाशित इस किताब में मुनव्वर साहब की चुनिन्दा एक सौ अठारह ग़ज़लें हैं और सारी की सारी एक से बढ़कर एक। मुनव्वर जी की अभी-अभी हमने 'ग़ज़ल गाँव, पीपल छाँव, सब उसके लिए, बदन सराय, माँ, नीम के फूल, ज़िल्ले-इलाही से, बग़ैर नक़्शे का मकान, और घर अकेला हो गया' जैसी शायरी की विलक्षण किताबों को पढ़ा ही था कि अचानक ये किताब भी पीछे-पीछे छुप के हमारे सामने आ गयी... कहाँ तो उन्हें ढूँढ़-ढूँढ़कर रिसालों या नेट पर पढ़ना पड़ता था और कहाँ। उनके लिखे का ख़ज़ाना घर बैठे मिल गया। हम पाठकों की तो समझिए क़िस्मत ही खुल गयी।

कम से कम बच्चों के होंटों की हँसी की ख़ातिर
ऐसी मिट्टी में मिलाना कि खिलौना हो जाऊँ
सोचता हूँ तो छलक उठती हैं आँखें लेकिन
तेरे बारे में न सोचूँ तो अकेला हो जाऊँ
शायरी कुछ भी हो रुस्वा नहीं होने देती
मैं सियासत में चला जाऊँ तो नंगा हो जाऊँ

मुझे इस किताब के बारे में लिखते समय सबसे बड़ी दुविधा इसमें से आप के लिए शेर छाँटने में हुई...मैंने भी ज़्यादा दिमाग़ नहीं लगाया आँख बंद की और पन्ने खोल कर उँगली रखता चला गया जिस ग़ज़ल पर उँगली रखी गयी उसी में से एक आध शेर पेश कर दिए। ऐसा मैंने हर उस किताब के साथ किया है जिसमें से शेर छाँटने में मुझे दुविधा हुई। गंगा-जमनी ज़बान का मज़ा लेते हुए आप इस किताब को एक साँस में पढ़ सकते हैं।

ये अमीरे-शहर के दरबार का क़ानून है
जिसने सजदा कर लिया तोहफ़े में कुर्सी मिल गई
मैं इसी मिट्टी से उट्ठा था बगूले की तरह
और फिर इक दिन इसी मिट्टी में मिट्टी मिल गई
ख़ुदकुशी करने पे आमादा थी नाकामी मेरी
फिर मुझे दीवार पर चढ़ती ये च्यूटी मिल गई

आख़िर में पाठको मैं वो ख़बर आपको दे रहा हूँ जिसे जान कर आपकी बाँछें खिल जाएँगी। इस किताब के साथ आपको एक वी.डी.ओ सी.डी. मुफ़्त दी गयी है। इस वी.सी.डी. में मुनव्वर राना साहब को देखिए अपने दिलकश अंदाज़ में ख़ूबसूरत शेर सुनाते हुए और बरसों बरस इस मंज़र को याद रखिए। ऐसा अनमोल तोहफ़ा आजतक किसी शायरी की किताब के साथ मुझे नहीं मिला है। ये अकेला एक कारण ही बहुत है इस किताब को ख़रीदने के लिए। अब देर करना ठीक नहीं... इस से पहले की स्टोक ख़त्म हो जाये दौड़ पड़िये वरना पछतायेंगे।

बहुत जी चाहता है क़ैद-ए-जाँ से हम निकल जायें
तुम्हारी याद भी लेकिन इसी मलबे में रहती है
अमीरी रेशम-ओ-कमख़्वाब में नंगी नज़र आयी
ग़रीबी शान से इक टाट के परदे में रहती है

***

आँधियों धीरे चलो
डॉ. कुँअर बेचैन

मन में उतर रहे हैं किसी संत के चरण
ग़ज़लें उतर रही हैं भजन के लिबास में

आप लोग अक्सर मझे कहते हैं कि मैं शायरी की किताबों के बारे में लिख कर बहुत बड़ा काम कर रहा हूँ और मैं हर बार आपकी इस बात का खण्डन करता हूँ। बहुत बड़ा काम तो उनका है जो इस दौर में भी शायरी करते हैं और उनका भी जो शायरी की इन किताबों को छापते हैं। सबसे बड़ा काम तो हक़ीक़त में आप लोग करते हैं जो इन्हें पढ़ते हैं। भला बताइये भाग दौड़ भरी इस ज़िन्दगी में जहाँ सबको अपने अलावा किसी और के बारे में सोचने की फ़ुर्सत नहीं है, शायरी की किताब या उसके बारे में पढ़ना कितना बड़ा काम है, बड़ा ही नहीं बल्कि यूँ कहिए हैरान कर देने वाला काम है... अजूबा कहें तो अधिक उपयुक्त होगा।

जिस शायर ने ये कहा है कि "ग़ज़ल बहुत बड़ी चीज़ है, बहुत ऊँची और गहरी चीज़। उस तक पहुँचना, उसे छूना, उसे जानना, उसे समझना सरल काम नहीं है। ग़ज़ल की तलाश ही ग़ज़ल की और बढ़ना है और ग़ज़ल को पा लेना ग़ज़ल से वापसी का नाम है"

ये सोच के मैं उम्र की ऊँचाइयाँ चढ़ा
शायद यहाँ, शायद यहाँ, शायद यहाँ है तू
पिछले कई जन्मों से तुझे ढूँढ़ रहा हूँ
जाने कहाँ, जाने कहाँ, जाने कहाँ है तू

उस अज़ीम शायर का नाम है 'डॉ. कुँअर बेचैन' जो क़िसी परिचय के मोहताज नहीं। आज उन्हीं की जिस किताब का ज़िक्र यहाँ हो रहा है उसका शीर्षक है 'आँधियों धीरे चलो' जिसमें आप पढ़ पाएँगे कुँअर जी की चर्चित ग़ज़लें।

दो चार बार हम जो कभी हँस-हँसा लिये
सारे जहाँ ने हाथ में पत्थर उठा लिये
सुख, जैसे बादलों में नहाती हों बिजलियाँ
दुःख, जैसे बिजलियों में ये बादल नहा लिये

'कुँअर बेचैन' साहब ने अपनी शायरी से इस भीड़ में अपनी एक अलग पहचान बनाई है। पद्मश्री गोपाल दास 'नीरज' कहते हैं, "कुँअर बेचैन ग़ज़ल कहने और लिखने वालों में सबसे अधिक ताज़े, सबसे अधिक सजग और सबसे अधिक अनुपम ग़ज़लकार हैं।"

इस किताब के हर सफ़्हे पर उन्होंने इस बात को सिद्ध किया है।

वो आँख क्या जो अश्क में भीगी नहीं कभी
वो भौंह क्या जो ज़ुल्म के आगे तनी नहीं
यूँ खेल जानकार न घुमाएँ इधर-उधर
ये ज़िन्दगी है दोस्त, कोई फिरकनी नहीं

'कुँअर' जी का बात कहने का अंदाज़ सबसे जुदा है। वो अपने शेरों में ऐसे-ऐसे शब्द और भाव प्रयोग में लाते हैं कि पाठक दाँतों तले उँगलियाँ दबाने को मजबूर हो जाता है। बहुत सीधी-साधी भाषा में कहे शेर से कमाल का असर पैदा करने का हुनर देखना हो तो उन्हें पढ़ें-

बच्चों की गुल्लकों की खनक भी समेट ली
हम मुफ़लिसों का हाथ बुहारी* की तरह है
बुहारी= झाड़ू*
हमको नचा रहा है इशारों पे हर घड़ी
शायद हमारा पेट मदारी की तरह है
ये रात और दिन तो सरोते की तरह हैं
अपना वजूद सिर्फ़ सुपारी की तरह है

इस किताब की एक ख़ूबी और है, ग़ज़लों के अलावा इस में बीच बीच में 'कुँअर' जी के बनाये अद्भुत रेखा चित्र भी है जो इस किताब के रंग को और भी निखार देते हैं। उनके इन रेखांकन को देख उनकी प्रतिभा के बहु आयामों को समझा जा सकता है।

मैं क्यूँ न पढ़ूँ रोज़ नयी चाह से तुझे
तू घर में मेरे एक भजन की किताब है
लोगों से कहो ख़ुद भी कभी पढ़ लिया करें
जो उनके निजी चाल-चलन की किताब है
पढ़ने के लिए दिन में ज़माने की धूप है
रातों में 'कुँअर' हम पे गगन की किताब है

भला हो 'वाणी प्रकाशन' 21- दरियागंज, नई दिल्ली, फ़ोन- 01123273167, 23275710 का जिन्होंने इस किताब को बेहद ख़ूबसूरत ढंग से छापा है। इस संकलन में 'कुँअर' जी की एक सौ तीन ग़ज़लों के अलावा कुछ आज़ाद शेर भी संकलित है जैसे कि ये-

सावन में वो न आये तो हमने यही किया
झूले पे उनका नाम लिखा और झुला दिया
दुनिया ने मुझ पे फेंके थे पत्थर जो बेहिसाब
मैंने उन्हीं को जोड़ के कुछ घर बना लिए
उसने फेंके मुझ पे पत्थर और मैं पानी की तरह
और ऊँचा, और ऊँचा और ऊँचा उठ गया
मैं दिल की जिस किताब में ख़त-सा रखा रहा
तूने उसी किताब को खोला नहीं कभी

डॉ. कुँअर बेचैन की अब तक बहुत सी किताबें प्रकाशित हो चुकी हैं और सराही गयी हैं। आपने गीत-नवगीत, ग़ज़लें, कविता,उपन्यास, दोहे और महा काव्य आदि पर अधिकार पूर्वक लिख ख्याति प्राप्त की है।

जब से मैं गिनने लगा इन पर तेरे आने के दिन
बस तभी से मुझको अपनी उँगलियाँ अच्छी लगी
प्यास के मिटते ही ये क्या है कि मर जाता है प्यार
जब बढ़ी नज़दीकियाँ तो दूरियाँ अच्छी लगीं

आप इस किताब को पढ़ने के लिए कोई जुगत बिठाइए तब तक हम निकलते हैं एक और ग़ज़ल की विलक्षण किताब की खोज में। अपना ख़याल रखें।

***

ग़ज़ल कहता हूँ
प्राण शर्मा

आज जिस किताब का ज़िक्र कर रहा हूँ दोस्तों वो मेरे पास बहुत अरसे से है। ना जाने कितनी बार इसे पढ़ा है इस से सीखा है। मुझे इस किताब के बारे में लिखने में शुरू से ही एक झिझक रही है। मझे यक़ीन है कि मैं इस किताब के बारे में जो भी कहूँगा वो अधूरा ही रह जायेगा। आप चाँद का, झील का, बादल का, परबत का, सागर का, आकाश का, धरती का कितना भी ज़िक्र करलें वो अधूरा ही होगा। पूरा हो ही नहीं सकता। वो असीम है जिसे शब्द नहीं बाँध सकते। शब्दों की ये मजबूरी ही मुझे इस किताब के बारे में लिखने से रोकती रही।

लेकिन इस किताब की भूमिका में ही मेरी समस्या का हल मिल गया। इस किताब की भूमिका एक बहुत ही अनोखे अंदाज़ में लिखी है पद्मश्री 'कुँअर बैचैन' जी ने। मैं उसी भूमिका में से कुछ पंक्तियाँ आपके लिए प्रस्तुत कर रहा हूँ क्यूँकि इस पुस्तक की समीक्षा उन जैसे सिद्ध लेखक, कवि, शायर के बस की ही बात है। और इस किताब का आवरण पृष्ठ भी कुँअर बैचैन जी ने ही बनाया है, जो उनके लेखन के साथ साथ,चित्रकारी की कला में भी दक्ष होने का प्रमाण है।

जिस किताब का ज़िक्र मैं कर रहा हूँ उसके शायर हैं श्री प्राण शर्मा, किताब का शीर्षक है'ग़ज़ल कहता हूँ'।

इसे 'अनुभव प्रकाशन' ई-28 लाजपत नगर, साहिबाबाद - 201005, ई-मेल: anubhavprakashan@rediffmail.com ने बहुत आकर्षक ढंग से प्रकाशित किया है।

अब आप पढ़िए कुँअर जी इस किताब के बारे में क्या कहते हैं-

प्राण जी बहुत प्यारे शायर हैं। वे भले ही यू. के. चले गए किन्तु उनकी स्मृतियाँ अभी अपने देश भारत से जुड़ी हैं, उन्हें क्षोभ इस बात का है कि पैसे की ख़ातिर यू.के. चले आये। वे कहते हैं-

हरी धरती खुले नीले गगन को छोड़ आया हूँ
कि कुछ सिक्कों की ख़ातिर मैं वतन को छोड़ आया हूँ
कहाँ होती है कोई मीठी बोली अपनी बोली सी
मगर मैं 'प्राण' हिंदी की फबन को छोड़ आया हूँ

प्राण शर्मा जी ऐसे व्यक्ति हैं, जो घर परिवार को सर्वाधिक महत्व देते हैं। इस बात का गहरा दुःख है कि आज परिवार टूट रहे हैं, उनमें दरारें पड़ रही हैं, वे ढह रहे हैं। किन्तु यह वहीं होता है जिनका आधार मज़बूत नहीं है

पुरज़ोर हवा में गिरना ही था उनको
ऐ 'प्राण' घरों की दीवारें थीं कच्ची

चूल्हा-चौका, कपड़ा-लत्ता ख़ौफ़ है इनके बहने का
तूफ़ानों का ख़ौफ़ नहीं है ख़ौफ़ है घर के ढहने का

प्राण साहब के ज़िन्दगी पर कहे गए कई अशआर हैं, जो ज़िन्दगी के प्रति उनके दृष्टिकोण को व्यक्त करते हैं, जैसे कि

जागती है कभी जगाती है
ज़िन्दगी चैन से नहीं सोती

छोड़ जाती है सभी को
ज़िन्दगी किसकी सगी है

ज़िन्दगी को ढूँढ़ने निकला हूँ मैं
ज़िन्दगी से बेख़बर कितना हूँ मैं

नाचती है कभी नचाती है
ज़िंदगानी है इक नटी प्यारे
माना सुख दुःख से है लदी प्यारे
फिर भी प्यारी है ज़िन्दगी प्यारे

प्राण जी के अशआर में दार्शनिकता भी मिलती है क्यूँकि बिना दर्शन के कविता खोखली है, निष्प्रयोजन है। दुनिया तथा दुनिया से जुड़े अन्य तथ्यों पर प्राण जी ने बहुत अच्छी टिप्पणियां की हैं, आप भी पढ़ें-

मुस्कुराता हो तो है कुछ दाम का
फूल मुरझाया हुआ किस काम का

यूँ तो किसी भी बात का डर था नहीं हमें
डरने लगे तो अपने ही साए से डर गए

रौशनी आये तो आये कैसे घर में
दिन में भी हर खिड़की पर पर्दा है प्यारे

आग लगे तो इसकी क़ीमत राख से ज़्यादा क्या होगी
पीपल की लकड़ी हो चाहे या लकड़ी हो चन्दन की

प्राण जी आध्यात्म और दर्शन से जुड़े हैं और अपनी ग़ज़लों में उन्हें स्थान देते हैं, उतने ही वो इस संसार में व्याप्त विद्रूपताओं और विसंगतियों के प्रति सचेत भी हैं। ऐसे प्रसंगों में वे कुछ तिक्त हो जाते हैं वैसे तिक्तता उनका मूल स्वभाव नहीं है। किन्तु जहाँ ज़रूरी है वहाँ तो तिक्त हुआ ही जाता है। आप देखें उनकी तिक्तता भी ग़ज़ल के अंदाज़ में कितनी सॉफ़्ट हो गयी है-

बात मन की क्या सुनायी जान कर अपना उसे
बात जैसे पर लगा कर हर तरफ़ उड़ने लगी

वक़्त था जब दर खुले रहते थे सबके
अब तो हैं तालों पे ताले सोचता हूँ

संग तुम्हारा मीठा है ये सोचा था
यह पानी खारा भी है मालूम न था

कौन है दोस्त, है सवाल मेरा
कौन दुश्मन है ये सवाल नहीं

किसी शायर की पहचान कि वह बड़ा है या छोटा, इस बात से होती है कि उसके कितने ऐसे शेर हैं जो उधृत करने योग्य हैं, जो अनुभव से लबालब भरे हैं और लोगों के होठों तक आने और याद रखने की सामर्थ्य रखते हैं, जैसे कि ये

उससे उम्मीद कोई क्या रक्खे
जिसका अपना कोई ख़याल नहीं

खो न देना कभी इसको कहीं रख कर
दोस्ती भी दोस्तों सौग़ात होती है

हर समस्या का कोई न कोई हल है दोस्तों
गाँठ हाथों से न खुल पाए, तो दाँतों से खुले

शायर हमेशा दुखों में रहता है, उनमें तपता है, सोने से कंचन बनता है तब कहीं वो

शायरी कर पाता है। कितनी सोचों में डूबता है तब कहीं कोई शेर हो पाता है।

सोच की भट्टी में सौ सौ बार दहता है
तब कहीं जाकर कोई एक शेर कहता है

किताब प्राप्ति के लिए आप इस पते पर संपर्क करें -

श्री के.बी.एल. सक्सेना, श्रीमहारानी भवन, 3/8 रूप नगर, दिल्ली - 110007, मोबाइल 9868478552

***

ऐ समंदर कभी उतर मुझ में
डॉ. शाहिद मीर

ऐ ख़ुदा रेत के सेहरा को समन्दर कर दे
या छलकती हुई आँखों को भी पत्थर कर दे
तुझको देखा नहीं महसूस किया है मैंने
आ किसी दिन मेरे एहसास को पैकर* कर दे
पैकर=आकृति*
और कुछ भी मुझे दरकार नहीं है लेकिन
मेरी चादर मेरे पैरों के बराबर कर दे

बरसों से जब भी जगजीत सिंह जी की आवाज़ में ये ग़ज़ल उनके अल्बम 'ए साउंड अफ़ेयर' को सुनता हूँ तो इसे बार-बार रीवाइंड कर सुनने को जी करता है। एक तो जगजीत जी की आवाज़ और उस पर ये जादुई अशार मुझे बैचैन कर देते हैं। इस ख़ूबसूरत ग़ज़ल के शायर हैं जनाब 'डॉ. शाहिद मीर' साहब। आज 'किताबों की दुनिया' शृंखला में उन्हीं की बेजोड़ किताब 'ऐ समंदर कभी उतर मुझ में' का ज़िक्र करेंगे। दरअस्ल इस किताब में मीर साहब के चुनिंदे कलामों का संपादन किया है श्री अनिल जैन जी ने। संपादन क्या किया है गागर में सागर भर दिया है।

पहले तो सब्ज़ बाग़ दिखाया गया मुझे
फिर ख़ुश्क रास्तों पे चलाया गया मुझे
रक्खे थे उसने सारे स्विच अपने हाथ में
बे-वक़्त ही जलाया, बुझाया गया मुझे
पहले तो छीन ली मेरी आँखों की रौशनी
फिर आईने के सामने लाया गया मुझे

पद्मश्री 'बेकल उत्साही' साहब ने लिखा है हज़रत जिगर मुरादाबादी की ख़िदमत में रहता था तो वो बार-बार हिदायत करते, "बेटे, बहुत अच्छे इंसान बनो फिर बहुत अच्छे अशआर कहोगे" सच है कि अच्छा इंसान ही अच्छी सोच से अच्छी बातें करता है। शाहिद इस कसौटी पर खरे उतरते हैं। 'शाहिद मीर' ने राजस्थान के तपते सहरा, मध्य प्रदेश की ऊबड़-खाबड़ ज़मीन पर रह कर किस क़दर बलंदियों को छुआ है जहाँ किसी जानकार और क़लमकार को पहँचने के लिए एक उम्र सऊबतें झेलकर भी पहुँचना मुश्किल है

सूखे गुलाब, सरसों के मुरझा गए हैं फूल
उनसे मिलने के सारे बहाने निकल गए
पहले तो हम बुझाते रहे अपने घर की आग
फिर बस्तियों में आग लगाने निकल गए
'शाहिद' हमारी आँखों का आया उसे ख़याल
जब सारे मोतियों के ख़ज़ाने निकल गए

एम.एस. सी, पीएच. डी. (औषधीय वनस्पति), किये हुए शाहिद मीर साहब बाड़मेर राजस्थान के राजकीय स्नातकोत्तर महाविद्यालय में उप प्राचार्य के पद पर काम कर रहे हैं। आपकी 'मौसम ज़र्द गुलाबों का (ग़ज़ल संग्रह), कल्प वृक्ष (हिंदी काव्य संग्रह) और साजिना (कविता संग्रह)' प्रकाशित हो चुके हैं। उनका कहना है कि "विज्ञान का विद्यार्थी होने कि वजह से बौद्धिक स्तर पर किसी एक दृष्टिकोण और वाद को सम्पूर्ण रूप से स्वीकार नहीं किया।"

तेरा मेरा नाम लिखा था जिन पर तूने बचपन में
उन पेड़ों से आज भी तेरे हाथ की ख़ुशबू आती है
जिस मिट्टी पर मेरी माँ ने पैर धरे थे ऐ शाहिद
उस मिट्टी से जन्नत के बाग़ात की ख़ुशबू आती है

"उर्दू ज़बान की मिठास, कहने का निराला ढंग और सोच की नयी ऊँचाइयाँ आपको इस किताब को पढ़ते हुए जकड़ लेंगी। बशीर बद्र साहब ने मीर साहब के लिए ऐसे ही नहीं कहा कि कायनात के बहुत से रंग ज़र्द मौसमों और सुर्ख़ गुलाबों के पैकरों में हमारे सामने ब-राहे-रास्त नहीं आते बल्कि उन ख़ूबसूरत अल्फ़ाज़ के शीशों में अपनी झलक दिखाते हैं, जिनमें 'शाहिद मीर' ने ख़ुद को तहलील कर रखा है।"

चिलमन-सी मोतियों की अँधेरों पे डालकर
गुज़री है रात ओस सवेरों पे डालकर
शायद कोई परिंदा इधर भी उतर पड़े
देखें तो चंद दाने, मुंडेरों पे डालकर
आख़िर तमाम साँप बिलों में समाँ गए
बदहालियों का ज़हर सपेरों पे डालकर

डायमंड बुक्स, नई दिल्ली द्वारा प्रकाशित इस पुस्तक को आप फ़ोन न. 011-41611861 या फ़ैक्स न. 011-41611866 पर सूचित कर मँगवा सकते हैं, अथवा उनकी वेब साइट www.dpb.in या मेल आई.डी. sales@diamondpublication.com पर लिख कर भी संपर्क कर सकते हैं। आप कुछ भी करें लेकिन यदि आप उर्दू शायरी

के क़द्रदाँ हैं तो ये किताब आपके पास होनी ही चाहिए।

उजले मोती हमने माँगे थे किसी से थाल भर
और उसने दे दिए आँसू हमें रूमाल भर
उसकी आँखों का बयाँ इसके सिवा क्या कीजिए
वुसअतें* आकाश सी, गहराइयाँ पाताल भर

वुसअतें= फैलाव*

जिस्म पर ज़ख़्म तीर वाले हैं
हम सलामत ज़मीर वाले हैं
ज़ायक़ा लब पे सूखी रोटी का
सामने ख़्वान* खीर वाले हैं

ख़्वान=बर्तन*

आत्मा उनकी है अँधेरे में
जो चमकते शरीर वाले हैं

***

ख़ुदाओं के शहर में आदमी
संजय ग्रोवर

शायरी करना तो अभी का शौक़ है लेकिन शायरी पढ़ना बहुत पुराना बरसों से अच्छे शायरों को पढ़ता रहा हूँ और ये काम अभी भी बदस्तूर जारी है। इसी शौक़ की वजह से मैं आपका तआरुफ़ नयी-नयी किताबों से करवाने का प्रयास करता हूँ। किताबों के अलावा नेट पर भी जहाँ कहीं सम्भावना नज़र आये नज़रें दौड़ाता रहता हूँ। 'अनुभूति' मेरी प्रिय साइट है जिसे 'पूर्णिमा वर्मन' जी चलाती हैं। इस साइट पर हर हफ़्ते अंजुमन के तहत नये अशार पढ़ने को मिलते हैं। अपनी इसी खोज के दौरान मैं चंद ऐसी ग़ज़लों से रू-ब-रू हुआ जिन्होंने मुझ पर गहरा असर डाला।

शायर का नाम देखा तो मुझे अनजाना लगा। मुझे अनजान शायरों को पढ़ने में बहुत मज़ा आता है क्यूँकि आप नहीं जानते की वो कैसे हैं, कैसा लिखते हैं, क्या सोचते हैं यानी आपके मन में उनकी कोई पूर्व छवि बनी हुई नहीं होती। आप उन्हें निष्पक्ष हो कर पढ़ते हैं। इसी में मज़ा आता है। वहाँ अनुभूति की साइट पर उनका परिचय भी दिया हुआ था जिसमें उनकी ग़ज़ल की किताब का ज़िक्र भी था। अनुभूति से ही उनकी मेल का पता मिला और तुरंत उन्हें पुस्तक भेजने का अनुरोध कर डाला।

आज किताबों की दुनिया में उसी शायर 'संजय ग्रोवर' जी की किताब 'ख़ुदाओं के शहर में आदमी' का ज़िक्र करूँगा जिसे उन्होंने मुझे कोरियर से भेज अनुग्रहित किया। संजय जी का संवाद घर के नाम से ब्लॉग भी है।

सबसे पहले तो इस किताब के शीर्षक ने ही मुझे आकर्षित किया। इसी से मुझे शायर की नयी सोच का भान हो गया था, फिर जैसे-जैसे मैं इसके वरक़ पलटता गया, मेरी सोच पुख़्ता होती चली गयी।

मौत की वीरानियों में ज़िन्दगी बन कर रहा
वो ख़ुदाओं के शहर में आदमी बन कर रहा
ज़िन्दगी से दोस्ती का ये सिला उसको मिला
ज़िन्दगी भर दोस्तों में अजनबी बन कर रहा
उसकी दुनिया का अँधेरा सोच कर तो देखिए
वो जो अँधों की गली में रौशनी बन कर रहा
एक अंधी दौड़ की अगुआई को बैचैन सब
जब तलक बीनाई थी मैं आख़िरी बन कर रहा
बीनाई-रौशनी

अपेक्षा कृत युवा (जन्म 1963) संजय साहब के बाग़ी तेवरों का अंदाज़ा इस बात से हो जाता है कि ये किताब उन्होंने तसलीमा नसरीन साहिबा को समर्पित की है। ज्ञान प्रकाश

विवेक जी ने इस पुस्तक की भूमिका में सही लिखा है कि अनुभवों की गहराई बेशक संजय की शायरी में न हो, अपने समय की मुश्किलों से मुठभेड़ की जुरअत मौजूद है।

वक़्त का यह कौन-सा संवाद है
आदमी अब हर जगह उत्पाद है
भीड़ है भेड़ों की, तोतों की तुकें
जो नया है वो महज़ अपवाद है
क्यूँ अमन के तुम उड़ाते हो कपोत
धर्म का मतलब तो अब उन्माद है

ये छोटी सी किताब है जिसमें कुल जमा चौरासी पन्ने हैं लेकिन हर पन्ना बार-बार पढ़ने लायक़ है। संजय जी ने अपनी ग़ज़लों में बहुत से प्रयोग किए हैं। उनकी एक ग़ज़ल में पत्थर शब्द का प्रयोग हर शेर में किया गया है लेकिन अलग-अलग सन्दर्भों में, उसी ग़ज़ल के चंद शेर देखें

पत्थरों को भी जो आईनों के माफिक तोड़ दे
इतनी क़ुव्वत रख सके इक ऐसा पत्थर लाइए
हैसियत देखे बिना बेख़ौफ़ पत्थर मारना
आपके बस का नहीं, बच्चा कोई बुलवाइए

(इस शेर को पढ़कर मुझे पुरानी फ़िल्म 'अंकुर' का अंतिम दृश्य याद आ गया जिसमें एक बच्चा ज़मींदार के घर पर पत्थर उठा कर मारता है)

पत्थरों की मार से महफ़ूज़ रहने के लिए
मंदिरों में पत्थर अपने नाम के लगवाइए

ज्ञान प्रकाश जी भूमिका में आगे लिखते हैं, "संजय ग्रोवर की शायरी उम्मीदों और संभावनाओं की शायरी है। शायरी में आकाश को छूने की काल्पनिकता नहीं है। हवा को मुठियों में क़ैद करने की जिदें भी नहीं हैं। ज़मीन पर चलने और अपनी जड़ें तलाश करने की बेक़रारी ज़रूर है।"

ताज़ा कौन किताबें निकलीं
उतरी हुई जुराबें निकलीं
शोहरत के संदूक़ में अक्सर
चोरी की पोशाकें निकलीं
मैले जिस्म घरों के अन्दर
बाहर धुली क़मीज़ें निकलीं

पानी का भी जी भर आया
यूँ बेजान शराबें निकली

संजय जी ने अपने आस पास पनपते विरोधाभास को बख़ूबी अपनी शायरी में ढाला है। इनकी ग़ज़लें मंचीय नहीं हैं और व्यवस्था विरोध के सरल फ़ॉर्मूले को अपनाती हैं। उनका प्रयास अच्छे शेर कहने का रहा है और उन्होंने अच्छे शेर कहें भी हैं-

जीती-जगती कलियों को लें तोड़, बनाते हार
पत्थर की दुर्गाओं की फिर पूजा करते लोग
कमज़ोरों के आगे दिखते पत्थर जैसे सख़्त
ताक़तवर कोई आये तो फूल से झरते लोग
अपने काम की ख़ातिर देते रिश्वत में परसाद
कहने को सब कहते हैं भगवान् से डरते लोग

संजय जी की ग़ज़लें भारत की प्रत्येक अख़बार पत्रिका में छप चुकी हैं, इसके अलावा दो व्यंग संकलन और दो ग़ज़ल संकलन भी प्रकाशित हो चुके हैं। इस किताब के प्रकाशक स्वयं संजय जी ही हैं इसलिए ग़ज़ल प्रेमियों को उनसे उनके घर 147- ए. पॉकेट ए, दिलशाद गार्डन, दिल्ली-15 संपर्क करना पड़ेगा अथवा आप उनसे फ़ोन 011-43029750, एवं मोबाइल 09910344787 द्वारा भी संपर्क कर सकते हैं।

आख़िर में इस देश के लाखों करोड़ों हिंदी प्रेमियों के लिए उनका ये शेर पेश कर रहा हूँ, जो हमें सोचने को बाध्य करता है।

खाट पर पसरी हुई मेहमान अंग्रेज़ी के साथ
अपने घर में हिंदी की लाचारगी को सोचना

इसी ग़ज़ल के दो शेर और पढ़ते चलिए और संजय जी से संपर्क कर उन्हें इस लाजवाब किताब के लिए बधाई दीजिये। कम से कम इतना तो आप कर ही सकते हैं

दश्मनों के ख़ौफ़ से पीछा छुड़ाना हो अगर
दोस्तों में कुलबुलाती दुश्मनी को सोचना
जिस घड़ी मन कृष्ण जैसी रास लीलाएँ रचे
उस घड़ी इक पल ठहर कर द्रौपदी को सोचना

***

मैं कहाँ चला गया
नासिर काज़मी

सोचा किसी ऐसी किताब की चर्चा की जाये जिस की ग़ज़लें किताब के पन्नों से निकल कर लोगों के दिलों में बस गयी हैं। बहुत कम शायर हुए हैं जिनकी ग़ज़लों को किसी ने गाया है। ग़ालिब, साहिर, मजरूह, जावेद अख़्तर और गुलज़ार जैसे शायर बहुत कम हुए हैं... इनके कलाम लोगों के दिलों में घर किये हुए हैं। वजह सिर्फ़ ये नहीं है कि ये बेहतरीन शायर थे वजह ये भी है कि इन्हें जन मानस तक पहुँचाने का काम बहुत से ग़ज़ल गायकों ने किया है। लोग पढ़ें भले ही न लेकिन ग़ज़लों को सुनते ज़रूर हैं। आज जिस शायर का ज़िक्र कर रहा हूँ उसकी ग़ज़लें इंसानी सरहदों को अंगूठा दिखाती हुई हर ग़ज़ल प्रेमी की अज़ीज़ बन गयीं। पाकिस्तान में जन्में और ग़ुलाम अली साहब की आवाज़ से दिलों पर राज़ करने वाले उस अज़ीम शायर का नाम है 'नासिर काज़मी'। जी हाँ वो ही 'नासिर काज़मी' जिनकी बेहद ख़ूबसूरत ग़ज़लों से हम सब वाक़िफ़ हैं। शायद ही कोई ऐसा ग़ज़ल प्रेमी होगा जिसने उनकी लिखी ये ग़ज़लें ना सुनी हों-

अपनी धुन में रहता हूँ
मैं भी तेरे जैसा हूँ
ओ पिछली रुत के साथी
अब के बरस मैं तन्हा हूँ
तेरी गली में सारा दिन
दुःख के कंकर चुनता हूँ
तू जीवन की भरी गली
मैं जंगल का रास्ता हूँ

याद आया? सुनी है ना आपने ये ग़ज़ल, ऐसी एक नहीं अनेक ग़ज़लें हैं जिन्हें ग़ुलाम अली साहब ने अमर कर दिया है या यूँ कहूँ जिनको गाकर ग़ुलाम अली साहब अमर हो गये-

दिल में इक लहर सी उठी है अभी
कोई ताज़ा हवा चली है अभी
भरी दुनिया में जी नहीं लगता
जाने किस चीज़ की कमी है अभी
वक़्त अच्छा भी आएगा 'नासिर'
ग़म न कर ज़िन्दगी पड़ी है अभी

अफ़सोस अच्छे वक़्त के इंतज़ार में 'नासिर' साहब सिर्फ़ सैंतालीसवें बरस में दुनिया से कूच कर गये। उनका दीवान उनकी मौत के कुछ महीनॉन बाद प्रकाशित हुआ और उसने उर्दू जगत में ऐसी धूम मचाई जिसकी मिसाल नहीं मिलती। उनके सिर्फ़ तीन ग़ज़ल संग्रह ही प्रकाशित हुए हैं और उन्हीं तीनो ग़ज़ल संग्रह की चुनिन्दा ग़ज़लों को 'सुरेश कुमार' जी ने संकलित किया है 'मैं कहाँ चला गया' किताब में, जिसका ज़िक्र आज हम करेंगे।

मैं कोशिश करूँगा कि आपको इस किताब में से नासिर साहब के वो शेर नज़्र करूँ जिन्हें गाया नहीं गया या कम सुना गया है। ग़ज़ल के घनघोर प्रेमी अलबत्ता इन अशआर से पहले रू-ब-रू हो चुके होंगे। 'नासिर' साहब की शायरी की सबसे बड़ी ख़ूबी है उसका सादापन. आम बोलचाल की भाषा में वो ऐसे शेर कह जाते हैं कि मुँह हैरत से खुला का खुला रह जाता है-

आज देखा है तुझको देर के बाद
आज का दिन गुज़र न जाए कहीं
न मिला कर उदास लोगों से
हुस्न तेरा बिखर न जाए कहीं
आरज़ू है कि तू यहाँ आये
और फिर उम्र भर न जाए कहीं

अब उनका कमाल देखिए छोटी बहर की इस ग़ज़ल में और तालियाँ बजाइए उनकी याद में-

कड़वे ख़्वाब ग़रीबों के
मीठी नींद अमीरों की
रात गये तेरी यादें
जैसे बारिश तीरों की
मुझसे बातें करती है
ख़ामोशी तस्वीरों की

जो लोग उर्दू हिंदी को लेकर बवाल मचाये रहते हैं उनकी शान में पेश कर रहा हूँ 'नासिर' साहब के ये अशआर ताकि वो समझें कि ग़ज़ल में ज़बान ही सब कुछ नहीं बात कहने का सलीक़ा सबसे अहम् है। इन अशआर को पढ़कर शायद ही कोई अंदाज़ा लगा सके कि ये एक उर्दू ग़ज़ल के बादशाह ने लिखे है या हिंदी ग़ज़ल सम्राट ने-

फिर सावन रुत की पवन चली, तुम याद आये
फिर पत्तों की पाज़ेब बजी, तुम याद आये

फिर कूँजे बोली घास के हरे समंदर में
रुत आयी पीले फूलों की, तुम याद आये
फिर कागा बोला घर के सूने आँगन में
फिर अमृत रस की बूँद पड़ी, तुम याद आये
दिन भर तो मैं दुनिया के धंधों में खोया
जब दीवारों से धूप ढली, तुम याद आये

भला हो डायमंड पाकेट बुक्स का, जिनका फ़ोन न. 011-51611861 है और ई-मेल एड्रेस sales@diamondpublication.com.। इस संग्रह में 'नासिर' साहब की लगभग वो सभी ग़ज़लें हैं जिन्होंने गु़लाम अली साहब का सितारा बुलंदियों पर पहुँचा दिया, उनमें प्रमुख हैं, "दिल धड़कने का सबब याद आया, वो तेरी याद थी अब याद आया","किसे देखें कहाँ देखा न जाये, वो देखा है जहाँ देखा न जाये", दिल में और तो क्या रक्खा है, तेरा दर्द छुपा रक्खा है, ग़म है या ख़ुशी है तू, मेरी ज़िन्दगी है तू, दुःख की लहर ने छेड़ा होगा, याद ने कंकर फेंका होगा, गये दिनों का सुराग़ लेकर, किधर से आया किधर गया वो, आदि आदि और हाँ एक ग़ज़ल जो मेरी बहुत पसंदीदा है और जिसे आबिदा परवीन साहिबा ने कुछ इस अंदाज़ से गाया है कि उफ़्फ़ क्या कहूँ, अगर आपने नहीं सुनी तो कहीं से भी जुगाड़ कर इसे ज़रूर सुनें... वर्ना मुझे ही कुछ करना पड़ेगा आपके लिए... वो ग़ज़ल है शहर सुनसान है किधर जाएँ, ख़ाक हो कर कहीं बिखर जाएँ।

हमेशा की तरह मैं फिर परेशान हूँ... समझ में नहीं आता कौन सा शेर आपके लिए चुनूँ और कौनसा छोड़ दूँ... लेकिन मजबूरी है सारी की सारी किताब तो यहाँ नहीं छापी जा सकती क्यूँकि प्यास जगाना मेरा काम है बुझाना नहीं, इसे बुझाने के लिए जतन आपको ही करने होंगे। आख़िरी में चलते-चलते मैं आपको 'नासिर' साहब की चंद मुख़्तलिफ़ ग़ज़लों के एक आध शेर पढ़वाता चलता हूँ...

तेरे क़रीब रह के भी दिल मुतमइन न था
गुज़री है मुझ पे ये भी क़यामत कभी-कभी

जब तक हम मसरूफ़ रहे, ये दुनिया थी सुनसान
दिन ढलते ही ध्यान में आये कैसे कैसे लोग

बहुत ही सादा है तू और ज़माना अय्यार
ख़ुदा करे कि तुझे शहर की हवा न लगे

मुझे ये डर है तेरी आरज़ू न मिट जाए
बहुत दिनों से तबीअत मेरी उदास नहीं

अभी बस इतना ही। दुआ करें कि 'किताबों की दुनिया' का ये सफ़र आप सब की मुहब्बत से यूँ ही मुसलसल चलता रहे और मुझे आपके लिए अच्छी अच्छी किताबें ख़रीदने को उकसाता रहे। आमीन।

***

फूलों की कश्तियाँ
मंज़ूर हाशमी

दोस्तों पिछली बार किताबों की दुनिया में आपकी मुलाक़ात नासिर काज़मी साहब की किताब से करवाई थी, उस किताब की ख़ुमारी उतारने नहीं बल्कि बढ़ाने के लिए मैं आपके सामने ला रहा हूँ एक ऐसी किताब जिसके अशआर पढ़कर आपका नशा दुगना हो जायेगा... क्यूँकि "नश्शा बढ़ता है शराबें जो शराबों में मिलें...."

कभी-कभी तो वो इतनी रसाई* देता है
कि सोचता है तो मुझको सुनाई देता है
रसाई = पहुँच, प्रवेश*
अजीब बात है वो एक सी ख़ताओं पर
किसी को क़ैद किसी को रिहाई देता है
अगर वो नाम तुम्हारा नहीं तो किसका है?
हवा के शोर में अक्सर सुनाई देता है

आज हम आपको, ऐसे कालजयी शेर कहने वाले, बदायूँ में जन्में और अलीगढ़ में पले बढ़े अज़ीम शायर जनाब 'मंज़ूर हाशमी', जिनका इंतक़ाल फ़रवरी 2008 में हुआ, की मर्मस्पर्शी ग़ज़लों का हिंदी में पहला संकलन, 'फूलों की कश्तियाँ' के बारे में बताएँगे। इस किताब को भी 'डायमंड बुक्स' वालों ने ही पिछली किताब की भांति छापा है। इस किताब में 'मंज़र हाशमी' साहब की बेजोड़ ग़ज़लों को संकलित किया है 'सुरेश कुमार' जी ने।

कुछ इस अंदाज़ से होती है नवाज़िश भी कभी
फूल भी आये, तो पत्थर की तरह लगता है
जब हवाओं में, कोई जलता दिया देखता हूँ
वो मिरे उठे हुए सर की तरह लगता है
तेज़ होता है, तो सीने में उतर जाता है
लफ़्ज़ का वार भी, ख़ंजर की तरह लगता है

मंज़ूर साहब मुशायरों में अपनी ग़ज़लें धीरे-धीरे तरही में सुनाते और सुनने वाले उनके दिलकश अंदाज़ पर तालियाँ पीटते थकते नहीं थे। निहायत सादा इंसान अपने अशआर की गहराइयों से सबको डुबो देता था।

मंज़ूर साहब को सुनने का सिर्फ़ एक मौक़ा ही इस ख़ाकसार को मिला वो सादा पैंट बुशर्ट में, आँखों पर लगे बड़े से फ़्रेम के चश्मे को साफ़ कर मुस्कुराते हुए माइक पर आये बैठे

और अपने मिसरों से फ़िज़ा में मिसरी सी घोलने लगे... मुझे याद है उन्होंने इस शेर से अपनी शायरी का आग़ाज़ किया था-

तिरे ख़ुतूत* की ख़ुशबू, तो अब भी ज़िन्दा है
पढ़ूँ तो अब भी महकती हैं उँगलियाँ मेरी
ख़ुतूत = चिठियाँ*

तालियों के बीच उन्होंने अपनी जिस ग़ज़ल का मतला और चंद शेर सुनाये वो इत्तेफ़ाक़ से इस किताब में भी है-

उसका तो हर अंदाज़, निराला-सा लगे है
क़ातिल है मिरा, और मसीहा-सा लगे है
वो जिससे कोई ख़ास तआरुफ़ भी नहीं है
जब भी नज़र आ जाये है अपना सा लगे है
हम उनके बिना जैसे मुकम्मल ही नहीं हैं
जो काम भी करते हैं अधूरा सा लगे है
मैं उसकी हर इक बात को किस तरह न मानूँ
वो झूट भी बोले है तो सच्चा सा लगे है

मंज़ूर साहब अपने और अपनी शायरी के प्रचार-प्रसार से दूर रहे और ताउम्र शायरी को जीते रहे। अपनी बेहतरीन शायरी के दम पर वे उर्दू जगत में एक महत्वपूर्ण स्थान रखते हैं। उन्होंने दुबई, दोहा, क़तर, पाकिस्तान, अमेरिका आदि देशों की यात्रा की और अपने चाहने वालों को ख़ुश कर दिया। वे किसी जोड़-तोड़ या ख़ेमे बंदी में शामिल नहीं हुए। प्रेम, सौन्दर्य और प्रकृति उनकी ग़ज़लों का मूल स्वर है।

बहुत दिनों से तो वो याद भी नहीं आया
तो फिर ये नींद में किसको पुकारा करते हैं
नहा के पंख सुखाती है धूप में तितली
तो रंग अपनी नज़र ख़ुद उतारा करते हैं
फ़िराक़* बिछड़ी हुई ख़ुशबुओं का सह न सकें
तो फूल अपना बदन पारा-पारा** करते हैं

*फ़िराक = वियोग, पारा-पारा** = टुकड़े-टुकड़े*

आज की सामाजिक और राजनितिक विसंगतियों पर भी उनकी शायरी कमाल ढाती है। बड़ी सादा ज़बान में वो अपने अशआर से दिल चीर कर रख देते-

उन्हीं पत्तों पे मिट्टी मल रही है
हवा जिनकी बदौलत चल रही है
अजब शै है ये शम-ए-ज़िन्दगी भी
कि बुझने के लिए ही जल रही है
यही तो बस्तियों में फैलती है
अभी जो आग दिल में जल रही है

अफ़सोस की बात ये है कि इस अज़ीम शायर की सिर्फ़ एक ये ही किताब हिंदी में उपलब्ध है, लगभग एक सौ साठ पृष्ठों की इस किताब में मंज़ूर साहब कि एक सौ चौंतीस ग़ज़लें संकलित हैं। अब इन एक सौ चौतीस ग़ज़लों के लगभग नौ सौ शेरों में से कुल जमा पन्द्रह बीस छाँटना कितना मुश्किल काम है ये आप किये बिना नहीं जान पाएँगे। आप से गुज़ारिश है कि इस किताब को ख़रीदिए जो शायद और कहीं नहीं तो आपके निकट तम रेलवे स्टेशन की बुक स्टाल पर ज़रूर मिल जाएगी और फिर इस काम को अंजाम देने की कोशिश करें। वैसे आप इसे सीधे डायमंड बुक्स वालों को लिख कर भी मँगवा सकते हैं, उनका पता है ओखला इंडस्ट्रियल एरिया, फेज़-2, नई दिल्ली, फ़ोन:011-51611861और ईमेल:sales@diamondpublication.com है।

और अब जैसा की मैं पहले भी करता आया हूँ अब भी करता हूँ, नयी किताब ढूँढ़ने से पहले चलते-चलते इस किताब के चंद अशआर और पढ़वा देता हूँ... लेकिन मेरी गुज़ारिश है कि आप किताबें ख़रीदने की आदत ज़रूर डालें क्यूँकि किताबों के दोस्त उम्र के साथ बूढ़े नहीं होते।

जाने किस किस को मददगार बना देता है
वो तो तिनके को भी पतवार बना देता है
लफ़्ज़ उन होंटों पे फूलों की तरह खिलते हैं
बात करता है तो गुलज़ार बना देता है
जंग हो जाये हवाओं से तो हर एक शजर
नर्म शाख़ों को भी तलवार बना देता है

***

मेरा क्या
वसीम बरेलवी

कोई सत्तर के दशक के आरम्भ की बात होगी। मैं तब कॉलेज में पढ़ता था। जयपुर की बड़ी चौपड़ पर स्थित मानक चौंक स्कूल के भव्य प्रांगण में मुशायरा चल रहा था जिसे कुँवर महेंद्र सिंह बेदी संचालित कर रहे थे। उस समय स्टेज पर बशीर बद्र, शमीम जयपुरी, शमशी मीनाई, शकील बदायूँनी, मजरूह सुल्तानपुरी, क़तील शिफ़ाई जैसी हस्तियाँ मंच पर बिराजमान थीं। मध्य रात्रि के बाद बेदी साहब ने एक दुबले पतले इंसान को आवाज़ लगायी जिसने अपने सधे गले से तरन्नम में एक के बाद एक लाजवाब ग़ज़लें सनाईं और मशायरा लट लिया। आज उर्दू शायरी के दीवानों के लिए उनका नाम अजनबी नहीं बल्कि अज़ीज़ है। उस शायर का नाम है जनाब 'वसीम बरेलवी'। आज उनके बिना उर्दू मुशायरा मुकम्मल नहीं माना जाता।

लीजिए मेरी और से प्रस्तुत है इस विश्व विख्यात शायर की देवनागरी लिपि में छपी पहली किताब 'मेरा क्या' के बारे में अदना सी जानकारी।

खुली छतों के दिये कब के बुझ गये होते
कोई तो है, जो हवाओं के पर कतरता है
शराफ़तों की यहाँ कोई अहमियत ही नहीं
किसी का कुछ न बिगाड़ो, तो कौन डरता है।

वसीम साहब ने अपनी शायरी में उर्दू के भारी भरकम लफ़्ज़ों का बहुत अधिक प्रयोग नहीं किया बल्कि मौजूदा समय की समस्याओं पर बड़े सहज और सरल ढंग से लिखा है। ये ही कारण है कि उनके शेर लोग आम बातचीत में अक्सर कोट करते हुए सुनते रहते हैं।

उसूलों पर जहाँ आँच आये, टकराना ज़रूरी है
जो ज़िन्दा हो, तो फिर ज़िन्दा नज़र आना ज़रूरी है
थके-हारे परिंदे जब बसेरे के लिए लौटें
सलीक़ा मंद शाख़ों का लचक जाना ज़रूरी है
मेरे होटों पे अपनी प्यास रख दो और फिर सोचो
कि इसके बाद भी दुनिया में कुछ पाना ज़रूरी है

वसीम साहब बड़े ही अलग से अंदाज़ में गहरी बात कह जाते हैं। इनकी लिखी ग़ज़लों को बहुत से ग़ज़ल गायक अपना स्वर दे चुके हैं। वो कहते हैं कि "लफ़्ज़ और एहसास के बीच का फ़ासला तय करने की कोशिश का नाम ही शायरी है, मगर ये बेनाम फ़ासला तय करने में

कभी-कभी उमें बीत जाती हैं और बात नहीं बनती।" उन्होंने बिल्कुल सही कहा है और इस बात की पुष्टि के तौर पर मैं आपको उनके दो शेर पढ़वाता हूँ

अच्छा है, जो मिला वो कहीं छूटता गया
मुड़-मुड़ के ज़िन्दगी की तरफ़ देखता गया
मैं, ख़ाली जेब, सब की निगाहों में आ गया
सड़कों पे भीख माँगने वालों का क्या गया

इसी किताब की भूमिका में वसीम साहब आगे कहते हैं, "शायरी मदद न करती, तो ज़िन्दगी के दुःख जान लेवा साबित हो सकते थे। वह तो ये कहिए कि अभिव्यक्ति के इस माध्यम ने मानसिक संतुलन बरक़रार रखने में मदद की और झुलसा देने वाली धूप में एक बेज़बान पेड़ की तरह सर उठाकर खड़े रहने का अवसर दिया।"

अपने चेहरे से जो ज़ाहिर है छुपायें कैसे
तेरी मर्ज़ी के मुताबिक़ नज़र आयें कैसे
घर सजाने का तसव्वुर तो बहुत बाद का है
पहले यह तय हो कि इस घर को बचायें कैसे
लाख तलवारें बढ़ीं आती हों गर्दन की तरफ़
सर झुकाना नहीं आता, तो झुकायें कैसे

परम्परा बुक्स प्राइवेट लिमिटेड, 412, कोणार्क, अपार्टमेन्ट. 22, पटपड़गंज रोड, आई.पी. एक्टेंशन दिल्ली द्वारा प्रकाशित ये किताब वसीम साहब की एक सौ चालीस ग़ज़लों को समेटे हुए है। इसके अलावा उनके ढेरों फुटकर शेर भी हैं। इन ग़ज़लों को पढ़ते हुए लगता है पूरी की पूरी किताब आपको पढ़वा दूँ क्यूँकि हर ग़ज़ल बल्कि उनका लिखा हर शेर क़यामत ढाता है और दिल पर बहुत गहरा असर डालता है-

तुम्हारा प्यार तो साँसों में साँस लेता है
जो होता नश्शा, तो इक दिन उतर नहीं जाता
'वसीम' उसकी तड़प है, तो उसके पास चलो
कभी कुआँ किसी प्यासे के घर नहीं जाता

रघुपति सहाय 'फ़िराक़' गोरखपुरी साहब के महबूब शायर हैं वसीम साहब, वो उनसे और उनके कलाम दोनों से मुहब्बत करते हैं। उनका कहना है वसीम की शायरी में ज्ञान और विवेक की तहों का जायज़ा है। उनके चाहने वाले दुनिया भर में हैं और वो जहाँ जाते हैं लोग उन्हें सर आँखों पर बिठाते हैं। ये मुक़ाम बहुत कम शायरों को नसीब हुआ है।

मैं इस उम्मीद पे डूबा कि तू बचा लेगा
अब इसके बाद मेरा इम्तिहान क्या लेगा
मैं उसका हो नहीं सकता, बता न देना उसे
लकीरें हाथ की अपनी वह सब जला लेगा
हज़ार तोड़ के आ जाऊँ उससे रिश्ता 'वसीम'
मैं जानता हूँ वो जब चाहेगा, बुला लेगा

मुझे यक़ीन है कि उर्दू शायरी के प्रेमी होने के नाते आप ये किताब ज़रूर अपनी किताबों की अलमारी में रखना चाहेंगे। ये ऐसी किताब है जिसको न ख़रीदने के बारे में सोचना भी पाप है।

अब आख़िर में चलते-चलते आइए पढ़ते हैं वसीम साहब के कुछ फुटकर शेर जिन्हें आप बरसों नहीं भूल पाएँगे-

वो झूठ बोल रहा था बड़े सलीक़े से
मैं ऐतबार न करता, तो और क्या करता

उसी को जीने का हक़ है, जो इस ज़माने में
इधर का लगता रहे और उधर का हो जाए

बिछड़ के मुझसे तुम अपनी कशिश न खो देना
उदास रहने से चेहरा ख़राब होता है

ये सोचकर कोई अहदे-वफ़ा करो हमसे
हम एक वादे पे उम्रें गुज़ार देते हैं

मुझे पढ़ता कोई तो कैसे पढ़ता
मेरे चेहरे पे तुम लिक्खे हुए थे

वो मेरी पीठ में ख़ंजर ज़रूर उतारेगा
मगर निगाह मिलेगी, तो कैसे मारेगा

ग़रीब लहरों पे पहरे बिठाये जाते हैं
समन्दरों की तलाशी कोई नहीं लेता

***

सायों के साए में
शीन काफ़ निज़ाम

जैसे उजड़े हुए मंदिर में हवा का झोंका
ऐसे आ जाएँ कभी लौट के आने वाले
मुझसे क्या पूछते हो मैंने उन्हें कब देखा
पेड़ की आड़ में थे तीर चलाने वाले
ढूँढ़ कर लाओ कोई हो तो सुलाने वाला
सैंकड़ों लोग हैं दुनिया में जगाने वाले
दुनिया वालों ने फ़क़त उसको हवा दी थी 'निज़ाम'
लोग तो घर ही के थे आग लगाने वाले

ऐसे ज़बरदस्त शेर कहने वाले हैं जोधपुर में जन्मे और आज उर्दू शायरी के आकाश पर चमकते हुए सितारे जनाब 'शीन काफ़ निज़ाम' उर्फ़ 'शिव कुमार निज़ाम'। उनकी एक किताब 'वाग्देवी प्रकाशन' बीकानेर ने प्रकाशित की है 'सायों के साए में' शीर्षक से, आज इसी किताब का ज़िक्र करेंगे।

पहले ज़मीन बाँटी थी फिर घर भी बट गया
इंसान अपने आप में कितना सिमट गया
अब क्या हुआ कि ख़ुद को मैं पहचानता नहीं
मुद्दत हुई कि रिश्ते का कोहरा भी छट गया
गाँवों को छोड़कर तो चले आये शहर में
जाएँ किधर कि शहर से भी जी उचट गया

'शीन काफ़ निज़ाम' साहब को मध्य प्रदेश सरकार द्वारा दिए गए 'इक़बाल सम्मान' के अलावा भाषा भारती सम्मान, उर्दू अकेडमी अवार्ड और बेगम अख़्तर अवार्ड से भी नवाज़ा जा चुका है, लेकिन इन सबसे बड़ा अवार्ड उन्हें उनके लाखों पाठकों और श्रोताओं ने अपना प्यार लुटा कर दिया है। निज़ाम साहब अपनी शायरी का जलवा अमेरिका यूरोप और खाड़ी के मुल्कों में भी दिखा चुके-

जीत के जज़्बे ने क्या जाने कैसा रिश्ता जोड़ दिया
जानी दुश्मन भी मुझको अब मेरा अपना लगता है
इस बस्ती की बात न पूछो इस बस्ती का क़ातिल भी
सीधा-सादा, भोला-भाला, प्यारा-प्यारा लगता है

दरवाज़े तक छोड़ने मुझको आज नहीं कोई आया
बस, इतनी सी बात है लेकिन जाने कैसा लगता है

प्रसिद्ध कवि अज्ञेय जी ने कहा है, "मुझे कविता प्रायः याद नहीं रहती, लेकिन निज़ाम के कुछ शेर मुझे अकस्मात कंठस्थ हो गए और वो मेरी भाव संपत्ति का अंग बन गए।" इस बात को उनकी इस किताब को पढ़कर अच्छी तरह जाना जा सकता है। जो शेर बिना भारी भरकम शब्दों का सहारा लिए सीधे दिल में उतरते हों उन्हें याद करना मुश्किल नहीं होता। इंसान की मुश्किलों और ख़ुशियों को सही लफ़्ज़ देना ही शायरी है और निज़ाम साहब इसमें सिद्ध हस्त-

पेड़ों को छोड़कर जो उड़े उनका ज़िक्र क्या
पाले हुए भी ग़ैर की छत पर उतर गए
यादों की रुत के आते ही सब हो गए हरे
हम तो समझ रहे थे सभी ज़ख़्म भर गए

शायर कुमार पाशी का कहना है, "निज़ाम के शेर पढ़ते हुए बार-बार एहसास होता है कि उनके सामने उदास मंज़र फैले हुए हैं, जिन की झलकियाँ वे लफ़्ज़ों में पेश करते हैं।"

आज हर सम्त भागते हैं लोग
गोया चौराहा हो गए हैं लोग
अपनी पहचान भीड़ में खो कर
ख़ुद को कमरों में ढूँढ़ते हैं लोग
ले के बारूद का बदन यारों
आग लेने निकल पड़े हैं लोग
हर तरफ़ इक धुआँ सा उठता है
आज कितने बुझे बुझे हैं लोग

वाग्देवी प्रकाशन बीकानेर वालों की ये विशेषता है कि वो अपने पाठकों को उच्च साहित्य की पुस्तकें अविश्वश्नीय मूल्य पर उपलब्ध करवा देते हैं। आप ये पुस्तक उनसे उनके मेल vagdevibooks@gmail.com पर अपना पता भेज कर मँगवा सकते हैं या फिर उनसे 0151-2242023 फ़ोन नंबर पर संपर्क कर इसके बारे में जानकारी ले सकते हैं।

शीन काफ़ निज़ाम साहब को मैंने जयपुर की महफ़िलों में अक्सर सुना है और उनकी गहरी आवाज़ और अदायगी का क़ाएल हूँ। आपने उनके शेर तो बहुत सुने होंगे लेकिन वो निदा फ़ाज़ली साहब की तरह कमाल के दोहे भी कहते हैं तो चलिए अब पढ़ते हैं उनकी लाजवाब शायरी और दोहे-

ये कैसा इनआम है, ये कैसी सौग़ात
दिन देखे जुग हो गए, जब जागूँ तब रात

पतझड़ की रुत आ गयी, चलो आपने देश
कि चेहरा पीला पड़ गया, धोले हो गए केश

करे जुगाली रात दिन, शब्दों की नादान
है पोथी का पारखी, अक्षर से अनजान

चौपालें चौपट हुईं सहन में सोया सोग
अल्लाह जाने क्या हुए, आल्हा गाते लोग

गोबर से घर लीप कर गोरी हुई उदास
दुहरायेगा कौन कल आँगन का इतिहास

आप वाग्देवी प्रकाशन वालों को लिखें या बात करें तब तक चलते हैं एक और किताब खोजने आपके लिए। मेरा मक़सद सिर्फ़ और सिर्फ़ अच्छी सच्ची शायरी की किताबों की जानकारी आप तक पहुँचाना भर है।.. मील के पत्थर हैं भाई हम तो सिर्फ़ ये बताते हैं मंज़िल किधर और कितनी दूर है.. चलना तो आपको ही है।

***

बेरंग हैं सब तितलियाँ
कुमार विनोद

मैं कुमार विनोद जी को व्यक्तिगत तौर पर नहीं जानता, लेकिन मेरा सौभाग्य देखिए नौ फ़रवरी को कुरुक्षेत्र से उनका अचानक मेल आया, जिसमें लिखा था कि उन्होंने मेरा ब्लॉग देखा है और उन्हें उस पर पोस्ट की गयी ग़ज़लें और पुस्तक समीक्षाएँ बहुत पसंद आयी हैं। साथ ही उन्होंने ये भी बताया की वो भी ग़ज़लें लिखते हैं और उनका एक ग़ज़ल संग्रह भी प्रकशित हो चुका है। मेल के साथ उन्होंने अपनी कुछ ग़ज़लें भी भेजी...ग़ज़लें पढ़कर ही मुझे आभास हो गया की चाहे मैं उन्हें व्यक्तिगत तौर पर ना जानूँ लेकिन सोच के स्तर पर उन्हें पहचान गया हूँ। ये भी जान गया कि वो बिल्कुल अलग बेबाक अंदाज़ में अपनी बात कहने वाले निराले युवा शायर हैं। दिल ने कहा अब उनकी इस किताब को पढ़ने के लिए उसे हासिल करना ही पड़ेगा, क्यूँकि रात के सन्नाटे में किताब हाथ में लेकर अधलेटे ग़ज़लें पढ़ने का जो आनंद है, वो आनंद लैप टाप खोल कर पढ़ने में नहीं आता। कुमार जी को किताब भेजने का आग्रह किया गया जो उन्होंने ख़ुशी-ख़ुशी पूरा किया और अब उसी किताब 'बेरंग हैं सब तितलियाँ' के चंद पन्नो में बिखरे उनके कुछ अशआर आप सब तक पहुँचा रहा हूँ।

किताब के पहले पन्ने के पहले शेर से ही वो अपने पाठक को अपने साथ जज़्बात की ऊबड़-खाबड़ पगडंडियों पर हाथ पकड़ कर एक अनजानी मंज़िल की ओर ले चलते हैं-

आस्था का जिस्म घायल रूह तक बेज़ार है
क्या करे कोई दुआ जब देवता बीमार है
भूख से बेहाल बच्चों को सुना कर चुटकुले
जो हँसा दे आज का सबसे बड़ा फ़नकार है
ख़ूबसूरत जिस्म हो या सौ टका ईमान हो
बेचने की ठान लो तो हर तरफ़ बाज़ार है

विनोद जी की शायरी की सबसे बड़ी ख़ूबी है उसकी भाषा। वो अपने पाठक को कभी भी भारी भरकम लफ़्ज़ों के बोझ तले नहीं दबाते बल्कि उनकी पंखुरियों से हल्के-हल्के सहलाते हैं। ये ही कारण है कि उनके शेर पढ़ते-पढ़ते ही ज़बान पर चढ़ जाते हैं और बाद में पाठक उन्हें अपने आप गुनगुनाने लगता है।

तल्ख़ियाँ सारी फ़ज़ा में घोल कर
क्या मिलेगा बात सच्ची बोल कर

गुम हुए ख़ुशियों के मौसम इन दिनों
इसलिए जब भी हँसो, दिल खोलकर
बात करते हो उसूलों की मियाँ
भाव रद्दी के बिकें सब तोलकर

इस किताब को आधार प्रकाशन, पंचकुला, हरियाणा ने प्रकाशित किया है। कुमार विनोद जी का ये पहला ग़ज़ल संग्रह है। उनकी ग़ज़लें हिंदी की प्रसिद्ध पत्रिकाओं जैसे 'हंस, नया ज्ञानोदय, वागर्थ, कथादेश, कादम्बिनी, आजकल, अक्षर पर्व' आदि में समय-समय पर छप कर अपनी पहचान पहले ही बना चुकी हैं। युवा ग़ज़लकार की इन ग़ज़लों ने मुझे अन्दर से छुआ है और अपना प्रशंसक बना लिया है।

लाख चलिए सर बचा कर, फ़ायदा कुछ भी नहीं
हादसों के इस शहर का, क्या पता, कुछ भी नहीं
काम पर जाते हुए मासूम बचपन की व्यथा
आँख में रोटी का सपना, और क्या, कुछ भी नहीं
एक अनजाना सा डर, उम्मीद की हल्की किरण
कुल मिला कर ज़िन्दगी से क्या मिला, कुछ भी नहीं

इस किताब में एक ख़ूबी और है जो बहुत कम किताबों में नज़र आती है वो ये कि किताब की ग़ज़लें किताब खोलते ही पाठकों के रू-ब-रू हो जाती हैं। इस किताब में किसी भी तरह की कोई भूमिका ना तो किसी नामचीन शायर ने लिखी है और ना ही शायर ने खुद। बस 'तेरा तुझ को अर्पण क्या लागे मोरा' वाले भाव से ये पुस्तक ज्यूँ कि त्यूँ पाठकों को सौंप दी गयी है। पाठकों और ग़ज़लों के बीच कोई नहीं है। इसका एक बहुत बड़ा लाभ भी है और वो ये कि पाठक बिना इस पुस्तक को पूरा पढ़े इस के बारे में कोई राय नहीं बना सकता और पढ़कर वो जो भी राय बनाएगा अच्छी या बुरी वो किसी और की विचार धारा से प्रभावित नहीं होगी बल्कि सिर्फ़ उस पाठक की ही होगी। आज के दौर में ऐसा जोख़िम उठाने वाले बिरले ही मिलेंगे।

गाँव से आकर शहर में यूँ लगा
सच हुई दुश्मन की जैसे बद्दुआ

जब से चिड़िया ने बनाया घोंसला
पेड़ देखो फूल कर कुप्पा हुआ

डाक्टर ने हाले-दिल उसका सुना
बस यही थी बूढ़े रोगी की दवा

विनोद जी ने रोज़मर्रा के प्रतीकों से अपने अशआर को नयी ऊँचाई दी है। उनके नये-नये शब्द प्रयोग उन्हें अपने समकालीनों से अलग करते हैं। आप भी देखिए किस तरह-

बड़ी हैरत में डूबी आजकल बच्चों की नानी है
कहानी की किताबों में न राजा है, न रानी है
बहुत सुन्दर से इस एक्वेरियम को ग़ौर से देखो
जो इसमें क़ैद है मछली, क्या वो भी जल की रानी है
घनेरे बाल, मूँछें और चेहरे पे चमक थोड़ी
यक़ीं कीजे, ये मैं ही हूँ, ज़रा फ़ोटो पुरानी है

एम.एस.सी., एम.फ़िल, पीएच. डी. शिक्षा प्राप्त विनोद जी कुरुक्षेत्र विश्व विद्यालय के गणित विभाग में एसोसियेट प्रोफ़ेसर हैं, तभी उनके कहने का सलीक़ा और मिज़ाज बहुत नपा तुला है। उनकी ग़ज़लों में जहाँ आज की त्रासद विसंगतियों का ज़िक्र है वहीं अपने आप पर भरोसा बनाये रखने पर ज़ोर भी है। इस किताब की ग़ज़लें विनोद जी द्वारा की गयी एक ईमानदार कोशिश है और हमें ऐसी कोशिशों की हौसला-अफ़ज़ाही करनी चाहिए। ये पुस्तक आधार प्रकाशन से ई-मेल द्वारा aadharprakashan@yahoo.com पर लिख कर या फिर प्रकाशक से 09417267004 नंबर पर संपर्क करके मँगवा सकते हैं,पुस्तक प्राप्ति की राह में आने वाली किसी भी असुविधा के निदान के लिए आप सीधे विनोद जी से उनके मोबाइल न. 09416137196 या ई-मेल vinodbhj@rediffmail.com पर संपर्क कर सकते हैं। कुछ भी करें अगर आप ग़ज़लें बल्कि यूँ कहें कि अच्छी ग़ज़लें पढ़ने के शौक़ीन हैं तो ये किताब हर हाल में आपके पास होनी चाहिए।

राजधानी को तुम्हारी फ़िक्र है, ये मान लो
राहतें तुम तक अगर पहुँची नहीं, तो क्या हुआ
देखिए उस पेड़ को, तनकर खड़ा है आज भी
आँधियों का काम चलना है, चलीं, तो क्या हुआ
कम से कम तुम तो करो ख़ुद पर यक़ीं, ऐ दोस्तों
गर ज़माने को नहीं तुम पर यक़ीं, तो क्या हुआ

***

उजाड़ दरख़्तों पे आशियान
मुहम्मद अल्वी

अगर तुझको फ़ुर्सत नहीं तो न आ
मगर एक अच्छा नबी भेज दे
क़यामत के दिन खो न जाएँ कहीं
ये अच्छी घड़ी है, अभी भेज दे

जिस शायर ने जब ये शेर कहा उसके सत्रह साल बाद अचानक इस शेर को अल्लाह के ख़िलाफ़ लिखा माना गया और उस शायर के ख़िलाफ़ फ़तवा जारी करते हुए उसे काफ़िर घोषित कर दिया। मैं जिस शायर का ज़िक्र कर रहा हूँ वो हैं अपनी आधुनिक सोच के ज़रिये उर्दू शायरी और साहित्य को बुलंदियों पर पहुँचाने वाले हर दिल अज़ीज़ शायर जनाब 'मुहम्मद अल्वी' साहब और आज हम जिस किताब का ज़िक्र करने जा रहे हैं उसे बहुत मेहनत से सम्पादित किया है जनाब शीन काफ़ निज़ाम और नन्द किशोर आचार्य साहब ने जिसमें अल्वी साहब की बेहतरीन ग़ज़लें और नज़्में शामिल की गयी हैं और जिसका शीर्षक है 'उजाड़ दरख़्तों पे आशियाने'।

हुई रात मैं अपने अन्दर गिरा
मिरी आँख से फिर समंदर गिरा
गिराना ही है तो मिरी बात सुन
मैं मस्जिद गिराऊँ, तू मंदिर गिरा

अल्वी साहब का जन्म 10 अप्रैल 1927 को अहमदाबाद में हुआ था। उन्होंने भले ही बहुत ऊँची तालीम हासिल नहीं की लेकिन शेर और नज़्म कहने का हुनर ख़ूब सीखा। उस वक़्त जब उर्दू ग़ज़ल हुस्नो-इश्क़, शराब-शबाब के तंग दायरे में छटपटा रही थी अल्वी साहब ने उसे नयी रौशनी दिखाई और खुली हवा में साँस लेने दी ...

उदास है दिन हँसा के देखें
ज़रा उसे गुदगुदा के देखें
नया ही मंज़र दिखाई देगा
अगर ये मंज़र हटा के देखें
हमें भी आता है मुस्कुराना
मगर किसे मुस्कुरा के देखें

अल्वी साहब की शायरी की ख़ासियत है उसकी सादा बयानी लेकिन ऊपर से जो बात बहुत सीधी और सरल नज़र आती है गहरे में उतरें तो वो उतनी सादा और सरल होती नहीं। जीवन की गूढतम बातों को वो बहुत आसानी से कह जाते हैं। उन्होंने अपनी अधिकांश ग़ज़लें छोटी बहर में कहीं हैं और ये हुनर बहुत मुश्किल से आता है-

कुछ तो इस दिल को सज़ा दी जाये
उसकी तस्वीर हटा दी जाये
ढूँढ़ने में भी मज़ा आता है
कोई शय रख के भुला दी जाये

गुजरात उर्दू अकादमी, साहित्य अकादमी और ग़ालिब पुरस्कार से सम्मानित अल्वी साहब अपनी शायरी में नये प्रतीकों, भाषा और लहजे के इस्तेमाल के कारण अपने समकालीन शायरों में सबसे जुदा नज़र आते हैं। वो उर्दू शायरी की शास्त्रीय परम्परा में बंध कर नहीं कहते, उन्हें लीक पर चलना गवारा नहीं और वो अपनी राह खुद बना कर चलते हैं जो ऊबड़-खाबड़ होते हुए भी दिलचस्प है।

भाई मिरे घर साथ न ले
जंगल में डर साथ न ले
यादें पत्थर होती हैं
मूरख पत्थर साथ न ले
एक अकेला भाग निकल
सारा लश्कर साथ न ले

भला हो वाग्देवी प्रकाशन बीकानेर का जिन्होंने ये बेजोड़ किताब हम जैसे पाठकों के लिए बाज़ार में उतारी है। लगभग एक सौ बीस पन्नो में फैली अल्वी साहब की नब्बे ग़ज़लें और चालीस नज़्में बार-बार पढ़ने लायक़ हैं

हर वक़्त खिलते फूल की जानिब तका न कर
मुरझा के पत्तियों को बिखरते हुए भी देख

देखा न होगा तूने मगर इंतज़ार में
चलते हुए समय को ठहरते हुए भी

देख तारीफ़ सुन के दोस्त से 'अल्वी' तो ख़ुश न हो
उसको तिरी बुराइयाँ करते हुए भी देख

'श्री नन्द किशोर आचार्य' कहते हैं कि मुहम्मद अल्वी की कहन ने उर्दू शायरी ग़ज़ल और नज़्म दोनों को एक नया लहजा दिया है। यह नयी उर्दू कविता की एक प्रमाणिक आवाज़ है जिस की अनसुनी करना अपने को काव्यानुभव के एक विशिष्ट आस्वाद से वंचित रखना होगा।

अरे ये दिल और इतना ख़ाली
कोई मुसीबत ही पाल रखिए
जहाँ कि बस तिलिस्म सा है
न टूट जाए ख़याल रखिए
तुड़ा-मुड़ा है मगर ख़ुदा है
इसे तो साहिब सँभाल रखिए

अब कोई एक-आध अशआर हो तो गिनाऊँ, इस किताब में कोई पाँच सौ के क़रीब शेर हैं... और हर शेर वाह-वाह करने योग्य है... लेकिन सवाल ये है कि इस ख़ज़ाने में से कौन-सा मोती छोड़े और किसे चुनें... इसलिए पन्ने पलटते वक़्त जो ग़ज़ल सामने आयी उसी में से एक-आध शेर आपके लिए चुन लिये। आप ऐसा क्यूँ नहीं करते कि वाग्देवी प्रकाशन वालों को मेल डाल कर इस किताब को मँगवा लेते और फिर आराम से इसे पढ़ते आनंद लेते? बात यहाँ ख़त्म नहीं हुई है क्यूँकि इस किताब की चालीस नज़्मों का ज़िक्र तो मैंने अभी तक किया ही नहीं है... वो नज़्में छोटी-छोटी हैं और ऐसी जैसी आपने शायद ही कहीं पढ़ी हों... लिखिए मेल वाग्देवी प्रकाशन को इस पते पर: vagdevibooks@gmail.com या फिर एक फ़ोन घुमाइए इस नंबर पर: 0151-2242023 बस और फिर ये ख़ज़ाना होगा आपका।

चलते-चलते एक ग़ज़ल चंद शेर आपको और सुनाने को जी कर रहा है ताकि आपकी प्यास इस किताब को ख़रीदने के लिए जगे-

रोज़ अच्छे नहीं लगते आँसू
ख़ास मौक़ों पे मज़ा देते हैं
हाय वो लोग जो देखे भी नहीं
याद आयें तो रुला देते हैं
आग अपने ही लगा सकते हैं
ग़ैर तो सिर्फ़ हवा देते हैं

***

उजड़े मकाँ का आईना
वज़ीर आग़ा

'गागर में सागर' आपने ये जुमला अक्सर सुना होगा लेकिन मैं नहीं जानता कि आप में से कितने ऐसे हैं जिन्होंने इसे महसूस किया है। गागर में सागर वाले करिश्मे बहुत कम हुआ करते हैं लेकिन ये करिश्मा, कम से कम मेरे लिए तो, किया है वाग्देवी प्रकाशन वालों ने। उन्होंने पकिस्तान के उस्ताद शायर जनाब वज़ीर आग़ा साहब की एक किताब प्रकाशित की है जिसका नाम है 'उजड़े मकाँ का आईना'। मात्र पच्चीस रुपये की इस छोटी सी पेपर बैक किताब के एक सौ साठ पृष्ठों में उर्दू शायरी का अनमोल ख़ज़ाना भरा पड़ा है। वो लोग जो उर्दू शायरी की नफ़ासत और नज़ाकत को पसंद करते हैं इस किताब को सीने से लगाये रक्खेंगे ये मेरा दावा है।

इतना न पास आ कि तुझे ढूँढ़ते फिरें
इतना न दूर जा कि हुमावक़्त पास हो
हुमावक़्त=हर समय
मैं भी नसीमे-सुबह की सूरत फिरूँ सदा
शामिल गुलों की बास में गर तेरी बास हो
नसीमे-सुब्ह = सुबह की हवा

पाकिस्तान के सरगोधा में 18 मई 1922 में जन्में वज़ीर आग़ा साहब हालाँकि हिंदी के पाठकों में अपने दूसरे साथियों की तरह बहुत अधिक प्रसिद्ध नहीं हो पाए क्यूँकि वो मुशायरों के शायर कभी नहीं रहे जहाँ कमोबेश रोमांटिक ग़ज़लें पेश की जाती हैं लेकिन अदबी हलकों में उनका दबदबा बाक़ायदा क़ाएम है। आग़ा साहब नज़्मों के उस्ताद माने जाते हैं लेकिन जब उन्होंने ग़ज़लें कहीं तो किसी से पीछे नहीं रहे-

यक़ीं दिलाओ न मुझको कि तुम पराये नहीं
मुझे तो ज़ख़्म लगे तुमने ज़ख़्म खाए नहीं
ये आईना किसी उजड़े मकाँ का आईना है
मैं गर्द साफ़ भी कर दूँ तो मुस्कुराये नहीं
मकाँ ख़ामोश अगर है तो दोष किसका है
करे भी क्या जो कोई उसको घर बनाये नहीं

आग़ा साहब की रचनाएँ हिंदी और पंजाबी के अलावा ग्रीक, अंग्रेज़ी, स्वीडिश, स्पेनिश आदि कई यूरोपियन भाषाओं में अनूदित हुई हैं। कई सम्मानों से अलंकृत वज़ीर आग़ा कुछ

आलोचकों की दृष्टि में नोबेल पुरस्कार के लिए पाकिस्तान से वाजिब हक़दार हैं।

चुप रहूँ और उसे मलाल न हो
अनकही का तो ऐसा हाल न हो
क़ुफ़्ल कैसे खुलेगा उस लब का
मेरे लब पर अगर सवाल न हो
क़ुफ़्ल= ताला
हूँ अकेला भरे ज़माने में
कोई मुझ-सा भी बेमिसाल न हो

जनाब शीन काफ़ निज़ाम और नन्द किशोर आचार्य जी ने बहुत मेहनत से इस किताब को सम्पादित किया है। इसमें आग़ा साहब की लगभग सौ से अधिक ग़ज़लें और चालीस के क़रीब नज़्में समोहित हैं। उर्दू शायरी का हुस्न बिखरती उन्हीं हर ग़ज़ल और नज़्म लाजवाब है और बार-बार पढ़ने लायक़ है। ये किताब ऐसी नहीं जिसे आप एक साँस में पढ़कर उठ जाएँ बल्कि इसे घूँट-घूँट पी कर देर तक इसके सुरूर में डूबे रहें जैसी है।

तमाम उम्र ही गुज़री है दस्तकें सुनते
हमें तो रास न आया ख़ुद अपने घर रहना
ज़रा-सी ठेस लगी और घर को ओढ़ लिया
कहाँ गया वो तुम्हारा नगर-नगर रहना

आइए अब उनके छोटी बहर में किये गए बेमिसाल हुनर पर भी इक नज़र डालें और इस नायाब किताब को मँगवाने की ईमानदार कोशिश करें। आप ये पुस्तक वाग्देवी प्रकाशन से उनके मेल vagdevibooks@gmail.com पर अपना पता भेज कर मँगवा सकते हैं या फिर उनसे 0151-2242023 फ़ोन नंबर पर संपर्क कर इसके बारे में जानकारी ले सकते हैं।

एक लम्हा अगर गुज़र जाये
दूसरा तो गुज़र ही जायेगा
अब ख़ुशी भी तो दिल पे वार करे
ग़म तो ये काम कर ही जायेगा
ज़ब्त करता रहा अगर यूँ ही
ये शजर बे-समर ही जायेगा
बे-समर = फल रहित

छोटी बहर ही में उनकी एक और ग़ज़ल का लुत्फ़ उठाइए और देखिए के कैसे कम लफ़्ज़ों में गहरी बात की जाती है। ये हुनर हर किसी को ऊपर वाला अता नहीं करता।

आँख में तेरी अगर सहरा नहीं
हाल पर मेरे तू क्यूँ रोया नहीं
दस्तकें ही दस्तकें हैं हर तरफ़
आदमी इक भी नज़र आता नहीं
मैं सदा दूँ और तू आवाज़ दे
इस भरी दुनिया में मुमकिन क्या नहीं
रो रहा हूँ एक मुद्दत से मगर
आँख से आँसू कोई टपका नहीं

बस अभी इतना ही।..अगर आप शायरी ख़ास तौर पर अच्छी संजीदा शायरी के शौक़ीन हैं तो फिर ये किताब आपके लिए है। आपको सिर्फ़ एक मेल या फ़ोन करने की देर है वाग्देवी प्रकाशन बीकानेर वाले इसे आप तक पहुँचाने में ज़्यादा वक़्त नहीं लेंगे। इसका मुझे पूरा विश्वास है।

***

जाँ निसार अख़्तर एक जवान मौत
निदा फ़ाज़ली

हम से पूछो कि ग़ज़ल क्या है ग़ज़ल का फ़न क्या
चन्द लफ़्ज़ों में कोई आग छुपा दी जाए

कई मधुर यादगार गीतों के रचयिता हैं जनाब जाँनिसार अख़्तर साहब। आज हम उन्हीं की नायाब रचनाओं को जिन्हें निदा फ़ाज़ली साहब ने अपनी किताब 'जाँनिसार अख़्तर एक जवान मौत' में सम्पादित किया है का ज़िक्र करेंगे। आज के नौजवानों को सूचित कर दूँ कि आज के मशहूर शायर जावेद अख़्तर साहब जनाब जाँनिसार अख़्तर साहब के बेटे हैं।

मैं सो भी जाऊँ तो क्या, मेरी बंद आँखों में
तमाम रात कोई झाँकता लगे है मुझे
मैं जब भी उसके ख़यालों में खो सा जाता हूँ
वो ख़ुद भी बात करे तो बुरा लगे है मुझे
दबा के आयी है सीने में कौन सी आहें
कुछ आज रंग तेरा साँवला लगे है मुझे

जाँनिसार साहब ने अपनी ज़िन्दगी के सबसे हसीन साल साहिर लुधियानवी के साथ उनकी दोस्ती में ग़र्क़ कर दिए। वो साहिर के साए में ही रहे और साहिर ने उन्हें उभरने का मौक़ा नहीं दिया लेकिन जैसे ही वो साहिर की दोस्ती से आज़ाद हुए उनमें और उनकी शायरी में क्रांतिकारी परिवर्तन हुआ। उसके बाद उन्होंने जो लिखा उस से उर्दू शायरी के हुस्न में कई गुणा इज़ाफ़ा हुआ।

जब शाख़ कोई हाथ लगाते ही चमन में
शर्माए, लचक जाए तो लगता है कि तुम हो
ओढ़े हुए तारों की चमकती हुई चादर
नद्दी कोई बलखाये तो लगता है कि तुम हो

इस किताब की भूमिका में निदा फ़ाज़ली साहब ने जाँ निसार अख़्तर के कई अनछुए पहलू पाठकों के सामने बड़े दिलचस्प अंदाज़ में रखे हैं। हमें अख़्तर साहब की शायरी और उनकी शख़्सियत के अलग-अलग रंग देखने को मिलते हैं। निदा फ़ाज़ली लिखते हैं, "जाँ निसार ने अपने ख़त में लिखा है आदमी जिस्म से नहीं दिलो-दिमाग़ से बड़ा होता है। वे वास्तव में आख़िरी दिन तक जवान रहे। वो नौजवानों की तरह रात में देर तक चलने वाली

महफ़िलों और बाहर के मुशायरों में अपने आपको ख़र्च करते रहे।"

और क्या इस से ज़्यादा कोई नर्मी बरतूँ
दिल के ज़ख़्मों को छुआ है तेरे गालों की तरह
और तो मुझको मिला क्या मेरी मेहनत का सिला
चन्द सिक्के हैं मेरे हाथ में छालों की तरह

अख़्तर साहब ने अलीगढ़ मुस्लिम यूनिवर्सिटी से सन 1935-36 में उर्दू में गोल्ड मेडल ले कर एम.ए. किया था। 1947 के देश विभाजन के पहले तक ग्वालियर के विक्टोरिया कॉलेज में उर्दू के प्रोफ़ेसर रहे और फिर सन 1950 तक भोपाल के हमीदिया कॉलेज में उर्दू विभाग के अध्यक्ष पद पर रहे। साफ़िया जो जावेद अख़्तर साहब की अम्मी हैं, से उनका निकाह सन 1943 में हुआ। 'साफ़िया' उस दौर के सबसे रोमांटिक शायर 'मजाज़' लखनवी की बहन थीं। दोनों हमीदिया कॉलेज में पढ़ाने लगे और प्रोग्रेसिव राइटर मूवमेंट से जुड़ गए। अख़्तर साहब को उस मूवमेंट का प्रेसिडेंट बनाया गया जो उस वक़्त की सरकार को गवारा नहीं हुआ। इसके चलते उन्हें भोपाल में ही अपना घर बार छोड़ मुंबई की शरण लेनी पड़ी, जहाँ वो साहिर के साथ जुड़ गए। साफ़िया दो बच्चों जावेद और सलमान के साथ भोपाल में ही रहीं। उस दौरान में साफ़िया के अख़्तर साहब को लिखे पत्रों पर एक किताब 'तुम्हारे नाम' हिंदी में, अभी हाल ही में प्रकाशित हुई है, जो साहित्य का अनमोल हीरा है। एक पत्नी द्वारा अपने पति को लिखे निजी पत्र भी किस क़दर ऊँचे दर्जे के साहित्यिक हो सकते हैं ये इस किताब को पढ़कर ही जाना जा सकता है। ये किताब राजकमल प्रकाशन दिल्ली से प्रकाशित हुई है।

आये क्या-क्या याद नज़र जब पड़ती उन दालानों पर
उसका काग़ज़ चिपका देना, घर के रौशनदानों पर
सस्ते दामों ले तो आते लेकिन दिल था भर आया
जाने किस का नाम खुदा था, पीतल के गुलदानों पर
आज भी जैसे शाने पर तुम हाथ मेरे रख देती हो
चलते-चलते रुक जाता हूँ, साड़ी की दुकानों पर

इस किताब में अख़्तर साहब की सिर्फ़ इकतीस ग़ज़लें ही हैं लेकिन इसके अलावा नज़्में, रुबाइयाँ, और फ़िल्मी गीत भी संकलित किये हुए हैं। साफ़िया की असमय कैंसर से हुई मृत्यु पर उनकी कालजयी नज़्म 'ख़ाके-दिल' भी आप इसमें पढ़ सकते हैं और बिल्कुल अलग लहजे में लिखी कमाल की रुबाइयाँ 'घर आँगन' के शीर्षक से भी। ये रुबाइयाँ पति पत्नी के प्रेम और उनके बीच की छोटी-छोटी बातों को लाजवाब ढंग से प्रस्तुत करती हैं। बानगी के तौर पर कुछ रुबाइयाँ पढ़वाता हूँ

आहट मेरे क़दमों की सुन पाई है
इक बिजली सी तनबन में लहराई है
दौड़ी है हर एक बात की सुध बिसरा के
रोटी जलती तवे पर छोड़ आई है
डाली की तरह चाल लचक उठती है
ख़ुशबू हर इक साँस छलक उठती है
जूड़े में जो वो फूल लगा देते हैं
अन्दर से मेरी रूह महक उठती है

हर एक घड़ी शाक (कठिन) गुज़रती होगी
सौ तरह के वहम करके मरती होगी
घर जाने की जल्दी तो नहीं मुझको मगर
वो चाय पर इंतज़ार करती होगी

रहता है अजब हाल मेरा उनके साथ
लड़ते हुए अपने से गुज़र जाती है रात
कहती हूँ इतना न सताओ मुझको
डरती हूँ कहीं मान न जायें मेरी बात

इक रूप नया आप में पाती हूँ सखी
अपने को बदलती नज़र आती हूँ सखी
ख़ुद मुझको मेरे हाथ हसीं लगते हैं
बच्चे का जो पालना हिलाती हूँ सखी

शुक्रिया अदा कीजिए 'वाणी प्रकाशन' दिल्ली वालों का जिन्होंने इस पुस्तक को प्रकाशित कर हम पाठकों के सामने अख़्तर साहब का रूमानी संसार खोल दिया। अब ये आप पर है कि आप उस संसार से रू-ब-रू होते हैं या नहीं।

* * *

खुली आँखों में सपना
परवीन शाकिर

जावेद अख़्तर साहब ने फ़िल्म सरहद के लिए एक गीत लिखा था 'पंछी नदियाँ पवन के झोंके कोई सरहद न इन्हें रोके...' पंछी नदियाँ पवन के झोंकों के अलावा और भी बहुत कुछ है जिन्हें सरहदें नहीं रोक पातीं। कुछ इंसान और उनका हुनर उन्हें सरहद की सीमाओं के पार ले जाता है। जैसे मूसीक़ी के उस्ताद किसी भी मुल्क के क्यूँ न हों वो हर सुनने वाले के दिल के तारों को झंकृत कर देते हैं वैसे ही शायरी किसी मुल्क विशेष के शायर की ना होकर उसके चाहने वालों की हो जाती है।

आज हम पाकिस्तान की उस मशहूर शायरा की किताब का ज़िक्र करेंगे जिसे हम भारत वासियों ने भी सर आँखों पर बिठाया है। आपने सही पहचाना उस शायरा का नाम है 'परवीन शाकिर' जो कराची सिंध पाकिस्तान में 24.11.1952 को पैदा हुईं। इंग्लिश लिट्रेचर और लैंग्वेज में एम. ए. करने के बाद उन्होंने पीएच.डी. की डिग्री हासिल की। उन्हें उनकी शायरी के लिए आदमजी पुरस्कार से नवाज़ा गया। डॉ. सैयद नसीर अली से उनका निकाह हुआ और उनका सैयद मुराद अली नाम का बेटा भी है। उनकी 26.12.1994 को एक सड़क दुर्घटना में असमय हुई मौत ने दोनों देशों में उनके चाहने वालों को स्तब्ध कर दिया था।

देवनागरी में पहली बार उनकी शायरी को सुरेश कुमार जी ने सम्पादित किया है और डायमंड बुक्स वालों ने 'खुली आँखों में सपना' शीर्षक से उसे प्रकाशित किया है। प्रस्तुत हैं उसी किताब के पन्नो पर बिखरे शायरी का जादू जगाते परवीन शाकिर साहिबा की क़लम के हुस्न की नुमाइंदगी करते चंद अशआर-

तिरी चाहत के भीगे जंगलों में
मिरा तन मोर बन के नाचता है
मैं उसकी दस्तरस* में हूँ, मगर वो
मुझे मेरी रिज़ा से, माँगता है
दस्तरस= हाथों की पहुँच, रिज़ा = स्वीकृति*
किसी के ध्यान में डूबा हुआ दिल
बहाने से मुझे भी, टालता है

जिस शायरा के अशआर जन मानस में मुहावरों की तरह प्रयोग में आने लगें उस की किन लफ़्ज़ों में तारीफ़ की जाये। प्रस्तुत हैं उनकी एक बहुत प्रसिद्ध ग़ज़ल के चंद अशआर जो उनकी मौत के सोलह साल बाद भी उन्हें ज़िन्दा रखे हुए हैं-

बारिश हुई तो फूलों के तन चाक* हो गए
मौसम के हाथ भीग के सफ़्फ़ाक* हो गए
चाक -टुकड़े-टुकड़े, सफ़्फ़ाक-अत्याचारी
बादल को क्या ख़बर है कि बारिश की चाह में
कितने बुलंद-ओ-बाला शजर ख़ाक हो गए
जुगनू को दिन के वक़्त परखने की ज़िद करें
बच्चे हमारे अहद* के चालाक हो गए
अहद = समय*
लहरा रही है बर्फ़ की चादर हटा के घास
सूरज की शह पे तिनके भी बेबाक* हो गए
बेबाक = निर्लज्ज*

परवीन जी की शायरी में आप भारतीय परिवेश और संस्कृति की ख़ुशबू को महसूस कर सकते हैं, इसीलिए उनका कलाम भारतियों को कभी अजनबी नहीं लगा। उनका शब्द चयन और भाव भी अद्भुत है। उनके इन शेरों को पढ़कर कौन कहेगा के वो पाकिस्तान की उर्दू ज़बान की शायरा हैं?

मैंने हाथों को ही पतवार बनाया वरना
एक टूटी हुई कश्ती मेरे किस काम की थी
ये हवा कैसे उड़ा ले गयी आँचल मेरा
यूँ सताने की तो आदत मेरे घनश्याम की थी
बोझ उठाये हुए फिरती है हमारा अब तक
ऐ ज़मीं माँ! तेरी ये उम्र तो आराम की थी

ये हिन्दुस्तानी ज़बान की ख़ूबसूरती महज़ एक ग़ज़ल तक ही सीमित नहीं है, ऐसे करिश्मे आपको पूरी किताब में बिखरे मिलेंगे। किताब के सफ़्हे पलटते जाइए और लुत्फ़ उठाते जाइये। एक और ग़ज़ल के चंद अशआर पढ़वाता हूँ ताकि आप मेरी बात से सहमत हो जाएँ-

रात गए मैं बिंदिया खोजने जब भी निकलूँ
कंगन खनके और कानों की बाली गाये
सजे हुए हैं पलकों पर ख़ुश रंग दिये से
आँख सितारों की छाँव दीवाली गाये
सजन का इसरार कि हम तो गीत सुनेंगे
गोरी चुप है लेकिन मुख की लाली गाये
मुँह से न बोले, नैन मगर मुस्काते जाएँ
उजली धूप न बोले, रैना काली गाये

परवीन जी की शायरी ख़ुशबू के सफ़र की शायरी है। प्रेम की उत्कट चाह में भटकती हुई, वो तमाम नाकामियों से गुज़रती है, फिर भी जीवन के प्रति उसकी आस्था समाप्त नहीं होती। अशआर उनकी क़लम की नोक के इशारे पर रक़्स करते हैं और पढ़ने वाले के दिल में उतर जाते हैं...

आँखों पे धीरे-धीरे उतर के पुराने ग़म
पलकों पे नन्हें-नन्हे सितारे पिरो गये
वो बचपने की नींद तो अब ख़्वाब हो गयी
क्या उम्र थी कि रात हुई और सो गये

एक सौ साठ पृष्ठों की ये किताब परवीन जी की लाजवाब ग़ज़लों और नज़्मों से भरी पड़ी है। 'डायमंड बुक्स' द्वारा प्रकाशित इस किताब को हासिल करना बहुत मुश्किल काम नहीं होना चाहिए। अगर आपको ये किताब आपके निकट के पुस्तक विक्रेता या स्टेशन की बुक स्टाल पर ना मिले तो आप 01151611861-865 पर फ़ोन कीजिए या उनकी वेब साइट www.diamondpublication.com को छान मारिये, सबसे आसान रहेगा यदि आप उन्हें sales@diamondpublication.com एड्रेस पर मेल करें।

धनक-धनक* मिरी पोरों के ख़्वाब कर देगा
वो लम्स** मेरे बदन को गुलाब कर देगा
*धनक धनक= इन्द्रधनुष-इन्द्रधनुष **लम्स = स्पर्श*
मैं सच कहूँगी मगर फिर भी हार जाऊँगी
वो झूठ बोलेगा और लाजवाब कर देगा

अब आख़िर में चलते-चलते नज़र दौड़ाइए उनकी छोटी छोटी चंद नज़्मों पर और देखिए किस ख़ूबसूरती से वो अपनी बात सुनने-पढ़ने वाले तक पहुँचाती हैं।

बारिश

बारिश अब से पहले भी कई बार हुई थी
क्या इस बार मेरे रंगरेज़ ने चुनरी कच्ची रंगी थी
या तन का ही कहना सच कि
रंग तो उसके होंठों में था।

ओथेलो

अपने फ़ोन पर अपना नंबर
बार-बार डायल करती हूँ

सोच रही हूँ
कब तक उसका टेलीफ़ोन एंगेज रहेगा
दिल कुढ़ता है
इतनी-इतनी देर
वो किस से बातें करता है

मुक़द्दर

मैं वो लड़की हूँ
जिसको पहली रात
कोई घूँघट उठा कर ये कह दे
मेरा सब कुछ तिरा है, दिल के सिवा!

जीवन साथी से
धूप में बारिश होते देख के
हैरत करने वाले
शायद तूने मेरी हँसी को
छूकर कभी नहीं देखा

***

आज के प्रसिद्ध शायर
अमीर आग़ा क़ज़लबाश

आप इस पोस्ट को पढ़ रहे हैं यानी इसमें कोई शक नहीं कि आप उर्दू शायरी को चाहने वाले हैं। इस से पता चलता है कि आप आम इंसान न कि आप रोज़मर्रा की मसरूफ़ियत के बीच भी अपने शौक़ के लिए वक़्त निकाल रहे हैं। शायरी पढ़ने की आदत अब बहुत सीमित लोगों तक ही रह गयी है, मुशायरों में जमा होने वाली भीड़ ज़रूरी नहीं शायरी की किताबें भी पढ़ती हो। वैसे भी मुशायरों में शायरी की वो ख़ुशबू नहीं आती जो किताब पढ़ने से उठती है। ख़ुशबू के लिए ज़रूरी है कि वो सीधे आप तक पहुँचे, किताब पढ़ते वक़्त अशआर सीधे आप तक ही पहुँचते हैं। इधर-उधर भटकते नहीं। भूमिका को यहीं ख़त्म करते हुए मुद्दे पर आते हैं। तो ये तय पाया के आप शायरी के शौक़ीन हैं और अगर शौक़ीन हैं तो ये शेर आपकी नज़रों से ज़रूर गुज़रे होंगे-

बादल हो तो बरसो कभी बे-आब ज़मीं पर
ख़ुशबू हो अगर तुम तो बिखर क्यूँ नहीं जाते
जब डूब ही जाने का यक़ीं है तो न जाने
ये लोग सफ़ीनों* से उतर क्यूँ नहीं जाते

सफ़ीनों = किश्तियों*

तुम राह में चुपचाप खड़े हो तो गए हो
किस-किस को बताओगे कि घर क्यूँ नहीं जाते

आपने क्या जवाब दिया? आपकी नज़रों से गुज़रे हैं ये अशआर... मुझे मालूम था शायरी के शौक़ीन हैं तो इन्हें पढ़े बिना कैसे रहे होंगे। अक्सर हम लोग किसी शेर को तो ज़ेहन में बिठा लेते हैं लेकिन शायर का नाम याद नहीं रख पाते। आपकी याद्दाश्त को हरा करते हुए बता दूँ के ऊपर आपके द्वारा पढ़े अशआर उर्दू के मशहूर शायर मरहूम जनाब 'अमीर आग़ा क़ज़लबाश' साहब के कहे हुए हैं। जिनके व्यक्तित्व के बारे में उर्दू के व्यंगकार मुज्तबा हुसैन साहब ने कहा है "एक ख़ुश शक्ल, ख़ुश लिबास, ख़ुश मिज़ाज, ख़ुश गुलू और ख़ुश गुफ़्तार इंसान"। आज हम उसी इंसान की शायरी की किताब की चर्चा करेंगे जिसे संकलित किया है श्री कन्हैया लाल नन्दन जी ने और प्रकाशित किया है, 'राजपाल एंड सन्स' ने। राजपाल वालों ने उर्दू हिंदी के शायरों की किताबों की एक बेहतरीन शृंखला 'आज के प्रसिद्ध शायर' नाम से प्रकाशित की है, उसी शृंखला की एक कड़ी आज की ये पुस्तक है।

कुछ तो अपनी निशानियाँ रख जा
इन किताबों में तितलियाँ रख जा

लोग थक-हार के न लौट आयें
रास्ते में कहानियाँ रख जा
इन दरख़्तों से फल नहीं गिरते
इनके नज़दीक आँधियाँ रख जा
हो रहा है अगर जुदा मुझसे
मेरी आँखों पे उँगलियाँ रख जा

क़ज़लबाश साहब की शायरी का न सिर्फ़ कैनवास बहुत बड़ा है बल्कि उनके कहने का ढंग भी अपने समकालीनो से बिल्कुल जुदा और असरदार है। उनके कहने के अंदाज़ में सिर्फ़ तल्ख़ी ही नहीं है बल्कि शायरी की ख़ूबसूरत नज़ाकत भी है। उनका कलाम हमेशा ज़िन्दा रहने वाला है और हर दौर में वो ताज़ा ही लगेगा।

काम आएँगी कल ये तहरीरें*
उँगलियों को लहू में तर रखना
तहरीरें=लिखी हुई इबारतें*
ख़ाली घर तो बुरा सा लगता है
ख़्वाब आँखों में कोई भर रखना
जानलेवा बहुत है बाख़बरी
ख़ुद को थोड़ा सा बेख़बर रखना

आख़िरी शेर के मिसरा-ए-सानी में थोड़ा सा कह कर कमाल की ख़ूबसूरती बख़्शी है अमीर साहब ने इस शेर में। ऐसी ख़ूबसूरती पूरी किताब में फैली उनकी शायरी में हर कहीं नज़र आती है और इस अज़ीम शायर की शान में सर अपने आप झुक जाता है।

तू कि दरिया है मगर मेरी तरह प्यासा है
मैं तेरे पास चला आऊँगा बादल की तरह
रात जलती हुई एक ऐसी चिता है जिस पर
तेरी यादें हैं सुलगते हुए संदल की तरह

इस किताब की भूमिका जाने माने कवि-शायर कन्हैया लाल नंदन जी ने लिखी है जिसमें उन्होंने अमीर साहब की शख़्सियत और शायरी पर विस्तार से प्रकाश डाला है। वो एक जगह लिखते हैं, "अमीर की शायरी से गुज़रते हुए आप ज़िन्दगी की कड़ी धूप में काँच के शामियानों से होकर गुज़रते हैं ज़िन्दगी देखने का उनका नज़रिया बिल्कुल अपना होता है ये निजता की पहचान अमीर की शायरी को बुलंदियों की तरफ़ लेकर चलती है।"

मैं वह मुजरिमे-ज़िन्दगी हूँ कि जो
सज़ा काट ले और बहाली न हो
सरों को सलीबों पे रौशन रखो
ये दुनिया चराग़ों से ख़ाली न हो

इस किताब में एक सौ पचास से अधिक लाजवाब ग़ज़लें हैं जो पाठकों को इंसान के दुःख-दर्द, ख़ुशियों, ख़ुद्दारियों, बुलंदियों और पस्तियों से रू-ब-रू करवाती हैं। ज़िन्दगी के हर रंग का दीदार आप इस किताब में कर सकते हैं।

मुहब्बत का अजब दस्तूर देखा
उसी की जीत है जो हार जाये
इनायत गर्दिशे-दौराँ इनायत
नज़र में आ गए अपने पराये
न कर मिन्नत अमीर इस नाख़ुदा* की
सफ़ीना** डूबता है डूब जाये

नाख़ुदा= नाविक, सफ़ीना**=नाव*

***

शाम की बारिशें
शाहिदा हसन

आज की किताब के बारे में बात करने के पीछे दो कारण हैं पहला तो ये कि इस किताब की शायरा उस मशहूर शायरा की कज़िन हैं जो बहुत मक़बूल हुईं और जिनका ज़िक्र हम पहले कर चुके हैं और दूसरा ये कि हमारे देश में बारिशों का दौर बहुत अहमियत रखता है। और इस किताब के शीर्षक का ताल्लुक़ भी बारिश से है।

हम आपको शायरी की किताब के बारे में बताने आये हैं न के पहेलियों में उलझाने के लिए, इसलिए आप का अधिक वक़्त न लेते हुए बता देते हैं कि आज जिस शायरा का ज़िक्र हम कर रहे हैं उनका नाम है 'शाहिदा हसन' जिनका वतन पाकिस्तान है लेकिन जिनकी शायरी दुनिया भर में हर शायरी के दीवाने के दिल में बसी हुई है। इनकी कज़िन परवीन शाकिर थीं जो इनसे सिर्फ़ दो या तीन साल ही बड़ी थीं। दोनों ने एक ही कॉलेज से तालीम हासिल की और दोनों ने ही अंग्रेज़ी भाषा में पोस्ट ग्रेजुएशन किया। आज हम शाहीदा जी की किताब 'शाम की बारिशें' का ज़िक्र करेंगे।

शाहिदा जी परवीन जी की बहन ज़रूर हैं लेकिन दोनों की शायरी में बहुत फ़र्क़ है दोनों की शायरी के रंग और ख़ुशबू जुदा हैं। हमारा इरादा इन दोनों की शायरी के भेद को खँगालना नहीं है बल्कि सिर्फ़ और सिर्फ़ शाहिदा जी और उनकी इस किताब के बारे में बात करना ही है।

दिल इतना बोझिल होता है
बैठे-बैठे ढह जाती हूँ
चढ़ती हैं जब शाम की लहरें
रेत की सूरत बह जाती हूँ
तेरे आँसू कैसे झेलूँ
अपने दुःख तो सह जाती हूँ

शाहिदा जी की शायरी का अन्तः स्वर प्रेम है। उनका मानना है कि ज़िन्दगी के सुख या दुःख इस एक शब्द के होने न होने से जुड़े हैं। प्रेम के इर्द-गिर्द रची बसी होने के कारण उनकी शायरी बहुत पसंद की गयी और आसानी से सनने पढ़ने वाले उनके प्रशंसकों की ज़बान पर चढ गयी।

ख़ुशी के अश्क हो जाने का डर है
ख़ुशी में ग़म समो जाने का डर है
हुई है याद के सहरा में बारिश
दिलों में रंज बो जाने का डर है

इसी मिट्टी में खिलना चाहती हूँ
इसी मिट्टी में सो जाने का डर है
किसी को खो के मिलना देखती क्या
किसी के मिलके खो जाने का डर है

स्त्री होने के नाते उनकी शायरी में स्त्रियों की व्यथा का चित्रण भी देखने को मिलता है। जिस तन लागे वो तन जाने वाली बात आप शाहिदा जी की शायरी में स्पष्ट देख सकते हैं क्यूँकि स्त्रियों की व्यथा का सही चित्रण शायरों के बस की बात नहीं है। उसके लिए स्त्री होना ज़रूरी है तभी वो ऐसे दिलकश शेर कह पाती हैं-

किसी घर से मुझको उठाया गया
किसी घर में लाकर बिठा दी गयी
जहाँ जी में आया है रक्खा मुझे
जहाँ से भी चाहा हटा दी गयी
बहलने की ख़्वाहिश अगर दिल ने की
मैं झूले में रख कर झुला दी गयी

इसी अलग से अंदाज़ की उनकी एक और बेजोड़ ग़ज़ल के चंद शेर देखें और महसूस करें के शाहिदा जी किस ख़ूबसूरती और सादगी से अपनी बात हम आप तक बेरोकटोक पहुँचाती हैं। कहन का ये हुनर ही अच्छे और बहुत अच्छे फ़नकार में फ़र्क़ महसूस करवा देता है।

सलामत रहे दिल तो ज़िन्दा रहूँ
बदन सिर्फ़ ज़िन्दा नहीं चाहिए
जिन्हें दूर तक साथ देना न हो
उन्हें साथ चलना नहीं चाहिए
बहुत टूट कर याद आते हैं लोग
कभी ख़ुद से मिलना नहीं चाहिए

शायरी का सबसे बड़ा हुनर होता है कम लफ़्ज़ों में बात कहना और वो भी इस तरह के पढ़ने सुनने वाले के सीधे दिल पर असर करे। छोटी बहर में जैसा मैं पहले भी कहता आया हूँ शेर कहना तलवार की धार पर चलने जैसा मुश्किल काम होता है। एक छोटा सा भरती का लफ़्ज़ सारे शेर यहाँ तक के ग़ज़ल का मज़ा भी किरकिरा कर सकता है इसलिए छोटी बहर में लफ़्ज़ बहुत एतिहाद से चुनने पड़ते हैं और उन्हें सही जगह पर पिरोना भी पड़ता है तभी ग़ज़ल या शेर असरदार हो सकता है। मेरी बात पर यक़ीन दिलाने को प्रस्तुत हैं शाहिदा जी

की एक छोटी बहर की ग़ज़ल के चंद शेर

मेरे पहलू में खोला
तेरी यादों ने बिस्तर
दुःख की तितली बैठी है
रातों की फुलवारी पर
नींद की ख़्वाहिश से पहले
पलकें हो जाती हैं तर
कितने अच्छे लगते हैं
दिल को मीठे-मीठे डर
लिक्खे इक-इक साँस तुझे
महका जाए सारा घर

अपनी लाजवाब शायरी की बदौलत शाहिदा जी ने बहुत से राष्ट्रीय और अंतर्राष्ट्रीय पुरस्कार एवं सम्मान जीते हैं जिनमें नई दिल्ली में दिया गया 'फ़ानी बदायुनी' अवार्ड और 'निशाने-एजाज़' अवार्ड जो उन्हें कोलंबस अमेरिका में दिया गया प्रमुख हैं। शाहिदा जी को ह्यूस्टन टेक्सास के मेयर द्वारा वहाँ की मानद नागरिकता भी प्रदान की गयी है। अपनी शायरी का परचम उन्होंने डेनमार्क, नोर्वे, अमेरिका, कनाडा, चीन, मिडल ईस्ट, सिंगापूर, इरान, भारत और नेपाल आदि देशों में सफलतापूर्वक फहराया है।

उजला-उजला रखती हूँ हर चीज़ को मैं फिर भी
अक्सर मिट्टी में ये सारा घर अट जाता है
यादों की आँधी का क्या है जब भी आती है
इतने पत्ते झड़ते हैं रस्ता पट जाता है
अपने दादा पर ही गया है मेरा बेटा भी
पहले सच कहता है फिर उस पर डट जाता है

'डायमंड बुक्स' द्वारा प्रकाशित इस किताब में शाहिदा जी की एक सौ बीस ग़ज़लें दर्ज की गयी हैं जो उनके 'एक तारा है सिरहाने मेरे' और 'यहाँ कुछ फूल रक्खे हैं' ग़ज़ल संग्रह में से ली गयी हैं। श्री सुरेश कुमार द्वारा संकलित और देवनागरी लिपि में पहली बार प्रकाशित इस पुस्तक को प्राप्त करने के लिए आप 011-41611861 नंबर पर फ़ोन कर सकते हैं या उनकी वेब साइट www.dpb.in से आवश्यक सूचना प्राप्त कर सकते हैं।

आयी हूँ किसलिए मैं यहाँ ये नहीं सवाल
जाना है किस तरफ़ को मुझे ये सवाल है

पहले तुझे नसीब थी अब ख़ुद को हूँ नसीब
मेरा हुनर था वो, तो ये तेरा कमाल है

ये तो आप भी मानेगे के इस किताब में दिए लगभग छः-सात सौ शेरों में महज़ 18-20 शेर छाँटना कितना मुश्किल काम है, इस के चलते कुछ बेहतरीन शेर ना चाहते हुए भी छूट जाते हैं, क्या करूँ? ये मेरी मजबूरी है लेकिन शायद इसका एक फ़ायदा भी है वो ये कि हो सकता है मेरे यहाँ दिए शेरों से अतृप्त हुआ कोई प्यासा अपनी प्यास बुझाने और तृप्त होने के लिए इस किताब को ख़रीदने की योजना बना ले और ख़रीद भी ले। ये ही तो मेरा उद्देश्य है। तो अब आख़िर में चलते-चलते एक अलग से क़ाफ़िये रदीफ़ वाली ग़ज़ल के चंद शेर पढ़वाता हूँ उम्मीद हैं पसंद आयेंगे।

जो कुछ पहचानना मुमकिन नहीं हो
भला क्या फ़ायदा देखें न देखें
जो सारे झूट ही सच लग रहे हैं
पड़ेगा फ़र्क़ क्या, बोलें न बोलें
यहाँ हैं एक से अहवाल* सबके
किसी का हाल अब पूछे न पूछे

*(*अहवाल = समाचार)*

***

उदासियों से घिरा चाँद
सुरेश कुमार

चलो ऐसा करें इस बार अब ऐसा नहीं करते
किसी भी बात पर दिन-रात यूँ सोचा नहीं करते
ये बादल क्यूँ नहीं बरसे, वो सूरज क्यूँ नहीं निकला
बड़ों के बीच में बेसाख़्ता बोला नहीं करते
ये कर देंगे, वो कर देंगे कि हर सूरत बदल देंगे
इरादा अब भी रखते हैं मगर दावा नहीं करते

अगर आप किताबों की दुनिया के नियमित पाठक हैं तो जिस शायर का ज़िक्र मैं आज करने जा रहा हूँ उसके नाम से ज़रूर परिचित होंगे। डायमंड बुक्स द्वारा प्रकाशित जिन किताबों का ज़िक्र इस शृंखला में मैंने किया है उन में से अधिकांश में इनका नाम है। इन्होंने देश विदेश के प्रसिद्ध शायरों के कलाम को देवनागरी में संकलित कर हम शायरी के दीवानों के लिए अनोखा काम किया है। आप ठीक समझे ये हैं जनाब 'सुरेश कुमार' जिन्होंने शाहिदा हसन, मंज़ूर हाश्मी, डॉ.शाहिद मीर, परवीन शाकिर, नासिर काज़मी आदि के कलाम आप तक पहुँचाए हैं। सुरेश जी खुद भी बहुत उम्दा शायर हैं उनकी इस बेमिसाल शायरी से रू-ब-रू करवाती है उनकी किताब "उदासियों से घिरा चाँद"-

मुझको तन्हाई भी अब इस तरह परखती है
मोम का जिस्म लिए धूप में निकलती है
तब उमीदों के धुंधलके ही काम आते हैं
ज़िन्दगी दुःख के अँधेरों से जब गुज़रती है
दिन में रहती है उदासी अलग-अलग मुझसे
शाम होते ही अँधेरों-सी टूट पड़ती है

सुरेश जी की अधिकांश ग़ज़लें बाकि शायरों की तरह इश्क़ परस्त हैं इसलिए उनमें आपको यादें, रातें, नींद, ख़्वाब, तन्हाई, अँधेरा, उदासी, फूल तितलियाँ तो मिलेंगी ही साथ ही ज़माने के ज़ुल्मो-सितम की दास्ताँ भी मिलेगी। जो बात आपको 'सुरेश जी' का दीवाना बना देगी है वो है उनके कहन की सादगी और रवानी-

जब भी फूलों के पास होती हैं
तितलियाँ, तितलियाँ नहीं होती

चाँद-सुरज भी कब भले लगते
उनसे गर दूरियाँ नहीं होती
कुछ न कहना है कुछ न सुनना है
प्यार में बोलियाँ नहीं होती

सुरेश जी की ग़ज़लें चौंकाती नहीं है बल्कि हमारे आसपास की गतिविधियों पर नज़र रखती हुई चलती हैं। कहीं हमारी कमज़ोरियों के अँधेरे पथ को आशा का दीपक जला आलोकित करती हैं तो कहीं डूबती भरोसे की नाव को फिर से सहारा दे कर पार लगाती हैं। इन ग़ज़लों में भले ही उर्दू की ग़ज़लों सा सौन्दर्य नज़र ना आये लेकिन ये अपनी बात आप तक पहुँचाने में सक्षम हैं।

पुकारें उसको, साँकल खटखटायें
कि दरवाज़े को छूकर लौट आयें
ग़मों का एक ग़ुब्बारा बनायें
उसे फिर आसमानों में उड़ायें
उसे जब चाहे मुट्ठी में दबा लें
मगर क्यूँ मान सूरज का घटायें
परिंदे अब तलक सोये हुए हैं
चलो उस पेड़ की शाख़ें हिलायें

दिलचस्प बात ये है कि इस किताब में जहाँ सुरेश जी की एक सौ दस ग़ज़लें हैं वहीं उनके कुछ चुनिन्दा गीत, हाइकु और त्रिवेनियाँ भी हैं। कविताओं में विशेष रूप से दादी की आँखें, एक ऐसी विलक्षण कविता है जो पत्थर दिल इंसान की आँखें भी भिगो दे। कविता थोड़ी लम्बी है इसलिए उसे यहाँ पढ़वाना संभव नहीं है लेकिन मेरी गुज़ारिश है कि उस कविता को हर संवेदनशील व्यक्ति को ज़रूर पढ़ना चाहिए। चलिए कविता न सही आपको उनकी एक आध त्रिवेणी और हाइकु पढ़वा देता हूँ

हाइकु

घटा हो जाएँ
सूनी सूनी आँखों में
आओ छा जाएँ
मेघों के आँसू
नीचे यादों की नदी
पानी में पानी

त्रिवेनियाँ

लोग होते रहे इधर से उधर
मैं तो फिर भी बहुत सँभल के रहा
कौन-सी चीज़ थी ठिकाने पर

दरख़्त क्या हैं किसी को पता नहीं कुछ भी
हमारे दौर को किस नाम से पुकारोगे
सिवाय ज़ख़्मों के जिसमें हरा नहीं कुछ भी

इस किताब को डायमंड बुक्स ने प्रकाशित किया है जिसे आप सीधे उनसे 011-51611861 नंबर पर फ़ोन करके या फिर उनकी वेब साइट www.diamondpublication.com पर लोग इन करके मँगवा सकते हैं। वैसे डायमंड बुक्स लगभग सभी पुस्तक विक्रेताओं के यहाँ उपलब्ध होती हैं।

***

साँसों की सरगम
रामकृष्ण पाण्डेय आमिल

मेरा ख़याल है, मिरी पहचान है ग़ज़ल
गोया कि मेरा जिस्म, मिरी जान है ग़ज़ल
तहज़ीब और समाज की पहचान है ग़ज़ल
इस दौरे-हाज़िर में परेशान है ग़ज़ल

उर्दू शायरी अक्सर माना जाता है कि सिर्फ़ मुसलमान शायरों की बपौती है। इस बात को आज भी बहुत से शायरी के दीवाने कुछ दबी ज़बान में और कुछ खुल कर क़बूल करते हैं, जबकि ऐसा है नहीं। ज़बान दरअस्ल किसी मज़हब की बपौती नहीं होती। ये अवाम की होती है। चाहने वालों की होती है। गुलाब के फूल और उसकी ख़ुशबू से भला आप किसी ख़ास मज़हब के मानने वालों को दूर रख सकते हैं? नहीं... उर्दू ज़बान भी ऐसी ही है जिसकी ख़ूबसूरती और ख़ुशबू सबको अपनी और खींचती है, तभी इतने बरसों बाद आज भी उर्दू शायरी अपना सर बुलंद किये हुए है।

ग़ज़ल की जब बात आएगी तो जनाब रघुपति सहाय फ़िराक़ गोरखपुरी, आनंद नारायण मुल्ला, तिलोक चंद महरूम, पण्डित लभ्भूराम जोश मलसियानी, कुमार पाशी, कृष्ण बिहारी नूर, कुँवर महेंद्र सिंह बेदी 'सहर', कुँवर बैचैन, दुष्यंत कुमार, सूर्यभानु गुप्त, बाल स्वरूप राही आदि का ज़िक्र किये बिना अधूरी रहेगी। इन शायरों ने ग़ज़ल को नयी बुलंदियाँ दी हैं और ये किसी भी उर्दू शायर से कम नहीं हैं। मैं ये सब इसलिए लिख रहा हूँ क्यूँकि हमारे आज के शायर को उनके ज़माने में सिर्फ़ इसलिए हिकारत की नज़र से देखा गया क्यूँ कि वो मुसलमान नहीं हैं और इस बात का ज़िक्र उन्होंने अपनी इस किताब में किया भी है।

हमारे आज के शायर हैं जनाब रामकृष्ण पाण्डेय आमिल और किताब का नाम है 'साँसों की सरगम'। ख़ालिस उर्दू शायरी का पूरा मज़ा देने वाली इस किताब को वाणी प्रकाशन वालों ने प्रकाशित किया है।

यार अब है ज़िन्दगी किस काम की
प्रश्न ख़ुद से कर रहा है आदमी

इश्तिहारों में तलाशा आदमी
गुमशुदी-दर-गुमशुदी-दर गुमशुदी

इंक़लाब अब यूँ न 'आमिल' आएगा
ज़िन्दगी को चाहिए इक फुलझड़ी

उर्दू में आमिल का मतलब होता है जादूगर या तांत्रिक, अपने नाम को वो अपनी शायरी में बख़ूबी सिद्ध करते हैं। अम्बाला छावनी में सन 1931 में जन्मे आमिल साहब की कई किताबें प्रकाशित हो चुकी हैं। बहुमुखी प्रतिभा के धनी आमिल जी शायरी के अलावा तांत्रिक साधना मार्ग के दीक्षा गुरु, संस्कृत और हिंदी भाषा साहित्य के सुधि मर्मज्ञ भी हैं। उनके उपनाम 'आमिल' की कड़ी शायद उनकी तांत्रिक साधना से जुड़ी है।

उनकी चाहत का यह करिश्मा है
सर झुकाया जहाँ-जहाँ देखा
दिल में उभरा ख़याल जब उनका
हमने दिल को जवाँ-जवाँ देखा
जो भी उट्ठा है उनकी महफ़िल से
उसका चेहरा धुआँ-धुआँ देखा

आमिल साहब की शायरी का कैनवास बहुत बड़ा है। वो ज़िन्दगी को पूरी ख़ुद्दारी से जीने में विश्वास रखते हैं। उनकी शायरी में ये बात बहुत से अशआर में देखी जा सकती है। वो टूटने बिखरने और रोने में यक़ीन नहीं करते बल्कि कहते हैं-

लाख हो दुश्वार जीना फिर भी जीना चाहिए
आदमी में अज़्मो-हिम्मत और भरोसा चाहिए
हौसला टूटा हुआ और अश्क आँखों में भरे
ज़िन्दगी को इस तरह हरगिज़ न जीना चाहिए

इसी मिज़ाज की एक ग़ज़ल के चंद शेर और पेश करता हूँ।

हसरतों के फूल खिलने चाहिए
वक़्त के तेवर बदलने चाहिए
वो अक़ीदा हो कि बिन मर्ज़ी तिरी
पेड़ के पत्ते न हिलने चाहिए
रौशनी हर इक को 'आमिल' मिल सके
यूँ चिराग़े-ज़ीस्त जलने चाहिए

आमिल साहब की शायरी के सारे रंग इस पोस्ट में समटने तो मुमकिन नहीं है लेकिन मेरी कोशिश उनके अधिक से अधिक रंग आप तक पहुँचाने की रहेगी। सीधी सी बात को अलग अंदाज़ से यूँ पेश करना के पढ़ने सुनने वाला वाह कह उठे हर किसी के बस की बात नहीं होती। बरसों बरस की तपस्या के बाद भी ये हुनर आ जाए तो ख़ुदा का शुक्र मनाना चाहिए।

आमिल साहब के ये शेर उसी श्रेणी के हैं-

बेवफ़ा होते हुए भी, बावफ़ा हो जायेगा
पूजते रहने से पत्थर देवता हो जायेगा
वक़्त के तब्दील होने में नहीं है शर्ते-वक़्त
नामवर से नामवर गुमनाम सा हो जाएगा
रोज़े-अव्वल ही से रिश्ता रूह से इस तन का है
तन ये समझा ही नहीं वो यूँ जुदा हो जाएगा
अगर तमन्नओं को ज़ाहिर कर दिया उस शोख़ पर
ये समझ लें आप आमिल वो खुदा हो जाएगा

'आमिल' जी अपने ख़ुद्दार रवैये के कारण मुशायरों से अधिक तर दूर ही रहे उन्होंने एक जगह कहा है कि "आज तिकड़म और गोल-गिरोहबंदी जब साहित्यिक क़द्रों को रौंद कर आगे बढ़ने का शऊर और फ़न बन गयी है और राज्याश्रित ईनाम-अकराम के लिए तलवे चाटने की संस्कृति विकसित हुई है, यह हक़ीर अपने को अल्पसंख्यकों में भी अल्पसंख्यक शुमार करता है। वो आगे कहते हैं"

"काश! जज़्बाती दीवानगी और राजनीतिक तिकड़म से साहित्य और अदब की रक्षा की जा सकती। की भी जानी चाहिए, क्यूँकि यह वक़्त का तक़ाज़ा भी है और मुनासिब भी होगा कि साहित्य को हम अपने समय के आईने के रूप में खुले मन और मस्तिष्क से सृजित करें। तंगदिली और तंगनज़री से पाला पोसा गया साहित्य कभी भी जन-आकांक्षाओं का प्रतिनिधित्व नहीं कर सकता।"

मौसम बहार का है मगर सब उदास हैं
सहमे हुए हैं लोग, मियाँ! अब हँसी कहाँ
चेहरे पे ऐसे चेहरे हैं कुछ सूझता नहीं
कहने को आदमी हैं मगर आदमी कहाँ
'आमिल' तुम्हारे लब पे तबस्सुम तो है मगर
दुनिया जिसे खशी कहे ऐसी खशी कहाँ

देखिए साहेबान 'वाणी प्रकाशन' द्वारा प्रकाशित इस किताब के लगभग सौ पन्नो में फैली आमिल साहब की अस्सी के ऊपर की ग़ज़लों में से शेर छाँटना अपने बस की बात तो है नहीं, जिस पन्ने पर नज़र डालता हूँ वहीं से कुछ न कुछ आपको पढ़वाने का दिल करता है, इसलिए आपसे गुज़ारिश है कि इस किताब को ख़रीदिए पढ़िए और मुझे इस छाँट-छाँट कर पढ़वाने वाली उलझन से निजात दिलवाइए...

मिट जाती हमारी भी तहज़ीब ज़माने से
जो सुबह को तुलसी के पौधे को न जल देते
तलवों में हमारे भी चुभते न कभी काँटे
उगते ही अगर यारो! हम इनको कुचल देते

आपसे विदा लेने से और साथ ही आपकी ख़िदमत के लिए एक और शायरी की किताब ढूँढ़ने से पहले आमिल साहब के ये शेर भी आपको पढ़वाता चलता हूँ... आप भी क्या याद रखेंगे...

दिलो-दिमाग़ में सहरा बसाए फिरता है
वो अपनी सोच में कैक्टस उगाए फिरता है
फ़रेबे-दौर ने इतना सताया है उसको
कि तल्ख़ियों में भी वो मुस्कराए फिरता है

***

राही को समझाए कौन
बाल स्वरूप राही

हमने बौनों की जेब में देखी
नाम जिस चीज़ का सफलता है
तन बदलती थी आत्मा पहले
आजकल तन उसे बदलता है
एक धागे का साथ देने को
मोम का रोम-रोम जलता है
उसका कुछ तो इलाज करवाओ
उसके व्यवहार में सरलता है।

सीधे आम बोल चाल के शब्दों से गहरी बात करने में माहिर शायर बहुतायत में नहीं हैं। उन चंद नामवर शायरों में से एक जिनका नाम बहुत इज़्ज़त से लिया जाता है शायर हैं हिंदी काव्य में अपनी मधुर गीतों के लिए प्रसिद्ध श्री बाल स्वरूप राही साहब। ये ऐसी शख़्सियत हैं जो किसी भी काव्य प्रेमी के लिए परिचय की मोहताज नहीं। आज हम उनकी पुस्तक 'राही को समझाए कौन' का ज़िक्र करेंगे जिसे किताब घर प्रकाशन से प्रकाशित किया गया है।

हमें परहेज़ की बारीकियाँ समझायी जाती हैं
कि जब रंगीन शामों में खुली दावत के दिन आये
किसी महफ़िल, किसी जलवे, किसी बुत से नहीं नाता
पड़े हैं एक कोने में अजब फ़ुर्सत के दिन आये
बुज़ुर्गों में हमारा नाम भी शामिल हुआ शायद
बड़ी बदनामियों के बाद ये शोहरत के दिन आये

सोलह मई सन उन्नीस सौ छतीस तिमारपुर दिल्ली में जन्में राही साहब की पचपन ग़ज़लें समेटे ये पुस्तक अनूठी इसलिए है क्यूँकि इसमें हमें उनकी शायरी के कई रंग देखने को मिलते हैं। ऐसी ग़ज़लें जिनमें शुद्ध हिंदी शब्दों का प्रयोग है और ऐसी भी जिनमें उर्दू लफ़्ज़ों की भरमार है लेकिन उनकी ग़ज़ल में चाहे किसी भी ज़बान के लफ़्ज़ हों एक बात पक्की है वो ये कि ग़ज़लें अपनी मारक क्षमता में कम नहीं हैं। राही साहब अपनी पसंद और ना पसंद के मामले में बड़े सख़्त क़िस्म के इंसान हैं, जब तक कोई शख़्स या चीज़ असाधारण ना हो, उनकी नज़रों में नहीं खुबती इसीलिए उनकी ग़ज़लों में भी असाधारण पन दिखाई देता है।

बुद्धिजीवी फिर इकट्ठे हो गए
फिर ज़रूरी प्रश्न टाले जायेंगे
जिनकी कोशिश है कि कुछ बेहतर करें
नाम उनके ही उछाले जायेंगे
मिल गया राही सचाई का सिला
पेट में सूखे निवाले जायेंगे

प्रो. सादिक़ साहब इस किताब की भूमिका में लिखते हैं राही साहब ने 1953 के आसपास जब ग़ज़ल / कविता लेखन शुरू किया तब कविता के नाम पर बहुत से प्रयोग हो रहे थे और लय बद्ध या छंद बद्ध कविताओं का बड़ी शिद्दत के साथ तिरस्कार किया जा रहा था, गीत और ग़ज़ल जैसी काव्य विधाओं को निरर्थक, निष्फल और अनुचित मानकर हिक़ारत की नज़र से देखा जाने लगा था लेकिन राही साहब पूरी संजीदगी से इन्हें अपनी अभिव्यक्ति का माध्यम बनाये रहे। ये अमल अपने और अपनी कला -क्षमता पर पूर्ण विश्वास के बग़ैर संभव नहीं। सादिक़ साहब की बात इस किताब को पढ़ते वक़्त पूरी तरह खरी उतरती मालूम होती है-

हम पर दुःख का परबत टूटा तब हमने दो चार कहे
उस पे भला क्या बीती होगी जिसने शेर हज़ार कहे
अब किसके आगे हम अपना दुखड़ा रोयें छोड़ो यार
एक बात को आख़िर कोई बोलो कितनी बार कहे
ढूँढ़ रहे हो गाँव गाँव में जा कर किस सच्चाई को
सच तो सिर्फ़ वही होता है जो दिल्ली दरबार कहे

इस किताब में मुझे एक ख़ूबी मिली जो मुझे अन्य शायरी की किताबों में नहीं मिली वो ये कि इसमें राही साहब ने 'हिंदी ग़ज़ल आक्षेप और अपेक्षाएँ' शीर्षक से लेख लिखा है जिसमें उन्होंने हिंदी ग़ज़ल पर बहुत विस्तृत लेकिन सार्थक चर्चा की है। हिंदी ग़ज़ल के प्रवर्तक अमीर ख़ुसरो से शुरू हुई चर्चा कबीर से होती हई भारतेंदु हरिश्चंद्र, प्रेम घन अब्र, श्री धर पाठक, मैथिलि शरण गुप्त, राम प्रसाद बिस्मिल, निराला, जयशंकर प्रसाद, रामेश्वर शुक्ल अंचल, रामावतार त्यागी जैसे अनेकों लब्ध प्रतिष्ठित कवियों की अनूठी ग़ज़लों से हमें रू-ब-रू करवाती है। राही जी का ये लेख संग्रहणीय है।

आइए अब उनकी एक छोटी बहर की ग़ज़ल के कुछ शेरों पर नज़र डालें-

रोटी सेक रहा है कौन
सारा शहर बना तंदूर

झूठ के जैसे तानाशाह
सच जैसे बंधुआ मज़दूर
इसका कोई नहीं इलाज
स्वाभिमान ऐसा नासूर
राही को समझाए कौन
कविताई है सिर्फ़ फ़ितूर

अपने युग की सर्वश्रेष्ठ कहानी की पत्रिका 'सारिका' से जुड़ने के बाद राही जी ने बरसों 'साप्ताहिक हिन्दुस्तान' पत्रिका में काम किया और उसे लोकप्रियता की नयी बुलंदियों पर पहुँचाया। उन्होंने जहाँ काम किया अपनी शर्तों पर किया और जब भी ज़रा-सी भी चोट उनके स्वाभिमान को पहुँची उन्होंने तुरंत बिना सोचे समझे उस काम को तुरंत छोड़ दिया। ख़ुद्दारी से भी जिया जाता है ये सीख उन्होंने अपनी शायरी में भी दी है-

लगे जब चोट सीने में हृदय का भान होता है
सहे आघात जो हँसकर वही इंसान होता है
लगाकर कल्पना के पर उड़ा करते सभी नभ पर
शिला से शीश टकरा कर मुझे अभिमान होता है

राही साहब की साहित्य साधना पिछले पचास वर्षों से निर्बाध रूप से चल रही है। इस दौरान उन्होंने कितनी ही कहानियाँ, कविताएँ, ग़ज़लें, बाल गीत और यहाँ तक की हिंदी का प्रथम ओपेरा तक रच डाला है... उनकी उपलब्धियों को तो गिनाने के लिए अलग से लिखना पड़ेगा, फ़िलहाल आख़िर में उनकी एक ग़ज़ल के तीन शेर आपको पढ़वाते हुए अगली किताब की खोज करने तक आपसे विदा लेता हूँ-

पहचान अगर बन न सकी तेरी तो क्या ग़म
कितने ही सितारों का कोई नाम नहीं है
मत सोच कि क्या तूने दिया तुझको मिला क्या
शायर है जमा-ख़र्च तेरा काम नहीं है
उठने दे जो उठता है धुआँ दिल की गली से
बस्ती वो कहाँ है जहाँ कोहराम नहीं है
टपकेगा रुबाई से तेरी ख़ून या आँसू
राही है तेरा नाम तू ख़य्याम नहीं है

***

अंगारों पर नंगे पाँव
माधव कौशिक

'वाशी', यानी नवी मुंबई का एक जाना पहचाना नाम, मेरे घर से लगभग पैंतालीस कि.मी. दूर है, मेरा ड्राइवर मज़े से कार चलाते हुए अमूमन ये रास्ता क़रीब चालीस मिनट में तय कर लेता है, लेकिन जिस दिन उसकी अपनी बीवी से खटपट हो या कोई और तनाव हो, उस दिन ये रास्ता मात्र तीस मिनट में निपटा देता है। घर के तनाव को वो तेज़ कार चला कर ही उतारना जानता है। यानी वो घर के तनाव को, तेज़ कार चला कर ओवर टेक करता है। ये उसका तरीक़ा है जो जोखिम भरा और ग़लत है। एक तनाव को दूसरे और अधिक तनाव से कम नहीं किया जा सकता।

अब बिना तनाव के ज़िन्दगी जीना असंभव है, हर एक व्यक्ति अपने तनाव से मुक्त होने या उसके स्तर को कम करने का तरीक़ा खुद ढूँढ़ लेता है। मैं अपने खुद के ईजाद किये तरीक़े से तनाव मुक्त तो होता ही हूँ बल्कि मेरे आस पड़ोस बैठने उठने वालों के तनाव को भी दूर करने में सहायता करता हूँ। वो तरीक़ा है शायरी की किताबें पढ़ना। मेरे पास शायरी की इतनी किताबों से ये अंदाज़ा मत लगा लीजिएगा के मेरी ज़िन्दगी में बहुत तनाव हैं बल्कि ये सोचिए के मेरे पास तनाव क़रीब न फटकने देने के इतने कारण हैं।

'वाशी' के एक बड़े से हाल में पिछले सात सालों से चल रही किताबों की प्रदर्शनी पर पचास प्रतिशत छूट का बोर्ड लगा हुआ है। मैं जब जब उसमें गया मुझे निराशा ही हाथ लगी, क्यूँकि वहाँ सिर्फ़ और सिर्फ़ अंग्रेज़ी की किताबें ही मुझे नज़र आयीं। मैं जब भी बच्चों के लिए कोई रंग भरो या वर्क बुक टाइप किताब देखने के लिए जाता तो हमेशा काउंटर पर कान खुजलाते बुज़ुर्ग से पूछता कि क्या कभी हिंदी की किताबें भी यहाँ आएँगी और वो गर्दन हिला कर बताता नहीं। इस बार आदतन जब मैं इस हाल में गया तो काउंटर वाले बुज़ुर्ग ने मुस्कुराते हुए मुझे एक कोने की और इशारा किया जिसमें तीस चालीस किताबों का ढेर बेतरतीब पड़ा था। ढेर में पाक शास्त्र, हर रोग का आसान घरेलू इलाज, कैसे करें बाग़बानी, स्वास्थ्य और योग, सफलता के सूत्र आदि किताबों के बीच दबी झाँकती शायरी की एक किताब नज़र आ गयी। ये मेरे लिए गहरे समंदर में मोती मिलने से कम करिश्मा नहीं था।

आज हम शायरी की उसी किताब का ज़िक्र करेंगे जिसे पेंगुइन बुक्स वालों ने आकर्षक क्लेवर के साथ अंगारों पर नंगे पाँव के शीर्षक से छापा है। शायर हैं जनाब माधव कौशिक॥

उससे क्या उम्मीद रखे अब कोई बंदानवाज़
आदमी जितना है उतना खोखला कोई नहीं
हँसते-हँसते ही हटा दे सबके चेहरों से नक़ाब
ऐसा लगता है शहर में सिरफिरा कोई नहीं

मेरी बस्ती के सभी लोगों को जाने क्या हुआ
देखते रहते हैं सारे बोलता कोई नहीं

मैं तो अपनी कहता हूँ, मैंने माधव कौशिक जी की शायरी पहले कभी नहीं पढ़ी थी, शायरी क्या उनका नाम भी नहीं सुना था। हैरत की बात है कि दुनिया में ऐसे कितने नायाब ख़ज़ाने छुपे हुए हैं जिनका हमें अंदाज़ा ही नहीं होता और जो क़िस्मत वालों को ही नसीब होते हैं। इस मामले में तो आप मेरी क़िस्मत पर रश्क कर सकते हैं, जो मैंने इनकी किताब ढूँढ़ निकाली। इनके बारे में जो जितना जाना है वो सब इसी किताब की मार्फत जाना है। एक नवम्बर 1954 को भिवानी (हरियाणा) में जन्मे, पंजाब विश्व विद्यालय से एम. ए.(हिंदी) और बी.एड किये माधव कौशिक जी सन 2005 में हरियाणा साहित्य अकादमी के बाबू बाल मुकुंद सम्मान से, सन 2006 में राष्ट्रिय स्तर के बलराज साहनी पुरस्कार से तथा हिंदी साहित्य सम्मलेन प्रयाग द्वारा राज भाषा रत्न से सम्मानित हो चुके हैं। आपकी अभी बीस पुस्तकें प्रकाशित हो चुकी हैं जिनमें नौ ग़ज़ल संग्रह मुख्य हैं। माधव जी पंजाब साहित्य अकादमी के सचिव पद पर कार्यरत हैं और चण्डीगढ़ में रहते है।

निहथ्थे आदमी के हाथ में हिम्मत ही काफ़ी है
हवा का रुख़ बदलने के लिए चाहत ही काफ़ी है
ज़रूरत ही नहीं एहसास को अल्फ़ाज़ की कोई
समन्दर की तरह एहसास में शिद्दत ही काफ़ी है
बड़े हथियार लेकर जंग में शामिल हुए लोगों
बुराई से निपटने के लिए क़ुदरत ही काफ़ी है

माधव जी की शायरी में हमें आम इंसान की सोच, उसके एहसास और उसके दर्द से रू-ब-रू होते हैं। उनकी शायरी शहरों की तरफ़ भागती ज़िन्दगी पर एक कटाक्ष हैं। वहीं समाज की हक़ीक़त को बेपर्दा भी करती हैं।

छप नहीं सकता किसी भी पत्रिका के पृष्ठ पर
आपका क़िस्सा बहुत सच्चा है, सम्मोहक नहीं
राजपथ से दूर गन्दी बस्तियों के बीच में
एक जनपथ है जहाँ पर कोई अवरोधक नहीं
चाहे वो धर्मों के हों, दुनिया के या तहज़ीब के
आदमी बंधन में भी कहता है मैं बंधक नहीं

जैसा के मैं बता चुका हूँ मेरे लिए माधव जी का नाम आज से पहले अनजान था, इसका कारण माधव जी का स्वयं को बाज़ार से दूर रखना हो सकता है। आज के युग में दो मिसरे लिखने वाले अपने फ़न की शान में ज़मीन आसमान एक कर देते हैं वहाँ माधव जी जैसे शायर

सिर्फ़ अपनी ख़ुशी के लिए लिखते हैं। उनका मानना है कि हर रचनाकार को अपना मुक़ाम देर सवेर से ही सही, मिल जाता है। उनके लिए चुपचाप घर बैठ कर लिखने पढ़ने के आनंद के सामने हर तरह की इश्तिहार बाज़ी बेमानी है।

तुमने तो घर के आँगन में नागफनी उगवा ली है
तुम्हीं बताओ कहाँ उगायें पौधे अपनी तुलसी के
नज़र वक़्त की छूकर उनको जाने कब मशहूर करे
सदियों से गुमनाम पड़े हैं लाल हज़ारों गुदड़ी के
सिवा राम के यह सच्चाई किसे समझ में आएगी
जूठे होकर भी सच्चे हैं बेर समय की शबरी के

इस पुस्तक की भूमिका में माधव जी ने लिखा है इन ग़ज़लों में समय की काली पृष्ठ भूमि में उजास की गहरी लकीरें अधिक दिखाई देंगीं। जीवन को ख़ूबसूरत बनाने के लिए सपनो के इन्द्रधनुषी रंग आपको 'अंगारों पर नंगे पाँव' चलने के लिए प्रेरित करते रहेंगे।

भीड पथराव करके लौट गयी
चौक पर दम ग़रीब का निकला
सारी बदसूरती उभर आई
मेरी बस्ती में चाँद क्या निकला
ओस मेहँदी रचा गयी होती
धूप का हाथ खुरदुरा निकला

लगभग सौ पृष्ठों में फैली माधव जी की शायरी के अलग-अलग रंग आपको इस किताब में बिखरे दिखाई देंगे। उत्कृष्ट काग़ज़ पर की गयी प्रिंटिंग, किताब पढ़ने का मज़ा दोगुना कर देती है। पहले पृष्ठ से अंतिम पृष्ठ तक की ये यात्रा आप कभी भूल नहीं पाएँगे और उनके कुछ एक शेर तो हो सकता है किताब ख़त्म करने के बाद हमेशा के लिए आपके साथ ही चल दें। पुस्तक प्राप्ति के लिए अगर आस पास के पुस्तक भण्डार वाले आपकी मदद न कर पायें तो सीधे पैंगुइन बुक्स वालों की साइट www.penguinbooksindia.com पर जा कर उन्हें लिखें और घर बैठे मँगवा लें। किताब आपको निराश नहीं करेगी ये पक्का है।

कल तलक जिनकी इबादत वक़्त करता था बहुत
अब उन्हीं लोगों के बुत शहरों से हटवाने पड़े
मेरे अन्दर के पयम्बर फूट कर तब रो दिये
जब ख़ुदा के सामने भी हाथ फैलाने पड़े
हादसों के दौर में इक हादसा यह भी हुआ
क़ातिलों को अपने दिल के ज़ख़्म दिखलाने पड़े

***

समय से मुठभेड़
अदम गोंडवी

'किताबों की दुनिया' में आपको सब की दुनिया मिल जाएगी लेकिन सब की दुनिया में किताबें मिलें ऐसा शायद संभव न हो... किताबें हमें हमेशा कुछ न कुछ देती हैं बिना बदले में हमसे कुछ भी लिए... इसलिए मैं हमेशा आग्रह करता हूँ के अपनी दुनिया में किताबों को जगह दो... जिनको आपने अब तक जगह दे रखी है उन्हें वहाँ रहने दो लेकिन किताबों के लिए भी थोड़ी सी जगह बना लो। आज माना आप बहुत व्यस्त हैं, आपके ढेर मित्र हैं, नाते, रिश्तेदार हैं, ज़िम्मेदारियाँ हैं, सामने बड़े बड़े टार्गेट हैं, पैसा कमाने की होड़ है लेकिन ये स्थिति हमेशा नहीं रहेगी। एक दिन आप तन्हा होंगे एक दम तन्हा... इतने तन्हा के सन्नाटा बोला करेगा और आप उसे सुन कर डरेंगे तब आपको किताबें सहारा देंगी, सन्नाटों को संगीत के सातों सुरों से भर देंगी। सूखे पेड़ों पर हरी पत्तियाँ ले आएँगी, उन पर फिर से फूल खिला देंगी

क्या कहा? जी? टाइम खोटी मत करूँ सीधे मुद्दे पे आऊँ? ठीक है भाई सीधे मुद्दे पर आता हूँ और आपको एक ऐसी किताब से रू-ब-रू करवाता हूँ जो आपको अभी पढ़ने का वक़्त न होने की स्थिति में भी ख़रीद कर रख लेनी चाहिए। शायरी की ये किताब ज़मीन से जुड़ी किताब है जो गुलाब के फूलों की नहीं उसके काँटों की बात करती है क्यूँकि, यदि मुग़ल-ए-आज़म फ़िल्म का डायलग दोहराने की इजाज़त दें तो कहूँगा, "काँटों को मुरझाने का ख़ौफ़ नहीं होता।"

भूख के एहसास को शेरो-सुख़न तक ले चलो
या अदब को मुफ़लिसों की अंजुमन तक ले चलो
जो ग़ज़ल माशूक़ के जल्वों से वाक़िफ़ हो गयी
उसको अब बेवा के माथे की शिकन तक ले चलो

ग़ज़ल के इस 'अदब' को 'मुफ़लिसों की अंजुमन' और बेवा के माथे की शिकन तक ले चलने की आवाज़ लगाने वाले शायर का नाम है अदम 'गोंडवी', आज हम उनकी ही बेमिसाल शायरी की किताब 'समय से मुठभेड़ का ज़िक्र करेंगे' जिसे 'वीणा प्रकाशन' दिल्ली ने प्रकाशित किया है।

बाइस अक्टूबर 1947 को गोस्वामी तुलसीदास के गुरु स्थान सूकर क्षेत्र के क़रीब परसपुर (गोंडा) के आटा ग्राम में स्व. श्रीमती मांडवी सिंह व श्री देवी कलि सिंह के पुत्र के रूप में बालक रामनाथ सिंह का जन्म हुआ जो बाद में 'अदम गोंडवी' के नाम से सुविख्यात हुए।

अदम जी कबीर परम्परा के कवि हैं, अंतर यही है कि अदम ने काग़ज़ क़लम छुआ पर उतना ही जितना किसान ठाकुर के लिए ज़रूरी था।

देखना सुनना व सच कहना जिन्हें भाता नहीं
कुर्सियों पर फिर वही बापू के बन्दर आ गए
कल तलक जो हाशिए पर भी न आते थे नज़र
आजकल बाज़ार में उनके कलेंडर आ गए

दुष्यंत जी ने अपनी ग़ज़लों से शायरी की जिस नयी राजनीति की शुरुआत की थी, अदम ने उसे उस मुक़ाम तक पहुँचाने की कोशिश की है जहाँ से एक एक चीज़ बग़ैर किसी धुंधलके के पहचानी जा सके।

जो उलझ कर रह गयी है फाइलों के जाल में
गाँव तक वह रौशनी आएगी कितने साल में
बूढ़ा बरगद साक्षी है किस तरह से खो गयी
राम सुधि की झोपड़ी सरपंच की चौपाल में
खेत जो सीलिंग के थे सब चक में शामिल हो गए
हम को पट्टे की सनद मिलती भी है तो ताल में

मुशायरों में, घुटनों तक मटमैली धोती, सिकुड़ा मटमैला कुरता और गले में सफ़ेद गमछा डाले एक ठेठ देहाती इंसान जिसकी और आपका शायद ध्यान ही न गया हो यदि अचानक माइक पे आ जाए और फिर ऐसी रचनाएँ पढ़े के आपका ध्यान और कहीं जाए ही न तो समझिए वो इंसान और कोई नहीं अदम गोंडवी हैं। उनकी निपट गंवई अंदाज़ में महानगरीय चकाचौंध और चमकीली कविताई को हैरान कर देने वाली अदा सबसे जुदा और विलक्षण है।

किसको उम्मीद थी जब रौशनी जवाँ होगी
कल के बदनाम अँधेरों पे मेहरबाँ होगी
खिले हैं फूल कटी छातियों की धरती पर
फिर मेरे गीत में मासूमियत कहाँ होगी
आप आयें तो कभी गाँव की चौपालों में
मैं रहूँ या न रहूँ भूख मेज़बाँ होगी

अदम शहरी शायर के शालीन और सुसंस्कृत लहजे में बोलने के बजाय ठेठ गंवई दो टूकपन और बेतकल्लुफ़ी से काम लेते हैं। उनके कथन में प्रत्यक्षा और आक्रामकता और तड़प से भरी हुई व्यंग्मयता है।

वस्तुतः ये ग़ज़लें अपने ज़माने के लोगों से ठोस धरती की सतह पर लौट आने का आग्रह कर रही हैं।

ग़ज़ल को ले चलो अब गाँव के दिलकश नजारों में
मुसलसल फ़न का दम घुटता है इन अदबी इदारों में
अदीबों ठोस धरती की सतह पर लौट भी आओ
मुलम्मे के सिवा क्या है फ़लक के चाँद तारों में

अदम जी की शायरी में आज जनता की गुर्राहट और आक्रामक मुद्रा का सौंदर्य मिसरे-मिसरे में मौजूद है, ऐसा धार लगा व्यंग है कि पाठक का कलेजा चीर कर रख देता है। आप इस किताब का कोई सफ़्हा पलटिए और कहीं से भी पढ़ना शुरू कर दीजिए, आपको मेरी बात पर यक़ीन आ जायेगा।

काजू भुने प्लेट में व्हिस्की गिलास में
उतरा है रामराज विधायक निवास में
पक्के समाजवादी हैं तस्कर हों या डकैत
इतना असर है खादी के उजले लिबास में
जनता के पास एक ही चारा है बग़ावत
यह बात कह रहा हूँ मैं होशो-हवाश में

अदम साहब की शायरी में अवाम बसता है उसके सुख दुःख बसते हैं शोषित और शोषण करने वाले बसते हैं। उनकी शायरी न तो हमें वाह करने के अवसर देती है और न आह भरने की मजबूरी परोसती है। सीधे सच्चे दिल से कही उनकी शायरी सीधे सादे लोगों के दिलों में बस जाती है।

बेचता यूँ ही नहीं है आदमी ईमान को
भूख ले जाती है ऐसे मोड़ पर इंसान को
सब्र की इक हद भी होती है तवज्जो दीजिए
गर्म रक्खें कब तलक नारों से दस्तरख़्वान को
शबनमी होंठों की गर्मी दे न पाएगी सुकून
पेट के भूगोल में उलझे हुए इंसान को

लगभग सौ पृष्ठों की इस अनमोल किताब में ऐसे ढेरों शेर हैं जिन्हें पढ़कर कभी मुस्कराहट के फूल खिलते हैं तो कभी विद्रोह के अंगार। आम इंसान के दुःख दर्द समेटे इन अशआर को एक नहीं बार-बार पढ़ने का जी करता है। शब्दों की मारक क्षमता का अंदाज़ा आपको इस किताब को पढ़कर हो जायेगा। लिजलिजी थोथी भावुकता से कोसों दूर ये अशआर आपको अपने लगने लगेंगे।

घर में ठण्डे चूल्हे पर अगर ख़ाली पतीली है
बताओ कैसे लिख दूँ धूप फागुन की नशीली है
बग़ावत के कमल खिलते हैं दिल की सूखी दरिया में
मैं जब भी देखता हूँ आँख बच्चों की पनीली है
सुलगते जिस्म की गर्मी का फिर एहसास हो कैसे
मुहब्बत की कहानी अब जली माचिस की तीली है

अमूमन मैं किसी किताब के बहुत अधिक शेर इस शृंखला में कोट नहीं करता बहुत से अपने पास रख लेता हूँ लेकिन इस किताब के दिल करता है सारे शेर कोट कर दूँ, मुझे पता नहीं क्यूँ ये आभास होता है कि अधिकांश पाठक इस पोस्ट को पढ़ने के बाद इस शृंखला में चर्चित किताब को बजाये ख़रीदने के भूल जाते हैं, मैं चाहता हूँ के आप मेरी इस धारणा को तोड़ें, और इसे ख़रीद कर पढ़ें, इसलिए अपने आप पर संयम रखते हुए आपको और अधिक शेर नहीं पढ़वाऊँगा चलते-चलते न चाहते हए भी ये शेर और दिए जा रहा हँ पढ़ने के लिए... आप भी क्या याद रखेंगे। पढ़िए और सोचिए क्या कह गए हैं अदम साहब... जिनका 18 दिसंबर 2011 को देहान्त हो गया॥

जो बदल सकती है इस दुनिया के मौसम का मिज़ाज
उस युवा पीढ़ी के चेहरे की हताशा देखिए
जल रहा है देश ये बहला रही है कौम को
किस तरह अश्लील है संसद की भाषा देखिए

***

दरिया डूब गया
अनमोल शुक्ल अनमोल

जगजीत सिंह जी की गयी एक बहुत मशहूर ग़ज़ल है, शायद आपको याद हो, देर लगी आने में तुमको... उस ग़ज़ल में एक शेर है-

झूट है सब तारीख़ हमेशा अपने को दोहराती है
अच्छा मेरा ख़्वाबे-जवानी थोड़ा सा दोहराए तो

ग़ज़ल के इस शेर में शायर ने इस बात को नकार दिया है कि इतिहास अपने आपको दोहराता है... जबकि ये बात झूट नहीं है, सच है... बहुत सारी घटनाएँ जीवन में दुबारा घटित होती हैं। अब आपके साथ हुई या नहीं मुझे नहीं पता लेकिन मेरे साथ हुई है। जो घटना दिसंबर 2001 में मेरे साथ घटित हुई वो हू बहू फिर से अगस्त 2010 में घटित हो गयी। मैंने अपनी 'किताबों की दुनिया 20 में' इस बात का ज़िक्र किया है, उसे फिर से यहाँ प्रस्तुत कर रहा हूँ।

"शायरी करना तो अभी का शौक़ है लेकिन शायरी पढ़ना बहुत पुराना, बरसों से अच्छे शायरों को पढ़ता रहा हूँ और ये काम अभी भी बदस्तूर जारी है। इसी शौक़ की वजह से मैं आपका तआरुफ़ नयी-नयी किताबों से करवाने का प्रयास करता हूँ। किताबों के आलावा नेट पर भी जहाँ कहीं सम्भावना नज़र आये नज़रें दौड़ाता रहता हूँ। 'अनुभूति' मेरी प्रिय साइट है जिसे पूर्णिमा वर्मन जी चलाती हैं। इस साइट पर हर हफ़्ते अंजुमन के तहत नये अशार पढ़ने को मिलते हैं। अपनी इसी खोज के दौरान मैं चंद ऐसी ग़ज़लों से रू-ब-रू हुआ जिन्होंने मुझ पर गहरा असर डाला। शायर का नाम देखा तो मुझे अनजाना लगा। मुझे अनजान शायरों को पढ़ने में बहुत मज़ा आता है क्यूँकि आप नहीं जानते की वो कैसे हैं, कैसा लिखते हैं, क्या सोचते हैं यानी आपके मन में उनकी कोई पूर्व छवि बनी हुई नहीं होती। आप उन्हें निष्पक्ष हो कर पढ़ते हैं। इसी में मज़ा आता है। वहीं अनुभूति की साइट पर उनका परिचय भी दिया हुआ था जिसमें उनकी ग़ज़ल की किताब का ज़िक्र भी था। अनुभूति से ही उनकी मेल का पता मिला और तुरंत उन्हें पुस्तक भेजने का अनुरोध कर डाला।"

जी हाँ आप ठीक समझे जिस शायर का ज़िक्र ऊपर किया गया है वो हैं जनाब संजय ग्रोवर साहब और जिस शायर का ज़िक्र मैं अब करने जा रहा हूँ उनका नाम है जनाब 'अनमोल शुक्ल अनमोल'। तारीख़ ने अपने आपको दोहराया या नहीं बताइए? संजय जी की जगह अनमोल जी से परिचय हो गया बस ये ही परिवर्तन हुआ। यानी अनमोल साहब की शायरी मैंने अनुभूति पर पढ़ी उनसे संपर्क किया और उन्होंने प्रसन्नतापूर्वक अपनी किताब मुझे भेज दी। बहुत कम शायर होते हैं जो अपने नाम को सार्थक करते हैं, अनमोल जी उनमें से एक हैं। नाम अनमोल और शायरी भी अनमोल। तो आइए हम आज की पोस्ट में उनकी इस

अनमोल शायरी का लुत्फ़ उठाते हैं, जिसे उन्होंने अपनी किताब 'दरिया डूब गया' में समेटा है।

किसी के प्यार में हस्ती मिटा देना हँसी है क्या?
वही जानेगा जिसने प्यार की गहराइयाँ जी हैं
अगर कुछ काम अच्छा है तो रखती याद हैं नस्लें
बदन पर अपने गिलहरियों ने जैसे धारियाँ जी हैं
कोई कुछ भी कहे अनमोल को लेना है इससे क्या
ग़ज़ल में उसने केवल सत्य की बारीकियाँ जी हैं

हरदोई (उ.प्र.) में जन्में अनमोल जी सिविल इंजीनियर हैं और उत्तर। प्रदेश सिंचाई विभाग में अभियंता के पद पर कार्यरत हैं। पिछले एक दशक से आप बिजनौर में रह रहे हैं।

अनमोल जी की शायरी पढ़ते हुए ये एहसास होता है कि वो ग़ज़ल की नज़ाकत और नफ़ासत से भली भांति परिचित हैं। गंगा जमुनी तहज़ीब का निर्वाह करते हुए हिंदी उर्दू के शब्द सहज रूप से उनकी ग़ज़लों में आये हैं।

कितना पानी रोक लेता होगा उन आँखों का बाँध
जिनको बच्चे का खिलौना बेबसी लगने लगे
हे प्रभो आँधी कोई सारे मुखौटे ले उड़े
जिससे हर इक आदमी फिर आदमी लगने लगे
उसके दिल के ज़ख़्म का अंदाज़ होगा क्या भला
बात भी करता है वो तो शायरी लगने लगे
एक कोशिश ये हमेशा ही रही अनमोल की
हो ग़ज़ल उसकी मगर वो आपकी लगने लगे

जिस शायर की ग़ज़लें पढ़ने वाले को अपनी सी लगती हैं वो ही शायर सही मायने में अवाम का शायर होता है। अनमोल जी अपनी शायरी में अपनी ही नहीं हम सब के सुख दुःख की चर्चा करते हैं और बहुत सहजता से करते हैं। उनकी शायरी आपसी बातचीत की शायरी है जो आप पर हावी नहीं होती आपके हमराह चलती है।

जिस मुफ़लिस की स्यानी बेटी घर में बैठी हो
उसको तो अपना ही गाँव, गली घर चुभता है
परदेसी ने लिखा है जिसमें, लौट न पाऊँगा
विरहन को उस ख़त का अक्षर-अक्षर चुभता है

ग़ज़ल की परम्परा यूँ तो बहुत पुरानी है लेकिन इस परम्परा के मूल तत्वों का निर्वाह करते हुए इसमें नये नए प्रयोग करने की एक होड़ सी लगी हुई है, जो ग़ज़ल को और समृद्ध बनाती हैं। हमारी रोज़ की बोलचाल के शब्द इस विधा को आसानी से समझने में बहुत सहायता करते हैं। अनमोल जी ने भी अपनी ग़ज़लों में भी ऐसे अद्भुत प्रयोग किये हैं, मिसाल के तौर पर एक ग़ज़ल के ये शेर पढ़िए...

कोई त्यौहार क्या निर्धनों के लिए
ईद-होली-दिवाली, सभी कैक्टस
देखिए, स्वार्थवश हो रहा आजकल
आदमी के लिए आदमी कैक्टस
उसकी बेरोज़गारी का संकेत है
उसके चेहरे पे उगती हुई कैक्टस

सीखने की प्रबल इच्छा, मेहनत और लगन के कारण ही बिजनौर में लगभग नौ वर्ष तक बिना किसी साहित्य गोष्ठी में गए, बिना किसी साहित्यकार से मिले अनमोल जी स्वांत सुखाय के लिए छूट-पुट लिखते रहे। सन 2003 में उनकी भेंट श्री मनोज 'अबोध' जी से हुई और उसके बाद ही उनके लेखन में सुधार आता चला गया। डॉ. अजय जनमेजय ने ग़ज़ल के व्याकरण को समझने में उनकी बहुत सहायता की और उन्हें जनाब निश्तर साहब से मिलवाया जो बाद में उनके गुरु बने। जनाब 'दिलकश बदायूँनी' और निश्तर खानक़ाही जैसे उस्तादों की रहनुमाई में अनमोल साहब की शायरी सँवरी और परवान चढ़ी।

जो जितना नम्र है उतनी ही उसकी हैं सरल राहें
किसी दरिया को बहने से कभी पत्थर ने रोका क्या
हमेशा पोंछती रहती है आँसू अपने बच्चों के
सुना तुमने, किसी माँ का कभी आँचल भीगा क्या
हमेशा देश से माँगा, दिया क्या देश को तुमने
कभी इस बात को गंभीरता से तुमने सोचा क्या

अविचल प्रकाशन, साहित्य पूर्वा, हाइड्रिल कालोनी, बिजनौर से प्रकाशित ये किताब आप उनसे उनकी ई-मेल avichalprakashan@yahoo.com पर जानकारी प्राप्त कर मँगवा सकते हैं, लेकिन मेरी आपको सलाह ये रहेगी के आप अनमोल जी को उनके मोबाइल 09412146255 पर इस किताब में प्रकाशित उत्कृष्ट शायरी के लिए उन्हें बधाई दें और फिर उन्हीं से पुस्तक प्राप्ति का आसान रास्ता पूछ लें। यक़ीन करें आप की इस फ़ोन काल से उन्हें बहुत ख़ुशी होगी।

यूँ तो मैंने महफ़िल-महफ़िल आधी उम्र बिताई है
पर जो पल भरपूर जिए हैं वो मेरी तन्हाई है
सबके आगे देखा उसको हाथों में पानी थामे
चुपके-चुपके जिसने मेरे घर को आग लगाई है
एक न इक दिन ढल जाता है सबके जलवों का सूरज
सारी उम्र, बताओ किसकी चलती कब ठकुराई है

अनमोल जी की इस किताब में तरेसठ ग़ज़लें हैं जिनमें ज़िन्दगी के सैंकड़ों रंग भरे पड़े हैं, आपको इसमें रोचक नये क़ाफ़ियों से सजी ग़ज़लें भी पढ़ने को मिलेंगी तो छोटी और बड़ी बहर की ग़ज़लें भी। चलिए चलते-चलते उनकी एक छोटी बहर की ग़ज़ल की बानगी देखते हैं।

आप बिन जो कटी
ज़िन्दगी त्रासदी
एक तू, तू ही तू
बस मेरी ज़िन्दगी
तू नहीं पास जब
एक पल इक सदी

***

आज के प्रसिद्ध शायर
कृष्ण बिहारी नूर

मैं तो ग़ज़ल सुना के अकेला खड़ा रहा
सब अपने अपने चाहने वालों में खो गए

लफ़्ज़ों के एक से बढ़ कर एक आलीशान नगीनों से सजी नायाब किताब के शायर हैं मरहूम जनाब कृष्ण बिहारी 'नूर' साहब, आज हम उनकी किताब जिसे 'आज के प्रसिद्ध शायर' शृंखला के अंतर्गत राजपाल एंड सन्स, कश्मीरी गेट, दिल्ली द्वारा प्रकाशित किया गया है कि चर्चा करेंगे। श्री कन्हैया लाल नंदन जी द्वारा सम्पादित इस किताब का एक-एक लफ़्ज़ पढ़ने वाले के दिल पर छा जाता-

अधूरे ख़्वाबों से उकता के जिसको छोड़ दिया
शिकन नसीब वो बिस्तर मेरी तलाश में है
मैं एक क़तरा हूँ मेरा अलग वजूद तो है
हुआ करे जो समंदर मेरी तलाश में है
मैं जिसके हाथ में इक फूल दे के आया था
उसी के हाथ का पत्थर मेरी तलाश में है

ख़ालिस शायरी का यह बहता हुआ दरिया जो कृष्ण बिहारी श्रीवास्तव नाम से जाना गया, लखनऊ की देन है और आठ नवंबर सन 1925 को जनाब कुंजबिहारी लाल श्रीवास्तव के बेटे के रूप में पैदा हुआ था। मात्र सत्रह साल की उम्र से उन्होंने शायरी करनी शुरू कर दी और अपने उस्ताद जनाब फ़ज़ल नक़वी की रहनुमाई में 'नूर' तख़ल्लुस से शेर कहने लगे। कृष्ण बिहारी नूर की ग़ज़लें जब बोलती है तो साफ़ साफ़ बोलती है, बिना किसी लाग लपेट के ग़ज़ल की रवायत कृष्ण बिहारी नूर के यहाँ ग़ज़ल की रवायत जैसी ही नज़र आती है, न कम न ज़्यादा, ठीक उन्ही के इस शेर की तरह-

सच घटे या बढ़े तो सच न रहे
झूठ की कोई इंतिहा ही नहीं

उस तश्नालब की नींद न टूटे, खुदा करे
जिस तश्नालब को ख़्वाब में दरिया दिखाई दे
दरिया में यूँ तो होते हैं क़तरे-ही-क़तरे सब
क़तरा वही है जिसमें कि दरिया दिखाई दे

क्यूँ आईना कहें उसे, पत्थर न क्यूँ कहें
जिस आईने में अक्स न उनका दिखाई दे
क्या हुस्न है जमाल है, क्या रंग-रूप है
वो भीड़ में भी जाए तो तन्हा दिखाई दे

नूर साहब की शायरी सुनते पढ़ते कभी ये गुमाँ नहीं होता के वो सिर्फ़ उर्दू ज़बान के शायर है। वो हमारी गंगा-जमनी तहज़ीब के शायर हैं और ख़ालिस हिन्दुस्तानी में शायरी करते हैं। ये ही वजह है कि नामी गरामी शोअराओं के बीच मुशायरे में पढ़ते हुए उन्हें बार-बार आवाज़ देकर बुलाया जाता था और जब वो आते तो बस सावन के बादलों की तरह सुनने वालों के दिलो-दिमाग़ पर छा जाते और अपने ख़ूबसूरत अशआर की रिमझिम से उन्हें सरोबार कर देते।

आते-जाते साँस हर दुःख को नमन करते रहे
उँगलियाँ जलती रहीं और हम हवन करते रहे
दिन को आँखें खोलकर संध्या को आँखें मूँदकर
तेरे हर इक रूप की पूजा नयन करते रहे
ख़ैर, हम तो अपने ही दुःख-सुख से कुछ लज्जित हुए
लोग तो आराधना में भी गबन करते रहे

विनम्रता और सादगी में उनका कोई सानी नहीं था। अस्ल में ये ही सादगी और विनम्रता उनकी शायरी के केन्द्र में है, जिसमें आध्यात्मिकता और उदात्ता हर पल साँस लेती है। उनके ग़ज़ल संग्रह 'दुःख-सुख, तपस्या और समंदर मेरी तलाश में है' प्रकाशित हो कर धूम मचा चुके हैं। नूर साहब की शायरी किसी अवार्ड या ईनाम की मोहताज नहीं है, उन्हें अमीर ख़ुसरो अवार्ड, ग़ज़ल अवार्ड, उर्दू अकेडमी अवार्ड, मीर अकादमी अवार्ड, दया शंकर नसीम अवार्ड, और इन सब से बड़ा पाठकों और श्रोताओं की बेपनाह मुहब्बतों का अवार्ड मिला है। उन्हें अमेरिका में एक साथ बारह स्थानों पर उनकी शान में रखे मुशायरों में शिरकत करने का मौक़ा भी मिल चुका है जो उनकी अंतराष्ट्रीय लोकप्रियता का परिचायक है।

इस सज़ा से तो तबीअत ही नहीं भरती है
ज़िन्दगी कैसे गुनाहों की सज़ा है यारो
कोई करता है दुआएँ तो ये जल जाता है
मेरा जीवन किसी मंदिर का दिया है यारो
मैं अँधेरे में रहूँ या मैं उजाले में रहूँ
ऐसा लगता है कोई देख रहा है यारो

इस संकलन में नूर साहब की अब तक हिंदी में अप्रकाशित चार पाँच ग़ज़लें भी हैं, जिन्हें मुशायरों के ज़रिये लोगों ने भले सुना हो लेकिन पढ़ने का अवसर इस संकलन से ही मिलेगा। शाश्वत सच्चाइयाँ पिरोई उनकी ग़ज़लें बार-बार पढ़ने को जी करता है। छोटी बहर की उनकी एक कामयाब ग़ज़ल के चंद शेर देखें-

ज़िन्दगी से बड़ी सज़ा ही नहीं
और क्या जुर्म है पता ही नहीं
इतने हिस्सों में बाँट गया हूँ मैं
मेरे हिस्से में कुछ बचा ही नहीं
चाहे सोने के फ़्रेम में जड़ दो
आइना झूट बोलता ही नहीं
अपनी रचनाओं में वो ज़िन्दा है
'नूर' संसार से गया ही नहीं

सच फ़रमा गए हैं नूर साहब ऐसा हर दिल अज़ीज़ शायर कभी संसार से जा ही नहीं सकता, लखनऊ की एक सड़क दुर्घटना में 30 मई 2003 को ये देह छोड़ कर नूर साहब सदा के लिए अपने चाहने वालों के दिल में बस गए हैं। मेरी शायरी के चाहने वालों से गुज़ारिश है कि राजपाल एंड संस् द्वारा प्रकाशित इस किताब को अपने लाइब्रेरी में ज़रूर जगह दें। किताब प्राप्ति के लिए आप राजपाल की वेबसाइट www.rajpalpublishing.com अथवा उनके ई-मेल mail@rajpalpublishing.com पर संपर्क करें।

इस किताब में संकलित ग़ज़लें इतनी ख़ूबसूरत हैं कि उन्हें आप तक न पहुँचा कर लगता है जैसे मैं कोई अधूरा काम कर रहा हूँ। मेरी मजबूरी है कि चाह कर भी मैं ये पूरी किताब आपके समक्ष नहीं रख सकता, हाँ कुछ ग़ज़लों के चुनिन्दा शेर आप तक ज़रूर पहुँचा रहा हूँ, उम्मीद है पसंद आयेगे... मुझे तो दीवानगी की हद तक पसंद आये हैं... सच... इस किताब का ख़ुमार शायद ही उतरे-

गुज़रे जिधर-जिधर से वो पलटे हुए नक़ाब
इक नूर की लकीर सी खींचती चली गयी

लब क्या बताएँ कितनी अज़ीम उसकी ज़ात है
सागर को सीपियों से उलचने की बात है

मैं तो अपने कमरे में तेरे ध्यान में गुम था
घर के लोग कहते हैं सारा घर महकता था

शख़्स मामूली वो लगता था मगर ऐसा न था
सारी दुनिया जेब में थी, हाथ में पैसा न था

तमाम जिस्म ही घायल था घाव ऐसा था
कोई न जान सका रख-रखाव ऐसा था

ज़मीर काँप जाता है आप कुछ भी कहें
वो हो गुनाह से पहले कि हो गुनाह के बाद

***

एक दरिया ख़्वाब में
आलम ख़ुर्शीद

शायद आप जानते ही होंगे और अगर नहीं जानते तो बता दूँ के मेरा घर जयपुर में है लेकिन मैं मुंबई-पुणे के मध्य स्थित खोपोली नामक सुरम्य स्थान पर नौकरी की वजह से पिछले बारह सालों से रह रहा हूँ। यहाँ कंपनी की तरफ़ से सभी सुविधाओं से युक्त घर मिला हुआ है लेकिन मेरा हफ़्ते भर के लिए जयपुर जाना लगभग हर माह तय होता ही है। ये सब लिखने का कारण अपने बारे में आपको बताना नहीं बल्कि कुछ और है। जयपुर एयरपोर्ट की दूसरी मंज़िल पर एक किताबों की दुकान खुली है जिसमें अंग्रेज़ी की तो ख़ैर सैंकड़ों किताबें हैं ही लेकिन हिंदी की किताबें भी मिल जाती हैं और उन किताबों में शायरी की किताबें भी होती हैं जिनका वहाँ मिलना किसी अजूबे से कम नहीं। अजूबा इसलिए क्यूँकि अभी भी भारत में हवाई यात्रा पढ़े लिखे, सभ्रांत और धनी लोगों की बपौती मानी जाती है जो शायरी जैसी विधा को हिकारत की नज़र से देखते हैं और क्यूँ न देखें शायरी का रिश्ता दिल से होता है, दिमाग़ से नहीं, और दिल..पढ़े-लिखे, सभ्रांत और धनी लोगों में अपवाद स्वरूप ही मिलता है। हक़ीक़त बदल चुकी है इसका प्रमाण है एयरपोर्ट पर किताबों की दुकान में शायरी की किताब का मिलना यानी अब चिथड़ा प्रसाद, थान सिंह जी के साथ कंधे से कन्धा मिला कर हवाई यात्रा करता है और शायरी की किताबें पढ़ता है... लगता है समाजवाद आ गया। मेरे हिंदी में पूछने पर काउंटर पर खड़े सज्जन ने अंग्रेज़ी में बताया के महीने में शायरी की तीन चार किताबें तो बिक ही जाती हैं। ये आंकड़ा मेरे हिसाब से बहुत उत्साहवर्धक है। उर्दू शायरी की किताबें एयरपोर्ट पर बिकना हर्ष का विषय है, इस से अनुमान लगाया जा सकता है कि हमारे समाज में उच्च वर्ग, उच्च मध्य वर्ग और मध्य वर्ग की आपसी दूरी कम हो रही है।

लौटती यात्रा में उस दुकान पर जाना मेरा प्रिय काम है। वहाँ मुझे जो किताब मिली उसी का ज़िक्र मैं आज यहाँ कर रहा हूँ। किताब है पटना, बिहार के हर दिल अज़ीज़ शायर जनाब 'आलम ख़ुर्शीद' साहब की ग़ज़लों की जिनका संकलन 'एक दरिया ख़्वाब में' शीर्षक से जनाब सुरेश कुमार जी ने किया है। किताब के पन्ने पलटते ही जब मुझे ये शेर दिखे तो फिर इसे ख़रीदने में एक क्षण भी नहीं लगा-

बहुत चाहा कि आँखें बंद करके मैं भी जी लूँ
मगर मुझसे बसर यूँ ज़िन्दगी होती नहीं है
लहू का एक-इक क़तरा पिलाता जा रहा हूँ
अगरचे ख़ाक में पैदा नमी होती नहीं है
मैं रिश्वत के मुसल्ले पर नमाज़ें पढ़ न पाया
बदी के साथ मुझसे बंदगी होती नहीं है
मुसल्ले - नमाज़ पढ़ने की चटाई

ऐसे सीधे सच्चे शेर कहने के बेमिसाल हुनर के कारण ही समकालीन उर्दू शायरी के फ़लक पर पिछले बीस सालों में जिन शायरों ने अपने कलाम से ग़ज़ल प्रेमियों और समीक्षकों को आकर्षित किया है उनमें आलम ख़ुर्शीद जी का नाम बहुत ऊपर है। डायमंड बुक्स वालों द्वारा प्रकाशित ये किताब हिंदी में उनकी ग़ज़लों का पहला संकलन है। एक बेहतरीन शायर को हर ख़ास-ओ-आम तक पहुँचाने के लिए सुरेश कुमार जी और डायमंड बुक्स वाले बधाई के हक़दार है।

ग़लत ये बात है रौशन कहीं दिमाग़ नहीं
जहाँ अँधेरा बहुत है वहीं चिराग़ नहीं
मैं उनको शक की निगाहों से देखता क्यूँ हूँ
वो लोग जिनके लिबासों पे कोई दाग़ नहीं

आम बोलचाल के ये शेर पढ़ने सुनने वालों के साथ सीधा सम्बन्ध क़ाएम कर लेते हैं और उनके दिलों में गहरे उतर जाते हैं। हमारे समाज की आज की जटिलताओं और विद्रूपताओं को जिस सहजता और सरलता के साथ वे अपने शेरों में ढालते हैं वो पढ़ते सुनते ही बनता है, और उनकी शायरी पर गहरी पकड़ को प्रमाणित भी करता है।

घर के जितने भी झगड़े हैं प्यार से हल हो सकते हैं
क्यूँ हम तकिया कर बैठे हैं तीरों पर तलवारों पर
तकिया=विश्वास*
बाजू की ताक़त भी इक दिन साहिल तक पहुँचा देगी
लोग भरोसा करते क्यूँ हैं कश्ती पर, पतवारों पर
पानी लाख उछालें मारे, पानी में मिल जाता है
एक नज़र तो डालो 'आलम' बाग़ों के फ़व्वारों पर

आलम ख़ुर्शीद साहब की शायरी पढ़ते हुए लगता है जैसे वो हमारे मन की परतें खोल रहे हैं। वो जीवन को लेकर शंकित भी हैं लेकिन आशा का दामन कभी नहीं छोड़ते। एक बेहतर दुनिया का ख़्वाब उनकी शायरी में हमेशा ज़िन्दा रहता है और ये ही बात उनकी शायरी को जीवंत बनाती है।

पीछे छूटे साथी मुझको याद आ जाते हैं
वर्ना दौड़ में सबसे आगे हो सकता हूँ मैं
इक मासूम-सा बच्चा मुझमें अब तक ज़िन्दा है
छोटी-छोटी बातों पे अब भी रो सकता हूँ मैं

सोच-समझ कर चट्टानों से उलझा हूँ वर्ना
बहती गंगा में हाथों को धो सकता हूँ मैं

वक़्त आ गया है जब मैं आपको इस संकलन में से कुछ छोटी बहर की ग़ज़लों के अशआर पढ़वाऊँ, जैसा के मैं हमेशा अपनी शृंखला में कहता आया हूँ छोटी बहर की ग़ज़लें पढ़ने वाले के साथ जल्द ही अपना नाता जोड़ लेती हैं और उनके दिल में घर कर लेती है, अगर ज़बान सादा हो तो फिर क्या कहने अशआर के लिए पढ़ने वालों के दिल तक पहुँचने का रास्ता छोटा और सुगम हो जाता है।

दिल रोता है चेहरा हँसता रहता है
कैसा-कैसा फ़र्ज़ निभाना होता है
तन्हाई का ज़हर तो वो भी पीते हैं
हर पल जिनके साथ ज़माना होता है
बढ़ती जाती है बैचैनी नाख़ुन की
जैसे-जैसे ज़ख़्म पुराना होता है
आसानी से राह नहीं बनती कोई
दीवारों से सर टकराना होता है

आलम साहब के उर्दू में तीन काव्य संग्रह 'नए मौसम की तलाश', 'ज़हर ए-गुल' तथा 'ख़याल-आबाद' आ चुके हैं उन्हीं संग्रहों से चुनकर इस किताब में सुरेश कुमार जी ने लगभग सौ अद्भुत ग़ज़लें संकलित की हैं इस के अलावा भी उनकी कुछ ऐसी ग़ज़लें भी हैं जो इस से पहले कहीं प्रकाशित नहीं हुईं। इस किताब की ग़ज़लें ताज़ा हवा के सुखद झोंके की तरह पढ़ने वालों के दिलो-दिमाग़ को ख़ुशनुमा कर देंगी-

फूल, ख़ुशबू, हवा, तितलियाँ हर तरफ़
तू नहीं तेरी परछाइयाँ हर तरफ़
मेरे जलते दिए मुस्कुराते रहे
हाथ मलती रहीं आँधियाँ हर तरफ़
झूट के वास्ते तख़्त-ओ-ऐवान हैं
और सच के लिए सूलियाँ हर तरफ़

यूँ तो डायमंड बुक्स सभी बुक्स स्टाल्स पर उपलब्ध हैं (जैसा के प्रकाशक का दावा है) लेकिन आपको अपने शहर के किसी बुक्स स्टाल पर इस पुस्तक के न मिलने पर जयपुर एयरपोर्ट तक जाने की ज़रूरत नहीं है इसके लिए आसान उपाय ये है कि आप डायमंड बुक्स वालों को

अपने मोबाइल या लैन लाइन से 011-51611861-865 नंबर पर फ़ोन करें या फिर अपने लैपटाप/ पी.सी. को इन्टरनेट से जोड़ कर उन्हें sales@diamondpublication.com पर मेल करें या उनकी वेब साइट www.diamondpublication.com पर लाग-इन करें। अब आप पुस्तक मगँवाने के ऊपर दिए गए या अन्य स्वयं द्वारा ईजाद किये गए विकल्पों पर गंभीरता पूर्वक विचार करें। हम आपको आलम साहब के ये अशआर पढ़वा कर विदा लेते हैं और निकलते हैं एक और पुस्तक की तलाश में...

देख रहा है दरिया भी हैरानी से
मैंने कैसे पार किया आसानी से
नदी किनारे पहरों बैठा रहता हूँ
क्या रिश्ता है मेरा बहते पानी से
हर कमरे से धूप हवा की यारी थी
घर का नक़्शा बिगड़ा है नादानी से

***

वजूद का सहरा
मरयम ग़ज़ाला

मुश्किलों की धूप भी जिनको रास आ गयी
रंग रूप उनके कुछ और भी निखर गए
प्यार की न डोर थी कैसे बाँधती भला
रिश्ते मोतियों से थे टूट कर बिखर गए

बात बहुत पुरानी है... ये ही कोई दस ग्यारह साल पहले की, लेकिन लगता है जैसे अभी कल की हो। मेरा शायरी करने का शौक़ अभी 'घटरुन चलत रेणु तनु मंडित...' वाली स्थिति में ही था। नेट पर शायरी के बारे में जहाँ से जो जानकारी मिलती सहेजता रहता। इसी दौरान हैदराबाद की शायरा मोना हैदराबादी से परिचय हुआ। मोना जी जब अपनी बेटी से मिलने पुणे आयीं तब मैंने उन्हें खोपोली आने का आग्रह किया जिसे उन्होंने मान भी लिया।

उन्होंने बताया के ठाणे में उनकी एक मित्र रहती हैं जो अच्छी शायरा हैं उन्हें भी क्यूँ न बुला लिया जाए। मोना जी ने उन्हें फ़ोन किया और उन्होंने तुरंत हमारा न्योता स्वीकार कर लिया।

खोपोली स्टेशन पर रात आठ बजे ट्रेन से एक उम्र दराज़, सफ़ेद लेकिन करीने से कटे हुए बालों वाली और बेहद सलीक़े से उतरती महिला को देखते ही मैं समझ गया था कि ये ही मोना जी की मित्र 'मरयम ग़ज़ाला' हैं।

'मरयम आपा' जी हाँ मैं उन्हें इसी नाम से पुकारता था, विलक्षण प्रतिभा की धनी महिला थी। शायरी की उनकी अब तक आठ दस किताबें शाया हो चुकी हैं। आज हम उनकी किताब 'वजूद का सहरा' की चर्चा करेंगे।

सफ़र में ख़ुशनुमा यादों का कोई कारवाँ रखना
बुज़ुर्गों की दुआ का धूप में इक सायबाँ रखना
भले सर पर सफ़ेदी है, इरादों को जवाँ रखना
कलम में जो सियाही है 'ग़ज़ाला' वो रवाँ रखना
भुलाने का तरीक़ा ये नहीं है अपने साथी को
जला देना ख़तों को और फिर दिल में धुआँ रखना

मरयम आपा बहुत मज़बूत इरादों वाली थीं इसलिए कैंसर जैसे घातक रोग से लड़ते हुए आप उन्हें मुंबई में हो रही लगभग सभी निशस्तों में जोश के साथ शिरकत करते हुए देख सकते थे।

ठाणे से बस या लोकल टेन की यात्रा में तकलीफ़ पा कर भी मस्कराते हुए वो बुलाये

जाने पर कहीं भी हो रही शायरी की महफ़िल में पहुँच जाती थीं और अपनी मौजूदगी से चार चाँद लगा देती थीं।

चले-चलो कि बस्तियों में नफ़रतों का है चलन
गली-गली में मुफ़लिसी मकाँ मकाँ घुटन घुटन
उदास-उदास शाम में धुआँ-धुआँ चराग़ है
हमें तेरे ख़याल में मिली फ़क़त चुभन चुभन
दिलों में देश प्रेम की वो भावना नहीं रही
भले ही चीख़ते हों सब मेरा वतन वतन
कटे न जब तलक कपट न मैल मन का ही धुले
अज़ान भी फ़रेब है, फ़रेब है भजन-भजन

आपा गुजराती थीं, लेकिन हिंदी उर्दू मराठी और फ़ारसी भाषा का भी उन्हें ज्ञान था। मैंने नये साल पर एक बार जब उन्हें फ़ोन किया तो बोली, 'अरे नीरज मैं बरोड़ा में आल इण्डिया लेखिका सम्मेलन में आई हुई हूँ, यहाँ लोगों ने मेरा गुजराती में कहा कलाम भी बहुत पसंद किया है'।

उनकी बातों में छोटे बच्चे सा उल्लहास था। उम्र के सत्तर वें पड़ाव में भी उनमें अपने नाम के अनुरूप हिरनी सी कुलाँचे मारने की क्षमता दिखाई देती थी।

कॉलेज की पढ़ाई से डिग्री तो मिली लेकिन
डिग्री के जो लायक़ हो वो काम नहीं मिलता
झूठे हैं सबक सारे मकतब में जो सीखे थे
हक राह पे चलने का ईनाम नहीं मिलता
हीरों से भी बढ़कर है मिट्टी से भी सस्ता है
दिल बेचने जाओ तो फिर दाम नहीं मिलता
जब तक न 'गज़ाला' तुम ख़ुद को ही बदल डालो
अल्लाह नहीं मिलता और राम नहीं मिलता

मरयम आपा ने अंग्रेज़ी और मनोविज्ञान विषयों में एम.ए. किया था इसके अलावा एम.एड, शिक्षण, डी.पी.एड साहित्य रत्न की डिग्रियाँ भी उनके पास थीं। बरसों वो मुंबई के ख्याति प्राप्त कॉलेज में अंग्रेज़ी और मनोविज्ञान पढ़ाती रही हैं। ग़ज़लगोई उनका पसंदीदा शग़ल था वो अक्सर मुझे हँसते हुए कहती थीं, "जब तक मैं ग़ज़ल कहती रहूँगी तब तक मुझे कुछ नहीं होने वाला।" ये बात सही भी है ग़ज़ल के प्रति उनका जुनून ही उन्हें ज़िन्दा और ख़ुश मिज़ाज रखे हुए था।

मखमली डिबिया में टुकड़ा काँच का बिक जाएगा
चीथड़ों में एक हीरा है मगर देखेगा कौन
आओ मछली की तरह मुझको तड़पता देख लो
तीर तुमने ही चलाया है असर देखेगा कौन
साथ हँसने के लिए आ जायेंगे साथी सभी
भीगती तन्हाइयों में चश्मे तर देखेगा कौन

'वजूद का सेहरा' किताब में मरयम आपा की जो अब हमारे बीच नहीं हैं। कुछ बेहतरीन ग़ज़लें संग्रहीत हैं, जिसका प्रत्येक शेर उनके निरंतर रियाज़ का प्रतिफल प्रतीत होता है। उनके अशआर में मानवीय संवेदनाएँ और यथार्थ नज़र आता है। वो इंसानी हताशाओं और आशाओं की शायरा थीं। उनकी इस किताब को मासूम प्रकाशन 103-बी, गोपाल अपार्टमेंट आनंद कोलीवाड़ा मुम्ब्रा जिला ठाणे ने प्रकाशित किया है।

कामयाबी जब मिली तो खुद पे इतराए बहुत
अपनी नाकामी में देखा दोष क्यूँ तक़दीर का
दूध डिब्बे का है और तालीम है कान्वेंट की
कैसे पाओगे असर बेटी में माँ के शीर का

जो अच्छा है कभी तारीफ़ वो ख़ुद की नहीं करता
बुरे ही लोग ख़ुद को हर घड़ी अच्छा दिखाते हैं

बड़े जो हैं वो छोटों का भी क़द कर देते हैं ऊँचा
जो छोटे हैं सदा दूजों को वो बौना दिखाते हैं

***

गुलमोहर की छाँव में
मनोज अबोध

अक्सर ऐसा होता है कि ख़ज़ाने की तलाश में आप दर दर भटकते हैं और तब कहीं जाकर ख़ज़ाना आपके हाथ लगता है लेकिन कभी-कभी ख़ज़ाना आपको अचानक बैठे बिठाए ही मिल जाता है। अचानक मिले ख़ज़ाने की ख़ुशी लफ़्ज़ों में बयाँ नहीं की जा सकती। हुआ यूँ कि मेरी अनुभूति पर प्रकाशित ग़ज़लों को पढ़कर श्री अनमोल जी ने मुझसे संपर्क किया, मेरे आग्रह पर अपनी किताब 'दरिया डब गया' भेजी जिसका ज़िक्र हम किताबों की दुनिया शृंखला में पहले कर चके हैं। इस बार अचानक उन्हीं के एक मित्र, जो खद भी शायर हैं, का मेरे पास मेल आया जिसमें उन्होंने मेरी ग़ज़लों को अच्छा बताते हुए अपनी लिखी किताब का ज़िक्र भी किया, किताब का ज़िक्र सुनते ही हमने उनसे किताब भेजने की फ़रियाद कर डाली। थोड़े दिनों बाद उनकी किताब मेरे हाथ में थी। किताब पढ़कर जो आनंद मुझे मिला उसे आज मैं आप सबके साथ बाँटना चाहता हूँ।

दर्द के रिश्ते, याद के बंधन, आँख के आँसू, उसका ग़म
पीड़ा ने मन को समझाया, सब पानी का रेला है
फूल की ख़ुशबू, उसकी आँखें, शाम का मंज़र, ज़ुल्फ़ घनी
चाँद, घटा, यादों का साया, सब पानी का रेला है
खिलता बचपन, प्यासा यौवन, अभिशापित सा वृद्धापन
किसने किसका साथ निभाया, सब पानी का रेला है

एक मुश्किल रदीफ़ को इतनी ख़ूबसूरती से निभाने वाले नौजवान शायर का नाम है 'मनोज अबोध' जिनकी लिखी किताब 'गुलमोहर की छाँव में' से ये अशआर लिए गए हैं

उनकी शायरी की ख़ूबी है सहज और कोमल भाव से अपनी बात कहना। वो अपनी बात चीख़ कर नहीं कहते धीमे लहजे में कहते हैं। वो जानते हैं कि सच कभी चिल्लाकर नहीं बोला जाता धीमे स्वर में ही वो अधिक प्रभावशाली होता है। शायरी में अक्सर लोग जटिलता से कही बात पसंद करते हैं लेकिन मनोज जी अपनी बात को सरलता से कहने के पक्षधर हैं। दोनों ही तरह से कही गयी बात का अपना आनंद है लेकिन जटिलता अगर पाठक तक पहुँचकर खुल नहीं पाती तो अर्थहीन है और सरलता अगर पाठक तक पहुँच कर निष्प्रभावी हो जाती है तो व्यर्थ है। मनोज जी के अशआर सरलता से कहे जाने के बावजूद प्रभावशाली हैं

ज़ख़्मों पर मरहम रखना तो, एक बहाना था जैसे
चारागर की शक्ल में मुझको, ख़ंजर-ख़ंजर लोग मिले

जानें क्यूँ फिर उस विधवा की फ़ाइल आगे बढ़ न सकी
यूँ तो काम कराने वाले, दफ़्तर-दफ़्तर लोग मिले
शिक्षा, मज़हब, कल्चर का कुछ ज्ञान न था उनको, लेकिन
दूर बियाबानों में मुझको, बेहतर बेहतर लोग मिले

पिता स्व. श्री चंडी प्रसाद एवं माता श्रीमती सोमवती देव के पुत्र मनोज जी का जन्म 30 अप्रैल 1962 को झालू जिला बिजनौर उत्तर प्रदेश में हुआ। मनोज जी ने बी.एस.सी, एम. ऐ(इकोनोमिक्स)।, स्नातकोतर पत्रिकारिता, आर्युवेद रत्न, स्टडी इन होम्यो एंड बैच फ्लावर रेमेडीज जैसे विविध विषयों में शिक्षा ग्रहण की। स्कूल शिक्षा के समय से ही लेखन का ऐसा शौक़ लगा जो आजतक छूटा नहीं है बल्कि दिनों दिन बढ़ता ही जा रहा है।

उनकी एक और पुस्तक प्रकाशन के दौर से गुज़र रही है जो जल्द ही उनके पाठकों में हाथ में होगी। छोटी बहर में ज़रा उनकी क़लम का चमत्कार देखिए

गीत जब ब्रह्मचारी हुए
दर्द के पाँव भारी हुए
मन किसे देखना है यहाँ
रूप के सब पुजारी हुए
नेह के बैंक से आज फिर
याद के चैक जारी हुए
छंद सी नायिका क्या मिली
सूर से वो बिहारी हुए

इस किताब की भूमिका में मनोज लिखते हैं, "पिताजी के साथ शहरी माहौल से दूर ग्रामीण आँचल में मेरी किशोरावस्था बीती, जहाँ नदी थी, चाँद था, तितलियाँ थीं, फूल थे, पूरी मस्ती में इठलाती प्रकृति थी और मैं -बेहद भावुक किशोर जिसके मन में हर मौलिक सौन्दर्य के प्रति बला की आसक्ति थी।" ये सौन्दर्य उनकी ग़ज़लों में स्पष्ट दिखाई देता है-

किसने आज नदी के तट पर यौवन पुष्प बिखेरे हैं
सारा जंगल महक उठा है, संदल-संदल चौतरफ़ा
बौराए मौसम के जुगनू दहक रहे हैं पलकों पर
अमराई में छनक उठी है, पायल पायल चौतरफ़ा
नफ़रत बोने वालो सोचो, कैसी फ़स्लें काटोगे
झुलस गए हैं माँ-बहनों के, आँचल आँचल चौतरफ़ा

'हिंदी साहित्य निकेतन' बिजनौर द्वारा प्रकाशित इस किताब में मनोज जी की 68 ग़ज़लें

हैं जो उन्होंने सन 2000 से पहले लिखी थीं लेकिन जो आज भी उतनी ही ताज़ा हैं। दरअस्ल शायरी कोई अख़बार नहीं कि बासी हो जाए। असली शायरी वो ही है जिस पर समय का असर न हो जिसे आप जब पढ़े ताज़ी लगे। इंसान की फ़ितरत उसके दुःख, सुख और मुश्किलें बयाँ करती शायरी कभी पुरानी नहीं पड़ सकती ये ही कारण है कि मिर्ज़ा ग़ालिब आज भी उतने ही चाव से पढ़े और सुने जाते हैं जितने उस समय पढ़े या सुने जाते थे। मुझे यक़ीन है कि मनोज जी जो इन दिनों मंथन फीचर्स(राष्ट्रीय स्तर पर प्रकाशित साप्ताहिक समाचार फीचर सेवा) के मुख्य संपादक हैं, इसके साथ साथ वो 'शोध दिशा' (समकालीन सृजन त्रैमासिकी) के संयुक्त संपादक और शांति (आध्यात्मिक उत्थान की अंतरराष्ट्रिय द्वैमासिक पत्रिका) के संपादक कार्य में अति व्यस्त होने के बावजूद भी अपने मोबाइल फ़ोन न.9457013570, 9319317089 पर आप जैसे सुधि पाठकों से प्राप्त बधाई स्वीकारने में देरी नहीं लगायेंगे। तो सोचते क्या हैं उठाइए अपना मोबाइल और मिलाइए मनोज जी को, यदि आप अधिक संकोची हैं तो उन्हें बधाई आप उनके ई-मेल manojabodh@gmail.com पर भी दे सकते हैं। चलते-चलते आइए उनकी एक प्यारी सी ग़ज़ल के चंद अशआर भी पढ़ते चलें-

हादसों के दरमियाँ रहता हूँ मैं
फिर भी ख़ुश हूँ, आज तक ज़िन्दा हूँ मैं
भीड़ है चारों तरफ़ मेरे मगर
आके देखो किस क़दर तन्हा हूँ मैं
जिस्म पर मेरे कई हैं आवरण
कोई बतलाये मुझे कैसा हूँ मैं
पास आओ छू के तो देखो मुझे
गुलमोहर की छाँव में जलता हूँ मैं

***

सोने का पिंजरा
प्रमोद रामावत प्रमोद

फ़ाक़ाकशी में जी रहे हैं लोग आजकल
पूरा ही साल तो कोई, रमज़ान नहीं है

गडरिये हो गए हैं, इन दिनों सब मौलवी-पण्डे
उतारी जा रही है, आदमी की ऊन सड़कों पर

जीवन में हम सब फूल देख कर ख़ुश होते हैं। फूल जिन्हें हम अपने घर के गमले में, पास के बाग़ में या फिर चित्रों में देखते हैं। कुछ फूल ऐसे भी होते हैं जिन्हें हम देख नहीं पाते और वो फूल हमारे द्वारा देखे गए फूलों से किसी मायने में कम नहीं होते बल्कि कुछ फूल तो अत्यधिक सुन्दर होते हैं। ये फूल जिन्हें बनफूल कहा जाता है बन में खिलते हैं अपने आस पास के वातावरण को अपनी ख़ुशबू से महकाते हैं और अपनी ख़ूबसूरती से मुग्ध करते हैं और फिर वहीं झड़ कर गिर जाते हैं। इन फूलों को कोई फ़र्क़ नहीं पड़ता के इन्हें किसी ने देखा या नहीं देखा ये फूल अपनी ख़ुशी से खिलते हैं और महकते हैं। मुझे सत्तर के दशक में आयी जीतेन्द्र साहब की फ़िल्म 'बनफूल' का ये गीत याद आ रहा है-

"मैं जहाँ चला जाऊँ बहार चली आये, महक जाए राहों की धूल मैं बनफूल...."

आज हम जिस शायर का ज़िक्र करने जा रहे हैं वो एक बनफूल ही है, पुरस्कारों और तालियों की पहुँच से दूर अपने हाल में मस्त-

सिर्फ़ किताबें पढ़-पढ़करके टेप सरीखे बजते लोग
अब दुनिया में कहाँ बचे हैं, सीधे-सादे ज्ञानी लोग
मिनरल वाटर के आगे अब गंगाजल की कौन बिसात
ब्रेड और मक्खन के मारे, भूल गए गुड़ धानी लोग

आज के युग में गुड धानी की बात करने वाले अनूठे शायर हैं जनाब प्रमोद रामावत 'प्रमोद' जिनकी किताब 'सोने का पिंजरा' का ज़िक्र हम आज करने जा रहे हैं। प्रमोद जी की शायरी में आप तल्ख़ मगर सच्ची बातों को बहुत ख़ूबसूरती से पिरोया हुआ पायेंगे। परिस्थितियों से लड़ते हुए वो जीवन में मुहब्बत और इज़्ज़त तलाशते रहे और इसी की तलाश में लफ़्ज़ उनकी शायरी में ढलने लगे। वो इस पुस्तक में एक जगह कहते हैं, "ग़ज़ल में मुझे अपनी मंज़िल नज़र आ गयी। मेरी अतृप्त प्यास मुझे ग़ज़ल के दरिया के नज़दीक ले आयी। बस फिर यहाँ से उठ न सका। मेरी पीड़ाओं का आकाश, अशआर बनकर झरता रहा।"

सोने का पिंजरा बनवाकर, तुमने दाना डाला दोस्त
हम तो थे नादान परवेरू, अच्छा रिश्ता पाला दोस्त
हम तो कोरे काग़ज़ भर थे, अपना था बस दोष यही
तुमने पर अख़बार बना कर, हम को ख़ूब उछाला दोस्त
लोग वतन तक खा जाते हैं, इसका इसे यक़ीन नहीं
मान जाएगा, तू ले जाकर दिल्ली इसे दिखा ला दोस्त

दुनिया के रंगों में छुपी स्याही, मुस्कुराहटों के पीछे के आँसू, रिश्तों की आड़ में मतलब परस्ती, पीठ पीछे मखौल उड़ाने वालों की भीड़ आपको प्रमोद जी की शायरी में अपने पूरे तेवर और धार के साथ नज़र आएगी। वो ख़ुद कहते हैं, "जैसे-जैसे मुझे दुनियादारी समझ में आती गयी शेर शिराओं में दौड़ने लगे.. ग़ज़ल धमनियों का लहू हो गयी।"

आइने बनकर खड़े हो जाओ, उनके सामने
फिर नहीं, उठ पायेंगे, वो हाथ पत्थर के लिए
मजलिसें, तो सिर्फ़ नक़्क़ालों की हो कर रह गयीं
अब कोई मौक़ा नहीं, बेबाक शायर के लिए
आपके गुलदान में यूँ, आपका चेहरा दिखा
इक कबूतर मार डाला, सिर्फ़ इक पर के लिए

बक़ौल प्रमोद जी, "मुल्क के हालात, सियासत दाँ लोगों की मक्कारी और लूटे पिटे लोगों की बेचारगी ने मेरी ग़ज़लों को पनपने के लिए ज़मीन दी। जहाँ शोषण व्यापारियों का, बेईमानी राजनीतिज्ञों का और रिश्वत खोरी अफ़सरों का ईमान हो जाए उस मुल्क में ज़िन्दा रहने के हालात किस तरह पैदा किये जा सकते हैं? तीखी ग़ज़लें मेरा परिचय बनती गयीं। आँसुओं और सिसकियों के तर्जुमे ही मेरे लेखन का मक़सद रह गया।"

एक रिश्ता है हँसी का, आँसुओं के साथ
जिस तरह रातें जुड़ी हैं, जुगनुओं के साथ
कौन ज़्यादा पुर-ख़तर पहचानना मुश्किल
जब से नेता जा मिले हैं, साधुओं के साथ
फिर वो ही मक्कार चेहरे, वोट माँगेंगे
आप दरवाज़े पे रहिए, झाड़ुओं के साथ

आइए आपको प्रमोद जी की किताब तक पहुँचने का रोचक क़िस्सा भी सुनाता चलूँ। हुआ यूँ के दिसंबर की अंतिम तारीख़ को ब्लोग्स खँगालते हुए अचानक नज़र 'असुविधा' नमक ब्लॉग पर अटक गयी जहाँ रामावत जी की चार ग़ज़लें पोस्ट की गयीं थीं। ग़ज़लों से

प्रभावित हो कर मैंने उनके परिचय में दिए मोबाइल नम्बर से उन्हें संपर्क किया। उनसे उनकी शायरी और किताब की बात की। रामावत जी ने अपनी बातों और विचारों से मुझे बहुत प्रभावित किया। उन्होंने अपने एक मित्र समीर यादव जी का ज़िक्र किया और कहा के वो आपसे किताब को लेकर शीघ्र बात करेंगे। समीर जी भी अपना एक ब्लॉग 'मनोरथ' चलाते हैं। समीर जी का फ़ोन आया और वो भी मेरी तरह रामावत जी की शायरी के प्रशंसक निकले। रामावत जी चूँकि कंप्यूटर आदि से दूर रहते हैं इसलिए जन संपर्क के लिए उनका काम समीर जी देखते हैं। समीर जी ने अगले दो दिनों में मुझे रामावत जी की किताब कोरियर से भेज दी जिसे आज मैं आपके साथ शेयर कर रहा हूँ।

सत्य कहने की ज़रूरत अब नहीं है दोस्तों
झूठ को गाली बको तुम, देवता हो जाओगे
तुम तरक़्क़ी के लिए। आगे बढ़ो या मत बढ़ो
तुम तो बस पीछे धकेलो, क्या से क्या हो जाओगे
प्यास को पानी दिखा कर, तुम गरजना ज़ोर से
फिर बिना बरसे चले जाना, घटा हो जाओगे

आपको यदि ये किताब चाहिए तो वो ही सब करना पड़ेगा जो मैंने किया है तब आप भी मेरी तरह प्रमोद जी की ग़ज़लों की आनंद सरिता में डुबकी लगा पायेंगे। काम जितना लगता है उस से भी अधिक आसान है आप सबसे पहले प्रमोद जी को उनके मोबाइल न. 09424097155 पर बधाई दें और फिर उनके मित्र और शुभ चिन्तक श्री समीर जी को उनके ई-मेल आइ. डी. sameer.yadav@gmail.com पर एक छोटी सी मेल डाल दें। मुझे विश्वास है जैसे समीर जी ने जैसे मुझे निराश नहीं किया आपको भी नहीं करेंगे। आज के युग में प्रमोद जी और समीर जी जैसे मुहब्बत से भरे इंसान भी इस दुनिया में बसते हैं इसका यक़ीन आपको उनसे बातचीत करके ही हो सकेगा।

लोग जाने क्यूँ समंदर हो गए हैं
शख़्स कोई भी नदी जैसा नहीं लगता
फूलने फलने लगीं कालीन की नस्लें
एक भी कुनबा दरी जैसा नहीं लगता
उम्र भर आँसू पिये शायद इसी से अब
प्यास में भी तिश्नगी जैसा नहीं लगता

***

दिन अभी ढला नहीं
सजीवन मयंक

इस बार आपकी मुलाक़ात ऐसे ही एक शायर से करवाता हूँ जो आत्म स्तुति और चमचों की भीड़ भाड़ से कोसों दूर साहित्य साधना में लगा हुआ है। शायर हैं जनाब 'सजीवन मयंक' जी जिनकी ग़ज़लों के संकलन 'दिन अभी ढला नहीं' का ज़िक्र हम करने जा रहे हैं।

घर से गए जो एक बार आज के बच्चे
वापिस वो ज़िन्दगी में दुबारा न घर गए
समझा के थक गए तो स्वयं मौन हो गए
कहने लगे बच्चे कि पापा सुधर गए
फ़ुर्सत नहीं मरने की बहुत काम है बाकी
फ़ुर्सत मिली तो ऐसी कि फ़ुर्सत में मर गए

बोलचाल की भाषा में वज़नदार शेर कहना सजीवन साहब की ख़ूबी है। सादा-सादा लफ़्ज़ों से सजी सँवरी ग़ज़लों में ज़िन्दगी के रंग भर देने की कलाकारी सजीवन मयंक को ख़ूब आती है। आज की ग़ज़लों को विषयों का टोटा नहीं है इसीलिए मयंक जैसे पारखी शायर बंधी बँधाई लीक पर न चलते हुए नये नए विषय अपने अशआर में पिरोते हैं।

जिस कुएँ में आज डूबे जा रहे हैं हम
वो हमारे ही पसीने से बना है
ठोकरों से सरक सकता है हिमालय
जो अपाहिज हैं ये उनकी कल्पना है
खोल दो पिंजरा मगर उड़ न सकेगा
कई वर्षों से ये पंछी अनमना है

इस किताब की भूमिका में श्री मोहन वर्मा जी ने बहुत सच्ची बात मयंक जी के लिए कही है, "मयंक शायरी में अरूज़, बहर, शेर, मिसरा, क़ाफ़िया, रदीफ़, मतला-ओ-मक़ता और ख़ास तौर से शेर के वज़्न को ख़याल रखते हुए शायरी करते हैं। शायरी में वज़्न, फूल में ख़ुशबू और जिस्म में जान की तरह होता है और इस लिहाज़ से ये शर्तिया कहा जा सकता है कि सजीवन मयंक की शायरी जानकार की शायरी है।" तल्ख़ सच्ची बातों को व्यंग का जामा पहनना आसान नहीं होता, ख़ास तौर पर शायरी में। इसीलिए देखा गया है कि अक्सर शायरी में तंज बहुत कम देखने को मिलता है। सजीवन मयंक ने लेकिन इस विधा पर भी शेर कहे हैं और क्या ख़ूब कहे हैं-

गीता रामायण की बातें किसे भली अब लगती हैं
अब तो हर ज़ुबान से सुन लो चलती क्या खंडाला है
सोच समझकर बात करो अब राहों में भिखमंगों से
वरना तुम को समझा देगा वो भी इज़्ज़त वाला है

नर्मदा के किनारे बसे होशंगाबाद, मध्य प्रदेश, निवासी सजीवन जी ने एम.एस. सी.(रसायन शास्त्र) और हिंदी विशारद करने के बाद शिक्षण कार्य किया और आचार्य के पद से सेवा निवृत हुए। सजीवन जी पिछले पचास वर्षों से निरंतर लिख रहे हैं और उनकी अब तक चार किताबें प्रकाशित हो चुकी हैं। ग़ज़ल लेखन के लिए उन्हें सन 2006 में शिव संकल्प साहित्य परिषद द्वारा ग़ज़ल गौरव सम्मान भी मिल चुका है। आपकी रचनाएँ भारत की लगभग सभी महत्व पूर्ण पत्र-पत्रिकाओं में छपती रहती हैं। पाठक सजीवन जी से प्रेम करते हैं क्यूँकि उनकी ग़ज़लों में हम सब की दास्ताँ जो छुपी होती है-

अपनों से कुछ भी कह पाना मुश्किल होता है
कोई बिगड़ी बात बनाना मुश्किल होता है
नहीं चाहता अपने दुःख को अपनों में बाँटूँ
पर चेहरे का भाव छुपाना मुश्किल होता है
कैसे कह दूँ आज मेरे घर कोई नहीं आया
तेरी ख़ुशबू को झुठलाना मुश्किल होता है

'दिन अभी ढला नहीं' को मयंक प्रकाशन नरसिंह गली होशंगाबाद ने प्रकाशित किया है। इस किताब में मयंक जी की लगभग नब्बे ग़ज़लें संग्रहित हैं और सभी ग़ज़लें दिल को छूती हैं। आप सजीवन से उनके मोबाइल 9425043627 पर संपर्क करके अथवा उन्हें sajeevanmayank@rediffmail.com पर मेल से निवेदन करके ये अद्भुत किताब मँगवा सकते हैं।

बदली न जा सके कोई आदत नहीं होती
कमज़ोर दीवारों पर कोई छत नहीं होती
दौलत के पीछे भागते न ज़िन्दगी गुज़ार
दिल के सुकून से बड़ी दौलत नहीं होती
सब जानते हैं फिर भी कोई मानता नहीं
दो गज़ ज़मीन से अधिक ज़रूरत नहीं होती

मुझे लगता है कि हमको ऐसे साहित्य आराधक की प्रशंसा में कंजूसी नहीं करनी चाहिए जो नाम और दाम के पीछे न भागते हुए सच्चे मन से साहित्य को समृद्ध कर रहा है। इसलिए

आपसे उम्मीद करता हूँ के आप कम से कम सजीवन को फ़ोन पर इस किताब और और इसमें छपी ग़ज़लों के लिए बधाई तो देंगे ही, किताब मँगवाएँ न मँगवाएँ ये आपकी मर्ज़ी है। चलते-चलते इसी किताब की एक ग़ज़ल के चंद शेर और पढ़वाए देता हूँ और निकलता हूँ अगली किताब की तलाश में..

यहाँ ज़िन्दगी है सरकस सी केवल खेल तमाशा है
सच पूछो तो सभी हवा में लटक रहे हैं बाबूजी
सर पर लटक रहीं तलवारें केवल कच्चे धागों से
कितनी बेफ़िक्री से हम सब मटक रहे हैं बाबूजी
जीने का अधिकार हमें है मरने पर है पाबन्दी
इसीलिए बहुतेरे मुर्दे भटक रहे हैं बाबूजी

***

पेड़ तन कर भी नहीं टूटा
ज़हीर क़ुरैशी

जिनके लिए होली एक त्यौहार है वो इसकी मस्ती से आज नहीं तो कल बाहर निकल आयेंगे लेकिन जिनके लिए होली एक मानसिक अवस्था है वो इसका मज़ा जब चाहे तब उठाते रहेंगे। इस बात को स्पष्ट करने के लिए अपनी एक ग़ज़ल का मतला और मक़्ता आपको याद दिला देता हूँ-

करें जब पाँव खुद नर्तन, समझ लेना कि होली है
हिलोरें ले रहा हो मन, समझ लेना कि होली है
अगर महसूस हो तुमको कभी, जब साँस लो 'नीरज'
हवाओं में घुला चन्दन, समझ लेना कि होली है

बात शुरू करने से पहले चलिए आपसे एक प्रश्न पूछता हूँ। अरे मुँह मत बिचकाइये, मानता हूँ के आप जीवन में पूछे जाने वाले प्रश्नों में पहले से ही उलझे हुए हैं उस पर अब पूछा गया प्रश्न आपका मूड ख़राब कर सकता है, लेकिन इस प्रश्न का सम्बन्ध इस किताब के शायर से है तो आप पूछने दो न, जवाब अगर आपको पता है तो क्या कहने और अगर नहीं पता तो हम अभी बता ही देंगे। प्रश्न है, "आप भारत के उस एक मात्र शायर का नाम बताएँ जिसकी पच्चीस, जी हाँ पच्चीस, ग़ज़लें देश के दो अलग-अलग विश्व विद्यालयों के स्नातकोत्तर (हिंदी) पाठ्य क्रम में निर्धारित हुईं यानी पढ़ाई जाती हैं?" देख रहा हूँ कि बहुत कम लोग हैं जो इस प्रश्न का उत्तर देने के लिए अपना हाथ खड़ा किये हैं बाक़ी अधिकांश मेरी तरह बगलें झाँक रहे हैं। बात को रबड़ की तरह लम्बा न खींचते हुए आपको बता दूँ कि आज किताबों की दुनिया शृंखला में हम शायर ज़हीर क़ुरैशी साहब की किताब 'पेड़ तनकर भी नहीं टूटा' का ज़िक्र करेंगे।

आग में जल गया रस्सियों का बदन
फिर भी बल रस्सियों में बचा रह गया
वो जो पूरी तरह पारदर्शी लगा
कुछ तो उसके भी मन में छुपा रह गया
पंख मिलते ही पंछी उड़े पेड़ से
पेड़ अपनी जगह पर खड़ा रह गया

पिछले पैंतीस सालों के दौरान कही गयी ऐसी एक नहीं बल्कि अपनी सरल विचारवान और प्रयोग धर्मी लगभग आठ सौ ग़ज़लों से ज़हीर साहब देश के सर्वोपरि ग़ज़लकार के रूप

में आसानी से चिन्हित किये जा सकते हैं। हिंदी के स्नातकोत्तर पाठ्यक्रम में उनकी ग़ज़लों का शामिल होना इसका पुख़्ता प्रमाण है। ये ऐसा कारनामा है जो हिंदी ग़ज़लों के इतिहास में पहली बार हुआ है।

जो लोग थे जटिल वो गए हैं जटिल के पास
मिल ही गए सरल को हमेशा सरल अनेक
बिखरे तो मिल न पाएगी सत्ता की सुंदरी
सयुंक्त रह के करते रहे राज दल अनेक
लाखों में कोई एक ही चमका है सूर्य सा
कहने को, कहने वाले मिलेंगे ग़ज़ल अनेक

'पेड़ तन कर भी नहीं टूटा' किताब जिसे अयन प्रकाशन, महरौली, दिल्ली द्वारा प्रकाशित किया गया है में ज़हीर क़ुरैशी साहब की चुनिन्दा एक सौ एक ग़ज़लें शामिल की गयी हैं। इस किताब से पहले ज़हीर साहब की ग़ज़लों की पाँच किताबें 'लेखनी के स्वप्न', 'एक टुकड़ा धूप', 'चाँदनी का दुःख', 'समंदर ब्याहने आया नहीं' और 'भीड़ में सबसे अलग' प्रकाशित हो चुकी हैं। ज़हीर साहब की सभी ग़ज़लें उनकी सोच की नुमाइंदगी बहुत ख़ूबसूरती से करती हैं। एक बेहतरीन इंसान जो अपने आसपास हो रही घटनाओं से जुड़ा हुआ है लोगों की ख़ुशी और ग़म में अपने को शामिल करता है, ही एक बेहतरीन शायर हो सकता है। पैंतीस वर्षों के निरंतर सृजन काल के बावजूद ज़हीर साहब कहते हैं, "मुझे लगता है कि अभी बहुत कुछ कहा जाना शेष है। मेरे अपने लिए, ग़ज़ल के फ़ॉर्म में काव्य जीवन का सर्वश्रेष्ठ कहा जाना बाक़ी है अभी।"

मानों घर भर भूल बैठा था ठहाकों का हुनर
खिलखिलाने की वजह बच्चे की किलकारी बनी
आप जैसी ही तरक़्क़ी मैं भी कर लेता, मगर
मेरे रस्ते की रुकावट मेरी ख़ुद्दारी बनी
वो नज़रअंदाज़ कर देती है औलादों का जुर्म
बाँध कर पट्टी निगाहों पर जो गाँधारी बनी

इस किताब में दिए एक इंटरव्यू में ज़हीर साहब अपने बारे में कहते हैं, "एक संवेदनशील कवि के सामने तरह तरह की भीड़ होती है। लाभ की, लोभ की, कामना की, रिश्तों की, आलोचना की, प्रतिरोध की। इन तमाम स्तिथियों से लाभ, भीड़ में संतृप्त होकर ही प्राप्त किये जा सकते हैं। चूँकि मैं भीड़ में रहते हुए भी भीड़ को तटस्थ भाव से देखने की कोशिश करता रहा हूँ, इसलिए मेरे हिस्से में तो हानियाँ ही हानियाँ आती रही हैं।"

ख़ुशी मुख पर प्रवासी दिख रही है
हँसी में भी उदासी दिख रही है
हमारे घर में घुस आई कहाँ से
कुटिलता तो सियासी दिख रही है
उसे खाते हैं ख़ुश हो कर करोड़ों
जो रोटी तुमको बासी दिख रही है

इसी किताब के अंत में हिंदी ग़ज़ल के प्रबल समर्थक ज़हीर साहब कहते हैं- "हिंदी ग़ज़ल आज की यानी विचार युग की ग़ज़ल है। वो कोठों पर गायी जाने वाली संगीत उन्मुख ग़ज़ल नहीं बल्कि खेतों, दफ़्तरों, कारख़ानों में काम करते रफ़-टफ़ लोगों की भावनाओं की निर्मल अभिव्यक्ति है। इसलिए रदीफ़, क़ाफ़िया, अरूज़ का पालन करते हुए भी हिंदी ग़ज़ल अपने बर्ताव, अपनी भाव भंगिमा के आधार पर उर्दू ग़ज़ल से एकदम भिन्न नज़र आती है।"

हिम पिघलते ही अभिमान का
सूर्य निकला समाधान का
आदमी में ही मौजूद है
मत पता पूछ शैतान का
काले पैसे को करना है श्वेत
अब यही सोच है दान का
स्वागतम शब्द से भी अधिक
मूल्य होता है मुस्कान का

अगर आप दिल्ली शहर के बाशिंदे नहीं हैं तो इस किताब की प्राप्ति का सबसे आसान तरीक़ा है कि आप 'अयन प्रकाशन'के श्री भूपी सूद से उनके मोबाइल नंबर 09818988613 पर बात करें और उनसे इस किताब प्राप्ति का आसान रास्ता पूछ लें। मृदु भाषी भूपी साहब से बात करके आपको किताब प्राप्ति का रास्ता तो मिल ही जाएगा साथ ही आनंद भी प्राप्त होगा, यक़ीन न हो तो आज़मा के देखें। किताब पढ़ने के बाद आप और कुछ करें न करें लेकिन ग्वालियर निवासी ज़हीर साहब को उनके मोबाइल 09425790565 पर बात करके इस किताब के लिए बधाई ज़रूर दें।

उसके तुरंत बाद ही बदली है ज़िन्दगी
जीवन में चंद फ़ैसले इतने अहम् रहे
अनुयायियों ने धर्म की सूरत बिगाड़ दी
हिंसा में सबसे आगे अहिंसक धरम रहे
वो अपने बल पे दौड़ को जीते नहीं कभी
जो लोग, जोड़ तोड़ में सबसे प्रथम रहे

आशा है आपको ज़हीर क़ुरैशी साहब के कलाम की बानगी पसंद आयी होगी। ज़हीर साहब के लेखन को पूरी तरह से देखने जानने समझने के लिए हमें उनका समग्र कहा पढ़ना पड़ेगा तब तक इस पोस्ट में दिए शेर पढ़कर आप उनके हुनर का अंदाज़ा तो आसानी से लगा ही पाए होंगे। अब हम ऐसे ही एक और विलक्षण शायर की किताब ढूँढ़ने निकलते हैं तब तक आप उनके ये शेर और पढ़ लें-

मंदिर या मस्जिदों की तरफ़ मन नहीं किया
तों ने आस्था का समर्थन नहीं किया
जो दोस्त भी बनाये, रखे उनसे फ़ासले
यारों को अपनी आँख का अंजन नहीं किया
अपने लिए भी जीने के अवसर किये तलाश
परिवार के ही नाम ये जीवन नहीं किया

***

तुम्हारे नाम लिखता हूँ
कुमार पाशी

बेज़रूरत सही, पहचान तो कर लें अपनी
यानी ख़ुद को कभी आईना दिखाया जाए
नोच लें चाँद को, सूरज को बहा कर रख दें
ये तमाशा भी ज़माने को दिखाया जाए
शेर गोई की है तारीफ़ बस इतनी पाशी
अपने एहसास को लफ़्ज़ों में सजाया जाए

एहसास को लफ़्ज़ों में सजाने की कला, ख़ुद को आईना दिखाने की हिम्मत, चाँद को नोचने और सूरज को बहाने का जज़्बा बहुत कम क़िस्मत वालों को नसीब होता है, उन्हीं चंद क़िस्मत वालों में से एक हैं शायर मरहूम जनाब 'कुमार पाशी' साहब जिनकी किताब 'तुम्हारे नाम लिखता हूँ' का हम ज़िक्र करेंगे।

हर शख़्स यहाँ दर्द के रिश्ते में बँधा है
सब दूर सही फिर भी जुदा कोई नहीं है
अब काट दिए पाँव हर इक शख़्स के उसने
इस शहर में अब उस से बड़ा कोई नहीं है
'पाशी' जी अजब बज़्म है ये नक़्द-ओ-नज़र* की
आलिम** तो हैं सब लिक्खा-पढ़ा कोई नहीं है
*नक़्द-ओ-नज़र *=आलोचना वाली आँखें, **आलिम=विद्वान*

कुमार पाशी साहब 4 जुलाई 1935 को पाकिस्तान के बग़दाद उल ज़दीद में पैदा हुए थे, विभाजन के बाद भारत आये,पहले जयपुर और बाद में दिल्ली में बस गए जहाँ 17 सितम्बर 1992 को उनका देहावसान हुआ। आधुनिक उर्दू शायरी का ज़िक्र उनके बिना अधूरा है। उन्होंने मुशायरों में ही नहीं उर्दू शायरी के गंभीर पाठकों और आलोचकों के बीच अपनी अलग पहचान बना ली। आप उनकी शायरी की शैली में नया पन और प्रतीकों में अनूठा पन पायेंगे।

उसके बदन की धूप का आलम न पूछिए
जलता हो जिस तरह कोई जंगल कपास का
है आँधियों का ज़ोर चमकती है बर्क़ भी
और हम बनाये बैठे हैं इक घर कपास का

गर्मी है जैसे धूप में उसके ही जिस्म की
और चाँदनी में नूर है उसके लिबास का

शायरी में सबसे मुश्किल काम नयी-नयी बहरों, क़ाफ़ियों और रदीफ़ों का चुनाव करना है क्यूँकि बरसों से लिखी जा रही इस विधा में अपनी बात को अलग ढंग से कहना आसान काम नहीं है। ये बात सिर्फ़ शायरी पर ही लागू नहीं होती बल्कि ज़िन्दगी के हर मोड़ पर नवीनता की तलाश करना भी बहुत मुश्किल काम है, इस बात को अपनी एक ग़ज़ल में पाशी साहब ने मौलिक अंदाज़ में समझाया है-

जो कुछ नज़र पड़ा, मेरा देखा हुआ लगा
ये जिस्म का लिबास भी पहना हुआ लगा
जो शेर भी कहा वो पुराना लगा मुझे
जिस लफ़्ज़ को छुआ वही बरता हुआ लगा
दिल का नगर तो देर से वीरान था मगर
सूरज का शहर भी मुझे उजड़ा हुआ लगा

वाग्देवी प्रकाशन बीकानेर से प्रकाशित इस किताब में पाशी साहब की लगभग अस्सी ग़ज़लें और लगभग साठ नज़्में हैं जिनका चयन श्री नन्द किशोर आचार्य जी ने शीन काफ़ निज़ाम साहब के साथ मिल कर किया है। इस पुस्तक की प्राप्ति के लिए आप वाग्देवी प्रकाशन को vagdevibooks@gmail.com पर मेल लिख सकते हैं।

तू अपने चारों तरफ़ मौत का अँधेरा लिख
पर उसके गिर्द शिगूफ़े खिला, उजाला लिख
शिगूफ़े कलियाँ*
बला की प्यास है दम तोड़ते हैं बेबस लोग
जो हो सके तो मुक़द्दर में उनके दरिया लिख
क्यों अपनी ज़ात के जंगल में खो गया पाशी
कभी तो ख़ुद से निकल, दूसरों का क़िस्सा लिख

जैसा मैं हमेशा कहता आया हूँ छोटी बहर में अपनी बात मुकम्मल तौर पर कहना मुश्किल होता है, सतसई के दोहों की तरह जो 'देखन में छोटे लगें घाव करें गंभीर' लेकिन शायर की असली पहचान भी इसी से बनती है। इस किताब में पाशी साहब की छोटी बहर में बहुत अधिक ग़ज़लें तो नहीं हैं लेकिन जो हैं वो कमाल की हैं-

लोग जुरअत कभी दिखाते नहीं
आइनों से नज़र मिलाते नहीं

जानते हैं खरे न उतरेंगे
इसलिए ख़ुद को आज़माते नहीं
ख़ौफ़ तारी है इस क़दर ग़म का
अब ख़ुशी में भी मुस्कुराते नहीं
याद रखते हैं अपने हर ग़म को
हम किसी दोस्त को भुलाते नहीं

यूँ तो पाशी साहब ज़्यादातर अपनी कहानियों, कविताओं, नज़्मों के लेखन के लिए जाने जाते हैं लेकिन उन्होंने ग़ज़ल के फ़न को भी अपने हुनर से ख़ूब निखारा है। इंसान की त्रासदियों को उन्होंने जानदार लफ़्ज़ दिए हैं, कहन की सरलता और सहजता उनके अशआर को पढ़ने सुनने वालों से सीधा राबता बिठा लेती है, उन्हें तब उनके ये अशआर अपनी ही आप बीती से लगने लगता हैं-

वो हुक्मे-ज़बाँबंदी* लगाने भी न देगा
पर दिल की कोई बात सुनाने भी न देगा
देगा वो दुआएँ भी कि साया रहे मुझ पर
राहों में मगर पेड़ उगाने भी न देगा
कह देगा न अब याद करूँ मैं उसे 'पाशी'
जब भूलना चाहूँ तो भुलाने भी न देगा

हुक्मे-ज़बाँबंदी = अभियक्ति पर पाबन्दी की आज्ञा

इस छोटी सी प्यारी सी किताब में इतनी अच्छी ग़ज़लें हैं....इतनी अच्छी ग़ज़लें हैं... के क्या कहूँ? जी करता है इस पोस्ट को बढ़ाता जाऊँ और आपको सुनाता...अररर माफ़ कीजिएगा पढ़वाता जाऊँ... क्यूँकि मुझे ये संदेह है कि इस पोस्ट को पढ़ने वाले सभी सुधि पाठक इस पुस्तक को ख़रीदने की योजना बनायेंगे... अगर मेरा संदेह ग़लत है तो यक़ीन मानिए मेरे लिए इस से अधिक ख़ुशी की कोई बात हो ही नहीं सकती। पोस्ट की लम्बाई और आपके क़ीमती समय को ध्यान में रखते हुए आपसे अगली किताब की चर्चा तक विदा लेता हूँ...

भूलेंगे न हम उनका करम, उन की इनायत
हम ज़ख़्म को रक्खेंगे हरा, सोच लिया है
अब उस से किसी तौर हमारी न निभेगी
ढूँढ़ेंगे कोई और ख़ुदा, सोच लिया है
चुपचाप से हम देखेंगे जाते हुए उन को
लेकिन न उन्हें देंगे सदा, सोच लिया है

***

घर कहीं गुम हो गया
मख़्मूर सईदी

आज हम अपनी बात की शुरुआत इन बेहतरीन शेरों से करते हैं-

अना के हाथ में तलवार किसने दे दी थी
कि लोग अपनी ही परछाइयों से लड़ने लगे
जो मंज़िलें हैं तिरी, सर तुझी को करनी हैं
गिला न कर के तिरे हमसफ़र बिछड़ने लगे
तिरी तलब की ये रातें, ये ख़्वाब कैसे हैं
कि रोज़ नींद में हम तितलियाँ पकड़ने लगे

नींद में तितलियाँ पकड़ने वाले हमारे आज के शायर हैं मरहूम जनाब 'मख़्मूर सईदी' साहब जिनकी एक निहायत छोटी लेकिन लाजवाब शायरी की किताब 'घर कहीं गुम हो गया' का ज़िक्र हम कर रहे हैं। भला हो वाग्देवी प्रकाशन वालों और नन्द किशोर आचार्य साहब का जिन्होंने मशहूर शायर जनाब शीन काफ़ निज़ाम साहब की मदद से पहली बार मख़्मूर साहब का लाजवाब कलाम हिंदी पाठकों तक पहुँचाया है।

कितनी दीवारें उठी हैं एक घर के दरमियाँ
घर कहीं ग़ुम हो गया दीवारो-दर के दरमियाँ
वार वो करते रहेंगे, ज़ख़्म हम खाते रहें है
यही रिश्ता पुराना, संगो-सर के दरमियाँ
बस्तियाँ 'मख़्मूर' यूँ उजड़ी कि सेहरा हो गयीं
फ़ासले बढ़ने लगे जब घर से घर के दरमियाँ

सुल्तान मुहम्मद ख़ाँ, मख़्मूर सईदी, ३१ दिसंबर १९३४ में टोंक राजस्थान में पैदा हुए और 3 मार्च 2010 की शाम जयपुर में लम्बी बीमारी झेलते हुए इस दुनिया-ए-फ़ानी से रुख़सत हो गए। मख़्मूर साहब ने शायरी इबादत की तरह की, किसी ओहदे या मक़बूलियत को हासिल करने के लिए नहीं। उन्हें पढ़ते सुनते देख कर ऐसा लगता था जैसे कोई फ़क़ीर ख़ुदा को पुकार रहा है। अपने दौर के शायरों में उनकी अलग पहचान थी

भीड़ में है मगर अकेला है
उसका क़द दूसरों से ऊँचा है
अपने अपने दुखों की दुनिया में
मैं भी तन्हा हूँ वो भी तन्हा है

ख़ुद से मिल कर बहुत उदास था आज
वो जो हँस-हँस के सबसे मिलता है

मख़्मूर साहब को साहित्य अकादमी के अलावा उत्तर प्रदेश, बिहार, बंगाल, दिल्ली और राजस्थान की उर्दू अकेदामियों ने भी सम्मानित किया। देश भर में होने वाले मुशायरों में ही नहीं विदेशों में भी उन्हें बहुत आदर के साथ शिरकत का न्योता भेजा जाता। उन्होंने भारत के अलावा अमेरिका, पाकिस्तान दुबई, आबूधाबी की भी यात्रा की और उर्दू शायरी के चाहने वालों को अपने अशआर से नवाज़ा।

न रस्ता न कोई डगर है यहाँ
मगर सबकी क़िस्मत सफ़र है यहाँ
जबां पर जिसे कोई लाता नहीं
उसी लफ़्ज़ का सबको डर है यहाँ
न इस शहरे-बेहिस को सहरा कहो
सुनो! इक हमारा भी घर है यहाँ
शहरे-बेहिस-संवेदना शून्य नगर
हवाओं की उँगली पकड़ कर चलो
वसीला* यही मोतबर** है यहाँ
वसीला=माध्यम, मोतबर=विश्वसनीय

'घर कहीं ग़ुम हो गया' किताब एक गुटके की तरह है जिसे आप आसानी से अपनी जेब में रख सकते हैं और जब ज़रूरत पड़े पढ़कर अपनी रूह को सुकून पहुँचा सकते हैं। इस किताब में उनकी लगभग पचपन ग़ज़लों के अलावा सत्तर के क़रीब नज़्में भी संकलित हैं। 'गागर में सागर' वाले कथन को अगर प्रत्यक्ष में अनुभव करना हो तो इस किताब को पढ़ें। किताब की प्राप्ति के लिए आप वाग्देवी प्रकाशन, बीकानेर वालों को vagdevibooks@gmail.com पर मेल कर सकते हैं।

जो ये शर्ते-तअल्लुक़ है, कि है हमको जुदा रहना
तो ख़्वाबों में भी क्यूँ आओ, ख़यालों में भी क्या रहना
पुराने ख़्वाब पलकों से झटक दो, सोचते क्या हो
मुक़द्दर ख़ुश्क पत्तों का है, शाख़ों से जुदा रहना
अजब क्या है अगर 'मख़्मूर' तुम पर यूरिशे-ग़म* है
हवाओं की तो आदत है चिराग़ों से ख़फ़ा रहना
यूरिशे-ग़म दुखों का हमला*

नन्द किशोर आचार्य जी इस किताब की भूमिका में लिखते हैं, "मख़्मूर साहब की शायरी आधुनिक है लेकिन आधुनिकतावादी नहीं है, वो परम्परा को अपने में उपजाती है, पर परम्परावादी नहीं है, वह सामाजिक आत्मीयता के गहरे अनुभव से गुज़रती है, पर प्रगतिवादी नहीं है। इसीलिए वो सीधे अपने अन्दर के पाठक को संबोधित है न कि किसी आलोचना समुदाय को।"

कहीं पे ग़म तो कहीं पर ख़ुशी अधूरी है
मुझे मिली है जो दुनिया बड़ी अधूरी है
तिरे ख़याल से रौशन तो हैं दिलों के उफ़क़
जो तू नहीं है तो ये रौशनी अधूरी है
उफ़क़=क्षितिज*
अगर कोई तिरी दीवानगी पे हँसता है
तो ग़ालिबन तिरी दीवानगी अधूरी है
हमारे बीच अभी आया नहीं कोई दुश्मन
अभी ये तिरी मिरी दोस्ती अधूरी है

उम्मीद है मख़्मूर साहब की शायरी की बानगी आपको पसंद आयी होगी। आप वाग्देवी वालों से इस किताब को मँगवाने की आसान सी प्रक्रिया से गुज़रिये, इस बीच हम चलते हैं एक और किताब की तलाश में, चलते-चलते ये शेर भी पढ़ते चलिए क्या पता इन्हें पढ़कर ही इस किताब को ख़रीदने की चाह आपके दिल में पैदा हो जाए-

नज़र के सामने कुछ अक्स झिलमिलाये बहुत
हम उनसे बिछुड़े तो दिल में ख़याल आये बहुत
थीं उनको डूबते सूरज से निस्बतें कैसी!
ढली जो शाम तो कुछ लोग याद आये बहुत
मिटी न तीरगी 'मख़्मूर' घर के आँगन की
चिराग़ हमने मुंडेरों पे यूँ जलाये बहुत

***

थोड़ा-सा रूमानी हो लें हम
नवाब शाहाबादी

मैं अपने आपको इतना सक्षम नहीं समझता के किसी किताब की समीक्षा कर सकूँ इसलिए आपने देखा होगा के मैंने किताब पर कभी आलोचक की नज़र से कुछ नहीं कहा क्यूँकि आलोचना का अधिकार सिर्फ़ उसे होता है जिसका ज्ञान पुस्तक के लेखक से अधिक हो। शायरी का प्रेमी ज़रूर हूँ लेकिन इस विधा पर लिखने में अभी बच्चा हूँ। मेरी कोशिश रहती है कि किताब की ख़ूबियों की ओर आपका ध्यान दिलाऊँ ताकि आप उसे ख़रीद कर पढ़ें क्यूँकि आज के युग में किताब ख़रीद कर पढ़ने वाले पाठकों की संख्या में अप्रत्याशित कमी आई है। हम पान बीड़ी सिगरेट सिनेमा में आराम से पैसे उड़ा देते हैं लेकिन पचास सौ रुपये की किताब ख़रीदने में हिचकते हैं। किताब पढ़ने के लिए वक़्त की कमी का बहाना बनाते हैं जबकि यार दोस्तों के साथ फ़िज़ल की बातों में या टी.वी. के ऊलजुलूल कार्यक्रमों के सामने बैठ कर घंटों बिता देते हैं। चलिए छोड़िए ये बहस का विषय है आइए शायरी की ओर लौटते हैं।

मुहब्बत का जज़्बा जगा कर के देखो
कभी दिल को तुम दिल बना कर के देखो
हो तुम भी तभी तक कि जब तक कि हम हैं
न मानो तो हमको मिटाकर के देखो
भुलाना हमें इतना आसाँ नहीं है
है आसाँ तो हमको भुला कर के देखो

सच है ऐसे बाकमाल शेर कहने वाले शायर को कौन भुला सकता है? शीरीं ज़बान में ऐसे रोमांटिक शेर कहने वाले शायर अब गिनती के ही बचे हैं जिन्हें उँगलियों पर गिना जा सकता है। आज हम ऐसे ही अनूठे शायर डॉ. ए. के. श्रीवास्तव उर्फ़ नवाब शाहाबादी साहब की किताब 'थोड़ा सा रूमानी हो लें हम' का ज़िक्र करेंगे जिसे पढ़कर थोड़ा सा नहीं बहुत ज़्यादा रूमानी होने की प्रबल संभावनाएँ हैं। इस किताब में नवाब साहब की लगभग एक सौ अस्सी लाजवाब ग़ज़लें संकलित हैं।

तल्ख़ी है बहुत ही जीवन में, थोड़ा सा रूमानी हो लें हम
कुछ रंग तुम अपने छलकाओ, कुछ प्यार की मस्ती घोलें हम
हम कैस नहीं, फ़रहाद नहीं, जो होश गँवा बैठे अपना
क्या राज़ है अपनी उल्फ़त का, क्यूँ तुझ पे ज़माना खोलें हम
है मुँह में ज़बाँ तो अपने भी, होंठों को सिये बैठे हैं मगर
'नव्वाब' किसी की महफ़िल में, ये सोचते हैं क्या बोलें हम

अब आप ही बताइए ऐसी शायरी आजकल कहाँ पढ़ने सुनने को मिलती है। ज़िन्दगी की तल्ख़ियों ने शायरी की ज़बान को भी तल्ख़ कर दिया है, ये किताब कुछ हद तक उस तल्ख़ी को दूर कर आपकी रूह को सुकून पहुँचाने का काम करती है। कभी-कभी मैंने देखा है अचानक पढ़ा एक शेर आपके मूड को बदल देता है आप अवसाद से मुक्ति पा लेते हैं और वाह कह उठते हैं। तभी तो आज भी लोग उस एक शेर की तलाश में सारी-सारी रात जाग कर मुशायरा सुनते हैं।

देने चला है जान का नज़राना देखिए
लिपटा है जा के शम'अ से परवाना देखिए
मज़हब की इन किताबों ने आख़िर दिया है क्या
एक बार पढ़ के प्यार का अफ़साना देखिए
मरने लगे हैं वो भी उसी पर के जिस पे हम
यारों का ये सलूके-हरीफ़ाना देखिए

नवाब शाहाबादी साहब पेशे से डाक्टर हैं, आपको शायद मालूम हो लेकिन मुझे इस किताब से ही मालूम पड़ा के उस्ताद शायर जनाब मोमिन ख़ाँ 'मोमिन' भी अपने ज़माने के मशहूर हकीम थे। जनाब इब्राहिम 'अश्क' साहब फ़रमाते हैं, "नवाब साहब ऐसे शायर हैं जो वक़्त पड़ने पर सबके काम आते हैं। जो शख़्स सबके काम आता है उसका मज़हब इंसानियत होता है।" ये इंसानियत उनकी पूरी शायरी में नज़र आती है।

आये तो गुलिस्ताँ में कुछ ऐसी बहार आये
फूलों को सुकूँ आये काँटों को क़रार आये
लोगों ने गुज़ारी है, जैसी भी वहाँ गुज़री
कुछ हँस के गुज़ार आये कुछ रो के गुज़ार आये
'नव्वाब' कहीं सदमा पहुँचे न कोई उनको
हम जीती हुई बाज़ी ये सोच के हार आये

काँटों के क़रार और जानबूझ के बाज़ी हारने की बातें करने वाले शायर किस क़दर इंसानियत से भरे होंगे इसका अंदाज़ा लगाना मुश्किल नहीं है। बक़ौल नवाब साहब, "कल-कल करते झरनों का संगीत, नीले आकाश में उड़ते हुए बादल, सुरमई हरों का गीत, कलरव करते पक्षी, मुस्कुराती हुई कलियाँ, अमराई की गंध, ओस में नहाई चाँदनी आदि कितने बिम्ब मूड को बदल देते हैं। तल्ख़ियाँ कम हो जाती हैं और मन ऐसे वातावरण में चला जाता है जहाँ आनंद की अनुभूति होती है।"

किसे देखने को हैं बेताब आँखें
जो खुलने लगी खिड़कियाँ धीरे-धीरे
जो मौजों के तेवर से वाक़िफ़ नहीं हैं
डुबों देंगे वो कश्तियाँ धीरे-धीरे
बड़ा प्यार आया जो बालों पे मेरे
फिराने लगे उँगलियाँ धीरे-धीरे

डायमंड पाकेट बुक्स ने इस किताब को, जिसे राजेश राज जी ने संकलित किया है, बहुत आकर्षक क्लेवर के साथ छापा है। इस किताब को आसानी से किसी भी हिंदी पुस्तकों के विक्रेता से प्राप्त किया जा सकता है फिर भी न मिलने की स्तिथि में आप ओखला इंडस्ट्रियल एरिया दिल्ली स्तिथ डायमंड बुक्स वालों को 011- 41611861 नंबर पर फ़ोन करके इसे मँगवा सकते हैं।

उस सितम को सितम नहीं कहते
जो सितम बार-बार होता है
कोई हँसता है सुन के हाले-ग़म
और कोई अश्क बार होता है
हाथ डालें ज़रा सँभल के आप
फूल के पास ख़ार होता है

फूल के पास भले ही ख़ार होता हो लेकिन नवाब साहब की शायरी तो उस फूल की तरह है जिसमें रंग है ख़ुशबू है और ख़ार अगर कहीं है भी तो बहुत दूर है। आपको यदि उनकी शायरी की बानगी पसंद आयी है तो आप बराए-मेहरबानी नवाब साहब को, जो रायबरेली रोड,लखनऊ के निवासी हैं,उनके मोबाइल न. 09839221614 या उनके लैंडलाइन न. 0522-2442121 पर बात करके मुबारकबाद तो दे ही सकते हैं।

कुछ तो शरीके-इश्क़ की नाकामियाँ भी थीं
कुछ हाले-नामुराद ने शायर बना दिया
तुम कोशिशों के बाद भी शायर न बन सके
हमको तुम्हारी याद ने शायर बना दिया
करता अदा हूँ शुक्र तुम्हारा मैं दोस्तों
मुझको तुम्हारी दाद ने शायर बना दिया

***

बाहर धूप खड़ी है
विज्ञान व्रत

पहले जैसा गाँव नहीं है
पेड़ बहुत हैं छाँव नहीं है
गाँवों में जो घर होता है
शहरों में नंबर होता है

तुमसे जितनी बार मिला हूँ
पहली पहली बार मिला हूँ
मैं कुछ बेहतर ढूँढ़ रहा हूँ
घर में हूँ घर ढूँढ़ रहा हूँ

रहने दे ये परिभाषाएँ
घर का मतलब घर होता है
तुम हो तो ये घर लगता है
वर्ना इसमें डर लगता है

आज हम आपकी पहचान एक ऐसे शायर से करवाने जा रहे हैं जिसकी प्रतिभा हैरत में डाल देने वाली है। ये इंसान मूल रूप से चित्रकार है या शायर ये तय करना बहुत जटिल मामला है क्यूँकि उनकी चित्रकारी में ग़ज़ल और ग़ज़ल में चित्रकारी नज़र आती है। यूँ ईश्वर ने हम सभी को कोई न कोई प्रतिभा दी है लेकिन हम में से चंद ही अपने में छुपी प्रतिभा को प्रकाश में ला पाते हैं। अपने में छुपी प्रतिभा को चमकाने में मेहनत और लगन का होना बहुत ज़रूरी होता है, शिखर पर वो ही पहुँचते हैं जिनमें मेहनत करने का माद्दा कूट-कूट कर भरा हो। कुंदन तप कर ही निखरता है ये बात तो जग ज़ाहिर है फिर भी इसका प्रमाण हम आपको आज दे रहे हैं।

आज हम उस विलक्षण प्रतिभा के इंसान की किताब की बात करने जा रहे हैं जिसकी पेंटिंग्स भारत के राष्ट्रपति भवन, जयपुर के जवाहर कला केंद्र, पंजाब यूनिवर्सिटी के फ़ाइन आर्ट म्यूजियम, मुरारी बापू के गुरुकुल, साहित्य कला परिषद आदि के अलावा देश- विदेश की प्रसिद्ध कला वीथियों की दीवारों की शोभा बढ़ा रही हैं। उसी इंसान ने जब क़लम उठायी तो अपने आपको छोटी बहर की ग़ज़ल कहने की विधा में बहुत बड़ा उस्ताद सिद्ध कर दिया। छोटी बहर में कही उनकी ग़ज़लों के पाँच संकलन अब तक प्रकाशित हो चुके हैं। इन पाँच संकलनों में से एक 'बाहर धूप खड़ी है' की चर्चा हम करने जा रहे हैं।

एक ज़रा-सी दुनिया घर की
लेकिन चीज़ें दुनिया भर की
पापा घर मत लेकर आना
रात गए बातें दफ़्तर की
बाहर धूप खड़ी है कब से
खिड़की खोलो अपने घर की

डॉ. विनय मिश्र जी ने विज्ञान जी के शेरों पर बहुत बढ़िया टिप्पणी की है, "घर को लेकर विज्ञान व्रत ने अद्भुत शेर कहे हैं ये घर इस मायने में अनेकार्थी हैं जिसमें अपने समय में विखरती जा रही घर की सम्वेदनाओं से लेकर वसुधैव कुटुम्बकम के निरंतर छीजते जाते हुए एहसास का स्पंदन दिखाई देता है।" 17 अगस्त 1947 को एक अनाम से ग्राम तेडा, मेरठ में जन्में विज्ञान जी ने आगरा से फ़ाइन आर्ट में एम. ए. किया फिर राजस्थान से फ़ाइन आर्ट में डिप्लोमा भी किया।

जब तक एक विवाद रहा मैं
तब तक ही आबाद रहा मैं
महलों के लफ़्फ़ाज़ कंगूरे
गूँगी-सी फ़रियाद रहा मैं
शब्दों के उस कोलाहल में
अनबोला संवाद रहा मैं

छोटी बहर में बात कहने की एक कठिन तकनीक को विज्ञान जी ने अपने हुनर से वो ऊँचाई प्रदान की है जिस तक पहुँचना एक साधारण शायर के लिए सिर्फ़ सपना ही हो सकता है। आम भाषा में कहे गए उनके शेर सपाट नहीं हैं बल्कि काव्य की गहराई लिये हुए हैं। छोटी बहर में बड़ी बात कहना वैसे ही है जैसे गागर में सागर भरना। ये ऐसा हुनर है जो अनवरत प्रयास लगन और मेहनत माँगता है। शायद इसीलिए विज्ञान व्रत की गिनती उस्ताद शायरों में की जाती है

कोई रस्ता बेहतर ढूँढ़ो
ख़ुद को अपने अन्दर ढूँढ़ो
सुबह मिले ना सिलवट जिसमें
ऐसा कोई बिस्तर ढूँढ़ो
सिर्फ़ इमारत बनवाई है
इसमें घर का मंज़र ढूँढ़ो

'अयन प्रकाशन' दिल्ली ने विज्ञान व्रत जी की ग़ज़लों की पाँचों पुस्तकों 'बाहर धूप खड़ी है', 'चुप की आवाज़', 'जैसे कोई लौटेगा' और 'तब तक हूँ' के अलावा दोहा संकलन 'सप्तपदी' का भी प्रकाशन किया है। आप अयन प्रकाशन के श्री भूपी सूद जो स्वयं शायरी के बहुत अच्छे जानकार होने के अलावा पाठकों से बेपनाह मुहब्बत करने वाले इंसान हैं, से उनके मोबाइल न.9818988613 पर बात कर किताब प्राप्त करने की जानकारी ले सकते हैं। सूद साहब पुस्तक प्रेमियों से बात कर कितने ख़ुश होते हैं इसका यादगार अंदाज़ा आपको उनसे बात करने के बाद ही होगा।

जब घर में हों सब मेहमान
कौन करे किसका सम्मान
बढ़ता जाता है सामान
छोटा होता घर दालान
घर है रिश्तों से अनजान
अपने घर में हूँ मेहमान

प्रतिभाशाली व्यक्ति को सम्मानित करने से सम्मान की गरिमा बढती है। विज्ञान जी पर सम्मान और पुरस्कारों की बारिश सी हुई है- वातायन (लन्दन), समन्वय(सहारनपुर),सुरुचि(गुड़गाँव), परम्परा(बिजनौर), कंवल सरहदी (मेरठ) आदि संस्थाओं ने उन्हें सम्मानित किया है और उत्तर प्रदेश की राज्य ललित कला अकादमी ने उन्हें पुरस्कृत किया है। विज्ञान जी की ग़ज़लों को प्रसिद्ध ग़ज़ल गायक जगजीत सिंह, धनञ्जय कौल और निशांत अक्षर अपना स्वर दे चुके हैं। उनकी ग़ज़लों का एक अल्बम 'चुप की आवाज़' बाज़ार में उपलब्ध है।

रौशन सारा घर अन्दर से
लेकिन ताला है बाहर से
सो जाने तक बच्चे तरसे
तब लौटे पापा दफ़्तर से
कैसे सुस्ता सकता है वो
रिश्ते झूल रहे कांवर से

विज्ञान जी का ईस्ट ऑफ़ कैलाश में स्टूडियो है और वो स्वयं नोएडा (यू.पी) के सेक्टर 25 में रहते हैं। एक दिलचस्प बात ये भी जान लीजिए कि उन्हें अभिनय का शौक़ भी है। इसी के चलते उन्होंने टी.वी. धारावाहिक 'वापसी' के लिए गीत भी लिखे और अभिनय भी किया। ऐसे बहु मुखी प्रतिभा के व्यक्ति से आप उनके मोबाइल न. 9810224571 पर बात कर उन्हें इन शानदार ग़ज़लों के लिए बधाई दे सकते हैं।

आज़ादी की परिभाषा भी
जन- जनम का बंधन भी वो
बिंदी की ख़ामोशी भी है
खन-खन करता कंगन भी वो
प्रश्नों का भी हल लगता है।
और जटिल सी उलझन भी वो

इस किताब में आपको विज्ञान जी की ग़ज़लें तो पढ़ने को मिलेंगी ही साथ ही उनके बनाये कुछ रेखा चित्र भी दिखाई देंगे। यूँ तो विज्ञान जी और उनकी ग़ज़लों पर जितना लिखें कम ही होगा लेकिन हमें अब यहीं रुकना होगा। पोस्ट के अधिक लम्बा होने पर आप मुँह बिचकाएँ इस से पहले ही हम आपसे रुख़सत होते हैं एक नयी किताब की तलाश के लिए। चलते-चलते बता दें के विज्ञान जी के बारे में विस्तार से आप उनकी वेब साइट http://vigyanvrat.com पर जा कर पढ़ सकते हैं। आख़िरी में उनके ये तीन शेर आप तक पहुँचा कर विदा लेते हैं।

ऊँचे लोग सयाने निकले
महलों में तहख़ाने निकले
आहों का अंदाज़ नया था
लेकिन ज़ख़्म पुराने निकले
जिनको पकड़ा हाथ समझ कर
वो केवल दस्ताने निकले

***

बाहर छाया भीतर धूप
ओम प्रकाश यती

पिछली बार आपको एक पेंटर शायर से मिलवाया आज मिलिए एक इंजीनियर शायर से। वैसे इंसान दिल से शायर होता है पेशे से नहीं इसीलिए आज शायरी के आकाश पर चमकने वाले अधिकांश सितारे किसी न किसी ऐसे पेशे से जुड़े हुए हैं जिनका शायरी से दूर-दूर तक का नाता नहीं है। कहने का सीधा सा मतलब है कि वो दिन अब लद गए जब मियाँ ग़ालिब जैसे पाएदार शायर सिर्फ़ और सिर्फ़ शायरी ही किया करते थे, तब शायरी पेशा था अब शौक़ है। आज का शायर चूँकि ज़मीन से जुड़ा हुआ है इसी कारण आज की शायरी में जामो-मीना, हुस्नो-इश्क़ की जगह इंसानी जद्दोजहद ने ले ली है। आज का शायर अपनी और अपने जैसे दूसरों की तकलीफ़ें और ख़ुशियाँ अपनी शायरी में ढालता है इसी कारण आज की शायरी अवाम की अपनी दास्ताँ है।

इस तरह कब तक हँसेगा-गायेगा
एक दिन बच्चा बड़ा हो जाएगा
फ़ाइलें यदि मेज़ पर ठहरें नहीं
दफ़्तरों के हाथ क्या लग पायेगा
रेस जीतेंगी यहाँ बैसाखियाँ
पाँव वाला दौड़ता रह जाएगा

हमारे आज के शायर हैं जनाब ओम प्रकाश यती जी, जो उत्तर प्रदेश सिचाई विभाग में सहायक अभियंता के पद पर कार्यरत हैं। ख़ास बात ये है कि यती जी ने सिर्फ़ सिविल इंजीनियरिंग ही नहीं की बल्कि विधि में स्नातक और हिंदी साहित्य में एम. ए. भी किया है जो अपने आप में एक विलक्षण बात है। उनका एक ग़ज़ल संग्रह 'बाहर छाया भीतर धूप' सन 1997 में छप चुका है और दूसरा जिसकी हम आज बात करेंगे 'सच कहूँ तो' अभी हाल ही में प्रकाशित हुआ है।

मन में मेरे उत्सव जैसा हो जाता है
तुमसे मिलकर ख़ुद से मिलना हो जाता है
भीड़ बहुत ज़्यादा दिखती है यूँ देखो तो
लेकिन जब चल दो तो रस्ता हो जाता है
जब आते हैं घर में मेरे माँ-बाबूजी
मेरा मन फिर से इक बच्चा हो जाता है

माँ-बाप के सामने फिर से बच्चा बन जाने की बात मन को कहीं भीतर से छू जाती है और ये ही शायरी की ख़ूबी है।

दो मिसरों में वो बात कह दी जाती है जिसे कहने में दूसरी विधा में शायद ग्रंथ लिखने पड़ें। एक और शायर मन से बच्चा बनने की बात करता है और दूसरी और बड़े होने के बाद की दुश्वारियों की भी चर्चा बहुत सार्थक ढंग से करता है। ओम जी की शायरी में ये विविधता देखते ही बनती है।

हमें मालूम है फिर भी नहीं हम खिलखिला पाते
बहुत से रोग तो केवल हँसी से भाग जाते हैं
निभाने हैं गृहस्थी के कठिन दायित्व हम को ही
मगर कुछ लोग इस रस्साकशी से भाग जाते हैं
यहाँ इक रोज़ हड्डी रीढ़ की हो जायेगी ग़ायब
चलो ऐसा करें इस नौकरी से भाग जाते हैं

इस आख़िरी शेर में यती जी ने लाखों करोड़ों नौकरी पेशा लोगों की दुखती रग पर हाथ रख दिया है। ऐसे शेर कहना आसान काम नहीं इसीलिए ये बड़ी मुश्किल से नज़र आते हैं। श्री बाल स्वरूप राही जी ने इस पुस्तक की भूमिका में तभी कहा है कि "ओम जी के बारे में अगर मैं सच कहूँ तो यही कहूँगा कि इन्होंने हिंदी-ग़ज़ल को अलग पहचान दी है। इनकी हर ग़ज़ल का अपना रंग है जो आजकल थोक में लिखी जा रही ग़ज़लों से अलग है। इनकी ग़ज़लों में हिंदी मुहावरों का सटीक प्रयोग है। 'यती' जी के एक-एक शेर में हिंदी कविता के संस्कार विधमान हैं।"

हम भी ख़ुश थे जब वो जीते, लेना एक न देना दो
भाग रहे थे तुम भी पीछे, लेना एक न देना दो
उनको तो मंदिर-मस्जिद से वोट की खेती करनी थी
हम आपस में लड़ना सीखे, लेना एक न देना दो
क्यूँ देते हो राय किसी को, पूछ रहा है क्या कोई?
बोले मुझसे मेरे बेटे, लेना एक न देना दो

यती जी की अधिकांश ग़ज़लों का वातावरण पारिवारिक है। परिवार के बिखरने और बुज़ुर्गों के हाशिये पर चले जाने की पीड़ा उनकी शायरी में उभर कर आई है। जिस पारिवारिक एकता की हम विश्व भर में एक मिसाल थे आज उसकी चर्चा करने मात्र से हम कतराते हैं। हम आधुनिकता की आँधी में अपने परिवार को छिन्न भिन्न होता देख रहे हैं लेकिन उसे बचाने के प्रयास में कुछ कर नहीं रहे।

हमारे यहाँ के बुज़ुर्ग भी आधुनिक विकसित देशों के बुज़ुर्गों की तरह अकेले या उपेक्षित

जीवन जीने को विवश हैं। इस पीड़ा को 'यती' जी ने अपनी शायरी में बहुत सशक्त शब्द दिए हैं।

कुर्ता, धोती, गमछा, टोपी सब जुट पाना मुश्किल था
पर बच्चों की फ़ीस समय से भरते आये बाबूजी
बडकी की शादी से लेकर फूलमती के गौने तक
जान सरीखी धरती गिरवी धरते आये बाबूजी
नाती-पोते वाले होकर अब भी गाँव में तन्हा हैं
वो परिवार कहाँ हैं जिस पर मरते आये बाबूजी

इसी पीड़ा को एक और ग़ज़ल में किस तरह से यती जी ने ढाला है इसकी भी बानगी देखिए। इन ग़ज़लों में ईश्वर न करे आपको अपने घर परिवार की छवि दिखाई दे।

क्यूँकि इनकी पीड़ा को एक भुक्त भोगी बहुत गहरे से समझ सकता है। अगर आपके घर परिवार में ऐसा है तो कृपया इसे सुधारने की और क़दम बढ़ायें क्यूँकि परिवार के टूटने या बुज़ुर्गों की अवहेलना करने के नतीजे फलदायी नहीं होते।

हँसी को और ख़ुशियों को हमारे साथ रहने दो
अभी कुछ देर सपनों को हमारे साथ रहने दो
तुम्हें फ़ुर्सत नहीं तो जाओ बेटा आज ही जाओ
मगर कुछ रोज़ बच्चों को हमारे साथ रहने दो
ये जंगल कट गए तो किसके साए में गुज़र होगी
हमेशा इन बुज़ुर्गों को हमारे साथ रहने दो

अविचल प्रकाशन -बिजनौर द्वारा प्रकाशित इस किताब की प्राप्ति के लिए आप उन्हें ई-मेल avichalprakashan@yahoo.in कर सकते हैं या फिर 03142-263659 पर फ़ोन भी कर सकते हैं। सबसे आसान और तर्क संगत बात तो ये होगी यदि आप ओम जी को उनके मोबाइल न. 09410476193 पर पहले उन्हें इन ख़ूबसूरत ग़ज़लों के गुलदस्ते के लिए बधाई दें और फिर इस किताब की प्राप्ति का आसान रास्ता पूछे। आप चाहें तो ओम जी को yatiom@gmail.com मेल भी कर सकते हैं। आइए एक बार फिर हम ओम जी के माध्यम से उस सुनहरी पलों को जी लें जिनकी यादें अब सिर्फ़ गिनती के लोगों के पास ही बची

खेतों खलियानों की फ़स्लों की ख़ुशबू
लाते हैं बाबूजी गाँवों की ख़ुशबू
गठरी में तिलवा है, चिवड़ा है, गुड है
लिपटी है अम्मा के हाथों की ख़ुशबू
बाहर हैं भैय्या की मीठी फटकारें

घर में है भाभी की बातों की ख़ुशबू
मँगरू भी चाचा हैं, बुधिया भी चाची,
गाँवों में ज़िन्दा है रिश्तों की ख़ुशबू
खिचड़ी है, बहुरा है, पिंडिया है, छठ है
गाँवों में हरदम त्यौहारों की ख़ुशबू

***

दिया ख़ामोश है
ओम प्रकाश 'नदीम'

वो तो टुल्लू की मदद से अपनी छत धोते रहे
और हमारी प्यास को पानी के लाले पड़ गए
जब हमारे कहकहों की गूँज सुनते होंगे ग़म
सोचते होंगे कि हम भी किसके पाले पड़ गए

हम इसे इत्तिफ़ाक़ ही कहेंगे, एक हसीन इत्तिफ़ाक़ क्यूँकि हमारी आज किताबों की दुनिया शृंखला के शायर का नाम वही है जो पिछली बार वाले शायर का था। जी हाँ सही पहचाना श्री ओम प्रकाश जी। लेकिन इनके सिर्फ़ नाम ही एक है वर्ना दोनों में अन्तर है और अंतर न सिर्फ़ उनके तख़ल्लुस में है बल्कि उनकी शायरी में भी है।

जो असर टी.वी. का बच्चों पर हुआ, होना ही था
कार्बाइड वक़्त से पहले पका देता है फल
पेड़ के किरदार पर जिस वक़्त आता है शबाब
कोई तोड़े या न तोड़े ख़ुद गिरा देता है फल

ज़िन्दगी की रोज़मर्रा वाली साधारण बातों को अपनी शायरी में असाधारण ढंग से ढालने वाले इस बाकमाल शायर ओम प्रकाश नदीम की किताब दिया ख़ामोश है का आज हम ज़िक्र करेंगे। हिंदी और उर्दू लिपि में एक साथ छपी लगभग नब्बे ग़ज़लों को समेटे उनका ये ग़ज़ल संग्रह जिसे मशअल-ए-राह (फोरम) मिर्देगान,बिजनौर द्वारा प्रकाशित किया गया है, सचमुच में अद्भुत है।

मर्तबा हो, इल्म हो या तज्रिबा हो कुछ तो हो
कुछ न हो तो बात करने की कला हो कुछ तो हो
इस तरह बेसूद रिश्तों से भला क्या फ़ायदा
या तो कुछ क़ुर्बत बढ़े या फ़ासला हो कुछ तो हो
क़ुर्बत=नज़दीकी*
और कितना वक़्त मुल्ज़िम की तरह काटें 'नदीम'
या तो बाइज़्ज़त बरी हों या सज़ा हो कुछ तो हो

ओम जी की सबसे बड़ी ख़ूबी है नये नए क़ाफ़ियों का चयन. ऐसे क़ाफ़िये वो अपने ग़ज़लों में पिरोते हैं जो अन्यंत्र आसानी से दिखाई नहीं देते। इन क़ाफ़ियों को वो जिस अंदाज़

से निभाते हैं वो भी विलक्षण है। इस से साफ़ ज़ाहिर होता है कि वो प्रयोग धर्मी है और बंधी बँधाई लीक पर चलने में विश्वास नहीं करते। वो ख़ुद भी अपने लिए नयी राहें तलाशते हैं और अपने पाठकों को भी नयी राहें तलाशने को प्रेरित करते हैं। इस प्रयोग धर्मिता की वजह से उनकी शायरी हमेशा ताज़े हवा के झोंके जैसा एहसास करवाती है।

आँधियों में भी न चूके ज़ुल्म से लम्बे दरख़्त
जब गिरे तो दूसरों को ले मरे लम्बे दरख़्त
डूबने वाले का बन जाता है तिनका आसरा
देखते रहते हैं साहिल पर खड़े लम्बे दरख़्त
धूप उन मासूम सब्ज़ों की ये खाते हैं नदीम
जिन में पल बढ़कर हुए इतने बड़े लम्बे दरख़्त

फ़तहपुर,उत्तरप्रदेश में 26 नवम्बर 1956 को ओम जी का जन्म हुआ। इन दिनों आप रूड़की में रहते हैं। उनका दूसरा ग़ज़ल संग्रह सामना सूरज से है अभी हाल ही में प्रकाशित हुआ है। इस किताब की भूमिका में ओम जी ने कहा है मेरे विचार से ग़ज़ल, साहित्यिक अभिव्यक्ति की श्रेष्ठतम विधा है। लेकिन मैं न तो अपनी ये राय किसी पर थोपना चाहता हूँ और न ही किसी और की राय को अपनी इस राय पर हावी होने देना चाहता हूँ क्यूँकि अपनी अपनी मंज़िल अपना अपना रास्ता है। उनकी शायरी पढ़ते हुए हमें उनकी राय से इत्तेफ़ाक़ होने लगता है।

सर जोड़ के बैठो कोई तदबीर निकालो
हर बात पे ये मत कहो शमशीर निकालो
देखूँ ज़रा कैसा था मैं बेलौस था जब तक
बचपन की मेरे कोई सी तस्वीर निकालो
दुनिया मुझे हैवान समझने लगी अब तो
गर्दन से मेरी धर्म की ज़ंजीर निकालो

नदीम साहब की शायरी का खमीर साँप्रदायिक सौहार्द, दर्द मंदी, मनोविज्ञान,सर्वधर्म समभाव,भावुकता, संवेदना और दार्शनिकता जैसे तत्वों से तैयार हुआ है। उनकी शायरी में जहाँ ज़ुल्म और साम्प्रदायिकता के विरुद्ध लड़ने के लिए मशवरे मिलते हैं वहीं बदले हुए हालात से जन्म लेने वाली मंज़र निगारियाँ जहाँ-तहाँ दिखाई देती है।

किसी चराग़ का आँधी के सामने जलना
इसी को कहते हैं हक़ बात के लिए लड़ना
जो ठेकेदार हैं मज़हब के उनसे क्या कहना
हवा से आग बुझाने की बात क्या करना

बिछे हुए हैं बबूलों की छाँव में काँटे
कि इनकी छाँव से बेहतर है धूप में चलना
अगर न बन सको इंसाँ ख़ुदा ही बन जाओ
कि मेरे देश में आसान है ख़ुदा बनना

चूँकि इस किताब को बिजनौर की एक फोरम ने प्रकाशित किया है इसलिए इसका सहज ढंग से बाज़ार में मिलना टेढ़ी खीर है। इसे प्राप्त करने के लिए आपको ओम जी से निम्न में से किसी एक माध्यम से संपर्क करना पड़ेगा। आप किस माध्यम को प्राथमिकता देते हैं ये निर्णय मैं आप पर छोड़ता हूँ। उनका इमेल एड्रेस है : omprakashnadeem@gmail.com तथा मोबाइल और फ़ोन नंबर :+91-9368169593/9456460659

आख़िरी में प्रस्तुत हैं उनकी एक ग़ज़ल के ये शेर जो उनके अपने बारे में हैं। वो जैसे हैं उन्हें वैसे ही अपनाना होगा लेकिन एक बात मैं बता दूँ अगर आपने एक बार उनसे बात कर ली तो फिर आपका दिल बार-बार उनसे बात करने को चाहेगा क्यूँकि आज के युग में इतने अच्छे और सच्चे इन्सान क़िस्मत से ही मिला करते हैं-

हर किसी की हाँ में हाँ करता नहीं हूँ
इसलिए मैं आदमी अच्छा नहीं हूँ
लोग मुझसे इसलिए कटने लगे हैं
तयशुदा रस्तों पे मैं चलता नहीं हूँ
मेरे भड़काने से कोई क्यूँ लडेगा
मैं किसी के धर्म का फ़तवा नहीं हूँ
मुझमें उतरो प्यार के मोती चुरा लो
मैं समंदर हूँ मगर गहरा नहीं हूँ

***

दरख़्त पानी के
शकेब जलाली

किताब ख़रीदते वक़्त एक बात ज़ेहन में रहती है जो पता नहीं कब किसने कही लेकिन साहब ख़ूब कही कि "एक अच्छी किताब 100 दोस्तों के बराबर होती है, लेकिन एक अच्छा दोस्त पुस्तकालय के बराबर होता है, ईश्वर ने हमें माँ, बाप, भाई, बहन और दूसरे रिश्तेदार चुनने की आज़ादी नही दी है, लेकिन एक अच्छा दोस्त चुनने की आज़ादी दी है, आइए अच्छे दोस्त बनाएँ!" दोस्त तो क़िस्मत से मिलते हैं लेकिन किताबें खोजने से मिल जाती है। दोस्तों के पीठ पीछे से वार करने की कला का उर्दू शायरी में खब बखान किया गया है लेकिन कभी किसी किताब ने आपसे दग़ाबाज़ी की हो ये कभी नहीं कहा गया।

आज की किताब के शायर एक ऐसी शख़्सियत हैं जिनके बारे में बहुत कम पढ़ा सुना गया है। आज के दौर के पाठकों की तो बात ही छोड़िए हमारे ज़माने के लोग भी, जो शायरी में थोड़ी बहुत दख़्ल रखते हैं, इनका नाम सुन कर हो सकता है अपना सर खुजलाने लगें। कुछ ऐसे बदनसीब शायर होते हैं जो अपनी ज़िन्दगी में वो मक़बूलियत हासिल नहीं कर पाते जो उन्हें मरने के बाद नसीब होती है। वैसे भी गुज़रे वक़्त और गुज़रे इंसानों की वंदना हमारे ख़ून में है।

कुछ ख़ास दोस्त अक्सर मुझे कहते हैं कि यार तुम अपनी भूमिका में पकाते बहुत हो सीधे सीधे मुद्दे पर क्यूँ नहीं आते, उन्हें मैं हंस कर जवाब देता हूँ के भाई क्या करूँ ये मुझ पर टी.वी. सीरियलस देखने के शौक़ का असर है, जो सालों चलने के बावजूद भी असली मुद्दे पर नहीं आते। मज़ाक़ को यहीं छोड़ चलिए मुद्दे पर आते हैं194 :: 101 किताबें ग़ज़लों की...

आ के पत्थर तो मेरे सहन में दो चार गिरे
जितने उस पेड़ के फल थे पस-ए-दीवार गिरे
(सहन आँगन, पस-ए-दीवार* दीवार के पीछे)*
मुझे गिरना है तो मैं अपने ही क़दमों में गिरूँ
जिस तरह साया-ए-दीवार पे दीवार गिरे
क्या कहूँ दीदा-ए-तर ये तो मिरा चेहरा है
संग कट जाते हैं बारिश की जहाँ धार गिरे
दीदा-ए-तर* आँसू भरी आँखें, संग पत्थर
देखते क्यूँ हो 'शकेब' इतनी बलंदी की तरफ़
न उठाया करो सर को कि ये दस्तार गिरे
दस्तार पगड़ी*

"मुझे गिरना है तो मैं अपने ही क़दमों में गिरूँ" जैसे ख़ुद्दारी से भरे मिसरे लिखने वाले इस

शायर का नाम है जनाब 'शकेब जलाली' साहब जो 1 अक्टूबर 1934 को अलीगढ़ के पास एक छोटे से गाँव सद्दत में पैदा हुए और 12 नवम्बर 1966 को यानी सिर्फ़ बत्तीस साल की कम उम्र में इस दुनिया-ए-फ़ानी से रुख़सत हो गए। आज इसी शायर की अनमोल शायरी के पहले हिंदी संकलन 'दरख़्त पानी के' का ज़िक्र करेंगे जिसे डायमंड बुक्स वालों ने प्रकाशित किया-

उतर के नाव से भी कब सफ़र तमाम हुआ
ज़मीं पे पाँव धरा तो ज़मीन चलने लगी
जो दिल का ज़हर था काग़ज़ पर सब बिखेर दिया
फिर अपने आप तबीअत मिरी सँभलने लगी
जहाँ शजर पे लगा था तबर का ज़ख़्म शकेब
वहीं पे देख ले कोंपल नयी निकलने लगी

तबर फरसा, कुल्हाड़ी*

शकेब जलाली जी ने महज़ पंद्रह साल की उम्र से ग़ज़ल कहना शुरू कर दिया था। उन्होंने उर्दू शायरी को नयी दिशा दी जिसे उनके साथ के और बाद के नामचीन शायरों ने अपनाया।

उर्दू शायरी हमेशा शुक्र गुज़ार रहेगी जनाब 'अहमद नदीम कासमी' साहब की,जिन्होंने शकेब की शायरी को उनके इंतक़ाल के छ: साल बाद प्रकाशित करवाया और उन्हें दुनिया तक पहुँचाया। नदीम साहब की शायरी में शकेब की झलक साफ़ दिखाई देती है

आकर गिरा था कोई परिंदा लहू में तर
तस्वीर अपनी छोड़ गया है चटान पर
मलबूस ख़ुशनुमा हैं मगर जिस्म खोखले
छिलके सजे हों जैसे फलों की दुकान पर

मलबूस-वस्त्र

हक़ बात आके रुक सी गयी थी कभी 'शकेब'
छाले पड़े हुए हैं अभी तक ज़बान पर

अफ़सोस आज के दौर में ऐसी शायरी कहीं पढ़ने सुनने को नहीं मिलती। शकेब की शायरी गुलाब के फूलों की टहनी है जिसमें कोमलता है ख़ुशबू है और काँटे हैं। बदायूँ उत्तर प्रदेश से अपनी प्राथमिक शिक्षा प्राप्त करने के बाद शकेब आगे की पढ़ाई के लिए रावलपिंडी चले गए और फिर नौकरी के सिलसिले में लाहौर। अपनी शादी के दस साल बाद किन्हीं अज्ञात कारणों से उन्होंने रेल की पटरियों पर अपना सर रख कर ख़ुदकुशी कर ली। एक अत्यंत प्रतिभाशाली शायर का ये अंत बहुत दुखद था।

न इतनी तेज़ चले सरफिरी हवा से कहो
शजर पे एक ही पत्ता दिखाई देता है
बुरा न मानिए लोगों की ऐबज़ोई का
उन्हें तो दिन का भी साया दिखाई देता है
ऐबज़ोई दोष ढूँढ़ना*
ये एक अब्र का टुकड़ा कहाँ-कहाँ बरसे
तमाम दश्त ही प्यासा दिखाई देता है

ख़ालिस यानी बिना किसी मिलावट के शायरी पसंद करने वालों के लिए ये किताब किसी नियामत से कम नहीं। इसके हर पन्ने पर शायरी अपने परे शबाब पर फैली दिखाई देती है। मिसरे ठिठकने पर मजबूर करते हैं और शेर दाँतों तले उँगलियाँ दबाने पर। इस किताब को पढ़ने के बाद हुए असर को लफ़्ज़ों में बयाँ नहीं किया जा सकता इसके लिए आपको इसे पढ़ना ही होगा। किनारे पर बैठ कर लहरें गिनने से समंदर की गहराई का अंदाज़ा नहीं लगाया जा सकता।

मुरझा के काली झील में गिरते हुए भी देख
सूरज हूँ मेरा रंग मगर दिन ढले भी देख
आलम में जिसकी धूप थी उस शाहकार पर
दीमक ने जो लिखे कभी वो तब्सिरे भी देख
शाहकार कृति, तब्सिरे* समीक्षाएँ*
बिछती थीं जिसकी राह में फूलों की चादरें
अब उसकी ख़ाक घास के पैरों तले भी देख

डायमंड बुक्स वालों का इस किताब के प्रकाशन के लिए और श्री सुरेश कुमार का संपादन के लिए शुक्रिया अदा करते हुए मुझे इस सफ़र को न चाहते हुए भी यहीं ख़त्म करना होगा। आप अगर इस किताब को ख़रीदना चाहते हैं तो बराए मेहरबानी 011-51611861-865 पर फ़ोन करें या फिर उन्हें sales@diamondpublication.com पर मेल करें। 'शकेब' की शायरी को आपतक पहुँचाने का लालच रोके नहीं रुक रहा सो चलते-चलते उनके कुछ मुतफ़र्रिक से शेर आप तक पहुँचा रहा हूँ।

आज भी शायद कोई फूलों का तोहफ़ा भेज दे
तितलियाँ मंडरा रही हैं काँच के गुलदान पर

सोचो तो सिलवटों से भरी है तमाम रूह
देखो तो इक शिकन भी नहीं है लिबास में

जो मोतियों की तलब ने कभी उदास किया
तो हम भी राह से कंकर समेट लाये बहुत

दोस्ती का फ़रेब ही खायें
आओ काग़ज़ की नाव तैरायें

जंगल जले तो उनको ख़बर तक न हो सकी
छाई घटा तो झूम उठे बस्तियों के लोग

ढूँढ़ती हैं तिरी महकी हुई ज़ुल्फ़ों की बहार
चाँदनी रात के ज़ीने से उतर कर यादें

इस बेजोड़ शायरी की दाद देने के लिए न तो हमारे पास शायर का फ़ोन नंबर है और न ही मोबाइल नंबर और तो और उसका पता भी नहीं है इसलिए चलिए उसे दिल से याद करते हैं और दुआ करते हैं वो ज़िन्दगी के सारे झमेलों से दूर जहाँ है वहाँ सुकून से रहे। आमीन. मजरूह साहब का एक मक़बूल शेर याद आ रहा है-

ज़माने ने मारे जवाँ कैसे-कैसे
ज़मीं खा गयी आसमाँ कैसे-कैसे

***

लपटों के दरमियाँ
आर. पी. घायल

'किताबों की दुनिया' में आपको आज मैं एक ऐसे शायर से मिलवा रहा हूँ जो मुझे अज़ीज़ ही नहीं मेरे मित्र भी हैं। ये मित्रता ऐसी है जो लगभग चार साल पहले फ़ोन पर अचानक हुई और पहली ही वार्तालाप में हो गयी। मित्रता की ये ही ख़ूबी है जिस से होनी होती है तुरंत होती है और अगर नहीं होनी होती तो सालों के परिचय के बाद भी नहीं हो पाती। आप इसे एक रासायनिक क्रिया समझ लें जिसमें या तो क्रिया तुरंत होती है या होती ही नहीं। मैंने अंतरजाल की प्रसिद्ध ई-पत्रिका अनभति पर उनकी ग़ज़लें पहली बार पढ़ीं और मबारकबाद देने को फ़ोन किया बस फिर क्या था उनकी अपनत्व से भरी आवाज़ ने मुझे उस दिन से जो बाँधा तो आज तक बँधे हुए है।

ऐसे बंधन का क्या सुख होता है ये हमसे पूछिए। आप भी अगर श्री आर. पी. घायल जी, जिनकी किताब 'लपटों के दरमियाँ' का हम ज़िक्र करेंगे, से बात करेंगे तो इस बंधन के सुख का अनुभव ले सकेंगे। आइए ज़िन्दगी की लपटों के बीच सुकून के ठण्डे पानी की बौछार सी इस किताब का आनंद लें।

आदमी की भीड़ में अब खो रहा है आदमी
आँख अपनी खोलकर भी सो रहा है आदमी
ज्ञान कहते थे जिसे विज्ञान जब से हो गया
सैंकड़ों मन बोझ ग़म का ढो रहा है आदमी
एक लम्हे की ख़ुशी घायल ख़रीदी किसलिए
ज़िन्दगी भर की ख़ुशी को रो रहा है आदमी

17 जुलाई 1941 को नालंदा (बिहार) में जन्में घायल साहब मनमौजी क़िस्म के शायर हैं। वर्षों तक भारतीय रिजर्व बैंक के राजभाषा कक्ष में प्रबंधक की हैसियत से नौकरी करने के बाद रिटायर हो कर अब पटना में बस गए है। शायरी उनके लिए इबादत की तरह है जिसमें वो किसी क़िस्म का ख़लल नहीं चाहते। ये ही वजह है कि उन्हें सार्वजानिक मंचों पर बहुत कम देखा गया है, अलबत्ता अपने किसी मित्र के घर पर हुई निशस्त में उन्हें कभी-कभार ज़रूर देखा सुना जा सकता है।

रेत का इक महल बन गयी ज़िन्दगी
रोज़ ढहने की आदत हमें पड़ गयी
दर्द देने का चस्का जो उनको लगा
दर्द सहने की आदत हमें पड़ गयी

आह को भी नज़र लग न जाए कहीं
छुपके रहने की आदत हमें पड़ गयी

घायल साहब लाख छुप के रहें लेकिन उनके चाहने वाले उन्हें ढूँढ़ ही लेते हैं। कारण स्पष्ट है उनकी शायरी थके माँदे लोगों की रूह को आराम पहुँचाती है। ज़माने के दर्द को समेटे उनकी सीधी सादी बातें पढ़ने सुनने वालों के दिल में आसानी से उतर जाती हैं। घायल साहब ने शायरी के माध्यम से अपने घाव छुपाने का हुनर सीख लिया है।

किसी की आँख में आँसू दिखाई क्यूँ भला देते
जो उसका पासबाँ उसके लिए पत्थर नहीं होता
किसी भी हाल में जन्नत से कम होती नहीं दुनिया
उदासी में अगर डूबा किसी का घर नहीं होता
कभी नफ़रत अगर 'घायल' मुहब्बत में बदल जाती
यक़ीनन आज दहशत का कहीं मंज़र नहीं होता

घायल साहब ने इस किताब में कहा है, "ग़ज़ल मेरे लिए मेरा ईमान और ख़ुदा की इबादत है। मेरा मानना है कि ग़ज़ल का गुलाब तो जज़्बे की ज़मीन पर ही खिलता है। ग़ज़ल की पहचान उसकी ग़ज़लियत होती है। महसूस कर कही गयी और सोच कर लिखी गयी ग़ज़ल में फ़र्क़ होता है। एहसास की ख़ुशबू में नहाई हुई ग़ज़ल गाई और पढ़ी जाती है जबकि सोचकर लिखी ग़ज़ल सिर्फ़ पढ़ी जाती है।"

उसके लिए तो कुछ नहीं मेरे लिए मगर
देखे बिना भी देखना कितना अजीब था
छूकर गया उसका बदन तो यूँ लगा मुझे
जैसे हवा का झोंका भी मेरा रक़ीब था
जिसके लिए तरसा किये दुनिया के लोग-बाग़
हैरत उन्हीं को थी के मैं उसके क़रीब था

इस किताब को सरोज प्रकाशन पटना द्वारा प्रकाशित किया गया है। किताब की प्राप्ति के लिए आपको घायल साहब से उनके मोबाइल न.+919199810038 अथवा उनके मेल rpghayal08@yahoo.com(जिसे उनके द्वारा पढ़ने की सम्भावना अपेक्षा कृत कम है) पर संपर्क कर बधाई देनी होगी और फिर किताब प्राप्ति के लिए पूछना होगा बस।

मेरे मित्र और छोटे भाई श्री नवीन चतुर्वेदी जी जो मुंबई निवासी हैं और छंद शास्त्र के प्रकाण्ड पण्डित हैं जिनका अपना बहुत प्रचलित ब्लॉग 'समस्या पूर्ती' भी है ने ये नियम बनाया है कि मेरी इस शृंखला में दिए गए शायरों से वो मोबाइल पर ज़रूर संपर्क करेंगे। उन्हें इस से

जो लाभ मिला उसके बारे में आप स्वयं उनसे उनके मोबाइल न. +919967024593 पर संपर्क कर के पूछ सकते हैं।

मेरा बस आप सब से इतना सा अनुरोध है कि अगर आप किताब ख़रीदने में रुचि नहीं रखते तो कम से कम उन शायरों से बात करके उनकी हौसला अफ़ज़ाही तो कर ही सकते हैं।

जुता रहता है बैलों की तरह जो खेत में दिन भर
उसी का अपना बच्चा भूख से आँसू बहाता है
बनाये जिसके धागों से बने हैं आज ये कपड़े
उसी का तन नहीं ढँकता कोई गुड़िया सजाता है
जलाता है बदन कोई हमेशा धूप में चायल
ज़रा-सी गर्मी लगने पर कोई पंखा चलाता है

उम्मीद है मेरी तरह आपको भी घायल साहब की शायरी पसंद आयी होगी। ये एक सच्चे सीधे सरल इंसान की सच्ची-सीधी सरल शायरी है। इस किताब में जो सन 2004 में प्रकशित हुई थी, उनकी 72 ग़ज़लें संग्रहित हैं, उनका ग़ज़ल लेखन अभी भी अबाध गति से चल रहा है जल्द ही उनकी दूसरी किताब भी बाज़ार में आ जाएगी। आप उन्हें कभी भी फ़ोन करें एक आध नया शेर उनके पास हमेशा सुनाने को तैयार होता है। उनकी, शायरी के प्रति ऐसी दीवानगी देख कर हैरत होती है। वो पूरी तरह से शायरी को समर्पित इंसान हैं। मेरा सौभाग्य है कि मैं उनसे मुंबई में श्री हस्तीमल हस्ती जी के घर पर हुई निशस्त में रू-ब-रू मिल चुका हूँ।

इस से पहले के मैं आपको नमस्कार कहूँ और एक और शायरी की किताब की खोज में जाऊँ आपको उनके तीन नाज़ुक से शेर पढ़वाता चलता हूँ-

कसक तो थी मेरे मन की मगर बैचैन थे बादल
तुझे उस हाल में मैंने फुहारों की तरह देखा
खिले फूलों की पंखुड़ियाँ ज़रा भी थरथराई तो
तेरे होंठों के खुलने के नज़ारों की तरह देखा
मेरी तन्हाइयाँ घायल सताने जब लगीं मुझको
तुझे यादों के दरिया में किनारों की तरह देखा

***

ख़ुशबू की लकीरें
देवमणि पाण्डेय

मैंने देखा है, ज़रूरी नहीं कि मैंने जो देखा है उस से आप भी सहमत हों, के ख़ूबसूरत अशआर कहने वाले शायर अक्सर ख़ूबसूरत नहीं होते। शायर का नाम आने पर हमारे ज़ेहन में एक दाढ़ी वाले अचकन टोपी पहने हुए शख़्स का चेहरा उभरता है। हमें फ़िल्मों में और पत्र पत्रिकाओं में ऐसे ही चेहरे देखने की आदत पड़ चुकी है। बहुत हुआ तो सूट बूट में या फिर क़मीज़ बुशर्ट में भी आजकल कभी-कभार शायर मुशायरों में दिखाई दे जाते हैं।चलिए आप पहनावे को छोड़िए और एक बात नोट कीजिए कि खुदा ने जिन्हें भी शायरी की सौग़ात दी है उनसे अच्छी शक्लो-सूरत छीन ली है। लेकिन साहब अपवाद कहाँ नहीं होते। आज हम किताबों की दुनिया में एक ऐसे शायर की किताब की बात करेंगे जो देखने में भी उतना ही ख़ूबसूरत है जितनी कि उसकी शायरी।

ये चाह कब है मुझे सब का सब जहान मिले
मुझे तो मेरी ज़मीं, मेरा आसमान मिले
जवाँ हैं ख़्वाब क़फ़स में भी जिन परिंदों के
मेरी दुआ है उन्हें फिर नयी उड़ान मिले
हो जिसमें प्यार की ख़ुशबू, मिठास चाहत की
हमारे दौर को ऐसी भी इक ज़ुबान मिले

प्यार की ख़ुशबू और चाहत की मिठास से लबरेज़ इस ख़ूबसूरत शायर का नाम है 'देवमणि पाण्डेय' जिनकी किताब'ख़ुशबू की लकीरें' का हम आज ज़िक्र करने जा रहे हैं। शायरी का शायद ही कोई ऐसा चाहने वाला होगा, ख़ास तौर पर मुंबई में, जो देवमणि जी के नाम से वाक़िफ़ न हो। मुंबई में होने वाली निशस्तें, कविता और शायरी से सम्बंधित कार्यक्रम उनकी मौजूदगी के बिना अधूरे माने जाते हैं। अपने आकर्षक व्यक्तित्व और दिलकश अंदाज़ से वो हर महफ़िल में जान डाल देते हैं।

इस तरह कुछ आजकल अपना मुक़द्दर हो गया
सर को चादर से ढँका तो पाँव बाहर हो गया
जब तलक दुःख मेरा दुःख था, एक क़तरा ही रहा
मिल गया दुनिया के ग़म से तो समंदर हो गया
इस क़दर बदलाव आया आदमी में इन दिनों
कल तलक जो आइना था आज पत्थर हो गया

हमेशा मुस्कुराते, ख़ुश मिजाज देवमणि जी से मेरी पहली मुलाक़ात मुंबई की बतरस काव्य संस्था द्वारा अनीता कुमार जी के घर पर आयोजित काव्य संध्या में लगभग पाँच वर्ष पहले हुई थी। उसके बाद उनसे मिलने मिलाने का सिलसिला चल निकला। खोपोली के भूषण गार्डन में हुई पहली काव्य संध्या भी उनकी रहनुमाई में ही आयोजित की गयी थी।

दिल के आँगन में उगेगा ख़्वाब का सब्ज़ा ज़रूर
शर्त है आँखों में अपनी कुछ नमी बाक़ी रहे
आदमी पूरा हुआ तो देवता बन जाएगा
ये ज़रूरी है कि उसमें कुछ कमी बाक़ी रहे
दिल में मेरे पल रही है ये तमन्ना आज भी
इक समंदर पी चुकूँ और तिश्नगी बाक़ी रहे

4 जून 1958 को सुल्तानपुर (यू.पी.) में जन्में देवमणि जी ने हिंदी एवं संस्कृत में प्रथम श्रेणी में एम. ए. किया है और अब आयकर विभाग की मुंबई शाख़ा में कार्यरत हैं। उनकी अब तक दो किताबें दिल की बातें -1999 और ख़ुशबू की लकीरें-2005 प्रकाशित हो चुकी हैं। इसके अलावा दूरदर्शन और आकाशवाणी से भी उनकी रचनाएँ प्रसारित हुई हैं। हिंदी के विभिन्न पत्र पत्रिकाओं में भी उनकी रचनाएँ प्रकाशित होती रहती हैं। उन्हें फ़िल्म पिंजर के लिए लिखे गीत 'चरखा चलाती माँ...' पर सन 2003 का 'सर्वोत्तम गीत' पुरस्कार मिल चुका है।

कितने दिलों में आज भी ज़िन्दा हैं कुछ रिवाज
पक्के घरों के बीच में अँगनाइयाँ मिलीं
हर शय में जैसे आज भी ख़ुशबू है प्यार की
छूकर किसी को झूमती पुरवाइयाँ मिलीं
पलकों ने जब सजाया है कोई हसीन ख़्वाब
वादी में दिल की गूँजती शहनाइयाँ मिलीं

'ख़ुशबू की लकीरें' किताब में देवमणि जी की न केवल तीस के लगभग ग़ज़लें हैं बल्कि इतने ही गीत और नग़में भी हैं। गीत ग़ज़लों के रसिक पाठकों के लिए ये किताब ख़ास तौर से पठनीय है। इस किताब से आप देवमणि जी के बहु आयामी लेखन की एक झलक पा सकते हैं। आज के जीवन की आपाधापी, हर्ष-विषाद, मिलन-विछोह, ठोकर-पुचकार,राग-विराग, सफलताअसफलता, आशा-निराशा, उतार-चढ़ाव जैसे सभी रंग इस किताब की रचनाओं में मिलते हैं।

ईद, दशहरा, दीवाली का रंग है फीका-फीका सा
त्यौहारों में इक दूजे को गले लगाना भूल गए
बचपन में हम जिन गलियों की धूल को चंदन कहते थे
बड़े हुए तो उन गलियों में आना जाना भूल गए
शहर में आ कर हमको इतनी ख़ुशियों के सामान मिले
घर-आँगन, पीपल-पगडण्डी, गाँव सुहाना भूल गए

मेघा बक्स एक्स -11, नवीन शाहदरा, दिल्ली द्वारा प्रकाशित इस किताब को 01122323672 पर फ़ोन करके इसकी प्राप्ति का रास्ता पूछा जा सकता है अथवा श्री देवमणि जी को इन ख़ूबसूरत अशआर के लिए उनके मोबाइल +919821082126 पर बधाई देते हुए उनसे इस किताब के लिए आग्रह किया जा सकता है। दोनों में से कोई सा भी रास्ता चुनने को आप स्वतंत्र हैं। मेरी आपसे बस इतनी सी प्राथना है कि इन ख़ूबसूरत अशआर के लिए देवमणि जी को कम से कम बधाई ज़रूर दें।

जीवन ऐसे पनप रहा है साए में दुखड़ों के
जैसे फूल खिला हो कोई काँटों की निगरानी में
दुनिया जिसको सुबह समझती तुम कहते हो शाम उसे
कुछ सच की गुंजाइश रक्खो अपनी साफ़ बयानी में
ख़ुदग़र्ज़ी और चालाकी में डूब गयी दुनिया सारी
वर्ना सच्चा ज्ञान छुपा है बच्चों की नादानी में
छीन लिया दुनिया ने सबकुछ फिर भी माला माल रहा
जब-जब मुझको हँसते देखा, लोग पड़े हैरानी में

लोग उन्हें हँसते देख भले ही हैरानी में न पड़ते हों लेकिन पचास के ऊपर की उम्र में भी उनके चेहरे की ताज़गी और मासूमियत ज़रूर लोगों को हैरानी में डाल देती है। पचास क्या वो चालीस के भी नहीं लगते। एक बार उनकी इस सदा बहार जवानी का रहस्य मेरे पूछने पर उन्होंने हँसते हुए जवाब दिया, "बहुत सीधा जवाब है नीरज भाई न हम किसी को टेंशन देते हैं और न किसी बात का टेंशन लेते हैं, जो है जैसा है हर हाल में ख़ुश रहते हैं बस।" बात यक़ीनन बहुत सरल और सीधी है लेकिन हम में से अधिकांश इसका पालन नहीं करते। दूसरों के सुख से उपजा दुःख और नकारात्मक सोच हमें समय से पहले ही बूढ़ा कर देती है।

जब तलक रतजगा नहीं चलता
इश्क़ क्या है पता नहीं चलता
ख़्वाब की रहगुज़र पे आ जाओ
प्यार में फ़ासला नहीं चलता

उस तरफ़ चलके तुम कभी देखो
जिस तरफ़ रास्ता नहीं चलता

आपकी जानकारी के लिए बता दूँ कि देवमणि जी का अपना एक ब्लॉग भी 'ख़ुशबू की लकीरें' नाम से है। जिसमें वो अपनी ताज़ा रचनाएँ और साहित्य से सम्बंधित लेख पोस्ट करते रहते हैं। साहित्य प्रेमियों को उनके ब्लॉग पर ज़रूर जाना चाहिए। चलते-चलते देवमणि जी की ग़ज़ल के चंद शेर और पढ़िए-

अभी तक ये भरम टूटा नहीं है
समंदर साथ देगा तिश्नगी का
न जाने कब छुड़ा ले हाथ अपना
भरोसा क्या करें हम ज़िन्दगी का
लबों से मुस्कराहट छिन गयी है
ये है अंजाम अपनी सादगी का

* * *

मैं बशीर हूँ
बशीर बद्र

उलझन में हूँ, कहाँ से शुरू करूँ? इसी उलझन की वजह से इस किताब को जब से ख़रीदा है न जाने कितनी बार उठाया पढ़ा और रख दिया। हमेशा ये ही उलझन रहती के कौन से शेर रखें जाए और कौन से छोड़े जाएँ। ये शायर हैं ही ऐसे। अपने कलाम से इन्होंने उर्दू शायरी को जन जन तक पहुँचाया और इसका दीवाना बनाया। आज हिन्दुस्तान में दूसरा कोई शायर इनके जैसे मासूम और रेशमी एहसास में लिपटे शेर कहने वाला नहीं है। आज भले ही उम्र और बीमारी की वजह से ये मुशायरों से दूर रहते हों लेकिन एक वक़्त था जब किसी भी मुशायरे में इनकी उपस्थिति उसकी कामयाबी की गारंटी मानी जाती थी। अपने तरन्नुम और मुहब्बत में डूबी शायरी से ये सुनने वाले पर जादुई असर डालते थे। मैं बात कर रहा हूँ आज हमारे देश के सबसे मक़बूल शायर जनाब बशीर बद्र साहब का जिनकी शायरी की किताब 'मैं बशीर हूँ' का ज़िक्र हम करने जा रहे हैं।

मैं कब कहता हूँ वो अच्छा बहुत है
मगर उसने मुझे चाहा बहुत है
ख़ुदा इस शहर को महफ़ूज़ रखे
ये बच्चों की तरह हँसता बहुत है
इसे आँसू का इक क़तरा न समझो
कुआँ है और ये गहरा बहुत है
मैं हर लम्हे में सदियाँ देखता हूँ
तुम्हारे साथ इक लम्हा बहुत है

वाणी प्रकाशन वालों ने पिछले साल ही इस किताब को प्रकाशित किया है लेकिन इस के मुख्य पृष्ठ पर लिखी 'बशीर बद्र की ताज़ा ग़ज़लें' वाली बात अखरती है। ये पाठकों को धोखे में रखने वाली बात है क्यूँकि इस किताब में उनकी नयी पुरानी सभी ग़ज़लें हैं। ऐसी ग़ज़लें भी हैं जिन्हें पढ़ते-पढ़ते हम जवान हुए और अब उम्र के इस मोड़ पर भी उन्हें पढ़ते हुए उतना ही आनंद उठा रहे हैं जितना पहली बार पढ़ के उठाया था। मुहब्बत की ज़ुबान कभी बासी नहीं पड़ती इसीलिए बद्र साहब की शायरी आप जब जितनी बार पढ़ें हमेशा ताज़ा लगती है।

बेवक़्त अगर जाऊँगा सब चौंक पड़ेंगे
इक उम्र हुई दिन में कभी घर नहीं देखा
जिस दिन से चला हूँ मेरी मंज़िल पर नज़र है
आँखों ने कभी मील का पत्थर नहीं देखा

ये फूल कोई मुझको विरासत में मिले हैं
तुमने मेरा काँटों भरा बिस्तर नहीं देखा
पत्थर मुझे कहता है मेरा चाहने वाला
मैं मोम हूँ उसने मुझे छूकर नहीं देखा

गुलज़ार साहब ने एक जगह कहा है, "डॉ. बशीर बद्र से जब मिला था तो लगा ज़िन्दगी ने एक और एहसान किया। उनकी ग़ज़ल में आज ही के दौर का एहसास होता है। उनकी ग़ज़ल का शेर सिर्फ़ एक ख़याल ही नहीं रह जाता, हादसा भी बन जाता है, अफ़साना भी। मैं डॉ. बशीर बद्र का बहुत बड़ा फ़ैन हूँ।" गुलज़ार साहब ही क्यूँ हर वो इंसान जिसने बशीर साहब को पढ़ा या सुना है उनका फ़ैन बने बिना रह ही नहीं सकता।

आँसुओं से मिरी तहरीर नहीं मिट सकती
कोई काग़ज़ हूँ कि पानी से डराता है मुझे
दूध पीते हुए बच्चे की तरह है दिल भी
दिन में सो जाता है रातों में जगाता है मुझे
सर पे सूरज की सवारी मुझे मंज़ूर नहीं
अपना क़द धूप में छोटा नज़र आता है मुझे

पद्मश्री बशीर बद्र साहब का जन्म 15 फ़रवरी 1935 को अयोध्या में हुआ। अलीगढ़ यूनिवर्सिटी से एम. ए. पीएच. डी. करने बाद कुछ समय वहाँ लेक्चरार की हैसियत से पढ़ाया और फिर बरसों मेरठ कॉलेज में उर्दू विभाग के विभागाध्यक्ष रहे। एक हादसे के दौरान बशीर साहब का घर आग में जल गया और उसके कुछ समय बाद उनकी पत्नी का भी देहांत हो गया। इन दोनों हादसों ने बशीर साहब को तोड़ कर रख दिया। उन्होंने दुनिया और अपनी शायरी से नाता तोड़ लिया। दोस्तों और रिश्तेदारों के बेहद इज़हार के बाद वो भोपाल चले आये जहाँ उनकी मुलाक़ात डॉ. राहत से हुई जिनसे बाद में उन्होंने निकाह भी किया। डॉ. राहत ने बशीर साहब के टूटे दिल को फिर से ज़िन्दगी की ख़ूबसूरती से रू-ब-रू करवाया। उसके बाद बशीर साहब ने फिर मुड़ कर नहीं देखा।

बस गयी है मिरे एहसास में ये कैसी महक
कोई ख़ुशबू मैं लगाऊँ तिरी ख़ुशबू आये
मैंने दिन रात ख़ुदा से ये दुआ माँगी थी
कोई आहट न हो दर पे मिरे और तू आये
उसने छू के मुझे पत्थर से फिर इंसान किया
मुद्दतों बाद मिरी आँखों में आँसू आये

बशीर साहब के अशआर इतने मक़बूल हैं कि इस किताब में से ऐसे अशआर छाँटना जिन्हें मक़बूलियत हासिल न हुई हो या कम सुने-पढ़े गए हों बहुत मुश्किल काम है। जिस

ग़ज़ल के शेर पढ़ता हूँ लगता है अरे इसे तो पहले भी पढ़ा है। इसी उलझन के चलते ये किताब अब तक इस शृंखला में नहीं आ पा रही थी। दरअस्ल बशीर साहब की मैंने इस किताब को ख़रीदते वक़्त इसके मुख्य पृष्ठ पर दी जानकारी को सच्ची मान लिया था। उनकी अनेक हिंदी में छपी किताबें जैसे 'अल्लाह हाफ़िज़', 'बशीर बद्र-नयी ग़ज़ल का एक नाम', 'आसपास', 'रहमतों की बारिश' आदि मेरे पास हैं लेकिन उनका ज़िक्र इस शृंखला में सिर्फ़ इसीलिए नहीं किया कि मुझे कोई शेर ऐसा नहीं लगा जो लोगों की ज़बान पर अब न चढ़ा हो। ख़ैर अब जब किताब का ज़िक्र शुरू कर ही दिया है तो चाहे आपके पहले से पढ़े हों इन शेरों का लुत्फ़ फिर से लीजिए क्यूँकि जैसा मैंने पहले भी कहा बशीर साहब की शायरी कभी बासी नहीं पड़ती।

कोई पत्थर नहीं हूँ कि जिस शक्ल में मुझको चाहो बनाया बिगाड़ा करो
भूल जाने की कोशिश तो की थी मगर याद तुम आ गए भूलते-भूलते
आँखें आँसू भरी, पलकें बोझिल घनी, जैसे झीलें भी हों नर्म साये भी हों
वो तो कहिए उन्हें कुछ हँसी आ गयी, बच गए आज हम डूबते-डूबते
अब वो गेसू नहीं हैं जो साया करें अब वो शाने नहीं जो सहारा बनें
मौत के बाज़ुओं तुम ही आगे बढ़ो, थक गए आज हम घूमते-घूमते

अपनी बेमिसाल शायरी के लिए बशीर साहब को ढेरों पुरस्कार मिले हैं जिनमें सबसे अहम हैं, भारत सरकार द्वारा दिया गया 'पद्मश्री', चार बार उत्तर प्रदेश उर्दू अकादमी द्वारा पुरस्कार, एक बार बिहार उर्दू अकादमी द्वारा पुरस्कार, पुंज जम्मू और कश्मीर का 'चराग़ हसन हसरत पुरस्कार', न्यूयार्क में सन् 1980 के लिए सर्वश्रेष्ठ शायर के लिए 'मीर अकादमी पुरस्कार', दुबई में दिया गया 'जश्न-ए-बशीर', 'राष्ट्रीय पुलिस अकादमी पुरस्कार' आदि... दुनिया भर में फैले उनके लाखों प्रशंसकों की फ़रमाइश पर उन्होंने बहुत विदेश यात्रायें भी कीं। वो जहाँ गए वहीं बस छा गए। उनकी शायरी पर शहरयार साहब ने कहा है, "नयी ग़ज़ल पर किसी भी उनवान से गुफ़्तगू की जाये बशीर बद्र का ज़िक्र ज़रूर आएगा। वो एक सच्चे और ज़िन्दा शायर हैं।"

पास रहकर जुदा सी लगती है
ज़िन्दगी बेवफ़ा-सी लगती है
नाम उसका लिखा है आँखों में
आँसुओं की ख़ता सी लगती है
प्यार करना भी जुर्म है शायद
मुझसे दुनिया ख़फ़ा सी लगती है

बशीर साहब की ग़ज़लों को यूँ तो बहुत से गायकों ने अपना स्वर दिया है ख़ास तौर पर जगजीत सिंह जी ने तो उनकी बेशुमार ग़ज़लें गायी हैं। इस किताब को आप वाणी प्रकाशन की साइट से ऑनलाइन मँगवा सकते हैं।

* * *

सैरे-जहाँ
शहरयार

आज से तैतीस साल पहले यानी सन् 1978 में एक फ़िल्म आई थी 'गमन' जिसे मुज़फ़्फ़र अली साहब ने निर्देशित किया था और जिसमें फ़ारुख़ शेख़ और स्मिता पाटिल ने अभिनय किया था। फ़िल्म आयी, फ़िल्मी हलक़ों में बहुत चर्चित हुई, लेकिन कुछ ख़ास चली नहीं। 'गमन' रोटी रोज़ी की जद्दोजेहद में गाँव से मुंबई आकर टैक्सी चलाने का काम करने वाले एक आम इंसान पर बनी मार्मिक फ़िल्म थी। उसका एक गीत, 'आपकी याद आती रही है' बहुत मक़बूल हुआ था।

इस फ़िल्म के लिए सन 1971 में संगीतकार 'जयदेव' जी को सर्वश्रेष्ठ संगीतकार का राष्ट्रीय पुरस्कार दिया गया और इस गीत के लिए गायिका 'छाया गांगुली' को सर्वश्रेष्ठ महिला गायिका का राष्ट्रीय पुरस्कार मिला। मज़े की बात है इस गीत को पाकिस्तान की मशहूर गायिका आबिदा परवीन ने भी गाया है।

अफ़सोस 'छाया गांगुली' जी का गीत तो बहुत अधिक चर्चित नहीं हुआ लेकिन इस फ़िल्म के एक दूसरे गीत ने धूम मचा दी। गीत के बोलों में आम जन को अपनी ही कहानी सुनाई दी। इस मधुर गीत को स्वर दिया था सुरेश वाडकर जी ने, गीत था सीने में जलन... गायक थे सुरेश वाडकर पीड़ा को, चाहे वो विरह की हो या घर से दूर हालात से लड़ते हुए इंसान की, इतने ख़ूबसूरत शायराना अंदाज़ में पहले शायद ही कभी किसी फ़िल्म में बयाँ किया गया हो.. मुलाहिज़ा कीजिए -

याद के चाँद दिल में उतरते रहे
चाँदनी जगमगाती रही रात भर

दिल है तो धड़कने का बहाना कोई ढूँढ़ें
पत्थर की तरह बेहिस-ओ-बेजान सा क्यूँ है

आप सोच रहे होंगे ये क्या हुआ 'किताबो की दुनिया' शृंखला में फ़िल्म की चर्चा कैसे? सही सोच रहे हैं, क्या है कि बात को घुमा-फिराकर कहना ही आजकल फ़ैशन में है। चर्चा शुरू हमने ज़रूर फ़िल्म से की है लेकिन बात पहुँचाई है उस शायर तक जिसका नाम है 'शहरयार'। आज हम उन्हीं की किताब 'सैरे-जहाँ' की चर्चा करेंगे।

डॉ. अख़लाक़ मुहम्मद खान 'शहरयार' साहब की इस किताब की लोकप्रियता को देखते हुए वाणी प्रकाशन वाले 2001 से अब तक इसके तीन संस्करण निकाल चुके हैं लेकिन माँग है कि पूरी ही नहीं हो पाती। आज के दौर में शायरी की किताब के तीन संस्करण बहुत मायने रखते हैं। इसकी ख़ास वजह ये है कि शहरयार साहब की शायरी उर्दू वालों को उर्दू की और हिंदी वालों को हिंदी की शायरी लगती है।

इस जगह ठहरूँ या वहाँ से सुनूँ
मैं तेरे जिस्म को कहाँ से सुनूँ
मुझको आग़ाज़े-दास्ताँ है अज़ीज़
तेरी ज़िद है कि दरमियाँ से सुनूँ

आग़ाज़े-दास्ताँ कहानी का आरम्भ*

कितनी मासूम-सी तमन्ना है
नाम अपना तेरी ज़बाँ से सुनूँ

शहरयार साहब, जिनका जन्म 16 जून 1936 को बरेली के पास अन्वाला गाँव में हुआ, साहित्य के लिए भारत का सर्वश्रेष्ठ 'ज्ञानपीठ' पुरस्कार प्राप्त करने वाले उर्दू के चौथे रचनाकार हैं। इनसे पूर्व ये पुरस्कार प्राप्त करने वाले महान उर्दू शायर 'फ़िराक गोरखपुरी' (किताब -गुले-नगमा, 1961), अफ़साना निगार 'कुरुतुलैन हैदर' (किताब* आख़िरी शब के हमसफ़र, 1989) और शायर 'अली सरदार जाफ़री' (उर्दू साहित्य को समृद्ध करने पर, 1997) ही हैं। शहरयार साहब को ये पुरस्कार सन 2008 में दिया गया। इसके पहले सन 1987 में शहरयार साहब को उनकी किताब 'ख़्वाब का दर बंद है' के लिए'साहित्य अकादमी' पुरस्कार भी दिया गया।

हवा से उलझे कभी सायों से लड़े हैं लोग
बहुत अज़ीम हैं यारों बहुत बड़े हैं लोग
इसी तरह से बुझे जिस्म जल उठें शायद
सुलगती रेत पे ये सोच कर पड़े हैं लोग
सुना है अगले ज़माने में संगो-आहन थे
हमारे अहद में तो मिट्टी के घड़े हैं लोग

संगो-आहन = पत्थर और लोहा (मज़बूत)

शहरयार साहब लगभग एक दशक तक अलीगढ़ मुस्लिम यूनिवर्सिटी में कार्य करने के बाद सन् 1996 में उर्दू विभाग के चेयरमैन और अध्यक्ष पद से रिटायर हुए। उसके बाद से वो वहीं बस गए हैं और अब उर्दू साहित्य की लगातार सेवा अपनी पत्रिका 'शेरो-हिकमत' के माध्यम से कर रहे हैं।

शहरयार साहब अपनी शायरी के माध्यम से इंसानी ज़िन्दगी में प्यार और सरोकार भरते हैं। ऐसी कोई हलचल जिस से ज़िन्दगी जीने में बाधा पड़े उनको नागवार गुज़रती है और वो इसका विरोध करते हैं। जीवन मूल्यों में होती लगातार गिरावट उन्हें दुखी करती है।

तुम्हारे शहर में कुछ भी हुआ नहीं है क्या
कि तुमने चीख़ों को सचमुच सुना नहीं है क्या
मैं एक ज़माने से हैरान हूँ कि हाकिमे-शहर
जो हो रहा है उसे देखता नहीं है क्या

उजाड़ते हैं जो नादाँ इसे उजड़ने दो
कि उजड़ा शहर दोबारा बसा नहीं है क्या

प्रसिद्ध कथाकार कमलेश्वर कहते हैं, "शहरयार को पढ़ता हूँ तो रुकना पड़ता है...पर यह रुकावट नहीं, बात के पड़ाव हैं, जहाँ सोच को सुस्ताना पड़ता है.. सोचने के लिए। चौंकाने वाली आतिशबाजी से दूर उनमें और उनकी शायरी में एक शब्द शइस्तगी है।

शायद ये ही वजह है कि इस शायर के शब्दों में हमेशा कुछ सांस्कृतिक अक्स उभरते हैं... सफ़र के उन पेड़ों की तरह नहीं हैं जो झट से गुज़र जाते हैं बल्कि उन पेड़ों की तरह हैं जो दूर तक चलते हैं और देर तक सफ़र का साथ देते हैं।

हुआ ये क्या कि ख़मोशी भी गुनगुनाने लगी
गयी रुतों की हर इक बात याद आने लगी
ख़बर ये जब से पढ़ी है, ख़ुशी का हाल न पूछ
सियाह रात! तुझे रौशनी सताने लगी
बुरा कहो कि भला समझो ये हकीक़त है
जो बात पहले रुलाती थी अब हँसाने लगी

आम उर्दू शायरी के दीवानों के लिए शहरयार सिर्फ़ उस शायर का नाम है जिसने फ़िल्म उमराव जान के गीत लिखे, उन्हें सामान्यतः मुशायरों में नहीं देखा /सुना गया है। उन्हें शायद मुशायरों में जाना भी पसंद नहीं है। उन्होंने साहित्य शिल्पी में छपे अपने एक साक्षात्कार में कहा है- "इंडिया में मुशायरों और कवि सम्मेलनों में सिर्फ़ चार बातें देखी जाती है- पहली, मुशायरा कंडक्ट कौन करेगा? दूसरी- उसमें गाकर पढ़ने वाले कितने लोग होगे? तीसरी- हँसाने वाले शायर कितने होंगे और चौथी यह कि औरतें कितनी होंगी? मुशायरा आर्गेनाइज़-पेट्रोनाइज़ करने वाले इन्हीं चीज़ों को देखते है। इसमें शायरी का कोई ज़िक्र नहीं। हर जगह वे ही आज़माई हुई चीज़ें सुनाते हैं। भूले-बिसरे कोई सीरियस शायर फँस जाता है, तो सब मिलकर उसे डाउन करने की कोशिश करते हैं। इसे आप पॉपुलर करना कह लीजिए। पर बहुत पापुलर करना वल्गराइज़ करना भी हो जाता है बहुत बार। इंस्टीव्यूशन में ख़राबी नहीं, पर जो पैसा देते हैं, वे अपनी पसंद से शायर बुलाते है। गल्फ़ कंट्रीज़ में भी जो फ़ाइनेंस करते हैं, पसंद उनकी ही चलती है। उनके बीच में सीरियस शायर होंगे तो मुश्किल से तीन चार और उन्हे भी लगेगा जैसे वे उन सबके बीच आ फँसे हैं। जिस तरह की फ़ीलिंग मुशायरों के शायर पेश करते हैं, गुमराह करने वाली, तास्तुन, कमजरी वाली चीज़ें वे देते हैं, सीरियस शायर उस हालात में अपने को मुश्किल में पाता है।"

न ख़ुशगुमान हो उस पर तू ऐ दिले-सादा
सभी को देख के वो शोख़ मुस्कुराता है

जगह जो दिल में नहीं है मेरे लिए न सही
मगर ये क्या कि भरी बज़्म से उठाता है
अजीब चीज़ है ये वक़्त जिसको कहते हैं
कि आने पाता नहीं और बीत जाता है

शहरयार साहब की अब तक चार प्रसिद्ध किताबें उर्दू में शाया हो चुकी हैं उनकी सबसे पहली किताब सन 1965 में 'इस्मे-आज़म', दूसरी 1969 में 'सातवाँ दर', तीसरी 1978 में 'हिज्र के मौसम' और चौथी 1987 में 'ख़्वाब के दर बंद हैं' प्रकाशित हुई। उर्दू के अलावा देवनागरी में भी उनकी पाँच किताबें छपकर लोकप्रिय हो चुकी हैं। 'सैरे-जहाँ' किताब की सबसे बड़ी ख़ूबी है कि इसमें उनकी चुनिन्दा ग़ज़लों के अलावा निहायत ख़ूबसूरत नज़्में भी पढ़ने को मिलती हैं। वाणी प्रकाशन वालों ने इसे पेपर बैक संस्करण में छापा है जो सुन्दर भी है और जेब पर भारी भी नहीं पड़ता।

जो कहते थे कहीं दरिया नहीं है
सुना उनसे कोई प्यासा नहीं है
दिया लेकर वहाँ हम जा रहे हैं
जहाँ सूरज कभी ढलता नहीं है
चलो आँखों में फिर से नींद बोएँ
कि मुद्दत से तुझे देखा नहीं है

इस किताब की हर ग़ज़ल यहाँ उतारने लायक़ है लेकिन मेरी मजबूरी है कि मैं चाहकर भी ऐसा नहीं कर पाऊँगा। अगर आपको ऐसी नज़्में और ग़ज़लें पढ़नी हैं जो दिलो-दिमाग़ को सुकून पहुँचाएँ, हमारे चारों और के हालात पर, ज़िन्दगी पर रौशनी डालें तो ये किताब.. आपके पास होनी चाहिए। वाणी प्रकाशन वालों का पता मैं यूँ तो अब तक न जाने कितनी बार इस शृंखला में दे चुका हूँ लेकिन अगर आप पीछे मुड़ कर देखने में विश्वास नहीं रखते तो यहाँ एक बार फिर दे देता हूँ वाणी प्रकाशन 21-ए दरियागंज, नई दिल्ली, फ़ोन:011-23273167 ई मेल - vaniprakashan@gmail.com

नाम अब तक दे न पाया इस तअल्लुक़ को कोई
जो मेरा दुश्मन है क्यूँ रोता है मेरी हार पर

बारिशें अनपढ़ थीं पिछले नक़्श सारे धो दिए
हाँ तेरी तस्वीर ज्यों की त्यों है दिल-ए-दीवार पर

***

बारिश खारे पानी की
डॉ. विकास शर्मा 'राज़'

हम प्रस्तुत कर रहे हैं एक ऐसे युवा शायर की किताब जिसके अशआर आपके साथ हँसते हैं, खेलते हैं, रोते हैं, साँस लेते हैं। इस शायर को पढ़कर यक़ीन हो जाता है कि उर्दू ग़ज़ल का भविष्य बहुत उज्जवल है। वो लोग, जिन्हें लगता है कि उर्दू शायरी अब दम तोड़ने लगी है, इस किताब को ज़रूर पढ़ें मुझे यक़ीन है कि इसे पढ़ने के बाद वो कम से कम इस फ़िक्र से तो ग़मज़दा नहीं ही होंगें।

बहुत घुटन है, नयी शायरी ज़रूरी है
ग़ज़ल के शहर में अब ताज़गी ज़रूरी है
या फिर
चबाते हो उन्हीं थूके हुए निवालों को
नयी रदीफ़ नये क़ाफ़िये तलाश करो

जो शायर ऐसे अनूठे अशआर कह रहा है उसका तहे-दिल से इस्तक़बाल मेरे ख़याल से बहुत ज़रूरी है। ये इस्तक़बाल एक नये शायर का ही नहीं है उस रौशनी का है जो पुराने अँधेरे कमरों को रौशन करने आ रही है। तो आइए आज खुले दिल से बात करते हैं होनहार युवा शायर 'डॉ. विकास शर्मा राज़' की पहली किताब 'बारिश खारे पानी की' के बारे में जिसे 'लफ़्ज़ प्रकाशन' नोएडा द्वारा प्रकाशित किया गया है।

जिस वक़्त रौशनी का तसव्वुर मुहाल था
उस शख़्स का चिराग़ जलाना कमाल था
तसव्वुर कल्पना मुहाल* कठिन*
उसके बिसात उलटने से मालूम हो गया
अपनी शिकस्त का उसे कितना मलाल था
अफ़सोस! अपनी जान का सौदा न कर सके
उस वक़्त क़ीमतों में बला का उछाल था

नये-नवेले अंदाज़ में शेर कहने वाले 'विकास शर्मा राज़' जी ने विज्ञान विषय (रसायन शास्त्र) में एम.फ़िल, पीएच.डी. किया है और वर्तमान में सोनीपत, हरियाणा में विज्ञान शिक्षक की हैसियत से कार्यरत हैं। वो दुनिया को वैज्ञानिक दृष्टि से देखते हैं और तर्क का प्रयोग करते हुए शेर कहते हैं-

धूप को चाँदनी कहा कीजे
वक़्त के साथ भी चला कीजे
दरमियाँ पत्थरों के रहना है
अपने लहजे को खुरदुरा कीजे
अपनी सोहबत बड़ी ज़रूरी है
वक़्त कुछ ख़ुद को भी दिया कीजे

विज्ञान के छात्र होने से इंसान के सोचने का तरीक़ा शुष्क नहीं हो जाता बल्कि उसमें और भी कोमलता आ जाती है। राज़ जब भी कोमल एहसास से लबरेज़ शेर कहते हैं तो वो सीधे दिल में घर कर जाते हैं।

निगाहों से उजाला बोलता है
वो चुप रहकर भी क्या-क्या बोलता है
नज़र आती है ऐसी रौशनी कब
वो घर पर है दरीचा बोलता है
दरीचा-खिड़की
कोई सहरा कहे तो मान भी लें
'बहुत प्यासा हूँ' दरिया बोलता है

ग़ज़ल का इतिहास ख़ासा पुराना है.. पुराने ही वो लफ़्ज़ हैं जो उसमें इस्तेमाल होते हैं और तो और इंसानी जज़्बात, जैसे दुःख-सुख आशा-निराशा भी नहीं बदले हैं। आज भी हम उसी बात पर आँसू बहाते या हँसते हैं जिस बात पर सदियों पहले बहाया या हँसा करते थे। ऐसे में कामयाब शायर वो ही है जिसे उन्हीं पुरानी बातों या जज़्बात को नये अंदाज़ में नये नज़रिए से पेश करने का हुनर आता है। उन्हीं बातों को नये क्लेवर में देख हम तालियाँ बजाने लगते हैं। इस हुनर को हासिल करने में उम्र बीत जाया करती है और फिर भी ये हुनर किसी किसी को ही नसीब होता है। ख़ुशी की बात ये है कि विकास राज़ को ये हुनर बहुत कम उम्र में ही हासिल हो गया है।

वो जो डूबा है तो अपनी ही अना के कारण
वो अगर चाहता आवाज़ लगा सकता था
कोशिशें कीं तो, तअल्लुक़ को बचाने की बहुत
एक हद तक ही मगर ख़ुद को झुका सकता था
अब भी हैरान हूँ क्यूँ उसने बिसात उलटी थी
वो अगर चाहता तो मुझको हरा सकता था

विकास राज़ अपनी शायरी का सारा श्रेय अपने गुरु जनाब 'तुफ़ैल चतुर्वेदी' जी को देते हैं। तुफ़ैल साहब जनाब कृष्ण बिहारी 'नूर' साहब के शागिर्द रहे हैं उनकी किताब 'सारे वरक़ तुम्हारे' का ज़िक्र हम इस शृंखला में कर चुके हैं। विकास के **नाना प. चन्द्र भान मफ्लूकइ भी** अज़ीम शायर थे। विकास को शायरी का पहला पाठ जनाब नाज़ लायलपुरी साहब ने पढ़ाया। यानी शायरी की ये गंगा राज़ के आँगन में हिमालय जैसी बुलंद शख़्सियत वाले शायरों से होती हुई उतरी है।

हवा के साथ यारी हो गयी है
दिये की उम्र लम्बी हो गयी है
फ़क़त ज़ंजीर बदली जा रही थी
मैं समझा था रिहाई हो गयी है
बची है जो धनक उसका करूँ क्या
तेरी तस्वीर पूरी हो गयी है

मैंने हमेशा कहा है और आज फिर कह रहा हूँ शायर की असली पहचान उसकी छोटी बहर में कही ग़ज़लों से ही मिलती है। शायरी का पूरा अनुभव निचोड़ कर छोटी बहर में ख़र्च कर देना पड़ता है तब कहीं जाकर एक आध ढंग का शेर हो पाता है। ये ऐसी विधा है जिसे हर कोई अपनाना तो चाहता है लेकिन जिस पर बस किसी किसी का ही चल पाता है। विकास राज़ की इस पहली किताब में अधिकांश ग़ज़लें छोटी बहर में ही हैं। ये उनके गुरुओं का आशीर्वाद ही है जो उनसे छोटी बहर में बेहतरीन अशआर कहलवा गया है। इस विधा में मैं अभी तक विज्ञान व्रत जी को ही श्रेष्ठ मानता आया हूँ।

शम'अ कमरे में सहमी हुई है
खिड़कियों से हवा झाँकती है
जिस दरीचे पे बेलें सजी थीं
जाला मकड़ी वहाँ बुन रही है
सिर्फ़ चश्मा उतारा है मैंने
ज़ेहन में रौशनी हो गयी है
उम्रभर धूप में रहते-रहते
ज़िन्दगी साँवली हो गयी है

'तुफ़ैल चतुर्वेदी' साहब ग़ज़लों और व्यंग विनोद की श्रेष्ठ भारतीय पत्रिका लफ़्ज़ के प्रकाशक और मुख्य संपादक हैं उन्हीं के साथ सह-संपादक की हैसियत से राज़ लफ़्ज़ का काम काज भी सँभालते हैं। तुफ़ैल साहब ने किताब की भूमिका में बहुत जज़्बाती होते हुए लिखा है- 'मैं अपने दादा उस्ताद स्वर्गीय फ़ज़ल अब्बास नक़वी साहब अपने उस्ताद स्वर्गीय

कृष्ण बिहारी नूर के हुज़ूर में जब भी पहुँचूँगा तो इस शान और एतमाद के साथ पहुँचूँगा कि मैंने, उनसे मुझ तक आया इल्म, उनके पोते राज़ तक ईमानदारी से पहुँचा दिया है। अगर ये कोई बड़ी बात है तो है और अगर नहीं है तो न सही।"

ऐसी प्यास और ऐसा सब्र
दरिया पानी-पानी है
धरती, धूप, हवा, बारिश
दाता कितना दानी है
हमने चख कर देख लिया
दुनिया खारा पानी है

इस किताब की प्राप्ति के लिए आप लफ़्ज़ प्रकाशन, पी-12, नर्मदा मार्ग, सेक्टर -11 नोएडा -201301 को संपर्क करें या फिर 09810387857 पर फ़ोन करें। राज़ साहब को इस बेहतरीन किताब के लिए 9896551481 पर फ़ोन कर मुबारकबाद ज़रूर दें। लगभग छियासी ग़ज़लों में से एक भी ग़ज़ल ऐसी नहीं है जिसे यहाँ कोट न किया जा सके लेकिन क्या करें इस पोस्ट की अपनी सीमाएँ हैं इसलिए हमें अब यहाँ रुकना होगा। आपके दिल में अच्छी शायरी की प्यास हमने जगा दी है अब इसे बुझाना आपका काम है। आख़िरी में जनाब मुनव्वर राना साहब की इस बात के साथ जो मेरे भी दिल की भी आवाज़ है, हम आपसे इजाज़त चाहेंगे, "अगर मुझे ईमानदारी से अपनी बात कहने की अनुमति हो तो ये आसानी से कह सकता हूँ कि विकास की ग़ज़लों के चराग़ से मुझ जैसे उम्र की ढलान पर खड़े हुए लोगों की आँखों की रौशनी बढ़ जाती है।"

कट न पायी किसी से चाल मेरी
लोग देने लगे मिसाल मेरी
मेरे घर आके मुझको चौंका दे
लॉटरी भी कभी निकाल मेरी
मेरे शेरों को गुनगुनाता है
बंद है जिस से बोलचाल मेरी

***

हर तस्वीर अधूरी
डॉ. महताब हैदर नक़वी

गर तुझसे मुझे इतनी मुहब्बत नहीं होती
यूँ रंज उठाने में भी लज़्ज़त नहीं होती
ये दिल है कि जो टूट गया, टूट गया बस
शीशे की किसी तौर मरम्मत नहीं होती
फिर कौन तुझे मानता यकता-ए-ज़माना
अशआर में तेरे जो ये जिद्दत नहीं होती

यकता-ए-ज़माना= संसार में अद्वितीय,
जिद्दत=अनोखापन

'अशआर में तेरे जो ये जिद्दत नहीं होती' वाह... देखिए कितनी सही और गहरी बात की है। दुनिया में जो सब कर रहे हैं उसी को किये जाने में भला - क्या लुत्फ़ है? अपनी पहचान बनाने के लिए आपको कुछ अलग करना ही पड़ता है, अगर नहीं करेंगे तो आप भीड़ में गुम हो जायेंगे। हमारे आज के शायर जनाब 'डॉ. महताब हैदर नक़वी' जिनकी किताब 'हर तस्वीर अधूरी' का हम ज़िक्र करने जा रहे हैं, भीड़ में होते हुए भी भीड़ से अलग हैं।

अब तक तो हम-से लोग किसी काम के न थे
अब काम मिल गया है मेरे रब किया है इश्क़
पहले तो थी हर एक से शिकवे-शिकायतें
अब क्यूँ रहेगा कोई गिला जब किया है इश्क़
वाइज़ को ऐतराज़ अगर है तो होने दो
पहले नहीं किया था मगर अब किया है इश्क़

अलीगढ़ निवासी जनाब डॉ. महताब हैदर नक़वी साहब की शायरी पर उनके उस्ताद जनाब 'शहरयार' साहब का असर साफ़ दिखाई देता है। शहरयार साहब के साथ और अब उनके रिटायरमेंट के बाद भी वो अलीगढ़ मुस्लिम यूनिवर्सिटी के उर्दू विभाग में बतौर लेक्चरार काम कर रहे हैं। नक़वी साहब अपनी शायरी का सारा श्रेय शहरयार साहब को ही देते हैं।

समन्दरों के किनारों की रेत पर अब लोग
बनायें और कोई चीज़ भी घरों के सिवा
परिंदे पूछ रहे हैं हवाओं से अब के
उड़ान के लिए क्या चाहिए परों के सिवा
हमारी नस्ल ने ऐसे में आँख खोली है
जहाँ पे कुछ नहीं बेरंग मंज़रों के सिवा

नक़वी साहब पिछले तीन दशकों से शेर कह रहे हैं। इनकी दो किताबें शब आहंग और मावरा-ए-सुख़न प्रकाशित हो चुकी हैं। डायमंड पाकेट बुक्स के हम, हिंदी में शायरी पढ़ने के शौक़ीन, एहसानमंद हैं जिन्होंने उनकी ग़ज़लों का हिंदी में ये पहला संकलन प्रकाशित किया है। संपादन का काम सरेश कुमार जी ने किया है। इस किताब में नक़वी साहब की एक सौ चालीस से ऊपर ग़ज़लें संकलित हैं जो पाठकों का मन मोह लेती हैं।

मेहरबाँ आज मुझ पर हुआ कौन है
तू नहीं है तो फिर ये बता कौन है
सब हिकायत-ए-माज़ी भुला दी गयी
तेरे ग़म को मगर भूलता कौन है
हिकायत-ए-माजी= अतीत की कथाएँ
वो भी ख़ामोश है, मैं भी ख़ामोश हूँ
दरमियाँ आज फिर आ गया कौन है

समकालीन उर्दू शायरी के आठवें दशक में उल्लेखनीय उपस्थिति दर्ज करवाने में जावेद अख़्तर, निदा फ़ाज़ली, ज़ुबैर रिज़वी, अमीन अशरफ़, शीन काफ़ निज़ाम, तरन्नुम रियाज़, आलम ख़ुर्शीद आदि के साथ जनाब महताब हैदर नक़वी साहब का नाम भी लिया जाता है। उनकी शायरी में हमारे आज की समस्याएँ परेशानियाँ सुख दुःख झलकते हैं, इसलिए उनकी शायरी हमें अपनी सी लगती है। वो आज के बिगड़ते हालत को देख चिंतित भी हैं तो कहीं उसी में उन्हें उम्मीद की किरण भी नज़र आती है।

अपनी वहशत का कुछ अंदाज़ा लगाया जाए
फिर किसी शहर को वीराना बनाया जाए
पहले उस शोख़ को गुमराह किया करते हैं
फिर ये कहते हैं उसे राह पे लाया जाए
अक़्ल कहती है कि शानों पे ये सर भारी है
दिल की ये ज़िद है कि यही बोझ उठाया जाए

सुरेश कुमार ने किताब की भूमिका में लिखा है, "ज़िन्दगी को बेहतर बनाने के लिए जिन ख़्वाबों की ज़रूरत होती है, उन्हें देखने के लिए नक़वी साहब एक वातावरण तैयार करने में लगे हैं। महज़ ख़्वाब देखना उनकी फ़ितरत में नहीं है, व्यवहारिक धरातल पर वो उन्हें हकीक़त में भी बदलना चाहते हैं। उनकी ये कोशिश उनके अशआर में साफ़ दिखाई देती है।"

दूर तक राह में अब कोई नहीं, कोई नहीं
कब तलक बिछड़े हुए लोगों का रस्ता देखूँ

आँख बाहर किसी मंज़र पे ठहरती ही नहीं
घर में जाऊँ तो वही हाल पुराना देखूँ
रात तो उसके तसव्वुर में गुज़र जाती है
कोई सूरत हो कि मैं दिन भी गुज़रता देखूँ

जनाब नक़वी साहब के बारे में जानकारी इकट्ठा करने में मुझे बहुत मशक़्क़त करनी पड़ी। नैट पर सिर्फ़ उन लोगों के बारे में लिखा मिलता है जो चाहे नक़वी साहब जैसे दानिश्वर नहीं है लेकिन उनसे अधिक प्रचलित हैं। आज के युग में अपने आपको बाज़ार में बेचने का हुनर आना चाहिए। आपने देखा होगा अक्सर मुशायरों में आप को शायरी सुनने को नहीं मिलती जो शायरी कहते हैं उन्हें मुशायरों में बुलाया नहीं जाता। भीड़ शायरी को मनोरंजन का सामान मानती है, उसकी गहराई में नहीं उतरना चाहती। चाहे हमें नक़वी साहब के बारे में नैट पर बहुत अधिक पता नहीं चला लेकिन इस किताब को पढ़कर उनके विचारों को भली भांति जाना है और ये बात उन्हें जानने से अधिक महत्वपूर्ण है।

आईने भी अब देख के हैराँ नहीं होते
ये लोग किसी तौर परेशाँ नहीं होते
पलकों के लिए धूप के टुकड़ों की दुआ हो
साए कभी ख़्वाबों के निगेहबाँ नहीं होते
निगेहबाँ=देखरेख करने वाले
होते हैं कई काम मुहब्बत में भी ऐसे
मुश्किल जो नहीं हैं, मगर आसाँ नहीं होते

उम्मीद करता हूँ कि आपको नक़वी साहब की शायरी पसंद आयी होगी। शायर की हौसला अफ़ज़ाही के लिए गुज़ारिश है कि आप उन्हें इस बेहतरीन शायरी के लिए उनके मोबाइल 09456667284 पर फ़ोन कर मुबारकबाद ज़रूर दें ये मोबाइल नंबर मुझे नैट से बहुत मुश्किल से मिला है, मेरी इस मेहनत का सिला सिर्फ़ उन्हें फ़ोन पर दाद देकर ही दिया जा सकता है। अगली किताब की तलाश में चलने से पहले लीजिए पेश करता हूँ नक़वी साहब की एक ग़ज़ल के तीन और शेर-

हमें तुझ से मुहब्बत है, हमें दुनिया से यारी है
ये दुनिया भी हमारी है, वो दुनिया भी हमारी है
जहाँ के खेल में सब एक जैसे हमको लगते हैं
ये बाज़ी किसने जीती है, ये बाज़ी किसने हारी है
खुली आँखों से देखो तो, ये दुनिया ख़ूबसूरत है
हँसी तू है, जवान हम हैं, कहाँ की सोगवारी है

* * *

रहगुज़र
अक़ील नोमानी

मात्र साठ सत्तर शायरी की किताबें पढ़ लेने के बाद मुझे ये ग़लत फ़हमी हो चली थी कि मैंने उर्दू हिंदी के बेहतरीन समकालीन शायरों को पढ़ लिया है और अब अधिक कुछ पढ़ने को बचा नहीं है। मुझे ही क्या हम सभी ऐसी ग़लत फ़हमी के शिकार होते हैं। किसी एक विषय पर सतही जानकारी इकट्ठा कर अपने आपको प्रकाण्ड पण्डित समझने लगते हैं। हज़ारों वर्षों से इंसान न जाने कितने विषयों पर खोज करता आया है और ये खोज आज तक पूरी नहीं हुई है। हम दरअस्ल वो अंधे हैं जो हाथी के किसी एक हिस्से को पकड़ कर उसे ही हाथी समझने का भ्रम पाल लेते हैं। ख़ैर मेरी ये ग़लतफहमी बनी रहती अगर मैंने जनाब 'अक़ील नोमानी' साहब की किताब 'रहगुज़र' नहीं पढ़ी होती। सच कहूँ तो मैंने अक़ील साहब के बारे में अधिक नहीं सुना था, ये तो युवा शायर 'गौतम राजऋषि' जी ने एक बार कहीं फ़ेसबुक पर उनके नाम का ज़िक्र किया तो मैंने उन्हें खोजने की प्रक्रिया शुरू की। खोज करने से नोमानी साहब तो मिले ही साथ में उनकी बेहतरीन शायरी की किताब भी मिल गयी।

शायर तो 'अक़ील' बस वही है
लफ़्ज़ों में जो दिल पिरो गया है

लफ़्ज़ों में दिल पिरोने वाले इस शायर के बारे में क्या कहूँ? जब से 'रहगुज़र' पढ़नी शुरू की है इसमें से बाहर आने को दिल ही नहीं करता। डॉ. मंज़ूर हाश्मी साहब की उनके बारे में कही ये बात कि "अक़ील की शायरी एक दर्दमंद और पुरख़ुलूस दिल की आवाज़ है।" इस किताब को पढ़ने के बाद शतप्रतिशत सही लगती है।

मेरी ग़ज़ल में हैं सहरा भी और समंदर भी
ये ऐब है कि हुनर है मुझे ख़बर ही नहीं

सहरा और समंदर का एक साथ लुत्फ़ देने वाली इस किताब की चर्चा आज हम अपनी इस शृंखला में करेंगे और जानेंगे कि क्यूँ राहत इन्दौरी साहब को गुज़िश्ता तीस पैंतीस बरस में किसी नये शायर ने इतना मुतास्सिर नहीं किया, जितना अक़ील नोमानी ने।

आँसुओं पर ही मेरे इतनी इनायत क्यूँ है
तेरा दामन तो सितारों से भी भर जाएगा
तुम जो हुशियार हो, ख़ुशबू से मुहब्बत रखना
फूल तो फूल है, छूते ही बिखर जाएगा

हर कोई भीड़ में गुम होने को बैचैन-सा है
उड़ती देखेगा जिधर धूल, उधर जाएगा

भीड़ में गुम होने से हमें सुरक्षा का एहसास होता है। लेकिन भीड़ में गुम लोगों के चेहरे नहीं होते पहचान नहीं होती और जिन्हें अपनी पहचान करवानी होती है ऐसे बिरले साहसी लोग भीड़ में शामिल नहीं होते भीड़ से अलग रहते हैं, जो जोखिम भरा काम होता है। अक़ील साहब सबमें शामिल हैं मगर सबसे जुदा लगते हैं। सब में शामिल हो कर सबसे जुदा लगने का हुनर बिरलों में ही होता है, और बिरले ही ऐसे शेर कह सकते हैं-

ज़िन्दगी यूँ भी है, ज़िन्दगी यूँ भी है
या मरो एकदम या मरो उम्र भर
या ज़माने को तुम लूटना सीख लो
या ज़माने के हाथों लुटो उम्र भर
उनको रस्ता बताने से क्या फ़ायदा
नींद में चलते रहते हैं जो उम्र भर

अक़ील साहब इतने बेहतरीन शेर कहने के बावजूद भी निहायत सादगी से अपने आपको उर्दू शायरी का तालिबे-इल्म ही मानते हैं। उनका ये शेर देखें जिसमें उन्होंने किस ख़ूबसूरती से इस बात का इज़हार किया है

मंज़िले-शेरो-सुख़न सबके मुक़द्दर में कहाँ
यूँ तो हमने भी बहुत क़ाफ़िया-पैमाई की

उन्हें इस बात का ज़रा-सा भी ग़ुरूर नहीं है कि वो उर्दू के बेहतरीन शायर हैं जबकि मैंने देखा है अक्सर लोग मुशायरों में महज़ तालियाँ बजवाने के लिए निहायत सतही शेर कहते हैं लेकिन अक़ील साहब के संजीदा कलाम लोग पिछले तीस सालों से मुशायरों में बड़े अदब के साथ सुनते आ रहे हैं।

ख़ुशी ग़म से अलग रहकर मुकम्मल हो नहीं सकती
मुसलसल हँसने वालों को भी आख़िर रोना पड़ता है
अभी तक नींद से पूरी तरह रिश्ता नहीं टूटा
अभी आँखों को कुछ ख़्वाबों की ख़ातिर सोना पड़ता है
मैं जिन लोगों से ख़ुद को मुख़्तलिफ़ महसूस करता हूँ
मुझे अक्सर उन्हीं लोगों में शामिल होना पड़ता है

अक़ील साहब के बारे में उस्ताद शायर 'सर्वत ज़माल' साहब की टिप्पणी क़ाबिले-ग़ौर है वो कहते हैं, "अक़ील नोमानी ऐसा एक शायर है जो सिर्फ़ दिखने में पत्थर नज़र आता है लेकिन क़रीब आओ तो उसकी मोम जैसी नर्मी और शहद जैसी मिठास का अंदाज़ा होता है, मुझे ख़ुशी है कि मैं उनके क़रीब बहुत क़रीब हूँ।" अक़ील साहब के ये शेर सर्वत साहब की बात की ताक़ीद करते हैं-

कैसी रस्में, कैसी शर्तें
चाहत तो चाहत होती है
वस्ल के लम्हों ने समझाया
दुनिया भी जन्नत होती है
उन आँखों को याद करो तो
दर्द में कुछ बरकत होती है

हुनर को पनपने के लिए कभी सुविधाओं या किसी बड़े शहर की ज़रूरत नहीं होती। अक़ील साहब ने अपनी शायरी का सफ़र बरेली के एक छोटे से क़स्बे 'मीरगंज' से शुरू किया और पिछले सत्ताइस सालों से वो वहीं रह कर उर्दू अदब की सेवा कर रहे हैं। एक साधारण से काश्तकार लेकिन अदब के असाधारण प्रेमी पिता के बेटे अक़ील साहब को शेरो-शायरी का फ़न घुट्टी में नसीब हुआ। मात्र बीस साल की उम्र में अपने उस्ताद जलील नोमानी की रहनुमाई में वो शेर कहने लगे और पत्र-पत्रिकाओं में छपने भी लगे। सन 1987 से शुरू हुआ ये सिलसिला आज तक बदस्तूर जारी है।

मैं ही तो नहीं सर्द मुलाक़ात का मुजरिम
पहले की तरह तू भी तो हँसकर नहीं मिलता
जिस दिन से सब आईने खुले छोड़ दिए हैं
उस दिन से किसी हाथ में पत्थर नहीं मिलता
मिल जाऊँ तो दुनिया मुझे खोने नहीं देती
खो जाऊँ तो ख़ुद को भी मैं अक्सर नहीं मिलता

'रहगुज़र' किताब हम जैसे अलीबाबाओं के लिए जो अच्छी शायरी की खोज में दर-ब-दर ख़ाक छानते रहते हैं किसी ख़ज़ाने से कम नहीं एक ऐसा ख़ज़ाना जो कभी ख़ाली नहीं होता। इस किताब को गुंजन प्रकाशन, सी-130, हिमगिरी कालोनी, कांठ रोड, मुरादाबाद ने प्रकाशित किया है। इसकी प्राप्ति की सूचना के लिए आप 0591-2454422 पर फ़ोन करें अथवा मोबाइल नंबर 099273-76877 पर संपर्क करें। सबसे श्रेष्ठ बात तो ये रहेगी कि आप नोमानी साहब को इस किताब के लिए उन्हें उनके मोबाइल 094121-43718 अथवा 093593-42600 पर बधाई दें और साथ ही इसे प्राप्त करने का सरल रास्ता भी पूछ लें।

ख़ुद को सूरज का तरफ़दार बनाने के लिए
लोग निकले हैं चराग़ों को बुझाने के लिए
सब हैं संगीनी-ए-हालात से वाक़िफ़ लेकिन
कोई तैयार नहीं सामने आने के लिए
कितने लोगों को यहाँ चीख़ना पड़ता है अक़ील
एक कमज़ोर की आवाज़ को दबाने के लिए

'रहगुज़र' का ख़ुमार तो आसानी से उतरने से रहा... दिल करता है इस किताब पर अविराम लिखता चला जाऊँ... लेकिन पोस्ट की अपनी मजबूरी है, इस किताब में से कुछ अशआर मैंने बतौर नमूना आपके सामने पेश किये हैं, इस ख़ज़ाने में इन मोतियों के अलावा जो हीरे-जवाहरात हैं उन्हें खोजने के लिए आपको स्वयं कोशिश करनी होगी। जल्द ही मिलते हैं एक और शायरी की किताब के साथ। चलते-चलते आख़िर में पढ़िए छोटी बहर की एक ग़ज़ल के चंद शेर-

उन ख़यालों का क्या करें आख़िर
जो सुपुर्दे-क़लम नहीं होते
बारिशों ही से काम चलता है
खेत शबनम से नम नहीं होते
उसका ग़म भी अजीब होता है
जिसको औरों के ग़म नहीं होते

***

मेरे लहू की आग
निश्तर ख़ानक़ाही

महरूम करके साँवली मिट्टी के लम्स से
ख़ुश-रंग पत्थरों में उगाया गया मुझे
महरूम- वंचित, लम्स-स्पर्श
किस-किस के घर का नूर थी मेरे लहू की आग
जब बुझ गया तो फिर से जलाया गया मुझे
मैं भी तो इक सवाल था, हल ढूँढ़ते मेरा
ये क्या कि चुटकियों में उड़ाया गया मुझे

ऐसे अशआर पढ़कर अचानक मुँह से कोई बोल नहीं फूटते, हैरत से आँखें फटी रह जाती हैं और दिल एक लम्हे के लिए धड़कना बंद कर देता है। हक़ीक़त तो ये है कि ऐसे कुंदन से अशआर यूँ ही काग़ज़ पर नहीं उतरते इस के लिए शायर को उम्र भर सोने की तरह तपना पड़ता है। इस तपे हुए सोने जैसे शायर का नाम है 'निश्तर ख़ानक़ाही' जिनकी किताब 'मेरे लहू की आग' का ज़िक्र आज हम यहाँ करने जा रहे हैं। 'निश्तर ख़ानक़ाही' के नाम से शायद हिंदी के पाठक बहुत अधिक परिचित न हों क्यूँकि निश्तर साहब उन शायरों की श्रेणी में आते हैं जो अपना ढोल पीटे बिना शायरी किया करते थे।

सारे जग की प्यास बुझाना, इतना आसाँ काम है क्या?
पानी को भी भाप में ढलकर बादल बनना पड़ता है
जलते दिए की लौ ही जाने उसकी आँखें जानें क्या?
कैसी-कैसी झेल के बिपता, काजल बनना पड़ता है
मीर कोई था मीरा कोई, लेकिन उनकी बात अलग
इश्क़ न करना, इश्क़ में प्यारे पागल बनना पड़ता है
निश्तर साहब! हमसे पूछो, हमने ज़बें झेली हैं
घायल मन की पीड़ समझने घायल बनना पड़ता है
ज़बे - चोटें

घायल मन की पीड़ समझकर उसे अपने अशआर में ढालने वाले इस शायर ने अपने जन्म के बारे में एक जगह लिखा है, "कोई रिकार्ड नहीं है.. लेकिन मौखिक रूप में जो कुछ मुझे बताया गया है, उसके अनुसार 1930 के निकलते जाड़ों में किसी दिन मेरा जन्म हुआ था, जहानाबाद नाम के गाँव में, जहाँ मेरे वालिद सैयद मौहम्मद हुसैन की छोटी-सी ज़मींदारी थी।" पाठकों की सूचना के लिए बता दूँ कि जहानाबाद उत्तर प्रदेश के बिजनौर जनपद का एक गाँव है। बिजनौर में जीवन के अधिकांश वर्ष गुज़ारने के बाद 7 मार्च 2006 को

ख़ानक़ाही साहब ने इस दुनिया को अलविदा कह दिया।

बस सफ़र, पैहम सफ़र, दायम, मुसलसल, बे-क़याम
चलते रहिए, चलते रहिए, फ़ासला मत पूछिए
पैहम- निरंतर, दायम- हमेशा, मुसलसल- लगातार, बे-क़याम- बिना रुके
ज़िन्दगी का रूप यकसाँ, तजरिबे सबके अलग
इस समर का भूल कर भी ज़ायक़ा मत पूछिए
यकसाँ- एक जैसा, समर-फल
क्या ख़बर है कौन किस अंदाज़, किस आलम में हो
दोस्तों से उनके मस्कन का पता मत पूछिए
मस्कन- घर

ख़ानक़ाही साहब के वालिद बहुत सख़्त मिज़ाज इंसान थे। इस कारण उनका लगाव माँ से अधिक था। उनकी माँ फ़ारसी ज़बान में शायरी करने वाली एक विदुषी महिला थीं। उन्होंने बचपन में ही आपको फ़ारसी के महान शायरों हाफ़िज शीराजी, सादी और नज़ीरा का काव्य कंठस्थ करा दिया था। शायद बचपन में अपनी अम्मी से मिले ये संस्कार ही थे कि वे एक सफल शायर बन सके। अपनी वालिदा के इंतक़ाल के बाद उनकी याद में लिखी एक ग़ज़ल के चंद शेर पढ़ें जिस से आपको अंदाज़ा हो जायेगा के निश्तर साहब अपनी अम्मी से किस क़दर बेपनाह मुहब्बत करते थे, इन अशआर को पढ़ते हुए आँखें अपने आप नम हो जाती हैं।

कौन अब रक्खेगा मुझको अपनी तस्बीहों में याद
कौन अब रातों को जीने की दुआ देगा मुझे
तस्बीहों-माला
भीग जाएगी पसीने से जो पेशानी मेरी
कौन अपने नर्म आँचल की हवा देगा मुझे
कौन अब पूछेगा मुझसे मेरी माज़री का हाल
कौन बीमारी में ज़िद करके दवा देगा मुझे
माज़री-लाचारी

निश्तर साहब बहुत संवेदनशील व्यक्ति थे और वो अपनी इस संवेदन शीलता से परेशान भी थे उन्होंने एक जगह कहा भी है, "अपने जीवन में मेरे लिए सबसे बड़ा अभिशाप मेरा संवेदनशील होना रहा है। संवेदनशील न होता, केवल भावुक होता तो हालात अथवा अपने-परायों के व्यवहार की प्रतिक्रिया में चीख़ सकता था, शोर मचा सकता था, विद्रोह कर सकता था। किंतु मैं ऐसा नहीं कर सका, क्योंकि संवेदनशील आदमी की प्रवृत्ति ही चुपचाप महसूस करना और देर तक घुलते रहना होती है। वह भड़कता नहीं धीरे-धीरे सुलगता है और अंतत स्वयं अपनी ही आग में जल-बुझकर राख हो जाता है।"

मेरे लहू की आग ही झुलसा गयी मुझे
देखा जो आइना तो हँसी आ गयी मुझे
मैं जैसे एक सबक़ था कभी का पढ़ा हुआ
उठ्ठी जो वो निगाह तो दोहरा गयी मुझे
तेरी नज़र भी दे न सकी ज़िन्दगी का फ़न
मरने का खेल सहल था, सिखला गयी मुझे

सहल-आसान

निश्तर साहब ने लगभग दस वर्ष की उम्र से ही लेखन आरम्भ कर दिया था। इतनी छोटी उम्र में लेखन शुरू करने के हिसाब से हमारे पास उनके द्वारा रचे साहित्य का बहुत बड़ा ज़ख़ीरा होना चाहिए था, लेकिन नहीं है। इसके पीछे दो कारण हैं। उन्होंने अपनी रचनाओं की कोई प्रति अपने पास नहीं रखी। आकाशवाणी से प्रकाशित होने वाली अथवा पत्र-पत्रिकाओं में प्रकाशित होने वाली रचनाओं, रूपकों, कहानियों, लेखों, नज़्मों अथवा ग़ज़लों की प्राय- कोई प्रति उनके पास नहीं रही। दूसरा कारण तो और भी कष्टप्रद है। उन्हीं के शब्दों में- उस्तादों की तलाश से निराश होकर जब मैंने अभ्यास और पुस्तकों को अपना गुरु माना तो हर साल रचनाओं का एक बड़ा संग्रह तैयार हो जाता, किंतु मैं हर साल स्वयं उसे आग लगा देता। यह सिलसिला लगभग बीस वर्ष तक चलता रहा। हर पाण्डुलिपि पाँच सौ से सात सौ पृष्ठों तक की होती थी। ग़ज़लकार निश्तर जी के इस कथन से ही कल्पना की जा सकती है कि यदि उनके द्वारा रचित साहित्य का व्यवस्थित रूप से प्रकाशन होता तो साहित्य-जगत को आज उनका विपुल साहित्य पढ़ने को उपलब्ध होता।

दस्तकों पे दोस्तों के भी खुलते नहीं हैं दर
हर वक़्त इक अजीब सी दहशत घरों में है
क्या फिर कहीं पे कोई बड़ा हादसा हुआ
क्यूँ आज इतनी भीड़ इबादत घरों में है
अच्छे दिनों की आस में दीवारो-दर हैं चुप
सड़कों पे क़हक़हे हैं, हकीक़त घरों में है

निश्तर साहब के लिए किसी भी विधा में लिखना सामान्य-सी बात थी, किंतु उनके व्यक्तित्व का एक प्रभावशाली पक्ष ये था कि उनकी दृष्टि सदैव आदमी और उसके भीतर के आदमी, समाज और उसके भीतर के समाज पर टिकी रहती थी, जो यथार्थ को कला के सुंदर रूप में प्रस्तुत करती है। निश्तर ख़ानक़ाही के नाम की साहित्यिक रूप में व्याख्या कर डॉ. मीना अग्रवाल लिखती हैं- नश्तर या निश्तर का अर्थ है चीर-फाड़ करने का यंत्र। साहित्य में चीर-फाड़ शब्दों के स्तर पर भी होती है। निश्तर साहब की शायरी भी एक ऐसा ही नश्तर है कि पाठक के दिल में स्वयं बिंध जाता है। उनकी शायरी हृदय को छूने वाली है।

अब फ़र्श हैं हमारे छतें दूसरों की हैं
ऐसा अज़ाब पहले कहाँ था घरों के साथ

बिस्तर है पास पास मगर क़ुर्बतें नहीं
हम घर में रह रहे हैं अजब फ़ासलों के साथ
क़ुर्बतें-निकटता

मय्यत को अब उठाके ठिकाने लगाइए
मौक़े के सब गवाह हुए क़ातिलों के साथ

निश्तर साहब की लाजवाब शायरी से ये किताब 'हिंदी साहित्य निकेतन' बिजनौर से प्रकाशित हुई है। इसकी और ऐसे उनके साँकलों की बेहतरीन ग़ज़लें आप http://nishtar-khanqahi.blogspot.com ब्लॉग पर भी पढ़ सकते हैं जिसे उनकी बेटी शगुफ़्ता, जो स्वयं डॉक्टर हैं, चलाती हैं। ये किताब आपको ऑनलाइन मँगवाने के लिए इस पते पर क्लिक कर आर्डर देना होगा http:// www.simplybooks.in/authorsrch/ Nishtar+Khangahi मैंने भी ये किताब जिसमें ख़ानक़ाही साहब की लगभग सवा सौ ग़ज़लें हैं इसी पद्धति से मँगवाई।

ख़ुदा हाफ़िज़ कहने से पहले चलिए पढ़ते हैं निश्तर साहब की एक अलग ही रंग में कही ग़ज़ल के चंद शेर जिसे अंदाज़ा हो जाता है कि वो किस पाए के शायर थे और अपनी बात किस ख़ूबसूरती से कहने में माहिर थे -

रात एक पिक्चर में, शाम एक होटल में, बस यही वसीले थे
मेज़ की किनारे पर, चाय की पियाली में, उसके होंट रक्खे थे

मैंने तुमको रक्खा था, बक्स में सदाओं के, तह-ब-तह हिफ़ाज़त से
रात मेरे घर में तुम इक महीन फ़ीते पर गीत बनके उभरे थे

दस्तख़त नहीं बाक़ी, बस हरूफ़ टाइप के, काग़ज़ों में ज़िन्दा हैं
याद भी नहीं आता, प्यार के ये ख़त जाने, किसने किसको लिक्खे थे

***

आसमाँ होने को था
अखिलेश तिवारी

पहले की बात है मैंने एक शेर कहा था-

संजीदगी, वाबस्तगी, शाइस्तगी, ख़ुद-आगही
आसूदगी, इंसानियत, जिसमें नहीं, क्या आदमी
(वाबस्तगी- सम्बन्ध, लगाव, शाइस्तगी- सभ्यता,
ख़ुद-आगहीआत्मज्ञान, आसूदगी-संतोष)

कहने बाद मैंने सोचा कि इस शेर में जो आदमी की इतनी ख़ूबियाँ बयाँ की हैं वो कहीं एक साथ मिलती भी हैं? मेरे मन के अन्दर से ही जवाब आया कि प्यारे मिलती तो हैं लेकिन बहुत मुश्किल से मिलती हैं। कोई इंसान ऐसा नहीं जिसमें कोई ऐब ना हो.. बल्कि मुझे लगता है 'परफ़ेक्ट' शब्द इंसान के लिए बना ही नहीं है, फिर भी अगर हमें किसी इंसान में ऐब दिखाई नहीं देते तो समझिए वो उसकी अच्छाइयों से दब गए हैं। ऐसे ही एक अच्छे इन्सान और उनकी उतनी ही अच्छी शायरी की किताब का ज़िक्र आज हम करने जा रहे हैं।

रोज़ बढ़ती जा रही इन खाइयों का क्या करें
भीड़ में उगती हुई तन्हाइयों का क्या करें
हुक्मरानी हर तरफ़ बौनों की, उनका ही हुजूम
हम ये अपने क़द की इन ऊँचाइयों का क्या करें
नाज़ तैराकी पे अपनी कम न था हमको मगर
नरगिसी आँखों की उन गहराइयों का क्या करें

बौनों के हुजूम में ऊँचा क़द रहने वाले इस युवा शायर को आप मेरे ब्लॉग पर पहले पढ़ चुके हैं इन का नाम है 'श्री अखिलेश तिवारी' जिनकी किताब 'आसमाँ होने को था' का ज़िक्र हम आज करने जा रहे हैं।

था रवानी से ही क़ाएम उसकी हस्ती का सुबूत
गर ठहर जाता तो फिर दरिया कहाँ होने को था
ख़ुद को जो सूरज बताता फिर रहा था रात को
दिन में उस जुगनू का अब चेहरा धुआँ होने को था
जाने क्यूँ पिंजरे की छत को आसमाँ कहने लगा
वो परिंदा जिसका सारा आसमाँ होने को था

इंसान को हम उसकी सोच से पहचान सकते हैं जो इंसान ऐसे ख़ूबसूरत शेर कहता है वो कैसा होगा ये पहचानना कोई मुश्किल काम नहीं है। अच्छी शायरी के लिए मेरे हिसाब से इंसान का अच्छा होना लाज़मी है। बुरे लोगों द्वारा की गयी अच्छी बातों में असर नहीं होता। मेरी ख़ुशक़िस्मती है कि मैं तो उनसे मिला हूँ लेकिन जो नहीं मिले हैं वो उनकी इस किताब से उनके बारे में भली भांति जान लेंगे।

नदी के ख़्वाब दिखाएगा तिश्नगी देगा
ख़बर न थी वो हमें ऐसी बेबसी देगा
नसीब से मिला है इसे हरा रखना
कि तीरगी में यही ज़ख़्म रौशनी देगा
तुम अपने हाथ में पत्थर उठाये फिरते रहो
मैं वो शजर हूँ जो बदले में छाँव ही देगा

पत्थर के बदले छाँव देने वाले इस बेहतरीन शायर से मेरी मुलाक़ात जयपुर में पिछले आठ वर्षों से लगातार आयोजित हो रही काव्य लोक की एक गोष्ठी में हुई। जिसका ज़िक्र मैंने अपनी एक पुरानी पोस्ट में विस्तार से किया भी है। धीर गंभीर व्यक्तित्व के स्वामी आलोक इस बात की तस्कीद करते हैं कि जहाँ गहराई होती है वहाँ का समंदर शांत होता है। जितने सहज वो ख़ुद हैं उतनी ही सहज उनकी शायरी है। वो अपने आस पास में जो देखते हैं सोचते हैं उसी को शायरी में ढाल देते हैं। उनकी शायरी में ख़्वाब नहीं हक़ीक़त झलकती है।

ख़्वाबों की बात हो न ख़यालों की बात हो
मुफ़लिस की भूख, उसके निवालों की बात हो
अब ख़त्म भी हो गुज़रे ज़माने का तज़किरा
इस तीरगी में कुछ तो उजालों की बात हो
जिनको मिले फ़रेब ही मंज़िल के नाम पर
कुछ देर उनके पाँव के छालों की बात हो

बीना, जिला सागर, मध्य प्रदेश में 27-05-1966 को जन्में 'अखिलेश', रिजर्व बैंक ऑफ़ इण्डिया की लखनऊ शाख़ा में काम करते हैं और पिछले बीस वर्षों से शायरी कर रहे हैं समाज में हो रहे बदलावों पर उनकी नज़र रहती है, उसकी बुराइयों पर वो झल्ला कर विरोध में नारे नहीं लगाते बल्कि अपनी शायरी से उस पर विजय प्राप्त करने की बात करते हैं। लोगों से अपनी सोच को बदलने की बात भी वो बहुत विनम्र लेकिन असरदार अंदाज़ में करते हैं।

पानी में जो आया है तो गहरे भी उतर जा
दरिया को खँगाले बिना गौहर न मिलेगा

दर-दर यूँ भटकता है अबस जिसके लिए तू
घर में ही उसे ढूँढ़ वो बाहर न मिलेगा
ऐसे ही जो हुक्काम के सजदों में बिछेंगे
काँधे पे किसी के भी कोई सर न मिलेगा
महफ़ूज़ तभी तक है रहे छाँव में जब तक
जो धूप पड़ी मोम का पैकर न मिलेगा

'अखिलेश' ग़ज़ल की मर्यादा में रह कर ज़िन्दगी की गुलकारियाँ अपनी ग़ज़लों में देखना चाहते हैं, उन्हें बहती नदी सी ग़ज़ल पसंद है इसलिए वो भाषाई पत्थर डाल कर उसके प्रवाह को अवरुद्ध करने के हामी नहीं हैं। उन्होंने इस किताब की अपनी एक अति संक्षिप्त भूमिका में कहा है ग़ज़लें कह लेने के बाद लगता है कुछ खो गया था जिसे पा लिया है परन्तु ये ख़याल भी बहुत देर तक क़ाइम नहीं रह पाता, भटकन फिर सताने लगती है एक नयी ग़ज़ल होने तक। ये सिलसिला बदस्तूर जारी है। हम पाठक दुआ करते हैं कि ये सिलसिला आगे भी यूँ ही बना रहे ताकि हमें उनके दिलकश अशआर पढ़ने को मिलते रहें।

हम उन सवालों को लेकर उदास कितने थे
जवाब जिनके यहीं आसपास कितने थे
हँसी, मज़ाक़, अदब, महफ़िलें, सुख़नगोई
उदासियों के बदन पर लिबास कितने थे
पड़े थे धूप में एहसास के नगीने सब
तमाम शहर में गौहर-शनास कितने थे

ख़ूबसूरत और बिल्कुल नये अंदाज़ के क्लेवर वाली इस किताब को जयपुर के 'लोकायत प्रकाशन' ने प्रकाशित किया है। इस किताब की प्राप्ति और भाई अखिलेश को दाद देने के लिए सर्वश्रेष्ठ बात तो ये होगी कि आप उनसे उनके मोबाइल नंबर +919460434278 पर बात करें। दूसरा और दुविधापूर्ण रास्ता है कि आप 'लोकायत प्रकाशन' के कर्ता-धर्ता श्री 'शेखर जी' जो दिलचस्प व्यक्तित्व के मालिक हैं, से उनके मोबाइल न.+919461304810 पर, जो अधिकतर उनके कान से चिपका रहता है, बात कर मँगवा सकते हैं। जो नहीं जानते उनकी सूचना के लिए बता दूँ कि 'लोकायत प्रकाशन' की मोती डूंगरी रोड, जयपुर में स्थित छोटी सी लेकिन गागर में सागर वाली उक्ति को चरितार्थ करती दुकान अब विस्तार ले चुकी है जयपुर वासी या वो जिनके प्रेमी जयपुर वासी हैं ये किताब वहाँ से ले सकते हैं या मँगवा सकते हैं। जिन शायरी प्रेमियों को ये किताब अखिलेश जी द्वारा मिली है या मिलेगी उनसे गुज़ारिश है कि वो इसे पढ़कर ऐसे बाकमाल शायर को दाद दें और उनका हौसला बढ़ाएँ।

चलते-चलते आइए उनकी एक ग़ज़ल के चन्द अशआर और पढ़ते चलें-

तू इश्क़ में मिटा न कभी दार पर गया
नायब ज़िन्दगी को भी बेकार कर गया
मिट्टी का घर बिखरना था आख़िर बिखर गया
अच्छा हुआ कि ज़ेहन से आँधी का डर गया
बेहतर था क़ैद से ये बिखर जाना इसलिए
ख़ुश्बू की तरह से मैं फ़िज़ा में बिखर गया
'अखिलेश' शायरी में जिसे ढूँढ़ते हो तुम
जाने वो धूप-छाँव का पैकर किधर गया।

***

जन गण मन
द्विजेन्द्र द्विज

भ्रष्टाचार भ्रष्टाचार भ्रष्टाचार...ये शब्द आजकल हर तरफ़ गूँज रहा है...सदियों से सहते आ रहे भ्रष्टाचार से अचानक लोग मुक्ति पाने के लिए तड़प रहे हैं... नारे लगा रहे हैं, अनशन कर रहे हैं, मुट्ठियाँ हवा में लहरा रहे हैं... और भ्रष्टाचार है कि वहीं का वहीं अपनी मज़बूत स्थिति का फ़ायदा उठाते हुए मंद मंद मुस्कुरा रहा है। क्यूँ? जवाब के लिए मुंबई से प्रकाशित साहित्य पत्रिका 'कथा बिम्ब' के ताज़ा अंक में श्री 'घनश्याम अग्रवाल' जी की ये कविता पढ़ें-

"बेताल के सवाल पर
विक्रम से लेकर अन्ना तक
सभी मौन हैं
कि जब सारा देश
भ्रष्टाचार के ख़िलाफ़ है
तब साला
भ्रष्टाचार करता कौन है?"

सीधी सी बात है भ्रष्टाचार के ख़िलाफ़ आवाज़ उठाने वाले हम लोग ही भ्रष्टाचार को फ़ैलाने में सहयोग देते हैं इसी बात को उस शायर ने जिसकी किताब का ज़िक्र हम करने जा रहे हैं किस ख़ूबसूरत अंदाज़ में कहा है पढ़िए-

ये चाँद ख़ुद भी तो सूरज के दम से क़ाइम है
ये ख़ुद के बल पे कभी चाँदनी नहीं देते

ग़ज़ब के तेवर लिए इस प्यारी सी शायरी की किताब 'जन गण मन' के लेखक हैं ब्लॉग जगत के अति प्रिय, स्थापित युवा शायर जनाब 'द्विजेन्द्र द्विज' साहब। द्विजेन्द्र जी किसी परिचय के मोहताज नहीं,ब्लॉग जगत के ग़ज़ल प्रेमी इस नाम से बख़ूबी परिचित हैं। ब्लॉग पर उनकी सक्रियता अधिक नहीं रहती लेकिन वो जब भी अपनी ग़ज़लों से रू-ब-रू होने का मौक़ा देते हैं अपने पाठकों को चौंका देते हैं।

अँधेरे चंद लोगों का अगर मक़सद नहीं होते
यहाँ के लोग अपने आप में सरहद नहीं होते
फ़रेबों की कहानी है तुम्हारे मापदंडों में
वगरना हर जगह बौने कभी अंगद नहीं होते

चले हैं घर से तो फिर धूप से भी जूझना होगा
सफ़र में हर जगह सुन्दर घने बरगद नहीं होते

बौनों के अंगद होने की बात कहने वाला शायर किस कोटि का होगा ये पता लगाना कोई मुश्किल काम नहीं है। ऐसी सोच और ऐसे अशआर यक़ीनन शायर के अन्दर धड़कते ग़ुस्से के लावे को बाहर लाते हैं। द्विज जी की बेहतरीन ग़ज़लें रिवायती ग़ज़लों की श्रेणी में नहीं आतीं, उनकी ग़ज़लों में महबूबा के हुस्न और उसकी अदाओं में घिरे इंसान का चित्रण नहीं है उनकी ग़ज़लों में आम इंसान की हताशा, दुखी जन के प्रति संवेदनाएँ और समाज के सड़े गले नियमों के ख़िलाफ़ ग़ुस्सा झलकता है। द्विज अपनी ग़ज़लों से आपको झकझोर कर जगाते

10 अक्टूबर,1962। को जन्में द्विज जी, बेहतरीन ग़ज़ल कहने की उस पारिवारिक परम्परा का निर्वाह कर रहे हैं जिसकी नींव उनके स्वर्गीय पिता 'श्री सागर पालनपुरी' जी ने डाली थी। 'श्री सागर पालनपुरी' जी का नाम आज भी हिमाचल के साहित्यिक हलक़ों में बहुत आदर और सम्मान के साथ लिया जाता है। कॉलेज के दिनों से ही वो अपने पिता के सानिध्य में ऐसी ग़ज़लें कहने लगे जिसे सुन कर उस्ताद शायर भी दंग हो जाया करते थे। तारीफ़ों की हवा से अक्सर इंसान ग़ुब्बारे की तरह अपनी ज़मीन को छोड़कर ऊपर उड़ने लगते हैं और एक दिन अचानक धरातल पर आ गिरते हैं, लेकिन द्विज जी के साथ ऐसा नहीं हुआ। प्रशंसा की सीढियों से उन्होंने नयी ऊँचाइयाँ छूने की कोशिशें की।

सवाल ज़िन्दगी के टालना नहीं अच्छा
दो टूक बात करो, फ़ैसलों की भाषा में
फ़रिश्ता है कहीं अब भी जो बात करता है
कड़कती धूप तले, पीपलों की भाषा में
हज़ार दर्द सहो, लाख सख़्तियाँ झेलो
भरो न आह मगर, घायलों की भाषा में

द्विज जी चूँकि हिमाचल से हैं इसलिए उनकी ग़ज़लों में पहाड़ नदियाँ बादल झरने रूमानी अंदाज़ में नहीं बल्कि ज़िन्दगी की हक़ीक़त बन कर कर उभरे हैं। इस संग्रह की संक्षिप्त सी भूमिका में मशहूर ग़ज़लकार जनाब ज़हीर क़ुरैशी जी ने क्या ख़ूब लिखा है कि "द्विज जी की ग़ज़लों में व्यक्त उनका पहाड़ हिमाचल तक सीमित नहीं है। ज़ाती मज़हब रंग नस्लों और फ़िरक़ापरस्ती की सियासत के ख़िलाफ़ भी उनका ग़ज़लकार तन कर खड़ा है। पहाड़ की कठिन ज़िन्दगी में ख़ून-पसीने से सींचे गए खेतों की उपज का बँटवारा ठीक-ठाक होने की चेतावनी भी उनके शेरों में है।" आप खुद पढ़ें-

बंद अँधेरों के लिए ताज़ा हवा लिखते हैं हम
खिड़कियाँ हो हर तरफ़ ऐसी दुआ लिखते हैं हम

आदमी को आदमी से दूर जिसने कर दिया
ऐसी साज़िश के लिए हर बद्दुआ लिखते हैं हम
रौशनी का नाम दे कर आपने बाँटे हैं जो
उन अँधेरों को कुचलता हौसला लिखते हैं हम

अंग्रेज़ी साहित्य में स्नातकोत्तर डिग्री प्राप्त द्विज जी अनुप्रयुक्त विज्ञान एवं मानविकी राजकीय पोलिटेक्निक, सुन्दर नगर, जिला मंडी में विभागाध्यक्ष के पद पर कार्यरत हैं, ग़ज़ल लेखन उनका शौक़ भी है और समाज में हो रही असंगतियों को देख मन के अन्दर उठते लावे को बाहर लाने का ज़रिया भी। उनकी ग़ज़लें आपसे दार्शनिक अंदाज़ में बातें नहीं करती बल्कि सीधे सपाट शब्दों में अपनी बात कहती हैं और अपना पक्ष प्रस्तुत करती हैं।

आपके अंदाज़, हमसे पूछिए तो मोम हैं
अपनी सुविधा के सभी साँचों में ढल जाते हैं आप
कुश्तियाँ, खेलों के चस्के आपके भी ख़ूब हैं
शेर बकरी को पटकता है बहल जाते हैं आप

'जन-गण-मन' गागर में सागर को चरितार्थ करती हुई छोटी सी किताब है जिसमें द्विज जी की लगभग साठ ग़ज़लें संग्रहित हैं। इसे आप श्री सतपाल ख़याल जी के ब्लॉग 'आज की ग़ज़ल' या फिर स्वयं द्विज जी के ब्लॉग 'द्विजेन्द्र द्विज' पर ऑनलाइन भी पढ़ सकते हैं। लेकिन साहब ऑनलाइन पढ़ने में वो मज़ा नहीं आता जो मज़ा किताब को हाथ में उठाकर पढ़ने में आता है। हालाँकि इस किताब को दुष्यंत-देवांश-प्रकाशन, अशोक लॉज, मारण्डा, हिमाचल प्रदेश द्वारा प्रकाशित किया गया है लेकिन इसे प्राप्त करने का आसान तरीक़ा है द्विज जी को इस संग्रह के लिए उनके मोबाइल +919418465008 पर बात कर बधाई देते हुए उनसे किताब की प्राप्ति के लिए आग्रह करना।

मेरा सौभाग्य है कि मैं पिछले पाँच सालों से उनसे संपर्क में हूँ। ये संपर्क अभी तक आभासी है यानी सिर्फ़ मोबाइल पर ही उनसे बात होती है लेकिन मुझे उनसे बात करके कभी लगा ही नहीं कि मैं इनसे अभी तक नहीं मिला हूँ। मैंने ग़ज़ल लेखन के क्षेत्र में उनसे बहुत कुछ सीखा है और सीख रहा हूँ। इस क्षेत्र में आदरणीय पंकज सुबीर जी और प्राण साहब के साथ साथ वो भी मेरे गुरु हैं। अपनी सोच में एक दम स्पष्ट और जीवन के प्रति सकारात्मक विचार रखने वाले इस शख़्स की प्रशंसा के लिए मेरे पास उपयुक्त शब्द नहीं हैं। मैं दुआ करता हूँ के वो इसी तरह अपनी शायरी से हमें हमारे जीवन में फैले अंधियारों से लड़ने की ताक़त देते रहें।

रास्तों पर ठीक शब्दों के
दनदनाती वर्जनाएँ हैं

मूक जब संवेदनाएँ हैं
सामने संभावनाएँ हैं
आदमी के रक्त में पलतीं
आज भी आदिम-प्रथाएँ हैं
ये मनोरंजन नहीं करतीं
क्यूँकि ये ग़ज़लें व्यथाएँ हैं

***

हिना बन गयी ग़ज़ल
गणेश बिहारी 'तर्ज़'

चमकी कहीं जो बर्क़ तो एहसास बन गयी
छाई कहीं घटा तो अदा बन गयी ग़ज़ल
आँधी चली तो क़हर के साँचे में ढल गयी
बादे-सबा चली तो नशा बन गयी ग़ज़ल
उट्ठा जो दर्दे-इश्क़ तो अश्कों में ढल गयी
बेचैनियाँ बढ़ीं तो दुआ बन गयी ग़ज़ल
अर्ज़े-दकन में जान तो देहली में दिल बनी
और शेहर-लखनऊ में हिना बन गयी ग़ज़ल

मुंबई निवासी मेरे शायर मित्र जनाब सतीश शुक्ला रक़ीब जिनकी शायरी आप मेरे ब्लॉग पर पढ़ और पसंद कर चुके हैं जब मेरे यहाँ खोपोली में एक रात रहने आये तो अपने साथ शायरी की एक किताब भी उठाते लाये। मुझे ये बात स्वीकारने में कोई हिचक नहीं है कि इस किताब के शायर और उनकी शायरी के बारे में मुझे कुछ भी पता नहीं था। बाद में मुझे अपनी अज्ञानता पर अलबत्ता शर्म ज़रूर आयी।

अश्क बहने दे यूँ ही
लज़्ज़ते-ग़म कम न कर
अजनबियत भी बरत
फ़ासला भी कम न कर
पी के कुछ राहत मिले
ज़हर को मरहम न कर

बहते हुए अश्कों से ग़म की लज़्ज़त उठाने वाले इस अज़ीम शायर का नाम है 'गणेश बिहारी तर्ज़' जिनकी किताब 'हिना बन गयी ग़ज़ल' का ज़िक्र आज हम अपनी इस किताबों की दुनिया शृंखला में करेंगे। ये किताब तर्ज़ साहब का सपना थी, जिसके हिंदी संस्करण का अनावरण वो अपने सामने करवाने से पहले ही 17 जुलाई 2001 को इस दुनिया-ए-फ़ानी से कूच कर गए।

ज़िन्दगी का ये सफ़र भी यूँ ही पूरा हो गया
इक ज़रा नज़रें उठायी थीं कि पर्दा हो गया
दर्द जब उमड़ा तो इक आँसू का क़तरा हो गया
और जब ठहरा तो बढ़कर एक दरिया हो गया

अपनों को अपना ही समझा ग़ैर समझा ग़ैर को
ग़ौर से देखा तो देखा मुझको धोका हो गया
अव्वल-अव्वल तो समाधी में अँधेरा ही रहा
आख़िर-आख़िर हर तरफ़ जैसे उजाला हो गया।

ऐसे और इस तरह के अनेकों शेर पढ़कर मालूम हुआ कि तर्ज़ साहब कितने कद्दावर शायर थे। दर्द जब उमड़ा.. जैसा शेर एक बार पढ़ने के बाद ज़ेहन से उतरने का नाम ही नहीं ले रहा। ज़िन्दगी को बहुत क़रीब से देखने और समझने वाला शख़्स ही ऐसे शेर कह सकता है।

18 मई 1928 को लखनऊ में पैदा हुए तर्ज़ साहब की शायरी में हमें वहाँ की नफ़ासत और नज़ाकत दोनों दिखाई पड़ती है।

इक ज़माना था कि जब था कच्चे धागों का भरम
कौन अब समझेगा क़द्रें रेशमी ज़ंजीर की
त्याग, चाहत, प्यार, नफ़रत, कह रहे हैं आज भी
हम सभी हैं सूरतें बदली हुई ज़ंजीर की
किस को अपना दुःख सुनाएँ किस से अब माँगें मदद
बात करता है तो वो भी इक नयी ज़ंजीर की

शोर-शराबे और आत्म-प्रशंसा से कोसों दूर रहने वाले इस ग़ैर मामूली शायर को मक़बूलियत की वो बलंदी नहीं मिली जिसके वो हक़दार थे। उनके बारे में मशहूर शायर जनाब अली सरदार जाफ़री साहब ने कहा है, "सारे हिन्दुस्तान में बिखरे हुए कुछ ऐसे शायर भी मिलेंगे जिनके नाम या तो अपने इलाक़ों से बाहर नहीं गए हैं या बिल्कुल गुमनामी के आलम में हैं। मेरे अज़ीज़ दोस्त तर्ज़ ऐसे शायर हैं जो ज़्यादातर अपने हलका-ए-अहबाब में रहना पसंद करते हैं। इनके इस मिज़ाज ने उर्दू के आम पढ़ने वालों को उनकी ग़ज़लों के हुस्न से महरूम रखा है।" जाफ़री साहब की बात पर यक़ीं करने के लिए आप तर्ज़ साहब का नाम गूगल कर के देखें आप को गूगल महाशय जो अपनी जानकारी पर इतराते फिरते हैं बगलें झाँकते नज़र आयेंगे।

है बात वक़्त-वक़्त की चलने की शर्त है
साया कभी तो क़द के बराबर भी आएगा
ऐसी तो कोई बात तसव्वुर में भी न थी
कोई ख़याल आपसे हट कर भी आएगा
मैं अपनी धुन में आग लगाता चला गया
सोचा न था कि ज़द में मेरा घर भी आएगा

तर्ज़ साहब बेहद ख़ूबसूरत आवाज़ के मालिक थे और जब वो तरन्नुम से अपना कलाम

पढ़ते थे तो सुनने वाला बेहतरीन शायरी के साथ साथ उनकी आवाज़ के हुस्न का भी दीवाना हो जाता था। उनकी ग़ज़लों में हुस्न और इश्क़ की कशमकश, इश्क़ की बेबसी, हुस्न का अंदाज़े-बयाँ, इंतज़ार का दर्द, हिज्र की कसक ही नहीं है ज़िन्दगी की तल्ख़ियाँ और सच्चाइयाँ भी हैं, गिरते मूल्यों का दर्द भी है

सपने मिलन के मिल के तो काफ़ूर हो गए
इतना हुए क़रीब कि हम दूर हो गए
जिन क़ायदों को तोड़ के मुजरिम बने थे हम
वो क़ायदे ही मुल्क का दस्तूर हो गए
कोनों में काँपते थे अँधेरे जो आज तक
सूरज को ज़र्द देखा तो मग़रूर हो गए
'तर्ज़' इनको अपने सीने में कब तक छुपाओगे
ये ज़ख़्म अब कहाँ रहे नासूर हो गए

अच्छी शायरी के शौक़ीनों को अपना दिल छोटा करने की ज़रूरत नहीं है क्यूँकि हिना बन गयी ग़ज़ल जैसी अनमोल शायरी की किताब, जिसमें तर्ज़ साहब की उम्दा ग़ज़लें, नज़्में, क़त'आत संग्रहित हैं सिर्फ़ दिवंगत आत्मा की शांति के लिए दो मीठे बोल बोल कर प्राप्त की जा सकती है। इस किताब में शायरी के साथ साथ तर्ज़ साहब के कुछ अविस्मर्णीय चित्र भी प्रकाशित किये गए हैं जिसमें आप उनको अपने परिवार और शायर मित्रों के साथ हँसते मुस्कुराते देख सकते हैं। मुझे इस किताब से ही मालूम पड़ा के मशहूर शायर कृष्ण बिहारी नूर साहब रिश्ते में तर्ज़ साहब के दूर के भाई हैं। इस बेजोड़ किताब की प्राप्ति के लिए आप अपना मोबाइल या फ़ोन उठाइये 09452461950 पर फ़ोन कीजिए और इस किताब की फ़रमाइश कर डालिए। अगर ये तरीक़ा कारगार साबित न हो रहा हो तो हमेशा मदद के लिए तैयार हमारे मित्र सतीश शुक्ला रक़ीब साहब जो 'तर्ज' साहब के बहुत क़रीब रहे हैं और उन्हें अपना गुरु मानते हैं को उनके मोबाइल 09892165892 पर संपर्क करें। मुझे पक्का विश्वास है वो आपको ये किताब भिजवाने में कोई कसर न उठा रखेंगे। एक बात जान लें इस किताब की बहुत कम प्रतियाँ छपवाई गयी हैं इसलिए इसकी प्राप्ति के लिए की गयी कोशिश में देरी आपको हाथ मलने पर मजबूर कर सकती है।

आइए चलते-चलते तर्ज़ साहब की एक छोटी बहर की ग़ज़ल के चंद ख़ूबसूरत शेर आपको पढ़वाता हूँ...मुलाहिज़ा फ़रमाइए-

ज़िन्दगी क्या है और मौत क्या
शब हुई और सहर हो गयी

उनकी आँखों में अश्क आ गए
दास्ताँ मुख़्तसर हो गयी

चार तिनके ही रख पाए थे
बिजलियों को ख़बर हो गयी
उनकी महफ़िल से उठ कर चले
रौशनी हमसफ़र हो गयी

***

परछाइयों के शहर में
दिनेश ठाकुर

बात जयपुर की है। सन् 1980-90 की। हमारे घर में बरसों से चले आ रहे जयपुर के एक प्रसिद्ध समाचार पत्र के साथ साथ हमने नव भारत टाइम्स जो जयपर से तब प्रकाशित होना शरू हआ था को दो कारणों से मँगवाना शरू कर दिया। पहला मुख्य कारण था उसके अंतिम पृष्ठ पर स्व. श्री शरद जोशी जी का रोज़ प्रकाशित होने वाला एक कालम और दूसरा हर हफ़्ते छपने वाली साप्ताहिक फ़िल्म समीक्षा। मुझे फ़रवरी 1990 में अमिताभ बच्चन की फ़िल्म अग्निपथ के बारे में छपी समीक्षा जिसमें समीक्षक ने उनके लाजवाब अभिनय की बेजोड़ प्रशंसा की थी, अभी तक याद है। समीक्षक द्वारा की गयी प्रशंसा में सच्चाई थी तभी इस फ़िल्म के लिए सर्वश्रेष्ठ अभिनेता का राष्ट्रीय पुरस्कार 'श्री अमिताभ बच्चन' को मिला। इस से साबित हुआ कि फ़िल्म समीक्षक के पास अपने आस पास की चीज़ों को सही ढंग से देखने समझने की अद्भुत क्षमता है। फ़िल्म की समीक्षा करते हुए ये समीक्षक बीच बीच में ऐसे कमाल के शेर पिरोता था कि पढ़ते हुए मुँह से बरबस वाह निकल जाया करती थी। किन्हीं कारणों से जयपुर का नवभारत टाइम्स बंद हो गया और फिर उसके बाद मैंने कभी किसी अख़बार या पत्रिका में ऐसी शायराना फ़िल्म समीक्षा नहीं पढ़ी। ये फ़िल्म समीक्षा लिखा करते थे हमारी आज की 'किताबों की दुनिया' शृंखला के अगले शायर जनाब 'दिनेश ठाकुर' जिनकी हाल ही में प्रकाशित किताब 'परछाइयों के शहर में' का ज़िक्र हम करने जा रहे हैं।

कभी तुम जड़ पकड़ते हो कभी शाख़ों को गिनते हो
हवा से पूछ लो न ये शजर कितना पुराना है
मरासिम वैसे ही क़ाएम हैं अपने ठोकरों से भी
मेरा रस्ता, मेरा चलना, मेरा गिरना पुराना है
समय ठहरा हुआ सा है हमारे गाँव में अब तक
वही पायल, वही छमछम, वही दरिया पुराना है

दस दिसंबर 1963 को झीलों की ख़ूबसूरत नगरी उदयपुर में जन्में युवा दिनेश जी की शायरी में गर्मी से तपती धरती पर बारिश की पहली बूँदों से उठी मिट्टी की महक है, झीलों सी गहराई है, शादाब घने पेड़ों के नीचे मिलने वाली ठण्डक है ज़र्द पत्तों के डाल से बिछुड़ने का दर्द है... वो अपने अशआर से हमें चौंकाते भी हैं और सोचने पर मजबूर भी करते हैं। दिनेश के पिता उन्हें इंजीनियर बनाना चाहते थे लेकिन होनी एक कामयाब शायर। इंजीनियरिंग की प्रवेश परीक्षा में उतीर्ण होने के बावजूद उन्होंने अपने दिल का रास्ता चुना, विज्ञान विषयों को सदा के लिए छोड़कर उन्होंने आर्ट विषयों में बी. ए. किया और जयपुर के एक प्रसिद्ध दैनिक अख़बार से जुड़ कर नौकरी के साथ साथ पत्रकारिता और मॉस कम्न्युकेशन में एम. ए. कर

लिया। दुनिया को देखने की उनकी दृष्टि व्यापक होती चली गयी।

यही दस्तूर है शायद वफ़ादारी की दुनिया में
जिसे जी जान से चाहो वही तकलीफ़ देती है
कज़ा का ख़ौफ़ लेकर जी रहे हैं सब ज़माने में
हक़ीक़त में सभी को ज़िन्दगी तकलीफ़ देती है
नुगूँ होते ही जिसको बाग़बाँ तकता है हसरत से
कई काँटों को वो ताज़ा कली तकलीफ़ देती है

दिनेश अपनी शायरी में बोलचाल की भाषा के लफ़्ज़ों का इस्तेमाल करते हैं इसीलिए उनकी ग़ज़लें पढ़ते हुए गुनगुनाने को दिल करता है। नये विचारों और शिल्प में नये प्रयोग करना उनका प्रिय शग़ल है। बँधी-बँधाई लीग पर चलना उन्हें गवारा नहीं।

अपने लिए नयी ज़मीन तलाशना किसी भी शायर के लिए बहुत बड़ी चुनौती होती है, दिनेश इस चुनौती को स्वीकारते हैं और कामयाब भी होते हैं।

थोड़ी-सी मुहब्बत भी ज़रूरी है जिगर में
ग़ुस्से से ही सीने में बग़ावत नहीं आती
किस बात का डर है तुम्हें क्यूँ चुप सी लगी है
सच बोलने भर से तो क़यामत नहीं आती
हर दर्द से वाबस्ता हुआ जाता है पहले
इक सर को झुकाने से इबादत नहीं आती

'परछाइयों के शहर में' दरअस्ल दिनेश जी का दूसरा ग़ज़ल संग्रह है, उनका पहला ग़ज़ल संग्रह हम लोग भले हैं काग़ज़ पर लगभग दस साल पहले शाए हुआ था जिसे बहुत सराहना मिली, उसका दूसरा संस्करण कुछ माह पहले ही प्रकाशित हुआ है जो दिनेश जी की ग़ज़लों की बढ़ती लोकप्रियता को दर्शाता है। इस किताब की भूमिका में मशहूर शायर जनाब 'शीन काफ़ निज़ाम' साहब ने बहुत कमाल की बात कही है, "अगर सिर्फ़ बहर, रदीफ़ और क़ाफ़िये से निर्मित दो पद शेर नहीं, तो अख़बार की सुर्ख़ी भी शेर नहीं।" हेराक्लिटस ने कहा था- "मेरी बात नहीं मेरे कहने में जो बात बोलती है उसे सुनो।" वो बात अकथित है। कथन में अकथित को छुपाना अगर शेर-साज़ी है तो कथन में अकथित को पढ़ना ही ग़ज़ल पढ़ना है दिनेश जी की ग़ज़लें उनके इस कथन पर खरी उतरती हैं-

उसके ओझल होने तक मेरी आँखें थीं रस्ते पर
वो जाने किस ध्यान में गुम था, मुड़ कर जाना भूल गया

किस दर्जा बेज़ार हुआ है गुलचीं अपने गुलशन से
ताज़ा मौसम के फूलों को गिनकर जाना भूल गया
बीवी, बच्चे, सड़कें, दफ़्तर और तनख़्वाह के चक्कर में
मैं घर से अपना ही चेहरा पढ़कर जाना भूल गया

इस किताब में दिनेश जी अधिकांश ग़ज़लें छोटी बहर में हैं और जैसा मैं हर बार कहता आया हूँ छोटी बहर में ग़ज़ल कहना जितना सरल दीखाता है उतना ही मुश्किल काम है। गागर में सागर भरने की ये कला हर किसी के पास नहीं होती। थोड़े से लफ़्ज़ों में पुख़्ता ढंग से कैसे बात कही जाती है ये आप इस किताब को पढ़कर स्वयं देखें-

उलझने हैं सभी के सीने में
कौन अब इंक़लाब रखता है
याद की धूप जब सताती है
सर पे मेरी किताब रखता है
गुनगुनाता है छुप के मेरी ग़ज़ल
शौक़ क्या लाजवाब रखता है

दिनेश जी की एक सौ चार लाजवाब ग़ज़लों से सजी इस किताब को यूँ तो फुल सर्कल पब्लिशिंग प्रा.ली.,जे- 40, ज़ोरबाग़ लेन, दिल्ली ने प्रकाशित किया है और वो शायद आपको वहाँ से मिल भी जाये लेकिन फिर भी इसे आसानी से प्राप्त करने के लिए आप दिनेश जी को, जो इन दिनों राजस्थान के बहुत पुराने और सबसे अधिक पाठकों वाले अख़बार 'राजस्थान पत्रिका' में वरिष्ठ समाचार संपादक के पद पर कार्यरत हैं, उनके मोबाइल नंबर 9024788857 पर संपर्क करें, मझे उम्मीद है मद भाषी दिनेश जी से बात कर आपको अलग-सा सुकून और किताब प्राप्ति का आसान तरीक़ा भी मिल जायेगा।

सियासत भी तवायफ़ है मुहब्बत क्यूँ करेगी वो
भला किस वक़्त घुंघरू इसके मक्कारी नहीं करते
दुपट्टा उसने ये कह कर उड़ा फेंका हवाओं में
हम हर मौसम में परदे की तरफ़दारी नहीं करते
क़सीदे सुनते-सुनते रक़्स करने लगते हैं साहिब
तमाशा कौन-सा महफ़िल में दरबारी नहीं करते

प्रसिद्ध रचनाकार श्री नन्द चतुर्वेदी जी ने इस किताब की दूसरी भूमिका में जो लिखा है कि "दिनेश ठाकुर के छोटे-छोटे शेर सहसा ज़िन्दगी के उन सवालों से रू-ब-रू कर देते हैं, जिनके जवाब देने के लिए हम तैयार नहीं थे, लेकिन अब जिनसे बचना संभव नहीं है। दिनेश

की शायरी मौज-शौक़ की शायरी की नहीं है। वहाँ एक फलसफा भी है, बात ज़िन्दगी की बैचेनियों की है जो देर तक परेशान भी करती हैं।" उनकी इस बात की तस्दीक़ के लिए हाज़िर हैं उनकी छोटी बहर की एक ग़ज़ल के ये शेर-

सिलसिला है तो टूटता क्यूँ है
इस जहाँ में ये सिलसिला क्यूँ है
खींच लाया है जब तू मक़तल में
फिर तेरा हाथ काँपता क्यूँ है
मक़तल=वधस्थल
मैं भी हैरान हूँ कि बात है क्या
चलते-चलते वो भागता क्यूँ है

***

तेरी गली की तरफ़
नक़्श लायलपुरी

पिछले दिनों मुंबई के अपने मित्र सतीश शुक्ल 'रक़ीब' द्वारा अज़ीम शायर तर्ज़ लखनवी साहब की याद में आयोजित कार्यक्रम में जाने का मौक़ा मिला। सोचा था इतने बड़े शायर की याद में रखे कार्यक्रम में बहुत से नये पुराने शायरों को सुनने का मौक़ा मिलेगा लेकिन ऐसा हो नहीं पाया। जिस शहर में छुट भैय्ये अभिनेता और नेताओं को देखने के लिये भीड़ जुट जाती है उसी शहर में एक अदीब को याद करने वाले सिर्फ़ मुट्ठी भर लोग ही नज़र आये। अपने देश में अदीबों के साथ ऐसा व्यवहार कोई नयी बात नहीं है। हमारे देश में जहाँ 'अदम गौंडवी' जैसे कद्दावर शायर उपयुक्त चिकित्सा के अभाव में दम तोड़ देते हों वहाँ किसी अदीब की याद में आयोजित कार्यक्रम में लोगों के न आने की घटना असाधारण नहीं है। बस, एक अदीब की याद में रखे कार्यक्रम में शिरकत करने अदीब ही न आयें ये बात दुःख पहुँचाती है। कहते हैं की औरत ही औरत की दुश्मन होती है वैसे ही मुझे लगता है अदीब ही अदीब का दुश्मन बना हुआ है। लेकिन शुक्र है अभी भी एक आध ही सही, अदीब हैं जो दूसरे अदीब की तहे-दिल से प्रशंसा करते हैं।

इस कार्यक्रम में अपनी बढ़ती उम्र और ख़राब स्वाथ्य के बावजूद उर्दू के मशहूर शायर जनाब 'नक़्श लायलपुरी' आये और उन्होंने न केवल अपने अज़ीज़ दोस्त को श्रद्धांजलि दी बल्कि कार्यक्रम की अध्यक्षता भी पूरी तन्मयता से की। आज हम उन्हीं की लिखी किताब 'तेरी गली की तरफ़' जिसका एक पृष्ठ देव नागरी में और दूसरा उर्दू लिपि में छपा है का ज़िक्र अपनी किताबों की दुनिया शृंखला में करेंगे।

लोग फूलों की तरह आयें कि पत्थर की तरह
दर खुला है मेरा आग़ोशे-पयम्बर की तरह
रात के वक़्त कोई इसका तमाशा देखे
दिल के बिफर हुआ रहता है समंदर की तरह
ये भी ग़म दे के गुज़र जाते तो क्या रोना था
हादसे ठहरे हुए हैं किसी मंज़र की तरह

सच है नक़्श साहब और उनका घर आग़ोशे-पयम्बर से कम नहीं। जो इंसान इतना प्यारा सरल सीधा और सच्चा हो और जिस से मिल कर ऐसी राहत और सुकून मिले जैसे तेज़ गर्मी में किसी बरगद के पेड़ के नीचे आने से मिलती है तो वो पयम्बर नहीं तो और क्या होगा? नक़्श साहब के लिखे 'रस्मे-उल्फ़त को निभाएँ तो निभाएँ कैसे...' और 'तुम्हें हो न हो मुझको तो इतना यक़ीं है...' जैसे फ़िल्मी गानों का मैं दीवाना था और आज भी हूँ, लेकिन उनकी शायरी के बारे में मुझे इल्म नहीं था। इस किताब को पढ़कर मुझे अंदाज़ा हुआ के वे

कितने अज़ीम शायर हैं। वो अब मेरे लिए क्या हैं ये मैं आपको उन्हीं के इन शेरों के माध्यम से बता रहा हूँ-

तेरी आँखों में कई रंग झलकते देखे
सादगी है कि झिझक है कि हया है क्या है?
रूह की प्यास बुझा दी है तेरी क़ुर्बत ने
तू कोई झील है, झरना है, घटा है क्या है?
नाम होटों पे तेरा आए तो राहत सी मिले
तू तसल्ली है, दिलासा है, दुआ है क्या है?

24 फ़रवरी 1928 को बँटवारे से पहले पंजाब के लायलपुर जिसका नाम अब पकिस्तान सरकार ने फ़ैसलाबाद कर दिया गया है, के एक गाँव गोगेरा में नक़्श साहब का जन्म हुआ। इनका बचपन का नाम जसवंत राय था लेकिन शायर बनने के बाद नक़्श हुआ और फिर नक़्श ही रह गया। बँटवारे के समय बिगडते हालात देखते हुए इनका परिवार लखनऊ चला आया। नक़्श साहब का मन जब लखनऊ में रमा नहीं तो वो मुंबई के लिए रवाना हो गए। अनजान शहर में एक भले इंसान को जिन दिक़्क़तों का सामना करना पड़ता है वो इन्हें भी करना पड़ा जैसे भूखे पेट खुले में सोना, काम की तलाश में दर-दर भटकना वग़ैरह-वग़ैरह। धुन के पक्के नक़्श साहब ने हिम्मत नहीं हारी। भारी संघर्ष के बाद उन्हें सरकारी नौकरी मिली जिसे करते हुए वो अपना पहला प्यार शायरी भी करते रहे फिर एक दिन नौकरी छोड़ दी और फ़िल्मों की और रुख़ किया, धीरे-धीरे उनकी गिनती फ़िल्मों के चर्चित गीतकारों में होने लगी।

ज़हर देता है कोई, कोई दवा देता है
जो भी मिलता है मेरा दर्द बढ़ा देता है
वक़्त ही दर्द के काँटों पे सुलाए दिल को
वक़्त ही दर्द का एहसास मिटा देता है
नक़्श रोने से तसल्ली कभी हो जाती थी
अब तबस्सुम मेरे होटों को जला देता है

नक़्श साहब ने साफ़-सुथरी समझ में आने वाली ज़बान, दिलकश अंदाज़ और ख़ूबसूरत लहजे में फ़िल्मी नगमें और गीत लिखे और इसी ख़ासियत को अपनी शायरी में भी दोहराया। मुंबई के मशहूर शायर जनाब 'ज़मीर काज़मी' साहब ने इस किताब में लिखा है कि "कामयाब शायरी वही है जो दिल से निकले और दिलों में समा जाये।" नक़्श साहब की शायरी उनकी इस बात की पैरवी करती दिखाई देती है। वो बहुत आसानी से अपने अशआर लोगों के दिलों में उतार देते हैं-

शाख़ों को तुम क्या छू आए
काँटों से भी ख़ुशबू आए
कोई तो हमदर्द है मेरा
आप न आए आँसू आए
'नक़्श' घने जंगल में दिल के
फिर यादों के जुगनू आए

काँटों से भी ख़ुशबू की बात करने वाले ऐसे नायाब शायर को वो बुलंदी नसीब नहीं हुई जो उनके समकालीन शायरों को हुई। कारण आपको नक़्श साहब से मिल कर साफ़ हो जायेगा या फिर अज़ीज़ कैसी साहब ने जो इस किताब में लिखा है उसे पढ़कर "नक़्श साहब के चाहने वाले बहुत हैं, उनके गीत मशहूर हैं उनकी ग़ज़लें महफ़िलों सभाओं में गायी जाती हैं लेकिन उनको अपने चाहने वालों और दोस्तों का इस्तेमाल करके अपने आपको प्रोज़ेक्ट करने का हुनर नहीं आता।"

ग़म तो है हासिले-ज़िन्दगी दोस्तो
बाँटना है तो बाँटो ख़ुशी दोस्तो
यह ग़नीमत है कुछ तो अँधेरा छटा
घर जले रौशनी तो हुई दोस्तो
'नक़्श' से मिल के तुमको चलेगा पता
जुर्म है किस क़दर सादगी दोस्तो

कार्यक्रम की समाप्ति के बाद मैं उन्हें घर छोड़ने गया। रास्ते में ज़र्दे की दो तीन पत्तियाँ अपनी ज़बान पर रख कर वो अपने और अपने जमाने के शायरों के पुराने फ़िल्मी गीत बड़े रस लेकर सुनाते गए। उन्होंने आज के फ़िल्मी गीतों के स्तर पर दुःख व्यक्त किया। बोले, "बरख़ुरदार हमारे ज़माने के फ़िल्मी गानों में अर्थ समाये होते थे पर आज के गानों में शब्द ही नहीं होते तो अर्थ कहाँ से होंगे? पुराने फ़िल्मी गीत पूरे के पूरे आज भी लोगों की ज़बान पर हैं लेकिन आज के गीतों की दसरी लाइन भी शायद ही कोई बता पाए.. दरअस्ल बरख़ुरदार पहले लोग दिल से गाने सुना करते थे आज कल कान से सुनते हैं, कहने का मतलब ये कि एक कान से सुनते हैं दूसरे से निकाल देते हैं।"

बच्चों सी निश्चल मुस्कराहट उनके चेहरे पर खिल उठी। उनके मुस्कुराते हुए चेहरे पर आप उन ग़मों को नहीं पढ़ सकते जो इनकी शायरी में झलकते हैं

प्यार को दो ही पल नसीब हुए
इक मुलाक़ात, इक जुदाई है

आइना पत्थरों से टकराया
ये सज़ा सादगी की पाई है
मेरी इक साँस भी नहीं मेरी
ज़िन्दगी किस क़दर पराई है

शायरी की इस लाजवाब किताब ख़रीदने के लिए आप को इन में से किसी पते पर संपर्क करना होगा:-

1. किताबदार जलाल मंज़िल, टेमकर स्ट्रीट, जे.जे. हस्पताल के पास मुंबई-400008

2. गौरव अपार्टमेन्टस होली क्रास रोड, आई. सी.कोलोनी, बोरीवली (वेस्ट) मुंबई 400103

3. अदब नामा, 303 क्लासिक प्लाज़ा तीन बत्ती, भिवंडी, थाणे।

मुझे अफ़सोस है कि मेरे पास नक़्श साहब का फ़ोन या मोबाइल नंबर नहीं है लेकिन आप उन्हें इस ख़ूबसूरत शायरी के लिए बधाई यहाँ कमेन्ट द्वारा दे सकते हैं। इस पोस्ट की एक प्रिंटेड प्रति मैं कुछ दिनों बाद उन्हें पहुँचाने वाला हूँ। चलते-चलते नक़्श साहब के ये तीन शेर और पढ़ते चलिए और मानिए कि एक अच्छा इंसान ही अच्छे शेर कह सकता है-

कोई परदेस अगर जाये तो क्या ले जाये
भीगी-भीगी हुई आँखों की दुआ ले जाये
याद रखता है उसे अहले-ज़माना बरसों
ज़ख़्म औरों के जो सीने में सजा ले जाये
मुझसे कलियों का तड़पना नहीं देखा जाता
काश! गुलशन से कहीं दूर हवा ले जाये

***

आग चख कर लीजिए
प्रेमकिरण

बर्फ़ के घर में ठिठुरते आदमी के ज़ेहन में
एक टुकड़ा धूप का एहसास रखती है ग़ज़ल
हाथ रखते ही समय के नब्ज़ पर हमको लगा
एक मुर्दा जिस्म में कुछ साँस रखती है ग़ज़ल
द्रौपदी के चीर हरने पर सभासद मौन हैं
न्याय पर कुछ प्रश्न चिन्ह सायास रखती है ग़ज़ल

ग़ज़ल को नये ढंग से परिभाषित करने वाले हमारी शायर हैं जनाब 'प्रेमकिरण' साहब। शायद आपने ये नाम पहले न सुना हो, कमसे कम मैंने तो नहीं ही सुना था। भला हो मेरे शायर मित्र जनाब घायल साहब का, जिनकी किताब 'लपटों के दरमियाँ' का ज़िक्र हम इसी शृंखला में कर चुके हैं, जिन्होंने सबसे पहले मुझे इन के बारे में बताया। नये शायरों को पढ़ना एक नये अनुभव से गुज़रने जैसा होता है। एक अपरिचित क्षेत्र की यात्रा करने जैसा। आप को पता नहीं होता के रास्ते में कैसे मंज़र आयेंगे। पूरी यात्रा में आपकी उत्सुकता लगातार बनी रहती है। 'प्रेमकिरण' साहब की किताब 'आग चख कर लीजिए' पढ़ते हुए मुझे जो सुखद अनुभव हुए, उन्हें ही मैं आज आप सब के साथ बाँट रहा हूँ।

गोद में लेना चाहें तो वो गोद से फिसली जाय
मेरी नन्हीं बिटिया जैसी चंचल-चंचल धूप
दामन-दामन ठण्डक जागी, नुक्कड़-नुक्कड़ आग
सर्द हवाएँ, जाड़े के दिन, शीतल-शीतल धूप
खेत बेचकर आख़िर उसने दिया गाँव को भात
चावल-चावल क़र्ज़ में ठिठुरा पत्तल-पत्तल धूप

'चंचल चंचल', 'शीतल शीतल' और 'पत्तल पत्तल' जैसे क़ाफ़िये के साथ 'धूप' जैसी रदीफ़ आपको कहाँ रोज़-रोज़ पढ़ने को मिलता है? ये रचनात्मक मौलिकता ही हर शायर को बाक़ियों से अलग करती है। 'प्रेमकिरण' जी की मौलिकता उनके ग़ज़ल संग्रह के शीर्षक से लेकर उनके हर शेर में देखी जा सकती है।

दिल है पिन कुशन-सा सीने में
हर ख़लिश आलपिन होती है

हम पे आँसू गिराने वालों के
हाथ में ग्लीसरीन होती है
क़ीमते-अश्क जो समझती है
नम वही आस्तीन होती है

आपा धापी भरे आजकल के जटिल जीवल में जहाँ भौतिक सुखों के पीछे भागता व्यक्ति अपने लिए ही समय नहीं निकाल पाता ऐसे में उस से शायरी की किताब पढ़ने की उम्मीद रखना नीम के पेड़ से आम तोड़ने की कल्पना करने जैसा है, किन्तु फिर भी साहब रेगिस्तान में नख़्लिस्तान जैसे कुछ लोग हैं जो ये कारनामा करते हैं और ज़िन्दगी में ताज़गी बनाये रखते हैं। ऐसे लोगों के कारण ही शायरी आज तक ज़िन्दा है। ज़िन्दा है क्यूँकि जीवन में जटिलताएँ जितनी बढ़ती जा रही हैं शायरी के तेवर उतने ही तीखे होते जा रहे हैं। शायरी इंसान को जटिलताओं से डर कर भागना नहीं सिखाती बल्कि उस से सीधी मुठभेड़ के बाद जीतने के हुनर सिखाती है।

मंज़िलों की आस रखिए और चलिए
भूल का एहसास रखिए और चलिए
गर मुसीबत काई की सूरत बिछी हो
पाँव को हस्सास रखिए और चलिए
आँधियों का साथ पतझड़ दे रहा है
ढूँढ़ कर मधुमास रखिए और चलिए

15 जनवरी 1953 को पैदा हुए प्रेम जी की ग़ज़लें अनेक ग़ज़ल एवं कविता संग्रहों के अलावा देश की हिंदी उर्दू की बहुत सी पत्र-पत्रिकाओं में छप चुकी हैं। प्रेम जी ने अनेकों अखिल भारतीय कवि सम्मेलनों में शिरकत और आकाशवाणी दूरदर्शन के माध्यम से अपने चाहने वालों का दायरा बढ़ाया है। प्रेम जी को डॉ. मुरलीधर श्रीवास्तव शेखर और दुष्यंत कुमार शिखर सम्मान से सम्मानित किया गया है। इन दिनों वाणी प्रकाशन, पटना शाख़ा में कार्यरत हैं।

अपने युग के आदमी का बंधु वर्णन क्या करें
आवरण उठता नहीं है रूप दर्शन क्या करें
कोई सपना ही जिन्होंने उम्र भर देखा न हो
वो समय के नाग-फन पर काल-नर्तन क्या करें
दूसरों पर उँगलियाँ ही हम उठाते रह गए
इससे फ़ुर्सत ही नहीं हम आत्म-मंथन क्या करें

हिंदी के शब्दों को ग़ज़लों में ढालने का हुनर बहुत कम देखने को मिला है जबकि प्रेम जी की इस किताब में वो उर्दू के शब्दों के संग बहुत ख़ूबसूरती से ताल मेल बिठाते नज़र आये हैं। प्रेम जी की ग़ज़लें गंगा जमुनी तहज़ीब का जीता जागता नमूना हैं। उर्दू के दीवानों को उनकी ग़ज़लों में उर्दू ग़ज़लों वाली रवायती ख़ुशबू मिलेगी और हिंदी पाठकों को उनकी ग़ज़लों में दुष्यंत जी वाली हिंदी की महक। शब्द हिंदी के हों या उर्दू के उन्हें बहुत सहजता से प्रेम जी ने अपनी ग़ज़लों में पिरोया है। ग़ज़ल प्रेमियों के लिए ये किताब संग्रहणीय है।

कितने शीशों की नज़ाकत का भरम खुल जाएगा
इस चमन के फूल को पत्थर न होने दीजिये
ज़िन्दगी के रास्ते में आग का दरिया भी है
ज़िन्दगी को मोम का पैकर न होने दीजिये
ज़हर जो शंकर बनाये आपको तो खाइए
वरना इक इंसान को विषधर न होने दीजिये

सस्ती लोकप्रियता से दूर ग़ज़ल के इस सच्चे साधक को अगर आप इन बेहद ख़ूबसूरत अशआर से भरी इस किताब के लिए मुबारकबाद देना चाहें तो अपना फ़ोन या मोबाइल उठायें और उनसे 09334317153 नंबर मिला कर बात करें। किताब यूँ तो राजदीप प्रकाशन सी-187 ज्वालापुरी, न.-4, नागलोई नई दिल्ली से ख़रीदी जा सकती है लेकिन प्रेम जी से बात कर के अगर कोई इसकी प्राप्ति का आसान रास्ता हो तो पता कर लें।

आख़िर में प्रेम जी की एक ग़ज़ल के इन शेरों के साथ आपसे अगले शायर की किताब ढूँढ़ने तक विदा लेते हैं-

चींटियाँ माना कि दिन में वो चुगाते हैं मगर
आँख में कुछ शर्म भी है कि नहीं ये तो पढ़ो
आस्था को ठेस पहुँची तो लगे तुम चीख़ने
मंदिरों में धर्म भी है कि नहीं ये तो पढ़ो
तुम तो तीरंदाज़ बन कर ख़ुश बहुत होंगे 'किरण'
तीर का कुछ धर्म भी है कि नहीं ये तो पढ़ो

***

मिज़ाज कैसा है
अनवारे इस्लाम

उस ज़माने में भी, जब मोबाइल नहीं हुआ करता था, चैट की सुविधा नहीं थी और तो और टेलीफ़ोन भी नहीं था, लोग एक-दूसरे से ख़ूब बातें किया करते थे। अब जब बात करने की बहुत-सी सुविधाएँ हो गयी हैं जैसे मोबाइल आदि तो लोग हर जगह हर समय बात करते दिखाई देते हैं लेकिन अब की और तब की बातचीत में फ़र्क़ है। अब लोगों का मुँह बात करता है जिसे कान सुनते हैं जबकि तब लोग दिल से बात करते थे जिसे दिल सुनता था। बात करने से ज़्यादा समझी जाती थी। ऐसी आत्मीय बातचीत जिसे उर्दू में गुफ़्तगू कहते हैं अब बहुत कम होती है।

ऐसे माहौल में शायरी की वो किताब जिसकी टैग लाइन 'बात करती हुई ग़ज़लों की किताब' हो आपका ध्यान खींचने में ज़रूर कामयाब होगी।

बात करती हुई ग़ज़लों की इस किताब का शीर्षक है 'मिज़ाज कैसा है' और मिज़ाज पूछने वाले शायर हैं जनाब 'अनवारे इस्लाम'। आज हम इसी किताब का ज़िक्र अपनी 'किताबों की दुनिया' शृंखला में करेंगे।

उसकी आँखों में आ गए आँसू
मैंने पूछा मिज़ाज कैसा है
दूर तक रेत ही चमकती है
कोई पानी नहीं है धोका है
किसके काँधे पे रखके सर रोऊँ
हाल सबका ही मेरे जैसा है

मेरे ब्लॉग के नियमित पाठक अनवारे इस्लाम के कलाम और उनकी शायरी से रू-ब-रू हो चके हैं लेकिन जो अनियमित हैं उनसे गुज़ारिश है कि वो 'सुख़नवर' पर चटखा लगायें। सुख़नवर उस साहित्यिक पत्रिका का नाम है जिसे अनवारे इस्लाम साहब भोपाल से नियमित रूप से प्रकाशित करते हैं। सच कहूँ तो साहित्यिक पत्र पत्रिकाओं की जो आज दशा है उसे देखते हुए अनवारे इस्लाम भाई को इस जोखिम भरे काम के लिए बधाई दी जानी चाहिए।

तुम अपनी रौशनियों पर ग़ुरूर मत करना
चराग़ सबके बुझेंगे हवा किसी की नहीं
वो होंट सी के मेरे पूछता है चुप क्यूँ हो
किताबे जुर्म में ऐसी सज़ा किसी की नहीं
चराग़ जलने से पहले ही घर को लौट सकें
हमारे वास्ते इतनी सी दुआ किसी की नहीं

मिज़ाज कैसा है कि ग़ज़लें बहुत सादा ज़बान में आपसे बात करती चलती हैं। सीधी सच्ची बातें हैं जो बहुत सरलता से ग़ज़ल के शेरों में पिरोई गयी हैं। वो अपने बारे में भी इस किताब में कुछ नहीं कहते जो कुछ कहती हैं उनकी ग़ज़लें कहती हैं। ख़ास बात तो ये है कि उनकी शान में, जैसा की अब हर किताब के शुरुआती पन्नों में इक रिवाज-सा बन गया है, किसी बड़े शायर, नेता या फिर उनके यार दोस्तों ने क़सीदे नहीं पढ़े।

है मुश्किल पिताजी के घर को बचाना
मिरे भाई अपना मकाँ चाहते हैं
मिरे हिस्से में तो लहू भी नहीं है
वो हाथों को रंगे-हिना चाहते हैं
है बाक़ी ज़मीं पर बहुत काम फिर भी
सितारों से आगे जहाँ चाहते हैं

आकर्षक आवरण में लिपटी इस किताब में अनवारे इस्लाम साहब की अस्सी ग़ज़लें अपनी सादगी से पाठकों का मन मोह लेती हैं। ज़िन्दगी को ख़ुशगवार बनाने वाली बातों को बहुत ख़ूबसूरती से अशआर में पिरोया गया है। इन छोटी-छोटी बातों का अपना महत्व है अगर हम इन्हें अपने जीवन में उतार लें तो बहुत सी अनचाही तकलीफ़ों से निजात पा सकते हैं।

ये बातें बिना लाग-लपेट के अनवारे साहब अपने दिलकश अंदाज़ में हमें बताते हैं।

गुम न हो जाये साझी विरासत कहीं
अपने बच्चों को क़िस्से सुनाया करो
भीग जाने का अपना अलग लुत्फ़ है
बारिशों में निकलकर नहाया करो
तुम जो रूठो तो कोई मनाये तुम्हें
कोई रूठे तो तुम भी मनाया करो

अनवारे इस्लाम जी ने अपने उस्ताद शायर पिता स्व. सलाम सागरी से मिली शायरी की इस विरासत को ज़िन्दा रखा है। मध्य प्रदेश के शहर सागर में एक अक्टूबर सन 1947 को जन्मे अनवारे साहब ने पूरा जीवन लेखन को ही समर्पित कर दिया है। उन्होंने साक्षरता पर साठ और बाल साहित्य पर अट्ठारह से अधिक पस्तकों का लेखन किया है। उन्हें साहित्य अकादमी म.प्र. और राष्ट भाषा प्रचार समिति म.प्र. द्वारा सम्मानित किया गया है। लगभग फ़क़ीराना अंदाज़ में ज़िन्दगी बसर करते हुए ज़मीन से जुड़े इस शायर ने उर्दू की महत्वपूर्ण कृतियों तथा प्रतिष्ठित शायरों की सत्ताइस से अधिक पुस्तकों का संपादन भी किया है। अनवरत लिखते हुए ना उनका क़लम थकता है और ना वो ख़ुद।

तू है मेरा के तेरे सिवा कौन है
मैं हूँ तेरा तो मुझसे जुदा कौन है
क्यूँ परेशाँ हूँ तेरे होते हुए
तू जो ख़ुश है तो मुझसे ख़फ़ा कौन है
फूल काग़ज़ के हैं देखने के लिए
घर सजा लीजिए सूँघता कौन है

अनवारे साहब की रचनाएँ सी.बी.एस.ई, महाराष्ट्र राज्य के हिंदी पाठ्यक्रम सहित विदेशों के हिंदी पाठ्यक्रमों में भी शामिल हैं। भारी-भरकम शब्द और अलंकृत भाषा के बिना भी अच्छा और सार्थक साहित्य रचा जा सकता है ये अनवारे साहब को कलाम के पढ़कर सिद्ध हो जाता है। दुनिया, कलिष्ट भाषा और गूढ़ संकेतों में लिखी, आपकी रचनाओं के लिए भले आपको ज्ञानी या पण्डित कहने लगे लेकिन कबीर नहीं कहेगी,कबीर कहलवाने के लिए आपकी रचना आम ज़बान और फक्कड़ अंदाज़ में ही होनी चाहिए जैसी की अनवारे साहब की हैं-

तिरी बातें समझ पाता नहीं मैं
तिरी बातों में आसानी बहुत है
परों को चौंच से नोचा है अक्सर
क़फ़स के नाम कुर्बानी बहुत है
क़फ़स-पिंजरा
यहाँ पर भीड़ में सब अजनबी हैं
मिरे शहरों में वीरानी बहुत है

आलेख प्रकाशन वी-8, नवीन शाहदरा दिल्ली द्वारा प्रकाशित इस किताब को ख़रीदने के लिए आपको अनवारे इस्लाम साहब से संपर्क करना चाहिए। किताब प्राप्ति के आसान रास्ते को बताते हुए अनवारे साहब आपको, अपनी दिलकश ज़बान और पुर ख़ुलूस बातों से, अपना बना लेंगे। उनसे संपर्क करने के लिए आप उन्हें उनके मोबाइल 9893663536 पर फ़ोन करें या फिर उन्हें sukhanvar12@gmail.com पते पर ई-मेल करें। आप ये सब करें तब तक हम आपसे, उनके ये शेर सुना कर, विदा लेते हैं और निकलते हैं एक और शायरी की किताब की तलाश में।

कौन पोंछेगा आँख के आँसू
अपनी बारिश में आप भीगा कर
रेशमी तार थे जो जीवन के
रख दिए आज हमने उलझा कर
छाँव का ज़िक्र ठीक है लेकिन
तू कभी धूप में भी निकला कर

***

आवाज़ चली आती है
शाज़ तमकनत

छोटे गाँव क़स्बों की तो बात ही छोड़ दें बड़े बड़े शहरों में भी अच्छी शायरी की किताब खोजना रेगिस्तान में पानी खोजने से भी कठिन काम है। सस्ती शायरी के संस्करण भले की रेलवे की बुक स्टाल या एक आध दुकान पर मिल जाएँ लेकिन अगर आप वाक़ई उम्दा शायरी के शौक़ीन हैं तो ऐसी किताब को खोजने के लिए आपको दर दर भटकना पड़ेगा। ये बात मैं सिर्फ़ अपने अनुभव से बता रहा हूँ इसलिए ग़लत भी हो सकता हूँ क्यूँकि अनुभव हम सब के अलग-अलग हो सकते हैं।

जयपुर में एक 'लोकायत प्रकाशन' है, जहाँ हिंदी की उन किताबों का ढेर है जिन पर मिट्टी की परतें चढ़ी रहती हैं, वहाँ किताबें स्टील के रैक्स के अलावा फ़र्श पर भी बिखरी पड़ी रहती हैं। लोकायत की डबल दुकान पर एक साधारण सी टेबल के पीछे एक अति साधारण कुर्सी पर चश्मा लगाये बैठे उसके करता धर्ता शेखर जी हमेशा मुझे देखते ही मुस्कुराकर कहते हैं, "आइए सर फिरे नीरज जी।"

उनका कहना सही है क्यूँकि आज के युग में कोई भी पढ़ा-लिखा इंसान ऐसी साधारण सी दुकान पर किताबें ढूँढ़ने और ख़रीदने नहीं जाता और अगर किताब हिंदी में हो तो मान के चलिए कि वो इंसान सरफिरा ही होगा। किताबों की खोज के दौरान मैंने हर दुकान और बड़े बड़े माल में सिर्फ़ और सिर्फ़ अंग्रेज़ी भाषा की किताबों को ही बिकते देखा है।

लोकायत पर किताब की खोज करते और धूल फाँकते हुए मेरी नज़र जिस किताब पर पड़ी उसी का ज़िक्र हम आज अपनी किताबों की दुनिया की शृंखला में करने जा रहे हैं-

हम भी होशियार न थे प्यार भी पागल की तरह
बात फैली है तेरे आँख के काजल की तरह
चार सू सैले-हवा* भी है सँभलना भी है
ज़ीस्त** भी है तेरे उड़ते हुए आँचल की तरह

चार सू सैले-हवा =चारों ओर हवा के झोंके*
*ज़ीस्त**=ज़िन्दगी*

रात सी रात है बरसात है तन्हाई है
कूकता है मेरे दिल में कोई कोयल की तरह

आज की किताब है 'आवाज़ चली आती है' और शायर हैं मरहूम जनाब 'शाज़ तमकनत' साहब। हिंदी पाठकों के लिए शायद ये नाम अंजाना हो लेकिन दकन में इनका नाम बहुत इज़्ज़त से लिया जाता है। शाज़ साहब उर्दू के उन चन्द शायरों में शुमार किये जाते हैं जिन्होंने उर्दू साहित्य में नया इज़ाफ़ा किया है। वो जिस क़दर अपने समय में एकांत प्रिय रहे और

अपनी ज़िन्दगी के उतार चढ़ावों से गुज़रते हुए शायरी को अपना ओढना-बिछौना बनाया, शायद ही कोई और शायर इस बाँकपन के साथ नज़र आता है।

क्या ख़बर थी कि तेरे बाद ये दिन आयेंगे
आप ही रूठेंगे हम आप ही मन जायेंगे
ज़िन्दगी है तो ब-हर-हाल गुज़र जायेगी
दिल को समझाया था कल आज भी समझायेंगे
सुबह फिर होगी कोई हादसा याद आएगा
शाम फिर आएगी फिर शाम से घबरायेंगे

31जनवरी 1933 को हैदराबाद में शाज़ तमनकत साहब का जन्म हुआ। उस वक़्त उर्द शायरी का वहाँ बोलबाला था। शाज़ साहब को अपनी माँ से बे-इंतिहा मुहब्बत थी लेकिन बचपन में ही उनका साया अचानक सर से उठने पर वो टूट गए। उसी टूटन ने शाज़ साहब के भीतर उस शायर को पैदा किया जिसने आगे चल कर इंसान की ज़िन्दगी और समाज के दर्द को अपनी शायरी के विशाल दामन में समेटा। कॉलेज की पढ़ाई ख़त्म होते होते शाज़ साहब की गिनती हैदराबाद के नामवर शायरों में होनी लगी। फ़िराक़ गोरखपुरी जैसे शायर ने उनके बारे में कहा कि "शाज़ की शायरी मुहब्बत की शायरी है। इनके लफ़्ज़ों की महक दूर से पहचानी जा सकती है।"

कुछ रात ढले होती है आहट दरे-दिल पर
कुछ फूल बिखर जाते हैं मालूम नहीं क्यूँ
मत पूछ नक़ाबों से तू यारी है हमारी
हम चेहरों से डर जाते हैं मालूम नहीं क्यूँ
हर सुबह तुझे जी से भुलाने का है वादा
हर शाम मुकर जाते हैं मालूम नहीं क्यूँ

शाज़ साहब का पहला मज्मूआ 'तराशीदा" 1966 में शाए हुआ उसके बाद 1973 में 'बयाज़-ए-शाम' और 1977 में 'नीम ख़्वाब'। शाज़ साहब ने कम लिखा लेकिन जो लिखा वो उन्हें अमर कर गया। शाज़ साहब ने वारंगल से अध्यापन कार्य शुरू किया और कुछ समय वो पूना भी रहे। पूना में उन्होंने पूना कॉलेज ऑफ़ आर्ट्स के उर्दू विभाग में प्रोफ़ेसर के पद पर कार्य किया। पूना छोड़ते समय वहाँ जश्न-ए-शाज़ बड़ी धूम धाम से मनाया गया जिसमें सरदार जाफ़री, कैफ़ी आज़मी, जाँ निसार अख़्तर, मजरूह सुल्तानपुरी और साहिर लुधियानवी जैसे मशहूर शायरों ने शिरकत की। शायर तो शायर इस कार्यक्रम में शिरकत के लिए मुंबई से दिलीप कुमार, वहीदा रहमान और सुनील दत्त साहब भी खिंचे चले आये। शाज़ साहब की शायरी की लोकप्रियता का आलम ये था कि उनकी रचनाओं को बेग़म अख़्तर,

फ़रीदा ख़ानम, रईस ख़ान बारसी, विट्ठल राव, ग़ुलाम फ़रीद साबरी और हरिहरन जैसे गायकों ने अपनी आवाज़ दी।

जिस से बेज़ार रहे थे वही दर क्या कुछ है
घर की दूरी ने ये समझाया कि घर क्या कुछ है
रात भर जाग कर काटे तो कोई मेरी तरह
ख़ुद-ब-ख़ुद समझेगा वो पिछला पहर क्या कुछ है
जैसे क़िस्मत की लकीरों पे हमें चलना है
कौन समझेगा तेरी रहगुज़र क्या कुछ है

शाज़ साहब की शायरी आम आदमी के दिल की आवाज़ है। हिंदी में उनकी रचनाओं का ये पहला संकलन है जिसे शशि नारायण स्वाधीन साहब ने सम्पादित किया है और वाणी प्रकाशन ने प्रकाशित किया है। वाणी प्रकाशन दिल्ली के बारे में पूरी जानकारी आपको इस शृंखला में बहुत जगह मिलेगी इसलिए उसे मैं यहाँ नहीं दे रहा। इस किताब के लिए आप वाणी प्रकाशन से संपर्क कर सकते हैं।

ख़याल आते ही कल शब तुझे भुलाने का
चिराग़ बुझ गया जैसे मेरे सिरहाने का
क़रीब से ये नज़ारे भले नहीं लगते
बहुत दिनों से इरादा है दूर जाने का
मैं और कोई बहाना तलाश कर लूँगा
तू अपने सर न ले इल्ज़ाम दिल दुखाने का

जिस ज़माने में शाज़ साहब ने शायरी शुरू की वो ज़माना उर्दू के भारी भरकम लफ़्ज़ों के इस्तेमाल का ज़माना था। शाज़ साहब ने उसमें सादगी डाली और आम भाषा के लफ़्ज़ों का ख़ूबसूरत इस्तेमाल किया। ये ही उनकी लोकप्रियता का सबसे बड़ा कारण बना। अपनी ज़बान में अपनी बात सुनकर आम इंसान उनकी शायरी का दीवाना हो गया।

कोई गिला कोई शिकवा ज़रा रहे तुमसे
ये आरज़ू है कि इक सिलसिला रहे तुमसे
अब एक दिन की जुदाई भी सह नहीं सकते
जुदा रहे हैं तो बरसों जुदा रहे तुमसे
हर एक शख़्स की होती है अपनी मजबूरी
मैं उस जगह हूँ जहाँ फ़ासला रहे तुमसे

18 अगस्त 1985 की सुबह हैदराबाद के शाह अली बंद मुहल्ले के असर अस्पताल के कमरा न. 21 में शाज़ साहब ने हमेशा के लिए अपनी आँखें मींच लीं। हैदराबाद में शायरी के एक युग का अंत हो गया। उर्दू की शायरी जिसमें हिंदी का छायावाद, रहस्यवाद और प्रयोगवाद का हल्का-हल्का रंग शाज़ साहब के ज़रिये अदब में एक ऐसी तस्वीर बना चुका था जिसकी कूची शाज़ साहब के हाथों में थी। उनके जाने से ये रंग बिखर गए उन्हीं रंगों को फिर से इस किताब में समटने की कोशिश की गयी है।

प्यासा हूँ रेगज़ार* में दरिया दिखाई दे
जो हाल पूछ ले वो मसीहा दिखाई दे
रेगज़ार=रेगिस्तान*
पड़ती है सात रंगों की तेरे बदन पे धूप
जो रंग तू पहन ले वो गहरा दिखाई दे
क्या-क्या हक़ीक़तों पे हैं परदे पड़े हुए
तू है किसी का और किसी का दिखाई दे

इस किताब में ऐसे एक नहीं सैंकड़ों शेर हैं जिन्हें मैं यहाँ कोट करना चाहता हूँ... लेकिन ये मेरी मजबूरी है कि मैं चाहकर भी ऐसा नहीं कर पा रहा हूँ। ग़ज़लों के अलावा इस किताब में शाज़ साहब की कुछ चुनिन्दा नज़्में भी पढ़ने को मिलती हैं। शाज़ साहब के अपने दोस्त शायरों के साथ लिए गये फ़ोटो इस किताब में चार चाँद लगा देते हैं। मेरी शायरी के सभी दीवानों से गज़ारिश है कि आप अपनी अलमारी में इस किताब को ज़रूर शामिल करें। अगली किताब की खोज में निकलने से पहले मैं आपको ये शेर पढ़वा कर विदा लेता हूँ-

शिकन शिकन तेरी यादें हैं मेरे बिस्तर की
ग़ज़ल के शेर नहीं करवटें हैं शब भर की
फिर आयी रात मेरी साँस, रुकती जाती है
सरकती आती हैं दीवारें फिर मेरे घर की
निबाह करता हूँ दनिया से इस तरह ऐ 'शाज़'
कि जैसे दोस्ती हो आस्तीन-ओ-ख़ंजर की

***

पत्तों पर पाज़ेब
अवनीश कुमार

'श्री अवनीश कुमार' जी की किताब 'पत्तों पर पाज़ेब', जिसकी चर्चा हम करेंगे, की भूमिका के आरम्भ में दी गयी इन पंक्तियों ने मुझे इस किताब को ख़रीदकर पढ़ने के लिए प्रेरित किया।

"कविता एक कोशिश करती है-जीवन का चित्र बनाने की, यथार्थ और उस से कुछ बेहतर... रंग वही हैं जो कायनात ने दिए हैं, तमाम कोशिशों के बाद भी तस्वीर मुकम्मल नहीं होती, फिर नयी कोशिश होती है। ये किताब भी ऐसी ही एक कोशिश है..."

वो बेहतर जानते हैं चोट क्या होती हथोड़े की
मिली तक़दीर लोहे की, पड़े हैं जो निहाई पर
वो जिसके हाथ में ख़ंजर था, अब भोला कबूतर है
सभी की आँख दीवानी है हाथों की सफ़ाई पर
नीली ओढ़नी पर रौशनी का एक दरिया सा
सितारे दे गया है चाँदनी की मुँह दिखाई पर

आज कल ग़ज़लें थोक के भाव लिखी जा रही हैं और छप भी रही हैं। हर पत्रिका में एक आध ग़ज़ल का होना अनिवार्य हो गया है। बहती गंगा में हाथ धोते हुए हमें बहुत से नौसिखिये कच्चे शायर बहुतायत में नज़र आ जाते हैं। जिस विधा में सदियों से कहा जा रहा हो उसमें कोई नयी बात कहना या फिर किसी पुरानी बात को नये अंदाज़ से कहना आसान काम नहीं है। और जब कभी ऐसा नज़र आता है तबीअत ख़ुश हो जाती है

बाढ़ का पानी घरों की छत तलक तो आ गया
रेडियो पर बज रहा मौसम सुहाना आएगा
सड़क पर ठण्डी बियर के बोर्ड को पढ़ते हुए
सोचता हूँ कब एक छोटा चायख़ाना आएगा
दूध से चलती हों जिसमें रोटी के चक्के लगे
देखना ऐसा भी कारों का ज़माना आएगा

अवनीश कुमार के लिए कविता न तो उच्छ्वास है और न अदाकारी। अवनीश इस चलताऊ माहौल के रचनाकार नहीं हैं यद्यपि उनकी हर ग़ज़ल पहले मिसरे से ही हमें बाँध लेती है और आख़िरी शेर तक पहुँचते-पहुँचते हमारे एहसास की दुनिया एकदम बदल जाती है

बहुत था बीमार सूरज हड़बड़ाकर धूप ने
गिरवी रख दी तीरगी के हाथ अपनी चूड़ियाँ
ज़िन्दगी भर रामलीला में लड़े सच की तरफ़
मज़हबी दंगे में वो मारे गए रहमत मियाँ
जब वो बोले लगे कानों में शहद सा घुल गया
पहन रक्खीं नीम की सीकों की जिसने बालियाँ

उत्तर प्रदेश के फ़र्रुख़ाबाद जिले के भूड़नगरिया गाँव में 1969 में जन्में अवनीश कुमार वनस्पति विज्ञान में एम.एस.सी. हैं और बी.एड. के करने बाद शिक्षा विभाग में सहायक बेसिक शिक्षा अधिकारी के पद पर कार्यरत हैं। उनका पहला कविता संग्रह 'आइना धूप में' 1993 को प्रकाशित हुआ था उसके बाद अब 2011 में 'पत्तों पर पाज़ेब' ग़ज़ल संग्रह।

मुहब्बत क़ैद हो जाती है सोने की ज़ंजीरों में
महज़ अफ़वाह है यारों, ज़माने ने उड़ाई है
जमूरे ने कहा-सारा तमाशा पेट की ख़ातिर
कोई जादू नहीं है सिर्फ़ हाथों की सफ़ाई है
उतर जाते हैं रिक्शे से उसे धक्का लगाते हैं
पता है छोटे बच्चों को बहुत ऊँची चढ़ाई है

हमारे चारों और घटने वाली छोटी छोटी घटनाओं पर उनकी पैनी नज़र जाती है और वो उसे शेर में ढाल देते हैं- इस संग्रह में रोमांटिक ग़ज़लें भी हैं, पर उनका मिज़ाज यथार्थवादी है। उड़ान है, पर मिट्टी की ख़ुशबू के साथ। ग़ज़लों में अपनी बात कहने का उनका निराला अंदाज़ उन्हें अपने समकालीन शायरों से अलग करता है और भीड़ में अपनी पहचान बनाता है।

गुलों में ढूँढ़ती फिरती है बेकल
तितलियाँ ख़ुशबुओं के ख़त पुराने
आज फिर अब्र के घूँघट से साधे
शिकारी चाँद ने सौ सौ निशाने
सोचता हूँ तेरी भीगी पलक पर
मैं रख दूँ धूप के मौसम सुहाने
तेरी चाहत की चिंगारी रखी है
हमारे फूस के हैं, आशियाने

'पत्तों पर पाज़ेब' की ग़ज़लें, नये अंदाज़ की ग़ज़लें हैं जिनमें नये बिम्ब और प्रतीक निहायत ख़ूबसूरती से पिरोये गए हैं.. और तो और पौराणिक, ऐतिहासिक पात्रों और घटनाओं

के माध्यम से भी आज के व्यक्ति की व्यथा कही गयी है। अविनीश जी को पढ़ने के बाद आप ग़ज़लों में आ रहे परिवर्तन को भलीभांति महसूस कर सकते हैं। ये ग़ज़लें हमारे जीवन से इस क़दर जुड़ी हैं कि हर शेर हमें अपनी आपबीती लगने लगता है।

परेशाँ हैं कई घर की घुटन से
बहुत से हैं कि जिन पे घर नहीं है
ऐ मीरे-फ़ौज तू है जंग भी है
कि तेरे साथ अब लश्कर नहीं है
सुबह सय्याद ने देखा, क़फ़स में
फ़लक का ख़्वाब है... ताइर नहीं है
मीरे-फ़ौज-सेनापति, क़फ़स-पिंजरा, ताइर-परिंदा

वाणी प्रकाशन द्वारा प्रकाशित इस किताब की भूमिका में अवनीश ने लिखा है, "हम सब कला-रूपों के ग्लैमर से सम्मोहित थे। लेकिन ग्रीन रूम में झाँकना दुःखदायी था क्यूँकि सारे मेकअप उतर चुके थे। किरदारों के चमकते चेहरे अब बीते जमाने की बात हो गयी थी। एक अदद रोल मॉडल की तलाश करने वाले बहुत मायूस हुए।" अवनीश ने अपनी ग़ज़लों के माध्यम से ग्रीन रूम में झाँका है और चेहरों की बेबसी को उकेरा हैं जिन्हें अब तक मेकअप ने ढँका हुआ था।

कोई तो बात है जिससे कि हमने क़लम ही पकड़ी
हमारे वक़्त भी मौजूद थी तलवार मौलाना
नहीं आदाब कर पाए हमारे बेबसी देखो
हमारे हाथ में रक्खे रहे अंगार मौलाना
वक़्त का दर्द गाती है दिलों पर राज करती है
ग़ज़ल मुजरा नहीं करती किसी दरबार मौलाना

इस किताब की हर ग़ज़ल और वो सभी नज़्में जो आख़िर में दी गयी हैं, अवनीश जी की विलक्षण सोच का लोहा मनवा देती हैं। उनकी कलम के जादू से पाठक बाहर नहीं निकल पाता। शायरी की ऐसी बेजोड़ किताब हर उस शख़्स के पास होनी चाहिए जिसे शायरी से मुहब्बत है। मेरा अपने पाठकों से निवेदन है कि चाहे वो इस किताब को न ख़रीदें लेकिन अवनीश जी को उनके मोबाइल 9410043814 पर फ़ोन कर उन्हें इस लाजवाब शायरी के लिए बधाई ज़रूर दें, और कुछ हो न हो लेकिन एक अच्छे शायर की हौसल-अफ़ज़ाही करना हमारा फ़र्ज़ होना चाहिए

***

नए मौसम की ख़ुशबू
इफ़्तिख़ार आरिफ़

हर शायर की तमन्ना होती है कि वो कुछ ऐसे शेर कह जाये जिसे दुनिया उसके जाने के बाद भी याद रखे... लेकिन... मैंने देखा है बहुत अच्छे शायरों की ये तमन्ना भी तमन्ना ही रह जाती है... शायरी की किताबों पे किताबें और दीवान लिखने वाले शायर भी ऐसे किसी एक शेर की तलाश में ज़िन्दगी गुज़ार देते हैं। गुरुदेव पंकज सुबीर जी के कहे अनुसार अच्छा और यादगार शेर कहा नहीं जाता ये शायर पर ऊपर से उतरता है। ऐसा ही एक शेर, जिसे मैंने भोपाल में दो दशक पहले, मेरे छोटे भाई के नया घर लेने के अवसर पर हुई पार्टी में उसके एक साथी के मुँह से पहली बार सुना था, मेरी यादों में बस गया।

मेरे ख़ुदा मुझे इतना तो मोतबर कर दे
मैं जिस मकान में रहता हूँ उसको घर कर दे

मोतबर- विश्वसनीय

उर्दू शायरी में मकान और घर के महीन से फ़र्क़ को इतनी ख़ूबसूरती से शायद ही कभी बयाँ किया गया हो और अगर किया भी गया है तो मुझे उसका इल्म नहीं है। इस एक शेर ने इसके शायर को वो मुक़ाम दिया जिसकी ख़्वाहिश हर शायर अपने दिल में रखता है।

शायरी की किताबों को जयपुर की लोकायत, जिसका ज़िक्र मैं पहले भी कर चुका हूँ, मैं खोजते हुए जब इस किताब के पहले पन्ने पर सबसे पहले दिए इस शेर पर मेरी निगाह पड़ी तो लगा जैसे गढ़ा ख़ज़ाना हाथ लग गया है। किताब है 'नये मौसम की ख़ुशबू' और शायर हैं जनाब 'इफ़्तिख़ार आरिफ़'-

मेरे ख़ुदा मुझे इतना तो मोतबर कर दे
मैं जिस मकान में रहता हूँ उसको घर कर दे
मैं ज़िन्दगी की दुआ माँगने लगा हूँ बहुत
जो हो सके तो दुआओं को बेअसर कर दे
मैं अपने ख़्वाब से कट कर जियूँ तो मेरा ख़ुदा
उजाड़ दे मेरी मिट्टी को दर-बदर कर दे

शायरी में सूफ़ियाना रंग के साथ मज़हबी रंग का प्रयोग सबसे पहले आरिफ़ साहब ने किया जो सत्तर के दशक में नया प्रयोग था। बाद के शायरों ने उनके इस लहजे की बहुत पैरवी की और ये लहजा उर्दू शायरी का नया मिज़ाज बन गया। आज भी जब कोई नौजवान चाहे वो हिन्दुस्तान का हो या पकिस्तान का जब शायरी की दुनिया में नया नया क़दम रखता है तो आरिफ़ साहब की तरह शेर कहने की कोशिश करता है।

आरिफ़ साहब का जन्म 21 मार्च 1943 को लखनऊ में हुआ। उन्होंने लखनऊ विश्व विद्यालय से 1964 में एम. ए. की शिक्षा प्राप्त की। उस वक़्त लखनऊ में मसूद हुसैन रिज़वी, एहतिशाम हुसैन, रिज़वान अल्वी और मौलाना अली नक़ी जैसी बड़ी हस्तियाँ मौजूद थीं। इनके बीच रह कर आरिफ़ साहब ने साहित्य, तहज़ीब, रिवायत और मज़हब का पाठ पढ़ा।

नद्दी चढ़ी हुई थी तो हम भी थे मौज में
पानी उतर गया तो बहुत डर लगा हमें
दिल पर नहीं यक़ीं था सो अबके महाज़ पर
दुश्मन का एक सवार भी लश्कर लगा हमें
महाज़=रणभूमि*
गुड़ियों से खेलती हुई बच्ची की गोद में
आँसू भी आ गया तो समंदर लगा हमें

लखनऊ विश्व विद्यालय से एम. ए. करने के बाद आरिफ़ साहब पाकिस्तान चले गए। वहाँ उन्होंने 1977 तक रेडियो पाकिस्तान और टेलिविज़न में काम किया। उसके बाद वो 1991 तक लन्दन में बी.सी.सी.आई. के जन संपर्क प्रशासक और उर्दू मरकज़, लन्दन के प्रभारी प्रशासक जैसे पदों पर आसीन रहे। सन 1991 से वो पाकिस्तान में रहते हुए 'मुक़्तदिरा क़ौमी ज़बान' जैसी महत्वपूर्ण संस्था के अध्यक्ष के रूप में भाषा और साहित्य की सेवा कर रहे हैं।

समझ रहे हैं मगर बोलने का यारा नहीं
जो हम से मिल के बिछड़ जाये वो हमारा नहीं
समन्दरों को भी हैरत हुई कि डूबते वक़्त
किसी को हमने मदद के लिए पुकारा नहीं
वो हम नहीं थे तो फिर कौन था सरे-बाज़ार
जो कह रहा था कि बिकना हमें गवारा नहीं

हिंदी भाषी शायरी के दीवानों के लिए हो सकता है आरिफ़ साहब का नाम नया हो और शायद उनका लिखा बहुत से लोगों ने पढ़ा भी न हो लेकिन उर्दू शायरी के फ़लक पर उनका नाम किसी चमचमाते सितारे से कम नहीं। वाणी प्रकाशन वालों ने हिंदी के पाठकों के लिए उर्दू के बेहतरीन शायरों की किताबें प्रस्तुत की हैं और इस काम के लिए उनकी जितनी तारीफ़ की जाये कम है। आरिफ़ साहब की इस किताब को शहरयार और महताब नक़वी साहब ने सम्पादित किया है।

हमीं में रहते हैं वो लोग भी कि जिनके सबब
ज़मीं बलंद हुई आसमाँ के होते हुए

बस एक ख़्वाब की सूरत कहीं है घर मेरा
मकाँ के होते हुए, लामकाँ के होते हुए
लामकाँ =बिना मकाँ*
दुआ को हाथ उठाते हुए लरज़ता हूँ
कभी दुआ नहीं माँगी थी माँ के होते हुए

इस किताब में जहाँ आरिफ़ साहब की चुनिन्दा ग़ज़लें संग्रहित हैं वहाँ उनकी कुछ बेमिसाल नज़्में भी शामिल की गयी हैं। आरिफ़ साहब की उर्दू में लिखी चार किताबें मंज़रे-आम पर आ चुकी हैं, देवनागरी लिपि में पहली बार उनके कलाम को वाणी प्रकाशन वालों ने प्रकाशित किया है। पाकिस्तान सरकार द्वारा उन्हें 'हिलाल-ए-इम्तिआज़', 'सितारा-ए-इम्तिआज़' जैसे इनाम से नवाज़ा जा चुका है, भारत में भी आलमी उर्दू कांफ्रेंस ने उन्हें 'फ़ैज़ इंटर नेशनल अवार्ड' से नवाज़ा है। दोनों मुल्कों में अपने कलाम का लोहा मनवाने वाले आरिफ़ साहब को पढ़ना एक नये अनुभव से गुज़रने जैसा है।

नये मौसम की ख़ुशबू आज़माना चाहती हैं
खुली बाँहें सिमटने का बहाना चाहती हैं
नयी आँहें, नये सहरा, नये ख़्वाबों के इमकान
नयी आँखें, नये फ़िल्ने जगाना चाहती हैं
बदन की आग में जलने लगे हैं फूल से जिस्म
हवाएँ मशअलों की लौ बढ़ाना चाहती हैं

ऐसे एक नहीं अनेक उम्दा शेरों से भरी ये किताब बेहतरीन उर्दू शायरी को हिंदी में पढ़ना चाहने वाले पाठकों के लिए किसी वरदान से कम नहीं। इस किताब को, वाणी वालों को सीधे लिख कर या फिर नेट के ज़रिये आर्डर दे कर, मँगवा सकते हैं। वाणी प्रकाशन वालों का पूरा पता, नंबर आदि मैं अपनी पुरानी पोस्ट्स पर कई बार दे चुका हूँ इसलिए उसे यहाँ फिर से दे कर अपनी इस पोस्ट को लम्बी करना मुझे सही नहीं लग रहा। आरिफ़ साहब के इन शेरों के साथ आपसे विदा लेते हुए वादा करते हैं कि हम जल्द ही एक और नयी किताब के साथ आपके सामने हाज़िर होंगे-

ख़्वाब की तरह बिखर जाने को जी चाहता है
ऐसी तन्हाई कि मर जाने को जी चाहता है
घर की वहशत से लरज़ता हूँ मगर जाने क्यूँ
शाम होती है तो घर जाने को जी चाहता है
डूब जाऊँ तो कोई मौज निशाँ तक न बताए
ऐसी नद्दी में उतर जाने को जी चाहता है

***

चाँद पागल है
राहत इन्दौरी

आज के युग में ये बात बहुत आम हो गयी है कि लोग अपनी असलियत छुपा कर जो वो नहीं हैं उसे दिखाने की कोशिश करते हैं और ऐसे मौक़ों पर मुझे साहिर साहब द्वारा फ़िल्म इज़्ज़त के लिए लिखा और रफ़ी साहब द्वारा गाया एक गाना 'क्या मिलिए ऐसे लोगों से जिनकी फ़ितरत छुपी रहे, नकली चेहरा सामने आये असली सूरत छिपी रहे' याद आता है। लेकिन साहब अपवाद कहाँ नहीं होते, जब कोई ताल ठोक कर जैसा वो है वैसा ही अपने बारे में बताते हुए कहता है कि-

इक तअल्लुक़ है वुज़ू से भी सुबू से भी मुझे
मैं किसी शौक़ को पर्दे में नहीं रखता हूँ

तो यक़ीन मानिये दिल बाग़-बाग़ हो जाता है। वुज़ू और सुबू से अपनी दोस्ती को सरे-आम मानने वाले हमारे शायर हैं जनाब'राहत इन्दौरी' साहब। जिनकी, दुनिया के किसी भी कोने में हो रहे, मुशायरे में मौजूदगी उसकी कामयाबी की गारंटी मानी जाती है।

कोई मौसम हो, दुःख-सुख में गुज़ारा कौन करता है
परिंदों की तरह सब कुछ गवारा कौन करता है
घरों की राख फिर देखेंगे पहले देखना ये है
घरों को फूँक देने का इशारा कौन करता है

दोस्तों जिस किताब का मैं ज़िक्र कर रहा हूँ उस किताब का शीर्षक है 'चाँद पागल है' और इसे वाणी प्रकाशन वालों ने प्रकाशित किया है। इस किताब में राहत साहब की एक से बढ़कर एक ख़ूबसरत 127 ग़ज़लें संग्रहित हैं।

कुछ लोगों से बैर भी ले
दुनिया भर का यार न बन
सबकी अपनी साँसें हैं
सबका दावेदार न बन
कौन ख़रीदेगा तुझको
उर्दू का अख़बार न बन

अपने अशआर में ताज़गी का एहसास राहत साहब ने फ़िल्म क़रीब जो सन 1998 में रीलीज़ हुई थी, में लिखे गीतों से ही करा दिया था, उस फ़िल्म में रसोई घर में अपने काम गिनाती हिरोइन द्वारा गाये गाने को मैं अभी तक नहीं भूल पाया हूँ।

लोग अक्सर शायरों को पढ़ते हैं या सुनते हैं लेकिन राहत इन्दौरी उस शायर का नाम है जिसे लोग पढ़ना, सुनना और देखना पसंद करते हैं। राहत साहब को मुशायरों में शेर सुनाते हुए देखना एक ऐसा अनुभव है जिस से गुज़रने को बार-बार दिल करता है। उन्होंने सामईन को शायरी सुनाने के लिए एक नयी स्टाइल खोज ली है जो सिर्फ़ और सिर्फ़ उनकी अपनी है। वो शेर को पढ़ते ही नहीं उसे जीते भी हैं।

इरादा था कि मैं कुछ देर तूफ़ाँ का मज़ा लेता
मगर बेचारे दरिया को उतर जाने की जल्दी थी
मैं अपनी मुठियों में क़ैद कर लेता ज़मीनों को
मगर मेरे क़बीले को बिखर जाने की जल्दी थी
मैं साबित किस तरह करता कि हर आईना झूठा है
कई कमज़र्फ़ चेहरों को उतर जाने की जल्दी थी

निदा फ़ाज़ली साहब ने इस किताब के फ़्लैप पर दी गयी भूमिका में लिखा है, "सोचे हुए और जिए हुए आम इंसान के दुःख दर्द के फ़र्क़ को राहत के शेरों में अक्सर देखा जा सकता है। इस फ़र्क़ को राहत की ग़ज़ल की भाषा में भी पहचाना जा सकता है। राहत की ग़ज़ल की ज़बान में जो लफ़्ज़ इस्तेमाल होते हैं, वो आम आदमी की तरह गली-मुहल्लों में चलते फिरते महसूस होते हैं। इस सरल-सहज, गली-मुहल्लों में चलने-फिरने वाली भाषा के ज़रिये उन्होंने समाज के एक बड़े रकबे से रिश्ता क़ाएम किया है।"

आबले अपने ही अंगारों के ताज़ा हैं अभी
लोग क्यूँ आग हथेली पे पराई लेते
बर्फ़ की तरह दिसम्बर का सफ़र होता है
हम तुझे साथ न लेते तो रज़ाई लेते
कितना हमदर्द सा मानूस सा इक दर्द रहा
इश्क़ कुछ रोग नहीं था कि दवाई लेते

एक जनवरी 1950 को इंदौर में जन्में राहत साहब ने अपनी स्कूली और कॉलेज तक की पढ़ाई इंदौर में ही की, कॉलेज की फुटबाल और हाकी टीम के कप्तान रहे राहत साहब ने भोपाल की बरकतुल्ला विश्व विद्यालय से एम. ए. (उर्दू) करने के बाद भोज विश्व विद्यालय से पीएच. डी. हासिल की। उन्नीस वर्ष की उम्र में उन्होंने कॉलेज में अपने शेर सुनाये और देवास 1972 में हुए आल इंडिया मुशायरे में उन्होंने पहली बार शिरकत कर अपने इस नये सफ़र की

शुरुआत की। उन्होंने लगभग चालीस हिंदी फ़िल्मों में अब तक गीत लिखे हैं। उनमें से फ़िल्म 'मीनाक्षी' का गीत 'ये रिश्ता क्या कहलाता है...' मुझे बहुत पसंद है।

क़तरा-क़तरा शबनम गिनकर क्या होगा
दरियाओं की दावेदारी किया करो
चाँद ज़ियादा रौशन है तो रहने दो
जुगनू भइया जी मत भारी किया करो
रोज़ वही इक कोशिश ज़िन्दा रहने की
मरने की भी कुछ तैयारी किया करो

इसी किताब में 'मुनव्वर राना' साहब ने शायरी और राहत साहब के बारे में बहुत अच्छी बात कही है, "शायरी गैस भरा ग़ुब्बारा नहीं है जो पलक झपकते आसमान से बातें करने लगता है! बल्कि शायरी तो ख़ुशबू की तरह आहिस्ता-आहिस्ता अपने परों को खोलती है, हमारी सोच और दिलों के दरवाज़े खोलती है और रूह की गहराइयों में उतरती चली जाती है। राहत ने ग़ज़ल की मिट्टी में अपने तजुर्बात और ज़िन्दगी के मसायल को गूँथा है यही उनका कमाल भी है और उनका हुनर भी और इसी कारनामे की वजह से वो देश-विदेश में जाने और पहचाने जाते हैं।"

रोज़ तारों की नुमाइश में ख़लल पड़ता है
चाँद पागल है अँधेरे में निकल पड़ता है
रोज़ पत्थर की हिमायत में ग़ज़ल लिखते हैं
रोज़ शीशों से कोई काम निकल पड़ता है
उसकी याद आयी है साँसों ज़रा आहिस्ता चलो
धड़कनों से भी इबादत में ख़लल पड़ता है

देश-विदेश में अपनी शायरी के पंचम को लहराने वाले राहत साहब को इतने अवार्ड्स से नवाज़ा गया है कि उन सबके ज़िक्र के लिए एक अलग से पोस्ट लिखनी पड़ेगी। उनमें से कुछ ख़ास हैं पाकिस्तानी अख़बार जंग द्वारा दिया गया सम्मान, यू.पी. हिंदी उर्दू साहित्य अवार्ड, डॉ.जाकिर हुसैन अवार्ड, निशाने-एजाज़, कैफ़ी आज़मी अवार्ड, मिर्ज़ा ग़ालिब अवार्ड, इंदिरा गाँधी अवार्ड, राजीव गाँधी अवार्ड, अदीब इंटर नेशनल अवार्ड, मो. अली ताज अवार्ड, हक़ बनारसी अवार्ड आदि आदि आदि...(लिस्ट बहत लम्बी है)।

राहत साहब की अब तक सात किताबें हिंदी -उर्दू में छप चुकी हैं, 'चाँद पागल है' हिंदी में उनकी ग़ज़लों का पाँचवाँ संकलन है।

मसाइल, जंग, ख़ुशबू, रंग, मौसम
ग़ज़ल अख़बार होती जा रही है
कटी जाती हैं साँसों की पतंगें
हवा तलवार होती जा रही है
गले कुछ दोस्त आकर मिल रहे हैं
छुरी पर धार होती जा रही है

इस किताब की प्राप्ति के लिए वही कीजिए जो आपने अब तक किया है यानी वाणी प्रकाशन दिल्ली वालों से संपर्क या फिर नैट पर बहुत सी ऐसी साइट हैं जो आपको ये किताब भिजवा सकती हैं उनकी मदद लीजिए, इन सभी साइट का ज़िक्र यहाँ संभव नहीं है लेकिन इच्छुक लोग मुझसे मेरे ई-मेल neeraj1950@gmail.com या मोबाइल +919860211911 पर मुझसे संपर्क कर पूछ सकते हैं।

अगर आप इस ख़ूबसूरत किताब में शाया शायरी के लिए राहत साहब को बधाई देना चाहते हैं तो उनसे rahatindorifoundation@rediffmail.com Phone : +91 9826257144 पर संपर्क करें। आपसे राहत साहब के इन शेरों के साथ विदा लेते हैं और निकलते हैं अगली किताब की खोज पर।

वो अब भी रेल में बैठी सिसक रही होगी
मैं अपना हाथ हवा में हिला के लौट आया
ख़बर मिली है कि सोना निकल रहा है वहाँ
मैं जिस ज़मीन पे ठोकर लगा के लौट आया
वो चाहता था कि कासा ख़रीद ले मेरा
मैं उसके ताज की क़ीमत लगा के लौट आया

***

रौशनी महकती है
सत्य प्रकाश शर्मा

उनकी ये ज़िद कि वो इंसान न होंगे, हरगिज़
मुझको ये फ़िक्र, कहीं मैं न फ़रिश्ता हो जाऊँ
भल बैठा हूँ तेरी याद में रफ़्तार अपनी
मुझको छू दे कि मैं बहता हुआ झरना हो जाऊँ
बंद कमरे में तेरी याद की ख़ुशबू लेकर
एक झोंका भी जो आ जाये तो ताज़ा हो जाऊँ

फ़रिश्तों की तरह पाक, बहते झरनों की तरह मचलते और ख़ुशबू की तरह महकते हुए अशआर शायरी की जिस किताब के हर पन्ने पर मिल जाते हैं उस किताब का नाम है 'रौशनी महकती है' और शायर हैं जनाब 'सत्य प्रकाश शर्मा'। शर्मा जी शायरों की उस जमात से ताल्लुक़ रखते हैं जिन्हें अपना नाम बेचना नहीं आता, मंचों पर लफ़्फ़ाज़ी करनी नहीं आती जो अपनी ख़ुशी के लिए लिखते हैं और जिन्हें इस बात का क़तई कोई मुगालता नहीं है कि वो शायरी के माध्यम से कोई बहुत बड़ा काम कर रहे हैं।

मुझे रुस्वा करे अब या कि रक्खे उन्सियत कोई
तक़ाज़ा ही नहीं करती है मेरी हैसियत कोई
कभी दरिया सा बहता हूँ कभी खंडहर सा ढहता हूँ
मैं इंसाँ हूँ, फ़रिश्तों सी नहीं मुझ में सिफ़त कोई
मज़ा ये है कि तहरीरें उभर आती हैं चेहरे पर
छुपाना भी अगर चाहे, छुपाये कैसे ख़त कोई

श्री सत्य प्रकाश शर्मा जी से मेरा परिचय करवाने का श्रेय मेरे मुंबई निवासी शायर मित्र सतीश शुक्ल रक़ीब को जाता है। बातों-बातों में उन्होंने शर्मा जी की शायरी का ज़िक्र किया और लगे हाथ उनसे मोबाइल पे बात भी करवा दी। पहली बात से ही दिल में घर कर गए शर्मा जी का जन्म 5 जुलाई 1956 कानपुर में हुआ, होश सँभालते ही उनका झुकाव ग़ज़लों की और ऐसा हुआ के अब तक नहीं छूटा बल्कि रोज़ के रोज़ बढ़ता ही जा रहा है गोया शायरी न हुई शराब हो गयी जो 'छुटती नहीं है काफिर मुँह से लगी हुई'। भारतीय स्टेट बैंक में उप प्रबंधक के ओहदे पर काम करते हुए शायरी और फिर शायरी की मुकम्मल किताब के लिए वक़्त निकालना आसान काम नहीं होता। उसके लिए दिल में जुनून चाहिए जो उनमें भरपूर है।

इस ख़ौफ़ से उठने नहीं देता वो कोई सर
हम ख़्वाहिशें अपनी कहीं मीनार न कर दें
मुश्किल से बचाई है जो एहसास की दुनिया
इस दौर के रिश्ते उसे बाज़ार न कर दें
ये सोच के नज़रें वो मिलाता ही नहीं है
आँखें कहीं जज़्बात का इज़हार न कर दें

शर्मा जी की ग़ज़लें ही अनूठी नहीं है उन्होंने जिस अंदाज़ से ये किताब अपनी पत्नी को समर्पित की है वो भी उतना ही अनूठा है वो लिखते हैं, "जीवन संगिनी कृष्णा के लिए ... जो ज़िन्दगी के उतार-चढ़ाव में पूरे यक़ीन के साथ मेरे साथ खड़ी रहीं... जिन्हें मैं इस किताब के अलावा कुछ ख़ास नहीं दे सका।"

दूर कितने क़रीब कितने हैं
क्या बताएँ रक़ीब कितने हैं
ये है फ़ेहरिस्त जाँ-निसारों की
तुम बताओ सलीब कितने हैं
जिसको चाहें उसी से दूर रहें
ये सितम भी अजीब कितने हैं
अपनी ख़ातिर नहीं कोई लम्हा
हम भी आख़िर ग़रीब कितने हैं

देश की प्रमुख पत्रिकाओं और समाचार पत्रों में छपी उनकी ग़ज़लें मेरी तरह उनके बहुत से चाहने वालों की तादाद में इज़ाफ़ा कर रही हैं। उन्हें अली अवार्ड (भोपाल) अमृत कलश सम्मान (गोरखपुर) और डॉ भगवत शरण चतुर्वेदी स्मृति सम्मान (जयपुर) से नवाज़ा गया है। ज़मीन से जुड़े इस शायर से बात करना भी कभी न भुलाए जाने वाला अनुभव है।

वफ़ा के नाम पे तुम जान देने लगते हो
तुम्हारे शौक़ तो बर्बाद करने वाले हैं
हमें पता है कि नश्तर तुम्हारे बहरे हैं
ये ज़ख़्म भी कहाँ फ़रियाद करने वाले हैं
ख़बर लगी जो मुसीबत की घर से दौड़ पड़े
ये अश्क दर्द की इमदाद करने वाले हैं

इस किताब में शर्मा जी की 86 ग़ज़लें संग्रहित हैं, अपनी ग़ज़लों से पहले उन्होंने अपने राहबरों और शायरी के दोस्तों का ज़िक्र बहुत पुर-ख़ुलूस अंदाज़ में किया है। एक ऐसे अंदाज़

में जो उनका अपना है। सबसे अच्छी बात है कि किताब में उन्होंने किसी शायर या रहनुमा की कोई भी टिप्पणी, जिसमें अमूनन शायर और उसकी शायरी उनकी शान में क़सीदे पढ़े जाते हैं, को जगह नहीं दी है। किताब में पहले उन्होंने अपने दिल की बात की है और फिर अपनी ग़ज़लों को सीधे अपने पाठकों के सामने परोस दिया है।

क़ातिलों में ज़मीर ढूँढ़ेंगे
क्या महल में कबीर ढूँढ़ेंगे
खेल ऐसा भी एक दिन होगा
सारे पैदल वज़ीर ढूँढ़ेंगे
जाँ पे बन आएगी मेरी तब तक
जब तलक आप तीर ढूँढ़ेंगे

रौशनी महकती है को पांखी प्रकाशन, छतरपुर एंक्लेव फेज़-1, दिल्ली110074 ने प्रकाशित किया है, इस किताब की प्राप्ति के लिए आप +919999428213 पर फ़ोन से या फिर paankhipublication@gmail.com पर मेल से संपर्क कर मँगवा सकते हैं। इस ख़ूबसूरत किताब को अपने घर की लाइब्रेरी की शोभा बनाइये और इसमें प्रकाशित लाजवाब शायरी के लिए +919695531284 पर फ़ोन कर शर्मा जी को बधाई दीजिये। एक अच्छे और सच्चे शायर की हौसला अफ़ज़ाही करना हर शायरी के दीवाने का फ़र्ज़ बनता है। नयी किताब की खोज में निकलने से पहले मैं आपको उनके ये शेर और पढ़वाता चलता हूँ-

तू ख़्वाहिशों से जंग का ऐलान कर के देख
नुक़्सान की न सोच, ये नुक़्सान करके देख
दुनिया है इक तरफ़, तेरा एहसास इक तरफ़
तू किस में ख़ुश रहेगा, ज़रा ध्यान कर के देख
कुछ तेरी हैसियत में चमक और आएगी
कुछ तेरी हैसियत नहीं, ये मान कर के देख

***

थोड़ा-सा ईमान
अशोक रावत

नये प्रोज़ेक्ट के सिलसिले में इन दिनों लगभग हर महीने दो तीन दिनों के लिए गाजियाबाद और दिल्ली जाना पड़ रहा है। ज़िन्दगी अभी मुंबई, जयपुर और दिल्ली के बीच घूम रही है। अटैची पूरी तरह खुलती भी नहीं कि फिर से पैक करने का समय हो जाता है। उम्र के इस मोड़ पर भागदौड़ का अपना मज़ा है लेकिन इस वजह से पढ़ना-लिखना कुछ कम हो रहा है। अब साहब ज़िन्दगी है, इसमें तो ये सब चलता रहता है।

ज़िन्दगी में फूल भी हैं ख़ार भी
हादसे भी हैं मगर त्यौहार भी
हर जगह हैं ग़ैर-ज़िम्मेदार लोग
हर जगह हैं लोग ज़िम्मेदार भी
प्यार हो जाये जहाँ पर बे-असर
बे-असर होगी वहाँ तलवार भी

ख़ूबसूरत इत्तेफ़ाक़ देखिए कि ग़ाज़ियाबाद के जिस होटल में अक्सर मैं ठहरता हूँ उसी के पास पता चला मेरे प्रिय शायर 'अशोक रावत' भी रहते हैं। अशोक जी की ग़ज़लें मैं सतपाल ख़याल साहब के ब्लॉग पर पढ़कर उनका प्रशंसक हो चुका था, वहाँ से उनका मोबाइल नंबर भी मिला। उन्हें फ़ोन किया तो लगा जैसे बरसों की पहचान हो। बात निकली और फिर दूर तलक गयी। पहली ही बार में इतनी आत्मीयता से बात करने वाले शख़्स मैंने बहुत कम देखें हैं आज के इस युग में जहाँ-

अनपहचानी सी लगती हैं अपने ही घर की दीवारें
अपनी ही गलियों में लगता जैसे हम अनजान हो गए
बिगड़ गए ताऊ जी, पापा के हिस्से का ज़िक्र किया
ज़ेवर की जब बात चली तो चाचा बेईमान हो गए
छोटे भाई के बच्चों की शक्लें अब तक याद नहीं हैं
राखी नहीं भेजती जीजी भैया अब मेहमान हो गए

अशोक जी जैसा व्यक्ति किसी अजबे से कम नहीं। मैंने फ़ोन पर उनसे उनका ग़ज़ल संग्रह 'थोड़ा-सा ईमान', जिसका ज़िक्र आज हम करेंगे, पढ़ने की ख़्वाहिश का इज़हार किया। अगले दिन सुबह ही वो अपनी किताब के साथ मेरे होटल की लाबी में मेरा इंतज़ार करते हुए मिले। मेरी ख़ातिर अपने घर से दूर ख़ास तौर पर उनका मुझसे मिलने और किताब देने आना मुझे भाव विभोर कर गया। बातों का सिलसिला जब शुरू हुआ तो लगा जैसे बरसों से बिछुड़े

दो मित्र गप्पें मार रहे हैं।

फूलों का अपना कोई परिवार नहीं होता
ख़ुशबू का अपना कोई घर द्वार नहीं होता
इस दुनिया में अच्छे लोगों का ही बहुमत है
ऐसा अगर न होता ये संसार नहीं होता
कितने ही अच्छे हों काग़ज़ पानी के रिश्ते
काग़ज़ की नावों से दरिया पार नहीं होता

अशोक जी की ग़ज़लें उनके व्यक्तित्व की तरह सच्ची और सरल हैं। उनमें लफ़्फ़ाज़ी बिल्कुल नहीं है। वो जो अपने आस पास देखते हैं महसूस करते हैं वो ही सब उनके शेरों में दिखाई देता है। इंसान और समाज में आ रहे नकारात्मक बदलाव से वो आहत होते हैं। उनकी ये पीड़ा उनके शेरों में ढल कर उतरती है-

मील के कुछ पत्थरों तक ही नहीं ये सिलसिला
मंज़िलें भी हो गयी हैं अब लुटेरों की तरफ़
जो समंदर मछलियों पर जान देता था कभी
वो समंदर हो गया है अब मछेरों की तरफ़
साँप ने काटा जिसे उसकी तरफ़ कोई नहीं
लोग साँपों की तरफ़ हैं या सपेरों की तरफ़

15 नवम्बर 1953 को मथुरा जिला के मलिकपुर गाँव में जन्में अशोक भाई सिविल इंजीनियर रहे हैं, आगरा के निवासी हैं और नोएडा स्थित भारतीय खाद्य निगम में उच्च अधिकारी रहे हैं। आगरा में रिटायरमेंट के बाद निवास करते हुए पूरी तरह शायरी को समर्पित हैं। सिविल इंजीनियर से बेहतर भला कौन शायर हो सकता है। सिविल इंजीनियर को पता होता है किस काम के लिए कैसा मिश्रण तैयार किया जाता है कैसे नक़्शे बनाये जाते हैं और कैसे ईंट दर ईंट रखकर निर्माण किया जाता है। ज़रा-सी चूक भारी पड़ जाती है। अशोक जी ग़ज़लों में छुपा उनका सिविल इंजीनियरिंग पक्ष साफ़ दिखाई देता है। उनके शेर एक दम कसे हुए नपे-तुले होते हैं जिसमें न एक लफ़्ज़ जोड़ा जा सकता है और न घटाया।

मेरी नादानी कि जो सपनों में देखे
मैं हकीक़त में वो मंज़र चाहता था
भूल मुझसे सिर्फ़ इतनी सी हुई है
मैं भी हक़ सबके बराबर चाहता था
घर का हर सामान मुझको मिल गया पर
वो नहीं जिसके लिए घर चाहता था

मेरे ये कहने पर कि आजकल लोग न शायरी पढ़ते हैं न सुनते हैं वो तमतमा गए। बोले नीरज जी आप सही नहीं हैं, आज कल भी लोग अच्छी शायरी पढ़ते और पसंद करते हैं। आजके दौर में कच्चे शायरों का जमावड़ा अधिक हो गया है। हर कोई शेर या ग़ज़ल कह रहा है, बिना ग़ज़ल का व्याकरण समझे। कंप्यूटर पर इतनी सुविधा है कि आप कुछ भी लिखें आपको वाह वाह करने वाले तुरंत मिल जाते हैं जो आपके पतन का कारण बनते हैं। पहले एक शेर कहने में पसीना निकल जाता था उस्ताद लोग एक-एक मिसरे पर हफ़्तों शागिर्द से कवायद करवाते थे तब कहीं जा कर एक शेर मुकम्मल होता था आज उस्ताद को कौन पूछता है फ़ेसबुक पे शेर डालो और पसंद करने वालों की कतार लग जाती है क्यूँकि पसंद करने वाले को भी तो आपकी वाह-वाही की ज़रूरत होती है। 'तू मुझे खुजा, मैं तुझे खुजाऊँ' की परम्परा चल पड़ी है।

तुम्हारा बेख़बर रहना बड़ी तकलीफ़ देता है
पता तो है तुम्हें सब कुछ कहाँ पर क्या ख़राबी है
कभी इक पल गुज़रता है तो लगता है कि युग बीता
कभी ये ज़िन्दगी, महसूस होता है ज़रा-सी है
ख़ुदा का काम हो जैसे तमाशा देखते रहना
कभी भी ये नहीं लगता कहीं कोई खुदा भी है

ग़ज़लों की ये छोटी सी किताब गागर में सागर समान है, जिसे शब्दकार प्रकाशन शाहगंज आगरा ने प्रकाशित किया है। अत्यंत सादे क्लेवर वाली इस किताब में अशोक जी की वो ग़ज़लें हैं जो देश की प्रसिद्ध पत्रिकाओं और अख़बारों में छप चुकी हैं। हर ग़ज़ल के नीचे उस पत्रिका या अख़बार का नाम और प्रकाशन तिथि अंकित है। आपको इस किताब की प्राप्ति के लिए अशोक जी से संपर्क करना होगा जो इन दिनों अपने दूसरी पुस्तक के प्रकाशन की तैयारी में व्यस्त हैं। आप अशोक जी से उनके मोबाइल +919458400433 (आगरा) और +919013567499 (नोएडा) पर संपर्क कर उन्हें इतने बेहतरीन शेरों के लिए बधाई दें और आज की ग़ज़ल पर चर्चा करें आपको असीमित आनंद आएगा। यक़ीन न हो तो आज़मा कर देखें। अब समय हो गया है आपसे विदा लेने का लेकिन चलने से पहले पढ़िए अशोक जी की ग़ज़ल के ये शेर-

चैन से रहने का हमको मशविरा मत दीजिये
अब मज़ा देने लगी हैं ज़िन्दगी की मुश्किलें
कुछ नहीं होगा अँधेरों की शिकायत से जनाब
जानिये ये भी कि क्या हैं रौशनी की मुश्किलें
रोज़ उठने-बैठने की साथ में मजबूरियाँ
वर्ना कोई कम नहीं हैं दोस्ती की मुश्किलें

***

ख़्वाब पत्थर हो गए
मनीष शुक्ला

शायरी और समंदर में एक गहरा रिश्ता है इनमें जितना डूबेंगे उतना आनंद आएगा। उथली शायरी और उथले समंदर में कोई ख़ास बात नज़र नहीं आती लेकिन ज़रा गहरी डुबकी लगायें, आपको किसी और ही दुनिया में चले जाने का एहसास होगा। गहराई में आपको वो रंग नज़र आयेंगे जो सतह पर नहीं दिखाई देते। जो किताब आपको शायरी की गहराइयों में ले जाये उसके बारे में क्या कहा जाय। यूँ तो हर किताब कुछ न कुछ नया पढ़ने को देती है लेकिन कुछ किताबें पढ़कर दिल करता है इसे फिर से पढ़ा जाय। ऐसी ही एक किताब का ज़िक्र हम आज अपनी 'किताबों की दुनिया' शृंखला में करेंगे:-

उड़ने के अरमान सभी के पूरे कब हो पाते हैं
उड़ने का अरमान अगरचे हर बेकस में होता है
चाँद सितारों पर रहने की ख़्वाहिश अच्छी है, लेकिन
चाँद सितारों पर रह पाना किसके बस में होता है
एक इरादा करके घर से चलने में है दानाई
लोगों का नुक़्सान हमेशा पेश-ओ-पस में होता है
दानाई: समझदारी पेच-ओ-पस : दुविधा*
मेरे जैसा लोहा आख़िर सोने में तब्दील हुआ
तुझमें शायद वो सब कुछ है जो पारस में होता है

शायरी का ये नया ख़ूबसूरत मिज़ाज आपको युवा शायर 'मनीष शुक्ला' जी किताब 'ख़्वाब पत्थर हो गए' में एक जगह नहीं बहुत जगह पर बिखरा मिलेगा। बक़ौल मुंबई के मशहूर शायर 'देवमणि पाण्डेय', शायरी में नग़मगी और नज़ाकत ज़रूर होनी चाहिए वर्ना ग़ज़ल का शेर, शेर न लग कर अख़बार की ख़बर सा बेमज़ा लगने लगता है।" ये नग्मगि और नज़ाकत मनीष जी की शायरी में भरपूर दिखाई देती है।

बहुत अच्छा हुआ एहसास अब मरने लगे हैं
हज़ारों ज़ख़्म हैं लेकिन कोई दुखता नहीं है
भला किसको दिखाएँ जाके दिल के आबले हम
सभी जल्दी में हैं कोई ज़रा रुकता नहीं है
आबले:=छाले
सभी ने तल्ख़ियों की गर्द इस चेहरे पे मल दी
और उस पर ये शिकायत भी कि अब हँसता नहीं है

बक़ौल प्रो.शारिब रुदौलवी, "ज़बान की ये सादगी और इज़हार-ए-जज़्बात का ये अंदाज़ मनीष की खुसूसियत है। उनकी शायरी में जो चीज़ मुतास्सिर करती है वो उनके एहसासात की ताज़गी और उनका सादा मासूम इज़हार है। उर्दू ज़बान उनकी मादरी ज़बान नहीं है उसके बावजूद उन्होंने उर्दू को इज़हार-ए-जज़्बात का ज़रिया बनाया इसकी मुझे ख़ुशी है।"

क़फ़स ही अब तो घर लगने लगा है
रिहा होने से डर लगने लगा है
क़फ़स=क़ैदख़ाना

छुपा लेता है ख़द्द-ओ-खाल मेरे
अँधेरा मोतबर लगने लगा है
ख़द्द-ओ-खाल: नाक-नक़्श; मोतबर: विश्वस्त

दिल-ए-नादान अब ख़ामोश हो जा
तिरी बातों से डर लगने लगा है

किताबों की दुनिया शृंखला में मनीष जी जैसे युवा शायरों का ज़िक्र बहुत कम हुआ है। शायरी में जिन एहसासों को पिरोया जाता है उसके लिए ज़िन्दगी के अलग-अलग रंगों का तजुर्बा होना ज़रूरी है और ये रंग बहुत बिरले संवेदनशील लोग ही कम उम्र में देख पाते हैं। सन 1971 में उन्नाव उत्तरप्रदेश में जन्मे मनीष ने लखनऊ विश्व विद्यालय से अन्थ्रोपोलोजी में ऍम ऐ किया और अब प्रांतीय सिविल सेवा (वित्त एवम लेखा) के अधिकारी के रूप में शासकीय सेवारत हैं। वित्त एवम लेखा जैसे शुष्क विषय में काम करने के बावजूद शायद उनकी अन्थ्रोपोलोजी की पढ़ाई ही मानव के विभिन्न स्वभावों को उनकी शायरी में सहजता से ढाल पायी है।

प्यास की शिद्दत के मारों की अजीयत देखिए
ख़ुश्क आँखों में नदी के ख़्वाब पत्थर हो गए
अज़ीयत=परेशानी

सबके सब सुलझा रहे हैं आसमाँ की गुत्थियाँ
मसअले सारे ज़मीं के हाशिये पर हो गए

हमने तो पास-ए-अदब में बंदा-परवर कह दिया
और वो समझे कि सच में बंदा-परवर हो गए

'ख़्वाब पत्थर हो गए' किताब में न केवल ख़ूबसूरत शायरी है बल्कि उसका क्लेवर मुद्रण आदि सभी कुछ शायराना है। एक अच्छी किताब में जो जो ख़ूबियाँ होनी चाहिए वो सभी इस किताब में हैं। इसे स्काई लार्क हाउस ऑफ़ पब्लिकेशन, 52 शिव विहार, सेक्टर आई, जानकी पुरम, लखनऊ उत्तर प्रदेश ने प्रकाशित किया है। आप इस किताब की प्राप्ति के लिए उन्हें संपर्क कर सकते हैं।

गढ़े मुर्दे उखाड़े जा रहे हैं
तनावर जिस्म गाड़े जा रहे हैं
तनावर : हृष्ट-पुष्ट

तुम्हें बदनाम हम होने न देंगे
हर इक तहरीर फाड़े जा रहे हैं
तहरीर=लेख

बहुत रोओगे हमको याद करके
तुम्हें इतना बिगाड़े जा रहे हैं
ख़िज़ाँ की उम्र भी आने को है अब
चले आओ कि जाड़े जा रहे हैं

जैसे मैं हमेशा कहता हूँ इस बार भी कहूँगा कि शायरी के हर पाठक का फ़र्ज़ बनता है कि वो अच्छे शायर और उसके अशआर को दाद दें। शायर की हौसला अफ़ज़ाही होगी तो वो और बेहतर कहने की कोशिश करेगा। आपसे गुज़ारिश है कि आप मनीष जी को उनकी इस बेहतरीन किताब और लाजवाब शायरी के लिए चाहे shukla manish24@rediffmail.com पर मेल करके या फिर उन्हें उनके मोबाइल 09415101115 पर बात कर के बधाई दें। अगर आप चाहें तो उनसे इस किताब को पढ़ने की ख़्वाहिश जताते हुए इसे आपके पास भेजने की इल्तिजा भी कर सकते हैं। मैंने बहुत से शायरों और उनकी शायरी की किताबों को पढ़ा है, मुझे मनीष जी की किताब ने उन्हें बार-बार पढ़ने के लिए मजबूर किया है। इस युवा शायर की शायरी है ही ऐसी जितनी बार पढ़ो अलग मज़ा आता है:-

उस से हाल छपाना तो है ना-मुमकिन
हमने उसको आँखें पढ़ते देखा है
अश्क रवाँ रखना ही अच्छा है वरना
तालाबों का पानी सड़ते देखा है
दिल में कोई है जिसको अक्सर हमने
हर इल्ज़ाम हमीं पर मढ़ते देखा है

इस उम्मीद के साथ कि आप मनीष जी से संपर्क करेंगे मैं आपसे अगली किताब को तलाशने तक विदा लेता हूँ। चलते-चलते पेश हैं मनीष जी की एक बेजोड़ ग़ज़ल के ये ख़ूबसूरत शेर:-

सर सब्ज़ खेत, दूध के दरिया की छोड़िए
फ़ाक़ाकशों के चन्द निवालों का क्या हुआ
किसको ख़बर है रौशनी के इस निज़ाम में
मिट्टी के दिए बेचने वालों का क्या हुआ
दरिया को हद में बाँध कर जंगल डुबो दिया
पर सोचिए हसीन ग़ज़ालों का क्या हुआ
ग़ज़ालों : हिरणों

***

लम्हों का लम्स
मेहर गेरा

लोग फिर भी घर बना लेते हैं भीगी रेत पर
जानते हैं बस्तियाँ कितनी समंदर ले गया
उस ने देखे थे कभी इक पेड़ पर पकते समर
साथ अपने एक दिन कितने ही पत्थर ले गया
समर= फल
रुत बदलने तक मुझे रहना पड़ेगा मुन्तज़िर
क्या हुआ पत्ते अगर सारे दिसंबर ले गया
मुन्तज़िर= इंतज़ार में

आप इन शेरों को पढ़कर वाह वाह कर रहे होंगे जिन्हें ढूँढ़ने में मेरी आह निकल गयी। शायरी की किताब ढूँढ़ने मैं इस बार के दिल्ली पुस्तक मेले का चक्कर भी लगा आया और चक्करघिन्नी खा कर बड़ा बेआबरू हो कर खाली हाथ लौटा। एक तो पुस्तक मेला बहुत विशाल क्षेत्र में फैला हुआ है दूसरे उस विशाल क्षेत्र के विशाल भाग पर अंग्रेज़ी भाषा का दबदबा है। ऐसे में हिंदी की और वो भी शायरी की ऐसी किताब ढूँढ़ना जिसे किसी ख्याति प्राप्त शायर ने न लिखा हो, फूस के ढेर में सुई ढूँढ़ने से भी अधिक मुश्किल काम है। पुस्तक मेले में हिंदी भाषा की पुस्तकों के पंडाल में मैंने बहुत से हिंदी लेखकों को अपनी बात अंग्रेज़ी में रखते देख शर्म से गर्दन झुका ली। मैं अंग्रेज़ी का विरोधी नहीं लेकिन जो भाषा हमारी अपनी है उस से सौतेला व्यवहार करना मुझे पसंद नहीं आता।

वो बार-बार बनाता है एक ही तस्वीर
हरेक बार फ़क़त रंग ही बदलता है
ग़ज़ाले-वक़्त बहुत तेज़-रौ सही लेकिन
कहाँ पे जाये कि जंगल तमाम जलता है
ग़ज़ाले-वक़्त: समय का हिरन
अजीब बात है जाड़े के बाद फिर जाड़ा
मेरे मकान का मौसम कहाँ बदलता है

थक हार कर वापस अपने शहर जयपुर की उसी दुकान 'लोकायत प्रकाशन' पर जा कर दस्तक दी जिसने हमेशा मुझे किताबों से मालामाल किया है। दुकान के बाहर ही उसके मालिक 'शेखर जी' जो हिंदी साहित्य और साहित्यकारों पर धाराप्रवाह बोल सकते हैं, मिल गए और बोले नीरज जी मुझे अफ़सोस है आपकी पसंद की कोई किताब इन दिनों नहीं आई है, फिर भी ये आप की ही दुकान है कहीं कुछ मिल जाये तो ढूँढ़ लें। इस जुमले का

आशय सिर्फ़ इतना था कि उनका मूड खुद किताबों के ढेर में घुसने का नहीं है। बहुत सारी किताबें देखीं लेकिन सब की सब या तो पढ़ी हुई थीं, या फिर उन शायरों की जिनका ज़िक्र इस शृंखला में पहले हो चुका है। किताबों से उड़ती धूल को मुँह से पौंछता हुआ उठ ही रहा था कि अचानक एक रैक में कहीं अन्दर धंसी इस किताब पर नज़र पड़ गयी जिसका ज़िक्र आज मैं आपसे करूँगा।

मैं हूँ बिखरा हुआ दीवार कहीं दर हूँ मैं
तू जो आ जाये मेरे दिल में तो इक घर हूँ मैं
कल मेरे साथ जो चलते हुए घबराता था
आज कहता है तिरे क़द के बराबर हूँ मैं
इससे मैं बिछड़ूँ तो पल भर में फ़ना हो जाऊँ
मैं तो ख़ुशबू हूँ इसी फूल के अंदर हूँ मैं

किताब का शीर्षक है 'लम्हों का लम्स' और शायर हैं जनाब 'मेहर गेरा'। आपका तो मुझे नहीं मालूम पर मैंने उनका नाम कभी नहीं सुना था, अजी मेरी बात तो छोड़िए अपने आप को महाज्ञानी कहने वाले गूगल महाशय भी उनके नाम पर बगलें झाँकते मिले।

जितनी जानकारी मुझे मिली है उसके अनुसार गेरा साहब का जन्म 1 मई 1933 को पंजाब में जालंधर के पास हुआ। उनकी दो किताबें शाया हुई हैं पहली 'पैकार' और दूसरी 'लम्हों का लम्स' जिसके लिए सन 1992 में उन्हें आल इण्डिया मीर अकादमी लखनऊ की ओर से मीर एवार्ड मिला।

ये दायरे तेरी नश्वो-नुमा में हायल हैं
ज़रा तू सोच बदल क़ैद से निकल तो सही
नश्वो-नुमा: विकास, हायल: रुकावट
गवाँ न जान यूँ ही मंज़िलों के चक्कर में
सफ़र का लुत्फ़ उठा ज़ाविया बदल तो सही
ज़विया = दृष्टिकोण
कहीं वजूद ही तेरा न इसमें खो जाए
बड़ा हुजूम है इस शहर से निकल तो सही

जनाब साहिर होशियार पुरी साहब फ़रमाते हैं कि 'मेहर गेरा' साहब का शेरी सफ़र तीन दशकों पर फैला हुआ है, जिसकी शुरुआत पारंपरिक अंदाज़ की ग़ज़ल गोई से हुई। बाद में इनकी शायरी में एक नया मोड़ आया और इनके विचारों तथा कल्पना ने ग़ज़ल के रंग रूप में आधुनिक रुझानों को ढालना शुरू किया।

तिरे वजूद की ख़ुशबू का पैरहन पहना
तिरे ही लम्स को ओढ़ा तिरा बदन पहना
वजूद: अस्तित्व, लम्स: स्पर्श

वो शख़्स भीग के ऐसे लगा मुझे जैसे
कँवल के फूल ने पानी बदन बदन पहना

तिरे बदन की ज़िया इस तरह लगे जैसे
इक आफ़ताब को तूने किरन किरन पहना
ज़िया : रौशनी

किताबों की दुनिया शृंखला की ये पहली ऐसी किताब है जिसके बारे में मैं आपको दावे से नहीं कह सकता कि ये आपको कहीं आसानी से मिल जायेगी। इस किताब को 'सारांश प्रकाशन' बहल हाउस 13, दरियागंज नई दिल्ली ने सन 1996 में प्रकाशित किया था। मुझे लोकायत के श्री शेखर जी ने यक़ीन दिलाया है कि यदि ये किताब किसी को कहीं नहीं मिले तो वो इसकी प्राप्ति के लिए उसकी मदद करेंगे। अपने वादे पे वो खरे उतरते हैं या नहीं ये देखने के लिए आपको उन्हें संपर्क करना पड़ेगा।

रुत बदलते ही हर-इक सू मोजज़े होने लगे
पेड़ थे जितने भी सूखे सब हरे होने लगे

***

धूप तितली फूल
प्रियदर्शी ठाकुर 'ख़याल'

जयपुर से मुंबई आना जाना आजकल महीने में दो बार होने लगा है, जयपुर एयरपोर्ट पर जो किताबों की दुकान है उसका मैनेजर अब मुझे पहचानने लगा है। अब वो मेरे दुकान में दाखिल होने पर पहले ही बता देता है कि शायरी की कोई नयी किताब आई है या नहीं।

आई होती है तो उसकी मुस्कान चौड़ी हो जाती है और वो आँखों को मिचमिचाते हुए कहता है 'आ गयी सर'। किताबें आती तो हैं लेकिन वो ही मुनव्वर राना जी की, बशीर बद्र साहब की, वसीम बरेलवी जी की, गुलज़ार साहब की और मैं उन पर सरसरी नज़र डाल के जब चलने को होता हूँ तो वो निराश हो के कहता है सर आपको चाहिए क्या? इस सवाल का जवाब मेरे पास भी नहीं है। मुझे क्या चाहिए मुझे ख़ुद नहीं पता। ये मैं किताब हाथ में आने पर ही तय कर पाता हूँ।

अब जैसे इस किताब को ही लें, जिसका ज़िक्र हम आज करने वाले हैं, ये मुझे जयपुर बुक फ़ेयर में अचानक मिल गयी। रैक पर एक कोने में लुढ़की पुरानी सी दिखती इस किताब को शायद ही फ़ेयर में आने वाले किसी दूसरे इंसान ने हाथ में लिया होगा, अगर लिया होता तो उस पर मिट्टी की परत नहीं होती।

न दे सबूत न दावा करे मगर मुझको
सज़ा से पहले वो इल्ज़ाम तो बताया करे
लड़ी सितारों की लाता है कौन किसके
लिए मुझे जो चाहे वो फूलों के हार लाया करे
नहीं है दोस्त के कपड़ों में वो अगर दुश्मन
मिरा मज़ाक़ मेरे सामने उड़ाया करे
अगर वो दोस्त है मेरा, तो टूट जाये जहाँ
वहाँ से वो मिरी आवाज़ फिर उठाया करे

ये किताब है 'धूप तितली फूल' और शायर हैं अगस्त 1946 में मोतिहारी, बिहार में जन्में जनाब 'प्रियदर्शी ठाकुर' जो 'ख़याल' उपनाम से शायरी करते हैं। पटना कॉलेज से स्नातक और दिल्ली विश्व विद्यालय से सनातकोत्तर (इतिहास) शिक्षा प्राप्ति के बाद ख़याल साहब ने 1967 से 1970 तक भगत सिंह कॉलेज, नई दिल्ली में अध्यापन कार्य किया। 1970 से आप भारतीय प्रशासनिक सेवा में नियुक्त हुए और नई दिल्ली मानव संसाधन विकास मंत्रालय के शिक्षा विभाग में सचिव के पद पर कार्यरत रहे।

आसमानों को निगलती तीरगी के रू-ब-रू
एक नन्हें दायरे भर रौशनी की क्या चले
एक मजबूरी है हर शब चाँद के हमराह चलना
हो भले बीमार लेकिन चाँदनी की क्या चले
हुस्न लफ़्ज़ों में न था, अशआर में शेवा न था
शायरी में सिर्फ़ आख़िर आगही की क्या चले

शेवा: शैली, ढंग, आगही : ज्ञान

ख़याल साहब की शायरी के लफ़्ज़ों में हुस्न भी है, अशआर में शेवा और हर शेर में आगही भी। हुस्न-ओ-इश्क़ वाली रिवायती शायरी के साथ साथ वो सामाजिक सरोकार को भी सफलतापूर्वक अपने शेरों में ढालते हैं।

रहनुमाँ ही ढूँढ़ती रह जाएँ ना नादानियाँ
दोस्तों, वीरान हो जाएँ न ये आबादियाँ
आदमी का कत्ल ही जब रोज़मर्रा हो गया
फिर दरख़्तों के लिए क्यूँकर फटें अब छातियाँ
क्यूँ नहीं सोचा कि अपना घर भी है आख़िर यहाँ
गुलसिताँ को राख करके ढूँढ़ते हो आशियाँ
जंगलों से शहर हो गये और हवाएँ ज़हर-सी
हम नयी पीढ़ी को विरसे में न दें वीरानियाँ

बक़ौल जनाब सैयद फ़ज़लुल मतीन साहब, "इंसानी रिश्तों को गहराई से देखने, परखने और नये और ख़ूबसूरत अदाज़ से पेश करने में 'ख़याल' ने अपनी एक अलग पहचान बनायीं है। अपनी जाती काविशों को अपने से बाहर निकलकर देखने और उनके हवाले से जीवन का सच उजागर करने का हौसला भी उसमें है।"

दास्ताँ दिलचस्प थी वो धूप, तितली, फूल की
वक़्त बदले में मगर मेरी जवानी ले गया
मेरी बातें अनसुनी की, मेरा चेहरा पढ़ लिया
लफ़्ज़ उसने फेंक डाले और मानी ले गया
रूप का दरिया था वो, सब बुत बने देखा किये
हमको पत्थर कर गया ज़ालिम रवानी ले गया

इस किताब की भूमिका में ख़याल साहब अपनी शायरी के बारे में कहते हैं, "ज़िन्दगी में हर शख़्स वही करता है या करने की कोशिश करता है जो उसे अच्छा लगता है और मेरी

राय में सभ्य आचरण और सलीक़े के दायरों में रहते हुए हर एक को करना भी वही चाहिए जो वह चाहता हो, क्यूँकि ज़िन्दगी फिर दुबारा मिलती हो इसका कोई पक्का सबूत नहीं पाया जाता। मुझे ग़ज़ल कहना अच्छा लग रहा है, सो ग़ज़ल कह रहा हूँ।"

उसे कहो कि वो अब मुझसे दिल्लगी न करे
उदासियों की कसक मेरी शबनमी न करे
उतर न आयें कहीं ख़्वाब भी बग़ावत पर
वो इस क़दर मेरी नींदों की चौकसी न करे
रहीं न याद मुझे सुबह रात की बातें
मज़ाक़ मुझसे तो यूँ मेरी तिश्नगी न करे

भारतीय ज्ञानपीठ प्रकाशन द्वारा प्रकाशित इस किताब की प्राप्ति के आसार कम ही हैं फिर भी कोशिश करने में क्या हर्ज है? अलबत्ता आपको 'ख़याल' साहब की राजकमल प्रकाशन द्वारा प्रकाशित पुस्तक 'पता ही नहीं चलता' जो उपलब्ध है, को पढ़कर उनके लेखन का अंदाज़ा हो सकता है। वैसे जिस शायर के लिए जनाब वसीम साहब फ़रमाते हैं कि "ख़याल साहब की शायरी धूप की तरह खिलती, तितली की तरह मचलती और फूल की तरह महकती सोच का ख़ज़ाना है।" उसके लिए और क्या कहा जाय?

रूह तक कुचली है लोगों ने मिरी पाँव तले
और उस पर ये सितम है, मुझको समझा रास्ता
फ़ैसला मेरा ग़लत हो ये तो मुमकिन है ज़रूर
हक़ मुझे भी था मगर चुनने का अपना रास्ता
उसने पूछा नाम तो मेरा मगर उस वक़्त तक
आ चुका था ख़त्म होने पर हमारा रास्ता

ख़याल साहब के इस से पहले दो ग़ज़ल संग्रह मंज़रे-आम पर आ हैं चुके हैं 'टूटा हुआ पुल' (1982) और 'रात गये' (1989)। ये ख़याल साहब की तीसरी किताब है जो 1990 में प्रकाशित हुई थी। अभी, यानी 2004 में राजकमल प्रकाशन ने 'पता ही नहीं चलता'शीर्षक से उनकी किताब प्रकाशित की है जो अभी बाज़ार में उपलब्ध है।

'धूप तितली फूल', जिसका बाज़ार में मिलना सहज नहीं है, में ख़याल साहब की ख़ूबसूरत नज़्में भी शामिल की गयी हैं। आम फहम ज़बान में कही गयी इस किताब की सभी ग़ज़लें उर्दू और हिंदी दोनों ज़बान के पाठकों को प्रभावित करने की क्षमता रखती हैं।

***

अंगारों पर शबनम
वीरेन्द्र खरे अकेला

आप में से बहुत से दिल्ली तो ज़रूर गए होंगे लेकिन शायद कुछ लोग ही महरौली गए हों, महरौली जो क़ुतुब मीनार के पीछे है और जहाँ की भूल भुलैय्या, जो अब सरकार द्वारा बंद कर दी गयी हैं, बहुत प्रसिद्ध हैं, सुना है इन भूल भुलैय्यों में जाने के बाद बाहर निकलना बहुत मुश्किल होता है। उसी भूल भुलभुलैया के पास है अयन प्रकाशन जिसे ढूँढ़ना भी कोई कम टेडी खीर नहीं है। इस बार के अपने दिल्ली प्रवास के दौरान मैं विगत तीस वर्षों से सफलता पूर्वक चल रहे अयन प्रकाशन के संस्थापक श्री भूपी सूद जी से मिलने गया जिनसे मिलने की तमन्ना मैं बहुत दिनों से दिल में पाले हुए था। सूद साहब चलती फिरती ग़ज़ल की किताब हैं। जीवन से पूर्ण रूप से संतुष्ट व्यक्ति के चेहरे पर कैसी आभा होती है ये देखने के लिए सद साहब से मिलना ज़रूरी है। उनसे मिलकर जो आनंद आया उसे शब्द देना मेरे बस में नहीं लेकिन उनसे मिली किताबों के ज़ख़ीरे के बारे में कहने को शब्द ढूँढ़ने की कोशिश कर रहा हूँ।

अदावत दिल में रखते हैं मगर यारी दिखाते हैं
न जाने लोग भी क्या क्या अदाकारी दिखाते हैं
यक़ीनन उनका जी भरने लगा है मेज़बानी से
वो कुछ दिन से हमें जाती हुई लारी दिखाते हैं
डराना चाहते हैं वो हमें भी धमकियाँ देकर
बड़े नादान हैं पानी को चिंगारी दिखाते हैं

पानी को चिंगारी दिखाती हुई एक से बढ़ कर एक उम्दा ग़ज़लों से भरी किताब अंगारों पर शबनम का ज़िक्र हम अपनी जिसके शायर हैं जनाब वीरेन्द्र खरे अकेला-

मैं उससे कम ही मिलता हूँ, सुना है मैंने लोगों से
ज़ियादा मेल हो तो दूरियाँ आती ही आती हैं
क़ुसूर उसका नहीं, गर वो खुदा ख़ुद को समझता है
जो दौलत हो तो ये ख़ुशफ़हमियाँ आती ही आती हैं
अगर बत्तीस हो सीना, पुलिस के काम का है तू
ज़माने भर की तुझको गालियाँ आती ही आती हैं

आम बोलचाल की भाषा में कही अकेला जी की सारी ग़ज़लें ही बहुत असरदार हैं। डॉ. कुँअर बैचैन जी ने एक वाक्य में इस संग्रह के बारे में सब कुछ कह दिया है अपने में अकेला

और एकदम खरा है कवि वीरेन्द्र खरे अकेला जी का ये संग्रह-

इस तरह से बात मनवाने का चक्कर छोड़ दे
देख तू सीधी तरह से मेरा कॉलर छोड़ दे
झूठ मक्कारी तजें नेताजी मुमकिन ही कहाँ
नाचना गाना-बजाना कैसे किन्नर छोड़ दे
न्याय की ख़ातिर वो अपना सर कटा भी ले मगर
घर की ज़िम्मेदारियों को किसके सर पर छोड़ दे

अकेला जी की ग़ज़लें परम्परावादी ग़ज़लों के मिज़ाज को निभाते हुए भी अपने कहन के निराले अंदाज़ से ताज़गी भरी लगती हैं। कुँअर जी ने ठीक ही कहा है कि इस संग्रह की ग़ज़लों में कुछ अंगारे दर्शाए गए हैं तो उन पर शबनम बिखेरने का काम भी ये ग़ज़लें कर रही हैं खुद अकेला जी मानते हैं-

इक नये ही लिबास में है ग़ज़ल
ये अकेला का काम है कि नहीं

18 अगस्त 1968 को छतरपुर (म.प्र) के किशन गढ़ ग्राम में जन्में वीरेन्द्र खरे जी ने अपनी कलम साहित्य की ग़ज़ल, गीत, कविता, व्यंग-लेख, कहानी, समीक्षा, आलेख जैसी अनेक विधाओं पर सफलता पूर्वक चलाई है। 'अंगारों पर शबनम' उनका तीसरा ग़ज़ल संग्रह है जो सन 2012 में प्रकाशित हुआ इस से पूर्व उनके दो संग्रह बची चौथाई रात सन 1996 में और सुबह की दस्तक सन 2006 में प्रकाशित हो कर चर्चित हो चुके हैं।

काम है जिनका रस्ते-रस्ते बम रखना
उनके आगे पायल की छमछम रखना
जो मैं बोलूँ आम तो वो बोले इमली
मुश्किल है उससे रिश्ता क़ाएम रखना
दौलत के अंधों से उल्फ़त की बातें
दहके अंगारों पर क्या शबनम रखना

श्री माणिक वर्मा जी इस किताब के बारे में कहते हैं बहुत लम्बे अरसे बाद ऐसा ग़ज़ल संग्रह पढ़ने को मिला जिसने मुझे भीतर तक झकझोरा है, हिंदी ग़ज़लों या हिंदी ग़ज़लकारों की अपार भीड में श्री वीरेन्द्र खरे सचमुच अकेले हैं वीरेन्द्र जी को उनकी साहित्यिक उपलब्धियों पर जबलपुर द्वारा हिंदी भूषण, लायंस क्लब द्वारा छतरपुर गौरव, मध्यप्रदेश हिंदी साहित्य सम्मलेन एवम बुंदेलखंड हिंदी साहित्य-संस्कृति मंच सागर (म.प्र.) द्वारा तहलका जैसे अनेको

सम्मानों से सम्मानित किया गया है-

अजब नशा है मेरे मुल्क में लड़ाई का
मिला न कोई तो आपस में भाई-भाई लड़े
कहाँ-कहाँ से न उधड़ा कसा कसा कुरता
जवानी तुझसे कहाँ तक कोई सिलाई लड़े
जो हमने दोस्ती की है, तो दोस्ती की है
जो हम लड़ाई लड़े हैं, तो बस लड़ाई लड़े

अंगारों पर शबनम में आपको अकेला जी की ऐसी अनूठी एक सौ एक ग़ज़लें पढ़ने को मिलेंगी। इस किताब की प्राप्ति के लिए आप अयन प्रकाशन के श्री भूपल सूद जी से उनके मोबाइल 09818988613 पर संपर्क करें और अकेला जी को, जो अभी छत्रसाल नगर के पीछे पन्ना रोड छतरपुर (मप्र) में रहते हैं, उनकी विलक्षण ग़ज़लों के लिए उनके मोबाइल 09981585601 पर बधाई दे सकते हैं।

मैले गमछों की पीड़ाएँ
क्या समझेगी उजली टाई
राहे उल्फ़त संकरा परबत
और बिछी है उस पर काई
सुनकर वो मेरी सब उलझन
बोला मैं चलता हूँ भाई
हाले-दिल मत पूछ अकेला
कुआँ सामने, पीछे खाई

बहुत से ऐसे शेर हैं जो मैं यहाँ चाहता हूँ आपको पढ़वाऊँ लेकिन समयाभाव के चलते नहीं पढ़वा पा रहा। अगर ऊपर दिये शेरो को पढ़कर आपकी और पढ़ने की प्यास जग गयी है तो देर किस बात की, उठाइये अपना मोबाइल और इस किताब की प्राप्ति के लिए प्रयास शुरू कर दिजिये। चलते-चलते अकेला जी की एक ग़ज़ल के चंद शेर और आपकी ख़िदमत में पेश हैं जिनमें रूमानियत क्या ख़ूब झलक रही है

नज़र हमारी वहीं पे जा के अटक रही है
वो गीले बालों को उँगलियों से झटक रही है
ख़फ़ा-ख़फ़ा रुख़ पे हल्की-हल्की सी मुस्कुराहट
ये पतझड़ों में कली कहाँ से चटक रही है
तुम्हारे चेहरे पे हैं अलामात ना-नुकुर के
अगरचे 'हाँ' में तुम्हारी गर्दन मटक रही है

***

ख़याल के फूल
मेयार स्नेही

कहती है ज़िन्दगी कि मुझे अन्न चाहिए
ओ वक़्त कह रहा है मुझे इंक़लाब दो
इस युग में दोस्ती की, मुहब्बत की आरज़ू
जैसे कोई बबूल से माँगे गुलाब दो
जो मानते हैं आज की ग़ज़लों को बेअसर
पढ़ने के वास्ते उन्हें मेरी किताब दो

हम उसी किताब ख़याल के फूल की बात करेंगे जिसका ज़िक्र उसके शायर जनाब मेयार स्नेही साहब ने अपनी ऊपर दी गयी ग़ज़ल के शेर में किया है। मेयार स्नेही साहब 7 मार्च 1936 को बाराबंकी (उ. प्र.) में पैदा हुए। साहित्यरत्न तक शिक्षा प्राप्त करने के बाद उन्होंने ग़ज़ल लेखन का एक अटूट सिलसिला क़ाएम किया।

कारवाँ से आँधियों की छेड़ भी क्या ख़ूब थी
होश वाले उड़ गए ओ बावले चलते रहे
गुलशनो-सहरा हमारी राह में आये मगर
हम किसी की याद में खोये हुए चलते रहे
ऐ स्नेही जौहरी को मान कर अपना खुदा
खोटे सिक्के भी बड़े आराम से चलते रहे

स्नेही साहब की ग़ज़लें रवायती ढाँचे में ढली होने के बावजूद अपने अनोखे अंदाज़ के कारण भीड़ से अलग दिखाई देती हैं। अपने समय और समाज को बेहद सादगी और साफ़गोई के साथ चित्रित करना स्नेही साहब की ख़ासियत है। हिंदी उर्दू के लफ़्ज़ों में वो बहुत ख़ूबसूरती से अपनी ग़ज़लों में ढालते हैं

ऋतुराज के ख़याल में गुम होके वनपरी
कब से बिछाए बैठी है मखमल पलाश का
सूरज को भी चराग़ दिखाने लगा है अब
बढ़ता ही जा रहा है मनोबल पलाश का
है ज़िन्दगी का रंग या मौसम का ये लहू
या फिर किसी ने दिल किया घायल पलाश का
मेयार इंक़लाब का परचम लिये हुए
उतरा है आसमान से ये दल पलाश का

पलाश पर इस से ख़ूबसूरत कलाम मैंने तो आजतक नहीं पढ़ा कमाल के बिम्ब प्रस्तुत किये हैं मेयार साहब ने इस किताब के फ़्लैप पर छपे श्री विनय मिश्र जी के कथनानुसार ग़ज़ल का रिवायती तग़ज़्ज़ुल बरक़रार रखते हुए निजी और घर संसार के संवेदनों को अनुभव की सुई में पिरो कर शायरी का सुन्दर हार बना देना कमाल का फन तो है ही, मेयार स्नेही की शायराना तबीअत का पुख़्ता प्रमाण भी-

माहौल में अनबन का चलन देख रहे हैं
बिखरे हुए सदभाव-सुमन देख रहे हैं
जिस डाल पे बैठे हैं उसे काटने वाले
आराम से अपना ही पतन देख रहे हैं
वो लोग जो नफ़रत के सिवा कुछ नहीं देते
उनको भी मुहब्बत से अपन देख रहे हैं

यहाँ क़ाफ़िये में अपन का प्रयोग अनूठा है, जानलेवा है। स्नेही साहब अपनी ग़ज़लों में इस तरह के चमत्कार अक्सर करते दिखाई देते हैं ये ही कारण है कि इनकी ग़ज़लें बार-बार पढ़ने को जी करता है। विगत पचास वर्षों से ग़ज़लों की अविरल धारा बहाने वाले इस विलक्षण शायर की जितनी तारीफ़ की जाये कम है, मूल रूप से उर्दू के शायर स्नेही साहब की ग़ज़लों में हिंदी के लफ़्ज़ों का प्रयोग अद्भुत है।

हलाहल बाँटने वालो, इसे तो पी चुका हूँ मैं
मुझे वो चीज़ दी जाये जिसे पीना असंभव हो
बताओ क्या इसी को हार्दिक अनुबंध कहते हैं
इधर आँसू पियें जाएँ उधर मस्ती का अनुभव हो
स्नेही ज़िन्दगी के ज़हर को रख दो ठिकाने से
कि मुमकिन है इसी से एक दिन अमृत का उद्भव हो

ख़याल के फूल किताब, जिसे अयन प्रकाशन महरौली-दिल्ली द्वारा प्रकाशित किया गया है, की प्राप्ति के लिए श्री भोपाल सूद जी से आपको उनके मोबाइल 09818988613 पर संपर्क करना होगा। आप चाहें तो मेयार साहब से उनके मोबाइल 09935528683 पर बात कर उन्हें इन ख़ूबसूरत ग़ज़लों की किताब के लिए मुबारकबाद देते हुए इस किताब को मँगवाने का तरीक़ा भी पूछ सकते हैं।

तुमने मज़हब को सियासी पैंतरों में रख दिया
सर पे रखने वाली शय को ठोकरों में रख दिया
पत्थरों से खेलने वालों को होश आया कि जब
वक़्त ने उनको भी शीशे के घरों में रख दिया

लूट कुछ ऐसी मची है आजकल इस देश में
रोटियों को ज्यूँ किसी ने बंदरों में रख दिया

आम आदमी को समर्पित इस किताब में स्नेही साहब की अस्सी बेहतरीन ग़ज़लें संग्रहित हैं जो अपने कहन के निराले अंदाज़, रदीफ़ और क़ाफ़ियों के अद्भुत चुनाव से आपका दिल मोह लेगीं। इस उम्र दराज़ शायर का ये पहला ग़ज़ल संग्रह है जान कर इस बात की पुष्टि होती है कि शायर की पहचान उसकी छपी किताबों की संख्या से नहीं बल्कि उसके द्वारा कहे गए असरदार शेरों की वजह से होती है।

हाथ पीले क्या हुए हाथों में सरसों पक गयी
चार ही दिन की मुलाक़ातों में सरसों पक गयी
भेद तो दो दिन में खुल जाता सुनहरी धूप का
वो तो ये कहिए यहाँ रातों में सरसों पक गयी
साव जी पानी के बदले तेल जब पीने लगें
बस समझ लेना बही खातों में सरसों पक गयी
ख़ूब हो तुम भी स्नेही गुलमुहर के शहर में
लिख रहे हो गीत देहातों में सरसों पक गयी

चलते-चलते आइए पढ़ते हैं स्नेही साहब की एक ग़ज़ल के ये शेर और निकलते हैं एक नयी किताब की तलाश में-

कोई जुगनू जो चमकता है चमकने दें उसे
क्यूँ समझते हैं उसे चाँद सितारों के ख़िलाफ़
ख़ूब हैं लोग जो शोलों को हवा देते हैं
और आवाज़ उठाते हैं शरारों के ख़िलाफ़
शरारों=चिंगारियों*
मेरी कुटिया को हिकारत की नज़र से देखा
वर्ना मैं कब था फ़लक-बोस मीनारों के ख़िलाफ़
फ़लक-बोस=गगन चुम्बी*

***

मैं भी तो हूँ
नुसरत मेहदी

जागती आँखों ही से सोती रहती हूँ
मैं पलकों में ख़्वाब पिरोती रहती हूँ
तेज़ाबी बारिश के नक़्श नहीं मिटते
मैं अश्कों से आँगन धोती रहती हूँ
मैं ख़ुशबू की क़द्र नहीं जब कर पाती
फूलों से शर्मिंदा होती रहती हूँ
जब से गहराई के खतरे भाँप लिए
बस साहिल पर पाँव भिगोती रहती हूँ
मैं भी नुसरत उसके लम्स की गर्मी से
क़तरा-क़तरा दरिया होती रहती हूँ

अरसे से तलाशी जा रही एक शायरा द्वारा लिखी ग़ज़लों वाली किताब आख़िर मिल ही गयी। ऐसा नहीं है कि सिर्फ़ शायर ही ग़ज़लें कह रहे हैं लेकिन ये मेरी बदक़िस्मती थी की मुझे किसी शायरा की ऐसी किताब नहीं मिली जिसका ज़िक्र मैं करता।

आख़िर बिल्ली के भाग का छींका टूटा और शिवना प्रकाशन, सीहोर,म.प्र. ने 'नुसरत मेहदी' साहिबा की किताब 'मैं भी तो हूँ' छाप कर मेरी मुराद पूरी कर दी।

क़तरा के ज़िन्दगी से गुज़र जाऊँ क्या करूँ
रुस्वाइयों के ख़ौफ़ से मर जाऊँ क्या करूँ
मैं क्या करूँ के तेरी अना को सुकूँ मिले
गिर जाऊँ, टूट जाऊँ, बिखर जाऊँ क्या करूँ
फिर आके लग रहे हैं परों पर हवा के तीर
परवाज़ अपनी रोक लूँ डर जाऊँ क्या करूँ

प्रसिद्ध साहित्यकार श्री पंकज सुबीर ने इस किताब में एक जगह लिखा है, "ग़ज़ल, ये शब्द सुनते ही दिमाग़ में परों से हल्के शब्द, रेशम के महीन धागों से बहुत नफ़ासत के साथ लगाए गए जोड़, चाँदनी का पानी छिड़क कर चमकाए हुए और चन्दन की खशब से महकाए हुए विन्यासों का ख़याल आ जाता है.. और इन उपमाओं पर पूरी तरह से खरी उतरती हैं नुसरत मेहदी जी की ग़ज़लें।"

हर कोई देखता है हैरत से
तुमने सब को बता दिया है क्या
क्यूँ मेरा दर्द सहते रहते हो
कुछ पुराना लिया दिया है क्या
क्यूँ हवाओं से लड़ता रहता है
कौन है आस का दिया है क्या

मध्य प्रदेश उर्दू अकेडमी की सचिव नुसरत साहिबा ने शायरी के अलावा लेख,कहानियाँ, ड्रामा आदि साहित्य की हर विधा पर सफलतापूर्वक अपनी क़लम चलाई है। बशीर बद्र साहब ने इस किताब की भूमिका में लिखा है, "नुसरत हमारे दौर की शाइरात में विशिष्ट ढंग की शाइरा हैं। पुरानी किसी महान शाइरा से उनकी तुलना या प्रतिस्पर्धा करना उचित नहीं। उनकी शायरी आज के दौर में ज़िन्दगी की सच्चाइयों का उद्गार है।"

अपनी बे-चेहरगी भी देखा कर
रोज़ इक आईना ना तोड़ा कर
ये सदी भी कहीं ना खो जाए
अपनी मर्ज़ी का कोई लम्हा कर
मसअले हैं तो हल भी निकलेंगे
पास आ, साथ बैठ, चर्चा कर

नुसरत जी को उनके साहित्यिक योगदान के लिए 'ख़ातूने-अवध सम्मान - लखनऊ" के अलावा कहकशाने अवध भोपाल और माइनोरिटी फोरम द्वारा भी सम्मानित किया गया है, उनका संकलन 'इन्तख़ाबे-सुख़न' एम. ए. (उर्दू) के पाठ्यक्रम में शामिल किया गया है। इशरत क़ादरी साहब का विचार है कि नुसरत साहिबा की ग़ज़लों में परम्परागत, प्रगतिशील और आधुनिक विचारों के साथ निजी भावनाओं का दर्द, माहौल की घुटन के अलावा जीती जागती ज़िन्दगी का बिखराव, समस्याएँ और राजनितिक सतह पर असमानता आदि पर उनके विचार और अनुभव दिखाई देते हैं।

मैं हूँ इक ज़िन्दा हक़ीक़त मुझे महसूस करो
मैं किसी कोने में रखी हुई तस्वीर नहीं
घर की दहलीज़ मेरे साथ चला करती है
देखने में तो मिरे पाँव में ज़ंजीर नहीं
मैंने जो पाया वो सब अपने अमल से पाया
मेरे हाथों की लकीरें मिरी तक़दीर नहीं

इस किताब को पढ़ते हुए आप जनाब ज़ुबैर रिज़वी साहब की इस बात से इत्तेफ़ाक़ रखेंगे कि "नुसरत साहिबा ने आधुनिक फ़ैशन वाले भावों को अपनी ग़ज़लों में आने नहीं दिया। इस रवैये से उनकी ग़ज़ल केन्द्रीय मुख्य धारा से बाहर नहीं आती। वो शेर को ग़ज़ल का शेर बनाकर पढ़ने वालों को सौंपती हैं।"

कोई ग़म याद नहीं शिकवा गिला याद नहीं
आज कुछ भी तेरी चाहत के सिवा याद नहीं
ये तेरे नाम की तासीर है वरना पहले
ऐसे निखरी हो हथेली पे हिना याद नहीं
उसने बेजुर्म सजा दी थी मगर अब नुसरतज्
मैं हूँ मुन्सिफ़ तो मुझे उसकी जफा याद नहीं
मुन्सिफ़-इन्साफ़ करने वाला

आप इस किताब की प्राप्ति के लिए शिवना प्रकाशन को shivna.prakashan@mail.com मेल करें। किताब पढ़ें और पढ़कर नुसरत जी को उनके मोबाइल 9425012227 पर इतनी ख़ूबसूरत और दिलकश शायरी के लिए बधाई दें। आप ये काम करें तब तक हम निकलते हैं आपके लिए ढूँढ़ने एक और किताब और हाँ चलते-चलते उनकी ग़ज़ल के ये शेर भी आपकी ख़िदमत में पेश करते हैं

मिरे आँगन में उड़कर आ रही है
नये मौसम नये लम्हों की ख़ुशबू
महकने की इजाज़त चाहती है
हँसी चाहत भरे जज़्बों की ख़ुशबू
कई सपने सजाकर रख गयी है
मिरी पलकों पे उन होठों की ख़ुशबू
चली आती है हर शब गुनगुनती
हवा के दोश पर यादों की ख़ुशबू

***

ये समंदर सूफ़ियाना है
सुरेन्द्र चतुर्वेदी

इस किताब का ज़िक्र करने से पहले चलिए थोड़ी सी अर्थहीन भूमिका बाँधी जाये। अर्थहीन इसलिए कि इसके बिना भी किताब की बात की जा सकती है। हुआ यूँ कि इस बार जयपुर प्रवास के दौरान वहाँ के दैनिक भास्कर अख़बार में एक छोटी सी ख़बर छपी जिसमें सूचना थी कि मुंबई के ख्याति प्राप्त शायर श्री सुरेन्द्र चतुर्वेदी से जयपुर के शायर लोकेश साहिल आर्ट कैफ़े में बैठ कर बातचीत करेंगे। जयपुर में कोई आर्ट कैफ़े भी है ये भी तब तक पता नहीं था। ख़ैर!! किसी तरह हमने आर्ट कैफ़े का पता किया और पहुँच गए।

सुरेन्द्र जी ने लोकेश जी से ढेरों बातें की और अपनी ग़ज़लें भी सुनाईं। जयपुर में इस तरह की अनोपचारिक बातचीत का ये अपने आप में अनोखा कार्यक्रम था। कार्यक्रम के बाद सुरेन्द्र जी से बातचीत हुई और उन्होंने मेरी रुचि और पुस्तकों के प्रति अनुराग देख कर उसी वक़्त अपनी कुछ किताबें मुझे भेंट में दे दी। उन्हीं किताबों के ज़ख़ीरे में से एक ताज़ा छपी किताब 'ये समंदर सूफ़ियाना है' का ज़िक्र आज हम करेंगे।

ख़ुदाया इस से पहले कि रवानी ख़त्म हो जाए
रहम ये कर मेरे दरिया का पानी ख़त्म हो जाए
हिफ़ाज़त से रखे रिश्ते भी टूटे इस तरह जैसे
किसी ग़फ़लत में पुरखों की निशानी ख़त्म हो जाए
लिखावट की ज़रूरत आ पड़े इस से तो बेहतर है
हमारे बीच का रिश्ता ज़ुबानी ख़त्म हो जाए
हज़ारों ख़्वाहिशों ने ख़ुदकुशी कुछ इस तरह से की
बिना किरदार के जैसे कहानी ख़त्म हो जाए

बक़ौल सुरेन्द्र उन्होंने अपने लेखन की शुरुआत कविताओं से की और फिर वो कवि सम्मेलनों में बुलाये जाने लगे। मंचीय कवियों की तरह उन्होंने ऐसी रचनाएँ रची जो श्रोताओं को गुदगुदाएँ और तालियाँ बजाने पर मजबूर करें। ज़ाहिर है ऐसी कवि सम्मेलनीय रचनाओं ने उन्हें नाम और दाम तो भरपूर दिया लेकिन आत्म संतुष्टि नहीं। साहित्य के विविध क्षेत्रों में हाथ आज़माने के बाद अंत में ग़ज़ल विधा में वो सुकून मिला जिसकी उन्हें तलाश थी।

फ़ैसलों में अपनी ख़ुद्दारी को क्यूँ ज़िन्दा किया
उम्र भर कुछ हसरतों ने इसलिए झगड़ा किया
मुझसे हो कर तो उजाले भी गुज़रते थे मगर
इस ज़माने ने अँधेरों का फ़क़त चर्चा किया

मैंने जब ख़ामोश रहने की हिदायत मान ली
तोहमतें मुझ पर लगा कर आपने अच्छा किया
कुछ नहीं हमने किया रिश्ता निभाने के लिए
अब ज़रा बतलाइये कि आपने क्या क्या किया

मूलतः अजमेर निवासी सुरेन्द्र जब फ़िल्मों में क़िस्मत आज़माने के लिए मुंबई लिए रवाना हुए तो परिवार और इष्ट मित्रों ने उन्हें वहाँ के तौर तरीक़ों से अवगत करवाते हुए सावधान रहने को कहा। मुंबई नगरी के सिने संसार में अच्छे साहित्यकारों की जो दुर्गति होती है वो किसी से छुपी नहीं। सुरेन्द्र ने मुंबई जाने से पहले किसी भी क़ीमत पर साहित्य की सौदेबाजी न करने का दृढ़ निश्चय किया।

मुंबई प्रवास के आरंभिक काल में उन्हें अपने इस निश्चय पर टिके रहने में ढेरों समस्याएँ आयीं लेकिन वो अपने निश्चय पर अटल रहे।

ख़िज़ाओं के कई रिश्ते जुड़े हैं जिस्म से मेरे
मगर मैं रूह के भीतर की वीरानी से डरता हूँ
कभी कुनबे के आगे हाथ फैलाता नहीं हूँ मैं
मैं बचपन से ही माँ की हर पशेमानी से डरता हूँ
मुझे रंगों को छूकर देखने की है बुरी आदत
मगर मैं तितलियों की हर परेशानी से डरता हूँ

मुंबई की फ़िल्म नगरी में दक्ष साहित्यकारों की रचनाओं को ख़रीद कर या उनसे लिखवा कर अपने नाम से प्रसारित करने वाले मूर्धन्य साहित्यकारों की भीड़ में सुरेन्द्र को एक ऐसा शख़्स मिला जिसने उनके जीवन की दिशा ही बदल दी। उस अज़ीम शख़्स को हम सब गुलज़ार के नाम से जानते हैं।

अपनी एक किताब में सुरेन्द्र कहते हैं, "ज़िन्दगी में पहली बार महसूस हुआ कि फ़िल्मी कैनवास पर कोई रंग ऐसा भी है जो दिखता ही नहीं महसूस भी होता है। गुलज़ार साहब के व्यक्तित्व और कृतित्व ने मुझे बेइन्तेहा प्रभावित किया"

तेरी आँखों में मैंने अश्क अपने क्या रखे
तूने समंदर को ज़रा-सी देर में क़तरा बना डाला
कभी बादल, कभी बारिश, कभी उम्मीद के झरने
तेरे एहसास ने छूकर मुझे क्या क्या बना डाला
तेरी मौजूदगी ने ज़ख़्म पर जब उँगलियाँ रक्खीं
तो मैंने दर्द अपना और भी गहरा बना डाला

सुरेन्द्र और उनकी शायरी के बारे में गुलज़ार साहब फ़रमाते हैं, "सुरेन्द्र की ग़ज़लों में बदन से रूह तक पहुँचने का ऐसा हुनर मौजूद है जिसे वो ख़ुद सूफ़ियाना रंग कहते हैं मगर मेरा मानना है कि वे कभी-कभी सूफ़ीज़्म से भी आगे बढ़ कर रूहानी इबादत के हक़दार हो जाते हैं। कभी वे कबायली ग़ज़लें कहते नज़र आते हैं तो कभी मौजूदा हालातों पर तबसरा करते! मुझे हमेशा येही लगा कि मेरी ही शक्ल का कोई शख़्स सुरेन्द्र में भी साँसे लेता है।"

मुझे मेरी तरह के दूसरे दरिया से तू मिलवा
कि हर क़तरे में जिसके इक समंदर साँस लेता हो
जुदा होकर मैं तुझसे यूँ तो ज़िन्दा हूँ मगर ऐसे
कि जैसे जिस्म से काटा हुआ सर साँस लेता हो
बनाओ अब कहीं ऐसी इबादतगाह कि जिसमें
दरो-दीवार का हर एक पत्थर साँस लेता हो

सुरेन्द्र की ग़ज़लों का पूरा कैनवास देखने के लिए ये बहुत ज़रूरी है कि हम उनकी बाक़ी सभी किताबों यानी 'दर्द-बे-अंदाज़', 'वक़्त के ख़िलाफ़', 'अंदाज़े-बयाँ और', 'आसमाँ मेरा भी था', 'अंजाम ख़ुदा जाने', 'कोई एहसास बच्चे की तरह' और 'कोई कच्चा मकान हो जैसे' को भी पढ़ें। सिर्फ़ एक किताब को पढ़कर हम उनकी शायरी की गहराई का अंदाज़ा नहीं लगा पाएँगे।

'ये समंदर सूफ़ियाना है' और उनकी बाक़ी अधिकांश किताबें जयपुर के बोधि प्रकाशन से प्रकाशित हुई हैं।

बड़े अंदाज़ से वो बोलता है
मगर ख़ुद को कहाँ वो खोलता है
चखे तो शहद सा लगता है मीठा
ज़हर भी इस तरह से घोलता है
उफनता वो नहीं है दूध जैसे
मगर भीतर बहुत वो खौलता है
हुनर आया है जबसे बोलने का
बहुत ख़ामोश हो कर बोलता है

अगर इस पोस्ट ने आपके मन में सुरेन्द्र की और भी ग़ज़लें पढ़ने की प्यास जगाई है तो इन पुस्तकों की प्राप्ति के लिए बोधि प्रकाशन जयपुर को संपर्क करें या फिर सीधे सुरेन्द्र को उनके मोबाइल न. 09829271388 पर बधाई देते हुए उनसे इन किताबों की प्राप्ति के लिए गुज़ारिश करें।आप उन्हें ghazal1681@yahoo.co.in पर मेल भी लिख सकते हैं। मुझे पूरी उम्मीद है वो अपने सच्चे पाठकों को निराश नहीं करेंगे।

अगली किताब की खोज पर जाने से पहले लीजिए सुरेन्द्र की एक और ख़ूबसूरत ग़ज़ल के ये शेर पढ़ें-

यादों के घर लौट के जाना मुश्किल है
दरवाज़े फिर से खुलवाना मुश्किल है
उनसे भी मैं जुदा नहीं हो पाता हूँ
जिनसे मेरा साथ निभाना मुश्किल है
रूह में चाहे वो ही साँसें लेता हो
लेकिन उसको तो छू पाना मुश्किल है
जो रहते हर वक़्त दिलों में लोगों के
ऐसे लोगों का मर जाना मुश्किल है

***

रौशनी का सफ़र
'दरवेश' भारती

'किताबों की दुनिया' शृंखला के लिए शायरी की किताबें ढूँढ़ते वक़्त मुझे एहसास हुआ है कि आजकल लोगों में किताबें छपवाने का शौक़ चर्राया हुआ है। दो मिसरों से रचित एक शेर में पूरी बात कह देने वाली ग़ज़ल जैसी विधा से लोग आकर्षित तो होते हैं लेकिन इसके व्याकरण को समझने की ईमानदार कोशिश नहीं करते, नतीजतन हमें जो ग़ज़लें पढ़ने को मिलती हैं उनमें कहीं क़ाफ़िये-रदीफ़ का निर्वाह सही ढंग से नहीं होता और कहीं बहर का। हैरानी तब होती है जब कई जाने माने शायरों,जिनकी आधा दर्जन से अधिक शायरी की किताबें बाज़ार में उपलब्ध हैं, की किताबों में इस तरह की कमियाँ नज़र आती हैं। आज के दौर में जो बिकता है वो पुजता है, गुणवत्ता तो हाशिये पर नज़र आती है।

स्थिति पूरी तरह नकारात्मक नहीं है, इसीलिए तो हमें 'दरवेश' भारती जी की किताब रौशनी का सफ़र जिसका ज़िक्र आज हम करेंगे, अपनी ओर आकर्षित करती है।

कहते थे पहले कि ख़िदमतगार होना चाहिए
अब सियासत में फ़क़त ज़रदार होना चाहिए
ज़िन्दगी जीना कहाँ आसान है इस दौर में
इसको जीने के लिए फ़नकार होना चाहिए
बिन परों के क्या उड़ोगे आसमाँ-दर-आसमाँ
कामयाबी के लिए आधार होना चाहिए
ये भी हो और वो भी हो गोया हर इक शय इसमें हो
अब तो घर को घर नहीं बाज़ार होना चाहिए

दरवेश भारती, जिनका असली नाम हरिवंश अनेजा है, का जन्म 23 अक्टूबर 1937 में जिला झंग में हुआ। आपने संस्कृत भाषा में एम. ए., पीएच. डी. की लेकिन आपका हिंदी और उर्दू भाषा पर भी समान अधिकार रहा। मज़े की बात ये है कि दरवेश भारती जी ने पहले जमाल क़ाइमी के नाम से उर्दू में शायरी की और बाद में वो दरवेश के नाम से ग़ज़लें कहने लगे।

आदमी ज़िन्दा रहे किस आस पर
छा रहा हो जब तमस विश्वास पर
वेदनाएँ दस्तकें देने लगें
इतना मत इतराइये उल्लास पर
ना-समझ था, देखा सागर की तरफ़
जब न संयम रख सका वो प्यास पर

सुरेश पण्डित जी ने उनके बारे इसी किताब के फ़्लैप पर लिखा है दरवेश भारती जी के लिए ग़ज़ल कहना या इसके बारे में विमर्श करना उनकी अभिरुचि नहीं, जीने की एक शर्त है। हिंदी को इसलिए उन्होंने अपनी अभिव्यक्ति का माध्यम बनाया है ताकि उनकी बात अधिक से अधिक लोगों तक पहुँचे। दरवेश जी मानते हैं की ग़ज़ल पर किसी भाषा का एकाधिकार नहीं हो सकता, ग़ज़ल तो सिर्फ़ ग़ज़ल होती है और चंद शब्दों में बड़ी बात कह देने की कला इसे सार्थक बनाती है।

जो छाँव औरों को दे, ख़ुद कड़कती धूप सहे
किसी, किसी को खुदा ये कमाल देता है
न पास जा तेरी पहचान खो न जाये कहीं
दरख़्त धूप को साए में ढाल देता है
तमीज़ अच्छे-बुरे में न कर सका जो कभी
वही अब अच्छे-बुरे की मिसाल देता है

दरवेश भारती जी ने हालाँकि अल्प आयु में ही लेखन कार्य शुरू कर दिया था लेकिन निजी व्यस्तताओं के चलते वो इससे तीस वर्षों के दीर्घ समय के लिए लेखन से दूर रहे हालाँकि इस बीच 1964 में उनका जज़्बात शीर्षक से देवनागरी में कविता संग्रह और 1971 में गुलरंग शीर्षक से फ़ारसी लिपि में काव्य संग्रह आया लेकिन उनकी काव्य यात्रा जो 2001 में शुरू हुई वो आजतक अबाध गति से चल रही है, 2013 में प्रकाशित रौशनी का सफ़र उनकी इसी लगन प्रमाण है।

इधर हमने गुपचुप बात की
उधर कान बनने लगीं खिड़कियाँ
सुनाई खरी-खोटी बेटे ने जब
भिंची रह गयीं बाप की मुठियाँ
फ़लक पर कबूतर दिखे जब कभी
बहुत याद आयीं तेरी चिट्ठियाँ

जून 2008 से भारती जी ग़ज़ल के बहाने त्रैमासिक पत्रिका का संपादन कर रहे हैं जिसमें किसी भी प्रकार का भाषाई संकीर्णवाद नहीं दिखाई देता। इस पत्रिका के माध्यम से वो ग़ज़ल के व्याकरण को भी बहुत आसान शब्दों में समझाते हैं जिसका लाभ बहुत से उभरते शायरों ने उठाया है।

गीत, ग़ज़ल, अफ़साना लिख
पर होकर दीवाना लिख
नाच उठे मन में बचपन
लुकछुप, ईचक दाना लिख

मत कर ज़िक्र ख़िज़ाओं का
मौसम एक सुहाना लिख
दुःख तो दुःख ही है दरवेश
अपना क्या, बेगाना लिख

हरियाणा साहित्य अकादमी द्वारा उनकी शांतिपर्व में नैतिक मूल्य पुस्तक सन 1987 में पुरस्कृत की जा चुकी है। अनेक साहित्यिक एवम सामाजिक संस्थाओं द्वारा समय-समय पर उन्हें सम्मानित किया गया है। आपकी काव्य यात्रा पर कुरुक्षेत्र विश्व विद्यालय से शोध कार्य भी संपन्न किया गया है। आकाशवाणी और दूरदर्शन से भी इनकी रचनाओं का प्रसारण होता रहता है। इस पुस्तक में दरवेश साहब की ग़ज़ल यात्रा के दौरान कही गयी विभिन्न ग़ज़लों से 75 ग़ज़लों का संग्रह किया गया है।

किसलिए तुम हताश हो बैठे
हिम्मत उठने की अपनी खो बैठे
चढ़ते सूरज से दोस्ती क्या की
अपने साए से हाथ धो बैठे
इन विवादों से क्या हुआ हासिल
क्यूँ फटे दूध को बिलों बैठे

इस किताब का प्रकाशन दिल्ली के कादंबरी प्रकाशन ने किया है जिसे आप उनके ई-मेल kadambariprakashan@gmail.com या उनके मोबाइल नंबर 9968405576 / 9268798930 पर संपर्क करके मँगवा सकते हैं, मैं ख़ुद इस प्रकाशन तक नहीं गया मुझे ये किताब अयन प्रकाशन के भूपी सूद साहब के यहाँ से मिली। भूपी सूद साहब का मोबाइल नंबर यूँ तो मैंने अपनी इस शृंखला में कई बार दिया है लेकिन उसे कौन ढूँढ़े वाली आपकी सोच को जानते हुए फिर से दे रहा हूँ। क्या करूँ? देना ही पड़ेगा क्यूँकि मेरा मक़सद आपको अच्छी किताब तक पहुँचाना जो है।

अब हम चलते हैं आपके लिए अगली किताब की तलाश में तब तक आप दरवेश साहब की एक ग़ज़ल के ये शेर पढ़ें और आनंद लें-

मौसम बदल गया है तो तू भी बदल के देख
कुदरत का है उसूल ये साथ इसके चल के देख
रुस्वाइयाँ मिली हैं, ज़लालत ही पायी है
अब लडखड़ाना छोड़, ज़रा-सा सँभल के देख
चौपाई दोहा कुण्डली छाये रहे बहुत
दरवेश अब कलाम में तेवर ग़ज़ल के देख

***

एक सवाये सुर को साधो
सलीम ख़ाँ फ़रीद

देवियों और सज्जनों क्या आपने जयपुर के 'नवरत्न प्रजापति' का नाम सुना है? अरे ये क्या आपतो बगलें झाकने लगे। शर्मिंदा न हों मैंने कौनसा सुना था, ये तो भला हो गूगल का जिसकी मेहरबानी से ये नाम पता चला। नवरत्न जी वो मिनिएचर आर्टिस्ट हैं जिन्होंने विश्व की सबसे छोटी, काम में आने वाली लालटेन बनाई है। ये लालटेन केरोसिन की सिर्फ़ तीन बूँदों से बीस सेकण्ड तक जलती है।

आप पूछेगे की किताबों की दुनिया में प्रजापति जी का क़िस्सा क्यूँ? प्रजापति जी का ज़िक्र मिनिएचर आर्ट के कारण आया। इस कला में कलाकार का दक्ष होना आवश्यक है ज़रा-सी चूक पूरी कृति को बर्बाद कर सकती है। इस कला में सुधारने की गुंजाईश नहीं कि बराबर होती है इसलिए कलाकार को अपना हर क़दम बहुत सोच समझ के उठाना पड़ता है।

शायरी में ये ही बात छोटी बहर की ग़ज़लों पर लागू होती है। देखने में बहुत सरल सी लगने वाली छोटी बहर को साधना उस्तादों के बस की ही बात होती है। ग़ज़ल की इस विधा में विज्ञान व्रत जी ने अपना एक ख़ास मुक़ाम बनाया है। उन्हीं के नक़्शे-क़दम पर चलने की कोशिश कर रहे हैं अपेक्षा कृत युवा शायर 'सलीम ख़ाँ फ़रीद' साहब जिनकी किताब 'एक सवाये सुर को साधो' का ज़िक्र हम आज करेंगे।

छोटे-छोटे द्वार हमारे
ओ हाथी हैं यार हमारे
एक अँगूठे ही के कारण
चुकते नहीं उधार हमारे
कई हज़ारों की बस्ती में
हम ही हैं हर बार हमारे
डर, शंका, विस्मय लाते हैं
मिलजुल कर त्यौहार हमारे

10 जुलाई 1964 को राजस्थान के सीकर जिले के हसामपुर में जन्में फ़रीद साहब ने हिंदी साहित्य में एम. ए. किया है। आप पिछले तीस वर्षों से ग़ज़लें कह रहे हैं लेकिन सीमित मात्रा में, तभी तो उनकी अभी पहली ही किताब प्रकाशित हुई है। उन्होंने क्वांटिटी से अधिक क्वालिटी पे ज़ोर दिया है। यही कारण है कि उनकी ग़ज़लों में किसी दूसरे शायर का प्रभाव नज़र नहीं आता बल्कि मौलिकता दिखाई देती है।

ख़ाली थैला ले घर लौटे
हमने भी बाज़ार किया है
चिड़ियों ने मिल-जुलकर फिर से
बाज़ों को सरदार किया है
उजियारों के राजमहल में
अंधों ने दरबार किया है
ख़ुद से आगे सोच न पाए
सबने यों विस्तार किया है

डॉ. कुँअर बैचैन साहब इस किताब पर दिए फ़्लैप में लिखते हैं, "फ़रीद साहब अपनी शायरी के माध्यम से घटाघोप घिरे बादलों में बिजली की चमक भी प्रदान करते हैं तथा प्यासी धरती और प्यासी रूहों को शीतल जल जैसी शायरी की फुहार भी बन के आते हैं। उनकी शायरी के आलोक में हम अपने देश के हालात को देख पाते हैं और उन पर सोचने को मजबूर भी होते हैं।"

जान भले ही भाले पर है
लेकिन ध्यान निवाले पर है
अंधियारी अंधी बस्ती में
सारा दोष उजाले पर है
मंज़िल के सारे काँटों का
ख़ून हमारे छालों पर है
नीचे द्वार बजाती जनता
राजा दसवें माले पर है

निदा फ़ाज़ली साहब ने इस किताब की भूमिका में लिखा है कि "सलीम ख़ाँ फ़रीद साहब की भाषा व्यंगात्मक है। वो बातों को संकेतों, प्रतीकों तथा बिम्बों के माध्यम से व्यक्त करते हैं, जिसके कारण वे अख़बार की ख़बर की तरह पढ़ते ही बासी नहीं हो जाती उनकी हरारत और शेरियत बहुत दिनों तक पाठकों के साथ जीवित रहती है।"

तुझ पर, मुझ पर, पग धर पहुँचे
फिर वो सिंहासन पर पहुँचे
कितने लोग सफ़र पर निकले
कितने लोग मगर घर पहुँचे
जारी है वह दौड़ कि जिसमें
लंगड़े लोग बराबर पहुँचे

बचकर रहना देश, सदन में
फिर तेरे सौदागर पहुँचे

छोटी बहर के सिद्ध हस्त शायर जनाब विज्ञान व्रत साहब ने लिखा है कि फ़रीद साहब ग़ज़ल कहने की हड़बड़ी या जल्दी में क़तई नहीं रहे अगर ऐसा होता तो अब तक तो इस शायर के कई संकलन प्रकाशित हो गए होते। भाई सलीम ख़ाँ साहब की ग़ज़लों में सियासत,धर्म और विसंगतियाँ, सामाजिक कटु सत्य और आपसी सम्बन्ध अक्सर आते हैं। सलीम भाई का व्यंग उनकी ग़ज़लों को न केवल मार्मिक बनाता है अपितु व्यंग में निहित दंश पाठक के भीतर ऐसी तिलमिलाहट पैदा करता है जो उसे देर तक छटपटाने पर बाध्य करती है।

तू सचमुच नादान है प्यारे
जो अब तक इंसान है प्यारे
जब तक ये मतदान है प्यारे
तब तक तुझ पर ध्यान है प्यारे
तेरी ही क़ुर्बानी देंगे
तू जिन पर क़ुर्बान है प्यारे
सच की ख़ातिर लड़ना मुश्किल
पर मुश्किल आसान है प्यारे

ये सच है कि फ़रीद साहब की ये पहली किताब है लेकिन इस से पहले और बाद भी वो देश के प्रतिष्ठित अख़बारों और रिसालों में बरसों से लगातार छपते रहे हैं। उनकी चुनिन्दा ग़ज़लों को जयपुर के बोधि प्रकाशन ने एक ही किताब में छाप कर हम जैसे उनके अनगिनत पाठकों पर बहुत बड़ा उपकार किया है। उनकी ग़ज़ल साधना के लिए, रचना सांस्कृतिक संस्थान, नीम का थाना तथा साहित्य संस्थान नगर श्री चुरू द्वारा उनका, सार्वजानिक सम्मान किया गया है।

इस्तेमाले गए
फिर निकाले गए
इक अँधेरा उगा
सौ उजाले गए
सत्य है सत्य के
बोल बाले गए
सर जो झुक न सके
वो उछाले गए

इस किताब की प्राप्ति के लिए आप बोधि प्रकाशन से उनके मोबाइल नम्बर 98290 18087 पर संपर्क करें और फिर अनूठी शायरी के लिए सलीम ख़ाँ फ़रीद साहब को उनके मोबाइल न. 9413070032 पर दाद देना न भूलें।

आपके लिए एक और किताब की तलाश के लिए निकलें तब तक पढ़िए फ़रीद साहब की ग़ज़ल के ये शेर-

फिरती सासू फूली-फूली
बहुओं ने हर बात क़बूली
जब तुझको ही याद नहीं तो
मैं भी तेरा सब कुछ भूली
कह न सकी कम्पन अधरों की
बात वही तो दिल को छू ली
कब तक होगी 'हाँ जी हाँ जी!
'हाँ! अब होगी हुक्म उदूली

***

अमानत
मंसूर उस्मानी

सुब्हों को शाम, शब को सवेरा नहीं लिखा
हमने ग़ज़ल लिखी है क़सीदा नहीं लिखा
ख़त यूँ तो मैंने लिक्खा है तफ़सील से उन्हें
लेकिन कहीं भी हर्फ़-ए-तमन्ना नहीं लिखा
जिससे फ़क़त अमीरों के चेहरे दमक उठे
उस रौशनी को मैंने उजाला नहीं लिखा

उर्दू शायरी के दीवानों और मुशायरों का लुत्फ़ उठाने वालों के लिए जनाब मंसूर उस्मानी साहब का नाम अनजाना नहीं है। मंसूर भाई अपनी निज़ामत से किसी भी मुशायरे को बुलंदियों पर पहुँचाने का दम-खम रखते हैं। वो उन चंद शायरों में से हैं जिनका कलाम पाठकों को पढ़ने में उतना ही मज़ा देता है जितना सामयीन को मुशायरे के मंच से उन्हें सुनने में।

आज हम उन्हीं की देवनागरी में छपी किताब 'अमानत' का ज़िक्र अपनी इस शृंखला में करेंगे।

रखिए हज़ार क़ैद अमानत को इश्क़ की
लेकिन ये अश्क बन के छलकती ज़रूर है
जाने वो दिल के ज़ख़्म हैं या चाहतों के फूल
रातों को कोई चीज़ महकती ज़रूर है
मंसूर ये मिसाल भी है कितनी बेमिसाल
चिलमन हो या नक़ाब सरकती ज़रूर है

इस किताब में बहुत से शायरों ने मंसूर साहब की शायरी और शख़्सियत के बारे में बात की है, इसी क्रम में डॉ. उर्मिलेश की लिखी बात आप सब को पढ़वाना चाहता हूँ वो लिखते हैं, "मंसूर साहब की ग़ज़लें माचिस की उन तीलियों की तरह हैं, जिनसे आप कान खुजाने का मज़ा भी ले सकते हैं और वक़्त पड़ने पर इनसे आग जलाने का काम भी ले सकते हैं, लेकिन आग लगाने का काम ये नहीं करतीं।"

आवारगी ने दिल की अजब काम कर दिया
ख़्वाबों को बोझ, नीदों को इल्ज़ाम कर दिया
कुछ आँसू अपने प्यार की पहचान बन गए
कुछ आँसुओं ने प्यार को बदनाम कर दिया

जिसको बचाए रखने में अज़दाद बिक गए
हमने उसी हवेली को नीलाम कर दिया
अज़दाद= पूर्वज

मंसूर साहब की शायरी के बारे में जनाब मुनव्वर राना साहब ने भी क्या ख़ूब कहा है मंसूर साहब की शायरी महबूब के हाथ पर रखा रेशमी रूमाल नहीं है। मज़दूर की हथेलियों के वो छाले हैं, जिनसे मेहनत और ईमानदारी की ख़ुशबू आती है। उन्होंने ग़ज़ल को महबूब से गुफ़्तगू करना नहीं सिखाया बल्कि अपनी ग़ज़ल को हालात से आँख मिलाने का हुनर सिखाया है।

काँधों पे सब ख़ुदा को उठाए फिरे मगर
बंदों का एहतराम किसी ने नहीं किया
अख़बार कह रहे हैं कि लाशें हैं सब गलत
बस्ती में क़त्ले-आम किसी ने नहीं किया
'मंसूर' ज़िन्दगी की दुहाई तो सबने दी
जीने का इंतज़ाम किसी ने नहीं किया

एक मार्च 1954 को जन्मे और मुरादाबाद में बसे मंसूर साहब ने उर्दू में एम. ए. करने के बाद शायरी से नाता जोड़ लिया। अपनी बाकमाल शायरी का लोहा उन्होंने जेद्दाह, सऊदी अरब, कनाडा, नेपाल, अमेरिका, दुबई, पकिस्तान, मैक्सिको आदि देशों के विभिन्न शहरों में हुए मुशायरों में शिरकत कर मनवाया है। शायरी की लगातार ख़िदमत करने के लिए उन्हें उ. प्र. उर्दू अकादमी सम्मान, हिंदी-उर्दू सम्मान (लखनऊ), रोटरी इंटर नेशनल एवार्ड, संस्कार भारती सम्मान आदि अनेको सम्मानों से नवाज़ा गया है।

चाहना जिसको फ़क़त उसकी इबादत करना
वरना बेकार है रिश्तों की तिजारत करना
एक ही लफ़्ज़ कहानी को बदल देता है
कोई आसाँ तो नहीं दिल पे हुकूमत करना
अपने दुश्मन को भी साये में लिये बैठे हैं
हमने पाया है विरासत में मुहब्बत करना

हिंदी भाषी पाठक वाणी प्रकाशन, दरिया गंज, दिल्ली (फ़ोन: +91-1123273167) का, इस और इस जैसी अनेक उर्दू शायरों की किताबें हिंदी में प्रकाशित करने के लिए, हमेशा आभार मानेंगे। इस किताब में मंसूर साहब की सौ से अधिक ग़ज़लों के अलावा उनके बहुत से फुटकर शेर, क़तआत और दोहे भी शामिल किये गए हैं। मंसूर साहब को आप उनके मोबाइल न 9897189671 पर फ़ोन कर ऐसी अनूठी शायरी के लिए दाद दें और किताब

प्राप्ति का रास्ता भी पूछ लें।

जब ऐसी किताब हाथ लगती है तो उसमें से शेर छाँटना मेरे लिए बहुत मुश्किल हो जाता है, जिन ग़ज़लों के शेर आप तक नहीं पहुँचा पाता वो मेरी क़लम रोक के पूछती हैं हम में क्या कमी थी ये बताओ?

इन अमीरों से कुछ नहीं होगा
हम ग़रीबों को हुकमरानी दे
क्या तमाशा है यार दुनिया भी
आग अपना दे, ग़ैर पानी दे
याद आयें न ग़म ज़माने के
शाम ऐसी भी इक सुहानी दे

चलते-चलते आइए अब पढ़ते हैं मंसूर साहब के चंद ख़ूबसूरत शेर-

हमारा प्यार महकता है उसकी साँसों में
बदन में उसके कोई ज़ाफ़रान थोड़ी है

ज़िद पे आये तो क़दम रोक लिये है तेरे
हम से बेहतर तो तेरी राह के पत्थर निकले

दामन बचा के लाख कोई मौत से चले
पाज़ेब ज़िन्दगी की खनकती ज़रूर है

इश्क़ इज़हार तक नहीं पहुँचा
शाह दरबार तक नहीं पहुँचा

मेरी क़िस्मत कि मेरा दुश्मन भी
मेरे मेयार तक नहीं पहुँचा

बाज़र्फ़ दुश्मनों ने नवाज़ा है इस क़दर
कमज़र्फ़ दोस्तों की ज़रूरत नहीं रही

मुहब्बत का मुक़द्दर तो अधूरा था, अधूरा है
कभी आँसू नहीं होते, कभी दामन नहीं होता

सच पूछिए तो उनको भी हैं बेशुमार ग़म
जो सब से कह रहे हैं कि हम ख़ैरियत से हैं

***

दर्द चमकता है
मुज़फ़्फ़र वारसी

मिरी ज़िन्दगी किसी और की, मेरे नाम का कोई और है
मिरा अक्स है सर-ए-आइना, पसे-ए-आइना कोई और है
न गए दिनों की ख़बर मिरी, न शरीके-हाल नज़र तिरी
तिरे देश में, मिरे भेष में कोई और था कोई और है
न मक़ाम का, न पड़ाव का, ये हयात नाम बहाव का
मिरी आरज़ू न पुकार तू, मिरा रास्ता कोई और है

ऐसे दिलकश शेरों से जड़ी ग़ज़ल के शायर 'मुज़फ़्फ़र वारसी' साहब की ऐसी कई लाज़वाब ग़ज़लों का संपादन किया है जनाब सुरेश कुमार जी ने और जिसे 'दर्द चमकता है' शीर्षक से किताब की शक्ल में छापा है 'डायमंड बुक्स' दिल्ली ने। इसी किताब का ज़िक्र करने वाले हैं।

ग़म से छुपकर इज़हार-ए-ग़म करते हैं
पाँव में घुंघरू बाँध के मातम करते हैं
काँटा भी तलवे का निकाल लें काँटे से
दर्द को दर्द की शिद्दत से कम करते हैं
अपनी प्यास के हाथों हम बदनाम हुए
दरिया पीकर शबनम-शबनम करते हैं
एटम बम ईज़ाद 'मुज़फ़्फ़र' इंसाँ की
और कीड़े तख़लीक-ए-रेशम करते हैं

तख़लीक-ए-रेशम= रेशम की रचना

मेरठ के सूफ़ी वारसी नाम से प्रसिद्ध ज़मींदार परिवार में 20 दिसम्बर 1933 को मुज़फ़्फ़र साहब का जन्म हुआ। बचपन से ही उन्हें सूफ़ियाना माहौल मिला। घर में अक्सर जमती शायरी की महफ़िलों में अल्लामा इक़बाल, जोश मलीहाबादी, कुँअर महिंदर सिंह बेदी सहर, हसरत मोहानी जैसे कद्दावर शायरों की संगत में शायरी की बारीकियाँ सीखीं।

नक़्श दिल पर कैसी-कैसी सूरतों का रह गया
कितनी लहरें हमसफ़र थीं फिर भी प्यासा रह गया
कैसी-कैसी ख़्वाहिशें मुझसे जुदा होती गयीं
किस क़दर आबाद था और कितना तन्हा रह गया

उससे मिलना याद है मिलकर बिछड़ना याद है
क्या बता सकता हूँ क्या जाता रहा क्या रह गया
मैं ये कहता हूँ कि हर रुख़ से बसर की ज़िन्दगी
ज़िन्दगी कहती है हर पहलू अधूरा रह गया

साधारण बोलचाल की भाषा के लफ़्ज़ों को अपनी ग़ज़लों में ढालने के हुनर से वारसी साहब को उर्दू अदब में बहुत ऊँचा स्थान मिला है। यही वजह है कि उनके कलाम को पकिस्तान और हिंदुस्तान के मशहूर ग़ज़ल गायकों ने गाकर लोकप्रिय किया है। पाकिस्तान जो उनका वतन था की बात क्या करनी, उनकी शायरी को हिंदुस्तान से प्रकाशित होने वाली प्रायः सभी उर्दू पत्रिकाओं ने छापा-

शोला हूँ भड़कने की गुज़ारिश नहीं करता
सच मुँह से निकल जाता है कोशिश नहीं करता
गिरती हुई दीवार का हमदर्द हूँ लेकिन
चढ़ते हुए सूरज की परस्तिश नहीं करता
परस्तिश=पूजा
लहरों से लड़ा करता हूँ दरिया में उतर के
साहिल पे खड़े हो के मैं साज़िश नहीं करता
हर हाल में ख़ुश रहने का फ़न आता है मुझको
मरने की दुआ, जीने की ख़्वाहिश नहीं करता

'बर्फ़ की नाव', 'खुले दरीचे बंद हवा', 'कमंद', 'लहू की हरियाली', 'लहज़ा', आदि उनकी प्रसिद्ध किताबें हैं। उनकी आत्मकथा 'गये दिनों का सुराग़' उर्दू अदब में क्लासिक का दर्जा रखती है। 'दर्द चमकता है' देवनागरी में उनकी ग़ज़लों का पहला संग्रह है जिसमें उनकी मशहूर ग़ज़लों में से 90 को शुमार किया गया है।

तमाम उम्र मिरी इस तरह कटी जैसे
कमर पे हाथ बँधे हैं गले में फंदा है
जहाँपनाह भी मुझको पनाह क्या देगा
ख़ुदा जो बनता है वो भी ख़ुदा का बन्दा है

वारसी जी ने अपने लेखन की शुरुआत पाकिस्तानी फ़िल्मों के गीत लिखने से की और फिर धीरे-धीरे नज़्म, हम्द और नात लेखन की ओर मुड़ गए। नात लेखन और उसे गाने के अंदाज़ से उन्हें बहुत मक़बूलियत हासिल हुई। इन्हीं सब के बीच उनका ग़ज़ल लेखन का सिलसिला भी चलता रहा।

मेरा किरदार है मिरी पहचान
लूँ न ख़ैरात दास्तानों से
मुझको ऊँचा उछाल दो लहरो
मेरा क़द कम न हो चटानों से
घिर गया दोस्ती के जंगल में
तीर आने लगे मचानों से

पाकिस्तान सरकार द्वारा 'प्राइड ऑफ़ परफ़ॉर्मेंस' पुरस्कार से सम्मानित मुज़फ़्फ़र साहब ने 28 जनवरी 2011 को लाहौर में इस दुनिया-ए-फ़ानी को अलविदा कह दिया। वो चाहे अब हमारे बीच नहीं हैं लेकिन उनकी लिखी हज़ारों हम्द,नात, नज़्म और ग़ज़लें हमेशा ज़िन्दा रहेंगी।

वो अपने ज़ेहन में रहते हैं घर नहीं रखते
दिया जला के जो दीवार पर नहीं रखते

वो यूँ ख़ामोश रहा, बोलता रहा जैसे
मैं बोलता रहा और कुछ न कह सका जैसे

अब तो कुछ यूँ हमें तस्वीर हमारी देखे
हार कर जैसे जुआरी को जुआरी देखे

सर से गुज़रा भी चला जाता है पानी की तरह
जानता भी है कि बरदाश्त की हद होती है

पहले रग रग से मिरी ख़ून निचोड़ा उसने
अब ये कहता है कि रंगत ही मिरी पीली है

***

पहल
नज़र

ख़ुशी के गीत लिखेगी हयात फूलों पर
बया ने टाँग दिए घौंसले बबूलों पर
सुनहरी राहों पे चलते तू भी थका होगा
जरा सा बैठ लें इन घास के दुकूलों पर
नज़र जहान में होते हैं लोग कम ऐसे
कि सर कटा दिया करते हैं जो उसूलों पर

जब कभी ऐसे शायर की किताब का ज़िक्र आता है जो युवा है या जो बहुत छोटी अनजान जगह का रहने वाला है तब मुझे जो ख़ुशी हासिल होती है उसे बयाँ नहीं कर सकता। इस से ये बात ज़ाहिर होती है कि शायरी उम्र दराज़ और बड़ी जगह के शायर की मोहताज नहीं होती। मानवीय रिश्तों के पौधे जितने युवाओं में या दूर दराज़ के इलाक़ों में फलते हैं उतने उम्र दराज़ या शहरी चकचौंध में रहने वाले शायरों में नहीं।

नहीं उनको अभी तक मौसमों के छल का अंदाज़ा
छतों पर बैठ कर जो धूप में ज़ुल्फ़ें सुखाते हैं
अजब फ़नकार हैं ये लोग तेरे शहर वाले भी
बजा कर पत्थरों से आइनों को आज़माते हैं
किसी को जब मिला कीजे सदा हँस कर मिला कीजे
उदास आँखों को अक्सर लोग जल्दी भूल जाते हैं

राजस्थान के जिले 'सवाई माधोपुर' की 'बामनवास' तहसील के गाँव 'पिपलाई' का नाम आपने शायद ही सुना हो, ईमानदारी से कहूँ तो राजस्थान में पचास से ऊपर वर्षों रहने के बावजूद मैंने भी नहीं सुना था। 'सवाई माधोपुर' तो मैं गया हूँ लेकिन उसकी किसी तहसील में नहीं, इस छोटी सी अनजान जगह के उम्र में छोटे लेकिन शायरी में कद्दावर शायर ए. एफ़. 'नज़र' का नाम भी मेरे अनजाना ही था।

चूल्हा चौका फ़ाइल बच्चे, दिन भर उलझी रहती है
वो घर में और दफ़्तर में अब आधी आधी रहती है
मिलकर बैठे दुःख सुख बाँटे इतना हम को वक़्त कहाँ
दिन उगने से रात गए तक आपा-धापी रहती है

क्या अब भी घुलती हैं रातें चाँद परी की बातों में
क्या तेरे आँगन में अब भी बूढ़ी दादी रहती है

दिलचस्प बात ये है कि 30 जून 1979 को जन्में 'नज़र' साहब का मूल नाम 'अशोक कुमार फुलवरिया' है। आप हिंदी साहित्य में एम.ए. हैं साथ ही बी.एड. और बी.एस.टी.सी. के कोर्स भी किये हैं। 'नज़र' साहब की किताब का मेरी नज़र में आना भी कम दिलचस्प नहीं। किताब की खोज में जयपुर के 'लोकायत प्रकाशन' गया जहाँ हमेशा की तरह शेखर जी किसी हिसाब किताब में व्यस्त गर्दन झुकाये बैठे थे। मुझे देखा मुस्कुराये और बोले अरे नीरज जी इस बार आपको निराशा ही हाथ लगेगी, आपके मतलब की सारी किताबें उदयपुर में चल रहे पुस्तक मेले में भेजी हुई हैं, आज तो आप चाय पियें और गप्पें मारें। लेकिन साहब हम उन में से नहीं जो यूँ हार मान जाएँ। पूरी दुकान खँगाल डाली कुछ नहीं मिला ऊपर से चाय भी आ गयी। चाय पीने के लिए अचानक मुड़ा तो लड़खड़ा गया और किताबों के ढेर पे ढेर हो गया। ढेर में लगी किताबें गिरी और बीच में दबी ये किताब 'पहल' नज़र आ गयी। पन्ने पलटे तो बाँछें खिल गयीं।

फ़ुर्सतों में जब कभी मिलता हूँ दिन इतवार के
मुस्कुरा देते हैं गुमसुम आइने दीवार के
हादसों की दहशतें हैं गाड़ियों का शोर है
शहर में मौसम कहाँ है फाग और मल्हार के
क़ीमतें रोटी की क्या हैं मुफ़लिसों से पूछिए
भाव जो देखें हैं तुमने झूठ हैं अख़बार के

देश के नामी गरामी प्रकाशकों जैसे वाणी, डायमंड, वाग्देवी, अयन जिन्होंने दूर-दराज़ के शायरों की शायरी को हिंदी के आम पाठकों तक पहुँचाया है में अब बोधि प्रकाशन, जयपुर का नाम भी जुड़ गया है। बोधि प्रकाशन से शायरी की कुछ बहुत अच्छी किताबें प्रकाशित हुई हैं जिनमें से कुछ का ज़िक्र इस शृंखला में कर चुका हूँ और कुछ का बाक़ी है। 'पहल' भी बोधि प्रकाशन से ही प्रकाशित हुई है।

दीवारो-दर तो उसने सजा कर रखे मगर
ख़ुद को सँवारने की ही फ़ुर्सत नहीं मिली
मंगल से ले के चाँद के दर तक पहुँच गया
इंसान को कहीं पे भी राहत नहीं मिली
माँ-बाप को तो मिल गयी राहत तलाक़ से
बच्चों को उनके हक़ की मुहब्बत नहीं मिली

इस किताब को ख़रीद कर पढ़ने के लिए आप बोधि प्रकाशन के माया मृग जी से 98290-18087 पर संपर्क कर सकते हैं या फिर इस किताब को ऑनलाइन भी मँगवा सकते हैं। आप इस किताब की प्राप्ति के लिए चाहे जो विधि अपनाएँ लेकिन इस के शायर नज़र साहब जो इन दिनों पोकरण थार डिस्ट्रिक्ट राजस्थान में कार्यरत हैं, को उनके फ़ेसबुक पेज पर या उनके मोबाइल न. 96497-18589 पर फ़ोन करके उनकी इस उम्दा शायरी के लिए मुबारकबाद ज़रूर दें। पाठकों की प्रशंसा शायर का ख़ून किस क़दर बढ़ा देती है इसका शायद आपको अंदाज़ा नहीं है। इस प्रशंसा से वो और भी अच्छा लिखने को प्रेरित होता है और जो शायर प्रशंसा से फूल कर कुप्पा हो जाते हैं उनके पतन में समय नहीं लगता।

आज भी घर अपने शायद देर से पहुँचूँगा मैं
रास्ता रोके खड़ी हैं लाल-पीली बत्तियाँ
बिछ गयीं गलियों में लाशें और घरौंदे जल चुके
आ गयीं पुरसिश को कितनी लाल-नीली बत्तियाँ
बंद कर कमरे कि बत्ती आ मेरे पहलू में आ
खोल दे बिस्तर पे मेरे दो नशीली बत्तियाँ
शहर का सच झील के दामन पे लिक्खा है 'नज़र'
थरथराती बिल्डिगें और गीली-गीली बत्तियाँ

हार्ड बाउंड में उपलब्ध इस किताब में नज़र साहब की साठ से अधिक ग़ज़लें और ढेरों फुटकर शेर संग्रहित हैं जो पाठकों को इक्कीसवीं सदी की शायरी में प्रेम, वियोग, निराशा, आशा, अवसाद, ख़ुशी,समाज का दर्द और भूख की पीड़ा के अनेक रंग वीरान बदलते तेवरों के साथ दिखाते हैं। उनकी ग़ज़लें नव ग़ज़लकारों में अपनी एक अलग पहचान बनाने में कामयाब हुई हैं। इस युवा ग़ज़लकार से आप उनके af.nazar@rediffmail.com मेल आई. डी. पे गुफ़्तगू करें तब तक हम निकलते हैं आपके लिए शायरी की एक और किताब ढूँढ़ने।

अब आँधियों की जद में हैं वीरान खिड़कियाँ
सर मारती हैं यार परेशान खिड़कियाँ
मिलती हैं हर गली कि हवाओं से झूम कर
घर कि रिवायतों से हैं अनजान खिड़कियाँ
ये चेहरे जैसे झाँकती बेताब ग़ज़लें हों
गोया कि शायरों के हैं दीवान खिड़कियाँ

***

फ़ुर्सत में आज
आनंद कुमार द्विवेदी

न जाने कितने शायर और उनकी शायरी अभी ज़िक्र किये जाने योग्य है। मैं कितनी भी कोशिश करूँ पर फिर भी मेरी कोशिश समंदर से उसके सिर्फ़ एक क़तरे को आप तक पहुँचाने से ज़्यादा नहीं होगी।

इन दिनों मुनव्वर राना जी के संस्मरण की किताब 'जो हम पे गुज़री सो' का पहला भाग 'बग़ैर नक़्शे का मकान' (उर्दू में इसी नाम से छपी किताब का हिंदी तर्जुमा)पढ़ रहा हूँ जिसमें उन्होंने बहुत से उर्दू शायरों का ज़िक्र कछ इस दिलचस्प अंदाज़ में किया है कि दिल करता है कहीं से उनकी किताबें मिले और मैं पढ़ूँ, हम हिंदी वालों ने उन शायरों का नाम या उनका लिखा (कम से कम मैंने) अभी तक न सुना न पढ़ा था। अलबत्ता अगर आप गद्य में शायरी कैसे की जाती का हुनर देखना चाहते हैं तो वाणी प्रकाशन से प्रकाशित, राना साहब की इस किताब के दोनों भाग ज़रूर पढ़ें।

चलिए आज की चर्चा शुरू करते हैं और आपको मिलवाते हैं एक ऐसे शायर से जिसने ज़िन्दगी की दुश्वारियों से निपटने का तरीक़ा ग़ज़लगोई में तलाश किया।

अब कोई मज़लूम न हो हक़ बराबर का मिले
ख़्वाब सरकारी नहीं तो और क्या है दोस्तों
चल रहे भाषण महज़ औरत वहीं की है वहीं
सिर्फ़ मक्कारी नहीं तो और क्या है दोस्तों
अमन भी हो प्रेम भी हो ज़िन्दगी ख़ुशहाल हो
राग दरबारी नहीं तो और क्या है दोस्तों
इश्क़ मिट्टी का भुला कर हम शहर में आ गए
ज़िन्दगी प्यारी नहीं तो और क्या है दोस्तों

ऐसे बहुत से ख़ूबसूरत अशआर के शायर हैं 22 नवम्बर 1968 को उत्तर प्रदेश के रायबरेली जनपद के 'कसरावाँ गाँव में एक बेहद ग़रीब किसान के घर में जन्मे जनाब आनंद कुमार द्विवेदी और किताब है 'फ़ुर्सत में आज'।

बिन पते का ख़त लिखा है ज़िन्दगी ने शौक़ से
जो कहीं पहुँचा नहीं, मैं बस वही पैग़ाम हूँ
है तेरा एहसास जब तक ज़िन्दगी का गीत हूँ
बिन तेरे तन्हाइयों का अनसुना कोहराम हूँ
कुछ दिनों से प्रश्न ये आकर खड़ा है सामने
शख़्सियत हूँ सोच हूँ या सिर्फ़ कोई नाम हूँ

दुश्मनों से क्या शिकायत दोस्तों से क्या गिला
दर्द का 'आनंद' हूँ मैं, प्यार का अंजाम हूँ

स्नातक शिक्षा प्राप्त आनंद साहब ने खेड़ा सेल्स कार्पोरेशन -नई दिल्ली में सर्विस मैनेजर के पद पर कार्य करने से पूर्व जीविका के लिए पापड़ बेलते हुए पहले ओ. आर. जी. - मार्ग नामक मार्किट सर्वे कंपनी में नौकरी की जब वहाँ मन नहीं लगा तो बैंक से लोन लेकर परचून की दुकान सफलता पूर्वक चलाई किन्तु एक सड़क दुर्घटना के हादसे ने उन्हें फ़ाक़ाकशी की नौबत तक पहुँचा दिया।

दुनिया के ग़लत काम का अड्डा बना रहा
हम चौकसी में बैठे रहे जिस मकान के
जो अनसुने हुए हैं उसूलों के नाम पर
मेरे लिए वो स्वर थे सुबह की अज़ान के
'आनंद' मज़हबों में सुकूँ मत तलाश कर
झगड़े अभी भी चल रहे गीता क़ुरआन के

आनंद जी की ग़ज़लें उर्दू या हिंदी में नहीं बल्कि आम हिन्दुस्तानी ज़बान में गुफ़्तगू करती हैं और सीधी दिल में उतर जाती हैं। अपनी ज़िन्दगी के खट्टे-मीठे अनुभवों को उन्होंने अपनी शायरी में ढाला है। आनंद जी ने ग़ज़ल गोई की अपनी एक अलग शैली विकसित की है, रवायती और मान्य प्रतीकों को भी उन्होंने अलग अंदाज़ से अपनी ग़ज़लों में पिरोया है। उनका ये अंदाज़ बेहद दिलचस्प और दिलकश है।

इसमें क्या दिल टूटने की बात है
ज़ख़्म ही तो प्यार की सौग़ात है
दो घड़ी था साथ फिर चलता बना
चाँद की भी दोस्तों सी जात है
कौन कहता है कि राहें बंद हैं
हर क़दम पर इक नयी शुरुआत है
मत चलो छाते लगा कर दोस्तो
ज़िन्दगी 'आनंद' की बरसात है

किताब की भूमिका में शायर सईद अय्यूब लिखते हैं कि "आनंद की ग़ज़लों में जो मिठास है, जो नफ़ासत है, जो नज़ाकत है, जो पुरअसर जज़्बात हैं,जो ज़िन्दगी के तजुर्बे हैं, जो अपने दौर की जद्दोजेहद है, जो ज़बान कि शाइस्तगी है,जो साफ़गोई है, जो गुफ़्तगू का दिलकश सलीक़ा है वो तो उनका ये संग्रह पढ़कर ही महसूस किया जा सकता है।"

थक गया हूँ ज़िन्दगी को शहर सा जीते हुए
गाँव को फिर से मेरी पहचान होने दीजिये
रात को हर रहनुमा की असलियत दिख जायेगी
शहर की सड़कें ज़रा सुनसान होने दीजिये
बैठकर दिल्ली में क़िस्मत मुल्क की जो लिख रहे
पहले उनको कम-अज़-कम इंसान होने दीजिये

आनंद जी ने अपनी ग़ज़लों में रदीफ़-क़ाफ़िये के बहुत दिलचस्प प्रयोग किये हैं जो पाठक को गुदगुदाते भी हैं और सोचने पर मजबूर भी करते हैं। उन्होंने आज के माहौल पर व्यंग बाण भी चलाये हैं और कहीं वो व्यथित भी हुए हैं। आज की व्यवस्था कि प्रति उनका विरोध और गुस्सा भी उनकी ग़ज़लों में झलकता एक जागरूक शायर और देश का सच्चा नागरिक होने का पूरा प्रमाण उनके कलाम में दिखाई देता है।

पापा को कोई रंज न हो, बस ये सोच कर
अपनी हयात ग़म में डुबोती हैं लड़किया
उनमें... किसी मशीन में, इतना ही फ़र्क़ है
सूने में बड़े ज़ोर से रोती हैं लड़कियाँ
फूलों का हार हो, कभी बाहों का हार हो
धागे की जगह ख़ुद को पिरोती हैं लड़किया

बोधि प्रकाशन, जयपुर (0141 -2503989, 098290 18087) द्वारा पेपर बैक में प्रकाशित इस किताब में आनन्द जी की 18 ग़ज़लें संग्रहित हैं। इस किताब की प्राप्ति के लिए आप बोधि प्रकाशन के श्री माया मृग जी से संपर्क करें या सीधे आनंद कुमार द्विवेदी जी से उनके मोबाइल 09910410436 पर संपर्क कर उन्हें इस बेहतरीन शायरी के लिए मुबारकबाद दें और अपनी प्रति भेजने का आग्रह करें।

सख़्त असमंजस में हूँ बच्चों को क्या तालीम दूँ
साथ लेकर कुछ चला था, काम आया और कुछ
इसको भोलापन कहूँ या, उसकी होशियारी कहूँ
मैंने पूछा और कुछ, उसने बताया और कुछ
सब्र का फल हर समय मीठा ही हो, मुमकिन नहीं
मुझको वादे कुछ मिले थे, मैंने पाया और कुछ

आप से गुज़ारिश है कि आप इस किताब को ज़रूर पढ़ें और इस नौजवान शायर की हौसला अफ़ज़ाही करें, उसे और अच्छा कहने को प्रेरित करें।

***

काग़ज़ कोरे
पुरुषोत्तम 'वज्र'

नगर में प्लास्टिक की प्लेट में खाते तो हैं लेकिन
मुझे वो ढाक के पत्तल-ओ-दोने याद आते हैं
कभी मक्का की रोटी साग या फिर मिर्च की चटनी
पराठे माँ के हाथों के तिकोने याद आते हैं
मेरा बेटा तो दुनिया में सभी से ख़ूबसूरत है
कहा माँ ने लगा के जो डिठौने याद आते है
यहाँ तो वज्र अब बिस्तर पे बस करवट बदलता है
उसे वो गाँव के सादे बिछौने याद आते हैं

शायरी में देशज शब्दों जैसे ढाक, पत्तल, डिठौने, बिछौने आदि का प्रयोग बहुत मुश्किल से पढ़ने में आता है।

रोज़ी-रोटी या अन्य कारणों से शहर आने के बाद बहुत से शायरों ने अपने गाँव की याद में बेहतरीन शेर कहें हैं। आज हम आपका परिचय एक ऐसे ही शायर और उसकी किताब से करवा रहे हैं जो दिल्ली जैसे महानगर में आने के बाद अपने गाँव को बहुत शिद्दत से याद करता है। अपने शेरों में गवईं शब्दों के माध्यम से उसने गाँव की ख़ुश्बू फैलाई है।

खेल खिलोने लकड़ी का घोडा सब ओछे थे
मुझको तो अम्मा की कोली अच्छी लगती थी
कमरख आम करौंदे इमली आड़ू और बड़हल
झरी नीम से पकी निबोली अच्छी लगती थी
रोज़ बुलाता था मैं जिसको आवाज़ें देकर
वो नन्हीं प्यारी हमजोली अच्छी लगती थी

ये शायरी पाठक को एक ऐसे संसार में ले जाती है जिसे समय अपने साथ कहीं ले गया है। इस संसार कि अब सिर्फ़ दिलकश यादें ही हम सब के ज़ेहन में ज़िन्दा हैं बहुत से युवा पाठक शायद इस शायरी को आत्मसात न कर पाएँ क्यूँकि इसकी गहराई समझने के लिए संवेदनशील होने के अलावा उस वक़्त को समझना भी ज़रूरी है जब ज़िन्दगी में भागदौड़ नहीं थी और रिश्तों में गहराई थी।

कभी मीठा, कभी तीखा, कभी नमकीन होता था
हमारे गाँव का मौसम बहुत रंगीन होता था

सवेरे छाछ के संग रात की बासी बची रोटी
वहाँ हर शख़्स रस की खीर का शौक़ीन होता था
वहाँ गोबर लिपे चौके कि चौरे पर उगी तुलसी
उबलता दूध चूल्हे पर अजब सा सीन होता था

गाँव को इस अनूठे अंदाज़ में अपनी शायरी में पिरोने वाले शायर का नाम है श्री पुरुषोतम वज्र जिनकी किताब 'काग़ज़ कोरे' का ज़िक्र हम करने जा रहे हैं।

पण्डित 'सुरेश नीरव' जी ने 'वज्र' साहब की शायरी के बारे में किताब की भूमिका में लिखा है कि "गाँव,बचपन, माँ,पर्यावरण और मानवीय रिश्ते वज्र जी कि ग़ज़लों के केंद्रीय तत्व हैं। मनुष्यता इन ग़ज़लों के ऋषि प्राण हैं. माँ किसी जिस्म का नाम नहीं है यह वो एहसास है जो हमारी धमनियों में बसता है। मुश्किल में जो सुरक्षा कवच की तरह हमेशा साथ देता है।"

मुश्किल में जब जाँ होती है
तब होठों पर माँ होती है
गर हों साथ दुआएँ माँ की
हर मुश्किल आसाँ होती है
हवाएँ साथ चलती हैं फ़िज़ाएँ साथ चलती हैं
मुझे रस्ता दिखाने को शम'एँ साथ चलती हैं
डरूँ मैं आँधियों से क्यूँकि तूफ़ाँ क्या बिगाड़ेगा
कि मेरे सर पे तो माँ की दुआएँ साथ चलती हैं

पुरुषोतम जी पिछले चार दशकों से पत्रकारिता से सम्बन्ध रहे हैं उन्होंने सांध्य वीर अर्जुन समाचार पत्र के मुख्य संवाददाता के रूप में पत्रकारिता की उल्लेखनीय सेवाएँ की वे पत्रकारिता में भारतीय विद्या भवन द्वारा 'कन्हैया लाल माणिक लाल पुरस्कार' के अलावा 'मैत्री मंच', 'मातृ श्री', 'आराधक श्री', 'संवाद पुरस्कार', 'भारती रत्न', 'राजधानी गौरव' जैसे 40 से अधिक सम्मानों से पुरस्कृत किये गए हैं। राजनैतिक आन्दोलनों में 32 से अधिक बार जेल यात्रा की और आपातकाल में 16 माह तक जेल में रहना पड़ा। वज्र जी के ग़ज़लों के अलावा हास्य व्यंग और कविता संग्रह भी छप चुके हैं।

अब पहले सी बात कहाँ
तख़्ती क़लम-दवात कहाँ
कुआँ बावड़ी रहट नहीं
झड़ी लगी बरसात कहाँ
धुआँ भरा है नगरों में
तारों वाली रात कहाँ

चना-चबैना, गुड़-धानी
अब ऐसी सौग़ात कहाँ

'काग़ज़ कोरे' वज्र जी का तीसरा ग़ज़ल संग्रह है, इस से पूर्व सन 2001 में 'इक अधूरी ग़ज़ल के लिए' और सन 2005 में 'हाशिये वक़्त के' ग़ज़ल संग्रह आ चुके हैं। इसका प्रकाशन " ज्योति पर्व प्रकाशन" 11, ज्ञान खंड -3, इंदिरापुरम, ग़ाज़ियाबाद ने किया है। आप इस पुस्तक की प्राप्ति के लिए प्रकाशक को 9811721147 पर संपर्क कर सकते हैं।

रहजन भी घूमते हैं अब ख़ाकी लिबास में
क़ातिल छिपे हुए थे विधायक निवास में
औरत के हक़ में उसने जब आवाज़ की बुलंद
अस्मत उसी की लुट गयी थाने के पास में
हम तुमको सराहें और तुम हमको सराहो
यूँ ही गुज़ारी उम्र बस वाणी विलास में

हाल ही में दिल्ली में संपन्न हुए विश्व पुस्तक मेले के दौरान ख़रीदी इस किताब को पढ़ने के बाद मुझसे रुका नहीं गया और बधाई देने के लिए 14 अक्टूबर 1953 को मेरठ में पैदा हुए, पुरुषोतम जी को उनके मोबाइल न 9868035267 पर फ़ोन लगाया। उधर से हेलो कि आवाज़ सुनते ही मैंने अपना संक्षिप्त परिचय दिया और एक ही साँस में उनकी किताब से शेर पढ़ते हुए ग़ज़लों की धारा-प्रवाह प्रशंसा शुरू कर दी, जब मैंने अपनी बात पूरी कर ली तो उधर से जवाब आया ग़ज़लों और किताब की प्रशंसा के लिए बहुत बहुत धन्यवाद नीरज जी मैं पुरुषोतम जी का बेटा बोल रहा हूँ, पापा का देहावसान 30 दिसंबर 2013 को हो गया था। आज अगर पापा आपकी बातें सुनते तो बहुत ख़ुश होते। मैं बहुत देर तक कुछ बोल ही नहीं पाया। संवेदना के शब्द ज़बान से चिपक से गए, ज़ेहन में रहे तो उनकी ग़ज़ल के ये शेर

लड़ते-लड़ते इन अँधेरों में कहीं खो जायेंगे
पीढ़ियों के वास्ते हम रौशनी बो जायेंगे
दुश्मनी की इंतिहा जब एक दिन हो जायेगी
फिर हमेशा के लिए हम दोस्तों सो जायेंगे
याद आएगी हमारी इस सफ़र के बाद भी
उम्र का लम्बा सफ़र है एक दिन तो जायेंगे

आइए हम सब ऐसे विलक्षण ग़ज़लकार की आत्मा की शांति के लिए प्रार्थना करें।

***

हवाएँ ख़िलाफ़ थीं
कुमार साइल

कोई काम उनको जो आ पड़ा, हमें आसमाँ पे चढ़ा दिया
जो निकल गया मतलब, तभी हमें रास्ता भी दिखा दिया
वही राज है, वही ताज है, ये चुनाव सिर्फ़ रिवाज है
कहीं दाम दे के मना लिया, कहीं डर दिखा के बिठा दिया
ये जहाँ फ़रेब का नाम है, यहाँ झूठ ही को सलाम है
जो हक़ीक़तों पे अड़ा रहा उसे ज़हर दे के मिटा दिया

इन सीधे सादे सच्चाई बयाँ करते हुए मारक शेरों के शायर हैं जनाब 'कुमार साइल' साहब, जिनकी किताब 'हवाएँ ख़िलाफ़ थीं' का ज़िक्र हम करने जा रहे हैं।

दालान में दीवार तो खिंचवा दी है तुमने
ये धूप, ये बरसात, ये तूफ़ान भी बाँटों
लाशें तो उठा लोगे कि पहचान हैं चेहरे
धरती पे पड़े ख़ून की पहचान भी बाँटों
क्यूँ थाप पे मेरी हो तेरे पाँव में थिरकन
हम तुम जो बटें हैं तो ये सुर-तान भी बाँटों

24 नवम्बर 1954 को हिसार (हरियाणा) में जन्में साइल साहब ने दिल्ली यूनिवर्सिटी से मूसीक़ी में एम. ए. किया। इन दिनों आप राजकीय स्नातकोत्तर महिला महाविद्यालय, भोडिया खेड़ा, फ़तेहाबाद (हरियाणा) में प्राचार्य के पद पर कार्यरत हैं। अपनी शायरी में आम इंसान की ख़ुशियाँ ग़म तकलीफ़ें उत्सव समेटने वाले साइल साहब फ़रमाते है कि मेरी ग़ज़लों कि इस लहलहाती फ़सल के तबस्सुम के पीछे हज़ारों अफ़साने, सैंकड़ों कहानियाँ और न जाने कितने दर्दो-अलम पोशीदा हैं।

ऐ यार तेरे शहर का दस्तूर निराला है
इक हाथ में ख़ंजर है इक हाथ में माला है
मतलब के लिए ख़ुद ही बारूद थमाते हैं
फिर आप ही कहते हैं, बम किसने उछाला है
किस-किसको सज़ा देगी, अदालत ये ज़रा देखें
शामिल तो मेरे क़त्ल में हर देखने वाला है

इस किताब को पढ़ते वक़्त ये बात बखबी साफ़ हो जाती है कि शायर ने अपने अशआर में अपने दिली एहसास को बड़े सलीक़े से सजा कर पेश किया है। उनके हर शेर में एक हस्सास शायर का दिल धड़कता हुआ महसूस होता है। उनके ख़यालात अछूते हैं और शेर कहने का अंदाज़ भी निराला है।

बहुत सोचते थे हमीं से जहाँ है
मगर मर के पाया जहाँ का तहाँ है
इसी इक वहम ने किया हम को रुस्वा
लबों पे हो कुछ भी मगर दिल में हाँ है
इबादत के घर में करे है सियासत
ये इंसाँ की सूरत में इंसाँ कहाँ है
ये माना गले से लगाओगे लेकिन
ये क्या शै है जो आस्ती में निहाँ है

हवाएँ ख़िलाफ़ थीं के अलावा साइल साहब का एक और शेरी मज्मूआ 'रेशमी ज़ंजीर' मंज़रे-आम पर आने के बाद ख़ासी मक़बूलियत हासिल कर चुका है। एक बहुत छोटी सी जगह का ये बड़ा सा शायर भले ही लोकप्रियता के उस मुक़ाम तक न पहुँचा हो जिस पर उनके समकालीन शायर क़ाएम हैं लेकिन उनकी शायरी अपने समकालीन शायरों के मुक़ाबले उन्नीस नहीं कही जा सकती। इसीलिए वो जब भी रिसाले या अख़बार में छपते हैं तो किसी भी प्रबुद्ध पाठक की निगाह से ओझल नहीं होते।

उस से भागें तो किस तरह भागे
साथ अपने वो कब नहीं होता
कौनसा दे है साथ वो अपना
क्या बिगड़ता जो रब नहीं होता
जैसे उग आये बेसबब सब्ज़ा
प्यार का भी सबब नहीं होता

ये किताब यक़ीनन मेरे हाथ नहीं आती अगर मैं इस साल के दिल्ली विश्व पुस्तक मेले में नहीं गया होता। चलते-रुकते देखते मुझे आधार प्रकाशन दिखा जहाँ ये किताब मुझे एक शेल्फ़ में रखी दिखाई दी। शायर का नाम परिचित नहीं था और ये ही इस किताब को शेल्फ़ से उठा कर देखने का कारण था। मुझे ऐसे शायर जिनके बारे में न अधिक पढ़ा हो और न सुना को पढ़ना बहुत पसंद है। नये शायर के प्रति आप की कोई पूर्व निर्मित धारणा नहीं होती इसीलिए पढ़ने में आनंद आता है। आधार प्रकाशन पर पुस्तकें ख़रीदने के दौरान हिंदी के प्रसिद्ध लेखक श्री एच. आर. हरनोट साहब से भी मुलाक़ात हुई जिनकी सादगी और

अपनेपन ने मुझे भाव विभोर कर दिया। ये कहानी फिर सही।

इन फफोलों का गिला कीजे तो किस से कीजे
हम ही बैचैन थे दिल आग में धर देने को
ग़र्क होने का ख़तरा तो उठाना होगा
मौज आती नहीं हाथों में गुहर देने को
गुहर=मोती*
पाँव काँटों से हुए जाते हैं छलनी साइल
पेड़ तो ख़ूब लगाए थे समर देने को

बात आधार प्रकाशन की तो हुई लेकिन आधार प्रकाशन है कहाँ इसकी चर्चा नहीं हुई। तो जनाब इस किताब की प्राप्ति के लिए आप आधार प्रकाशन, एस. सी. एफ़. 267 सेक्टर-16 पंचकूला -134113 (हरियाणा) को लिखें या aadharprkashan@yahoo.com पर ई-मेल करें और अगर आप लिखत पढ़त के झंझट से बचना चाहते हैं तो 0172 -2566952 पर फ़ोन करें। मेरी राय में तो आपको साइल साहब को 09812595833 पर फ़ोन कर इस लाजवाब किताब के लिए बधाई देते हुए किताब प्राप्ति की फ़रमाइश कर देनी चाहिए। यक़ीन कीजिए इस किताब की हर ग़ज़ल आप के दिल पर असर करेगी।

चलते-चलते उनकी एक ग़ज़ल के चंद शेर और पढ़िए-

अगर आदमी दिल से काला न होता
ख़ुदा ने अदन से निकाला न होता
अदन=स्वर्गीय*
तुम्हारी ये तस्वीर कुछ और होती
लबों पे हमारे जो ताला न होता
पकाते न गर सब अलग अपनी खिचड़ी
सियासत के मुँह में निवाला न होता

***

चाँद नदी में डूब रहा है
अज़ीज़ आज़ाद

सावन को ज़रा खुल के बरसने की दुआ दो
हर फूल को गुलशन में महकने की दुआ दो
मन मार के बैठे हैं जो सहमे हुए डर से
उन सारे परिंदों को चहकने की दुआ दो
वो लोग जो उजड़े हैं फ़सादों से बला से
लो साथ उन्हें फिर से पनपने की दुआ दो
जिन लोगों ने डरते हुए दरपन नहीं देखा
उनको भी ज़रा सजने-सँवरने की दुआ दो

अपने अशआर के माध्यम से ऐसी दुआ करने वाले शायर को फ़रिश्ता, फ़क़ीर या नेक इंसान ही कहा जायेगा। शायर अवाम का होता है और सच्चा शायर वो है जो अवाम के भले की सोचे, अवाम को सिर्फ़ आईना ही नहीं दिखाए उनके ज़ख़्मों पे मरहम के फोहे भी रखे और उन्हें जीने का सलीक़ा भी समझाए।

जीना है तो मरने का ये ख़ौफ़ मिटाना लाज़िम है
डरे हुए लोगों की समझो मौत तो पल पल होती है
कफ़न बाँध कर निकल पड़े तो मुश्किल या मजबूरी क्या
कहीं पे काँटे कहीं पे पत्थर कहीं पे दलदल होती है
इतना लूटा, इतना छीना, इतने घर बर्बाद किये
लेकिन मन की ख़ुशी कभी क्या इनसे हासिल होती है

इन ख़ूबसूरत अशआर के शायर हैं जनाब 'अज़ीज़ आज़ाद' जिनकी किताब 'चाँद नदी में डूब रहा है' का ज़िक्र हम करने जा रहे हैं। शायरी की ये किताब गागर में सागर की उक्ति को चरितार्थ करती है।

तू ज़रा ऊँचाइयों को छू गया अच्छा लगा
हो गया मग़रूर तो फिर लापता हो जायेगा
मैं न कहता था ये पत्थर क़ाबिले-सज्दा नहीं
एक दिन ये सर उठा कर देवता हो जाएगा
बस अभी तो आइना ही है तुम्हारे रू-ब-रू
क्या करोगे जब ये चेहरा आइना हो जायेगा

अज़ीज़ साहब 21 मार्च 1944 को बीकानेर, राजस्थान में पैदा हुए और थोड़े से दिन बीमार रहने के बाद 20 सितम्बर 2006 को इस दुनिया-ऐ-फ़ानी को अलविदा कह गए। उन की शायरी चाहे उस्तादाना रंग लिए हुए नहीं थी लेकिन वो अवाम की ज़बान के शायर थे और सीधे दिल में उतर जाने वाले अशआर कहते थे।

सच्ची और खरी बात कहने में उनका कोई सानी नहीं था चाहे वो बात सुनने में कड़वी लगे, अब आप ही देखिए ऐसी तल्ख़-बयानी आपने कहीं पढ़ी-

मेरा मज़हब तो मतलब है मस्जिद और मंदिर क्या
मेरा मतलब निकलते ही खुदा को भूल जाता हूँ
मेरे जीने का ज़रिया हैं सभी रिश्ते सभी नाते
मेरे सब काम आते हैं मैं किसके काम आता हूँ
मेरी पूजा-इबादत क्या सभी कुछ ढोंग है यारों
फ़क़त ज़न्नत के लालच में सभी चक्कर चलाता हूँ।

'उम्र बस नींद सी' और 'भरे हुए घर का सन्नाटा' ग़ज़ल संग्रह के अलावा उनका उपन्यास 'टूटे हुए लोग', 'हवा और हवा के बीच' काव्य संग्रह और 'कोहरे की धूप' के नाम से कहानी संग्रह भी मंज़रे आम पर आ चुके हैं। गायक रफ़ीक़ सागर की आवाज़ में उनकी ग़ज़लों का अल्बम 'आज़ाद परिंदा' भी मक़बूलियत हासिल कर चुका है।

इस दौर में किसी को किसी की ख़बर नहीं
चलते हैं साथ साथ मगर हमसफ़र नहीं
अपने ही दायरों में सिमटने लगे हैं लोग
औरों की ग़म ख़ुशी का किसी पे असर नहीं
दुनिया मेरी तलाश में रहती है रात दिन
मैं सामने हूँ मुझ पे किसी की नज़र नहीं

महामहिम राज्यपाल, जिला प्रशासन, नगर विकास न्यास बीकानेर सहित कई साहित्यिक, सामाजिक व सांस्कृतिक संस्थाओं से पुरस्कृत व सम्मानित अज़ीज़ साहब का 'चाँद नदी में डूब रहा है' ग़ज़ल संग्रह 'सर्जना', शिव बाड़ी रोड बीकानेर -334003 द्वारा प्रकाशित किया गया है जिसे sarjanabooks@gmail.com पर ई-मेल कर मँगवाया जा सकता है। इसके अलावा अज़ीज़ साहब की रचनाओं के लिए आप जनाब मुहम्मद इरशाद, मंत्री,अज़ीज़ आज़ाद लिटरेरी सोसाइटी मुहल्ला चूनगरान, बीकानेर -334005 पर लिख सकते हैं या 9414264880 पर फ़ोन से संपर्क कर सकते हैं।

सिर्फ़ मुहब्बत की दुनिया में सारी ज़बानें अपनी हैं
बाक़ी बोली अपनी-अपनी खेल-तमाशे लफ़्ज़ों के
आँखों ने आँखों को पल में जाने क्या क्या कह डाला
ख़ामोशी ने खोल दिए हैं राज़ छुपे सब बरसों के
नयी हवा ने दुनिया बदली सुर संगीत बदल डाले
हम आशिक़ 'आज़ाद' हैं अब भी उन्हीं पुराने नग़्मों के

साम्प्रदायिक सौहार्द और इंसानी भाईचारे के अव्वल अलमबरदार अज़ीज़ साहब की शायरी के अलम पर शहरे-बीकानेर की मुहब्बत और अमन पसंदगी का पैग़ाम अमिट सियाही में लिखा हुआ है। उनकी एक ग़ज़ल के चंद अशआर आपकी नज़र करते हुए अभी तो आप से रुख़सत होते हैं फिर जल्द ही लौटेंगे एक नये शायर की किताब के साथ।

बारहा वो जो घर में रहते हैं
कितने मुश्किल सफ़र में रहते हैं
दूर रहने का ये करिश्मा है
हम तेरी चश्मे-तर में रहते हैं
वो जो दुनिया से जा चुके कब के
हम से ज़्यादा ख़बर में रहते हैं
दूर कितने भी हों मगर 'आज़ाद'
बच्चे माँ की नज़र में रहते हैं

***

दिल से जो बात निकली ग़ज़ल हो गयी
कलीम आजिज़

दिन एक सितम, एक सितम रात करो हो
वो दोस्त हो, दुश्मन को भी तुम मात करो हो
हम को जो मिला है वो तुम्हीं से तो मिला है
हम और भुला दें तुम्हें? क्या बात करो हो
दामन पे कोई छींट न ख़ंजर पे कोई दाग़
तुम क़त्ल करो हो कि करामात करो हो

आज के दौर में ग़ज़ल लेखन में बढ़ोतरी तो ज़रूर हुई है पर 'तुम क़त्ल करो हो कि करामात करो हो' जैसा ख़ूबसूरत मिसरा पढ़ने को नहीं मिलता। ये कमाल ही रिवायती शायरी को आज तक ज़िन्दा रखे हुए है। वक़्त के साथ साथ इंसान की मसरूफ़ियत भी बढ़ गयी है। आज रोटी कपड़ा और मकान के लिए की जाने वाली मशक़्क़त शायर को महबूबा की ज़ुल्फ़ों की तरफ़ देखने तक की इजाज़त नहीं देती सुलझाना तो दूर की बात है। शायर अपने वक़्त का नुमाइन्दा होता है इसीलिए हमें आज की शायरी में इंसान पर हो रहे ज़ुल्म, उसकी परेशानियाँ, टूटते रिश्तों और उनके कारण पैदा हुआ अकेलेपन, ख़ुदग़र्ज़ी आदि की दास्तान गुँथी मिलती है।

रखना है कहीं पाँव तो रखो हो कहीं पाँव
चलना ज़रा आया है तो इतराये चलो हो
ज़ुल्फ़ों की तो फ़ितरत ही है लेकिन मेरे प्यारे
ज़ुल्फ़ों से ज़ियादा तुम्हीं बल खाये चलो हो
मय में कोई ख़ामी है न सागर में कोई खोट
पीना नहीं आये है तो छलकाये चलो हो
हम कुछ नहीं कहते हैं कोई कुछ नहीं कहता
तुम क्या हो तुम्हीं सब से कहलवाये चलो हो

ऐसे दौर में सोचा क्यों न रिवायती शायरी के कामयाब शायर जनाब कलीम आजिज़ साहब के कलाम की मरहम आज के पाठकों की ज़ख़्मी हुई रूहों पर रखीं जाएँ ताकि उन्हें थोडी बहुत राहत महसूस हो। इसीलिए हमने उनकी किताब 'दिल से जो बात निकली ग़ज़ल हो गयी' का चयन किया है। कुछ भी कहें साहब रिवायती शायरी का अपना मज़ा है जो सर चढ़ कर बोलता है। कलीम साहब को तो यक़ीन जानिये इस फ़न में महारत हासिल है।

आज अपने पास से हमें रखते हो दूर दूर
हम बिन न था क़रार अभी कल की बात है
इतरा रहे हो आज पहन कर नयी क़बा
दामन था तार तार अभी कल की बात है
क़बा=लिबास

अनजान बन के पूछते हो है ये कब की बात
कल की है बात यार अभी कल की बात है

11 अक्टूबर 1924 को तेलहाड़ा (जिला पटना)में जन्में कलीम साहब की शायरी को पढ़ते हुए बरबस मीर साहब याद आ जाते हैं क्यों की उनकी ग़ज़लों का तेवर 'मीर' साहब की बेहतरीन ग़ज़लों के तेवर की याद दिलाता है। मीर साहब की ग़ज़लों के तेवर की नक़ल बहुत से शायरों ने समय-समय पर की है लेकिन कोई भी न इन तेवरों को दूर तक निभा पाया और न ही उसमें कुछ इज़ाफ़ा कर पाया। कलीम साहब ने ही मीर की शैली को पूरी कामयाबी साथ अपनाया और उसे अपने रंग और अंदाज़ से ताज़गी भी प्रदान की।

बंसी तो इक लकड़ी ठहरी लकड़ी भी क्या बोले है
बंसी के पर्दे में प्यारे कृष्ण कन्हैया बोले है
घर की बातें घर के बाहर भेदी घर का बोले है
दिल तो है ख़ामोश बेचारा लेकिन चेहरा बोले है
अब तक शेर-ओ-ग़ज़ल में उनकी गूँज रही हैं आवाज़ें
सहरा से मजनूँ बोले है शहर से लैला बोले है

कलीम साहब की शायरी में, जिसका दामन उन्होंने छोटी उम्र से ही पकड़ लिया था, 1946 में तेलहाड़ा में हुए खनी साम्प्रदायिक दंगों के बाद जिसमें उनका पूरा परिवार तबाह हो गया था, दर्द छलकने लगा। इसी दर्द ने उनकी शायरी को वो आग प्रदान की जिसकी आँच बहुत तेज थी और जिसकी टीस आजतक सुनाई देती है। उनकी कहानी ज़माने की नहीं उनकी अपनी है।

दिल टूटने का सिलसिला दिन रात है मियाँ
इस दौर में ये कौन नयी बात है मियाँ
नाराज़गी के साथ लो चाहे खशी से लो
दर्दे-जिगर ही वक़्त की सौग़ात है मियाँ
देने लगेंगे ज़ख़्म तो देते ही जाएँगे
वो हैं बड़े, बड़ों की बड़ी बात है मियाँ

फूलों से काम लेते हो पत्थर का ऐ 'कलीम'
ये शायरी नहीं है करामात है मियाँ

हिंदी भाषी पाठकों को ध्यान में रखते हुए जनाब 'ज़ाकिर हुसैन' साहब ने कलीम साहब की लगभग चार सौ ग़ज़लों में से जो उनके दो ग़ज़ल संग्रह वो जो शायरी का सबब हुआ और जब फ़स्ले-बहाराँ आयी थी में दर्ज हैं, क़रीब 150 ग़ज़लें इस किताब में सहेजी हैं। अच्छी शायरी के लिए ज़रूरी तीन कसौटियों - सांकेतिक, सार्थक और संगीतात्मक पर खरी उतरती इन सभी ग़ज़लों को बार-बार पढ़ने का दिल करता है।

पूछो हो जो तुम हमसे रोने का सबब प्यारे
हम काहे नहीं कहते गर हमसे कहा जाता
गुज़री है जो कुछ हम पर गर तुम पे गुज़र जाती
तुम हमसे अगर कहते हमसे न सुना जाता
होती है ग़ज़ल 'आजिज़' जब दर्द का अफ़साना
कहते भी नहीं बनता चुप भी न रहा जाता

भारत सरकार द्वारा 1989 में पद्मश्री से सम्मानित कलीम साहब को दूसरे और ढेरों सम्मान प्राप्त हुए हैं जिनमें इम्तियाजे मीर-कुल हिन्द मीर अकादमी, अल्लामा मिशिगन उर्दू सोसायटी अमेरिका, प्रशंशा पत्र-उर्दू काउन्सिल ऑफ़ केनेडा, बिहार उर्दू एकेडमी पुरस्कार उल्लेखनीय हैं। कलीम साहब ने 31 साल तक पटना कॉलेज में अध्यापन का कार्य किया और 1986 में सेवा निवृत हुए।

मिरी बर्बादियों का डाल कर इल्ज़ाम दुनिया पर
वो ज़ालिम अपने मुँह पर हाथ रखकर मुस्कुरा दे है
अब इंसानों की बस्ती का ये आलम है कि मत पूछो
लगे है आग इक घर में तो हमसाया हवा दे है
कलेजा थाम कर सुनते हैं लेकिन सुन ही लेते हैं
मिरे यारों को मेरे ग़म की तल्ख़ी भी मज़ा दे है

वाणी प्रकाशन -दिल्ली ने सन 2014 में इस पुस्तक का प्रकाशन किया है। आप वाणी प्रकाशन को इस किताब की प्राप्ति के लिए +911123273167 पर फ़ोन करें या फिर मेल करें। हज़ारों की भीड़ में अपनी पहचान बनाने वाली इस सलीक़ेमन्द शायर की ग़ज़लें सीधे दिल को छूती हैं। आप इस किताब को प्राप्त करने की जुगत करें तब तक हम निकलते हैं एक और किताब की तलाश में।

उसे लूटेंगे सब लेकिन इसे कोई न लूटेगा
न रखियो जेब में कुछ दिल में लेकिन हौसला रखियो
मुहब्बत ज़ख़्म खाते रहने ही का नाम है प्यारे
लगाये तीर जो दिल पर उसी से दिल लगा रखियो
न जाने कौन कितनी प्यास में किस वक़्त आ जाए
हमेशा अपने मयख़ाने का दरवाज़ा खुला रखियो
यही शायर का सबसे क़ीमती सरमाया है प्यारे
शिकस्ता साज़ रखियो दर्द में डूबी सदा रखियो

***

आसमाँ एहसास
निसार राही

गलियों-गलियों दिन फैलाता हूँ लेकिन
घर में बैठी शाम से डरता रहता हूँ
पेड़ पे लिक्खा नाम तो अच्छा लगता है
रेत पे लिक्खे नाम से डरता रहता हूँ
बाहर के सन्नाटे अच्छे हैं लेकिन
अंदर के कोहराम से डरता रहता हूँ

मेरा जुनून है या फिर उन किताबों में छपी शायरी की कशिश है जिनका ज़िक्र हो चुका है, हो रहा है या होगा ये बहस का मुद्दा हो सकता है लेकिन यक़ीन जानिये इस वक़्त मैं इस बहस के मूड में क़तई नहीं हूँ, इस वक़्त तो बस मेरा मूड उस किताब का ज़िक्र करने का हो रहा है जिसका नाम है 'आसमाँ एहसास' और शायर हैं जनाब 'निसार राही' साहब।

लफ़्ज़ों से तस्वीर बनाते रहते हैं
जैसे-तैसे जी बहलाते रहते हैं
जब से चेहरा देखा उनकी आँखों में
आईने से आँख चुराते रहते हैं
बारिश, पंछी, ख़ुशबू, झरना, फूल, चराग़
हम को क्या क्या याद दिलाते रहते हैं
नक़्शे-पा से बचकर चलता हूँ
अक्सर ये रस्ता दुश्वार बनाते रहते हैं

जोधपुर, राजस्थान में 3 अगस्त 1969 को जन्में निसार साहब ने एम एस सी (बॉटनी) करने के बाद उर्दू में एम. ए. और पीएच.डी. की डिग्रियाँ हासिल की जो हैरत की बात है, हमारे ज़माने में ऐसे लोग कम ही मिलेंगे। निसार साहब ने अपने शेरी-सफ़र की शुरुआत ग़ज़ल से की। जोधपुर के हर छोटे बड़े मुशायरे का आग़ाज़ उनके मुंतख़िब शेरों की क़िर्अत से होता था। बचपन में स्टेज से मिली दाद ही ने उन्हें शेर कहने पर उकसाया होगा।

ये चाहता हूँ कि पहले बुलंदियाँ छू लूँ
फिर उसके बाद मैं देखूँ मज़ा फिसलने का

कभी तो शाम के साये हों उसके भी घर पर
कभी हो उसको भी एहसास खुद के ढलने का
सुनाई देती है आवाज़ किस के क़दमों की
बहाना ढूँढ़ रहा है चराग़ जलने का

निसार, जोधपुर से ताल्लुक़ रखते हैं जहाँ बारिश औसत से भी कम होती है और तीसरे साल अकाल पड़ता है बावजूद इसके उनकी शायरी में आप समंदर, बारिश, पेड़ नदी हरियाली का ज़िक्र पूरी शिद्दत से पाएँगे। उनकी शायरी ज़िन्दादिली से जीने की हिमायत करती शायरी है। वो अपने शेरों में गहरी बातें बहुत ही सादा ज़बान में पिरोने के हुनर से वाक़िफ़ हैं।

दिल में हज़ार ग़म हों मगर इस के बावजूद
चेहरा तो सब के सामने शादाब चाहिए
ख़ुशबू, हवा, चराग़, धनक, चाँदनी, गुलाब
घर में हर एक क़िस्म का अस्बाब चाहिए
बादल समन्दरों पे भी बरसें हज़ार बार
लेकिन निसार सहरा भी सेराब चाहिए

भारतीय जीवन बीमा निगम में मुलाज़मत कर रहे निसार साहब का एक और ग़ज़ल संग्रह रौशनी के दरवाज़े सन 2007 में मंज़रे-आम पर आ कर मक़बूलियत पा चुका है। निसार साहब के इस ग़ज़ल संग्रह में भी चौकाने वाले ख़ूबसूरत शेर बहुतायत में पढ़ने को मिल जाते हैं। सबसे बड़ी बात है कि निसार साहब के शेरों में सादगी है पेचीदगी नहीं और इसी कारण उनका कलाम सहज लगता है बोझिल नहीं।

इस तरह धूप ने रक्खा मिरे आँगन में क़दम
जैसे बच्चा कोई सहमा हुआ घर में आये
ज़र्द पत्तों को जो देखा तो ये मालूम हुआ
कितने मौसम तेरी यादों के शजर में आये
जाने ये कौन-सा रिश्ता है मिरा उस से निसार
उसके आँसू जो मिरे दीदा-ए-तर में आये

निसार साहब ने ग़ज़लों के आलावा नात, सलाम, मंतकब, दोहे, माहिये और नज़्में भी लिखीं और ख़ूब लिखीं। सर्जना प्रकाशक बीकानेर द्वारा प्रकाशित किताब आसमाँ एहसास में आप निसार साहब की क़रीब 60 चुनिंदा ग़ज़लों के अलावा 50 बेहतरीन नज़्में भी पढ़ सकते हैं। इस किताब की प्राप्ति के लिए आप सर्जना प्रकाशक को उनके इस मेल आई. डी.

sarjanabooks@gmail.com पर मेल करें या फिर निसार साहब को उनकी ख़ूबसूरत शायरी के लिए 09414701789 पर फ़ोन कर बधाई देते हुए उनसे किताब की प्राप्ति का आसान रास्ता पूछे। मैं तो भाई इस किताब को दिल्ली में हुए विश्व पुस्तक मेले से ख़रीद कर लाया था।

आग लगी है सपनों में
बरसा पानी बारिश कर
झूट ज़मीं से बह जाए
ऐसी सच्ची बारिश कर
बेक़ाबू हो उसका प्यार
उस दिन जैसी बारिश कर
भूल न जाएँ लोग निसार
जल्दी-जल्दी बारिश कर

***

याद आऊँगा
राजेन्द्र नाथ रहबर

अक्सर मुझे ही शायरी की किताब ढूँढ़ने के लिए इधर उधर भटकना पड़ता है, बहुत सी किताबें देखता हूँ, ख़रीदता हूँ पढ़ता हूँ और उन में से मुझे जो किताब पसंद आती है उसका ज़िक्र कभी-कभी ऐसा भी होता है कि कोई किताब भी मुझे अचानक ढूँढ़ लेती है। और जब ऐसा होता है तो उस ख़ुशी को बयाँ करना लफ़्ज़ों के बस में नहीं होता।

नतीजा कुछ न निकला उनको हाल-ए-दिल सुनाने का
वो बल देते रहे आँचल को, बल खाता रहा आँचल
इधर मजबूर था मैं भी, उधर पाबन्द थे वो भी
खुली छत पर इशारे बन के लहराता रहा आँचल
वो आँचल को समेटे जब भी मेरे पास से गुज़रे
मिरे कानों में कुछ चुपके से कह जाता रहा आँचल

दरअस्ल हुआ यूँ कि इंदौर निवासी कामयाब कवयित्री और उभरती शायरा 'पूजा भाटिया' 'प्रीत' जो अब नवी मुंबई के बेलापुर बस गयी हैं, ने अपने घर एक दिन चाय पे बुलाया। उनके पति 'पंकज' जो ख़ुद कविता और शायरी के घनघोर प्रेमी हैं ने अपने हाथ से बनाई लाजवाब नीम्बू वाली चाय पिलायी। गपशप के दौरान जब किताबों का ज़िक्र आया तो उन्होंने ने कहा कि नीरज जी आज आपको हम एक ऐसे शायर की किताब पढ़ने को देते हैं जिसे आपने अभी तक अपनी किताबों की दुनिया शृंखला में शामिल नहीं किया है। अंधे को क्या चाहिए? दो आँखें। तो साहब आज मैं उसी किताब का ज़िक्र कर रहा हूँ जिसका शीर्षक है 'याद आऊँगा' और शायर हैं जनाब 'राजेंद्र नाथ रहबर'

तू कृष्ण ही ठहरा तो सुदामा का भी कुछ कर
काम आते हैं मुश्किल में फ़क़त यार पुराने
फ़ाक़ों पे जब आ जाता है फ़नकार हमारा
बेच आता है बाज़ार में अख़बार पुराने
देखा जो उन्हें एक सदी बाद तो 'रहबर'
छालों की तरह फूट पड़े प्यार पुराने

शकरगढ़ पाकिस्तान में पैदा हुए रहबर साहब मुल्क के बटवारे के बाद अपने माता-पिता के साथ पठानकोट में चले आये और यहीं के हो कर रह गए.. हिन्दू कॉलेज अमृतसर से बी.ए., खालसा कॉलेज अमृतसर से एम.ए. और पंजाब यूनिवर्सिटी चंडीगढ़ से एल.एल.

बी. के इम्तिहान पास किये। शायरी का शौक़ उन्हें लकड़पन से ही हो गया जो फिर ता-उम्र उनका हमसफ़र रहा।

आइना सामने रक्खोगे तो याद आऊँगा
अपनी ज़ुल्फ़ों को सँवारोगे तो याद आऊँगा
ध्यान हर हाल में जाएगा मिरी ही जानिब
तुम जो पूजा में भी बैठोगे तो याद आऊँगा
याद आऊँगा उदासी की जो रुत आएगी
जब कोई जश्न मनाओगे तो याद आऊँगा
शैल्फ में रक्खी हुई अपनी किताबों में से
कोई दीवान उठाओगे तो याद आऊँगा

मशहूर शायर 'प्रेम कुमार बर्टनी' फ़रमाते हैं कि "राजेंद्र नाथ के अशआर निहायत पाकीज़ा, सच्चे और पुर-ख़ुलूस हैं और उनकी शायरी किसी गुनगुनाती हुई नदी की लहरों पर बहते हुए उस नन्हे दिए की मानिंद है जो किसी सुहागिन ने अपने रंग भरे हाथों से बहुत प्यार के साथ गंगा की गोद के हवाले किया हो।" आप हो सकता है 'रहबर' साहब के नाम से अधिक वाक़िफ़ न हों लेकिन अगर आप ग़ज़ल प्रेमी हैं और जगजीत सिंह जी को सुने हैं तो उनकी ये नज़्म ज़रूर आपके ज़ेहन में होगी-

तेरे ख़ुशबू में बसे ख़त मैं जलाता कैसे
प्यार में डूबे हुए ख़त मैं जलाता कैसे
तेरे हाथों के लिखे ख़त मैं जलाता कैसे
तेरे ख़त आज मैं गंगा में बहा आया हूँ
आग बहते हुए पानी में लगा आया हूँ

इस नज़्म से रहबर साहब को वो मक़बूलियत हासिल हुई जो जनाब हफ़ीज़ जालंधरी को 'अभी तो मैं जवान हूँ ....' और साहिर लुधियानवी साहब को 'ताजमहल' से हुई थी। ऐसी ही कई और बेमिसाल नज़्में और ग़ज़लें कहने का फ़न आपने पंजाब के उस्ताद शायर प. रतन पंडोरवी जी की शागिर्दी में सीखा।

दुनिया को हमने गीत सुनाये हैं प्यार के
दुनिया ने हमको दी हैं सज़ाएँ नयी-नयी
ये जोगिया लिबास, ये गेसू खुले हुए
सीखीं कहाँ से तुमने अदाएँ नयी-नयी

जब भी हमें मिलो ज़रा हँस कर मिला करो
देंगे फ़क़ीर तुम को दुआएँ नयी-नयी

उर्दू ज़बान की टिमटिमाती लौ को जलाये रखने का काम रहबर साहब ने ख़ूब किया है। उनकी सभी किताबें 'तेरे ख़ुशबू में बसे ख़त', 'जेबे-सुख़न', ... और शाम ढल गयी' 'मल्हार', 'कलस' और 'आग़ोशे-गुल' उर्दू ज़बान में ही प्रकाशित हुई थीं। याद आऊँगा' उनकी देवनागरी में छपी पहली किताब है, जो यक़ीनन हिंदी में शायरी पढ़ने वालों को ख़ूब पसंद आ रही है क्यूँकि इसमें शायरी की वो ज़बान है जो आजकल पढ़ने को कम मिलती है-

तुम जन्नते-कश्मीर हो तुम ताज महल हो
'जगजीत' की आवाज़ में ग़ालिब की ग़ज़ल हो
हर पल जो गुज़रता है वो लाता है तिरी याद
जो साथ तुझे लाये कोई ऐसा भी पल हो
मिल जाओ किसी मोड़ पे इक रोज़ अचानक
गलियों में हमारा ये भटकना भी सफल हो

किसी भी ज़बान को ज़िन्दा रखने के लिए ज़रूरी है कि उसे अवाम के क़रीबतर लाया जाये लिहाज़ा रहबर साहब ने अपनी उर्दू ग़ज़लों में भारी भरकम अल्फ़ाज़ इस्तेमाल नहीं किये हैं। सादगी और रेशमी एहसास उनकी हर ग़ज़ल में पढ़ने को मिलते हैं। अपनी पूरी शायरी में वो एक बेहतरीन इंसान, दोस्त और पुर-ख़ुलूस रूमानी शायर के रूप में उभर कर सामने आते हैं।

शायरी और ख़ास तौर पर उर्दू साहित्य को अपनी अनोखी प्रतिभा से चार चाँद लगाने वाले रहबर साहब को हाल ही में पंजाब सरकार ने अपने सर्वोच्य साहित्यक पुरस्कार 'शिरोमणि उर्दू साहित्यकार अवार्ड' से सम्मानित किया है। दूरदर्शन द्वारा उन पर निर्मित 23 मिनट की डाक्यूमेंट्री फ़िल्म भी बनाई गयी है जिसे डी डी पंजाबी व डी. डी. जालंधर केन्द्रों से प्रसारित किया गया है।

फेंका था जिस दरख़्त को कल हमने काट के
पत्ता हरा फिर उस से निकलने लगा है यार
ये जान साहिलों के मुक़द्दर सँवर गए
वो ग़ुस्ले-आफ़ताब को चलने लगा है यार
ग़ुस्ले-आफ़ताब=सन बॉथ (सूर्य-स्नान)
उठ और अपने होने का कुछ तो सुबूत दे
पानी तो अब सरों से निकलने लगा है यार

दर्पण पब्लिकेशन बी -35 /117, सुभाष नगर, पठानकोट -145001 द्वारा प्रकाशित इस किताब इस किताब में 'रहबर' साहब की सौ से अधिक ग़ज़लें संकलित की गयी हैं। दर्पण वालों ने इस किताब में न तो अपना ई -मेल एड्रेस दिया है और न ही फ़ोन नंबर लिहाज़ा आप के पास इस किताब की प्राप्ति के लिए सिवा उन्हें चिट्ठी लिखने के यूँ तो कोई दूसरा विकल्प नहीं है लेकिन फिर भी आप एक काम कर सकते हैं आप सीधे राजेंद्र नाथ रहबर साहब से उनके मोबाइल न. 09417067191, 01862227522 पर बात करके उनसे इस किताब की प्राप्ति का रास्ता पूछ सकते हैं। यक़ीन माने रहबर साहब की बुलंद परवाज़ी और उम्दा ख़यालात-ओ-जज़्बात से लबरेज़ ग़ज़लें आपकी ज़िन्दगी में रंग भर देंगीं।

चलते-चलते आइए पढ़ते हैं उनकी एक नज़्म जिसके बारे में प्रेम वार बर्टनी साहब ने कहा था कि 'पाँच मिसरों की इस नज़्म में पचास मिसरों की काट-

फ़र्क़ है तुझमें, मुझमें बस इतना,
तूने अपने उसूल की ख़ातिर,
सैंकड़ों दोस्त कर दिए क़ुर्बां,
और मैं! एक दोस्त की ख़ातिर,
सौ उसूलों को तोड़ देता हूँ।

***

नदी के पास
सलमान अख़्तर

नर्म लहजे में दर्द का इज़हार
गो दिसंबर में जून की बातें
जुर्म था पर बड़े मज़े का था
जिसको चाहा वो दूसरे का था
ज़ेहन की झील में फिर याद ने कंकर फेंका
और फिर छीन लिया चैन मिरे पानी का
जब भी चाहें उदास हो जाएँ
शुक्र है इतना इख़्तियार मिला
कोई मंज़िल न मुझको रोक सकी
ख़ुद मिरा घर भी मेरी राह में है
जो छुपाने की थी बात बता दी मुझको
ज़िन्दगी तूने बहुत सख़्त सज़ा दी मुझको

हमारा ये लेख इस लिहाज़ से अनूठा है कि हमारे आज के शायर के मशहूर वालिद साहब की किताब का ज़िक्र भी हम इस शृंखला में पहले कर चुके हैं। मज़े की बात ये है कि इनके बड़े भाई भी आज हिन्दुस्तानी फ़िल्मों के बहुत बड़े लेखक और गीतकार हैं और साथ ही बेहतरीन शायर भी। इस शायर के नाम पर से पर्दा उठे उस से पहले आइए एक नज़र उनकी एक ग़ज़ल के इन शेरों पर डाल लें-

अंदर का शोर अच्छा है थोड़ा दबा रहे
बेहतर यही है आदमी कुछ बोलता रहे
मिलता रहे हँसी-ख़ुशी औरों से किस तरह
वो आदमी जो ख़ुद से भी रूठा हुआ रहे
बिछुड़ो किसी से उम्र भर ऐसे कि उम्र भर
तुम उसको ढूँढ़ो और वो तुम्हें ढूँढ़ता रहे

उस्ताद शायर जाँ निसार अख़्तर के 31 जुलाई 1946 को लखनऊ में जन्में बेटे और जावेद अख़्तर साहब के छोटे भाई 'सलमान अख़्तर' साहब की किताब 'नदी के पास' का ज़िक्र करेंगे। ज़ाहिर सी बात है सलमान साहब को अदबी माहौल विरासत में मिला।

कौन समझा कि ज़िन्दगी क्या है
रंज होता है क्यों, ख़ुशी क्या है
जिन के सीनों पे ज़ख़्म रौशन हों
उनके रातों की तीरगी क्या है
लोग, क़िस्मत, ख़ुदा, समाज, फ़लक
आगे इन सबके आदमी क्या है
हम बहुत दिन जियें हैं दुनिया में
हम से पूछो कि ख़ुदकुशी क्या है

बहुत ज़्यादा के हक़दार इस बेहतरीन शायर की चर्चा बहुत कम हुई है क्यों की शायद उन्हें अपने आपको बेचने का हुनर नहीं आया। सलमान साहब पर उनकी माँ सफ़िया की बीमारी का बहुत गहरा असर हुआ शायद इसीलिए उन्होंने पाँच साल की कच्ची उम्र में डाक्टर बनने की ठान ली। पहले उन्होंने कॉल्विन तालुकदार कॉलेज से पढ़ाई की और फिर अलीगढ़ विश्वविद्यालय से मनोविज्ञान चिकित्सा में एम.डी. की डिग्री हासिल की।

कब लौट के आओगे बता क्यों नहीं देते
दीवार बहानों की गिरा क्यों नहीं देते
तुम पास हो मेरे तो पता क्यों नहीं चलता
तुम दूर हो मुझसे तो सदा क्यों नहीं देते
बाहर की हवाओं का अगर ख़ौफ़ है इतना
जो रौशनी अंदर है, बुझा क्यों नहीं देते

सलमान साहब ने अपनी शायरी की शुरुआत अपने बड़े भाई जावेद से पहले ही कर दी थी तभी तो जावेद साहब ने उनकी इस हिंदी-उर्दू लिपि में छपी किताब की भूमिका में लिखा है कि "उम्र में तो ये मुझसे कोई डेढ़ साल छोटा है लेकिन शायरी में मुझसे पूरे दस साल बड़ा है।" इनकी पहली किताब जो सन् 1976 में प्रकाशित हुई थी जिसका आमुख उनके वालिद जाँ निसार अख़्तर साहब ने लिखा था।

तीर पहुँचे नहीं निशानों पर
ये भी इल्ज़ाम है कमानों पर
जिस ने लब-सी लिये सदा के लिए
उसका चर्चा है सब ज़बानों पर
सर झुकाये खड़े हैं सारे पेड़
और फल सज गए दुकानों पर
सच की दौलत न हाथ आई कभी
उम्र कटती रही बहानों पर

मनोविज्ञान विषय पर उनकी 13 किताबें और 300 से अधिक आलेख विभिन्न देशों के मेडिकल जर्नल्स में छप कर प्रसिद्धि पा चुके हैं। शायरी में नदी के पास उनका तीसरा संकलन है जो 'कूबकू' और दूसरा घर के बाद शाए हुआ है। ये किताब देवनागरी और उर्दू दोनों लिपियों में प्रकाशित हुई है। इस किताब में सलमान साहब की कुछ नज़्में और पचास के ऊपर ग़ज़लें संग्रहित हैं।

थोड़े बड़े हुए तो हक़ीक़त भी खुल गयी
स्कूल में सुना था कि भारत महान है
देखूँ मिरे सवाल का देता है क्या जवाब
सुनता हूँ आदमी बड़ा जादू बयान है
गो देखने में मुझसे बहुत मुख़्तलिफ़ है वो
अंदर से उसका हाल भी मेरे समान है

सन 2004 में स्टार पब्लिकेशन 4/5 असफ़ अली रोड नई दिल्ली द्वारा प्रकाशित इस किताब को मँगवाने के लिए आपके पास सिवा उन्हें पत्र लिखने के और कोई दूसरा रास्ता मुझे नहीं मालूम। मुझे ये किताब अलबत्ता उभरती शायरा और स्थापित कवयित्री 'पूजा प्रीत भाटिया' जी के सौजन्य से प्राप्त हुई थी बहुत ही दिलकश अंदाज़ में जावेद अख़्तर द्वारा लिखी भूमिका और सलमान साहब की बेहतरीन ग़ज़लों को समेटे ये किताब हर शायरी के प्रेमी को पढ़नी चाहिए।

***

बिखरने के नाम पर
ज़फ़र इक़बाल

मुँह पर मल कर सो रहे काली कीचड़ ज़िन्दगी
जैसे यूँ धुल जाएँगी होने की रुस्वाइयाँ
गिर कर ठण्डा हो गया हिलता हाथ फ़क़ीर का
जेबों में ही रह गयीं सब की नेक कमाइयाँ
फिरता हूँ बाज़ार में, रुक जाऊँ लेता चलँ
उसकी ख़ातिर ब्रेज़ियर, अपने लिए दवाइयाँ
चलता-फिरता गोद में नीला गोला ऊन का
गर्म गुलाबी उँगलियाँ, गहरी सब्ज़ सलाइयाँ

कहन में अलग अंदाज़ और नये लफ़्ज़ों के प्रयोग के कारण अपने बहुत से साथी शायरों की आँख की किरकिरी बने पाकिस्तान के जिस शायर की किताब बिखरने के नाम पर का ज़िक्र हम करने जा रहे हैं उनका नाम है ज़फ़र इक़बाल-

रात फिर आएगी, फिर ज़ेहन के दरवाज़े पर
कोई मेहँदी में रचे हाथ से दस्तक देगा
धूप है, साया नहीं आँख के सहरा में कहीं
दीद का क़ाफ़िला आया तो कहाँ ठहरेगा
दीद=दृष्टि*
आहट आते ही निगाहों को झुका लो कि उसे
देख लोगे तो लिपटने को भी जी चाहेगा

पाकिस्तान के ओकारा में 1933 को जन्में ज़फ़र साहब ने पिछले चार दशकों में जितना लिखा है उतना आज के दौर के किसी और उर्दू शायर ने शायद ही लिखा हो। उन्होंने उर्दू ग़ज़ल की पारम्परिक भाषा उसके रूपकों, प्रतीकों, उपमाओं और दूसरे बँधे-बँधाये साँचो को तोड़ते हुए अपनी अलग ही ज़मीन तैयार की। शायरी में नये प्रयोग किये जो बहुत सफल रहे।

जिस्म जो चाहता है, उससे जुदा लगती हो
सीनरी हो मगर आँखों को सदा लगती हो
सदा=आवाज़*
सर पे आ जाये तो भर जाए धुआँ साँसों में
दूर से देखते रहिए तो घटा लगती हो

ऐसी तलवार अँधेरे में चलायी जाए
कि कहीं चाहते हों, और कहीं लगती हो

छठी दहाई में उभरने वाले शायरों में ज़फ़र इक़बाल सबसे चर्चित शायर रहे हैं। उन्होंने बोलचाल की शैली को साहित्यिक भाषा के रूप में प्रस्तुत किया और रचनात्मक स्तर पर एक नयी काव्यात्मक भाषा की रचना की। उनकी ग़ज़लों में कुछ बातें अटपटी ज़रूर लगती हैं लेकिन ये सभ्य समाज की अलंकृत भाषा एवं काल्पनिक विषयों से आगे आम आदमी की मानसिक स्थिति की सीधी अभिव्यक्ति करती हैं।

कोई सूरत निकलती क्यों नहीं है
यहाँ हालत बदलती क्यों नहीं है
ये बुझता क्यों नहीं है उनका सूरज
हमारी शमअ जलती क्यों नहीं है
अगर हम झेल ही बैठे हैं इसको
तो फिर ये रात ढलती क्यों नहीं है
मुहब्बत सर को चढ़ जाती है, अक्सर
मेरे दिल में मचलती क्यों नहीं है

वाणी प्रकाशन दिल्ली से प्रकाशित ज़फ़र साहब की पहली देवनागरी भाषा में छपी शायरी की इस किताब में उनके छः अलग-अलग संग्रहों से चुनी हुई ग़ज़लों को संकलित किया गया है। ज़फ़र साहब की शायरी को हिंदी पाठकों तक पहुँचाने का भागीरथी प्रयास जनाब शहरयार और महताब हैदर नक़वी साहब ने मिल कर किया है।

जिस से चाहा था, बिखरने से बचा ले मुझको
कर गया तुन्द हवाओं के हवाले मुझको
तुन्द=तेज़*
मैं वो बुत हूँ कि तेरी याद मुझे पूजती है
फिर भी डर है ये कहीं तोड़ न डाले मुझको
मैं यहीं हूँ इसी वीराने का इक हिस्सा हूँ
जो ज़रा शौक़ से ढूँढ़े वही पा ले मुझको

ज़फ़र साहब को पूरा पढ़ने की हसरत रखने वालों को उर्दू पढ़ना आना ज़रूरी है क्यूँकि उनकी कुलियात जो चार भागों में अब तक के शीर्षक से छपी है उर्दू में है। हालाँकि उन्होंने जितना लिखा है उसका एक छोटा सा अंश ही इस किताब में शामिल है फिर भी इस किताब में छपी उनकी सवा सौ ग़ज़लें पढ़कर उनकी शायरी के मिज़ाज का अंदाज़ा उसी तरह हो जाता

है जैसे कुएँ के पानी के स्वाद का उसकी एक बूँद चखने से हो जाता है।

खोलिए आँख तो मंज़र है नया और बहुत
तू भी क्या कुछ है मगर तेरे सिवा और बहुत
जो ख़ता की है जज़ा ख़ूब ही पायी उसकी
जो अभी की ही नहीं, उसकी सज़ा और बहुत

जज़ा-नेकी का बदला

ख़ूब दीवार दिखाई है ये मज़बूरी की
यही काफ़ी है बहाने न बना, और बहुत
सर सलामत है तो सज्दा भी कहीं कर लूँगा
जुस्तजू चाहिए, बन्दों को ख़ुदा और बहुत

***

खोया हुआ सा कुछ
निदा फ़ाज़ली

इंसान में हैवान, यहाँ भी है वहाँ भी
अल्लाह निगहबान, यहाँ भी है वहाँ भी
रहमान की क़ुदरत हो या भगवान की मूरत
हर खेल का मैदान, यहाँ भी है वहाँ भी
हिन्दू भी मज़े में हैं, मुसलमाँ भी मज़े में
इन्सान परेशान, यहाँ भी है वहाँ भी

हमारे आज के शायर का जो इस दौर के सबसे ज़्यादा पढ़े और सुने जाने वाले शायरों में से एक थे। शायर का नाम बताने से पहले पढ़िए उनकी ये रचना जिसे पढ़कर मुझे यक़ीन है आप फ़ौरन जान जायेंगे कि मैं आज किस शायर की किताब का ज़िक्र करने-

बेसन की सौंधी रोटी पर, खट्टी चटनी जैसी माँ
याद आती है चौका-बासन, चिमटा, फुकनी-जैसी माँ
बीवी, बेटी, बहन, पड़ोसन थोड़ी-थोड़ी सी सब में
दिन भर इक रस्सी के ऊपर चलती नटनी-जैसी माँ
बाँट के अपना चेहरा, माथा, आँखें जाने कहाँ गयीं
फटे पुराने इक अलबम में चंचल लड़की-जैसी माँ

'निदा फ़ाज़ली'-एक दम सही जवाब और किताब है साहित्य अकादमी पुरस्कार से सम्मानित 'खोया हुआ सा कुछ'। ग़ज़ल हो या नज़्म, गीत हो या दोहे हर विधा में रचनाकार निदा फ़ाज़ली अपनी सोच, शिल्प, और बयाँ में दूसरों से अलग ही दिखाई नहीं देते, पूरी उर्दू शायरी में अकेले नज़र आते हैं। इस किताब की अधिकतर रचनाओं मसलन 'कहीं कहीं पे हर चेहरा तुम जैसा लगता है', 'ग़रज़-बरस प्यासी धरती पर फिर पानी दे मौला','अपनी मर्ज़ी से कहाँ अपने सफ़र के हम हैं'

'धूप में निकलो घटाओं में नहा कर देखो', 'मुँह की बात सुने हर कोई', आदि को जगजीत सिंह जी ने अपने स्वर में ढ़ाल कर हर ख़ास-ओ-आम तक पहुँचा दिया है इसीलिए हम आज उनकी उन ग़ज़लों का ज़िक्र करेंगे जो इन सब से अलग हैं-

निकल आते हैं आँसू हँसते-हँसते
ये किस ग़म की कसक है हर ख़ुशी में

गुज़र जाती है यूँ ही उम्र सारी
किसी को ढूँढ़ते हैं हम किसी में
सुलगती रेत में पानी कहाँ था
कोई बादल छुपा था तिश्नगी में
बहुत मुश्किल है बंजारा मिज़ाजी
सलीक़ा चाहिए आवारगी में

आधुनिक शायर निदा फ़ाज़ली साहब की आधुनिकता उनके पाठकों और श्रोताओं से कभी दूर नहीं होती। निदा जी की पहचान उनकी सरल सहज ज़मीनी भाषा है जिसमें हिंदी उर्दू का फ़र्क़ समाप्त हो जाता है और यही उनकी लोकप्रियता का राज़ भी है।

उठके कपड़े बदल, घर से बाहर निकल, जो हुआ सो हुआ
रात के बाद दिन, आज के बाद कल, जो हुआ सो हुआ
जब तलक साँस है, भूख है प्यास है, ये ही इतिहास है
रख के काँधे पे हल, खेत की और चल, जो हुआ सो हुआ
मंदिरों में भजन, मस्जिदों में अज़ाँ, आदमी है कहाँ
आदमी के लिए एक ताज़ा ग़ज़ल, जो हुआ सो हुआ

किताब के रैपर पर सही लिखा है कि निदा फ़ाज़ली की शायरी एक कोलाज़ के सामान है। इसके कई रंग और रूप हैं। किसी एक रुख़ से इसकी शिनाख़्त मुमकिन नहीं। उन्होंने ज़िन्दगी के साथ कई दिशाओं में सफ़र किया है उनकी शायरी इस सफ़र की दास्तान है। जिसमें कहीं धूप कहीं छाँव है कहीं शहर कहीं गाँव है।

इस अँधेरे में तो ठोकर ही उजाला देगी
रात जंगल में कोई शमअ जलाने से रही
फ़ासला चाँद बना देता है हर पत्थर को
दूर की रौशनी नज़दीक तो आने से रही
शहर में सबको कहाँ मिलती है रोने की जगह
अपनी इज़्ज़त भी यहाँ हँसने हँसाने से रही

12 अक्टूबर 1938 को दिल्ली के एक कश्मीरी परिवार में जन्में निदा की स्कूली शिक्षा ग्वालियर में हुई। 1947 के भारत पाक विभाजन में उनके माता पिता पाकिस्तान चले गए जबकि निदा भारत में रहे। बचपन में एक मंदिर के पास से गुज़रते हुए उन्होंने सूरदास का भजन किसी को गाते हुए सुना और उससे प्रभावित हो कर वो भी कविताएँ लिखने लगे। रोज़ी रोटी की तलाश उन्हें 1964 में मुंबई खींच लायी जहाँ वो धर्मयुग और ब्लिट्ज के लिए

नियमित रूप से लिखने लगे।

हम हैं कुछ अपने लिए कुछ हैं ज़माने के लिए
घर से बाहर की फ़िज़ा हँसने-हँसाने के लिए
मेज़ पर ताश के पत्तों सी सजी है दुनिया
कोई खोने के लिए है कोई पाने के लिए
तुमसे छुट कर भी तुम्हें भूलना आसान न था
तुमको ही याद किया तुमको भुलाने के लिए

मुंबई की फ़िल्मी दुनिया ने भी उनकी लेखन प्रतिभा को पहचाना और उन्हें फ़िल्मों में गीत और स्क्रिप्ट लेखन का मौक़ा दिया। फ़िल्म रज़िया सुल्तान के लिए लिखे उनके गानों ने धूम मचा दी। फ़िल्मी गीत लिखने में स्क्रिप्ट और मूड की बाध्यता उन्हें रास नहीं आई। वो लेखन को भी चित्रकारी और संगीत की तरह सीमा में बंधी हुई विधा नहीं मानते। इसी कारण उनका फ़िल्मी दुनिया से नाता सतही तौर पर ही रहा।

याद आता है सुना था पहले
कोई अपना भी ख़ुदा था पहले
जिस्म बनने में उसे देर लगी
इक उजाला सा हुआ था पहले
अब किसी से भी शिकायत न रही
जाने किस किस से गिला था पहले

निदा साहब की हिंदी उर्दू गुजराती में लगभग 24 किताबें प्रकाशित हो चुकी हैं। 'खोया हुआ सा कुछ' देवनागरी में उनके 'मोर नाच' के बाद दूसरा संकलन है जिसे 'वाणी प्रकाशन' दिल्ली ने प्रकाशित किया है। इस संकलन में निदा साहब की चुनिंदा ग़ज़लों के अलावा उनकी नज़्में और दोहे भी शामिल हैं।

निदा साहब को सन 1998 में साहित्य अकादमी और 2013 पद्मश्री के पुरस्कार से नवाज़ा गया है। इसके अलावा भी ख़ुसरो पुरस्कार (म.प्र.), मारवाड़ कला संगम (जोधपुर), पंजाब असोसिएशन (लुधियाना), कला संगम(मद्रास), हिंदी -उर्दू संगम (लखनऊ), उर्दू अकेडमी (महाराष्ट्र), उर्दू अकेडमी (बिहार) और उर्दू अकेडमी (उ.प्र) से भी सम्मानित किया जा चुका है। चलिए चलते-चलते उनके उन दोहों का आनंद भी ले लिया जाये जिन्हें जगजीत सिंह जी ने नहीं गाया है और उनकी बहुमुखी प्रतिभा को सलाम करते हुए अगले शायर की तलाश पर निकला जाए।

जीवन भर भटका किये, खुली न मन की गाँठ
उसका रास्ता छोड़ कर, देखी उसकी बाट

बरखा सबको दान दे, जिसकी जितनी प्यास
मोती-सी ये सीप में, माटी में ये घास

रस्ते को भी दोष दे, आँखे भी कर लाल
चप्पल में जो कील है, पहले उसे निकाल

मैं क्या जानूँ तू बता तू है मेरा कौन
मेरे मन की बात को, बोले तेरा मौन

***

सँभाल कर रखना
राजेंद्र तिवारी

उस पार से मुहब्बत आवाज़ दे रही है
दरिया उफान पर है दिल इम्तिहान पर है
ऊँचाइयों की हद पर जाकर ये ध्यान रखना
अगला क़दम तुम्हारा गहरी ढलान पर है
'राजेंद्र' से भले ही वाक़िफ़ न हो ज़माना
ग़ज़लो का उसकी चर्चा सबकी ज़ुबान पर है

हम 2 मार्च 1960 के जन्मे उसी राजेंद्र तिवारी जी की किताब 'सँभाल कर रखना' की चर्चा करेंगे और जानेंगे कि क्यों उनकी ग़ज़लें सबकी ज़बान पर हैं।

उठाती है जो ख़तरा हर क़दम पर डूब जाने का
वही कोशिश समन्दर में ख़ज़ाना ढूँढ़ लेती है
हक़ीक़त ज़िद किये बैठी है चकनाचूर करने को
मगर हर आँख फिर सपना सुहाना ढूँढ़ लेती है
न कारोबार है कोई, न चिड़िया की कमाई है
वो केवल हौसले से आबो-दाना ढूँढ़ लेती है

कानपुर निवासी राजेंद्र जी को शुरू से ही शोहरत की कोई लालसा नहीं रही न मंचों के माध्यम से न प्रकाशनों के लेकिन जिस तरह फूल को अपने खिलने की सूचना किसी को देनी नहीं होती उसकी ख़ुशबू उसके खिलने का पता दे देती वैसे ही लगनशील रचनाकार की उत्कृष्ट रचनाएँ उसकी शोहरत स्वयं फैला देती हैं। ऐसे ही रचनाकारों में शुमार किये जाते हैं राजेंद्र तिवारी जी। फ़िक्र और फ़न के सम्यक सामंजस्य के कारण उनकी ग़ज़लें एक अलग छाप छोड़ती हैं।

गृहस्थी में कभी रूठे-मनायें ठीक है, लेकिन
हो झगड़ा रोज़ तो घर की ख़ुशी को चाट जाता है
सिमट कर जैसे आ जाये समंदर एक क़तरे में
कोई ऐसा भी लम्हा है, सदी को चाट जाता है
ग़ज़ल की परवरिश करने पे ख़ुश होना होना तो लाज़िम है
ग़ुरूर आ जाये तो फिर शायरी को चाट जाता है

चेहरे पे खिचड़ी दाढ़ी, गहरी आवाज़, आकर्षक लहजा, लहजे में ग़ज़ब का आत्म विशवास औरग़ुरूर से कोसों दूर राजेंद्र जी का शायरी से लगाव 18 साल की उम्र से हो गया था जिसे सँवारा और परवान चढ़ाया उनके गुरु और मार्गदर्शक स्व.पं. कृष्णानन्द जी चौबे ने। उनके स्नेहनिल संरक्षण, सम्यक मार्गदर्शन और उत्साह वर्धन ने उनकी रचनात्मकता को निखारने के साथ ही फ़िक्र को ग़ज़ल के साँचे में ढालने की कला सिखाई।

पर्वत के शिखरों से उतरी सजधज कर अलबेली धूप
फूलों-फूलों मोती टाँके, कलियों के संग खेली धूप
सतरंगी चादर में लिपटी जैसे एक पहेली धूप
जाने क्यों जलती रहती है, छत पर बैठ अकेली धूप
मुखिया के लड़के सी दिन भर मनमानी करती घूमे
आँगन-आँगन ताके-झाँके फिर चढ़ जाये हवेली धूप

अपनी बेहतरीन और दिलफ़रेब शायरी के लिए राजेंद्र जी को सन 2000 में अली अवार्ड से और 2001 में वाक़िफ़ रायबरेली सम्मान से नवाज़ा गया.। इसके अलावा अनुरंजिका, सौरभ, मानस संगम इत्यादि अनेक साहित्यिक सांस्कृतिक संस्थाओं द्वारा सम्मानित किया गया।

आपकी ग़ज़लों को देश की विभिन्न साहित्यिक पत्रिकाओं जैसे हंस, कथालोक, नवनीत, अक्षरा, इंद्र प्रस्थ भारती, कथन और गगनांचल इत्यादि में भी प्रकाशित किया गया है।

न जाने कौन-सी तहज़ीब के तहत हमको
सिखा रहे हैं वो ख़ंजर सँभाल कर रखना
ख़ुशी हो ग़म हो न छलकेंगे आँख से आँसू
मैं जानता हूँ समंदर सँभाल कर रखना
तुम्हारे सजने-सँवरने के काम आएँगे
मेरे ख़याल के ज़ेवर सँभाल कर रखना

भला हो मेरे मुंबई निवासी शायर मित्र सतीश शुक्ला 'रक़ीब' साहब का जिनके माध्यम से मुझे राजेंद्र जी और उनकी की शायरी को जानने का मौक़ा मिला। उत्तरा बुक्स केशम् पुरम दिल्ली द्वारा प्रकाशित इस ग़ज़ल संग्रह में राजेंद्र जी की 101 ग़ज़लें संग्रहित हैं जिसे 09868621277 पर फ़ोन कर प्राप्त किया जा सकता है। आप राजेंद्र जी से 9369810411 पर संपर्क कर के भी इस किताब को प्राप्त कर सकते हैं।

पत्थरों से सवाल करते हैं
आप भी क्या कमाल करते हैं

ख़ुशबुएँ क़ैद हो नहीं सकतीं
क्यों गुलों को हलाल करते हैं
वे जो दावे कभी नहीं करते
सिर्फ़ वे ही कमाल करते हैं

बिना कोई दावा किये कमाल करने वाले इस सच्चे और अच्छे शायर की ये किताब हर शायरी प्रेमी पाठक को पढ़नी चाहिए ताकि इस बात की पुष्टि हो कि बाज़ार से समझौता किये बिना भी उम्दा शायरी के दम पर मक़बूलियत हासिल की जा सकती है।

चलते-चलते आइए पढ़ते हैं उनकी एक ग़ज़ल के चंद शेर और निकलते हैं एक और किताब की तलाश में-

दर्द के हरसिंगार ज़िन्दा रख
यूँ ख़िज़ाँ में बहार ज़िन्दा रख
ज़िन्दगी बेबसी की क़ैद सही
फिर भी कुछ इख़्तियार ज़िन्दा रख
ख़्वाहिशें मर रही हैं, मरने दे
यार ख़ुद को न मार, ज़िन्दा रख
गर उसूलों की जंग लड़नी है
अपनी ग़ज़लों की धार ज़िन्दा रख

***

खिड़की में ख़्वाब
आदिल रज़ा मंसूरी

इस बार हम किसी एक फूल जैसे शायर की किताब का ज़िक्र न करते हुए आपके लिए एक गुलदस्ता ले कर आये हैं जिसमें रंग-रंग के फूल खिले हैं। इस गुलदस्ते का नाम है 'खिड़की में ख़्वाब' और इसे अलग-अलग फूलों से सजाया है जनाब 'आदिल रजा मंसूरी' साहब ने। इस गुलदस्ते की ख़ास बात ये है कि इसमें शामिल फूल से शायर हिन्दुस्तान और पाकिस्तान की सरज़मीं से हैं, सभी चालीस साल से कम उम्र के हैं और इन में से किसी भी शायर की किताब अभी तक मंज़रे-आम पर नहीं आई है। इस किताब में कुल जमा 15 शायरों का कलाम दर्ज किया गया है तो चलिए शुरू करते हैं इस किताब के हवाले से शायरी का ख़ुशनुमा सफ़र. सबसे पहले जिस शायर का कलाम आप पढ़ने जा रहे हैं वो हैं जनाब 'तौक़ीर तक़ी' ।आपका जन्म 6 जनवरी 1981 में नूरेवाला, पाकिस्तान में हुआ। मेरे कहने पे मत जाएँ आप ख़ुद देखें ये किस पाये के शायर हैं। इस किताब में आपकी संकलित 5 ग़ज़लों में से कुछ के चंद अशआर पेश हैं-

लफ़्ज़ की क़ैद से रिहा हो जा
आ! मिरी आँख से अदा हो जा
ख़ुश्क पेड़ों को कटना पड़ता है
अपने ही अश्क पी हरा हो जा
संग बरसा रहा है शहर तो क्या
तू भी यूँ हाथ उठा दुआ हो जा

तौक़ीर साहब की एक और ग़ज़ल के चंद अशआर पहुँचाने का मन हो रहा है। ये नौजवानों की शायरी है जनाब जिनके सोच की परवाज़ मुल्क की सरहदें नहीं देखती।

रूठ कर आँख के अंदर से निकल जाते हैं
अश्क बच्चों की तरह घर से निकल जाते हैं
सब्ज़ पेड़ों को पता तक नहीं चलता शायद
ज़र्द पत्ते भरे मंज़र से निकल जाते हैं
साहिली रेत में क्या ऐसी कशिश है कि गुहर
सीप में बंद समंदर से निकल जाते हैं

इस से पहले कि हम अगले शायर का कलाम पेश करें आप ज़रा उनकी ग़ज़ल का ये एक शेर पढ़ते चलिए-

दहलीज़ पर पड़ी हुई आँखें मिलीं मुझे
मुद्दत के बाद लौट के जब अपने घर गया

अब आ रहे हैं इस किताब के अगले शायर जनाब 'अदनान बशीर' जो 6 सितम्बर 1982 को साईवाल,पाकिस्तान में पैदा हुए और आजकल लाहौर में रहते हैं। इनके बारे में तो ज़्यादा जानकारी हासिल नहीं हो पायी पर हाँ इनकी शायरी का अंदाज़ा उनकी ग़ज़लें पढ़ने से ज़रूर हो जाता है इस गुलदस्ते में बशीर साहब की 5 ग़ज़लें शामिल की गयी है, आइए पढ़ते हैं एक ग़ज़ल के चंद अशआर-

तुम्हारी याद के परचम खुले हैं राहों में
तुम्हारा ज़िक्र है पेड़ों में ख़ानक़ाहों में
शिकस्ता सहन के कोने में चारपाई पर
तिरा मरीज़ तुझे सोचता है आहों में
झुके दरख़्त से पूछा महकती डाली ने
कभी गुलाब खिले हैं तुम्हारी बाहों में

इस किताब के तीसरे शायर हैं 30 जून 1984 में सँभल, उत्तर प्रदेश भारत में जन्मे जनाब 'अमीर इमाम' साहब। अमीर अपनी पुख़्ता शायरी की वजह से पूरे देश में अपना नाम रौशन कर चुके है। उनकी ग़ज़लें इंटरनेट पर उर्दू शायरी की सबसे बड़ी साइट 'रेख़्ता' पर भी पढ़ी जा सकती हैं। आइए उनकी एक ग़ज़ल के इन अशआर से रू-ब-रू हुआ जाय

रहूँ बे सम्त फ़ज़ाओं में मुअल्लक़ कब तक
मैं हूँ इक तीर जो अब अपना निशाना चाहूँ
मुअल्लक=हवा में ठहरा हुआ
अपने काँधे प उठाऊँ मैं सितारे कितने
रात हूँ अब किसी सूरज को बुलाना चाहूँ
मसअला है कि भुलाने के तरीक़े सारे
भूल जाता हूँ मैं जब तुझको भुलाना चाहूँ

और अब पढ़ते हैं 5 सितम्बर 1985 को आज़मगढ़ उत्तरप्रदेश भारत में जन्में शायर जनाब सालिम 'सलीम' साहब की ग़ज़ल के चंद अशआर। सालिम 'रेख़्ता' साइट से जुड़े हुए हैं और दिल्ली निवासी हैं। नये ग़ज़लकारों में सालिम साहब का नाम बहुत अदब से लिया जाता है।

क्या हो गया कि बैठ गई ख़ाक भी मिरी
क्या बात है कि अपने ही ऊपर खड़ा हूँ मैं

फैला हुआ है सामने सहरा-ए-बेकनार
आँखों में अपनी ले के समंदर खड़ा हूँ मैं
सोया हुआ है मुझमें कोई शख़्स आज रात
लगता है अपने जिस्म से बाहर खड़ा हूँ मैं

15 जनवरी 1986 को आज़मगढ़ उत्तर प्रदेश भारत में जन्में हमारे अगले शायर हैं जनाब 'गौरव श्रीवास्तव मस्तो' जिन्होंने अपनी तकनीकी शिक्षा लखनऊ में पूरी की। पूरे देश में अपनी विलक्षण प्रतिभा का डंका बजवाने वाले गौरव केवल कविताएँ ग़ज़लें और नज़्में लिखने तक ही सीमित नहीं हैं, उन्होंने नये अंदाज़ में बहुत से नाटक भी लिखे हैं और उनमें अभिनय भी किया। फ़िल्म और मीडिया से सम्बंधित जानकारी देने के उद्देश्य से सन 2012 से उनके द्वारा चलाई जाने वाली संस्था 'क्रो -क्रियेटिव' ने अल्प समय में ही अपनी पहचान स्थापित कर ली है। आइए उनकी ग़ज़ल के चंद अशआर पढ़ें जाएँ-

फूल पर बैठा था भँवरा ध्यान में
ध्यान से गहरा था उतरा ध्यान में
उसकी आहट चूम कर ऐसा हुआ
याद का इक फूल महका ध्यान में
हाथ में सिगरेट मिरे घटती हुई
और मैं बढ़ता हुआ सा ध्यान में

उनकी एक छोटे बहर की ख़ूबसूरत ग़ज़ल के दो-चार शेर पढ़ें और उनकी प्रतिभा का अंदाज़ा लगाएँ-

मुद्दत बाद मिलेगा वो
पूछ न बैठे कैसा हूँ
गीली-गीली आँखों वाला
सूखा-सूखा चेहरा हूँ
सबके हाथों ख़र्च हुआ
मैं क्या रुपया-पैसा हूँ

अब आपका परिचय करवाते हैं वसी गाँव महाराष्ट्र भारत में 17 जनवरी 1986 को जन्में युवा शायर जनाब 'तस्नीफ़ हैदर' साहब की शायरी से जो आजकल दिल्ली निवासी हैं। उर्दू साइट 'रेख़्ता' में आपकी ग़ज़लें पढ़ी जा सकती हैं जिसमें इन्हें इस दौर का बहुत कामयाब उभरता शायर बताया गया है-

आख़िर-आख़िर तुझ से कोई बात कहनी थी मगर
किसने सोचा था कि इतने फ़ासले हो जायेंगे
तू वफ़ादारी के धोके में न रहना ऐ नदीम!
हम कहाँ अपने हुए हैं जो तिरे हो जायेंगे
इक इसी अंदेशा-ए-दिल ने अकेला कर दिया
प्यार होगा तो बहुत से मसअले हो जायेंगे

नयी नस्ल के सबसे प्रमुख शायरों में शामिल/उभरते हुए आलोचक जनाब महेंद्र कुमार 'सानी' जी जिनका जन्म 5 जून 1984 को जहाँगीर गंज, फ़ैज़ाबाद, उत्तर प्रदेश में हुआ की ग़ज़ल के चंद शेर पढ़वाते हैं आपको, देखिए किस बला की सादगी से वो अपने जज़्बात शायरी में उतारते हैं। सानी साहब आजकल चंडीगढ़ निवासी हैं।

उसे हमने कभी देखा नहीं है
वो हमसे दूर है ऐसा नहीं है
जिधर जाता हूँ दनिया टोकती है
इधर का रास्ता तेरा नहीं है
सफ़र आज़ाद होने के लिए है
मुझे मंज़िल का कुछ धोखा नहीं है

किताब के आठवें शायर हैं जनाब 'अली जरयून' साहब जो 11 नवम्बर 1979 को फ़ैसलाबाद पाकिस्तान में पैदा हुए। अली ने अपने लेखन का सफ़र सन 1991 यानी मात्र 12 साल की उम्र से शुरू किया इनकी ग़ज़लों और नज़्मों की किताब शायद अब मंज़रे-आम तक आ चुकी होगी क्यूँकि 2013 अंत तक वो प्रकाशन लिए तैयार थी। 'अली' साहब का नाम अपनी शायरी के अलहदा अंदाज़ से पाकिस्तान और भारत में सम्मान से लिया जाता है। आइए अब उनकी ग़ज़ल के ये शेर पढ़वाते हैं आपको।

औरों के फ़लसफ़े में तिरा कुछ नहीं छुपा
अपने जवाब के लिए ख़ुद से सवाल कर
ख़्वाहिश से जीतना है तो मत इससे जंग कर
चख इस का ज़ायक़ा इसे छूकर निढाल कर
आया है प्रेम से तो मैं हाज़िर हूँ साहिबा
ले मैं बिछा हुआ हूँ मुझे पायमाल कर
पायमाल=पाँव के नीचे मसलना*

मैं अली की एक और ग़ज़ल के चंद अशआर आप तक पहुँचाने में अपने आप को रोक

नहीं पा रहा, उम्मीद है आपको इन्हें पढ़कर अच्छा लगेगा। छोटी बहर में कमाल के शेर कहें हैं अली साहब ने-

न जाने चाँद ने क्या बात की है
कि पानी दूर तक हँसता गया है
भला हो दोस्त तेरा! जो तुझ से
हमारा देखना देखा गया है
हमें इंसाँ नहीं कोई समझता
तुम्हें तो फिर खुदा समझा गया है
तुम्हें दिल के चले जाने प' क्या ग़म
तुम्हारा कौन सा अपना गया है

15 अगस्त 1978 को मेरठ उत्तर प्रदेश में जन्मे लेकिन आजकल जयपुर में रह रहे जनाब 'आदिल रज़ा मंसूरी' साहब से जिनके प्रयास से ही हम इस गुलदस्ते के फूलों की महक का लुत्फ़ उठा पा रहे हैं। आपने क़रीब 10 युवा शायरों की लिस्ट से ये 8 शायर छाँट कर इस किताब की शक्ल में हमारे सामने पेश किये। ये काम जितना आसान लगता है उतना है नहीं। सबसे पहले हम उनकी इस अनूठी सोच के लिए उन्हें सलाम करते हैं और फिर उनका कलाम आपको पढ़वाते हैं। आदिल साहब नज़्म और ग़ज़ल कहने में कमाल हासिल रखते हैं-

बस्तियाँ क्यों तलाश करते हैं
लोग जंगल उगा के काग़ज़ पर
जाने क्या हमको कह गया मौसम
ख़ुश्क पत्ते गिरा के काग़ज़ पर
हमने चाहा कि हम भी उड़ जाएँ
एक चिड़िया उड़ा के काग़ज़ पर
लोग साहिल तलाश करते हैं
एक दरिया बहा के काग़ज़ पर

कोर ग्रुप ऑफकंपनीज़ के ग्रुप सी ई ओ की हैसियत से कार्यरत आदिल साहब बेल्स एजुकेश एंड रिसर्च सोसाइटी, चंडीगढ़ एवम ग्रूमर्स प्रोफेशनल स्टडीज एंड एजुकेशन के एडवाइजरी मेंबर भी हैं। आप उन्हें इस विलक्षण किताब के लिए उनके मोबाइल न 09829088001 पर बधाई दे सकते हैं।आइए उनकी एक और ग़ज़ल चंद अशआर आपको पढ़वाएँ-

ये सुना था कि देवता है वो
मेरे हक़ ही में क्यों हुआ पत्थर

अब तो आबाद है वहाँ बस्ती
अब कहाँ तेरे नाम का पत्थर
नाम ने काम कर दिखाया है
सब देखा है तैरता पत्थर

किताब के दसवें शायर हैं 11 फ़रवरी 1978 को मुल्तान पाकिस्तान में जन्में जनाब 'अहमद रिज़वान' साहब। आप इन्हें भारतीय कविताओं सबसे बड़ी साइट 'कविता कोष' और उर्दू अदब की सबसे बड़ी साइट 'रेख़्ता' पर भी पढ़ सकते हैं। आपकी दो ई-बुक्स तुलू-ए-शाम इंटरनेट पर उपलब्ध है। आइए पढ़ते हैं बानगी के तौर पर उनकी ग़ज़ल के कुछ शेर

ख़्वाबों का इक हुजूम था आखों के आसपास
मुश्किल से अपने ख़्वाब का चेहरा अलग किया
जब भी कहीं हिसाब किया ज़िन्दगी का दोस्त
पहले तुम्हारे नाम का हिस्सा अलग किया
फिर यूँ हुआ कि भूल गए उसका नाम तक
जितना क़रीब था उसे उतना अलग किया

रिज़वान साहब की बेहतरीन ग़ज़लों में से सिर्फ़ एक ग़ज़ल के अशआर आप तक पहुँचाना तो आप लोगों के साथ ना-इंसाफ़ी होगी इसलिए उनकी एक और ग़ज़ल के शेर पढ़ें-

ये कौन बोलता है मिरे दिल के अंदरून
आवाज़ किसकी गूँजती हैं इस मकान में
उड़ती है ख़ाक दिल के दरीचों के आस पास
शायद कोई मकीन नहीं इस मकान में
'अहमद' तराशता हूँ कहीं बाद में उसे
तस्वीर देख लेता हूँ पहले चटान में

इस हसीन सफ़र में अब मिलते हैं जनाब 'फ़ैसल हाशमी' साहब से जिनका जन्म अगस्त 1976 में कबीरवाला (खानेवाल) पाकिस्तान में हुआ। ख़ूबसूरत शख़्सियत के मालिक जनाब 'फ़ैसल हाश्मी' साहब का नाम पाकिस्तान के चुनिंदा नौजवान शायरों में शुमार होता है और क्यों न हो ज़रा उनके अशआर पर नज़र डालें खुद समझ जायेंगे-

सुख़न आग़ाज़ तिरी नीम-निगाही ने किया
वरना मुझ में कोई ख़ामोश हुआ जाता था
कश्तियों वाले कहीं दूर निकल जाते थे
साफ़ पानी में कोई रंग मिला जाता था

अब बताते हैं वहाँ ख़ून बहे जाता है
मेरा हम-ख़्वाब जहाँ तेग़ छुपा जाता था

अब ज़िक्र करते हैं जनाब ज़िया-उल-मुस्तफ़ा 'तुर्क' साहब का जिनका जन्म 29 अगस्त 1976 मुल्तान पाकिस्तान में हुआ। आप पाकिस्तान की किसी यूनिवर्सिटी के उर्दू डिपार्टमेंट में लेक्चरर के पद पर काम कर रहे हैं। लगभग तीन साल पहले उनकी एक किताब 'सहर पसे चिराग़' मंज़रे-आम पर आ चुकी है। सादा ज़बान में मारक शेर कहना उनकी ख़ासियत है, मुलाहिज़ा फ़रमाएँ-

दिल तेरी राहगुज़र भी तो नहीं कर सकते
हम तिरी सम्त सफ़र भी तो नहीं कर सकते
अब हमें तेरी कमी भी नहीं होती महसूस
पर तुझे इसकी ख़बर भी तो नहीं कर सकते
किस तरह से नयी तरतीब भुला दी जाये
कुछ इधर से हम उधर भी तो नहीं कर सकते

पत्रिका समूह के सृजनात्मक साहित्य पुरस्कार से सम्मानित शायर ब्रजेश हमारे अगले शायर हैं। ब्रजेश सरल भाषा में कमाल के शेर रचते हैं-

मुलाक़ात का सिलसिला चाहता हूँ
मगर उसमें कुछ फ़ासला चाहता हूँ
गली हो कि घर हो सफ़र हो कि मंज़िल
उसे हर जगह देखना चाहता हूँ
मुझे चैन घर में भी आता नहीं है
मगर शाम को लौटना चाहता हूँ
उसे देख कर जाने क्या हो गया है
कि हर शख़्स से फ़ासला चाहता हूँ

छोटी बहर में शेर कहना मुश्किल होता है लेकिन ब्रजेश जी ने इस विधा में भी महारत हासिल की है। आप देखें कि धूप रदीफ़ को किस ख़ूबसूरती से उन्होंने छोटी बहर में निभाया है-

ज़ीना-ज़ीना चढ़ती धूप
छत पर कब जा बैठी धूप
कितनी अच्छी लगती है
घर में आती-जाती धूप

तू सावन की पहली बूँद
मैं सड़कों की जलती धूप

नौजवान शायरों का ज़िक्र हो रहा हो और उसमें 1 अगस्त 1974 में ताला गंग, चकवाल लाहौर, पाकिस्तान में जन्में जनाब 'ह्माद नियाज़ी' का नाम शुमार न हों ऐसा मुमकिन नहीं है। उनका एक शेरी मज्मूआ 'ज़रा नाम हो' मंज़रे-आम पर आ चुका है

हुज़रे-ख़्वाब देर तक खड़ा रहा सवेरे तक
नशेबे-चश्मो-क़ल्ब से गुज़र तिरा हुआ नहीं
नशेबे-चश्मो-क़ल्ब से=हृदय की आँखों से
न जाने कितने युग ढले न जाने कितने दुःख पले
घरों में हाँड़ियों तले किसी को कुछ पता नहीं
वो पेड़ जिसकी छाँव में कटी थी उम्र गाँव में
मैं चूम-चूम थक गया मगर ये दिल भरा नहीं

लीजिए साहब अब आपके सामने पेशे ख़िदमत हैं किताब के अंतिम यानी पन्द्रहवें शायर जनाब दिलावर अली 'आज़र' साहब जिनका जन्म 21 नवम्बर 1971 में हुसैन अब्दाल, पाकिस्तान में हुआ। ये जैसा कि आपने देखा होगा इस किताब के सबसे उम्र दराज़ शायर हैं। सन 2013 में उनकी पहली किताब 'पानी' प्रकाशित हुई और बहुत मक़बूल हुई। आप उनकी ग़ज़लें उर्दू शायरी की साइट "रेख़्ता" पर पढ़ सकते हैं। आइए लुत्फ़ उठाते हैं उनकी ग़ज़ल के कुछ चुनिंदा शेरों का-

सब अपने अपने ताक में थर्रा के रह गए
कुछ तो कहा हवा ने चराग़ों के कान में
निकली नहीं है दिल से मिरे बद-दुआ कभी
रखे ख़ुदा अदू को भी अपनी अमान में
मंज़र भटक रहे थे दरो-बाम के क़रीब
मैं सो रहा था ख़्वाब के पिछले मकान में
'आज़र' इसी को लोग न कहते हों आफ़ताब
इक दाग़ सा चमकता है जो आसमान में

***

है तो है
एहतराम इस्लाम

आज शायर 'एहतराम इस्लाम' साहब की किताब 'है तो है' का ज़िक्र करेंगे और देखें कि क्यों उनका नाम उर्दू ग़ज़ल के छंद शास्त्र का निर्वाह बेहतरीन तरीक़े से करने वाले हिंदी ग़ज़ल के शायर के रूप में इज़्ज़त से लिया जाता है।

आये न आये आपकी तस्वीर मन-पसन्द
मिलते ही कैमरे से नयन, मुस्कुराइए
नेवले के दाँत साँप की गर्दन में धँस गए
बोला मदारी भीड़ से, ताली बजाइए
मैं डूबने की चाह में बैठा हूँ 'एहतराम'
मेरे क़रीब आप नदी बन के आइए

हिंदी और उर्दू ज़बान में ग़ज़ल को तकसीम वाले लोगों को जनाब एहतराम साहब का कलाम पढ़ना चाहिए और समझना चाहिए कि ग़ज़ल भाषा की नहीं भाव की विधा है, जिसके पास भाव हैं वो ही अच्छी और कामयाब ग़ज़ल कह सकता है।

आँखों में भड़कती हैं आक्रोश की ज्वालाएँ
हम लाँघ गए शायद संतोष की सीमाएँ
सीनों से धुआँ उठना कब बंद हुआ कहिए
कहने को बदलती ही रहती हैं व्यवस्थाएँ
तस्वीर दिखानी है भारत की तो दिखला दो
कुछ तैरती पतवारें, कुछ डूबती नौकाएँ

'है तो है' किताब का पहला संस्करण 1994 में छपा था फिर उसके बीस साल बाद यानी 2014 में इसका दूसरा संस्करण प्रकाशित हुआ। ये शायर के हुनर और कहन का विलक्षण अंदाज़ ही है जिसकी वजह से ये ग़ज़लें आज भी मौलिक और ताज़ा लगती हैं।

देश क्या अब भी नहीं पहुँचेगा उन्नति के शिखर पर
नित्य ही दो-चार उद्घाटन कराये जा रहे हैं
छिड़ गया है स्वच्छता अभियान शायद शहर भर में
गन्दगी के ढेर सड़कों पर सजाये जा रहे हैं

झूठ, तिकड़म, लूट, रिश्वत, रहज़नी, हत्या, डकैती
ज़िन्दा रहने के हमें सब गुर सिखाये जा रहे हैं

5 जनवरी 1949 को मिर्ज़ापुर (उत्तर प्रदेश) में जन्मे एहतराम इस्लाम ने अपना कर्मक्षेत्र चुना प्रयाग को। एहतराम इस्लाम अब महालेखाकार कार्यालय के वरिष्ठ लेखा परीक्षक पद से सेवानिवृत्त हो चुके हैं। वर्ष 1965 से हिन्दी-उर्दू-अंग्रेज़ी की प्रतिष्ठित पत्र-पत्रिकाओं में एहतराम इस्लाम की रचनाएँ प्रकाशित होती रही हैं-

देता रहता है तू सफ़ाई क्या
तेरे दिल में है कुछ बुराई क्या
आपने पर क़तर दिए मेरे
अब मेरी क़ैद क्या, रिहाई क्या
पाँव पड़ते नहीं हैं धरती पर
हो गयी आपसे रसाई क्या
तू जो रहजन दिखाई देता है
मिल गयी तुझको रहनुमाई क्या

ज्ञान प्रकाश विवेक जी ने राष्ट्रीय सहारा के 22 मार्च 1994 अंक में पत्रिका में लिखा था कि "हिंदी के पहले दस महत्वपूर्ण ग़ज़लकारों में एहतराम इस्लाम का नाम शुमार होता है। उनकी ग़ज़लें अपने हिन्दीपन से पहचानी जाती हैं। एहतराम की ग़ज़लों का चेहरा खुरदुरा है। आप इन ग़ज़लें को पढ़ सकते हैं, बैचेन हो सकते हैं लेकिन गा नहीं सकते क्यूँकि ये ग़ज़लें ड्राइंग रूम का सुख नहीं कर्यूग्रस्त शहर की बैचेनी का मंज़र है।"

पीर की आकाश-गंगा पार करती है ग़ज़ल
कल्पनाओं के क्षितिज पर तब उभरती है ग़ज़ल
आप इतना तिलमिला उठते हैं आख़िर किसलिए
आपकी तस्वीर ही तो पेश करती है ग़ज़ल
हाथ में मेहंदी रचाती है न काजल आँख में
माँग में अफ़साँ नहीं अब धूल भरती है ग़ज़ल

एहतराम इस्लाम को उर्दू वाले अपना शायर और हिन्दी वाले अपना कवि मानते हैं। क्रांतिकारी विचारों वाले कवि एहतराम इस्लाम ए.जी. ऑफ़िस यूनियन में कई बार साहित्य मंत्री भी रह चुके हैं।

हिंदी ग़ज़ल के नाम पर नाक भों सिकोड़ने वाले लोगों को बता दूँ कि उनकी ख़ालिस

उर्दू ग़ज़लों का संग्रह 'हाज़िर है एहतराम' भी अंजुमन प्रकाशन द्वारा मंज़रे-आम पर लाया जा चुका है।

वार तो भरपूर था ढीला न था
हाँ मगर ख़ंजर ही नोकीला न था
ज़हर के आदी पे होता क्या असर
लोग समझे साँप ज़हरीला न था
चूस डाला ग़म की जोंकों ने लहू
वर्ना मेरा भी बदन पीला न था
ठोकरें लगती रहीं हर गाम पर
रास्ता कहने को पथरीला न था

आकर्षक आवरण साथ पेपरबैक में छपी इस किताब में एहतराम साहब की 91 ग़ज़लें संग्रहित हैं। इन ख़ूबसूरत ग़ज़लों के लिए आप एहतराम साहब को उनके मोबाइल न 9839814279 पर बात कर मुबारकबाद दे सकते हैं और किताब प्राप्ति के लिए अंजुमन प्रकाशन से 9235407119 /9453004398 पर सम्पर्क कर सकते हैं।

अंत में मैं अपने मित्र प्रमोद कुमार जी को मुझे इस किताब तक पहुँचाने के लिए तहे-दिल से धन्यवाद देते हुए, एहतराम साहब की एक ग़ज़ल के शेरों को पेश करता हूँ और अगली किताब की तलाश में निकलता हूँ-

मूर्ती सोने की निरर्थक वस्तु है, उसके लिए
मोम की गुड़िया अगर बच्चे को प्यारी है तो है
हैं तो हैं दुनिया से बे-परवा परिंदे शाख़ पर
घात में उनकी कहीं कोई शिकारी है तो है
आप छल बल के धनी हैं, जितियेगा आप ही
आपसे बेहतर मेरी उम्मीदवारी है तो है
'एहतराम' अपने ग़ज़ल लेखन को कहता है कला
आप कहते हैं उसे जादू निगारी है, तो है

***

शोहरत की धूप
रमेश कँवल

मैं समंदर हूँ मुझको नदी चाहिए
ज़िन्दगी में मुझे भी ख़ुशी चाहिए
तेरी ख़ुशबू, तेरे जिस्म का नूर हो
बंद कमरे में बस तीरगी चाहिए
आशना थे जो उनका करम यूँ हुआ
दिल कहे अब तो बस अजनबी चाहिए
मेरे होंटों की नैया मचलने लगे
तेरे गालों की ऐसी नदी चाहिए

बहुत कम किताबें ऐसी होती हैं जो रुमानियत की ख़ुशबू से लबरेज़ हों और जिन्हें बार-बार पढ़ने को जी करे। आज 'किताबों की दुनिया' शृंखला की इस कड़ी में हम एक ऐसी ही किताब का ज़िक्र करेंगे जिसमें रवायती और ज़दीद ग़ज़ल के बीच का फ़ासला बहत हद तक कम करने की कामयाब कोशिश की गयी है। ये किताब है 'शोहरत की धूप' और जिसके हुनरमंद शायर हैं जनाब 'रमेश कँवल'।

इक नशा-सा ज़ेहन पर छाने लगा
आपका चेहरा मुझे भाने लगा
चाँदनी बिस्तर पे इतराने लगी
चाँद बाँहों में नज़र आने लगा
रूह पर मदहोशियाँ छाने लगीं
जिस्म ग़ज़लें वस्ल की गाने लगा
रफ़्ता-रफ़्ता यासमीं खिलने लगी
मौसमे-गुल इश्क़ फ़रमाने लगा

25 अगस्त 1953 को जीतौरा, पीरो, आरा, बिहार में जन्मे जनाब रमेश कँवल को ग़ज़ल कहने का शौक़ बचपन से है, फ़िल्मी गानों से प्रभावित हो कर उनमें गीत लिखने की इच्छा हुई जो ग़ज़ल लिख कर पूरी हुई। बेरोज़गारी के दिनों में, लोक सेवा आयोग के इंटरव्यू के दौरान एक मेंबर ने जब उनसे उनका शग़ल पूछा तो जवाब में उन्होंने अपना ये शेर पढ़ दिया-

अब तक न मिली नौकरी कोई भी कँवल को
हाथों की लकीरों के अजब ठाट रहे हैं

इस शेर की बदौलत मेम्बर्स ने वाह वाही के साथ साथ उनकी हाथों की वो लकीरें भी बदल दीं जिनमें नौकरी मिलना नहीं लिखा था। शायरी की बदौलत नौकरी पाने वाले विरले लोगों में से एक हैं रमेश कँवल साहब। प्रखण्ड विकास पदाधिकारी से शुरू डिप्टी कलेक्टर का उनका सफ़र अपर जिला दंडाधिकारी की बुलंदियों तक जा पहुँचा। समस्त प्रशासनिक ज़िम्मेवारियाँ निभाते हुए भी उनका शायरी प्रेम यथावत रहा।

रूठ जाने का कोई वक़्त नहीं
पर मनाने में वक़्त लगता है
ज़िद का बिस्तर समेटिये दिलबर
घर बसाने में वक़्त लगता है
आज़मा मत भरोसा कर मुझ पर
आज़माने में वक़्त लगता है

जनाब 'अनवारे इस्लाम' साहब ने किताब की भूमिका में कँवल साहब की शायरी के बारे में बहुत सटीक बात की है वो कहते हैं कि "कँवल के यहाँ ऐसा क़तई नहीं लगता कि उन्होंने शौक़िया ग़ज़लें कही हैं बल्कि उनके यहाँ एक फ़िक्र है और उसे व्यक्त करने का उनका अपना तरीक़ा है जिसे वे शेर के ढाँचे में सलीक़े से ढाल देते हैं जो इस बात की अलामत है कि वे ग़ज़ल की न केवल समझ बल्कि अच्छी पकड़ भी रखते हैं।"

गर तेरी बंदगी नहीं होती
ज़िन्दगी-ज़िदगी नहीं होती
बात क्या है कि आजकल मुझको
तुझसे मिल कर ख़ुशी नहीं होती
हाय बेचारगी-ओ-मज़बूरी
जो करूँ बंदगी नहीं होती
कितना दुश्वार है ये फ़न यारो
शायरी दिल्लगी नहीं होती

'शोहरत की धूप' में रिवायती लबो-लहजा से परहेज़ तो नहीं किया गया है, लेकिन जदीद अंदाज़ में नयी उपमाओं और बिम्बों पेश करने की कोशिश की गयी है, ऐसी उपमाएँ और बिम्ब जो आसानी से हमें कहीं और पढ़ने को नहीं मिलते मसलन 'रिश्वत की अप्सरा', 'क़हक़हों के ट्यूब', 'ख़ुशबुओं की मंडी', 'जिद का बिस्तर', 'शोहरत की शहज़ादी', 'होंटों की नैया', 'जिस्म के अशआर', 'बेबसी की धुंध', 'बेरोज़गारी की सुलगती रेत', 'यादों का टेप', 'एहसास की तितलियाँ', 'लम्हों की दीवार', आदि आदि।

हर पल सँवरने-सजने की फ़ुर्सत नहीं रही
अब मुझको आईने की ज़रूरत नहीं रही
अब मुन्तज़िर नहीं हूँ मैं खिड़की से धूप का
अच्छा है मेरे सर पे कोई छत नहीं रही
उसके बदन की गंध मुझे भा गयी 'कँवल'
अब ख़ुशबुओं की मंडी की चाहत नहीं रही

रमेश कँवल साहब हिंदी के ऐसे शायर हैं जिनकी पहली ग़ज़लों की किताब उर्दू लिपि में 'लम्स का सूरज' शीर्षक से सन 1977 में शाया हो कर बहुत मक़बूल हुई। उसके एक साल बाद हिंदी में उनकी दूसरी किताब 'सावन का कँवल' प्रकाशित हुई। उर्दू और हिंदी ज़बान पर उनकी पकड़ क़ाबिले-दाद है। उनकी शायरी को सँवारने में उनके उस्ताद जनाब 'वफ़ा' सिकन्दरपुरी,जनाब प्रोफ़ेसर हफ़ीज़ बनारसी साहब मरहूम और प्रोफ़ेसर तल्हा रिज़वी बर्क़ दानापुरी साहब का बहुत बड़ा हाथ रहा। जनाब डॉक्टर मनाज़िर आशिक़ हरगान्वी साहब की कोशिशों से ही उनकी दोनों किताबें मंज़रे-आम पर आ सकीं।

गौहरे-नायाब है और कुछ नहीं
ज़िन्दगी इक ख़्वाब है और कुछ नहीं
गौहरे-नायाब=दुर्लभ मोती
मछलियों पर खिलखिलाती चाँदनी
हमनवाँ तालाब है और कुछ नहीं
हमनवाँ=सहमत
जिस्म की हर शाख़ पर अठखेलियाँ
जुरअते-महताब है और कुछ नहीं
जुरअते-महताब=चाँद की धृष्टता
तेरे मिलने का हँसी, मंज़र 'कँवल'
सुब्ह का इक ख़्वाब है और कुछ नहीं

बिहार हिंदी साहित्य सम्मलेन, पटना से 'साहित्य भूषण' साहित्यकार संसद समस्तीपुर से 'फ़िराक गोरखपुरी राष्ट्रिय शिखर सम्मान, भागलपुर से दुष्यंत कुमार स्मृति पुरस्कार सहित अनेक संस्थानों से सम्मानित रमेश कँवल साहब की ग़ज़लें प्रकाश पण्डित और मंसूर उस्मानी साहब द्वारा संपादित किताबों में भी प्रकाशित हुई हैं। उनकी ग़ज़लें अनेक हिंदी उर्दू अख़बारों और रिसालों में भी शामिल होती रही हैं। आकशवाणी एवं दूरदर्शन पटना तथा भागलपुर से भी उनकी ग़ज़लें प्रसारित हुई हैं।

तुम्हारे जिस्म के अशआर मुझको भाते हैं
मेरी वफ़ा की ग़ज़ल तुम भी गुनगुनाया करो

बहुत अँधेरा है बिजली भी फेल है दिल की
मुहब्बतों का दिया ले के छत पे आया करो
शरीफ़ज़ादों की बेजा ख़ताओं से मिलने
यतीमख़ानों के बच्चों बीच जाया करो

अपनी दूसरी किताब 'सावन का कँवल' के लगभग सोलह साल बाद अपनी शरीके-हयात को मंसूब की गयी 'शोहरत की धूप' रमेश कँवल साहब तीसरी किताब है जिसमें उन्होंने अपनी कुछ पुरानी ग़ज़लों के साथ साथ जो सावन का कँवल में शाया हुई थीं, नयी ग़ज़लों को भी शामिल किया है। इस संकलन में रमेश जी की 101 ग़ज़लों के अलावा उनके कुछ लाजवाब माहिए और गीत भी शामिल हैं जिन्हें पढ़कर हमें उनकी बहुमुखी साहित्यिक प्रतिभा का पता चलता है। इस किताब की लगभग सभी ग़ज़लें आप तक पहुँचाने का मन हो रहा है।

ज्वालामुखी क़हर ढाते रहे
नदी पर्वतों से निकलती रही
वरक़ दर वरक़ मैं ही रौशन रहा
वो अलबम पे अलबम बदलती रही
किसी दस्तख़त की करामात थी
मेरी ज़िन्दगी हाथ मलती रही
हवस की निगाहें ख़रीदार थीं
पकौड़ी वो मासूम तलती रही

'शोहरत की धूप' को 'पहले पहल प्रकाशन' 25 ए, प्रेस काम्प्लेक्स, भोपाल ने प्रकाशित किया है। किताब की प्राप्ति के लिए आप पहले पहल प्रकाशन से उनके फ़ोन न 0755-2555789 पर संपर्क कर सकते हैं। श्रेष्ठ तो ये रहेगा कि आप रमेश जी को उनके मोबाइल 09334111547 पर संपर्क कर इन लाजवाब ग़ज़लों के लिए बधाई दें और फिर किताब प्राप्ति का आसान रास्ता पूछे। किसी भी शायरी प्रेमी की लाइब्रेरी में रखी ये किताब अलग से जगमगाती हुई नज़र आएगी।

अगली किताब की तलाश में निकलने से पहले हम आइए आपको उनकी ग़ज़ल के चंद अशआर पढ़वाते हैं :-

मैं सियासत की बेईमान गली
और रिश्वत की अप्सरा तुम हो
गालियों में तलाशता है शहद
राजनीति का ज़ायक़ा तुम हो
चौक पर की बहस चौके में

सेक्युलर मैं हूँ, भाजपा तुम हो
फ़स्ले-बेरोज़गारी हैं दोनों,
मैं हूँ स्कूल, शिक्षिका तुम हो
तुम से शौक़त, तुम्हीं से है शोहरत
मैं ग़ज़ल हूँ, मुशायरा तुम हो

***

मुज़फ़्फ़र की ग़ज़ल
मुज़फ़्फ़र हनफ़ी

बन में जुगनू जगमग-जगमग
सपनों में तू जगमग-जगमग
जब से दिल में आग लगी है
हर दम हर सू जगमग-जगमग
रैन अँधेरी यादें तेरी
आँसू-आँसू जगमग-जगमग
काले गेसू बादल बादल
आँखें जादू जगमग-जगमग
मेरी ग़ज़लें गहरी नदिया
मोती-सा तू जगमग-जगमग

मेरे साथ बहुत कम ऐसा हुआ है कि किसी किताब पर लिखते वक़्त मेरी क़लम ठिठक जाए। जब दिल की बात कह सकने में लफ़्ज़ कामयाब होते नज़र नहीं आते तब ऐसी हालत होती है। आज हम जिस किताब और शायर का ज़िक्र करने जा रहे हैं उसके बारे में लिखते वक़्त कलम ठिठका हुआ है। आप ही ऊपर दी गयी ग़ज़ल के शेर पढ़कर बताएँ कि जिस किताब में ऐसे अनूठे ढंग से क़ाफ़िये और रदीफ़ पिरोये गए हों उसकी तारीफ़ के लिए लफ़्ज़ कहाँ से जुटाएँ जाएँ?

शेर हमारे नश्तर जैसे अपना फ़न है मरहम रखना
क्या ग़ज़लों में ढोल बजाना, शाने पर क्यों परचम रखना
उन पेड़ों के फल मत खाना जिनको तुमने ही बोया हो
जिन पर हों एहसान तुम्हारे उनसे आशाएँ कम रखना
लुत्फ़ उसी से बातों में है, तेज उसी का रातों में है
ख़ुशियाँ चाहे जितनी बाँटो घर में थोड़ा सा ग़म रखना

जी तो ये कर रहा है कि मैं हमारे आज के शायर जनाब मुज़फ़्फ़र हनफ़ी साहब और उनकी किताब मुज़फ़्फ़र की ग़ज़लें के बीच से हट जाऊँ लेकिन क्या करूँ अगर मैंने ऐसा किया तो ये उर्दू शायरी के दीवाने हिंदी पाठकों के साथ अन्याय होगा। दरअस्ल मुज़फ़्फ़र हनफ़ी साहब जैसे कद्दावर शायर के नाम से हिंदी का पाठक अधिक परिचित नहीं है। उर्दू भाषा में 90 से अधिक विभिन्न विषयों पर लिखी किताबों के लेखक की सिर्फ़ ये एक किताब ही, जिसकी हम चर्चा करेंगे,देवनागरी में उपलब्ध है।

हमें वो ढूँढ़ता फिरता है सातों आसमानों में
उसे हम आँख से मिट्टी लगाकर देख लेते हैं
ख़ुदा महफ़ूज़ रक्खे इस मुहल्ले को तअस्सुब से
यहाँ हमसाए मुझको मुस्कुराकर देख लेते हैं
तअस्सुब=सम्प्रदायिकता
मियाँ बेवज्ह तुम क्यों डूब जाते हो पसीने में
अगर कुछ लोग तुमको तीर खाकर देख लेते हैं

इस किताब पर आगे बात करने से पहले मेरा ये फ़र्ज़ बनता है कि मैं जनाब मुज़फ़्फ़र हनफ़ी साहब के साहबजादे जनाब फ़िरोज़ हनफ़ी साहब का तहे-दिल से शुक्रिया अदा करूँ जिन्होंने ये किताब मुझे भेजी वरना सच बात तो ये है कि मैं शायद ही इस किताब तक पहुँच पाता।

फ़िरोज़ साहब से भी थोड़ी बहुत गुफ़्तगू व्हाट्स एप के उस ग्रुप के माध्यम से हुई जिसे मुंबई निवासी शायर मेरे अज़ीज़, छोटे भाई नवीन चतुर्वेदी चलाते हैं।

वो हमारे मकान पर आया
तीर आख़िर कमान पर आया
रह गए दंग हाँकने वाले
शेर सीधा मचान पर आया
दोस्तों ने चलाये थे नेज़े
और दोष आसमान पर आया
मेज़ पर गेंद खेलता बच्चा
धूप निकली तो लान पर आया

अपना पहला शेर मात्र 1 साल की कच्ची उम्र में कहने वाले मुज़फ़्फ़र हनफ़ी साहब का जन्म एक अप्रैल 1936 को खंडवा मध्य प्रदेश में हुआ। उनका असली वतन हस्वा फतेहपुर उत्तर प्रदेश है। प्रारम्भिक शिक्षा मध्य प्रदेश से पूरी करने के बाद उन्होंने बी.ए., एम. ए., एल. एल. बी, और पीएच. डी. की डिग्रियाँ क्रमशः अलीगढ़ और बरकतुल्लाह यूनिवर्सिटी भोपाल से हासिल की। चौदह वर्षों तक मध्य प्रदेश के फ़ारेस्ट विभाग में काम करने के बाद मुज़फ़्फ़र हनफ़ी साहब दिल्ली आ गए। बहुत कम लोग जानते होंगे कि फ़ारेस्ट विभाग में काम करने के दौरान मुज़फ़्फ़र हनफ़ी साहब की पहचान काव्य गोष्ठियों में दुष्यंत कुमार से हुई और उन्हें ग़ज़ल लेखन के लिए प्रोत्साहित किया।

सबकी आवाज़ में आवाज़ मिला दी अपनी
इस तरह आप ने पहचान मिटा दी अपनी

लोग शोहरत के लिए जान दिया करते हैं
और इक हम है कि मिट्टी भी उड़ा दी अपनी
देखिए, खुद पे तरस खाने का अंजाम है ये
इस तरह आप ने सब आग बुझा दी अपनी

1974 में जनाब मुज़फ़्फ़र हनफ़ी साहब देहली गये और नेशनल कौंसिल ऑफ़ रिसर्च एंड ट्रैनिंग में असिस्टेंट प्रोडक्शन ऑफ़िसर पद पर 2 साल तक काम किया। फ़रवरी 1978 में जामिया मिलिआ यूनिवर्सिटी में उर्दू के अध्यापक नियुक्त हुए और 1989 तक जामिया में रीडर के पद पर काम किया।

आग लगाने वालों में थे मेरे भाई भी
जलने वाली बस्ती में था मेरा भी घर एक
सोने की हर लंका उनकी और मुझे बनवास
चतुर सयाने दस दस सर के मुझ मूरख सर एक
गुलशन पर दोनों का हक़ है काँटा हो या फूल
टकराने की शर्त न हो तो शीशा पत्थर एक
ऐसे में भी क़ाएम रक्खी लहज़े की पहचान
ग़ज़लों के नक़्क़ाल बहुत हैं और मुज़फ़्फ़र एक

1989 में कलकता यूनिवर्सिटी ने उन्हे इक़बाल चेयर प्रोफ़ेसर के पद पर नियुक्त किया और जून 1989 में वह यह पद क़बूल कर के कलकता पहुँचे। इक़बाल चेयर 1977 में स्थापित की गयी थी और इस पर फ़ैज़ अहमद फ़ैज़ का चयन होगया था और वो यह पद स्वीकार करने को तैयार थे मगर ऑफ़िशियल करवाई में कुछ देरी हुई और वो लोटस के संपादक/एडिटर हो कर बैरूत चले गए। इक़बाल चेयर 12 साल तक खाली रही फिर 1971 में पहली बार मुज़फ़्फ़र हनफ़ी का चयन हुआ। मुज़फ़्फ़र हनफ़ी कलकता यूनिवर्सिटी के पहले इक़बाल चेयर प्रोफ़ेसर हुए।

बहुत अच्छा अगर जम्हूरियत ये है तो हाज़िर है
उन्हें आबाद कर देना, हमारे घर जला देना
बुलंदी से हमेशा एक ही फ़रमान आता है
शगूफ़े नोच लेना, तितलियों के पर जला देना
वो हाथों हाथ लेना डाकिये को राह में बढ़ कर
लिफ़ाफ़ा चूम लेना फिर उसे पढ़कर जला देना

फूल की आँख में लहू कैसे
ओस ने कह दिया है कान में क्या
पूछना चाहता हूँ बेटों से
मैं भी शामिल हूँ ख़ानदान में क्या
मौज, ख़ुशबू, सबा, किरण, शबनम
ये क़सीदे हैं तेरी शान में क्या

हज़ारों मुश्किलें हैं दोस्तों से दूर रहने में
मगर इक फ़ायदा है पीठ पर ख़ंजर नहीं लगता
कहीं कच्चे फलों को संगबारी तोड़ लेती है
कहीं फल सूख जाते हैं कोई पत्थर नहीं लगता
हर इक बस्ती में उसके साथ अपनापन सा लगता है
नहीं है वो तो अपना घर भी अपना घर नहीं लगता

मुज़फ़्फ़र साहब की शायरी फलक से गुनगुनाती हुई गिरती बरसात की बूँदों की याद दिलाती है जिसमें लगातार भीगते रहने का मन करता है। भाषा की ऐसी मिठास ऐसी रवानी ओर कहीं मिलना दुर्लभ है। ये ख़ासियत उनकी एक आध नहीं बल्कि सभी ग़ज़लों में दिखाई देती है।

कागज़ी फूल हैं उसकी तक़दीर में
जिसको फूलों में काँटा नहीं चाहिए
ग़म बँटाने को इक आम सा आदमी
दोस्ती को फ़रिश्ता नहीं चाहिए
ज़ख़्म छिल जायेंगे ग़म बिफर जायेगा
बेसबब मुस्कुराना नहीं चाहिए

मात्र 14 साल की उम्र से अब तक लगातार ग़ज़लें कहने वाले मुज़फ़्फ़र साहब ने अब तक 1700 अधिक ग़ज़लें कह डाली हैं। मुज़फ़्फ़र हनफ़ी कि शायरी (ग़ज़ल) कि पहली किताब पानी की ज़ुबाँ जो 1967 में प्रकाशित हुई थी, हिंदुस्तान में आधुनिक शायरी कि पहली किताब मानी जाती है।

दो बूँदों की हसरत ले कर चुप टीले पर रेत खड़ी है
चारों जानिब घुंघरू बाँधे रिमझिम-रिमझिम बरसा पानी
सूखी डालें सोच रही हैं अब आने से क्या होता है
पत्ते ताली पीट रहे हैं आया पानी आया पानी

अक्सर उसकी याद आती है रौ में तेज़ी आ जाती है
वो परबत की ऊँची चोटी, मैं झरने का बहता पानी

हनफ़ी साहब के बारे में आज के दौर के कामयाब शायर और उर्दू शायरी पर पुख़्ता जानकारी रखने वाले जनाब मयंक अवस्थी साहब ने ठीक ही फ़रमाया है कि हर शायर ग़ज़ल की तलाश करता है लेकिन हनफ़ी साहब इकलौते शायर हैं जिनकी तलाश ग़ज़ल खुद करती है। आज के दौर के मंच के बड़े-बड़े नाम - किसकी ग़ज़लों की नकल करते हैं सब जानते हैं - ग़ज़लों के नक़्क़ाल बहुत हैं और मुज़फ़्फ़र एक - हनफ़ी साहब से कई शायरों को बहुत रश्क है और उन पर ऐसे शायरों ने ज़बरदस्त तंज़बारी की है लेकिन मुज़फ़्फ़र हनफ़ी साहब को न कोई पा सका है और न पा सकेगा

अगर सोचो तो वज़नी हो गयी है
हमारी बात ना मंज़र हो कर
किसी का पास आकर दूर होना
कहीं अन्दर महकना दूर हो कर
मुहब्बत की इजाज़त भी नहीं है
बड़े घाटे में हूँ मशहूर हो कर

हनफ़ी साहब की ग़ज़लें देवनागरी में यूँ तो इंटरनेट की बहुत सी लोकप्रिय साइट्स मसलन लफ़्ज़, कविताकोश, रेख़्ता के अलावा कुछ छुटपुट ब्लॉग पर भी पढ़ी जा सकती हैं लेकिन एक मुश्त पढ़ने के लिए सिवा मुज़फ़्फ़र की ग़ज़लें की किताब के दूसरा कोई रास्ता नहीं है। इस किताब में मुज़फ़्फ़र साहब की चुनिंदा 127 ग़ज़लें शामिल की गयी हैं।

पूछता हूँ कि क्या कह रही थी हवा
चाँदनी रात बातें बनाने लगी
इस तरह याद आने से क्या फ़ायदा
जैसे नागिन कहीं सरसराने लगी
आओ लंगर उठायें मुज़फ़्फ़र मियाँ
बादबाँ को हवा गुदगुदाने लगी

लफ़्ज़ के पोर्टल पर जाने माने शायर जनाब तुफ़ैल चतुर्वेदी साहब ने लिखा है कि "मुज़फ़्फ़र हनफ़ी साहब ग़ज़ल के दरबार के वो अमीर हैं कि उनसे दरबार ही धन्य नहीं है बल्कि उनकी किसी भी महफ़िल में मौजूदगी महफ़िल के सारे लोगों को बाशऊर बना देती है. मैंने उनकी सदारत में मुशायरे पढ़े हैं। बड़े-बड़े वाचाल शायर हाथ बाँधे उनसे इजाज़त लेते देखे हैं।"

ग़ज़ल के दो रंग जनाबे-मीर और जनाबे-सौदा से चले हैं। तीसरे रंग यानी व्यंग्यात्मकता का इज़ाफ़ा जनाबे-यास यगाना चंगेज़ी और शाद आरिफ़ी साहब ने किया। मुज़फ़्फ़र साहब उन शाद आरिफ़ी साहब के शागिर्द हैं।

मेरे हाथों के छाले फूल बन जाते हैं काग़ज़ पर
मेरी आँखों से पूछो रात भर तारे बनाता हूँ
जिधर मिट्टी उड़ा दूँ आफ़ताब-ए-ताज़ा पैदा हो
अभी बच्चों में हूँ साबुन के ग़ुब्बारे बनाता हूँ
ज़माना मुझसे बरहम है मेरा सर इसलिए ख़म है
कि मंदिर के कलश, मस्जिद के मीनारे बनाता हूँ
बरहम=नाराज, ख़म=झुका हुआ
मेरे बच्चे खड़े हैं बाल्टी ले कर कतारों में
कुएँ, तालाब, नहरें और फ़व्वारे बनाता हूँ

मुनव्वर राना साहब ने किताब के कवर फ़्लैप पर क्या ख़ूब लिखा है, "मुज़फ़्फ़र साहब की हर ग़ज़ल अनोखी उपज और हुनरमंदी का सबूत देती है उनका हर शेर विश्वास और ज़िन्दगी करने की अलामत बन जाता है।"

जनाब गोपी चंद नारंग साहब दूसरे फ़्लैप पर लिखते हैं कि "मुज़फ़्फ़र हनफ़ी उन शायरों में हैं जो अपने लहजे और आवाज़ से पहचाने जाते हैं। तबीअत की रवानी की वजह से उन के यहाँ ठहराव की नहीं बहाव की कैफ़ियत है। किसी शायर का अपने लहजे और अपने तेवर से पहचाना जाना ऐसा सौभाग्य है जिस को कला की सब से बड़ी देन समझना चाहिए।"

कुछ ऐसे अंदाज़ से झटका उस ने बालों को
मेरी आँखों में दर आया पूरा कजरी बन
उल्फ़त के इज़हार पे उस के होंटो पर मुस्कान
पेशानी पर बेचैनी सी, आँखों में उलझन
कैसे तेरे शेरों में हो जाते हैं आमेज़
पत्थर का ये दौर मुज़फ़्फ़र और ग़ज़ल का फ़न

कुछ लोग होते हैं जो अवार्ड्स लेने की फ़िराक़ में दिन रात एक करते हैं लेकिन कुछ ऐसे होते हैं जिनकी तलाश में अवार्ड्स रहते हैं। मुज़फ़्फ़र साहब दूसरे तबके के लोगों में शुमार हैं जिनकी गिनती उँगलियों पर की जा सकती है। ज़िन्दगी में उन्होंने अवार्ड्स को कभी कोई अहमियत नहीं दी। पचास से ऊपर अवार्ड प्राप्त हनफ़ी साहब को हाल ही में सन् 2013 -14 के लिए उर्दू अकादमी की और से पुरस्कृत किया गया।

अवार्ड लेने में उनकी बेरुखी उनके सुनाये इस सच्चे क़िस्से से बयाँ होती है, "1995

की बात है। तत्कालीन राष्ट्रपति डॉ. शंकर दयाल शर्मा उस दिन मुझे उर्दू के सर्वोच्य मिर्ज़ा ग़ालिब अवार्ड से सम्मानित करने वाले थे। उसी दिन खंडवा में आयोजित मुशायरे के लिए दोस्तों ने निमंत्रण भेजा था। जन्म स्थली और दोस्तों के बीच जो ख़ुशी मिलती वह राष्ट्रपति के हाथों अवार्ड लेने से नहीं। मिर्ज़ा ग़ालिब अवार्ड लेने के लिए मैंने अपने बेटे फिरोज़ हनफ़ी को दिल्ली भेजा और मैं खंडवा चला आया। (जैसा उन्होंने चर्चा में बताया)"

जब ख़ाली बिस्तर लगता है काँटों का इक ढेर
किरनों सा परदे से छन कर आ जाता है कौन
फूलों की पंखुड़ियों से जब मन करता है बात
कोमल-कोमल टहनी में ये बल खाता है कौन
चिड़ियों की चहकार से इतने भोलेपन के साथ
हँस-हँसकर कानों में अमृत छलकाता है कौन
वो कहती है और किसी को अपने शेर सुना
तेरी चिकनी-चुपड़ी बातों में आता है कौन

मुज़फ़्फ़र साहब की बुलंद शक्शियत और बेजोड़ शायरी पर ऐसी कई पोस्ट्स भी अगर लिखें तो भी कामयाबी हासिल नहीं होगी। मैंने तो सिर्फ़ 'टिप ऑफ द आइस बर्ग' ही दिखाने कोशिश की है। इस किताब को हिंदी अकादमी (दिल्ली) के सौजन्य से फ़रवरी 2003 में प्रकाशित किया गया था। इस संकलन के लिए मुज़फ़्फर साहब की ग़ज़लों का चयन उन के बेटे फ़ीरोज़ और जनाब फुजेल ने किया है। किताब प्राप्ति के लिए आप अल किताब इंटरनेशनल,मुरादी रोड, बटाला हाउस नई दिल्ली, विजय पब्लिशर्स 9 मार्किट दरिया गंज और मॉडर्न पब्लिशिंग हाउस वगोला मार्किट नई दिल्ली से सम्पर्क कर सकते हैं।

ये सब कुछ नहीं करना तो यूँ करें कि आप मुज़फ़्फ़र साहब के साहिबज़ादे जनाब फ़िरोज़ भाई को उनके मोबाइल न.09717788387 पर संपर्क कर किताब प्राप्ति का आसान रास्ता पूछे। कुछ भी करें एक बात पक्की है कि इस किताब के पन्नों को पलटते हुए आप जिस अनुभव से गुज़रेंगे उसे लफ़्ज़ों में बयाँ नहीं किया जा सकता।

इस पोस्ट के अंत तक आने के बाद मुझे महसूस हो रहा है कि अभी बहुत कुछ छूट गया है जिसका ज़िक्र होना चाहिए था सागर की एक बूँद से चाहे आप सागर में मौजूद अथाह पानी का स्वाद या उसमें मिले नमक और दूसरे मिनरल्स की मात्रा का भले पता लगा लें, लेकिन सागर की गहराई का अंदाज़ा नहीं लगा सकते उसके लिए तो आपको उसमें डुबकी ही लगानी पड़ेगी।

आख़िर में उनकी एक ग़ज़ल के ये शेर आपको पढ़वाते हैं और अगली किताब की खोज में निकलते हैं

फ़न को महकाये रखते हैं ज़ख़्मी दिल के ताज़ा फूल
टूटी तख़्ती काम आती है नय्या पार लगाने में
तितली जैसे रंग बिखेरो घायल होकर काँटों से
मकड़ी जैसे क्या उलझे हो ग़म के ताने-बाने में
बुझते-बुझते भी ज़ालिम ने अपना सर झुकने न दिया
फूल गयी है साँस हवा की एक चिराग़ बुझाने में

इस पोस्ट को अगर मुज़फ़्फ़र साहब के एक शेर से की नज़र से देखा जाये तो वो शेर होगा-

अंदर से अच्छे होते हैं अक्सर आड़े-तिरछे लोग
जैसे अफ़साना मन्टो का, जैसे शेर मुज़फ़्फ़र का

***

नक़्श-ए-पा हवाओं के
अमीर इमाम

अब ज़ियादा तिश्नगी के सिलसिले पे हम मिलेंगे
हम में अब तुम कम मिलोगे तुम में हम अब कम मिलेंगे
इस नुक़ूशे-ख़्वाब की बस्ती से आँखों जल्द गुज़रो
आ गया गर दिन तो सारे रास्ते मुबहम मिलेंगे
नुक़ूशे-ख़्वाब-सपनो की तस्वीर, मुबहम-छुपे हुए
भीड़ में दुनिया की आकर सारे आँसू खो गए हैं
देखिए उनसे कहाँ आकर हमारे ग़म मिलेंगे
मेरी मुट्ठी में सिसकते एक जुगनू ने कहा था
देखना आगे तुम्हें सारे दिए मद्धम मिलेंगे

उर्दू शायरी में ऐसा लबो-लहजा, ऐसे तेवर, ऐसी सोच और ऐसा अंदाज़-ए-बयाँ बहुत कम दिखाई पड़ता है। आज के दौर के युवा शायरों की पूरी पीढ़ी अपने हुनर से शायरी की परम्परागत सोच में क्रान्तिकारी बदलाव कर रही है। युवा शायर, ग़ज़ल की तस्वीर में ऐसे रंग भर रहे हैं जिन्हें पहले कभी अपनाया ही नहीं गया था।

ये रंग चटख भी हैं काले और घूसर भी। इन रंगों के प्रयोग से जो तस्वीर बन कर सामने आती है उसमें सबको अपना नक़्श नज़र आता है। ये तस्वीर उन्हें अपनी बहुत अपनी लगती है।

मेरे जैसा कभी होने नहीं देता मुझको
कौन है मुझमें जो रोने नहीं देता मुझको
ख़्वाब वो कब है जो सोते में नज़र आता है
ख़्वाब तो वो है जो सोने नहीं देता मुझको
अपनी धूपों में जलाता है हर इक रोज़ मगर
अपनी बारिश में भिगोने नहीं देता मुझको

"अमीर इमाम" नाम है उस शायर का जिसकी किताब "नक़्श -ए-पा हवाओं के" का ज़िक्र हम किताबों की दुनिया शृंखला की आज की कड़ी में करने जा रहे हैं। 30 जून 1984 को सम्भल उत्तर प्रदेश में जन्मे, अमीर ने बहुत कम समय में उर्दू शायरी में जो मुक़ाम हासिल किया है वो नये शायरों की तो बात ही छोड़िए पुराने उस्ताद शायरों के लिए भी इर्ष्या का विषय हो सकता है। 'अमीर' ने फिर से इस बात को सिद्ध किया है कि अच्छी शायरी के लिए उम्र दराज़ होना क़तई ज़रूरी नहीं है,ज़रूरी है ज़िन्दगी को क़रीब से जानने समझने का हुनर आना।

ये मेरा रोज़ भटकना तलाश में तेरी
वो उसका रोज़ कहीं मुझमें मुश्क-बू होना
ये लग रहा है कि पहले भी मिल चुके हैं कहीं
तुम एक गुज़रे ज़माने की आरज़ू हो ना
बस एक तू ही भुलाने के फ़न में माहिर है
मैं मानता हूँ कि मुमकिन नहीं है तू होना

अमीर साहब के यहाँ पिछली पाँच पीढ़ियों से शायरी का आबशार लगतार बह रहा है और उर्दू अदब के चमन को गुलज़ार किये हुए हैं। यूँ कहें तो ज़्यादा सही होगा कि अमीर को शायरी घुट्टी में मिली है इसीलिए उन्होंने मात्र 19 साल की उम्र में मतलब सन 2003 से शायरी शुरू की जिसे तराशा उनके उस्ताद डॉ. महताब हैदर नक़वी साहब ने। नक़वी साहब की किताब हर तस्वीर अधूरी का ज़िक्र हम अपनी किताबों की दुनिया शृंखला में कर चुके हैं।

फिर ख़्वाहिशों को कोई सराय न मिल सकी
इक और रात ख़ुद में ठहरना पड़ा मुझे
इस बार राहे इश्क़ कुछ इतनी तवील थी
उसके बदन से होके गुज़ारना पड़ा मुझे
पूरी 'अमीर इमाम' की तस्वीर जब हुई
उसमें लहू का रंग भी भरना पड़ा मुझे

अमीर की शायरी में एक अजीब खुरदुरापन है,वो जो जैसा है उसे वैसा ही कहने में विश्वास रखते हैं। वो ज़िन्दगी की तल्ख़ियों को चीनी में लपेट कर प्रस्तुत नहीं करते। ये आज के पढ़े लिखे समझदार युवा की शायरी है जिसमें टूटते रिश्ते, जीने की जद्दोजहद, अकेलापन, निराशा और अपनी अहमियत खोते आदर्शों के अँधेरों से बाहर निकलने की छटपटाहट है। उनकी शायरी में अना परस्ती है ख़ुद्दारी है धड़कती ज़िन्दगी है मौत की सच्चाई है और इन सबसे ऊपर इश्क़ है।

कैसा अजब सितम कि मुकम्मल है ज़िन्दगी
जब तक बस एक मौत की इसमें कमी रहे
तुझसे ताल्लुक़ात निभाता रहूँ सदा
गर मैं हँसूँ तो आँख में थोड़ी नमी रहे
जिसने मुझे छुआ ही नहीं आजतक कभी
मुझ में उसी के लम्स की ख़ुश्बू बसी रहे

किताब की एक मात्र भूमिका में युवा शायर अभिषेक शुक्ला कहते हैं कि "इस संग्रह

की ग़ज़लों में अमीर इमाम प्रेम के तमामतर रंग ज़ंजीर कर ले आये हैं साथ ही उनकी शायरी कहीं-कहीं तो सीधा संवाद है जो कभी ज़िन्दगी तो कभी दोस्तों-यारों और उनके दरमियान जारी है ये संवाद भी कोई यूँ ही से संवाद नहीं बल्कि इंसानी ज़िन्दगी, उसके सौंदर्य-बोध और ज्ञान की विभिन्न सतहों को लगातार तरंगित झंकृत करते रहने की क़ुव्वत रखने वाले संवाद हैं।"

मैंने रोका भी मगर अश्क न माने मेरे
आ गये फिर से तबस्सुम के बहाने मेरे
नींद आ जाये तो आँखों में बुला लूँ उनको
कब से बैठे हैं यहाँ ख़्वाब सिरहाने मेरे
आ कि फिर हैं मुझे दरकार लहू की बूँदें
आ कि फिर होने लगे ज़ख़्म पुराने मेरे

इंग्लिश में एम.ए. करने के बाद अमीर साहब ने बी.एड. किया और अब वो उत्तर प्रदेश के किसी दूर दराज़ क़स्बे में बच्चों को पढ़ाने का काम कर रहे हैं। अमीर के बारे में कुछ जानने की ग़रज़ से जब मैंने उन्हें फ़ोन करके उनसे कुछ जानकारी चाही तो बहुत सादगी से उन्होंने कहा कि मेरे पास अपने बारे में बताने को कुछ है ही नहीं, जो है वो सब मेरी शायरी में ही है बहुत कुरेदने पर उन्होंने संकोच के साथ बताया कि वो कभी-कभी मुशायरों में भी शिरकत करते हैं और इसी सिलसिले में कराची भी जा चुके हैं। उन्हें साहित्य अकादमी की ओर से इस वर्ष के युवा शायर के ख़िताब से भी नवाज़ा गया है।

अभी तो और हवाओं को तेज़ होना है
तो मेरी किश्ती-ए-जाँ तेरा बादबाँ कब तक
ये बात तय कि इक दिन ज़मीं को उड़ना है
सिरे दबाये रखेगा यह आसमाँ कब तक
कि एक रोज़ सभी को ठहरना होता है
'अमीर इमाम' बताओ यहाँ वहाँ कब तक

अमीर अपनी सोच में बहुत पुख़्ता और ज़मीन से जुड़े हुए शायर हैं, इसीलिए इतने कम समय में उन्होंने लोगों के दिलों में घर कर लिया है। रेख़्ता जैसी उर्दू की सबसे बड़ी और बेहतरीन साइट पर जहाँ सबको उनका कलाम पढ़ने की सुविधा है वहीं उनके स्टूडियो में कलाम पढ़ते हुए का विडियो भी देखा जा सकता है। रेख़्ता पर किसी भी शायर का कलाम मिलना उस शायर के लिए बाइसे फ़ख़्र बात होती है। हाल ही में संपन्न हुए रेख़्ता के अखिल भारतीय मुशायरे में उस्ताद शायरों के बीच अमीर ने अपनी ग़ज़ल पढ़कर हिंदुस्तान के तमाम युवा शायरों की नुमाँदगी की है। रेख़्ता की साइट ने इन्हें 'भारतीय ग़ज़ल की नयी नस्ल की एक रौशन आवाज़' घोषित किया है।

मुझमें ठहरा था गुज़रते हुए लम्हों सा कोई
और गुज़रा मुझे इक गुज़रा ज़माना करके
बिजलियों अश्कों की आओ कभी इक बार गिरो
मेरी सूखी हुई आँखों को निशाना करके
जाने कब आ के दबे पाँव गुज़र जाती है
मेरी हर साँस मिरा जिस्म पुराना करके

'नक़्श-ए-पा हवाओं के' पेपर बैक में छपा अमीर का हिंदी में पहला ग़ज़ल संग्रह है जिसमें अमीर की 100 ग़ज़लें और 7 नज़्में शामिल हैं और जिसे बक़ौल अमीर बहुत जल्दबाजी में शाया किया गया है लिहाजा उसमें प्रिंटिंग की कुछ ग़लतियाँ भी हैं। इस किताब की एक बात जो अखरती है वो ये कि ग़ज़लों में आये मुश्किल उर्दू लफ़्ज़ों का सरल हिंदी में तर्जुमा नहीं दिया गया। मुझे उम्मीद है कि अमीर इस किताब के अगले संस्करण में ये सुविधा भी देंगे।

पूछा था आज मेरे तबस्सुम ने इक सवाल
कोई जवाब दीदा-ए-तर ने नहीं दिया
दीदा-ए-तर=आँसू भरी आँखें*
तुझ तक मैं अपने आप से होकर गुज़र गया
रस्ता जो तेरी राहगुज़र ने नहीं दिया
कितना अजीब मेरा बिखरना है दोस्तों
मैंने कभी जो ख़ुद को बिखरने नहीं दिया

कहते हैं अच्छी किताबें और अच्छे दोस्तों को सँभाल के रखना चाहिए क्यों कि पता नहीं होता ये कब काम आ जाएँ। अब देखिए ना मेरे मित्र, छोटे भाई शायर 'अखिलेश तिवारी', जिनकी शायरी की किताब 'आसमाँ होने को था' का ज़िक्र हम इस शृंखला में कर चुके हैं, ने मुझे अमीर साहब की ये बेजोड़ किताब उस वक़्त भिजवायी जब मैं बाज़ार में किसी अच्छी शायरी की किताब की तलाश में इधर-उधर भटक रहा था।

जिन लोगों के पास 'अखिलेश तिवारी' जैसे मित्र हैं वो और जिनके पास नहीं हैं वो भी इस किताब की प्राप्ति के लिए BOOKSTAIR, 87, Jawahar Nagar, Rajendra Nagar, Indore +919721077774 पर संपर्क करें। वैसे ये किताब BOOKPINCH (http://bookpinch.com/nphk.html) साइट पर भी उपलब्ध है।

मुझसे पूछे तो आपको अमीर साहब से उनके मोबाइल न. +918755 593144 पर किताब प्राप्ति का आसान रास्ता पूछते हुए उन्हें उनकी बेहद ख़ूबसूरत और असरदार शायरी के लिए मुबारकबाद देनी चाहिए और साथ ही ऊपर वाले से दुआ माँगनी चाहिए कि जब ये होनहार शायर बुलंदियों की आख़िरी हद को छुए तब इसके पाँव ज़मीं पर ही हों।

आख़िर में आपको उनकी एक छोटी बहर में कही ग़ज़ल के ये शेर पढ़वाते हुए अगली किताब की तलाश में निकलता हूँ।

ओढ़ कर सर से पाँव तक चादर
अपने अंदर टहल रही होगी
अश्के-ग़म दिल की आँच पर रख कर
ख़ुश्क लम्हों को तल रही होगी
बल्ब सब ऑफ़ कर दिए होंगे
साथ यादों के जल रही होगी
और सब राख हो गया होगा
सिर्फ़ इक लौ निकल रही होगी

***

पाल ले इक रोग नादाँ
गौतम राजऋषि

कितने झुरमुट कट गए बाँसों के, किसको है पता
इक सुरीली-सी, मधुर-सी, बाँसुरी के वास्ते
रतजगे, बैचेनियाँ, आवारगी और बेबसी
इश्क़ ने क्या क्या चुना है पेशगी के वास्ते
झूठ की दुनिया है ये, अहले-सुख़न! लेकिन सुनो
कुछ तो सच्चाई रखो तुम, शायरी के वास्ते

सच्चाई रखने की बात कहने और करने में बहुत फ़र्क़ होता है। सच्चाई की बात रखने के लिए अदम्य साहस की ज़रूरत होती है। हमारे आज के शायर के पास साहस की कोई कमी नहीं। यही कारण है कि हमें उसकी बातों पे यक़ीन होता है। शायर तो कोई भी हो सकता है लेकिन वो शायर जो अपने हाथों में बन्दूक़ थामे देश के लिए दुश्मन का सीना छलनी करने वाला भी हो और फिर उन्हीं हाथों में क़लम थामे लोगों के सीनों में मुहब्बत के फूल उगा देने की क़ुव्वत भी रखता हो विरला ही होता है। हम उसी युवा जाँबाज़ शायर की शायरी की चर्चा करेंगे।

बारिश की इक बूँद गिरी जो टप से आकर माथे पर
ऐसा लगा, तुम सोच रही हो शायद मेरे बारे में
हौले-हौले लहराता था, उड़ता था दीवाना मैं
रूठ गयी हो जब से तो इक सुई चुभी ग़ुब्बारे में
फ़िक्र करे या ज़िक्र करे ये, या फिर तुमको याद करे
कितना मुश्किल हो जाता है दिल को इस बँटवारे में

इस पोस्ट को लिखते वक़्त ये मुश्किल आज मुझे भी हो रही है। तय करना मुश्किल हो रहा है कि शायर का ज़िक्र करूँ या उनकी किताब पाल ले इक रोग नादाँ का। इस किताब से मेरा परिचय तो सिर्फ़ साल भर पुराना है लेकिन इसके शायर से मेरा परिचय तो बरसों का है। सन् 2012 सिहोर में गुज़ारी सर्द रात की याद अभी भी ज़ेहन में ताज़ा है जब चुम्बकीय व्यक्तित्व के इस बाँके अलबेले फक्कड़ शायर से पहली बार रू-ब-रू मुलाक़ात हुई। जो भी एक बार गौतम राजऋषि, जी हाँ ये ही नाम है हमारे आज के इस शायर का, से मिल लेता है वो उनका दीवाना हुए बिना नहीं रह सकता। अगर आपको कहीं मेरी उनके या उनकी शायरी के प्रति कही बातों में अतिरेक झलके तो आप मुझे उसे मेरी उनके प्रति दीवानगी समझ कर मुआफ़ करें।

लिखती हैं क्या क़िस्से कलाई की खनकती चूड़ियाँ
जो सरहदों पर जाती हैं, उन चिट्ठियों से पूछ लो
होती है गहरी नींद क्या, क्या रस है अबके आम में
छुट्टी में घर आयी हरी इन वर्दियों से पूछ लो
होती हैं इनकी बेटियाँ कैसे बड़ी रह कर परे
दिन-रात इन मुस्तैद सीमा-प्रहरियों से पूछ लो

सभी प्रकार की सुविधा से भरा अपना घर बार, परिवार और ख़ास तौर पर नन्हीं बेटी तान्या, अपने संगी-साथी, बाग़-बग़ीचे, फूल-तितलियाँ, नदियाँ-तालाब, रंग बदलते मौसम, चमकते सूरज से कोसों दूर बर्फ़ से ढँकी पहाड़ियों पर सीमा के पास बने बंकर में समय बिताते, लहू जमा देने वाली ठण्ड से झूझते, हर वक़्त मौत की आहट सुनते जैसे ग़ैर-शायराना माहौल में जिस तरह की शायरी गौतम ने की है उसे पढ़कर कभी होटों पर मुस्कान खिलती है तो कभी आँखें छलछला उठती हैं। ये गौतम का करिश्मा ही है कि उसने बंकर के काले, सफ़ेद और घूसर से दिखाई देने वाले रंगों को अपनी बेमिसाल शायरी की मदद से इंद्रधनुषी जामा पहना दिया है। दिल करता है उसे सेल्यूट करते हुए लगातार तालियाँ बजाता रहूँ।

मिट गया इक नौजवाँ कल फिर वतन के वास्ते
चीख़ तक उट्ठी नहीं इक भी किसी अख़बार में

कितने दिन बीते कि हूँ मुस्तैद सरहद पर इधर
बाट जोहे है उधर माँ पिछले ही त्यौहार से
मुठियाँ भींचे हुए कितने दशक बीतेंगे और
क्या सुलझता है कोई मुद्दा कभी हथियार से
बैठता हूँ जब भी गौतम दुश्मनों की घात में
रात भर आवाज़ देता है कोई उस पार से

किताब की भूमिका में डॉ. राहत इंदौरी लिखते हैं कि गौतम की शायरी में मुझे नासिर काज़मी की शायरी बिखरी नज़र आती है। मुझे उनकी शायरी में जहाँ बशीर बद्र के महबूब का ख़ूबसूरत, मासूम और सलोना चेहरा, उदास मुस्कराहट और आँचल का नाज़ुक लम्स भी महसूस होता है वहाँ फ़िराक़ गोरखपुरी की शोख़ उदासी भी मयस्सर होती है। मालूम होता है, गौतम की ग़ज़लों की सरहदें नासिर, बशीर और फ़िराक़ की सरहदों से दूर नहीं है। लेकिन जो बात गौतम को अपने समकालीन शायरों से अलग करती है, एक नयी पहचान देती है वो है गौतम की इमेजरी-रोज़मर्रा की ज़िन्दगी में इस्तेमाल होनी वाली चीज़ें और आम ज़ुबान में पुकारी जाने वाली बातें कुछ इस तरह उनके अशआर में घुल-मिल कर उभरती है कि बस दाद निकलती रहती है पढ़ने के बाद।

उँडस ली तूने जब साड़ी में गुच्छी चाभियों वाली
हुई ये ज़िन्दगी इक चाय ताज़ा चुस्कियों वाली

भरे-पूरे से घर में तब से ही तन्हा हुआ हूँ मैं
गुमी है पोटली जब से पुरानी चिन्ठियों वाली
खिली-सी धूप में भी बज उठी बरसात की रुन-झुन
उड़ी जब ओढ़नी वो छोटी-छोटी घंटियों वाली

राहत साहब की बात की ताक़ीद करती गौतम की एक ग़ज़ल के इन शेरों पर ग़ौर फ़रमाएँ और देखें कि किस बला की ख़ूबसूरती से वो ऐसे नये लफ़्ज़ों को मिसरों में पिरोते हैं जो अमूमन अब तक ग़ज़ल की हदों दूर ही रखे गए हैं। मज़े की बात ये है कि ये लफ़्ज़ शेर को नया मानी देते हैं और लगता है जैसे ये लफ़्ज़ इन शेरों के लिए ही ईजाद किये गए हों, ये गौतम का सिग्नेचर स्टाइल-

सुब्ह के स्टोव पर चाय जब खौल उठी
ऊँघता बिस्तरा कुनमुना कर जगा

धूप शावर में जब तक नहाती रही
चाँद कमरे में सिगरेट पीता रहा
दिन तो बैठा है सीढ़ी पे चुपचाप से
और टेबल पे है फ़ोन बजता हुआ
रात की सिलवटें नज़्म बुनने लगीं
कँपकपाता हुआ बल्ब जब बुझ गया

वीरता के लिए पराक्रम पदक और सेना मेडल प्राप्त सौम्य व्यक्तित्व के मालिक मृदु भाषी गौतम, जो वर्तमान में कर्नल के पद पर एक इन्फेंट्री बटालियन का कमांड सँभाले हुए हैं, की ग़ज़लें अपनी नज़ाकत और नये लहज़े से पाठकों को हैरान करती हैं तभी तो उन्हें हंस, वागर्थ आजकल, कादम्बिनी, कथादेश, कथाक्रम, बया, काव्या, लफ़्ज़, शेष, कृति हिन्द चेतना और अहा ज़िन्दगी जैसी हिंदी की प्रतिष्ठित पत्रिकाओं द्वारा नियमित रूप से प्रकाशित किया जाता है। पाठकों का एक बहुत बड़ा वर्ग उनकी नयी ग़ज़लें की प्रतीक्षा में हमेशा पलकपांवड़े बिछाए रहता है।

उन होंठों की बात न पूछो, कैसे वो तरसाते हैं
इंग्लिश गाना गाते हैं और हिंदी में शरमाते हैं
चाँद उछल कर आ जाता है कमरे में जब रात गये
दीवारों पर यादों के कितने जंगल उग जाते हैं
घर-घर में तो आ पहुँचा है मोबाइल बेशक, लेकिन
बस्ती के कुछ छज्जे अब भी आईने चमकाते हैं

लगभग कॉफ़ी टेबल साइज़ की इस निहायत ही ख़ूबसूरत किताब को श्री पंकज दीक्षित

जी ने अपने अद्भुत रेखा चित्रों से सँवारा है। शिवना प्रकाशन, सिहोर के श्री सनी गोस्वामी की आकर्षक आवरण डिजाइन और शहरयार अमजद खान की बेजोड़ कम्पोजिंग-लेआउट ने किताब में चार चाँद लगा दिए हैं। इस किताब में सहरसा (बिहार) निवासी कर्नल गौतम की 104 ग़ज़लें संग्रहित हैं जिन्हें ग़ज़ल प्रेमियों के साथ-साथ इस देश से प्यार करने वाले हर व्यक्ति को भी ज़रूर पढ़ना चाहिए ताकि उन्हें सिर्फ़ गौतम के ही नहीं बल्कि उन जैसे अनेक फ़ौज की कड़क वर्दी में सामने नज़र आते भावहीन चेहरों के नक़ाब के पीछे छिपे अति संवेदनशील इंसान के ज़ज़्बात का भी थोड़ा बहुत एहसास हो।

रह गयी उलझी किचन में भीगी ज़ुल्फ़ों की घटा
और छत पर धूप बेबस हाथ मलती रह गयी
चौक पर बाइक ने जब देखा नज़र भर कर उधर
कार की खिड़की में इक साड़ी सँभलती रह गयी
एक कप कॉफ़ी का वादा भी न तुमसे निभ सका
कैडबरी रैपर के अंदर ही पिघल कर रह गयी

किताब की सभी लाजवाब ग़ज़लों लिए आप कर्नल गौतम को सबसे पहले उनके मोबाइल न 09759479500 पर दाद दें और फिर किताब की प्राप्ति के लिए शिवना प्रकाशन सीहोर से +917562-405545 पर संपर्क करें।

ठिठुरी रातें, पतला कम्बल, दीवारों की सीलन-उफ़
और दिसंबर ज़ालिम उस पर फुफकारें है सन सन-उफ़
बूढ़े सूरज की बरछी में जंग लगी है अरसे से
कुहरे की मुस्तैद जवानी जैसे सैनिक रोमन-उफ़
पछुआ के ज़ुल्मी झोंके से पिछवाड़े वाला पीपल
सीटी मारे दोपहरी में जैसे रेल का इंजन-उफ़

पोस्ट की लम्बाई और आप के पढ़ने का धैर्य आड़े आ रहा है वरना दिल तो पूरी किताब आप तक पहुँचाने का कर रहा है। पन्ने पलटते हुए अफ़सोस हो रहा है कि अरे ये शेर तो पढ़वाने से रह ही गए! ख़ैर, आइए चलते-चलते उनकी उस ग़ज़ल के ये शेर पढ़ते चलें जिन्हें मैं जब मौक़ा मिले उनसे सुनाने का हमेशा आग्रह करता हूँ-

दूर उधर खिड़की पे बैठी सोच रही हो मुझको क्या?
चाँद इधर छत पर आया है थक कर नीला-नीला है
बादल के पीछे का सच अब खोला तेरी आँखों ने
तू जो निहारे रोज़ इसे तो अम्बर नीला-नीला है
इक तो तू भी साथ नहीं है, ऊपर से ये बारिश उफ़
घर तो घर, सारा का सारा दफ़्तर नीला-नीला है

***

www.ingramcontent.com/pod-product-compliance
Lightning Source LLC
LaVergne TN
LVHW060326051026
849517LV00004B/1236